Axel S. Meyer

Die Herren der See

Historischer Roman

Rowohlt Taschenbuch Verlag

Originalausgabe
Veröffentlicht im Rowohlt Taschenbuch Verlag, Kirchenallee 19, 20099 Hamburg, April 2025

Redaktion Ilona Jaeger
Karte © Peter Palm, Berlin

Covergestaltung Cordula Schmidt Design, Hamburg
Cover- und Kapitelabbildungen Der Peter von Danzig 1462. Gemälde von Adolf Bock, 1945.
Sammlung Malmö Museum; © VG Bild-Kunst, Bonn 2024; akg-images
Satz Rialto bei Pinkuin Satz und Datentechnik, Berlin
Druck und Bindung CPI books GmbH, Leck
ISBN 978-3-499-01358-4

Kontaktadresse nach EU-Produktsicherheitsverordnung:
produktsicherheit@rowohlt.de

MIX
Papier | Fördert
gute Waldnutzung
FSC® C083411

Im Gedenken
an Thomas «Tom» Niebuhr

Fahrten des «Peter von Danzig»
Erste Ausfahrt Danzig–Veere (1471)
Große Kreuzfahrt im Kanal (1472)
Kaperfahrt vor der Themsemündung (1473)
* Goodwin Sands
KGR. SCHOTTLAND
Glasgow
Edinburgh
IRLAND
Newcastle
Dublin
Irische See
Nordsee
York
Humber
KGR. ENGLAND
Trent
WALES
Yamouth
Cambridge
Oxford
Ipswich
London
GFT. HOLLAND
Amsterdam
Kamp
Utre
Dordrec
Fowey
Plymouth
Southampton
Portsmouth
Deal
Dover
Veere
FLANDERN
Brügge
Scilly-inseln
Calais
Gent
Antwerpen
Brüssel
Aach
Lüttich
Englischer Kanal
Cherbourg
Cambrai
Le Havre
Rouen
Brest
HZM. NORMANDIE
HZM. BRETAGNE
Luxemburg
Paris
Rennes
Metz
Orléans
Nantes
Loire
Bourgneuf
Tours
HZM. BURGUND
KGR. FRANKREICH
FRGFT. BURGUN
Biskaya
0 50 100 150 km

KGR.
NORWEGEN
Stockholm
Vänersee
Nyköping
N
W
O
S
Visby
Gotland
KGR.
SCHWEDEN
Kalmar
KGR.
DÄNEMARK
Ostsee
Der Sund
Kopenhagen
Seeland
Bornholm
Königsberg
Schleswig
GFT. HOLSTEIN
Rostock
Stralsund
Danzig
Greifswald
POMMERN
Lübeck
Wismar
MECKLEN-
BURG
Stade
Hamburg
Stettin
Bremen
Lüneburg
Elbe
Thorn
M. BRANDENBURG
Weichsel
Berlin
Posen
Warschau
Münster
Oder
KGR. POLEN
HEILIGES
RÖMISCHES
REICH
Leipzig
SACHSEN
Nordsee
Frankfurt
Zwyn
Nürnberg
Speyer
Sluis
Rhein
Regensburg
Straßburg
HZM.
BAYERN
Donau
Augsburg
Damme
Bodensee
Zürich
Reie
LAND
Brügge

Prolog

Der Sund – Frühjahr 1468

Als Aldwyn Godric mit seinen Handelsschiffen in den Sund segelt, sollen sich seine bösen Vorahnungen bestätigen. Die ganze Zeit schon hatte er das Gefühl, dass diese Fahrt kein gutes Ende nehmen würde. Jetzt steht der Schiffer an der Reling des Achterkastells und beschattet die Augen mit einer Hand gegen die Sonne, als sich von der Küste Seelands mehrere Schiffe unter vollen Segeln nähern.

«Die haben viele Krieger an Bord», sagt Godric zu Veland, seinem Hauptbootsmann. Godric zählt drei Holke – große, dreimastige Schiffe mit Achter- und Vorderkastellen. Auf den Decks blitzen Lanzenspitzen, Schildbuckel und Helme im grellen Sonnenlicht auf, und an den Mastkörben, die mit Armbrustschützen besetzt sind, wehen dänische Flaggen.

Veland, der auf irgendetwas herumkaut, spuckt einen dunklen Flatschen über Bord, wischt sich mit dem Hemdsärmel über Bart und Lippen, dann sagt er: «Vielleicht meinen die gar nicht uns.» Aber er klingt wenig hoffnungsvoll.

«Doch, die meinen uns», gibt Godric bitter zurück und denkt daran, wie sie vor einigen Wochen in der französischen Baie de Bourgneuf an der Mündung der Loire aufgebrochen sind, ein Konvoi aus sieben Handelsschiffen, deren Laderäume mit Salzfässern gefüllt sind. Und weil Godric schon damals kein gutes Gefühl hatte, ließ er jedes Schiff mit einem halben Dutzend bewaffneter Söldner bemannen. Damit, so hoffte er, würden sie ausreichend gegen Seeräuber geschützt sein. Ihre Fernhandelsfahrt soll sie bis nach Nowgorod führen. Dort wollen sie das Baiensalz mit reichlich Gewinn verkaufen und dafür Pelze und Felle von Bibern, Nerzen, Wölfen und Bären erwerben. In London wird man ihnen die Waren aus den Händen reißen.

«Aber das sind doch Dänen», sagt Veland.

«Na und?», entgegnet Godric. «Die wollen uns kapern, glaub mir.»

Woher diese Gewissheit stammt, weiß er selbst nicht. Vermutlich ist sie das Ergebnis seines Bauchgefühls sowie einer nüchternen Einschätzung der politischen Lage. Vor einiger Zeit haben die Spannungen zwischen England auf der einen Seite sowie Dänemark und der Hanse, mit Städten wie Lübeck, Hamburg, Wismar und Danzig, auf der anderen Seite, weiter zugenommen. Die Engländer waren schon seit Jahren erpicht darauf, die Vorherrschaft auf der Nordsee zu erringen, weswegen es zu ersten kriegerischen Konflikten kam. So sorgte kürzlich ein Überfall der Engländer auf dänische Handelsposten in Island für erhebliche Unruhe. Englische Kaufleute erschlugen den königlich-dänischen Vogt, warfen seine Leiche ins Meer, plünderten sein Haus und raubten die königliche Kasse. Godric war klar, dass sich der dänische König eine solche Provokation nicht würde gefallen lassen.

Auf den englischen Handelsschiffen macht sich Aufregung breit. Seemänner, Söldner und Kaufleute sammeln sich auf den Großdecks. Sie brechen in erregte Rufe aus, denn jeder kann sehen, dass die Dänen zwar weniger Schiffe, aber viel mehr Krieger und Waffen haben.

«Wir können nur noch beten, dass wir schneller sind als die Dänen», sagt Godric. «Auf einen Kampf dürfen wir uns nicht einlassen.»

Veland legt die Hände als Trichter um den Mund und gibt das Kommando, hart an den Wind zu gehen. Sogleich folgen die anderen Handelsschiffe seinem Beispiel. Godric hört den Wind in der Takelage heulen, und er denkt, dass er diese Fahrt nicht hätte machen dürfen. Aber die Gelegenheit für ein lukratives Handelsgeschäft war äußerst günstig, und die Gier hat ihn verblendet. Da hört er Veland einen panischen Schrei ausstoßen, und als Godric sich umdreht, sieht er drei weitere Schiffe aus der anderen Richtung auf sie zuhalten. Offenbar haben sie an der schonischen Küste gelauert, und auch ihre Decks sind voller Söldner.

«Die haben die Flaggen Danzigs gesetzt», sagt Veland. «Vielleicht machen die Danziger mit den Dänen gemeinsame Sache.»

«Sieht so aus», sagt Godric mutlos. Dann gibt er den Befehl, die Segel zu streichen, als Zeichen der Kapitulation, um zu retten, was zu retten ist.

Bald darauf geleiten die dänischen und Danziger Holke die englischen Handelsschiffe bis vor die seeländische Küste. Vom Land fliegen Möwen herbei und kreisen unheilvoll über den Masten, als die Schiffe im seichten Wasser die Anker setzen. Die Danziger bemannen ihre Beiboote, die Espings. Bewaffnete Männer klettern an Strickleitern hinein und rudern zu Godrics Schiff herüber. Der hat unterdessen allen an Bord eingebläut, unter jeglichen Umständen den Mund zu halten. Er allein werde die Verhandlung führen. Die Lage ist zwar bedrohlich, dennoch hat Godric die Hoffnung nicht aufgegeben. Vielleicht kann er die Angreifer überzeugen, seine Schiffe ziehen zu lassen.

Man lässt eine Strickleiter herab, und eine Abordnung der Danziger klettert aufs Großdeck, wo Godric sie erwartet. Er hat sich ein paar Sätze für den Empfang der ungebetenen Gäste zurechtgelegt und ringt sich ein Lächeln ab. Doch es verschlägt ihm die Sprache, als ihm plötzlich ein riesenhafter Mann gegenübersteht, der ihn mindestens um anderthalb Köpfe überragt, und Godric ist selbst nicht gerade klein. Der Hüne hat ein breites, bartloses Gesicht, und seine dunklen Augen stehen irritierend weit auseinander. Er hat die Schultern eines Ochsen und Hände wie Bratpfannen. Unter dem grauen Umhang trägt er ein Kettenhemd, und in einer ledernen, mit Fell gefütterten Scheide steckt ein langes Schwert. Klinge und Rüstung, beide offensichtlich sehr wertvoll, weisen ihn als einen Krieger höheren Ranges aus.

Godric legt den Kopf in den Nacken und schaut zu dem Hünen auf, aus dessen seltsamen Augen ihn ein finsterer Blick trifft. «Mein Name ist Aldwyn Godric», sagt er in der Sprache der Deutschen, die er leidlich beherrscht. «Seid Ihr der Schiffer der Danziger?»

Der Hüne zuckt nur mit den Schultern, dann dreht er sich um und befiehlt seinen Männern, von denen inzwischen gut ein Dutzend an Bord geklettert sind, die Besatzung auf dem Großdeck zusammenzutreiben und zu fesseln.

«Ich protestiere gegen diese Behandlung», sagt Godric. «Mit welchem Recht überfallt Ihr uns? England befindet sich weder mit Dänemark noch mit Danzig im Krieg. Wir sind rechtschaffene Seefahrer und Kaufleute, und wir segeln nach Nowgorod, um …»

«Halt dein Maul», schneidet ihm der große Kerl das Wort ab.

Doch Godric denkt nicht daran. Er darf nicht klein beigeben, sonst haben sie gleich verloren. Auch wenn er vor Angst innerlich bebt, kommt es jetzt auf sein Verhandlungsgeschick an. Er hat schon Überfälle von Seeräubern im Mittelländischen Meer, im Atlantik und in der Nordsee erlebt. Und überlebt. Nicht umsonst hat man ihn zum Schiffer einer ganzen Handelsflotte gemacht. Dennoch hat er noch nie so ein ungutes Gefühl gehabt.

«Nennt mir Euren Namen», sagt er.

Der bärengroße Kerl beugt sich zu Godric vor. Die auseinanderstehenden Augen funkeln böse, die Nasenflügel weiten sich bebend, und dann legt er seine Pranken um Godrics Hals und sagt: «Ich reiße dich auseinander und füttere die Möwen mit deinen Eingeweiden ...»

Godric ringt verzweifelt um Atem, als plötzlich noch eine andere Stimme zu hören ist: «Warte damit noch, Eler.» Der harte Griff um Godrics Hals löst sich, und er sinkt auf die Knie nieder, während er keuchend Luft einzieht und das Herz ihm gegen den Brustkorb hämmert.

Ein anderer Mann tritt vor ihn hin. «Händigt mir Eure Schiffspapiere aus, Engländer», sagt er mit nicht unangenehm klingender Stimme.

Godric blickt zu dem Mann auf. Sein Haar ist so dunkel wie das eines Südländers. Im harten Kontrast dazu stehen seine hellen Augen. Der Blick ist kalt wie eine Frostnacht, und zugleich ist es der traurigste Blick, den Godric je gesehen hat.

«Seid *Ihr* ... der Schiffer der Danziger?», fragt Godric japsend.

«Der bin ich», antwortet der Mann, der aussieht wie ein Krieger, ein dunkler Krieger. Die hervortretenden Wangenknochen zucken, und auf den Lippen inmitten des ungepflegten dunklen Barts liegt ein zorniger Ausdruck.

«Darf ich Euren Namen erfahren?»

«Erst gebt Ihr mir die Schiffspapiere.»

Godric steht langsam auf. Er hofft, mit dem unheimlichen Schiffer verhandeln zu können, denn der scheint verständiger zu sein als das riesige Monster. «Ich kann mir nicht vorstellen», sagt Godric, «dass Ihr einen Kaperbrief besitzt, der Euch berechtigt, englische Schiffe aufzubringen.»

«Mag sein, dass ich keinen Kaperbrief habe», erwidert der Schiffer und streicht sich über den Bart. Dass ihm dabei die Hand zittert, entgeht Godric nicht. «Aber Eure Ladung ist so oder so beschlagnahmt», fährt der Mann fort. «Die Schiffspapiere würden es einfacher machen, uns einen Überblick über den Wert Eurer Ladung zu verschaffen.»

«Dazu habt Ihr kein Recht», sagt Godric. Obwohl ihm klar ist, dass es besser wäre, der Forderung nachzukommen, versucht er, Zeit zu schinden. Außerdem widerstrebt es ihm, diesen Seeräubern ohne Widerstand nachzugeben. «Wir stehen unter dem Schutz der englischen Krone», sagt er.

«Wo ist sie denn, die Krone?» Der Schiffer schaut sich zu seinen Kriegern um, die die Besatzung inzwischen auf dem Großdeck zusammengetrieben und gefesselt haben. Die Männer brechen in lautes Gelächter aus. Nur der Hüne lacht nicht. Aber der sieht auch nicht so aus, als würde er jemals lachen.

«Der englische König Edward wird Euch dafür zur Verantwortung ziehen», beharrt Godric.

Der Schiffer wendet sich an den großen Kerl: «Wolltest du ihn nicht zerreißen und an die Möwen verfüttern?»

«Ja.»

«Mit bloßen Händen? Glaubst du wirklich, dass du das schaffst?»

«Wenn nicht, schneid ich ihn mit dem Messer auf.»

Der Schiffer schaut in den Himmel, der sich in der Abenddämmerung allmählich verdunkelt. Über den Masten kreisen noch immer die Möwen. «Sie haben Hunger», sagt er tonlos. «Vielleicht riechen sie schon sein Blut.»

Das ist der Moment, an dem Godric endlich bewusst wird,

dass sein Widerstand zwecklos ist. Er hört die Vögel kreischen, als er ergeben sagt: «Bitte nicht, Herr. Ich gebe Euch ja die Papiere!»

«Das hättet Ihr Euch früher überlegen sollen, Engländer.» Jetzt schaut der dunkle Krieger zu Veland, der etwas abseits mit auf den Rücken gefesselten Händen auf dem Großdeck sitzt, und sagt dann: «Wir werden die Papiere auch ohne Eure Hilfe finden, nicht wahr?»

Veland, der feige Verräter, nickt mit gesenktem Kopf, und der dunkle Krieger sagt zu seinem schauerlichen Gehilfen: «Dann lass mal sehen, ob du den Engländer mit bloßen Händen zerreißen kannst.»

Als der Hüne drohend die Pranken hebt, legt ihm der Schiffer eine Hand an den Arm und hält ihn zurück. «Warte noch, Eler, wirf ihn einfach über Bord. Vielleicht kann er schwimmen und schafft es bis zur Küste, dann soll er frei sein.»

«Hat er das verdient?», fragt der Hüne.

«Hat nicht jeder Mann eine zweite Gelegenheit verdient?»

«Ich weiß nicht. Wirklich jeder?»

Der dunkle Krieger schüttelt den Kopf. Er wirkt erschöpft. «Nein», sagt er dann, «du hast recht. Nicht jeder Mann hat das verdient, *einer* nicht.»

Dann dreht er sich um und geht weg, und der große Kerl packt Godric, zerrt ihn unter dem Gelächter der Krieger übers Großdeck. Godric schlägt das Herz bis zum Hals, er kann zwar schwimmen, aber wird er es bis an die Küste schaffen? Das Wasser ist kalt, und seine nassen Kleider werden ihn in die Tiefe ziehen ...

Schon hat der Hüne ihn auf die Reling gewuchtet, als Godric ihn anfleht, ihm noch eine Frage zu beantworten: «Wer ... ist dieser Mann?»

«Er heißt Paul Beneke. Merk dir den Namen, Engländer. Wenn du das hier überlebst, wirst du ihn ganz sicher bald wieder hören.»

I. TEIL

Beneke

Und ich sah ein Tier aus dem Meer steigen,
das hatte zehn Hörner und sieben Häupter
und auf seinen Hörnern zehn Kronen
und auf seinen Häuptern lästerliche Namen.

OFFENBARUNG DES JOHANNES 13.1

1.

London – Juli 1468

Der Tag, an dem der Kaufmannsgeselle Till Landers den Namen Paul Beneke das erste Mal hören wird, beginnt mit einer Katastrophe. Ein dünner Lichtstrahl quält sich im Morgengrauen durch den Dunst über Londons Hafenviertel und bohrt sich durch die Ritzen zwischen den Fensterläden. Till Landers, der aus der Stadt Wismar stammt, blinzelt in die matte Helligkeit. Etwas hat ihn geweckt, aber nicht das Licht, sondern es sind die lauten Geräusche draußen. Er setzt sich im Bett auf und schaut sich in der kleinen Kammer um, in der er zusammen mit David Divessen seit einigen Wochen zur Miete wohnt. Divessen ist aus Danzig, genau wie Landers neunzehn Jahre alt und ebenfalls Kaufmannsgeselle.

Landers schüttelt sich. In seinem Kopf machen sich die Nachwirkungen des Rotweins vom gestrigen Abend bemerkbar. Deutlich hört er jetzt aufgeregte, laute Stimmen, die aus Richtung der Thames Street zu kommen scheinen. Irgendetwas ist da unten im Gange, eine lärmende Unruhe, und es klingt anders als üblicherweise, wenn Landers in der Kammer über der Weinschenke *The Laughing Goose* im belebten Dowgate-Viertel aufwacht. Jeden Morgen klappen die Händler die Auslagen vor ihren Läden herunter, Kinder weinen, Frauen schimpfen, Männer husten und spucken, Karrenräder knallen aufs Kopfsteinpflaster, Hunde bellen, Pferde schnauben, und Schweine quieken.

Doch an diesem Morgen geht da draußen etwas anderes vor sich.

Im Bett sitzend, massiert Landers sich die Schläfen mit den Daumenballen. Eine Böe drückt gegen die Fensterläden, und der modrige Geruch des Themsewassers zieht durch die Gassen hinauf in die Kammer. Divessen, der hagere Kerl, der neben Landers im Bett liegt, schläft noch. Der Atem entweicht in pfeifenden Stößen seinem halb geöffneten Mund.

Sie haben gestern Abend mit anderen Gesellen und Kaufleuten unten in der Schenke auf Landers' erstes erfolgreiches Handelsgeschäft angestoßen. Bald wird er nach Wismar heimkehren können – auf einem Schiff, beladen mit englischem Tuch, das Landers in London günstig eingekauft hat. In Wismar wird ihn Juta, die Tochter des Wismarer Ratsherrn und Kaufmanns Hinrich Reckemann, voller Sehnsucht erwarten. Mit Gottes Segen werden sie heiraten, Kinder bekommen, und Landers wird als Kaufmann in Reckemanns Dienste treten und irgendwann das Handelshaus übernehmen. Er wird wohlhabend und einflussreich sein, ein angesehener Kaufmann, ein Ratsherr. Das ist Landers' Plan, und es ist ein guter Plan, vor allem für einen Jungen, dem das Glück nicht in die Wiege gelegt wurde.

Draußen werden die Stimmen lauter, irgendwer schreit, dann brüllen Leute durcheinander.

Der Lärm weckt jetzt auch Divessen. Er öffnet die verquollenen Augen. «Was'n das für 'n Krach?»

«Weiß ich nicht», erwidert Landers. Er steigt aus dem Bett und schiebt sich vorbei an den Holztruhen, in denen sie ihre Habseligkeiten aufbewahren: Kleidung, Bücher, Schreib- und Rechengeräte. Als er die Fensterläden aufstößt, sieht er den Rauch, der über Londons Dächern hängt wie eine Glocke. Unter dem Fenster führt die mit Unrat übersäte Windgoose Lane von der Thames Street hinunter zum Kai am Themseufer. Sie ist auf der einen Seite gesäumt von zweistöckigen, schmalen Wohnhäusern und auf der gegenüberliegenden Seite von den hohen Mauern der Guildhall, der hansischen Niederlassung in London, in der Landers und Divessen ihre Geschäfte tätigen.

Durchs Fenster schwappt die vom Gestank des Hafenviertels getränkte Luft in die Kammer, es riecht nach Schwefel und Fisch, Rauch und Fäkalien. Landers beugt sich weit in die Fensteröffnung vor und wirft einen Blick die Windgoose Lane hinauf. An der Einmündung in die Thames Street hat sich eine aufgebrachte Menschenmenge versammelt. Landers kann kaum glauben, was er sieht. Die Menschen drängen sich vor dem Tor des Stalhofs, wie das Kontorsgelände mit der Guildhall genannt wird. Sie recken die Fäuste und rufen Schmähungen. In der Menge befinden sich auch mehrere Büttel, die Gerichtsdiener, die Landers an ihrer Kleidung zu erkennen glaubt. Er sieht Stadtknechte, die mit Knüppeln, Hellebarden und Kurzschwertern bewaffnet sind, und etwas abseits der Menge Schützen mit Armbrüsten. Männer schlagen mit Fäusten und Knüppeln gegen das Holztor des Stalhofs und fordern Einlass. Was ist da nur los? Landers hat kein gutes Gefühl bei der Sache, schließlich lagern im Stalhof noch seine Tuchballen für den Abtransport.

Divessen scheint ähnliche Sorgen zu haben, als er sich neben Landers in die Fensteröffnung schiebt und beide dem irritierenden Treiben in der Thames Street eine Weile zuschauen. Plötzlich verstummen die Männer am Tor, lassen Fäuste und die Knüppel sinken und drehen die Köpfe zur Pfarrkirche *All Hallows the Great*. Aus Richtung der Kirche kommt ein beleibter Mann herangelaufen, der die Leute am Tor mit lautstarken Flüchen überzieht.

«Den Dicken hab' ich schon mal gesehen», sagt Divessen.

«Das ist Hermen Bloting, ein Kaufmann aus Hamburg», erwidert Landers. «Dem gehört ein Haus in der All Hallows Lane.»

Bloting sieht aus, als wäre er gerade aus dem Bett gefallen. Schief über seinen Schultern hängt ein scharlachroter Mantel, das helle Haar steht ihm wirr vom Kopf ab. Die Menge weicht vor der wuchtigen Gestalt zurück, als Bloting in der Sprache der Engländer ruft: «Was hat dieser Aufruhr zu bedeuten? Der Stalhof gehört den Hansen. Hier haben die Londoner nichts zu suchen. Euer König Edward hat den hansischen Kaufleuten alle Privilegien gewährt und erneuert.»

Die Menschen rufen wild durcheinander. Offenbar finden ihre Worte nicht Blotings Zustimmung. Als er die Stimme wieder erhebt, hört Landers zum ersten Mal den Namen Paul Beneke.

«Ich kenne keinen Paul Beneke», ruft Bloting. «Habe nie was von dem gehört. Wenn der Mann englische Schiffe gekapert hat, müsst Ihr Euch an diesen Beneke halten, anstatt ehrenwerte hansische Kaufleute zu belästigen. Und jetzt schert Euch allesamt zum Teufel!»

Doch die Leute denken gar nicht daran. Sie fordern, man solle das Tor zum Stalhof öffnen, die Hansen müssten Waren und Geld herausgeben für die Schäden, die Beneke angerichtet habe.

«Ich kann diesen Bloting eigentlich nicht leiden, so ein geiziger, jähzorniger Pfeffersack», sagt Landers. «Aber er ist der Einzige, der sich gegen die Menge stellt, um den Stalhof zu beschützen.»

Divessen stimmt ihm nickend zu. «Meine Sachen sind da auch noch drin. Ich bete dafür, dass die Leute nicht den Stalhof stürmen und sich unser Zeug unter den Nagel reißen.»

Bloting versucht jetzt, Büttel, Stadtknechte und Schaulustige vom Tor wegzudrängen, während er brüllt: «Weder ich, Hermen Bloting, noch irgendein anderer hansischer Kaufmann wird sich von Euch beschissenen Londonern ausplündern lassen!»

Landers bekommt es mit der Angst. Sie müssen ihre Güter vor der tobenden Menge beschützen. Wo sind denn nur die Torwächter aus dem Stalhof und all die anderen Hansen, die zu Hunderten im Dowgate-Viertel leben? Niemand steht Bloting bei. Auch Landers ist nicht wohl bei dem Gedanken, sich da unten auf die Thames Street zu wagen, um sich mit Stadtknechten und anderen Bewaffneten anzulegen. Er ist ja keiner, der in der ersten Reihe stehen muss, wenn es Ärger gibt. Gewalt schreckt ihn ab, und er hat Angst vor Schmerzen, er zuckt ja schon zusammen, wenn jemand in seiner Nähe zu laut redet. Nein, als Krieger taugt er nicht, er versteht sich auf Zahlen, auf Schrift, Wörter, aber, nun ja, ein Feigling ist er natürlich auch nicht, und deshalb sagt er: «Wir müssen Bloting helfen!»

«Aber … warum denn ausgerechnet wir …?», entgegnet Divessen entsetzt.

In dem Moment öffnet sich das Tor des Stalhofs, und hansische Kaufleute stürmen zusammen mit ihren Knechten auf die Thames Street. Viele sind mit Knüppeln und Messern bewaffnet und drängen die Londoner vom Tor weg. Doch sogleich strömen aus allen Ecken Leute herbei, alte und junge Männer, sogar Frauen und Kinder kommen aus den Gassen. Offenbar hat sich der Aufstand am Stalhof schnell herumgesprochen, und nun will jeder dabei sein, wenn es den Hansen an den Kragen geht, denn die sind bei den Londonern so beliebt wie Durchfall. Die anwachsende Menschenmenge schwappt über die Thames Street. Einige Leute haben sich mit Holzlatten und Knüppeln bewaffnet, andere sammeln lose Steine von der Straße. Man ergeht sich in Drohgebärden und schimpft auf die Hansen: Sie sollen aus London verschwinden, denn sie nehmen den Einheimischen die Arbeit weg und zahlen keine Steuern an den König; stattdessen verdrecken sie die Gassen mit ihrem Unrat, lärmen betrunken in den Schenken, belästigen englische Frauen und treiben die Preise für Lebensmittel und Häuser in Höhen, die für die Londoner selbst unerschwinglich sind. Die Menge brodelt.

Landers hat genug gesehen. Er muss helfen, den Stalhof zu verteidigen. Er zieht sich an und hängt sich an einem Band das kleine Ledersäckchen um den Hals, in das er vor seiner Abreise in Wismar eine Haarsträhne von Juta gesteckt hat – als Andenken und als Glücksbringer. Vom Brennholzhaufen am Kamin greift er sich ein Aststück, um es als Knüppel einzusetzen. Vor Aufregung trommelt sein Herz heftig. So hat er sich seine letzten Tage in London bestimmt nicht vorgestellt.

Divessen liegt noch immer weit vorgebeugt in der Fensteröffnung und ruft panisch: «Landers – sieh doch nur!»

Als Landers hinzueilt, sieht er, dass Bloting einen Büttel am Hals packt und ihn heftig schüttelt wie einen toten Dorsch. Doch da springt ein Stadtknecht herbei und stößt sein Schwert in Blotings Bauch.

Landers stockt der Atem. Dieser verdammte Aufruhr wächst sich ja zu einer blutigen Schlacht aus.

«Diese Schweinehunde», schreit Divessen. Sie stürmen aus der Kammer, die Holztreppe hinab, raus auf die Windgoose Lane und hinauf zur Thames Street. Sie werden von ohrenbetäubendem Geschrei empfangen. Mehrere Männer liegen inzwischen auf dem blutigen Straßenpflaster. Überall hauen, stechen und knüppeln die Leute aufeinander ein.

Landers steht verloren mit dem Aststück da. Was soll er nur tun? Einen solchen Kampf hat er noch nie erlebt. Da bemerkt er einen Jungen von höchstens zwölf Jahren, der ihn aus der prügelnden Menschenmenge heraus anstarrt. Sein Gesicht ist bleich und schmutzig, die Kleider sind zerlumpt und löchrig. Landers ist wie gebannt vom hasserfüllten Blick des Burschen, als er plötzlich Divessens warnende Stimme hört: «Pass auf, Landers, der Junge hat 'nen Stein!»

Doch der Bursche holt bereits aus und wirft. Landers verspürt einen harten Schlag gegen die Stirn. Blitze zucken durch seinen Kopf, und dann kommt Dunkelheit über ihn.

2.

London – August 1468

Der Hass in den Augen des Jungen verfolgt Landers bis in die Kerkerzelle, in die man ihn mit Divessen und zwei anderen Männern sperrt. In den Tagen nach dem Angriff auf den Stalhof findet Landers kaum Schlaf. Wirre Träume schrecken ihn auf; es sind Albträume, in denen der Junge mit irrem Blick Steine auf Juta wirft, während Landers zusehen muss, wie sie von den Steinen zerschmettert wird.

Landers liegt rücklings auf dem harten, mit einer dünnen Schicht Stroh bedeckten Boden, eingehüllt in Schwärze. Er hält das Ledersäckchen in der Faust, atmet staubige Kerkerluft und wartet, bis die Panik abklingt. Dann öffnet er das Säckchen, nimmt Jutas Haarsträhne heraus und riecht daran. Ihr Haar ist sein Licht in der Finsternis, der liebliche Duft in dem Gestank aus Schweiß, fauligem Stroh und dem, was in dem Eimer schwappt, in den die vier Gefangenen ihre Notdurft verrichten. Er atmet Jutas Duft ein und denkt an sie. Wie Milch riecht sie, wie Milch und Gras, frisch gemähtes Gras.

Wie konnte es nur so weit kommen? Wo ist er da nur hineingeraten? Er sollte längst wieder in Wismar sein – ein erfolgreicher Kaufmannsgeselle mit einer Schiffsladung englischen Tuchs für Hinrich Reckemanns Handelshaus. Mit hohem Gewinn hätten sie das Tuch weiterverkauft, und Landers' Lohn wäre die Anstellung in Reckemanns Handelshaus gewesen – und Jutas Hand.

Nun wird er all das verlieren, wovon er geträumt hat. Alles steht auf dem Spiel, was er in seinem Leben erreichen wollte. Die Londoner haben die gesamte Ladung Tuche, die Landers nach Wismar bringen wollte, konfisziert, und es sieht nicht so aus, als würde er einen einzigen Ballen wiedersehen. Er wird also mit leeren Händen nach Wismar zurückkehren müssen, vorausgesetzt, er überlebt den Kerker. Und das viele Geld, das Reckemann in die Reise seines Gesellen investiert hat, ist verloren. Reckemanns Warnung war unmissverständlich: Landers würde nur eine Anstellung als Kaufmann in der Compagnie bekommen, wenn sein erstes großes Handelsgeschäft erfolgreich wäre. Wenn nicht, würde Landers' Karriere vorbei sein, bevor sie begonnen hatte.

Und Juta würde nie seine Frau werden.

Um diese verlorene Zukunft kreisen Landers' Gedanken in der Dunkelheit des Kerkers – und auch um den Überfall auf den Stalhof. Mindestens sechzig hansische Kaufleute und ihre Angestellten sind in Gefangenschaft geraten. Die Londoner haben die Guildhall versiegelt und alle Waren beschlagnahmt, die sie in die Finger bekamen, so wie Landers' Tuche. Einige Kaufleute wurden in den Kerker des Tower of London gesperrt, die übrigen verteilte man auf Verliese im Stadtgebiet. Landers und Divessen landeten in diesem Kerker in einer Gegend Londons, in der Landers nie zuvor gewesen war.

Die Verhandlungen vor Gericht waren ein Possenspiel, bei dem die Urteile vorher feststanden. Die Anklage warf den Hansen vor, sie hätten in London für Kaperfahrer aus Danzig und Dänemark spioniert, die im Frühjahr 1468 im dänischen Sund sieben englische Handelsschiffe überfallen, ausgeplündert und mehrere englische Seeleute getötet hatten. Dass diese Seeräuber im Auftrag der Städte und Länder andere Schiffe plünderten und zerstörten, war nicht ungewöhnlich. Die Verteidigung der hansischen Kaufleute versuchte, die alleinige Schuld für den Überfall auf die Dänen zu schieben. Die Dänen seien erbost über die englischen Übergriffe in Island, wo die Dänen das Monopol für sich beanspruchten. Dennoch hielten die Engländer an ihrem Vorwurf fest, hansische Schiffe – und zwar Schiffe aus Danzig – hätten die Dänen bei dem Überfall unterstützt. Dafür gebe es Zeugen. Daher sei es das gute Recht der Engländer, die Hansen in London zu inhaftieren und ihre Güter zu beschlagnahmen. So ging es lange hin und her, ohne dass eine Seite von ihren Behauptungen abwich. Letztlich ausschlaggebend für die Verurteilung der Hansen war vermutlich, dass die englischen Kaufleute verlangten, die Hansen dürften nie wieder Geschäfte in England machen. Denn die hansische Konkurrenz war für die Engländer bedrohlicher als ein möglicher Seekrieg. Und so nahm König Edward den Überfall auf die Baienfahrer zum Vorwand, um mit der Hanse zu brechen.

Während der Verhandlungen hörte Landers wieder den Namen Paul Beneke. Er sei, so hieß es, der Anführer einer Seeräuberbande. Die Anklage zeichnete ein monströses Bild von ihm: «Dieser Mann aus Danzig ist der abscheulichste und gewissenloseste Seeräuber, der je unter englischen Schiffen geheert hat», behauptete ein Ankläger im Gerichtssaal. Beneke sei der Teufel in Menschengestalt. Überlebende hätten berichtetet, dass Beneke den englischen Gefangenen die Bäuche aufgeschnitten und ihre Gedärme an die Möwen verfüttert habe.

Landers erschauerte bei der Vorstellung dieser Grausamkeiten. Viele Kaufleute bezweifelten indes, dass die Vorwürfe der Anklage der Wahrheit entsprachen. Auch Landers hatte arge Zweifel am Vorgehen der Londoner Justiz. Als man ihn zu seiner angeblichen Spionagetätigkeit befragte, sagte er aus, dass er erst vor wenigen Wochen nach London gekommen sei, also lange nach dem Überfall im dänischen Sund. Wie hätte er da für Beneke spionieren können?

Die fetten Richter in den scharlachroten Roben glotzten ihn unter ihren staubigen Perücken an wie schleimigen Auswurf, und dann lachten sie ihn aus. Es kam, wie es kommen musste: Das Gericht verurteilte die hansischen Kaufleute zu einer Kollektivstrafe. Sie sollten die unvorstellbare Summe von 20 000 Pfund Sterling an König Edward IV. zahlen. Damit seien dann die Verluste für die Schiffe und das Baiensalz ausgeglichen. Am lautesten protestierten Kaufleute aus Köln gegen das Urteil, die behaupteten, sie hätten mit dem Streit zwischen der Hanse und England nichts zu tun. Schuld seien die östlichen Hansen, die Osterlinge, wie die Wendischen und die Danziger genannt wurden, die unter der Führung Lübecks gegen England vorgehen würden. Die Kölner schworen, sie seien unschuldig, und sie beriefen sich auf ihre seit alters her guten Beziehungen zu England. Tatsächlich ließ man daraufhin einige Kölner frei und gab ihnen ihre Kammern im Stalhof und die konfiszierten Güter zurück. Aber angesichts der vielen Gefangenen hatten die Engländer den Überblick verloren, und so wurden nicht alle Kölner begnadigt, weswegen ein beleibter, unwirscher Kaufmann aus Köln mit Landers und Divessen in der Zelle landete. Sein Name ist Alf Sweinheim.

Der vierte Mann in der Zelle, ein schmalbrüstiger Handelsgeselle aus Rostock, heißt Hinrik Droste, und der scheint zusehends dem Wahnsinn zum Opfer zu fallen.

Landers steckt Jutas Strähne wieder in das Ledersäckchen und blinzelt in den Lichtstrahl, der durch eine Öffnung oben im

Mauerwerk in das etwa zehn Fuß im Geviert messende Kerkerloch fällt. Landers gegenüber sitzt Divessen mit dem Rücken an die Wand gelehnt, neben der massiven Holztür. Der Kölner Sweinheim sitzt zu Landers' linker Seite und Droste mit bis auf die Brust herabgesunkenem Kopf rechts von ihm. So verbringen sie ihre Tage, schweigend, abwartend. Die quälende Eintönigkeit zerrt an ihren Nerven, und wie es scheint, hat Droste den Kampf gegen den Irrsinn fast verloren. Den ersten Anfall hatte er schon nach wenigen Tagen im Verlies. Er fing an zu brüllen und war durch nichts zu beruhigen. Es hörte sich an, als schrie er sich die Eingeweide aus dem Leib.

Jetzt sind hinter der Kerkertür gedämpfte Stimmen und Schritte zu hören. Der Schlüssel knirscht im Schloss, und die Tür öffnet sich. Stadtknechte bringen das Mittagessen in einer Schüssel herein, aus der sie mit einer Kelle Brei in vier kleine Schalen schöpfen. Dann fällt die Tür wieder zu, und der Schlüssel dreht sich im Schloss.

Das Geräusch des Schlüssels lässt Droste zusammenzucken. Sein Kopf ruckt hoch, der Mund öffnet sich, und er beginnt wieder zu schreien, dass es einem durch Mark und Bein fährt. Sweinheim löffelt seinen Brei und verdreht genervt die Augen, während Landers und Divessen Droste mit Sorge beobachten, als die Schreie plötzlich abbrechen. Er hält sich die rechte Hand vor den Mund, dann beißt er in sein Handgelenk. Die Adern platzen auf, und Blut fließt über sein Gesicht und färbt den hellen Bart dunkelrot. Dabei stößt er gurgelnde Geräusche aus, die wie irres Gelächter klingen, bevor er sich das andere Handgelenk vornimmt.

Landers und Divessen sind schnell bei ihm. Divessen versucht, ihn festzuhalten, während Landers von seinem Hemd einen Streifen abreißt. Als er das Leinen um Drostes rechtes Handgelenk binden will, wehrt der sich aus Leibeskräften, und das Blut strömt nur so aus ihm heraus.

«Du musst es schaffen, sonst verblutet er», ruft Divessen.

Sweinheim stöhnt über seiner Breischale. «Na und? Der Verrückte will doch sterben.»

Die Zellentür wird wieder geöffnet, und die vom Lärm alarmierten Stadtknechte kommen hereingelaufen. «Droste verblutet», ruft Landers auf Englisch. «Wir müssen ihm den Arm abbinden, allein schaffe ich das nicht ...»

Die Stadtknechte drängen Landers und Divessen weg und schleifen Droste an den Füßen aus der Zelle. Eine Blutspur bleibt hinter ihm im zerwühlten Stroh zurück. Die Tür fällt zu, und dann ist nur noch Drostes irres Lachen zu hören.

Landers zittert vor Zorn und Verzweiflung am ganzen Leib. Inzwischen müssen mehrere Stunden vergangen sein. Im Kerker ist es dunkel, von draußen dringt schon seit einer Weile kein Licht mehr herein. Von Droste ist nichts zu hören, kein Lachen, kein Geschrei.

«Ob sie seine Wunde versorgt haben?», fragt Divessen in die finstere Stille.

«Sollen sie ihn doch verrecken lassen», gibt Sweinheim zurück. «Ist ja alles Eure Schuld. Euch Wendischen und Danzigern haben wir es zu verdanken, dass wir in dem verdammten Verlies sitzen. Ihr habt die Engländer überfallen, dafür sollten sie Euch aus London verbannen. Aus der ganzen Nordsee sollen sie Euch jagen. Wir Kölner haben das Recht, die Guildhall auch ohne Euch zu betreiben. Schließlich waren es Männer aus Köln, die die Guildhall mit dem Weinhandel einst etabliert haben ...»

«Ja, ja», sagt Landers mürrisch. Sweinheims Gerede geht ihm

auf den Geist, und er will gerade etwas darauf erwidern, als er vor der Tür Stimmen hört.

Der Schlüssel dreht sich knirschend im Schloss. Dann fällt Licht in die sich öffnende Tür. Im Schein einer Fackel schleppen die Stadtknechte einen leblosen Körper in die Zelle und legen ihn neben dem Notdurfteimer ab. Landers entfährt ein Stöhnen, als er in das zur Maske erstarrte, bleiche Gesicht Drostes blickt. Ein weiterer Mann tritt in der Zelle. Er trägt einen pelzbesetzten Mantel und hält sich angewidert vom Gestank ein Tuch vor die Nase. Er blickt in ein kleines Buch und sagt mit vernuschelter Stimme in der Sprache der Engländer: «Die Herren Till Landers, David Divessen und Alf Sweinheim sollen eine behördliche Erklärung unterzeichnen. Darin bestätigen die Herren, dass der Häftling Hinrik Droste gegen Gottes Gebot verstoßen und sich selbst das Leben genommen hat. Londons Justiz trägt keine Mitschuld an seinem Tode …»

«Ich unterschreibe, Herr», ruft Sweinheim eifrig. «Mein Name ist Alf Sweinheim. Ich bin Kaufmann aus Köln, ein Freund Eurer großartigen Stadt und aller ehrenwerten Londoner. Meine Inhaftierung ist ein Irrtum. Man muss mich sofort freilassen, Herr, so wie man es mit den anderen Kölner Kaufleuten getan hat.»

Der Mann zuckt mit den Schultern. Ein Stadtknecht wirft einen leeren Sack neben Drostes Leiche, dann stellt er ein Kästchen und eine brennende Öllampe auf dem Brett über dem Notdurfteimer ab.

«In der Kiste sind Nadel und Faden», nuschelt der Mann hinter dem Tuch. «Wenn sich die Herren von dem Leichnam verabschiedet haben, sollen sie ihn in den Sack stecken und ihn zunähen. Er wird morgen früh abgeholt, und dann unterzeichnen die Herren die Erklärung.»

«Darf ich eine Frage stellen?», wagt sich Divessen vor.

Der Mann, er könnte ein Advokat sein oder gar ein Richter, nickt widerwillig.

«Was geschieht mit der Leiche?»

«Nun, wir sind keine Unmenschen», antwortet der Mann. «Ein Pfarrer wird ihn segnen. Dann wird er außerhalb der Stadtmauern auf einem Elendfriedhof bestattet, in einem namenlosen Grab, ohne Glockenklang, Gesang und Abdankung.»

Als der Mann zur Tür geht, springt Sweinheim vom Boden auf und eilt ihm nach. «Man muss mich freilassen ...», kreischt er. Doch er stößt mit den Füßen gegen Drostes Leiche und fällt ins Stroh. Die Tür wird geschlossen. «Es ist ein Irrtum, ein Irrtum», jammert Sweinheim und fängt an zu weinen.

Später kniet Landers im Licht der Öllampe neben Drostes Leiche, die seltsam friedlich und erlöst aussieht. Vor dem Überfall auf den Stalhof war Landers Droste einige Male begegnet. Er mochte ihn. Droste lachte viel, er war ein lebensfroher Mann, der einen solchen Tod nicht verdient hatte. Schritte rascheln im Stroh, als Divessen herankommt und neben Landers niederkniet. In seinem Gesicht sind Spuren von Tränen. Sie nicken einander traurig zu, dann ziehen sie den Sack über Drostes Leiche und machen sich daran, den Sack mit Nadel und Faden aus dem Kästchen, das die Wärter dagelassen haben, zuzunähen.

«Immerhin findet er nun seinen Weg aus dem Kerker», sagt Divessen.

Da kommt Landers ein merkwürdiger Gedanke. Was wäre, wenn er Drostes Platz einnehmen würde? Nein, das ist unmöglich, das kann nicht gelingen. Oder doch?

Nach einer Weile beginnt Sweinheim zu schnarchen, auch Divessen hat sich hingelegt. Landers sitzt noch immer bei dem

Leichensack, unter dem sich die Konturen von Drostes Körper abzeichnen. Soll er es wirklich versuchen? Landers spielt den Gedanken immer wieder durch. Er könnte die Naht auftrennen, Droste aus dem Sack ziehen, ihn unter eine Decke legen und sich dann selbst in den Sack einnähen. Morgen früh werden die Stadtknechte den Leichensack mitnehmen, und bevor man Landers' Verschwinden bemerkt, wird er sich aus dem Sack befreien und fliehen. Ja, so könnte es laufen. Im günstigsten Fall. Und im ungünstigsten Fall? Kann er sich überhaupt alleine in den Sack einnähen? Und was ist, wenn Sweinheim aufwacht und Landers an die Wachen verrät? Oder wenn die Wachen feststellen, dass Droste nicht im Leichensack, sondern unter einer Decke auf Landers' Platz liegt?

Aber hat er denn eine andere Wahl? Es wäre viel zu unsicher, darauf zu warten, dass die Hansen die 20 000 Pfund Sterling für die Freilassung der Geiseln – denn nichts anderes sind die Gefangenen – aufbringen. Je länger Landers über den waghalsigen Plan nachdenkt, desto überzeugter ist er, dass er es tun und sich verbieten muss, daran zu denken, was geschehen wird, sollte der Plan scheitern.

Er lauscht angespannt auf Sweinheims Schnarchgeräusche und Divessens gleichmäßige Atemzüge, dann gibt er sich einen Ruck. Er beißt den Faden durch, löst die Naht und fängt an, Drostes bereits steif werdende Leiche aus dem Sack zu ziehen. Als er es fast geschafft hat, hört er hinter sich Divessen leise sagen: «Allein schaffst du das nicht, ich helfe dir.» Landers hat einen Kloß im Hals. Kann er Divessen vertrauen? Wie soll er sicher sein, dass der ihn nicht an die Wachen verrät, wenn sie die Leiche holen kommen?

Divessen scheint seine Gedanken zu erraten. «Ich muss zugeben, dass mir vorhin derselbe Einfall kam, aber offensichtlich bin ich nicht so mutig wie du», sagt er und nickt Landers aufmunternd zu. Sie ziehen Drostes Leiche auf Landers' Platz, verstecken sie unter der Decke, dann schlüpft Landers in den Sack.

Divessen nimmt Nadel und Faden. «Wo willst du hingehen, wenn dir die Flucht gelingt?»

«Ich weiß es nicht», flüstert Landers. «Zunächst werde ich wohl abwarten, bis sich die Lage zwischen England und der Hanse wieder entspannt, und dann versuchen, meine Tuchballen zurückzubekommen, bevor ich nach Wismar heimkehre. Mit leeren Händen kann ich da nicht aufkreuzen.»

Divessen schüttelt den Kopf. «Das ist kein guter Plan. Ich glaube, es wird Krieg geben. Die Hanse kann sich den Überfall auf den Stalhof durch die Engländer nicht bieten lassen, und der Krieg könnte lange dauern, viele Jahre.»

«Was soll ich denn sonst tun?»

Divessen zuckt mit den Schultern. «Ich kann dir nur sagen, was *ich* tun würde, und ich würde mich der Danziger Flotte anschließen, um meinen Beitrag dafür zu leisten, dass wir diesen Krieg gewinnen. Wenn es zum Krieg kommt, schicken sie bestimmt Paul Beneke in die Nordsee.»

«Nach allem, was man so hört, muss er ein wahrer Teufel sein.»

«Kann schon sein. Man erzählt sich, dass er wegen irgendeiner Sache in Danzig im Kerker saß. Aber jetzt hat man ihn freigelassen, damit er gegen die Engländer kämpft. In meiner Heimatstadt feiern sie ihn als Helden. Aber nun lass uns schnell fertig werden. Die Morgendämmerung bricht bald herein.»

Und dann näht Divessen den Sack über Landers zu.

3.

Brügge – Februar 1471

Während der Bankier und Kaufmann Tommaso Portinari durch die Gassen Brügges zur Vlamingstraat eilt, zieht über den Dächern der flandrischen Handelsstadt eine Gewitterfront herauf wie ein schwarzes Gebirge. Portinari hasst dieses Wetter, und er hasst Brügge. In diesen Wintertagen geht der Morgen nahtlos in die Abenddämmerung über. Die Tage sind grau und dunkel, kalt und feucht und so scheußlich wie Portinaris Laune, der auf dem Weg zu einem Schneider ist, um die Stoffe für Marias Hochzeitskleid auszuwählen.

Schon beginnt der Regen zu tröpfeln. Portinari gibt acht, dass er beim Gehen nicht in einen der dunklen Haufen tritt, die Menschen und Tiere überall auf den Straßen hinterlassen. Die Stadt ist eine Kloake, ein einziger Abort. So sieht Tommaso Portinari das, der stolze Florentiner und Faktorist des Bankhauses der berühmten Medici in Brügge. An diesem Morgen hat er es bislang immerhin geschafft, mit seinen geputzten Stiefeln weder in einen Kothaufen noch in eine der schmutzig braunen Pfützen zu treten. Vorhin ist er im Bladelinhof, in dem er wohnt und arbeitet, aufgebrochen. Aus einer Gasse kommend, biegt er jetzt nach links in die Vlamingstraat ein und hält auf die Vlamingbrug zu, die über eine der vielen Grachten führt, von denen Brügge durchzogen ist. Hinter der Vlamingbrug mit ihren steinernen Sitzbänken links und rechts befindet sich das

Künstlerviertel an der Sint-Jorisstraat. Hier ist auch die Werkstatt des Schneiders in einer Nebengasse. Die Brücke ist in Sichtweite, als es dann doch passiert. Nur einen Moment hat er nicht aufgepasst, schon steht er mit einem Stiefel in einem stinkenden Haufen.

«Merda», ruft er hinter dem Schwein her, das mit verschmiertem Hintern über die Vlamingbrug davontrabt und das er für den Verursacher des Haufens hält. Die Stiefel haben viel Geld gekostet, sind aus nordischem Rentierleder gefertigt und mit Fellen russischer Eichhörnchen gefüttert. Was soll er nur tun? So mit Kot verdreckt kann er nicht vor den Schneider treten. Das würde sich herumsprechen, schließlich kennt man Portinari in Brügge. Soll er etwa zum Bladelinhof zurücklaufen und andere Stiefel anziehen? Während er noch mit seinem Missgeschick hadert, nimmt der Regen zu.

«Maledetta merda», ruft er in den trüben Himmel. Oh, wie er dieses Brügge hasst! Er hatte keine Ahnung, worauf er sich einließ, als die Medici ihn vor sieben Jahren nach Flandern schickten. Damals war Portinari voller Tatendrang, obwohl er schon über vierzig Jahre alt war. Und er fühlte sich den Medici verpflichtet, deren Patriarch Cosimo de' Medici, der reichste Mann Europas, kurz zuvor, im Jahre des Herrn 1464, verstorben war. Nach dem frühen Tod von Portinaris Eltern hatten die Medici ihn als Ziehsohn aufgenommen. Er genoss eine hervorragende Ausbildung, lernte das Handwerk eines Kaufmanns und Bankiers. Danach arbeitete er sich stetig nach oben, und da erschien ihm das Angebot verlockend, die Leitung der Faktorei in Brügge von seinem Vorgänger Angelo di Jacopo Tani zu übernehmen.

Doch Portinari wusste nicht, in welches Drecknest man ihn schickte. Verglichen mit seiner Heimat, dem sonnigen Florenz, wo es nach Pinien, Zypressen und Thymian duftet, ist Brügge ein Vorort der Hölle, wenn nicht die Hölle selbst. Ja ja, es mag eine reiche und bedeutende Stadt sein, wenn nicht die bedeutendste Stadt Nordeuropas. Aber in den Gassen suhlen sich Schweine und Hunde im Dreck. Die Menschen hängen ihre nackten Hintern über die Kanäle und Straßen, um sich zu erleichtern. Es stinkt nach Abort, nach Kaminfeuer und Räucherfisch, nach saurem Hering und vergorenem Kohl. Und es regnet, es stürmt, es friert.

Und wegen des verdammten Krieges liegt jetzt auch noch die Wirtschaft am Boden. Vor etwa zweieinhalb Jahren eskalierte der lange schwelende Streit zwischen England und der Hanse. Die Osterlinge erklärten den Engländern den Krieg und schickten ihre Kriegsschiffe, die Orlogschiffe, in die Nordsee. Doch die verfluchten hansischen Seeräuber kapern mit Erlaubnis ihrer Städte nicht nur englische Schiffe, sondern auch Schiffe anderer Länder, die Waren von und nach England transportieren. Die Engländer wiederum überfallen die Schiffe der Hanse, und das Ergebnis ist, dass aus Flandern kaum noch Waren ausgeschifft werden oder hierhergelangen.

Portinari hört schreckliche Geschichten über diesen Seekrieg. Dabei fällt häufig der Name eines grausamen hansischen Kaperfahrers. Paul Beneke heißt der Kerl, und er soll ein wahrer Teufel sein. Die Engländer nennen ihn daher *The Devil*. Portinari hat den Mann noch nie gesehen, obwohl der sich häufig ganz in der Nähe in der Hafenstadt Sluis aufhalten soll. Und Portinari wünscht diesem Beneke, dessen Überfälle zu großen Verlusten bei seinen Geschäften führen, wirklich die Pest an den Hals.

Der Regen pladdert ihm auf den Kopf, während er seinen dreckigen Stiefel betrachtet, als er aus den Augenwinkeln eine Gestalt bemerkt, die die Vlamingbrug überquert. Es ist ein dürrer Knabe von zehn oder elf Jahren in fleckigen, fadenscheinigen Kleidern, der aussieht, als wäre er aus einem Erdloch hervorgekrochen.

«He, du da, Junge, komm er mal her», ruft Portinari in der Sprache der Flandern.

Der Junge zieht den Kopf ein. Ängstlich schaut er den in Pelz und Seide gewandeten Bankier an, der, jetzt um etwas mehr Freundlichkeit bemüht, ruft: «Komm er schon her zu mir.»

Der Knabe bleibt einige Schritte entfernt stehen. Sein Gesicht ist mit Dreck und Rotz verschmiert. Das Haar hängt ihm in nassen Strähnen ins bleiche Gesicht. Portinari schüttelt es innerlich vor Ekel. Hoffentlich hat der Bursche keine ansteckende Krankheit.

Portinari fischt aus der Geldbörse an seinem Gürtel eine Münze, die so winzig ist wie der Nagel seines kleinen Fingers, und hält sie dem Knaben hin. «Willst du dir den Pfennig verdienen?», fragt er großzügig.

Der Junge nickt schüchtern wie ein scheues Tier.

Portinari zeigt auf seinen kotverschmierten Stiefel. «Mach ihn sauber!»

Der Junge blickt ihn fragend an, dann kommt er näher, sinkt vor Portinari in einer Pfütze auf die Knie und fängt an, mit einem Ende seines nassen Hemdsärmels den Stiefel abzuwischen.

Portinari schaut ihm interessiert zu. Der Schweinedreck ist frisch und feucht und lässt sich gut entfernen. Portinari lobt sich selbst für den klugen Einfall, den Jungen für diese unappetitliche Arbeit zu gewinnen, als er ihn plötzlich laut husten und schniefen hört.

«Pass mit deinem Rotz auf, Bursche», ruft Portinari.

Doch bevor der Junge die letzten Kotspritzer abwischen kann, landet ein Tropfen aus seiner Nase auf Portinaris Stiefel.

«Verdammter Kerl», schimpft er. «Ich habe dich gewarnt. Wisch deinen widerlichen Rotz von meinem Stiefel.»

Der Junge gehorcht, und als er fertig ist, beschließt Portinari, ihm eine Lektion zu erteilen. Er steckt den Pfennig demonstrativ in die Geldbörse zurück, dann geht er schnell weiter. Auf der Brücke dreht er sich noch einmal um. Der Junge kniet ratlos in der Pfütze. Er sieht traurig aus. Das wird ihm eine Lehre sein, denkt Portinari, denn jeder Mensch muss lernen, achtsam mit fremdem Eigentum umzugehen, und als er hinter der Vlamingbrug in die Sint-Jorisstraat kommt, hat er den Knaben schon vergessen.

4.
Der Zwyn – Februar 1471

An einem Wintertag des Jahres 1471 nähert sich auf der Nordsee unter bleigrauem Himmel ein kleines Handelsschiff der Mündung des Zwyn an der Küste Flanderns. Der Zwyn ist ein Meeresarm, der sich vor mehr als dreihundert Jahren bei einem heftigen Unwetter ins Land gegraben hat. Viele Menschen sagten damals, Gott habe diese Furche gezogen, um den Städten im Binnenland wie Sluis, Damme und Brügge einen Zugang zum Meer zu verschaffen. Und bald zeigte sich, dass der Zwyn wirklich ein Gottesgeschenk war, denn von nun an liefen die Handelsschiffe Brügge zu Hunderten an. Sie kamen von den Küsten der Ostsee, aus Lübeck, Wismar, Rostock, Stralsund und Danzig. Sie kamen aus Dänemark, Schweden und Norwegen. Sie kamen aus England und Frankreich, aus Portugal und Spanien, und sie kamen sogar aus dem Mittelländischen Meer. Die Schiffe waren beladen mit Getreide, Holz, Wachs und Teer, mit Pelzen, Gewürzen, Seide, mit Wein, Wolle, Hanf und Flachs. Brügge wurde reich, es wurde zum Zentrum eines blühenden Welthandels, des *intercurrus communis mercandisie*, und Flandern eine florierende Produktionsstätte für die begehrten Tuche. Vom Mittelländischen Meer bis in die Ostsee, das *mare balticum*, kauften Händler flandrische Tuche auf. In Brügge, aber auch in anderen am Zwyn gelegenen Städten wie Sluis und Damme pulsierte das Leben. In den Straßen und Gassen sprach man über Nachrichten aus aller Welt. Kaufleute in bunten Kleidern besiegelten die Geschäfte mit Umtrunk und Gottespfennig, zechten in Bier- und Weinstuben. Auch die Geldhändler machten gute Geschäfte, denn die Händler brauchen Kredite, und die Bankhäuser – wie die florentinischen Medici – richteten in Brügge ihre Faktoreien ein.

Doch mit den Jahren begann der Zwyn zu versanden. Zunächst konnten die Schiffe nicht mehr bis nach Brügge durchfahren. Mit Hacken, Schaufeln und Rammen wurde ein Kanal von Brügge nach Damme gegraben, vertieft und begradigt, und später, als die Versandung weiter fortgeschritten war, bis zu der Stadt Sluis, die nun der Hafen Brügges war. In Sluis verlud man die Kisten, Fässer und Ballen von den Handelsschiffen auf flachbödige Schuten, mit denen man die Waren auf dem Kanal zum Stapelplatz in Damme transportierte und dann weiter nach Brügge.

Das Schiff, das an diesem Tag die Zwynmündung ansteuert, ist mit einem Haupt- und einem Besanmast sowie mit breitem Seitenschwert gegen die Abdrift ausgestattet. In der englischen Hafenstadt Dover hat das Schiff Wolle geladen, die in Flandern für die Tuchproduktion dringend benötigt wird. Für die Überfahrt nach Sluis hat der Schiffer, ein ernster Mann aus Flandern namens Lejeune Claes, die zu Ballen verschnürte Wolle von seinen Bootsleuten unter Segeltuch verstecken lassen. In diesen Kriegszeiten ist es auch für Claes gefährlich, den Kanal mit englischen Waren zu überqueren, obwohl sein Schiff unter der neutralen Flagge Burgunds fährt.

An Bord sind außer Lejeune Claes sechs weitere Männer: vier Bootsleute, ein Jungknecht sowie ein merkwürdiger Bursche, der in Dover um Mitfahrt gebeten hat. Eigentlich nimmt Claes keine Fremden mit, und jemanden wie diesen Burschen schon gar nicht. Er ist ungepflegt, seine Kleider sind dreckig, seine

Haare fettig, auch wirkt er gehetzt und übervorsichtig, wie einer, der auf der Flucht ist. Doch Claes ist in einer Notlage. Wie alle Schiffer hat er seit Ausbruch des Krieges hohe Einbußen erlitten. Seine Frau und die Kinder haben kaum genug zu essen, das Dach seines Hauses in Damme muss repariert werden. Daher hat er in Dover eine Ausnahme gemacht, als der junge Mann so viele Münzen abzählte, bis Claes bereit war, ihn mitzunehmen.

Claes nimmt Kurs auf die Mündung des Zwyn, während der junge Mann in seinem fleckigen Mantel sich mit einer Hand am Hauptmast abstützt wie eine Landratte, um die Bewegungen der Wellen abzufangen. In Dover hat der Bursche behauptet, Engländer zu sein. Vielleicht stimmt das, vielleicht auch nicht. Vielleicht ist er ein englischer Spion. Nur ein verrückter Engländer würde in diesen Zeiten freiwillig nach Flandern fahren, seit die Hansen mit ihren Orlogschiffen die Häfen besetzen und in den Städten herumlungern, als gehörten sie ihnen.

Bald darauf fährt das Schiff in die Mündung des Zwyn ein. Hier kennt Lejeune Claes jede Untiefe und manövriert geschickt an Sandbänken und unter der Oberfläche lauernden Steinen vorbei. Allmählich fällt die Anspannung von ihm ab. Auf dem Meer sind ihnen weder hansische noch englische Orlogschiffe begegnet; jetzt muss er nur noch an den verfluchten hansischen Seeräubern im Hafen von Sluis vorbeikommen. Claes versteht nicht, warum ihr Regent, der burgundische Herzog Karel de Stoute, die hansischen Kaperfahrer in seinem Reich gewähren lässt. Wahrscheinlich macht er es des Geldes wegen, das die Hansen ins Land bringen, dennoch darf das doch kein Grund sein, vor den Osterlingen den Schwanz einzuziehen. So sieht Claes das. Er würde die Hansen zum Teufel jagen; aber er hat ja nichts zu sagen.

Endlich tauchen über dem mit Gräsern, Büschen, Weiden und Erlen spärlich bewachsenen Marschland die Kirchtürme auf. Der Bursche aus Dover dreht sich am Mast zu Claes um und fragt in der Sprache der Engländer, ob die Kirchtürme zu der Stadt Sluis gehörten. Claes nickt nur, und dem Engländer scheint dies als Antwort zu genügen.

5.

Der Zwyn – Februar 1471

Till Landers schmerzt die Brust vor Anspannung, als hätte er seit der Abfahrt in Dover keinen Atemzug mehr getan, und er ist erleichtert, als der Schiffer mit mürrischem Kopfnicken bestätigt, dass die Mauern, Türme und Dächer, die jetzt in Sicht kommen, zu der Stadt Sluis gehören. Die ganze Zeit während der Überfahrt hat Landers befürchtet, sie könnten von englischen Orlogschiffen aufgebracht werden. Doch nun ist das Ziel nicht mehr weit: die Hafenstadt Sluis, in der der berüchtigte Kaperfahrer Paul Beneke mit Schiffen und Mannschaften überwintert, wie Landers gehört hat. Er lässt sich im Laderaum auf das Segeltuch nieder, unter dem der Schiffer die englische Wolle versteckt hat.

Landers' Arme, Beine und Füße sind steif vor Kälte und von der verkrampften Haltung während der Überfahrt. Er massiert seine Finger, um sie beweglicher zu machen. Bald zwei Jahre ist es nun her, seit der Krieg ausgebrochen ist – so wie es Divessen im Kerker vorausgesagt hatte. Damals waren Landers' Finger noch weich und biegsam gewesen. Sie hatten Schreibgriffel geführt, Rechenschieber bedient, Waren geschleppt. Oder sie streichelten das weiche Fell der Katzen in Hinrich Reckemanns Kontor, während Landers sich fragte, ob Jutas Haar auch so weich war. Jetzt sind seine Hände hart wie trockenes Leder und mit verschorften Schnittwunden der Schermesser überzogen. Während er seine Hände betrachtet, fragt er sich, wann er das letzte Mal so erleichtert war. Fast drei Jahre hat er sich auf einer englischen Schaffarm verstecken müssen. Sein Zuhause war ein zugiges Stallgebäude, durch dessen Dach der Regen tropfte. Er schlief zwischen Schafsköteln, Gerümpel und Schafscherern, während der Wind durch die Bretterwände pfiff.

Doch Landers hat die Zähne zusammengebissen und Dinge überlebt, die er nie für möglich gehalten hat. An dem Morgen, nachdem er im Leichensack den Platz mit Droste getauscht hatte, haben die Stadtknechte ihn abgeholt und an zwei Totengräber übergeben, die ihn auf einem Handwagen zu einem Elendfriedhof karrten. Dort sollte der vermeintliche Selbstmörder bestattet werden. Während die Männer das Grab aushoben, riss Landers die Naht auf, und als er dem Leichensack entstieg, fiel der eine Totengräber in Ohnmacht und der andere ins halb fertige Grab.

Landers lief über Straßen und Feldwege, Wiesen und Äcker. Er lief fast ununterbrochen, war mehrere Tage und Nächte unterwegs. Hin und wieder gönnte er sich eine kurze Ruhe im Unterholz, bibbernd vor Angst, Kälte und Hunger. Er aß Flechten, Birkenrinde und Regenwürmer. Nachts stahl er manchmal von den Höfen Eier und Brot, einmal auch Kleider, die er gegen seine alten, längst verschlissenen Sachen tauschte. Er lernte, sich in den Schatten zu bewegen wie ein scheues Tier, bis er die Gegend um Canterbury und Dover erreichte. In jenen Tagen plagte ihn das Gewissen. Er fragte sich, ob Divessen für seine Flucht verantwortlich gemacht und bestraft worden war. Vielleicht würde er nie erfahren, was mit Divessen geschehen war und mit all den anderen eingekerkerten Kaufleuten.

Als der Sommer in den Herbst überging, wagte sich Landers aus der Deckung der Wälder und bat auf einer Schaffarm um Arbeit. Man fragte nicht nach seiner Vergangenheit und speiste ihn mit einem Hungerlohn ab. Er arbeitete jede Woche sechs Tage, vom frühen Morgen bis tief in die Nacht. Er rammte Pfähle in die Erde, flocht Weidezäune, errichtete Mauern, jagte Schafen hinterher, stand bis zu den Knöcheln in ihrer Scheiße, trieb mit Hütehunden Herden zusammen und klemmte, wenn die Zeit dafür gekommen war, trampelnde Schafe zwischen seine Beine, um ihnen die Wolle vom Leib zu scheren.

Das bisschen Geld, das man ihm gab, sparte er eisern, ohne zu wissen, wofür. Doch da war dieser Gedanke, diese vage Idee, die Divessen ihm im Kerker eingepflanzt hatte wie einen Samen. Dieser Samen keimte, ging auf und wuchs. Sollte sich Landers wirklich den hansischen Kaperfahrern anschließen, die unter dem Kommando Benekes standen, dieses Teufels in Menschengestalt? Das fragte sich Landers immer wieder. Er war kein Söldner, konnte nicht mit einer Waffe umgehen. Als Kind hatte er sich nur selten geprügelt, und er fuhr ja nicht einmal gerne zur See. Die Voraussetzungen für sein Vorhaben waren also denkbar schlecht. Je länger er aber auf der Schaffarm das harte Leben eines schlecht bezahlten Tagelöhners fristete, desto häufiger tauchte dieser Gedanke wieder auf. Die Einsamkeit und die Arbeit veränderten ihn. Irgendwann hatte er kaum noch etwas mit dem Till Landers gemeinsam, der als junger Kaufmann mit hochtrabenden Plänen nach England aufgebrochen war, bevor man ihm in London seine Ladung und somit seine Zukunft genommen hatte. Mit jeder Nachricht aus dem Seekrieg, die bis auf die Schaffarm drang, wuchs sein Verlangen, die Idee in die Tat umzusetzen: Er würde sich den hansischen Kaperfahrern anschließen, kämpfen lernen und mit ihnen diesen Krieg gewinnen. Nur dann würde er nach Wismar heimkehren können und als erfolgreicher Krieger und Kaufmann Reckemanns Haus betreten und Juta zur Frau nehmen.

Doch zunächst musste er einen Weg finden, England zu verlassen. Sonntags lief er nach dem Gottesdienst nach Dover, wo er sich in den Hafenschenken einen oder zwei Becher Bier genehmigte – nicht um sich zu berauschen, sondern um den Gesprächen der Seeleute zu lauschen und Neuigkeiten aus dem Krieg zu erfahren. Die Sprache der Engländer beherrschte er mittlerweile fast wie ein Einheimischer. Wenn ihn mal jemand auf seinen Akzent ansprach, behauptete er, er sei Schotte, und wenn Schotten mit am Tisch saßen, behauptete er etwas anderes. Er blieb wachsam. Niemand durfte herausfinden, woher er wirklich kam. Feinde lauerten überall, denn die Hansen waren bei den Engländern verhasst. Die hansischen Kaperfahrer ruinierten die englische Wirtschaft, die durch die jahrelangen Rosenkriege mit ständig wechselnden Allianzen zwischen den verfeindeten Yorks und Lancasters ohnehin schwer in Mitleidenschaft gezogen war.

An den klebrigen Biertischen der Tavernen hörte Landers von Benekes Gräueltaten. Der habe, so erzählte man, als Admiral den Oberbefehl über eine Flotte mehrerer Danziger Schiffe. Er selbst fahre auf dem Holk *Mariendrake*, einem mit Bombarden und blutrünstigen Söldnern ausgerüsteten Orlogschiff. Wenn die Gespräche um Beneke kreisten, rückten die Männer dichter zusammen, senkten die Köpfe und dämpften die Stimmen, als könne *The Devil* jeden Moment aus einer dunklen Ecke hervorspringen, um ihnen die Kehlen durchzuschneiden. Einige Seeleute behaupteten, mit eigenen Augen gesehen zu haben, wie er englische Söldner mit den Füßen nach oben an die Rahen hängen und ausweiden ließ wie Schlachtvieh. Auch würden die hansischen Söldner das Blut ihrer Feinde trinken und ihre Köpfe als Trophäen auf Lanzen spießen. Landers erinnerte sich, dass ein Ankläger in London behauptet hatte, Beneke habe die Gedärme englischer Gefangener an Möwen verfüttert. Landers wusste nicht, ob er diese Geschichten glauben sollte, bei denen er vor nicht allzu langer Zeit angeekelt weggehört hätte. Aber nun war er auf der Flucht. Er war verzweifelt, aber er war bereit zu kämpfen.

Bei einem der belauschten Gespräche hatte er gehört, dass der Teufel in Sluis überwinterte. Und da war ihm eine Idee gekommen, die ihm im ersten Moment völlig abwegig erschien: Sollte er versuchen, dorthin zu gelangen? Er schob den Gedanken gleich wieder beiseite. Das wäre doch Irrsinn. Landers würde vom Regen in die Traufe kommen, wenn er sein Leben in die Hände eines solchen Monsters legte. Dennoch kehrte der Gedanke zurück, vor allem nachts, wenn er wie erschlagen von der Arbeit in dem Schuppen lag, aber vor lauter Grübeln keinen Schlaf fand.

Auch erinnerte er sich an Divessens Worte, der sich den Kaperfahrern hatte anschließen wollen. Und je häufiger Landers darüber nachdachte, desto weniger absurd erschien ihm die Vorstellung. Welche anderen Möglichkeiten hätte er denn? Nicht viele. Er könnte weiter auf der Farm schuften, bis er eines Tages vor Erschöpfung zusammenbrechen würde. Oder es kam ihm doch jemand auf die Schliche, dann würde man ihn wieder in den Kerker oder gleich an den Galgen bringen. Also konnte er auch gleich auf einem Kaperschiff sterben. Und so freundete er sich immer mehr mit dem Gedanken an, bis er eines Abends seine Sachen zusammenpackte, das Messer, ein paar Münzen, Kleider, den Lederbeutel mit Jutas Strähne.

Im Hafen von Dover suchte er nach einem Schiff, das ihn nach Sluis bringen sollte. Doch die meisten Schiffe waren in den Winterlagern, und es war Krieg, weswegen sich kaum ein Schiffer ohne bewaffneten Begleitschutz auf den Kanal wagte, schon gar nicht, wenn die Fahrt nach Flandern gehen sollte. Dort seien überall hansische Söldner, hieß es. Denn der Herzog von Burgund hatte den Hansen erlaubt, die Häfen seines Reichs als Rückzugsort für ihre kriegerischen Ausfahrten zu nutzen. Landers wollte die Suche schon aufgeben und auf das Frühjahr vertagen, als er auf den flandrischen Schiffer traf. Der knöpfte ihm mehr als die Hälfte seiner Münzen ab, bevor er Landers an Bord ließ. Und nun scheint er endlich am Ziel seiner Reise zu sein.

Das zweimastige Schiff mit der Flagge Burgunds gleitet vom leichten Wind getrieben den Zwyn hinauf, bis sie an einen Flussarm kommen, an dessen Ufer die Stadt Sluis auftaucht. Der Schiffer schlägt das Ruder ein, und als sie an einer großen Burg vorbeifahren, ruft er Landers in gebrochenem Englisch zu: «Da staunt Ihr, was? Die Burg wurde vor fast einhundert Jahren errichtet. Seither schützt sie die Einfahrt zum Hafen von Sluis. Hier kommt kein ungebetener Gast vorbei. Und schaut mal da rüber zum anderen Ufer.»

Landers sieht dort einen steinernen Wehrturm emporragen.

«Gerade fahren wir über eine dicke Eisenkette, die unter uns auf dem Grund des Zwyn liegt», erklärt der Schiffer, der mit einem Mal geradezu plauderfreudig ist. Wahrscheinlich ist er ebenso erleichtert, die Überfahrt ohne Zwischenfall überstanden zu haben. «Wenn feindliche Schiffe die Stadt angreifen, wird die Kette einfach hochgezogen. Was sagt Ihr dazu?»

Landers nickt anerkennend, doch dann blickt er gebannt auf einige Schiffe, die unterhalb der Stadtmauer am sandigen Ufer vor Anker liegen. Es sind fünf Holke, breitbauchige Schiffe mit flachen Böden, Vorder- und Achterkastellen sowie Besan-, Haupt- und Fockmasten. Seit Jahren erfreuen sich die Holke immer größerer Beliebtheit unter Schiffern, Kaufleuten und Kriegsfahrern, während die lange vorherrschenden Koggen immer seltener auf den Meeren anzutreffen sind. Als Landers sieht, dass die fünf Holke, auf die sie jetzt zusteuern, an den Hauptmasten die Flaggen der Stadt Danzig gehisst haben, spannt er sich unwillkürlich an. Also stimmen die Gerüchte. Beneke ist tatsächlich mit seiner Flotte in Sluis.

Hinter Landers stößt der Schiffer einen Fluch aus. «Die verdammten Osterlinge machen sich hier wieder breit», sagt er in der Sprache der Flandern, die Landers leidlich beherrscht.

Die Bootsleute streichen die Segel, dann stellen sie sich mit Riemen und Landehaken an den Bordwänden auf, um in dem flacheren Wasser zu staken und zu manövrieren. Die Männer scheinen nervös zu sein. Landers geht nach achtern zu dem Schiffer, der am Steuerstand steht und angewidert ins Wasser spuckt, während er auf eine Lücke zwischen zwei Danziger Holken zusteuert. Einer der Bootsmänner ruft: «Wird eng zwischen den Schiffen. Da gibt's kaum ein Durchkommen.»

«Das ist nicht der Hafen der verdammten Osterlinge», sagt der Schiffer verbittert. «Wir fahren zwischen den Scheißkerlen hindurch.» Dann wechselt er wieder ins Englische: «Nimm dir 'nen Bootshaken, Engländer, und hilf den anderen.»

Landers nimmt eine lange Stange, an deren Spitze ein eiserner Haken befestigt ist, und geht damit in den Bug. Ein Schauder überläuft ihn, als beim Näherkommen die dunklen Bordwände der Holke vor seinen Augen in die Höhe wachsen. Über den Schanzkleidern ragen die Masten mit den Mastkörben hoch hinauf in den Himmel. Auf den breiten Vorder- und Achterkastellen stehen die mit Brettern gedeckten Aufbauten, die Hütten, deren Seitenwände jetzt im Winterlager mit Zeltplanen zugezogen sind. Eines der Schiffe ist größer als die anderen. Landers fragt sich, ob es Benekes Schiff ist, der *Mariendra-*

ke, und bei der Vorstellung, dass *The Devil* vielleicht ganz in der Nähe ist, hat Landers ein seltsames Gefühl. Er hat Angst, gewiss, aber zugleich verspürt er eine große Neugier auf diesen Mann.

Als das flandrische Handelsschiff auf eine Lücke zwischen zwei Holken zusteuert, erscheinen oben auf einem Achterkastell plötzlich ein paar junge Kerle, höchstens sechzehn oder siebzehn Jahre alt. Vielleicht gehören sie zu den Rutern, wie die Söldner der Hansen genannt werden, überlegt Landers.

«He, ihr da unten – wollt ihr uns in den Arsch kriechen?», ruft einer der Ruter in Landers' Heimatsprache. Als sie das Handelsschiff mit den Stangen zwischen den Holken hindurchstaken, zieht über ihnen der Ruter mit einem Mal seine Hosen runter und beginnt zu pinkeln. Ein Bootsmann springt schnell zur Seite, um nichts abzubekommen, als das Wasser auf das Segeltuch pladdert, unter dem die englische Wolle versteckt ist.

«Verrecken sollen sie, die Osterlinge», sagt der Schiffer leise.

Dann taucht da oben ein anderer Ruter auf und hängt seinen nackten Hintern über das Schanzkleid, wie auf einem Abort. Der Schiffer hält seine Bootsleute zur Eile an und flucht: «Man sollte den Bastarden ein paar Pfeile in ihre dreckigen Ärsche schießen.»

Kurz darauf haben sie die Holke passiert. Sie legen die Riemen in die Dollen und rudern das letzte Stück bis in ein mit hölzernen Spundwänden und Steinen befestigtes Hafenbecken, das nur von kurzen und flachbödigen Schiffen angelaufen werden kann. Größere Schiffe, wie die Danziger Holke oder die Galeeren, auch Galeyden genannt, aus den Ländern am Mittelländischen Meer, müssen vor der Stadt beim Fahrwasser ankern. Die Waren werden dann in flache Schuten verladen und zwischen Sluis und den Schiffen hin- und hertransportiert.

Am Kai nehmen Hafenarbeiter die Taue des Handelsschiffs

entgegen und legen sie um die Poller. Dann beginnen die Bootsleute sogleich, die Wolle auszuladen und in einen der Lagerschuppen am Rand des Hafengeländes zu schleppen.

Landers nimmt den kleinen Beutel, in dem sein Hab und Gut steckt, hängt ihn sich über die Schulter und klettert auf den Kai.

«Wohin gehst du jetzt?», ruft ihm der Schiffer hinterher.

Landers zeigt zu den Danziger Holken auf dem Zwyn und sagt: «Zu den dreckigen Ärschen der Osterlinge.»

6.
Sluis – Februar 1471

Landers schlendert über das Gelände am Hafenbecken, das gesäumt ist von Lagerschuppen und Häusern aus Stein und Fachwerk. Überall laufen Arbeiter herum. Sie transportieren die Waren mit Karren zu den Lagerschuppen oder schleppen die Säcke und Kisten, und ihre Rücken sind gebeugt unter der Last, die faltigen Gesichter blass und die Kleider fadenscheinig. Über ihren mit Mützen, Kapuzen und Kappen bedeckten Köpfen kreisen Möwen und lauern auf Nahrung. An einigen der Buden am Kai werden Bier und Speisen verkauft. Räucheröfen und Grillfeuer qualmen. Es riecht nach Fisch und frisch gebackenem Brot. Über den Dächern thront der Glockenturm des Belfrieds von Sluis. Der flandrische Schiffer hat Landers erklärt, dass die vier Ecktürme auf der Kuppe des Turms mit Wimpeln geschmückt seien, auf denen die Wappen von Burgund, Flandern, dem Herzog und der Stadt zu sehen seien. Landers kann auch die Türme der Liebfrauenkirche und der Johanneskirche sehen. Der Schiffer hat stolz berichtet, dass in der Johanneskirche der Kopf des heiligen Johannes aufbewahrt werde.

Der Wind zieht frisch durch den Hafen und unter Landers' Kleider. Fröstelnd zieht er die Kapuze seiner Gugel über den Kopf und den Mantel am Hals zusammen. Nach Sluis hat er es also geschafft, und was nun? Wie soll es ihm gelingen, an Bord der Danziger Kaperfahrer zu kommen und in ihre Mannschaft aufgenommen zu werden?

Er schlendert vorbei an Kistenstapeln, Haufen alter Fischernetze und Marktbuden, riecht den Duft gebratener Speisen, und sein Magen beginnt zu knurren. Doch er will seine letzten Münzen sparen und lauscht auf die vielen verschiedenen Sprachen, darunter welche, die er nie zuvor gehört hat. Als er fast am anderen Ende des Hafenbeckens angekommen ist, vernimmt er einige Worte in seiner Landessprache. Am Rand des Kais sitzen drei Männer mit einer jungen Frau auf umgedrehten Fischkisten. Einer von ihnen, ein älterer Mann mit grauem Bart, scheint eine Gruppe Hafenarbeiter zu überwachen, die Körbe voller Lebensmittel in einen Prahm, ein kleines Boot mit flachem Boden, laden.

Der Graubart blickt Landers mürrisch an und fragt ihn in der Sprache der Flandern, was er hier zu suchen habe. Unter seiner Mütze schauen ein paar helle Haarsträhnen hervor, die ihm in die Stirn hängen wie Spinnweben. Sein Gesicht ist von Falten gefurcht und mit Narben überzogen. Als er den Mund öffnet, entblößt er ein lückenhaftes Gebiss. «Sieh zu, dass du weiterkommst», herrscht er Landers an.

Der tritt zur Seite, um den Hafenarbeitern Platz zu machen, die weitere Körbe mit Lebensmitteln heranschleppen. «Werden die Sachen zu den Danziger Schiffen gebracht?», fragt Landers in seiner Muttersprache. Die Worte hören sich aus seinem Mund fremd an, so lange hat er die Sprache nicht mehr gesprochen.

Der Alte schaut ihn überrascht an. Auch die anderen beiden Männer, die deutlich jünger und etwa in Landers' Alter sind, blicken auf. Einer von ihnen, ein Kerl mit auffallend rotem Haar, hat die junge Frau auf seinem Schoß sitzen. Er hat eine Hand unter ihren Mantel geschoben, und den Bewegungen nach zu urteilen, bearbeitet er unter dem Mantel ihre Brüste, während sie gelangweilt an den Fingern seiner anderen Hand lutscht. «Verpiss dich», sagt der Rothaarige zu Landers, und der dritte Kerl, der neben dem Rothaarigen sitzt, verzieht sein knabenhaftes, mit Pickeln überzogenes Gesicht und bekräftigt: «Ja, verpiss dich!»

«Warst du nicht auf dem Handelsschiff, das da drüben angelegt hat?», fragt der Alte.

«Ja.»

Der Rothaarige zieht seine Hand unter dem Mantel des Mädchens hervor und gibt ihm einen Stoß, sodass es von seinem Schoß rutscht und zu Boden fällt. Dann erhebt er sich und macht einen Schritt auf Landers zu. An seinem Gürtel hängt ein langes Messer in einer ledernen Scheide. Er legt eine Hand an den Messergriff und fragt: «Das Handelsschiff ist doch bestimmt aus England rübergekommen, oder?»

Hinter dem Rothaarigen steht der pickelige Bursche auf, auch an seinem Gürtel hängt ein Messer. Er stellt sich neben dem Rothaarigen auf, ebenfalls eine Hand am Messer. Der pickelige Bursche ist schmächtig und klein und reicht dem kräftigeren Rothaarigen gerade mal bis an die Schulter. Aus den Gesten könnte man schließen, er sei der kleine Bruder des Rothaarigen. Der Alte, der auf den Kisten sitzen geblieben ist, greift nach dem Mädchen und zieht es am Arm hoch auf seinen Schoß. Das Mädchen lässt es widerstandslos geschehen. Entweder ist es völlig betrunken, oder es ist ihm egal, welcher der Kerle es befingert.

«Ich hab dich was gefragt», sagt der Rothaarige, dann treten er und der pickelige Bursche näher heran. Landers hebt abwehrend die Hände und sagt ausweichend: «Ich ... also, ich bin aus Wismar.»

Die Sache gefällt ihm nicht. Obwohl er lange unter mürrischen, einfältigen, auch gewalttätigen Schafhirten gelebt hat, hat er sich bei denen nie so unwohl gefühlt wie im Angesicht dieser bedrohlichen Männer. Aber was hat er denn erwartet? Wenn nur die Hälfte der Geschichten über Beneke der Wahrheit entspricht, werden auch seine Ruter keine Chorknaben sein, die Landers mit Blumen und frommen Gesängen empfangen.

«Du hörst dich nicht an wie einer, der aus Wismar ist», sagt der Rothaarige. «Ich kannte mal einen, der war aus Wismar, und der hat anders geredet.»

Landers weicht erschrocken zurück. Hat sich seine Aussprache in den Jahren in England wirklich so sehr verändert?

«Nee, ich glaub, du bist 'n Engländer und willst uns ausspionieren», sagt der Rothaarige.

«Ja, du bist 'n Engländer», höhnt der pickelige Bursche.

Der Rothaarige macht einen schnellen Schritt auf Landers zu, hebt schnuppernd die Nase und sagt: «Ich riech hier englische Schafscheiße!»

«Du kannst riechen, woher Schafscheiße kommt?», fragt der Pickelige irritiert.

«Das war 'n Scherz», sagt der Rothaarige. «Seine Fratze gefällt mir nicht. Also wenn du nicht willst, dass ich dich aufschlitze wie 'nen Hering, dann sieh zu, dass du Land gewinnst.»

«Warum hört ihr Galgenvögel euch nicht erst mal an, ob der Bursche uns was zu sagen hat?», ruft der Alte aus dem Hintergrund, und dann, als er sich erhebt, rutscht das Mädchen wieder auf den Boden, wo es benommen sitzen bleibt.

Als der Alte vor Landers tritt, weichen die jungen Kerle zur Seite. Aus der Nähe betrachtet, scheint der Mann mindestens so alt zu sein wie Hinrich Reckemann, vielleicht noch älter. Die Haut in seinem Gesicht ist vom Wetter gegerbt wie rissiges Leder.

«In Wismar brauen sie gutes Bier, besseres Bier als die Plörre der Flandern», sagt der Alte und deutet auf ein Fass, das die Arbeiter gerade in den Prahm laden. «Ich glaub nicht, dass du uns Bier verkaufen willst, oder?»

«Ich will mich den Danziger Kaperfahrern anschließen, um gegen die Engländer zu kämpfen.»

«Du willst – was?» Der Alte lacht schallend, und die anderen stimmen ein. Als sie sich wieder beruhigt haben, sagt der Rothaarige: «Wir brauchen aber keinen aus Wismar, wir brauchen überhaupt keinen mehr. Wir haben genug Mäuler, die gestopft werden müssen. Wir warten noch immer auf den letzten Sold ...»

«Lass ihn ausreden, du Esel», sagt der Alte, dessen Augäpfel mit einem Netz aus feinen roten Äderchen überzogen sind. Er wendet sich wieder an Landers: «Wie kommst du auf den Gedanken, du könntest dich uns einfach so anschließen?»

«Braucht Admiral Beneke denn nicht jeden Mann für den Seekrieg?»

«Beneke? Woher willste wissen, dass Paul Beneke in Sluis ist?», knurrt der Alte. Ein Schatten legt sich über sein Gesicht.

Landers überlegt, ob er ihnen von seiner Flucht aus dem Kerker und der Schaffarm erzählen soll. Dann müsste er jedoch auch erwähnen, dass er tatsächlich mit dem Handelsschiff, beladen mit englischer Wolle, aus Dover hergekommen ist. Würden die Kerle ihn dann nicht erst recht für einen englischen Spion halten? Also zeigt Landers auf den größten Holk im Zwyn und fragt: «Ist das denn nicht der berühmte *Mariendrake* aus Danzig? Ich habe gehört, das Schiff wird von Admiral Beneke kommandiert.»

«Wo hört man denn so was?»

«Na, überall halt.»

«Siehste, Hoike, wir sind berühmt», wirft der Rothaarige ein.

«Halt dein Maul», sagt der Alte, und dann zu Landers: «Haste überhaupt mal in 'ner Seeschlacht gekämpft und 'nen Mann getötet?»

Was soll Landers denn auf eine solche Frage antworten? Dass er noch nie gekämpft hat, weder an Land noch zur See, sondern nur Schafe getötet hat – und zwar englische Schafe? Der Alte macht nicht den Eindruck, als würde er ihm eine solche Lüge abnehmen. «Nein, ich hab in keiner Schlacht gekämpft, aber ich will es lernen», sagt er.

«Hm», der Alte kratzt sich unterm Bart, «so der Herr will und wir leben, wollen wir dies oder das tun.»

«Das verstehe ich nicht», sagt Landers irritiert.

«Ich auch nicht», meint der Alte und scheint kurz nachzudenken, bevor er fortfährt: «Legt die Waffenrüstung Gottes an, denn wir kämpfen nicht gegen Menschen aus Fleisch und Blut, sondern gegen die bösen Mächte und Gewalten der Finsternis, die diese Welt beherrschen.»

Landers fragt sich, was der Graubart ihm mitteilen will, zumal er sich mit den Zitaten aus der Heiligen Schrift selbst nicht sicher zu sein scheint. Der Alte wiegt nachdenklich den Kopf, dann sagt er: «Beneke lässt niemanden an Bord, der keine Erfahrung im Kampf hat. Wir brauchen Krieger, die mit Klingen umgehen können.»

Der Rothaarige zieht das Messer aus der Scheide und richtet es auf Landers. Die Klinge ist voller Flecken, es könnte Rost sein, oder getrocknetes Blut. «Du hast gehört, was Hoike gesagt hat, und jetzt ...»

«Warte damit, Possick», sagt der Alte, dann fragt er Landers mit scharfer Stimme: «Wo kommste wirklich her? Das Handelsschiff da drüben war nie in Wismar. So 'ne Strecke fährt niemand mit so 'nem kleinen Schiff. Würde mich nicht wundern, wenn das Schafwolle ist, was der geladen hat, und zwar Schafwolle aus England.»

Landers' Mund wird trocken, dann beschließt er, doch die Wahrheit zu sagen: «Also, ich bin in Dover an Bord gegangen ...», beginnt er, und der Rothaarige unterbricht ihn und fährt ihn an: «Sag ich doch, das ist 'n Engländer, den hacke ich in Stücke!»

Auch der pickelige Bursche greift nach seinem Messer. Doch der Alte hält die beiden zurück: «Ihr hackt nur wen in Stücke, wenn ich es euch befehle. Wir haben noch Winterruhe, und der Schiffer muss ja auch von was leben. Also lassen wir ihm seine verschissene englische Wolle.»

Der Prahm ist inzwischen voll beladen. Der Alte geht zu den Arbeitern, die abwartend am Kai stehen. Er gibt ihnen ein paar Münzen, und sie trollen sich. Auf dem Hafengelände ist es ruhiger geworden. Es sind nur noch wenige Menschen unterwegs, bei vielen Buden wurden schon die Auslagen hochgeklappt. Auch das Mädchen ist verschwunden.

«Wir müssen die Sachen an Bord bringen», sagt der Alte und deutet auf den Prahm. «Aber vorher wollen wir noch deine ganze Geschichte hören, Mann aus Wismar oder Dover.»

Die anderen beiden Männer stecken die Messer weg. Landers sieht ein, dass er keine andere Wahl hat, und beginnt zu erzählen, von seiner ersten Handelsfahrt, die ihn von Wismar nach London führte, vom Überfall auf den Stalhof und seiner Flucht aus dem Kerker. Als er berichtet, wie er den Platz des toten Droste im Leichensack einnahm, nicken die drei Männer anerkennend. Anschließend erzählt Landers von der Schaffarm und wie bei ihm mit der Zeit der Entschluss reifte, sich den Kaperfahrern unter Paul Beneke anzuschließen.

Als er mit seinem Bericht zum Ende kommt, hat sich der Himmel fast verdunkelt. Es sind kaum noch andere Leute im Hafen zu sehen. Der Alte wechselt einen Blick mit dem Rothaarigen und dem Pickligen, dann sagt er: «Ein Kaufmann bist du also, so was hab ich mir gedacht. Weißt du, Kaufmann, im Winterlager langweilen wir uns in diesem verdammten Nest zu Tode, nicht mal die Huren taugen für 'n bisschen Spaß. Wir kriegen hier nicht viele Geschichten zu hören, aber deine Geschichte ist gut. Dennoch sag ich dir: Fahr heim! Fahr heim nach Wismar, dieser Krieg ist nichts für 'nen Kaufmann.»

«Das kann ich nicht tun», platzt es aus Landers heraus. «Außerdem bin ich kein Kaufmann, sondern noch ein Geselle!»

Irgendwo in dem sich verdunkelnden Hafen schreit eine Möwe, als wollte sie ihm zustimmen. Von den Holken draußen auf dem Zwyn wehen Gelächter und die Töne von Flöten herüber.

«Und warum kannst du das nicht tun?», fragt der Graubart.

«Ich kann erst zurück nach Wismar, wenn der Krieg vorüber ist», sagt Landers ausweichend. «Wenn es sein muss, spreche ich selbst mit Admiral Beneke, um ihn zu überzeugen, dass er mich aufnimmt.»

Der Alte beugt sich zu Landers vor, und er kann dessen fauligen Atem riechen, als er sagt: «Diese beiden Schwätzer ...» Er zeigt mit dem Daumen über seine Schulter zu dem Rothaarigen und dem Pickligen. «Sie heißen Possick und Huge, ihre Vornamen habe ich vergessen, oder sie haben keine. Die beiden da sind also in meiner Rotte, so nennt man eine Kampfeinheit an Bord eines Orlogschiffs. Eine Rotte besteht aus etwa zehn Männern, mal ein paar mehr, mal weniger. Ich bin ihr Rottmeister, und deswegen bin ich dafür verantwortlich, dass die Bastarde in der Schlacht jeden meiner Befehle auf Gedeih und

Verderb ausführen. Und dazu sind sie nur in der Lage, wenn sie mit ihren bisherigen Leben abgeschlossen haben.»

Der Alte wirft einen Blick zu den beiden, doch die haben offenbar das Interesse verloren. «Du magst verzweifelt sein, Kaufmann, vielleicht wegen eines Mädchens, vielleicht weil die Engländer dir die Ehre genommen haben, was weiß ich», fährt der Graubart fort. «Aber du bist nicht dumm, und deswegen fehlt dir etwas Wesentliches, und das ist die hündische Ergebenheit, die ein Ruter haben muss, wenn er unter meinem Kommando dient.»

Landers schaut dem Alten in die Augen, und obwohl dieser Hoike einen durchdringenden Blick hat, bei dem ein gestandener Mann Gänsehaut bekommt, hält Landers ihm stand. Von Reckemann hat er gelernt, dass man keine Gefühle zeigen darf, wenn man ein erfolgreiches Geschäft machen will, sonst wird man angreifbar. Diesen Rat hat Landers in London befolgt, als er die Ladung Tuche für einen günstigen Preis einkaufen konnte.

Er hört die Gesänge und Flötenklänge von den Schiffen und spürt, wie er innerlich erbebt, als er sagt: «Verratet mir, wo ich Admiral Beneke finde, und ich werde ihn überzeugen, dass niemand besser geeignet ist als ich, unter seinem Befehl gegen die Engländer zu kämpfen.»

Der Alte lacht leise. «Offenbar habe ich dich falsch eingeschätzt, Kaufmann. Du bist nicht nur dumm, sondern noch dümmer als Huge und Possick zusammen. Eins musst du wissen: Wenn du tatsächlich auf dem *Mariendraken* als Ruter anheuern solltest, stehst du mit einem Bein in der Hölle.»

Dann lacht der Alte wieder und nennt den Namen einer Taverne in Sluis.

7.

Sluis – Februar 1471

Till Landers irrt durch ein Gewirr aus dunklen Gassen, und er will die Suche schon aufgeben, als er die Taverne doch noch findet. Inzwischen ist tiefe Nacht. Im fahlen Licht des Mondes, der über den Dächern von Sluis hängt, sieht Landers über einer Tür ein schiefes Schild hängen. Als er näher herantritt, liest er darauf den Namen, den der Rottmeister ihm genannt hat: *De dorstige zwaan*. Der durstige Schwan.

Durch den schmalen Türspalt schimmert etwas Licht, und von drinnen sind gedämpfte Stimmen zu hören. Landers legt eine Hand an den Türgriff, doch er zögert, als er ein unangenehmes Ziehen im Bauch verspürt. Plötzlich glaubt er, dass eine innere Stimme ihn davor warnt, diese Schenke zu betreten. Wenn Beneke tatsächlich da drin ist, hat Landers gute Aussichten, die Schenke mit den Füßen voran wieder zu verlassen. Aber vielleicht hat der alte Graubart nur einen Scherz gemacht, und Beneke ist gar nicht in der Taverne, sondern auf dem Schiff, und der Rottmeister lacht gerade mit den Rutern über den dummen Kaufmann aus Wismar.

Landers' Hand liegt noch immer auf dem Türgriff. Das unangenehme Gefühl wird stärker. Soll er umkehren und den Rat des Rottmeisters befolgen? Vielleicht empfängt Hinrich Reckemann ihn ja doch mit offenen Armen und ist glücklich, dass Landers noch lebt und wohlauf ist, und es wird keine Vorwürfe geben, kein böses Wort über das verlorene Tuchgeschäft. Nein, so wird es nicht kommen. Die Winterkälte zieht unter Landers' Kleider. Er darf nicht den Mut verlieren, wenn Beneke hinter dieser Tür ist. Landers muss jetzt den Weg weitergehen, der für ihn im Kerker begonnen hat, auch wenn seine Furcht vor *The Devil* mit einem Mal größer ist als je zuvor.

Vor seinem Mund bildet der keuchende Atem helle Wölkchen, die sich in der schwarzen Nachtluft auflösen. Sein Herz schlägt schneller, dann zieht er mit einem Ruck die Tür auf, die bedrohlich in den Angeln knarrt. Landers tritt in den flackernden Schein. Es dauert einen Moment, bis sich seine Augen an das Licht gewöhnen. Links von der Tür brennen Holzscheite in einem Kamin. Der Raum ist niedrig, die vom Rauch durchzogene Luft zum Schneiden dick. Der Geruch von ranzigem Fett, Schweiß und Urin dringt Landers in die Nase. Direkt vor ihm sitzen etwa ein Dutzend Männer auf Holzbänken an langen Tischen, die mit Schüsseln voller abgenagter Knochen, mit Bechern und Krügen beladen sind. Die hinteren Ecken liegen im Schatten. Alle Stimmen in der Taverne sind verstummt, die Männer starren den Ankömmling an.

«Tür zu», dröhnt eine wütende Stimme durch den Raum. Sie gehört einer korpulenten Frau, offenbar der Wirtin, die hinter einem auf Fässern liegenden Brett Becher mit einem Tuch auswischt.

Landers schließt die Tür hinter sich.

«Gibt nichts mehr zu trinken», ruft die Wirtin genervt.

Die Männer an den Tischen beobachten Landers verunsichert. Ihre Haare sind zerwühlt, die Bärte struppig, die erhitzten Gesichter dunkelrot. Als ihm der Rauch in den Augen brennt, blinzelt Landers ein paar Tränen weg. Er weiß nicht, wie Beneke aussieht, kann sich aber nicht vorstellen, dass er einer dieser Männer ist, die ihn anstarren wie eine gespenstische Erscheinung. Landers setzt sich in Bewegung und tritt auf halbem Weg zum Tresen gegen etwas am Boden, geht aber weiter, ohne sich darum zu kümmern.

«Haste was an den Ohren, Jongen?», fährt die üppige Wirtin ihn mit bebendem Doppelkinn an.

Landers beugt sich über den Tresen und spricht mit leiser Stimme in der Sprache der Flandern in das aufgequollene Gesicht: «Ich suche einen Mann. Paul Beneke heißt er. Er stammt aus Danzig, und ich hörte, er soll hier in der Taverne sein.»

Die Wirtin senkt den Blick auf den Becher, den sie jetzt noch angestrengter mit dem Tuch bearbeitet. Dann stellt sie ihn auf dem Tresen ab und zeigt in Richtung Tür.

«Hab ich ja verstanden», sagt Landers. «Es gibt nichts mehr zu trinken. Ich werde auch gleich wieder gehen, wenn er nicht hier ist.»

Die Wirtin wackelt mit dem ausgestreckten Zeigefinger, der, wie Landers jetzt feststellt, nicht auf die Tür, sondern auf etwas am Boden zeigt. Er wischt sich über die vom Rauch brennenden Augen, dann erkennt er die Umrisse eines Mannes, über den er soeben fast gestolpert wäre.

«Ist er *das?*», fragt er, irritiert von dem Gedanken, er könnte den berüchtigten Admiral der Danziger Kriegsflotte getreten haben.

Die Wirtin beugt sich vor und flüstert: «Nein, der Narr, der da liegt, der wollte auch was von dem Mann, den du suchst, Jongen.»

«Und dann hat Beneke ihn umgebracht?», erwidert Landers heiser, und er fragt sich, ob der Vorfall die gedrückte Stimmung in der Taverne erklärt.

«Hat sich noch keiner getraut nachzuschauen, ob der noch lebt», sagt die Wirtin. Dann richtet sich ihr Blick auf etwas hinter Landers' Rücken, und plötzlich ist ihm, als spürte er einen eiskalten Hauch im Nacken. Offenbar sitzt Beneke in einer der im Schatten liegenden Ecken, und als es Landers bewusst wird, sickert ihm unter dem Mantel der Schweiß aus den Achselhöhlen.

«Hinter mir?», flüstert er heiser. «Sitzt er hinter mir?»

Die Wirtin bearbeitet schweigend einen anderen Becher mit dem Lappen.

Landers spannt den Rücken an. Er richtet sich auf, und als er über die Schulter blickt, sieht er in einer Ecke, in die kaum Licht vom Kaminfeuer fällt, eine Gestalt hinter einem kleinen Tisch sitzen. Vor dem Mann stehen ein Krug und ein Becher.

«Was trinkt er?», fragt Landers die Wirtin.

«Wein. Wie immer.»

Landers legt eine Münze aufs Brett. «Gebt mir einen Krug von dem Wein, den er trinkt. Und einen Becher.»

Die Wirtin schiebt Krug und Becher über das Brett. Die Münze verschwindet in ihrer speckigen Hand. «Das endet nicht im Guten, Jongen», flüstert sie. «So was endet nie im Guten.»

Landers nimmt die Sachen, atmet durch, dann geht er zu dem Tisch. Sofort verstummt das Gemurmel in der Taverne wieder, und Landers spürt die Blicke der Männer auf sich. Er bleibt abwartend vor dem kleinen Tisch stehen, Krug und Becher in den Händen. Der Mann, der im Schatten sitzt, hat den Kopf gesenkt und bewegt sich nicht.

«Darf ich mich zu Euch setzen, Herr?», fragt Landers vorsichtig.

Jetzt hebt der Mann langsam den Kopf, und Landers blickt in helle Augen, die so kalt sind, dass ihm das Blut in den Adern gefriert. Sogleich ist die Angst wieder da, heftiger als zuvor. Er weicht dem Blick aus. Der Mann scheint durch ihn hindurchzuschauen wie durch eine Luftspiegelung. Paul Beneke sieht ganz anders aus, als er ihn sich vorgestellt hat. Einen Recken hat er erwartet, einen Helden, strahlend und groß und stark, mit Schultern wie ein Rossschlachter und Gesichtszügen, in die eine strenge Erhabenheit wie in Granit geschlagen ist. Aber dieser Mann sieht aus wie ein Wrack, wie ein verwahrloster Zechbruder, der seine Erlösung im Wein gefunden hat. Das dunkle Haar hängt ihm in fettigen Strähnen in die Stirn, der Bart ist ungepflegt und mit irgendwas verklebt. Unter der bleichen Haut mahlen die ausgeprägten Wangenknochen, als kaute er auf einem Stück Leder, und das graue Hemd ist mit Flecken übersät, vielleicht ist es Wein, vielleicht Blut. Auf der Tischplatte ballen sich jetzt seine Hände zu Fäusten.

Landers muss an den Mann denken, der beim Eingang am Boden liegt, und fragt sich, wie dieser Säufer es geschafft haben soll, jemanden niederzuschlagen. Und dennoch – je länger Beneke ihn anstarrt, desto stärker spürt Landers die Kraft, die von diesem Mann ausgeht – es ist wie ein unheimlicher Sog. Landers verspürt den Drang, von hier zu verschwinden, fort von dem grausigen Mann, fort aus der Taverne, fort aus diesem Land. Aber er ist wie gelähmt. Seine Hände sind feucht vom Schweiß, und seine Zunge schwillt an. Es kostet ihn erhebliche Mühe, ein paar Worte über die Lippen zu bringen, als er seine Frage wiederholt: «Darf ich mich zu Euch setzen, Herr? Ich habe Euch einen Krug Wein mitgebracht.»

Auf Benekes Fäusten treten die Knöchel weiß hervor. Sein Blick senkt sich wieder auf den Tisch, und der Kopf sinkt hinab. Im Hintergrund scheint die gesamte Schenke in kollektiver Erleichterung auszuatmen. Landers nimmt seinen ganzen Mut zusammen und setzt sich übers Eck zu Beneke an den Tisch. Er füllt seinen Becher zur Hälfte, trinkt einen Schluck und hätte den scheußlich sauren Wein beinahe wieder ausgespuckt. Doch er zwingt den Schluck runter, dann zwei, drei weitere Schlucke, bis der Wein nicht mehr ganz so übel schmeckt.

Unterdessen leert Beneke seinen Becher, wie ein Pferd seinen Durst an der Tränke stillt. Er trinkt, schenkt sich aus Landers' Krug nach und trinkt weiter, bis der Krug leer ist. Als Landers einen Blick auf Beneke erhascht, schaut er in Augen, die wie Kiesel auf dem Grund eines Bachs schimmern. Der Wein macht Landers mutiger. Endlich traut er sich, etwas zu sagen, und weil ihm nichts Besseres einfällt, platzt er gleich mit der Tür ins Haus: «Mein Name ist Till Landers, und ich möchte mich als Ruter Eurer Mannschaft anschließen ...»

Beneke scheint ihn nicht gehört zu haben. Er erhebt sich schwerfällig vom Tisch und geht schwankend zum Tresen. In der Taverne ist wieder still geworden. Neben dem Tresen zieht Beneke seine Hose runter und pinkelt in einen Eimer. Ins Geräusch des plätschernden Wassers mischt sich aus Richtung der Tür ein gequälter Laut. Beneke schüttelt ab, geht mit herunterhängender Hose zu dem am Boden liegenden Mann und setzt sein Geschäft über ihm fort. Als seine Blase leer ist, richtet er seine Hose, schließt den Gürtel und tritt abwartend einen Schritt zurück. Der andere Mann rappelt sich mühsam auf, er wird größer und größer, wächst um eine, dann um eineinhalb Kopflängen über Beneke hinaus. Der Mann ist groß, und unter seinem Hemd wölben sich die Muskeln.

Wie Beneke diesen Felsbrocken zu Fall gebracht hat, ist Landers völlig unklar. Das Gesicht des Mannes ist geschwollen und mit Blut verklebt, als wäre er von einem Ochsenkarren überrollt worden. Aus verfilzten Haarsträhnen läuft ihm Benekes Urin über das zerbeulte Gesicht. Er wischt sich mit dem Hemdsärmel über die Augen, die er panisch aufreißt, als er Beneke erkennt. Sofort stolpert er zur Tür. Er dreht sich nach dem Griff um und stößt die Tür auf. Doch beim Versuch hindurchzulaufen, kracht er hart gegen den Rahmen, bevor er endlich draußen in der Dunkelheit verschwindet.

Wie auf ein Signal hin erheben sich die anderen Männer von den Tischen und drängen aus der Tür. Beneke schaut ihnen hinterher, dann geht er zum Tresen, legt zwei Münzen darauf und wendet sich ebenfalls zum Gehen.

Außer Landers ist jetzt kein Gast mehr in der Taverne. Der Wein dreht sich in seinem Kopf, und er muss einsehen, dass er bei Beneke keinen Schritt weitergekommen ist. Er steht auf, um ihm zu folgen, doch er hat noch nicht die Tür erreicht, als von draußen ein lautes Krachen und Poltern zu hören ist. Die Wirtin folgt ihm vor die Tür, und beide betrachten im Mondschein den Admiral, der zwischen umgestürzten Fässern und Kisten stöhnend und würgend in seinem Erbrochenem liegt.

«Du musst ihn zu seinem Schiff bringen», sagt die Wirtin. «Hier draußen erfriert der sonst, auch wenn das kaum wen kümmern dürfte.»

«Euch auch nicht?», fragt Landers.

«Könnte man denken», sagt die Wirtin.

«Warum hat Beneke den anderen so übel zugerichtet?»

«Er hat Beneke provoziert, hat irgendwas über den englischen König gesagt.»

«Welchen König? Edward oder Henry?»

«Den König, dessen Schwester es mit unserem Herzog Karel de Stoute treibt.»

«Also Edward.»

«Ja, der ist vor 'ner Zeit aus England geflohen, und unser Herzog hat ihn aufgenommen. Deswegen wollen jetzt auch die Franzosen beim Krieg mitmischen. Da blickt doch keiner mehr durch.» Die Wirtin schüttelt ratlos den Kopf. «Und nun bring den Beneke von hier weg, Jongen. Mir reicht's mit euch Hansen, und mit den Engländern und den Franzosen auch. Die sind doch alle verrückt, immer nur Krieg, und alles geht den Bach runter.»

Hinter der Wirtin fällt geräuschvoll die Tür zu.

Landers schaut unschlüssig zu, wie Beneke einen Versuch unternimmt, aus dem Gerümpel hervorzukriechen und auf die Füße zu kommen. Dabei rutscht er aus und fällt auf eine Kiste, die unter ihm zerbricht. Landers überlegt, was er mit ihm machen soll. Irgendwie tut der Mann ihm leid, wie er da so hilflos im Dreck liegt. Schließlich beugt sich Landers zu ihm herunter, fasst ihn unter die Achseln und will ihm auf die Beine helfen, als sich Beneke plötzlich versteift. Seine Hände fahren hoch, greifen nach Landers' Hals und drücken fest zu.

«Ich töte dich», schreit Beneke. «Ich töte dich!»

Landers ringt um Luft. Er wird von Todesangst ergriffen. Benekes Gesicht ist dicht vor seinem, und in den Augen scheint der Wahnsinn zu lodern. Landers gurgelt und strampelt in Benekes hartem Griff. Verzweifelt versucht er, seine Hände abzuwehren. Nie hätte er es für möglich gehalten, dass jemand, der so betrunken ist, solche Kräfte entwickelt. Landers wird schwarz vor Augen. Er spürt, wie er das Bewusstsein verliert, als mit einem Mal der Griff schwächer wird. Benekes Hände lösen sich von seinem Hals.

Landers sinkt keuchend auf die Knie nieder. Durch einen Tränenschleier sieht er die Wirtin mit einem Holzknüppel in der Hand. Beneke lehnt benommen an der Wand der Taverne, von seiner Stirn tropft Blut. Landers richtet sich auf, sein Hals brennt, und er sieht gerade noch, wie Beneke durch die Gasse davonwankt und beim Gehen die gesamte Breite der Gasse ausmisst, bis die Dunkelheit ihn verschluckt.

Kurz darauf hat Landers ihn eingeholt, und er folgt ihm bis in den Hafen, wo das fahle Spiegelbild des Mondes auf der Oberfläche des Zwyn verzittert.

8.

Sluis – Februar bis März 1471

Landers wird unsanft durch einen Tritt in den Rücken geweckt. Er liegt auf dem Großdeck des *Mariendraken*, eingerollt in eine löchrige Decke, die ihm der Graubart gestern Nacht gegeben hat, der jetzt spöttisch grinsend auf Landers herabblickt.

«Du hast es tatsächlich an Bord geschafft, Kaufmann», sagt Rottmeister Hoike. «Hab ich dir nicht zugetraut. Du bist 'n lästiger Misthaufen, und trotzdem hat Beneke dir den Hals nicht umgedreht. Das versteh, wer will.»

Gestern Nacht hat der Alte Landers sogar seinen Vornamen verraten, Mychel. Bei ihm stehen etwa ein Dutzend Ruter, meist sehr junge Kerle. Darunter sind auch die Männer von gestern, der Rothaarige, der Possick heißt, und der pickelige Huge. Landers setzt sich unter der Decke auf. Seine Glieder sind steif von der Kälte und dem Liegen auf den harten Planken, aber von der Schaffarm ist er Schlimmeres gewohnt.

Als er gestern Nacht mit Beneke ans Hafenbecken gekommen ist, warteten am Kai ein paar Männer vom *Mariendraken* auf den Admiral. Als Landers sie bat, in dem Esping mitfahren zu dürfen, hat Beneke nur mit den Schultern gezuckt; vielleicht war es ihm wirklich egal, vielleicht war er auch einfach zu betrunken.

«Wie haste Beneke denn von dir überzeugt?», fragt Hoike.

«Ich habe in der Taverne mit ihm Wein getrunken.»

«Das ist alles? Der trinkt eigentlich lieber allein, und wenn ihm dabei irgendwer auf die Nerven geht, kann's ungemütlich werden.»

«Ja, einen Mann hat er übel zugerichtet.»

«Dich leider nicht», sagt Possick, und als er lacht, stimmen die anderen ein.

Landers fasst sich an den Hals und muss daran denken, dass er vielleicht nicht mehr am Leben wäre, wenn die Wirtin ihn nicht gerettet hätte. «Nein, mich nicht», sagt er dann. «Gehöre ich jetzt zu eurer Mannschaft?»

«Nicht so schnell, Kaufmann», sagt Hoike. «Jetzt machste dich frisch, dahinten steht 'n Eimer mit Wasser, und dann sehen wir weiter.»

Allein der Gedanke daran, sich das kalte Wasser ins Gesicht zu schaufeln, lässt Landers frösteln. «Also eigentlich bin ich schon frisch», murmelt er.

«Was haste denn gedacht, wo du hier bist?», erwidert Hoike. «Im Stadtschloss von Brügge?»

Wieder wird Gelächter laut. Etwa zwei Dutzend Männer haben sich inzwischen um Landers geschart und glotzen ihn an wie eine Kuriosität. Es ist ihm peinlich, im Mittelpunkt von all dem Hohn und Spott zu stehen. Er überwindet sich, steht auf und geht zu dem Eimer, in dem ihn das eiskalte Wasser erwartet.

Hoike nimmt Platz auf einem Schemel hinter dem Tisch, den man auf dem Großdeck beim Hauptmast aufgestellt hat. Als Landers vor den Tisch tritt, blickt der Alte ihn herausfordernd an. Wieder kommen viele Ruter und Seemänner hinzu, dankbar für jede Abwechslung während der langen Liegezeit im Winterlager. Hoike stellt ein Tintenfässchen auf den Tisch, schlägt ein kleines Buch auf und nimmt eine Schreibfeder zur Hand. Es überrascht Landers, dass ein Ruter wie Hoike offenbar schreiben kann, er lässt sich seine Verwunderung aber nicht anmerken.

«Sag mir deinen Namen und woher du kommst», fordert Hoike ihn auf.

«Till Landers, aus Wismar. Das hab ich doch gestern schon erzählt.»

«Du sollst meine Fragen beantworten», sagt Hoike, während er die Angaben in dem Büchlein notiert. «Und jetzt sag mir, welche Fähigkeiten du hast.»

«Ich bin ein Handelsgeselle. Ich kann lesen, schreiben, rechnen, und ich spreche ein paar Sprachen: Englisch, Französisch, Niederländisch, ein bisschen Spanisch ...»

«Ich will wissen, welche Fähigkeiten du hast, die auf 'nem Orlogschiff gebraucht werden», unterbricht Hoike ihn. «Was willste hier mit Rechnen anfangen? Wenn dir die Engländer 'n paar Pfeile in den Hintern schießen, ist's egal, ob du weißt, ob's drei oder fünf oder zehn Pfeile sind. Hast du wenigstens 'ne Waffe dabei?»

«Ja, ein Messer», sagt Landers kleinlaut und ahnt, dass das nicht die Antwort ist, die von ihm erwartet wird.

«Er hat 'n Messer», ruft Possick höhnisch, was für allgemeine Heiterkeit sorgt.

«Ruhe, ihr Hurensöhne», ruft Hoike. Doch er kann selbst kaum ein Schmunzeln unterdrücken. «Also, auf einem Orlogschiff gibt's Lanzenknechte, die kämpfen mit Schwertern, Enterbeilen, Spießen und Lanzen. Und es gibt die Schützen, Armbrustschützen und Bogenschützen, und dann gibt's noch die Bossemeister, die mit ihren Knechten die Bombarden bedienen. Kannst du irgendetwas davon vorweisen?»

Landers schaut sich irritiert um und blickt auf eine Wand aus belustigten Gesichtern, die feixend Grimassen ziehen. «Ich habe angenommen, man stellt mir hier die Waffen zur Verfügung», sagt er dann.

Der Alte verdreht genervt die Augen. «Ich muss in dieses Buch nicht nur deinen Namen schreiben, der eh keinen interessiert, sondern ich muss da vor allem reinschreiben, mit welchen Waffen du kämpfst. Erst dann kann festgelegt werden, in welcher Rotte du bist und wie viel Sold man dir zahlt. Ob du drei und vier zusammenzählen kannst, will keine Sau wissen.»

«Drei und vier, so was will 'ne Sau nicht wissen», singt Possick lachend.

«Bei manch einer Sau könnt's aber auch nicht schaden», sagt Hoike mit Blick auf Possick, dann sagt er zu Landers: «Es ist nämlich so, dass in der hansischen Schiffsordnung festgelegt wurde, dass sich die Höhe des Solds, die ein Ruter kriegt, nach seinen Waffen und Fähigkeiten richtet, und wenn einer bei der Musterung lügt und falsche Angaben macht, wird ihm der halbe oder gleich der ganze Sold entzogen.» Hoike pult mit einem dreckigen Finger in seinem Ohr, betrachtet nachdenklich die Ausbeute und schnippt sie in Landers' Richtung. Dann wendet er sich an die umstehenden Ruter: «Welchen Sold sollte man einem Kerl zahlen, der zwar rechnen, aber mit keiner Waffe umgehen kann, der die Sprache der Franzosen spricht, aber weder Beil noch Schild hat?»

«So einer ist keinen halben Pfennig wert», höhnt Possick.

«Du kannst ja doch rechnen, Junge», sagt Hoike und dann zu Landers: «Du hast keine Waffen, keine Erfahrung im Kampf, keine Ahnung vom Seekrieg – und trotzdem wirst du eine Gelegenheit bekommen, dich zu beweisen.»

«Warum das denn?», protestiert jemand laut. «Der frisst uns nur das Essen weg.»

«Und in der Schlacht steht er uns im Weg rum», murrt ein anderer.

«Ruhe, verdammt», sagt Hoike. «Ich bin hier der Rottmeister, und deshalb hab ich das Sagen. Der Kaufmann bleibt an Bord. Und warum darf er bleiben? Weil er seine erste Begegnung mit unserem betrunkenen Admiral überlebt hat. Was nicht viele Männer von sich behaupten können. Also, hör zu, Kaufmann, du kriegst 'nen Sold von zwei Pfennig die Woche, und wie jeder andere Ruter kriegst du 'nen Anteil an der Prise, wenn wir was erbeuten. Wie hoch dein Anteil sein wird, überleg ich mir noch. Und jetzt zieh ab und besorg dir 'ne anständige Waffe.»

Weil ihm kein Ruter auf dem *Mariendraken* eine Axt oder Lanze oder ein Schwert verkaufen will, lässt sich Landers bei nächster Gelegenheit mit dem Esping nach Sluis übersetzen, wo ihm nichts Besseres einfällt, als die Wirtin des *Durstigen Schwans* um Rat zu fragen. Sie lässt sich für die Information mit einer Münze bezahlen, dann schickt sie ihn zu einem steinalten Kerl, der früher in irgendwelchen Kriegen gekämpft haben soll. Der Alte wohnt mit Hühnern und Katzen in einer baufälligen Hütte am Stadtrand, und er kann die paar Münzen, die Landers noch im Geldbeutel hat, gut gebrauchen, vor allem um seine Schulden im *Durstigen Schwan* zu begleichen. Womit die Wirtin von dem Geschäft zweifach profitiert. Der Mann kramt unter Gerümpel und Abfällen aus einer mit Spinnweben verhangenen Ecke ein Lanzenblatt und ein Langmesser hervor. Die Waffen habe er sich beschaffen müssen, als jeder Bürger noch für die Verteidigung seiner Stadt zuständig gewesen sei und an Land und auf dem Meer gegen alle Feinde habe kämpfen müssen, erzählt der Alte. Nun werde diese Aufgabe überwiegend von Söldnern erledigt, in Sluis und Brügge und allen anderen burgundischen Städten, weswegen er selbst die Waffen nicht mehr benötige.

Auch wenn sich Landers mit Waffen nicht auskennt, sieht er auf den ersten Blick, dass die Sachen, die der Alte ihm andrehen will, in schäbigem Zustand sind. Lanzenblatt und Schwertklinge sind stumpf und vom Rost angefressen. Den Lanzenschaft hat der Alte irgendwann im Kamin verfeuert, die lederne Schwertscheide wurde von Mausezähnen zernagt. Doch Landers braucht die Waffen, und deshalb drückt er dem Alten seine letzten Münzen in die schwielige Hand.

Zurück auf dem *Mariendraken*, gibt Hoike ihm einen Wetzstein und findet sogar noch einen alten Lanzenschaft, dann ist Landers mit dem Schleifen seiner Klinge beschäftigt. Es dauert ein paar Tage, bis Lanzenblatt und Schwertklinge vom Rost befreit und geschärft sind. Landers' Hände sind von der Schaffarm zwar einiges gewohnt, aber so schwielig und wund waren sie noch nie.

Als die Klingen Hoikes Begutachtung bestanden haben und der alte Graubart einen entsprechenden Eintrag in sein Büchlein gemacht hat, überreicht er Landers im Beisein von Possick, Huge und anderen Rutern ein paar Dinge. Sie gehörten einem jungen Mann, der Landers' Größe hatte, aber im letzten Herbst bei einer Seeschlacht ums Leben gekommen ist und keine Angehörigen hatte: eine Schiffskiste, in der Landers Becher, Holzteller, Schüssel, Löffel und ein paar persönliche Gegenstände verstauen kann. Landers, der nur die Sachen besitzt, die er am Leibe trägt, bekommt auch ein paar Kleidungsstücke des Verstorbenen: Holzschuhe, Hose, Handschuhe, Wams sowie eine Gugel. Die Sachen sind meist aus Wolle gefertigt, weil sie nicht so viel Wasser aufnimmt wie Leinen. Auch ein lederner Harnisch findet sich unter den Sachen.

«Pass gut auf das Zeug auf», sagt Hoike. «Damit ehrst du das Andenken des Jungen.»

«Wie hieß er denn überhaupt?», will Landers wissen.

Hoike blättert in seinem Büchlein und sucht nach dem Eintrag von der Musterung des Ruters. «Hier ist er. Hans Kröger hieß der, ein Lanzenknecht aus Danzig.»

«Der Bursche ist an einem Seil zwischen den Rumpf von unserem Schiff und dem des Engländers geraten, als wir entern wollten», erklärt Possick und schlägt die Handballen klatschend zusammen. «Als die Schiffe zusammengekracht sind, hat's den Burschen zerquetscht, wie der da unten so am Enterseil hing. Als wir den hochgezogen haben, sah er aus wie 'ne zertretene Miesmuschel.»

«So was könnte dir nie passieren», bemerkt Hoike trocken.

«Nee», meint Possick und lacht. «So dumm bin ich nicht.»

«Genau», sagt Huge schnell, der wie immer in Possicks Nähe steht. «So dumm ist er nicht.»

Landers betrachtet die Kleidungsstücke. An einigen Stellen sind zwar noch dunkle Flecken, aber offenbar hat man die Sachen gewaschen. Es tut Landers leid um den jungen Ruter. Aber was soll er tun? Er braucht die Kleidung. «Wie alt war Hans Kröger, als er starb?», fragt er.

«So alt wie Huge, würd ich denken», sagt Hoike und ruft: «Huge, du Dünnbiertrinker, vor wie vielen Jahren hat deine arme Mutter deinen hässlichen Schädel aus ihrem Schoß gepresst?»

«Weiß nicht, vielleicht vor fünfzehn oder sechzehn Jahren oder so», sagt Huge.

«Und wie alt bist du, Kaufmann?», fragt Hoike.

«Geboren im Jahre des Herrn 1449», antwortet Landers grinsend, aber das Grinsen vergeht ihm, als Hoike sofort erwidert: «Zweiundzwanzig also.»

Landers ist beeindruckt. Der Alte kann also nicht nur schreiben, sondern auch rechnen, und wieder fragt er sich, was einen solchen Mann, der zudem viel älter ist als jeder andere an Bord, auf ein solches Kaperschiff verschlagen hat. Ob er früher Kaufmann war?

Dann überreicht Hoike ihm noch etwas, das, wie er betont, an Bord unentbehrlich ist: einen aus einem zusammengenähten Fell gefertigten Bültsack, einen Schlafsack, dessen gegerbtes Leder wenig Wasser durchlässt.

«Ab heute schläfst du nicht mehr auf dem Großdeck», erklärt Hoike. «Du kriegst 'nen Platz oben bei uns in der Hütte auf dem Vorderkastell.»

«Soll das heißen, du nimmst den Hühnerschiss in unsere Rotte auf?», fragt Possick mürrisch.

«Ja», erwidert Hoike, «und du trainierst ihn an den Waffen.»

Possick verdreht die Augen. «Wenn er die Hütte vollfurzt, überlebt er das Training nicht.»

Als sich Landers bei Hoike für die Kleidung, die Kiste, den Bültsack und die anderen Sachen bedankt, schüttelt der den Kopf und sagt: «Du wirst das Zeug bezahlen müssen, und bis du schuldenfrei bist, wird's viele Monate dauern. Aber es gibt zwei Möglichkeiten, wie du deine Schulden schneller loswirst: Entweder wir kapern bald 'ne wertvolle Ladung, und du beweist dich im Kampf und kriegst 'nen angemessenen Anteil an der Prise. Oder du stirbst vorher.»

Am Abend bezieht Landers den neuen Schlafplatz auf dem Vorderkastell in der Hütte, einem mit Zeltplanen umspannten Balkengestell, das oben von einem Bretterdach geschützt ist. Für die Nachtruhe werden in der Hütte Strohmatten sowie mit Stroh gepolsterte Säcke auf den Bodenplanken verteilt, auf die sich die Ruter in ihren Schlafsäcken legen. Die Unterlage ist eine Wohltat für Landers, nachdem er die ersten Nächte fast ungeschützt auf dem Großdeck schlafen musste, wo die Kälte von allen Seiten unter seine Decke kroch.

Etwa zwanzig Ruter sowie die gleiche Anzahl Seeleute sind den Winter über auf dem *Mariendraken* geblieben, ebenso viele auf den anderen vier Danziger Schiffen, die in der Nähe im Zwyn ankern. An Bord schlafen die Männer in den Hütten auf den Kastellen sowie unter Deck in den als Schlafstätten umfunktionierten Laderäumen. Der Großteil der Mannschaft verbringt jedoch den Winter in kleinen Kammern in den Wohnhäusern von Sluis oder anderen Städten, wo sie sich eingemietet haben.

«Die anderen Männer werden bald auf die Schiffe zurückkehren», sagt Hoike. «Ich hab gehört, es wird nicht mehr lange dauern bis zur ersten Ausfahrt in diesem Jahr. Und deswegen, Kaufmann, sieh zu, dass du dein Handwerkszeug kennenlernst, und das besteht jetzt nicht mehr aus Rechenschiebern oder Waagen, sondern aus Schwert, Schild und Lanze.»

Gleich beim ersten Training auf dem Großdeck bezieht Landers reichlich Prügel. Possick ist ein erfahrener Krieger, und Landers dankt Gott, dass sie für die Übungskämpfe Knüppel und Holzschwerter verwenden, sonst wäre er etliche Male von Klingen durchbohrt und zerhackt worden. Er gewinnt keinen einzigen Kampf, und sein Körper wird grün und blau geschlagen. Hoike schüttelt den Kopf, und die Ruter und Seeleute, die beim Zuschauen ihren Spaß haben, lachen Landers aus. Dennoch ist er nicht unzufrieden und überzeugt, dass er von Tag zu Tag besser wird, obwohl das außer ihm niemand zu bemerken scheint.

An den Abenden kriecht Landers todmüde in den Schlafsack. Gegen die Kälte zieht er sich das Fell bis unter die Nase und die Gugel über den Kopf, dann dankt er im Stillen Hans Kröger für seine Sachen und verspricht, ihm alle Ehre zu machen.

Nach dem Aufstehen bereitet ein Koch, ein kahlköpfiger, mürrischer Kerl, der Mannschaft das Frühstück in einem großen Topf zu. Meist gibt es Grütze und Brot, manchmal auch Fisch oder Fleisch. Der Topf hängt über der einzigen Feuerstelle an Bord, die am Fuß des Vorderkastells eingerichtet ist. Andere Feuer sind an Bord bei harten Strafen verboten, denn nichts fürchten Seeleute mehr als ein außer Kontrolle geratenes Feuer.

In den etwa zwei Wochen, die Landers mittlerweile auf dem *Mariendraken* ist, hat er Beneke nur selten zu Gesicht bekommen. Nur ihm als Admiral steht an Bord eine eigene Kammer zu. Der kleine Raum, der durch eine verriegelbare Tür gesichert ist, befindet sich im Zwischendeck des Achterkastells über dem Geschützstand und unterhalb der oberen Plattform. Womit Beneke in der Kammer seine Tage verbringt, weiß niemand so genau. Man erzählt sich, der Admiral mache nichts anderes, als Wein zu trinken, wenn er nicht gerade betet. Nur in einem sind sich die Männer einig: Beneke sei kein normaler Mensch, sondern von bösen Dämonen besessen. Manchmal, so heißt es, höre man ihn in der Kammer laut schreien, dass es einem kalt über den Rücken laufe.

Wenn Beneke in diesen Tagen die Kammer verlässt, ist sein dunkles Haar ungekämmt, der Bart struppig und das Gesicht wie zu Eis erstarrt. So steigt er, ohne jemanden zu beachten, die Leitertreppe hinab aufs Großdeck. Dann klettert er über eine

Strickleiter an der Bordwand runter in den Esping, lässt sich von Seemännern ins Hafenbecken rudern und verwindet beim Kai in den Gassen von Sluis wie ein Geist der Schatten. Vielleicht betrinkt er sich im *Durstigen Schwan* oder einer anderen Taverne, denn wenn er nachts zurückkehrt, hört Landers ihn übers Großdeck schlurfen, bevor die Tür der Kammer krachend zuschlägt.

Die meiste Zeit ist Beneke allein. Hin und wieder kann man ihn jedoch in Begleitung eines anderen Mannes sehen, seines Stellvertreters, des Hauptbootsmanns Eler Bokelmann. Der scheint der einzige Mensch zu sein, den Beneke in seine Nähe lässt. Dieser Bokelmann ist eine seltsame Erscheinung, und Landers überläuft jedes Mal ein unangenehmes Kribbeln, wenn er ihm begegnet. Bokelmann ist größer als jeder andere an Bord. Er ist ein Bär von einem Mann, und seine Muskeln zeichnen sich unter seinem Hemd ab.

«Vor dem nimm dich in Acht», hat Possick einmal gesagt, als er Landers beim Aufstehen half. Gerade hatte er Landers im Übungskampf mit einem harten Schlag des Holzschwerts gegen seinen Schild zu Boden geschickt. Bokelmann stand oben an der Reling des Achterkastells und beobachtete den Kampf mit ausdrucksloser Miene. «Der braucht kein Schwert», sagte Possick leise. «Der zerreißt dich mit bloßen Händen in zwei Hälften.»

Landers erinnert sich an die grausigen Geschichten, die damals von den Londoner Richtern über Beneke und seine Kaperfahrer berichtet wurden. Die Narben, die Bokelmann in seinem meist rasierten Gesicht wie Trophäen zur Schau stellt, könnten ihre eigenen Geschichten erzählen, und Landers glaubt, dass Hoike darüber Bescheid wissen muss. Sobald sich eine Gelegenheit ergibt, muss er den alten Graubart danach ausfragen.

Dann bricht der Monat März an. In der Luft liegt schon die Andeutung von Frühlingsduft, als Landers an einem jener Abende wie so häufig mit Possick, Huge und anderen Rutern beim Würfelspiel am Hauptmast auf dem Großdeck sitzt. Landers hat eine Glückssträhne mit den aus Walbein geschnitzten Würfeln und gewinnt fast jede Runde.

«Du betrügst doch, du miese Ratte», sagt Possick und ballt wütend die Fäuste, als ein Ruter sie auf die Espings aufmerksam macht, die sich aus Richtung der anderen Danziger Orlogschiffe – sie tragen die Namen *Große Marie*, *Fliegender Geist*, *Georgsdrake* und *Stolzer Falke* – nähern. Mehrere Männer klettern aus den Beibooten über die Strickleiter hinauf an Bord des *Mariendraken*.

«Wer sind diese Männer?», fragt Landers.

«Das sind die Schiffsführer und ihre Hauptbootsleute unserer Flotte», erklärt Possick, der seinen Groll auf Landers offenbar wieder vergessen hat. «Der da vorne zum Beispiel, der mit der spitzen Nase und dem hellen Bart, das ist Merten Bardewig, der kommandiert die *Große Marie*. Es heißt, er fährt schon seit vielen Jahren mit Beneke zur See, fast so lange wie Bokelmann.»

Insgesamt sind es acht Männer, die über die Leitertreppe auf die Plattform des Achterkastells hinaufsteigen. Dort werden sie von Bokelmann empfangen und in die Achterhütte geführt, in der man Tische und Bänke aufgestellt hat.

«Was wollen die denn bei Beneke?», fragt Huge.

«Na, irgendwas werden die schon wollen, du närrischer Esel», gibt Possick zurück.

«Muss wohl was Wichtiges sein», sagt Huge, den Possicks Beleidigung nicht zu treffen scheint. «Vielleicht fahren wir endlich bald wieder zur See.»

«Du bist dran mit Würfeln, Landers.» Possick hebt drohend

eine Faust. «Und wenn du noch einmal bescheißt, prügel ich dich über Bord.»

Landers nimmt die Würfel auf, zögert jedoch mit dem nächsten Wurf, als er den Rottmeister in ihre Richtung kommen sieht. «Vielleicht weiß Hoike, was da los ist.»

Hoike bleibt bei ihnen stehen und blickt zum Achterkastell hoch.

«Was wollen die denn bei Beneke?», fragt Huge ihn.

«Woher soll ich das wissen?»

«Weil du mal 'n Vertrauter von Beneke warst», sagt Huge kleinlaut.

«Sogar Freunde sollt ihr gewesen sein», ergänzt Possick.

«Halt dein dummes Maul, Possick», fährt Hoike ihn an. «Davon weißt du nichts, davon wisst ihr alle nichts, und das geht euch auch 'nen Dreck an. Beneke weiht mich schon lange nicht mehr in seine Pläne ein.»

So aufgebracht hat Landers den Alten noch nicht erlebt, und niemand wagt mehr, etwas zu ihm zu sagen. Sie schauen hinauf zum Achterkastell, wo hinter den Zeltplanen vermutlich etwas Wichtiges besprochen wird.

Es ist Huge, der das Schweigen bricht: «Ich bin ja nur ein närrischer Esel. Aber neulich hab ich in Sluis gehört, dass es Friedensverhandlungen zwischen England und der Hanse geben soll. Vielleicht hat das Treffen damit zu tun.»

«Was du so alles hörst, du Schwachkopf», sagt Possick.

«Sie verhandeln über Frieden», wirft Landers erfreut ein. «Dann könnte der Krieg ja bald vorbei sein.»

«Glaub ich nicht», unterbricht Hoike ihn, und dann sagt er nachdenklich: «Aber ich hab auch davon gehört. Und dass sich der Herzog von Burgund als Vermittler angeboten hat. Vielleicht war Beneke deshalb neulich im Hansekontor in Brügge.

Es soll da 'ne große Zusammenkunft mit den Oldermännern und Kaufleuten gegeben haben. Ich glaube, da ist was im Gange, irgendwas Großes, aber ich glaube nicht, dass es was Gutes für uns ist. Benekes Laune ist seitdem noch schlechter als vorher.»

9.
Brügge – März 1471

Einige Tage nachdem er bei dem Schneider das Kleid für Maria in Auftrag gegeben hat, geht Portinari wieder ins Künstlerviertel an der Sint-Jorisstraat, und dieses Mal muss er der Hölle einen Besuch abstatten. Als er zu dem zweistöckigen Steinhaus kommt, in dem der Maler Hans Memling lebt und arbeitet, poltert Portinari ins Atelier, ohne mit dem eisernen Ring an die Tür zu klopfen. Beinahe wäre er über eine schwarze, einäugige Katze gestolpert, die ihm zwischen die Füße springt. Sie huscht fauchend zur Seite, bauscht den aufgerichteten Schwanz und starrt ihn aus ihrem gelben Auge an. Portinari erschauert und wendet den Blick ab von dem unheimlichen Zyklopen.

«Signor Portinari?», hört er die Stimme des Malers aus dem Atelier.

Überall stehen Kisten, Truhen und Körbe herum. Die Wandregale sind gefüllt mit Krügen und Töpfen, die Tische vollgestellt mit Kerzen, Schälchen und von bunten Farbklecksen übersäten Tüchern. Hans Memling steht an einer Staffelei. Darauf ist auf einer kleinen Leinwand das mit Rötelkreide skizzierte Porträt jener älteren Frau zu sehen, die dem Maler auf einem Schemel gegenübersitzt. Das Weib, das auf dem Kopf eine weiße Haube trägt, blickt Portinari ebenso überrascht an wie der Maler.

Kalte Luft zieht von draußen durch die Tür, die Portinari hat offen stehen lassen. In dem Atelier sind die Fensteröffnungen gegen die Kälte mit gegerbten Tierhäuten sorgfältig zugehängt. In einem Kamin zucken ein paar Flammen hilflos im Luftstrom. Portinari räuspert sich laut. Die Art und Weise, wie er empfangen wird, missfällt ihm. Die knochige Frau starrt ihn respektlos, ja geradezu biestig aus funkelnden Altweiberaugen an. Ungesund sieht sie aus, mit ihrer ausgetrockneten gelblichen Haut. Weiß sie etwa nicht, wer er ist? Welches hohe Amt er bekleidet?

«Hier drin wird's kalt», sagt sie verkniffen in der Sprache der Flandern.

Portinari beachtet die Alte nicht und wendet sich an den Maler. «Ihr wisst, warum ich hier bin, Meister Memling.»

«Im Moment bin ich leider sehr beschäftigt, Signor Portinari», erwidert der Maler leise, fast ängstlich. Portinari findet, dass Memling mit seiner knolligen Nase und den geröteten Pausbacken aussieht wie ein zu groß geratener Junge. Viel weiß Portinari nicht über ihn, nur, dass er etwa dreißig Jahre alt ist und aus einem Ort namens Seligenstadt am Fluss Main stammt. Nachdem er seine Eltern während einer Pestepidemie verloren hatte, wuchs er in Waisenhäusern auf und bewies schon damals ein außerordentliches malerisches Talent wie eine von Gott geschenkte Gabe.

Memling breitet die mit Rötelkreide verschmierten Hände entschuldigend aus. «Es tut mir wirklich leid, aber ...»

Portinari schneidet ihm mit einer herrischen Geste das Wort ab. «Warum arbeitet Ihr nicht an dem Gemälde, das die Medici schon vor Jahren bei Euch in Auftrag gegeben haben? Stattdessen vertut Ihr Eure Zeit damit, ein halb totes Frauenzimmer zu porträtieren ...»

Das Weib springt unerwartet flink von dem Schemel auf und

stellt sich vor Portinari. Sie reicht ihm kaum bis an die Brust. «Euch fehlt es an Manieren, eingebildeter Römer», sagt sie scharf.

«Florentiner», korrigiert Portinari sie ernst.

Doch das scheint der Frau egal zu sein. Sie schießt unter ihrer Haube Blicke wie Giftpfeile auf ihn ab, dann rauscht sie mit wehendem Gewand davon. Die Tür fällt krachend hinter ihr ins Schloss. Der kalte Luftstrom versiegt.

«Huh», macht Portinari. «Was war denn das für eine Schreckgestalt aus Methusalems Zeiten? Sagt mir, Meister Memling, warum malt Ihr so ein unansehnliches Weib mit Haube? Warum nicht was Junges, ich meine, so was Schönes, an dem sich Männer wie ich erfreuen können?»

«Ihr Name ist Marieliese. Sie ist die Großmutter meiner Gemahlin.»

«Ach so?» Portinari überlegt, ob er sich für seinen Auftritt entschuldigen soll, meint aber, dass für so etwas jetzt keine Zeit ist. Er schaut sich im Atelier um und fragt: «Wo ist das Gemälde?»

Memlings Kiefer mahlen, und sein Gesicht wird blass, als lastete etwas Schweres auf seinen Schultern. Am Kamin entzündet er mit einem brennenden Span eine Tranlampe, dann geht er damit zu einer Tür, vor der der Boden mit einer Staubschicht bedeckt ist. Offenbar ist hier schon länger niemand mehr durchgegangen. Memling schiebt den Riegel zur Seite, drückt die Tür auf und verschwindet dahinter in der Dunkelheit. Portinari folgt ihm.

Schon beim Betreten der Kammer spürt er, wie sich seine Nackenhaare aufstellen. Memling steht in dem fensterlosen Raum mit der Lampe vor den großen Holztafeln aus Eichenholz. Die Tafeln lehnen an der Wand und reichen bis unter die Decke.

Nach ihrer Fertigstellung sollen sie dereinst zu einem aufklappbaren Triptychon zusammengefügt werden, das insgesamt elf Fuß breit und fast neun Fuß hoch sein wird.

«Warum steht das Gemälde in dieser finsteren Kammer?», fragt Portinari, als er sich zu Memling gesellt.

«Im Atelier ist dafür leider kein Platz im Moment.»

Portinari glaubt ihm kein Wort, sagt aber nichts, denn sein Mund wird trocken, während sein Blick im flackernden Schein der Tranlampe über die unfertigen, aber schon mit zahlreichen Details bemalten Tafeln gleitet. Auf der mittleren Tafel thront Jesus, der Weltenrichter, auf einem Regenbogen, flankiert von seinen Aposteln. Zu den Füßen Jesu wägt der Erzengel Michael in goldglänzender Rüstung auf einer Waage die Seelen der Menschen, die rings um ihn herum aus ihren Gräbern auferstehen, dürre, nackte, verängstigte Gestalten. Und Jesus richtet über die Auferstandenen. Kommen ihre Seelen ins Himmlische Jerusalem, das auf der linken Tafel dargestellt zur Erde herabschwebt? An einer Treppe aus Kristall warten die Erlösten – die frommen Menschen, die geliebten und liebenden Seelen – auf den Eintritt ins Himmelreich. Oder werden die Menschen zu ewigen Höllenqualen verurteilt?

Portinari schlägt das Herz gegen den Brustkorb, als sein Blick jetzt zu der rechten Bildtafel wandert. Auch hier hat Memling noch längst nicht alle Details ausgearbeitet. Aber das, was bereits zu sehen ist, treibt Portinari den Schweiß auf die Stirn. Vor seinen Augen nehmen die Schrecken der Hölle Gestalt an: die nackten, sich in qualvollen Ängsten windenden Männer und Frauen, die Verdammten, die kreischenden, verzerrten, verwirrten Seelen. Die Verdammten werden von gehörnten schwarzen Dämonen mit Spießen, Hacken und Keulen über felsige Abgründe getrieben, und sie stürzen in die lodernden

Flammen der Höllenfeuer. Sie fallen, sie schreien und flehen. Und sie brennen. Der Anblick bereitet Portinari Kopfschmerzen, und er fühlt, wie die Höllenfeuer ihn anziehen wie unsichtbare Kräfte. In dem Moment glaubt er zu verstehen, welche Kraft, welche *göttliche* Kraft von dem Triptychon ausgeht, obwohl es längst noch nicht fertig ist.

Während er die schaurigen Fratzen der gequälten Seelen betrachtet, drängt sich ihm die Frage auf, welches Urteil der Herr beim Jüngsten Gericht über ihn selbst verhängen wird, und er muss einsehen, dass er die Antwort darauf nicht mehr weiß. Immer wandelte er durch sein Leben in der Gewissheit, Gott werde ihn im Himmelreich aufnehmen. Doch warum ist Portinari sich dessen plötzlich nicht mehr sicher? Weil ihm bewusst wird, dass er seine Seele jeden Tag mit Sünde belädt? Schließlich steht in der Heiligen Schrift geschrieben, du sollst von deinem Bruder nicht Zinsen nehmen. Und dort steht auch geschrieben, der Mensch könne nicht Gott *und* dem Mammon dienen. Genau das macht Portinari aber jeden Tag. Gut, er spendet die eine oder andere Münze für die Kirche. Aber reicht das aus? Und hätte er dem zerlumpten Jungen, der neulich den Dreck von seinem Stiefel geputzt hat, den Pfennig nicht doch geben sollen?

Er nimmt den Blick von den gepeinigten Seelen und schaut auf die mittlere Tafel – zum Erzengel Michael und der goldenen Waage in seiner Hand. Und in dem Moment glaubt Portinari zu wissen, wie er den Höllenqualen entkommen kann. Er räuspert sich. «Meister Memling», sagt er dann, «das Triptychon sollte längst nach Florenz gebracht worden sein und in dem Ort Fiesole in der Michaelskapelle der Badia Fiesolana stehen. Mein Vorgänger Angelo di Jacopo Tani hat Euch den Auftrag für das Triptychon vor vier Jahren erteilt – vor vier Jahren! Warum habt Ihr die Gemälde nicht längst vollendet?»

«Weil ich … nun ja … weil ich noch andere Aufträge abarbeiten muss.»

«Alte Weiber mit Haube?»

Memling antwortet nicht. Er senkt den Blick zu Boden. Die schiefe Körperhaltung verrät, dass er nicht hier sein will, nicht in dieser Kammer, nicht bei dem Gemälde.

Portinari zeigt auf die noch leere Schale unter der Waage, die der Erzengel Michael hält. «In diese Waagschale malt Ihr mich, Meister Memling – Ihr malt mich als einen durch Gott Erlösten: demütig, gütig, freundlich und frei von jeder Sünde – so wie ich bin!»

Memling blickt seinen Besucher unsicher an. Dann zuckt er mit den Schultern. «Wenn Ihr meint.»

10.

Brügge – März 1471

In der Nacht nach dem Besuch des unfreundlichen Florentiners erwacht der Maler Hans Memling in seinem Grab. Durch das Erdreich, das man über ihn geworfen hat, dringt das Licht wie eine glühende Schwertklinge. Etwas Unsichtbares greift nach ihm und zieht ihn an die Erdoberfläche. Das Licht wird gleißend hell, und Memling stellt fest, dass er nicht allein ist. In den Weiten einer flachen Landschaft öffnen sich die Gräber, und überall steigen daraus die Männer und Frauen hervor. Es sind Hunderte nackte, blasse Leiber. Da ertönt ein herrlicher Klang, und als Memling hinauf in den Himmel blickt, sieht er die Engel auf den Businen blasen. Und im Zentrum des goldenen Lichts sieht er *Ihn* – den Herrn, den Richter, den Gerechten. Er thront auf dem Regenbogen, bei Ihm sitzen seine Apostel, und zu den Füßen des Herrn knien die Gottesmutter Maria und Johannes der Täufer. Sie alle leisten Fürbitte für Hans Memlings Seele, der all das sieht, der all das weiß und der nichts dagegen tun kann; denn so wird es kommen, ja, das Jüngste Gericht wird kommen.

Da fällt über Memling der Schatten des Erzengels Michael, der, gerüstet mit goldenem Harnisch, auf einer Waage die Seele des Malers wiegt. Eine der beiden Schalen ist bereits besetzt mit einem anderen Mann. Memling nimmt in der freien Schale Platz. Die Angst lässt ihn erstarren wie ein Strom eisigen Atems. Wie wird die Waage für Memling ausschlagen? Senkt sie sich unter dem Gewicht seines frommen Glaubens und öffnet für seine Seele die Tür ins Heilige Jerusalem? Oder hebt sie sich, weil seine Seele zu leicht ist? Und dann hebt sich die Schale, in der er sitzt. Memling fleht um Gnade, er betet, er bettelt, er weint. Doch der Herr hat sein Urteil gesprochen. Der Erzengel stößt den Kreuzstab auf Memling nieder, und da kommen schon die gehörnten Dämonen, sie zerren an dem Maler, sie treten und stoßen ihn und treiben ihn mit Speeren zu dem dunklen Gebirge, in dem das ewige Höllenfeuer brennt. Vor dem Eingang zur Hölle ballt sich die Schar der Verdammten: ein schreiender, vor Angst und Verzweiflung kreischender Menschenklumpen, entstellte Fratzen, zappelnde Gliedmaßen. Memling windet sich im Griff der Dämonen. Er duckt sich vor den Schlägen. Sieht die Flammen lodern, spürt die Hitze kommen ...

Memling erwacht schweißgebadet in seinem Bett. Sein Herz schlägt hart. Jedes Mal erwacht er an dieser Stelle aus dem Albtraum, der ihn heimsucht, seit er den Auftrag der Medici für das Altarbild, das Triptychon, angenommen hat. Er blickt auf die Schatten unter der Zimmerdecke und spürt dem Schrecken nach. Seine Gemahlin und die Kinder schlafen in den anderen Betten in der Schlafkammer über dem Atelier im Haus in der Sint-Jorisstraat. Der Raum ist erfüllt vom Geruch der kalten Asche aus dem Kamin. Die Frau schnarcht leise. Memling beneidet sie um ihren friedlichen Schlaf und ihr reines Gewissen. Eins der Kinder seufzt im Schlaf.

Dieses Mal war in dem Traum etwas nicht wie sonst, denkt Memling. Bei der Seelenwägung war er nicht allein auf der Waage, sondern da war noch ein anderer Mann. Der Maler versucht, sich sein Gesicht in Erinnerung zu rufen. Die Konturen werden schärfer, dann erkennt er die Züge Tommaso Portinaris, des eingebildeten florentinischen Bankiers, der ihn am Morgen im Atelier aufgesucht und verlangt hat, Memling solle ihn, Portinari, als Erlösten auf das Gemälde malen.

Memling denkt an die Worte des Herrn aus seinem Traum, an den Richterspruch Gottes: *Dein Zorn ist gekommen und die Zeit der Toten, dass sie gerichtet werden und dass du den Lohn gibst deinen Knechten, den Propheten, und den Heiligen und denen, die deinen Namen fürchten* ... Es sind die Worte aus der Offenbarung, und Memling fragt sich wieder, womit er gesündigt hat. Warum ist er schuldig? Er fürchtet doch den Namen des Herrn. Er betet den Herrn an. Er ist treu, er ist voller Ehrfurcht. Wodurch hat er sich also versündigt? Liegt es vielleicht daran, dass er Schulden aufgenommen hat? Aber er musste es tun. Die Mietzahlung für das Haus ist bald fällig, und er weiß nicht mehr, wovon er alles bezahlen und Essen und Kleider für die Familie kaufen soll. Dabei wäre das Problem einfach zu lösen: Er müsste nur das Triptychon vollenden. Der Vorschuss, den die Medici ihm damals gezahlt haben, ist lange aufgebraucht. Den Rest des Geldes – und es ist sehr viel Geld – wird er jedoch erst für das fertige Gemälde bekommen. Doch er malt Porträts von Menschen wie Marieliese, der geizigen Alten, die ihm keinen Pfennig dafür zahlen wird. Er fragt sich, ob er zu gutmütig oder einfach zu dumm ist. Dabei kennt er die Antwort: Er sucht ständig nach Ausreden, um nicht am *Jüngsten Gericht* arbeiten zu müssen. Als er mit der Arbeit begonnen hat, gingen ihm die ersten Skizzen leicht von der Hand. Doch je mehr die Darstellungen Gestalt annahmen, desto schwieriger wurde es. Seine Finger verkrampften sich, wenn er nur in die Nähe der Holztafeln kam, als läge ein mächtiger Zauber, ein Fluch über dem unvollendeten Gemälde, denn seither suchen die Wächter der Höllenfeuer und die Verdammten ihn in seinen Träumen heim ...

Ein Geräusch schreckt ihn aus den Gedanken auf. Memling lauscht in die Dunkelheit. Es hörte sich an, als ob unten im Atelier etwas umgefallen wäre. Er setzt sich im Bett auf. Seine Gemahlin und die Kinder scheinen fest zu schlafen. Da hört er wieder das Geräusch, ein klirrendes, polterndes Krachen. Sein Herz schlägt schneller, und ein Schauder fährt ihm kalt über den Rücken. Er muss nachschauen, was da unten vor sich geht. Als er aus dem Bett steigt, vergisst er, seine Schuhe anzuziehen. Barfüßig schleicht er in die Kemenate neben der Schlafkammer, nimmt das Kruzifix vom Nagel an der Wand und ein Messer mit, das vom Essen auf dem Tisch liegen geblieben ist. Im Kamin facht er die noch glühenden Scheite an und entzündet an den Flammen eine Öllampe. Mit den Sachen steigt er leise die Treppe hinunter ins Atelier, Kruzifix und Messer in der einen, die Lampe in der anderen Hand.

Vom flackernden Lampenschein getriebene Schatten zucken über die Wände und Regale. Erst jetzt spürt Memling die Kälte des Bodens, die in seine nackten Füße beißt, und weil er im Atelier nichts Verdächtiges sieht, weder Einbrecher noch Dämonen, beschließt er, wieder ins Bett zu gehen. Bestimmt hat er sich die Geräusche nur eingebildet. Da ist das Poltern plötzlich wieder zu hören. Hinter der Tür, die in den Nebenraum führt, muss etwas umgefallen sein. Aber dort lagern doch nur Malerutensilien – und das Triptychon.

Memling überkommt ein Gefühl, als presste ihm ein eiserner Gürtel die Luft aus der Brust. Er hält die Lampe hoch. Tatsächlich, die Tür zum Nebenraum steht einen Spalt weit offen. Dabei ist er sich sicher, die Tür geschlossen zu haben. Oder war er nach dem Besuch des Florentiners so aufgebracht, dass er vergessen hat, die Tür wieder zu schließen?

Memling lauscht in den dunklen Türspalt. Dahinter ist nichts zu hören. Als er aber die Tür öffnet, poltert es wieder im Nebenraum. Memling entfährt ein Schrei, als die einäugige Katze an ihm vorbeihuscht. Das verdammte Biest! Er seufzt. Die Katze, natürlich, es war nur die Katze. Seine Gemahlin hat das Tier erst vor wenigen Tagen ins Haus gebracht, nachdem es ihr durch die halbe Stadt gefolgt war und schnurrend um Mitleid gefleht hatte. Die Frau und die Kinder sind ganz vernarrt in die Katze, Memling hingegen ist sie nicht geheuer. Ihr Fell ist so schwarz wie die Dämonen auf dem Triptychon. Und dann ist da dieser unheimliche, einäugige Blick.

Memling betritt die Kammer. Seine Füße sind schon steif vor Kälte. Im Lampenschein betrachtet er die Holztafeln, die nebeneinander an der Wand lehnen: Auf der linken Tafel entsteht das Himmlische Jerusalem der Erlösten, auf der mittleren Tafel die Seelenwägung und das Gericht Gottes und auf der rechten Tafel die Hölle der Verdammten. Es ist das Jüngste Gericht Gottes, wie es Memling in seinen Träumen heimsucht.

Plötzlich überkommt ihn ein seltsamer Gedanke. Ist es etwa Gott selbst, der von ihm verlangt, das Triptychon zu vollenden? Will Gott der Welt durch das Gemälde verkünden, dass der Tag des Zorns, die heilige Prophezeiung, nicht mehr fern ist, sondern dass Gott Gericht halten wird, sobald es fertig ist?

Und dass Memling dann zum Verdammten der Hölle verurteilt wird?

11.
Sluis – März 1471

Wenige Tage nach dem geheimnisvollen Treffen auf dem *Mariendraken* wird Landers in der Morgendämmerung von lauten Glockenschlägen geweckt. Im Schlafsack neben ihm knurrt Possick missmutig, dann sagt er verschlafen: «Grad träume ich von ’nem schönen Mädchen, das mir im Bültsack die Füße und so was wärmt …»

«Vergiss die Weiber», ruft Hoike, der bereits aufgestanden ist. Er schlägt die Plane am Eingang zur Seite, späht auf die Decks hinaus und ruft dann: «Hoch mit euch, es geht los!»

Noch immer schlägt die Glocke an. Nach und nach kriechen die Ruter aus ihren Schlafsäcken, stolpern schlaftrunken aus der Hütte und klettern über die Leitertreppe runter aufs Großdeck. Bokelmann steht auf dem Zwischendeck des Achterkastells und läutet die Glocke. Beneke ist nicht zu sehen. Schnell füllt sich das Großdeck mit Rutern und Seeleuten, und als die gesamte Mannschaft versammelt ist, gibt Bokelmann die Kommandos, die Anker zu lichten und die Segel zu setzen. Dass der Aufbruch unmittelbar bevorsteht, ist allen klar gewesen, nachdem in den vergangenen Tagen viele Männer aus den Mietwohnungen zurück an Bord geholt worden waren, sodass sich die Stärke der Besatzung inzwischen etwa verdoppelt hat.

Im Bug beginnt die Winde, Bratspill genannt, zu knirschen und zu ächzen, als der große Anker am dicken Tau eingeholt wird. Währenddessen ziehen Landers und andere Ruter die

Zeltplanen von den Seitenwänden der Hütte. Die Aufbauten sollen in einer Seeschlacht als überdachte Unterstände dienen, unter denen die Ruter vor feindlichem Pfeilbeschuss geschützter sind als auf dem offenen Großdeck. Auch die anderen vier Danziger Schiffe werden fahrbereit gemacht. Beim *Georgsdraken* und dem *Stolzen Falken* haben sich während der langen Liegezeit allerdings die Anker im Schlick des Zwyn festgesogen. Seeleute steigen in die Espings und stochern mit langen Stangen im Grund, um die Anker zu lösen.

Unterdessen kommt Landers aus dem Staunen nicht heraus, während er zuschaut, wie einige Seemänner, zumeist blutjunge Kerle, Kinder fast noch, behände die Wanten hinaufklettern. Oben an Haupt- und Vormast schieben sie sich, mit Armen und Beinen die Rahen umklammernd, bäuchlings voran, um die Halterungen zu lösen. Dann lassen sie die Segel herab, die man nach dem Ausbessern während der Winterruhe wieder angebracht hat. Die Burschen bewegen sich mit geübten Handgriffen wieselflink auf den Rahen, immerhin in einer luftigen Höhe von fast siebzig Fuß; einen Sturz aufs Deck würde niemand überleben.

Als die Anker eingeholt und die Segel gesetzt sind, nehmen die Schiffe Fahrt auf. Sie passieren die Burg von Sluis und den Wehrturm, dann segelt die Flotte, die Espings an Tauen hinter sich herziehend, über den Zwyn, der sich durch die flache Landschaft windet, nach Norden zur Mündung. Der *Mariendrake* hat die Führung übernommen. Auf dem Vorderkastell gesellt sich Landers zu Hoike und dem Rest der Rotte. Der Wind streicht ihm übers Gesicht, die Luft riecht nach brackigem Wasser und dem feuchten Gras des Marschlands. Es kommt Landers vor wie eine halbe Ewigkeit, seit er mit dem Handelsschiff nach Sluis gekommen ist, und doch ist das erst wenige Wochen her. Damals fühlte er sich wie versteinert. Er war auf der Flucht, spürte tief in sich noch immer die Enge des Kerkers und war erfüllt vom Dreck und Gestank der Schaffarm. Sein Plan lag vor ihm wie in dichten Nebel getaucht. Er wollte gegen die Engländer kämpfen, um irgendwann heimzukehren und wieder in Reckemanns Dienste zu treten, und natürlich um Juta zu heiraten. Doch das alles erschien ihm unwirklich, wie von einem Schleier bedeckt, sein Leben, die Vergangenheit, die Zukunft. Er war wie betäubt. Und was fühlt er jetzt?

Jetzt spürt er die Welt, jetzt lebt er wieder. Seine Brust weitet sich, die Sinne sind geschärft. Er streckt den Rücken durch und schließt die Augen. Der Wind rauscht in seinen Ohren, und die Möwen kreischen über den Schiffen, als aus der Mars, dem Mastkorb, plötzlich eine laute Stimme zu hören ist. Landers öffnet die Augen und sieht oben einen Mann mit ausgestreckten Armen in Richtung der Zwynmündung zeigen. Dann ruft er etwas zu Bokelmann auf das Achterkastell hinunter, und der gibt seinerseits durch eine Luke Kommandos in den Steuerstand weiter.

Irgendetwas muss bei der Mündung sein, denkt Landers, kann aber nur den von Sanddünen gesäumten Zwyn sehen und dahinter die endlose blaue Weite der Nordsee.

«Was soll da sein?», fragt Hoike ihn. «Meine Augen sind nicht mehr die besten.»

«Weiß ich nicht, da sind nur Wasser und Sand …», erwidert Landers, doch dann sieht er die Masten über den Dünen aufragen. «Ich glaube, da liegen ein paar Schiffe vor der Küste.»

«Was für Schiffe?»

Landers beschattet die Augen mit der Hand, und als sie sich dem offenen Meer nähern, erspäht er die Schiffe östlich der Mündung. «Das sind große Schiffe, mindestens ein Dutzend.»

«Kannst du ihre Flaggen erkennen? Vielleicht sind's Hamburger oder Lübecker Schiffe, mit denen Beneke zum Schlag gegen die Engländer ausholen will.»

«Das sind keine hansischen Schiffe», sagt Landers, als er auf den Flaggen das Wappen erkennt, das auch am Belfried von Sluis und dem Kastell hängt. «Das sind die Flaggen des Herzogs von Burgund.»

«Der Burgunder?», entgegnet Hoike. «Was soll das denn bedeuten?»

«Da sind aber auch noch andere Flaggen», ruft Landers überrascht aus, und er kann selbst kaum glauben, was er da sieht.

«Welche Flaggen? Mach's nicht so spannend, Kaufmann!»

«Das sind ... englische Flaggen.»

«Bist du übergeschnappt?»

Possick meldet sich aufgeregt zu Wort: «Doch, doch, jetzt seh ich die auch. An der Mündung warten 'n paar verdammte Engländer auf uns.»

«Das sind Flaggen mit der Weißen Rose», erklärt Landers, «das Wappen der Yorks.»

«Ich weiß, welches Wappen die verfluchten Yorks haben», sagt Hoike wütend. «Was ich nicht weiß, ist, was das alles zu bedeuten hat.»

Die Anwesenheit der Engländer im Verein mit den Burgundern macht schnell die Runde auf dem *Mariendraken*. Unruhe greift um sich. Stimmen werden laut, Rufe nach Bewaffnung. Man müsse die Bombarden, die wie üblich bereits vor der Abfahrt geladen wurden, schussbereit machen. Dann ist auf dem Achterkastell Bokelmanns laute Stimme zu hören: «Jeder Mann bleibt an seinem Platz!»

Jetzt ist auch Beneke aufgetaucht. Er steht neben Bokelmann

an der Reling des Achterkastells, und sein starrer Blick ist auf die vor der Mündung liegenden Schiffe gerichtet. Der Wind fängt sich in seinem dunklen, ungepflegten Haar und wirft es auf. Sogar aus der Entfernung kann Landers erkennen, dass Benekes Gesicht totenbleich ist.

Eine angespannte Stille senkt sich über die Decks des *Mariendraken*, der, gefolgt von den anderen Danziger Schiffen, unbeirrt seinen Kurs in Richtung der Burgunder und Engländer hält. Landers kann den Männern in seiner Nähe ansehen, dass sich alle dieselbe Frage stellen: Warum gibt niemand den Befehl, zu den Waffen zu greifen?

«Die warten hier auf uns», sagt Hoike schließlich, «aber nicht, um gegen uns zu kämpfen.»

«Wenn die ’nen Frieden geschlossen hätten, hätten wir doch davon gehört», entgegnet Possick.

«Vielleicht hat die Hanse zumindest mit den Yorks einen Waffenstillstand vereinbart», überlegt Hoike laut. «Ihr werdet euch erinnern, wie wir deren König Edward im letzten Herbst beinahe gefangen hätten.»

Die Umstehenden nicken, auch Landers. Die Geschichte ist damals sogar bis auf die Schaffarm gedrungen. Demnach war der englische König Edward IV. aus dem Hause York mit seinem Bruder Richard, dem Herzog von Gloucester, vor seinen Feinden, den Lancasters, aus London geflohen. Die Lancasters hatten sich zuvor mit dem französischen König Ludwig XI. verbündet, und der hatte die Rückkehr des Lancasters Henry VI. auf den englischen Thron mit viel Geld und Soldaten unterstützt. Daher wollte Edward mit seinem Gefolge vor der Übermacht in die Grafschaft Holland fliehen. Der dort regierende Herzog von Burgund, Karel de Stoute, hatte ihm Asyl zugesagt, denn Edward ist mit Karels Schwester verheiratet. Doch bei der

Fahrt nach Holland wäre Edward beinahe von hansischen Kaperschiffen aufgebracht worden.

«Wir hätten den Sauhund beinahe erwischt», sagt Hoike. «Edwards Schiffe konnten sich jedoch bei Alkmaar in eine Flussmündung zurückziehen. Als wir ihnen folgen wollten, setzte die Ebbe ein. Deshalb mussten wir umkehren, um nicht auf Grund zu laufen, und so konnte die Ratte entkommen.»

Auf den Schiffen der Engländer und Burgunder werden jetzt die Anker gelichtet. Seemänner klettern auf die Rahen. Die Holke – neun von ihnen tragen die Flaggen der Burgunder, drei die der Engländer – scheinen von schwer bewaffneten Söldnern zu strotzen, deren Helme und Lanzenspitzen im Sonnenlicht funkeln. Auf den Schiffen müssen insgesamt mehr als tausend Krieger sein.

Auf dem Großdeck des *Mariendraken* werden wieder Rufe laut. Die Männer fordern Antworten, was dieses seltsame Aufeinandertreffen zu bedeuten hat. Daraufhin besprechen sich Beneke und Bokelmann auf dem Achterkastell, und dann legt der Hauptbootsmann die Hände an den Mund und ruft: «Vor etwa einem halben Jahr ist der König der Engländer, Edward, nach Holland geflohen. Viele von euch sind dabei gewesen, als wir ihn beinahe festgesetzt hätten, und wir hätten für den Bastard ein schönes Lösegeld verlangen können. Doch er ist uns entwischt, und nun haben sich die Zeiten geändert – für uns und für Edward. Unser Auftrag lautet, ihn in seine Heimat zu geleiten, damit er die Lancasters vernichten und seinen knochigen Arsch wieder auf den Thron pflanzen kann.»

«Engländer sind Engländer», ruft jemand aus der Menge. «Was gehen uns deren Streitereien an? Sollen sie sich doch gegenseitig abschlachten!»

«Ja, und das werden sie tun», erwidert Bokelmann. «Aber

wir haben unsere Befehle, und wenn die Danziger Ratsherren uns befehlen, dass wir Edward heimbringen müssen, dann haben wir keine Wahl, ob's uns gefällt oder nicht. Der Rat hat uns mitgeteilt, dass Edward der Hanse einen Waffenstillstand angeboten hat. Und dass er neue Verhandlungen über die Privilegien der hansischen Kaufleute führen will, aber erst, wenn er die Lancasters besiegt und die Macht wieder an sich gerissen hat. Und deswegen sollen wir ihm Geleitschutz geben, falls seine Feinde ihn bei der Überfahrt angreifen.»

«Wir kämpfen nicht für den englischen König», protestiert jemand. Sofort erhebt sich überall lautes Murren.

«Doch, das werdet ihr tun», ruft Bokelmann. «Uns sind die Hände gebunden. Außerdem ist da noch eine andere Sache: Der Herzog von Burgund, Karel de Stoute, hat gedroht, dass er die Häfen in Flandern für alle hansischen Handels- und Orlogschiffe sperrt, wenn wir dem englischen König keinen Geleitschutz geben.»

«Der Herzog ist ein Verräter», ruft jemand.

«Ja, aber das ist Politik», gibt Bokelmann zurück. «Offenbar hält die Hanse den Yorker Edward für das kleinere Übel als den Lancaster Henry. Wenn die Lancasters an der Macht bleiben, könnten sie zusammen mit den Franzosen Flandern unter ihre Kontrolle bringen, dann hätte die Hanse erst recht das Nachsehen. Und jetzt will ich nichts mehr hören – wir segeln nach England!»

Die Menge grummelt, aber es gibt keine Zwischenrufe mehr. Die Männer drängen sich hinter den Schanzkleidern an Steuerbord, um einen Blick auf die anderen Schiffe zu werfen.

«Verdammte Politik», knurrt Possick. «Bombarden, Pfeile und Lanzen sind die einzige Sprache, die die Engländer verstehen, egal ob Lancasters oder Yorks.»

«Jetzt verstehe ich, warum Beneke in letzter Zeit so üble Laune hat», sagt Hoike. «Er wird schon vor einiger Zeit im Hansekontor von Brügge von den Plänen erfahren haben. Es muss für ihn eine Demütigung sein. Erst soll er gegen Edward kämpfen, dann soll er ihm auf den Thron helfen.»

«Nach allem, was ich gehört habe, war Benekes Laune früher auch nicht besser», wendet Landers ein.

Hoike lacht zum ersten Mal an diesem Tag. «Da hast du auch wieder recht, Kaufmann, aber früher hat er weniger Wein getrunken.»

Die Danziger kommen aus der Zwynmündung und nähern sich den vor der Küste wartenden Schiffen. Bokelmann ruft etwas in den Steuerstand runter, und der *Mariendrake* hält jetzt Kurs auf eines der englischen Schiffe, ebenfalls ein dreimastiger Holk, der so groß wie der *Mariendrake* ist. Beim Bugspriet auf dem Vorderkastell steht eine Gruppe von Leuten, unter denen auch eine Frau ist; einige der Männer tragen Kettenhemden unter roten Mänteln, und sie alle blicken zum *Mariendraken*. Landers fragt sich, ob Edward unter den Männern ist. Er hat gehört, der englische König sei etwa dreißig Jahre alt. Die meisten der mit Kettenhemden gerüsteten Männer sind augenscheinlich älter; einer aber ist deutlich jünger, vielleicht so alt wie Landers, das könnte Edwards Bruder Richard sein. Bleibt noch ein Mann, der dicht bei der Frau steht, die ein Bündel fest an ihre Brust drückt, offenbar ein in Decken gewickeltes Neugeborenes. Der Mann, der etwa dreißig Jahre zählt, steht aufrecht, die Hände auf das Schanzkleid gelegt; auf dem Kopf eine rote Kappe, das glatt rasierte Kinn vorgereckt, blickt er angestrengt, aber mit der Andeutung eines Lächelns zum Achterkastell des *Mariendraken* herüber, wo Beneke steht.

«Die Frau könnte Elizabeth Woodville sein, Edwards Gemahlin», sagt Hoike. «Man erzählt sich, sie hätte ihm im Exil in Alkmaar endlich einen Thronfolger geboren.»

Landers hat nur Augen für den Mann mit der roten Kappe, der vermutlich der König ist und somit letztlich auch die Schuld an Landers' Unglück trägt. Denn er hat damals den Befehl zum Überfall auf den Stalhof gegeben. Landers spürt Wut in sich aufsteigen. Als hätte Possick seine Gedanken erraten, hört er ihn sagen: «Warum gibt Beneke unseren Schützen im Mastkorb nicht einfach den Befehl, ein paar Pfeile in den englischen Hurensohn zu schießen? So 'ne Gelegenheit kriegen wir nie wieder.»

«Du hast's doch gehört, du Hohlkopf», sagt Hoike. «Das ist Politik. Außerdem sind die Engländer und Burgunder mindestens doppelt so viele wie wir. Wenn wir jetzt den König töten, würde das unseren Tod bedeuten.»

«Vielleicht wär's mir das wert, die Ratte verrecken zu sehen», knurrt Possick.

Während der *Mariendrake* in einer Entfernung von kaum mehr als einer Schiffslänge an dem englischen Holk vorübergleitet, schaut Landers nach achtern zu Beneke, der, so sieht es aus, offenbar dieselben Gedanken hat. Sein Blick ist starr auf den Mann mit der roten Kappe gerichtet. Benekes Augen sind hart wie Granit und mit einer Verachtung erfüllt, bei der es Landers kalt über den Rücken läuft. Da hebt der König plötzlich eine Hand in Benekes Richtung, als wollte er ihn wie einen Freund grüßen. Der Admiral erwidert den Gruß nicht. Stattdessen spuckt er über das Schanzkleid, und der auffrischende Wind trägt die Spucke ein Stück in Richtung des Engländers, bevor sie ins Wasser fällt und von Wellen überspült wird.

Der König lässt die Hand sinken, und seine Miene gefriert zu

Eis. Beneke wendet sich ab, steigt über die Leitertreppe hinab auf das Zwischendeck und schlägt die Tür zu seiner Kammer hinter sich zu.

12.

Mündung des Humber – März 1471

Die burgundischen Orlogschiffe fahren der Flotte voraus, dann kommen die drei Engländer, die Danziger folgen an deren Flanken und achtern. Die Schiffe segeln hart am Wind, der sie schnell an die englische Ostküste bringt, ohne dass ihnen bei der Überfahrt feindliche Schiffe begegnen. Sie fahren einen Tag und eine Nacht lang, lassen die Mündung der Themse links liegen und folgen dem Verlauf der Küste während weiterer Tage und sternklarer Nächte. Nachdem sie eine große Bucht, die *The Wash* genannt wird, passiert haben, erreicht die Flotte am 14. März anno 1471 die Mündung des Flusses Humber in der Grafschaft Yorkshire.

Hinter einer Landzunge steuern die Schiffe das flachere Wasser an. Jetzt, bei Ebbe, ragen schwarze Pfosten und Fragmente alter Palisaden aus dem Schlick wie verfaulte Zähne. Hoike, der irgendwann schon mal hier war, erklärt, dass es die Überreste des alten Hafens vom Ravenser Odd seien. Die Anlage sei sehr bedeutend gewesen, mit Wohn- und Lagerhäusern, Kaianlagen und Wachtürmen, bedeutender noch als der Hafen von Kingston upon Hull, einige Meilen flussaufwärts. Doch das Ravenser Odd sei mit der Zeit versandet und der Ort von einer Sturmflut weggeschwemmt worden.

Die Untiefen vor den mit Treibholz bedeckten Ufern sind mit langen Weidenruten und an Seilen befestigten Fässern markiert. Teppiche von Fingertang und Blasenalgen treiben im flachen grauen Wasser, und die Ufer sind gesäumt von Weiden und Erlen. Auf den Schiffen werden die Anker zu Wasser gelassen. Sogleich beginnen Engländer und Burgunder, auf den bei Ebbe trockenfallenden Sandbänken ihre Schiffe zu räumen. Söldner klettern mit Waffen und Rüstungen die Strickleitern hinunter. An Land versammelt sich eine anwachsende Menschenmenge, denn die Rückkehr des Königs hat sich offenbar schnell herumgesprochen. Bis zum frühen Abend hat man aus Brettern, Pfosten und Treibgut einen Knüppelpfad für den König und sein Gefolge vom Ufer bis an sein Schiff gelegt, und als der König im Beisein von Fahnenträgern, auf deren Flaggen das Wappen der Weißen Rose prangt, an Land kommt, hebt lauter Jubel an. Der König und sein Gefolge steigen auf die Pferde, die man für sie bereithält, und sie reiten der Menge voran am Humber landeinwärts zu einem Fischerdorf mit dem seltsamen Namen Penisthorpe, bei dem ein Heerlager errichtet wird.

Die Danziger bleiben an Bord ihrer fünf Schiffe. Gegen Abend lässt Bokelmann aus dem Laderaum des *Mariendraken* ein paar Fässer Wein aufs Großdeck hochbringen. Die Stimmung ist gelöst, die Erleichterung über die reibungslose Fahrt ohne eine Begegnung mit Edwards Feinden überall zu spüren. «Jetzt saufen wir uns einen an», ruft Possick lachend. «Wir trinken auf den verschissenen König der Engländer – er lebe hoch!»

«Ja, Edward soll hochleben», stimmt Huge ein, doch Hoike fährt die beiden an: «Wenn Beneke hört, wie ihr den König bejubelt, lässt er euch unterm Kiel durchholen, bis die Seepocken euch das Fleisch von den Knochen ziehen …»

Doch da stürmen Possick und Huge schon zu den anderen Rutern und Seeleuten aufs Großdeck an die Weinfässer.

In der Nacht ist Landers leicht angetrunken. Er blickt über die schwarze Oberfläche des Humber zu den im Heerlager bei Penisthorpe lodernden Feuern. Es ist eine kühle und klare Nacht. Die Wellen lecken glucksend an den Rumpfplanken des *Mariendraken*, was klingt wie unterdrücktes Gelächter. Die Ruter schlafen ihren Weinrausch aus. Es war eine ausgelassene Feier, bei der reichlich getrunken und gelacht wurde, bis es zwischen irgendwelchen Männern zum Streit kam. Worum es ging oder was der Anlass für den Streit war, wusste hinterher niemand mehr. Mehrere Männer prügelten aufeinander ein, bis Bokelmann eingriff und ein paar Streithähnen auf die Köpfe schlug. Dann war Ruhe und die Feier beendet.

Landers hat nur wenig Wein getrunken. Warum er keine Lust auf einen Rausch gehabt hat, weiß er jetzt selbst nicht mehr. Nun überkommt ihn auch noch eine melancholische, niedergedrückte Stimmung, und er ärgert sich, dass er nicht doch mehr getrunken hat. Er schaut hinauf ins schwarze Himmelsgewölbe, an dem unzählige Sterne funkeln, und beginnt leise zu beten, Gott möge diesem Krieg schnell ein Ende bereiten. Landers' Gedanken wandern zu Juta. Wenn der englische König seine Lancaster-Feinde besiegt und sein Wort hält, könnte es wirklich Friedensverhandlungen geben – und Landers bald heimkehren. Er tastet nach dem Ledersäckchen, das unter Wams und Hemd auf seiner Brust hängt. Im Geiste sieht er Jutas Gesicht vor sich, ihre Augen, ihre Wangen, ihre Lippen, doch er erschreckt, als er feststellt, dass seine Erinnerungen an ihr Aussehen und den Klang ihrer Stimme nur noch verschwommen sind, wie von Nebel eingehüllt. Bald drei Jahre ist er nun aus Wismar fort. Gut möglich, dass Reckemann seine Tochter längst mit einem anderen Mann verheiratet hat, weil er kein Lebenszeichen von Landers bekommen hat. Warum hat er Reckemann denn keinen Brief geschrieben? Auf der Schaffarm war dies nicht möglich, aber er hätte ihm gleich nach seiner Ankunft in Sluis schreiben und den Brief einem Handelsschiffer mit dem Fahrtziel Wismar mitgeben können. Allerdings hat Landers, wie ihm jetzt bewusst wird, in der ersten Zeit auf dem *Mariendraken* kaum noch an Juta und Reckemann gedacht. Er hat den Enterkampf trainiert, seine Klingen geschliffen und sich ins Leben auf einem Orlogschiff einfinden müssen. Und er hat ein paar Männer kennengelernt, die manchmal gar nicht so übel sind unter ihrer rauen Schale.

«Ist 'ne friedliche Nacht heute», hört er Hoike sagen, als der zu ihm ans Schanzkleid kommt. Als der Alte Landers' überraschten Ausdruck sieht, kichert er und sagt: «Ich hab 'ne Nachtwache übernommen. Einer muss ja auf das versoffene Gesindel aufpassen, und 'n alter Mann wie ich braucht nicht mehr viel Schlaf. Außerdem bin ich selbst ein bisschen betrunken. Da wär's doch schade, diesen angenehmen Rausch mit Schlaf zu vertun. Wer weiß, wann Beneke uns das nächste Mal was saufen lässt.»

«Es scheinen ja keine Lancasters in der Nähe zu sein, die uns angreifen könnten.»

«Die Lancasters haben Edwards Landung offenbar bei Dover oder London erwartet. Da stehen sie sich jetzt die Beine in den Bauch, während Edward sein Heer in Yorkshire sammelt, um von Norden gegen London zu ziehen. Kannst du nicht schlafen, Kaufmann?»

«Weiß nicht, ich bin irgendwie nicht müde und denke über einiges nach.»

«Worüber denn?»

«Über mein Leben.»

«Da hast du nicht viel nachzudenken, jung, wie du bist. Warum willst du eigentlich Kaufmann werden?»

Landers blickt den Graubart an, dessen Miene verrät, dass er die Frage durchaus ernst meint. Warum sollte Landers es ihm also nicht erzählen? «Mein Vater war Kaufmann, in der Stadt Rostock am Fluss Warnow, allerdings hatte er kein Glück», sagt er dann. «Er hat sich ein paar Mal verspekuliert, falsche Waren eingekauft, den falschen Leuten Geld geliehen und alles verloren. Mein Vater konnte mit der Schmach nicht leben. Er begann zu trinken, trank immer mehr. Eines Nachts fiel er in die Warnow und ertrank. Ich war damals etwa acht Jahre alt. Meine Mutter war nach dem Tode meines Vaters verzweifelt. Sie wusste nicht, wie es weitergehen sollte. Doch dann erinnerte sie sich an einen Kaufmann aus Wismar, Hinrich Reckemann. Mit dem hatte mein Vater früher Geschäfte gemacht, und die beiden hatte etwas verbunden, das man vielleicht Freundschaft nennen kann. Meine Mutter brachte mich nach Wismar, in Reckemanns Handelshaus in der Straße Spegelberch, und Reckemann, der selbst keinen Sohn, aber eine Tochter hat, nahm mich bei sich auf. Meine Mutter weinte vor Erleichterung. Dann reiste sie ab, und ich habe sie nie wiedergesehen. Sie ist einfach so verschwunden, ist gar nicht mehr in Rostock angekommen, und niemand wusste etwas von ihr.»

«Tut mir leid für dich, Junge», sagt Hoike. «Und du bist in Wismar geblieben?»

Landers nickt. «Reckemann hat mir den Besuch einer Schule möglich gemacht. Nachdem ich die Grundlagen im Rechnen und Schreiben gelernt hatte, übernahm er mich als Lehrjungen. Und dann habe ich mich in seine Tochter Juta verliebt. Wir mochten uns von Anfang an, waren erst wie Geschwister, aber dann ... na ja, und das blieb natürlich auch Reckemann nicht verborgen. Er hätte Juta gerne mit dem Sohn eines vermögenden Kaufmanns verheiratet, vielleicht sogar mit einem

Ratsherrn. Aber er wollte sich uns nicht in den Weg stellen und hoffte, dass auch ich eine gute Partie sein könnte, wenn ich als Kaufmann erfolgreich würde und eines Tages sein Handelshaus übernehmen würde.»

«Und dann hat Edward mit dem Überfall auf den Stalhof deine Pläne durchkreuzt.»

«Mhm. Ich hatte Freude an der kaufmännischen Lehre und den nötigen Ehrgeiz, um gute Geschäfte auf den Weg zu bringen. Und ich war beim Handeln umsichtiger, als mein Vater es gewesen ist. Ich muss häufig an ihn und meine Mutter denken. Ich vermisse die beiden. Die Erinnerungen an den Tod meines Vaters und das seltsame Verschwinden meiner Mutter haben sich tief in mein Gedächtnis eingebrannt. Deswegen habe ich mir geschworen, alles zu tun, um ein guter Kaufmann zu werden und das Andenken meiner Eltern zu ehren.»

Als Landers geendet hat, schauen er und Hoike schweigend über das dunkle Wasser des Humber, bis Landers nach einer Weile sagt: «Darf ich dir auch eine Frage stellen?»

«Machst du überhaupt mal was anderes?», entgegnet Hoike lächelnd.

«Was ist eigentlich zwischen dir und Beneke vorgefallen? Ich hörte, ihr seid früher so was wie Freunde gewesen.»

Hoike richtet den Blick auf das Heerlager, wo in der Schwärze der Nacht der Schein der Lagerfeuer allmählich schwächer wird. Seine Miene verhärtet sich, und Landers befürchtet schon, mit seiner Frage zu weit gegangen zu sein, als Hoike den Mund doch noch aufmacht: «Ist lange her, und ich red nicht gern drüber. Aber vielleicht könnt ich mal 'ne Ausnahme machen, wenn du schwörst, es für dich zu behalten. Du bist anders als die anderen Kerle hier an Bord. Du hast Verstand, und so was fehlt Leuten wie Possick oder Huge.»

«Ich kann schweigen», sagt Landers.

Hoike schaut sich um, doch es scheint niemand in der Nähe zu sein, dann dämpft er die Stimme und sagt: «Paul Beneke ist ein Waisenkind, ein Findling. Ich war früher mit dem Mann befreundet, der ihn bei sich aufgenommen hatte. Sein Ziehvater, der alte Jacob Beneke, war Ratsherr in Danzig, bei dem ich häufig zu Gast war. Ich sah den Jungen aufwachsen, ihn und seinen Freund Eler Bokelmann, die beiden waren schon damals unzertrennlich …»

Hoike verstummt, als auf dem Großdeck ein Geräusch zu hören ist. Irgendwer würgt und hustet so heftig, dass es klingt, als würde ein Eimer Kieselsteine auf die Planken geschüttet. Nachdem der Mann sich übergeben hat und es wieder ruhig geworden ist, fährt Hoike fort: «Dann kam also, wie so häufig, ein Mädchen ins Spiel, die Tochter eines anderen Ratsherrn, mit dem ich ebenfalls gut bekannt war. Der wollte seine Tochter nicht Beneke geben, damit fing der ganze Ärger an. Ich wollte zwischen Paul Beneke und dem Ratsherrn vermitteln, dabei bin ich zwischen die beiden geraten … warte mal, hörst du das?»

Sie schauen hoch zu Benekes Kammer im Achterkastell, aus der ein lautes Poltern zu hören ist, gefolgt von einem gedämpften Schrei.

«War er das?», fragt Landers.

«Ja, ich fürchte, gleich wird noch was passieren.»

«Was kann er denn vorhaben?»

«Frag lieber, was die Dämonen mit ihm vorhaben.»

Landers versteht nicht, was Hoike meint, kommt aber nicht dazu, ihn danach zu fragen, denn in dem Moment öffnet sich die Tür zu Benekes Kammer. Eine schattenhafte Gestalt, die nur der Admiral sein kann, tritt heraus. In einer Hand hält er eine brennende Öllampe und steigt damit die Leitertreppe hinunter, wobei er sichtlich Mühe hat, nicht von den Sprossen zu rutschen. Beneke wurde nicht mehr an Deck gesehen, seit sie an der Zwynmündung auf den englischen König getroffen sind.

«Warum hat er eine Öllampe?», fragt Landers. «Ich denke, an Bord darf außer den Köchen in der Kombüse niemand Feuer machen.»

«Ist auch so.»

«Beneke ist ja völlig betrunken.»

«Vermutlich betrunkener als der Rest der Mannschaft zusammen.»

Beneke bewegt sich torkelnd mit der flackernden Öllampe am Fuß des Achterkastells zum Geschützstand und verschwindet darin. Landers sieht, dass Hoike bleich geworden ist. «Beim Allmächtigen! Der hat irgendeine Dummheit vor. Im Geschützstand lagern unsere Schießpulvervorräte. Ich hole Bokelmann, der schläft bestimmt in der Achterhütte ...» Hoike steigt über die schlafenden Männer auf dem Großdeck zur Leitertreppe.

Landers bekommt vor Aufregung feuchte Hände bei dem Gedanken, Beneke könnte das Schiff in die Luft sprengen. Er kann nicht auf Hoike und Bokelmann warten und eilt zum Geschützstand. Als er hineinspäht, verschlägt es ihm den Atem. Beneke steht vorgebeugt und leicht schwankend an einer Bombarde und hält die Flamme der Öllampe an die Stelle, an der die mit Zündpulver gefüllte Rinne in die Geschützkammer führt. Schon sprühen Funken auf, und dann explodiert die Treibladung mit ohrenbetäubendem Donnern. Der harte Rückstoß der mit Seilen gesicherten Bombarde lässt die Planken unter Landers' Füßen erbeben. Der Widerhall der Explosion schrillt in seinen Ohren. Als sich der Rauch im Geschützstand verzieht, sieht er schemenhaft Beneke hinter der qualmenden Bombarde am Boden liegen.

Auf dem Großdeck erschallen panische Schreie, und dann ist Bokelmann da, stößt Landers zur Seite und drängt sich an ihm vorbei in den Geschützstand. Von überallher nähern sich Schritte. Die Explosion hat die Männer aus dem Schlaf gerissen. Dann ist auch der Bossemeister da, der Herr über die Bombarden, ein langer, hagerer Kerl, der wütend brüllt, was hier los sei und dass er jedem, der sich an seinen Geschützen zu schaffen mache, den Hals umdrehen werde. Doch er verstummt sofort, als Bokelmann vor ihm auftaucht. Er stützt Beneke, dessen Gesicht zu einer irren Fratze verzerrt ist und der schreit: «Ich jage den englischen Bastard zum Teufel …!»

Der Bossemeister und die anderen Männer, die sich vor dem Geschützstand drängen, weichen zurück. Niemand wagt es noch, etwas zu sagen, während der bärenhafte Hauptbootsmann dem Admiral, den er fast zärtlich an sich drückt, die Leitertreppe hinaufhilft und ihn in die Kammer zurückbringt.

Erst danach traut sich der Bossemeister in den Geschützstand, um den Schaden zu begutachten. Kurz darauf gibt er Entwarnung. Nur eine Bombarde sei abgefeuert worden und die Steinkugel vermutlich irgendwo in den Humber gefallen, ohne Schaden anzurichten. Das englische Heerlager, auf das Beneke es offenbar abgesehen hatte, sei viel zu weit entfernt.

Die Menge zerstreut sich, und bald darauf stehen nur noch Landers und Hoike am Geschützstand. Landers drängt sich die Frage auf, was mit Beneke damals in Danzig geschehen ist, das ihn zu einem so unberechenbaren Monster hat werden lassen. Doch ein Blick in Hoikes Gesicht verrät ihm, dass dem Alten die Lust vergangen ist, noch etwas von Benekes Geschichte zu erzählen, und daher stellt Landers ihm vorerst keine weiteren Fragen.

13.
Goodwin Sands – April 1471

In der Mündung des Humber beginnt für die Danziger Flotte eine lange Zeit des Wartens. Währenddessen lässt Landers nichts unversucht, um Hoike dazu zu bewegen, ihm mehr über den Admiral zu erzählen. Morgens, beim ersten Mahl des Tages – zumeist gibt es kalte Grütze, weil Bokelmann die Verwendung offenen Feuers an Bord vorübergehend gänzlich untersagt hat –, setzt Landers sich zu Hoike. Doch Possick, Huge oder andere Ruter sind immer in der Nähe, auch tagsüber trifft er den Alten nie allein an. Daher lässt Landers sich für die Nachtwache einteilen, wenn Hoike ebenfalls Wache hat, wobei eine Schicht so lange dauert, bis der Sand viermal durchs Stundenglas gelaufen ist.

In den ersten Nächten geht Hoike ihm aus dem Weg, denn er weiß, was Landers von ihm will. Bis sich in der vierten Nacht endlich eine Gelegenheit ergibt. Landers erblickt den Rottmeister, wie er mit Blick ins vorbeiströmende dunkle Wasser des Humber am Schanzkleid lehnt. Scheinbar gedankenverloren stochert er mit einem Holzsplitter zwischen seinen letzten Zähnen nach den Gräten des kalten Räucheraals, den es am Abend zu essen gab. Als Landers näher kommt, dreht Hoike sich zu ihm um und nickt. Offensichtlich hat er auf Landers gewartet: «Also gut, Kaufmann, kommt mit. Du wirst ja wohl keine Ruhe geben, und ich kann dich leider nicht einfach über Bord werfen.»

Sie gehen in den vom Mondschein geworfenen Schatten hinter den Baum des Hauptmasts, wo sie allein sind, und lassen sich auf einem zusammengerollten Tau nieder. Hoike wischt sich mit der Hand über Gesicht und Bart, und nachdem er eine Weile grübelnd auf die Planken zu seinen Füßen gestarrt hat, sagt er: «Wahrscheinlich hab ich dir schon zu viel erzählt, Kaufmann. Aber nun ist es zu spät. Also hör zu! Vor mehr als dreißig Jahren, in einer stürmischen Herbstnacht anno 1440, wurde ein kleines, einmastiges Segelschiff an den Strand unweit der Weichselmündung bei Danzig gespült. Als am nächsten Morgen der Sturm abflaute, bargen ein paar Fischer das Wrack und fanden darin die Leichen eines Mannes und einer Frau. Beide schienen jung gewesen zu sein. Aber das war kaum noch zu erkennen, denn sie waren entstellt, als wären sie von Raubtieren oder bösen Geistern zerrissen worden, ja als hätte jemand oder *etwas* eine teuflische Mordlust an ihnen gestillt. Dann fanden die Fischer hinter einer Kiste, die sich im Heck des Wracks verklemmt hatte, einen Jungen, der vielleicht drei oder vier Jahre alt war. Die Fischer wollten ihn herausholen, doch der Knabe fing an, zu schreien und um sich zu schlagen, und er trat mit seinen kleinen Füßen nach den Fischern mit einer Kraft, die sehr ungewöhnlich war für einen so kleinen Kerl. Schließlich verkroch er sich so tief in den Trümmern, dass niemand an ihn herankam. Die Fischer holten die Leichen aus dem Wrack, dann redeten sie behutsam auf den Knaben ein, sangen ihm sogar Lieder vor, die sie als Kinder von ihren Eltern gelernt hatten, doch der Junge ließ sich durch nichts bewegen, sein Versteck zu verlassen. Erst nach Stunden gelang es einem Priester, den die Fischer zu Hilfe geholt hatten, die richtigen Worte zu finden. Durch seine laut vorgetragenen Gebete konnte er den erschöpften Jungen herauslocken, und sie brachten ihn in ein Findelhaus nach Danzig.

Der Priester stellte Nachforschungen zur Herkunft des Jungen an. Doch weder über ihn noch seine Eltern fand er etwas heraus. Niemand kannte sie, niemand vermisste sie. Es konnte nie geklärt werden, woher der Junge kam, wer seine Eltern waren und welches grausame Schicksal sie ereilt haben könnte; dass sie ihre Verletzungen und Verstümmlungen nicht durch das Unwetter auf See erlitten hatten, schien offensichtlich.

Dann erzählte der Priester eines Tages in Danzig dem Ratsherrn Bertram Bokelmann von dem rätselhaften Waisenknaben, und Bokelmann besprach sich daraufhin mit seinem Schwager, dem Ratsherrn Jacob Beneke. Beneke war mit Bokelmanns Schwester Maria verheiratet und ihre Ehe kinderlos geblieben. Sie baten den Priester, ihnen den Jungen zu zeigen. Im Findelhaus rührte es ihre Herzen, als sie den blassen und dürren Jungen sahen. Mit seinen klaren Augen wirkte er auf irritierende Weise anziehend, hockte aber immer in einer dunklen Ecke, wohin er sich oft zurückzog, als versteckte er sich noch auf dem Wrack.

Die Benekes nahmen ihn mit in ihr Haus und gaben ihm den Namen Paul. Der Junge sprach kaum ein Wort. Er weinte viel und schrie häufig im Schlaf, als durchlebte er immer wieder die teuflischen Schrecken jener Nacht, in der seine Eltern ums Leben gekommen waren. Oft holten sie den Priester hinzu, wenn sie versuchten, mit dem Jungen über die Ereignisse zu sprechen. Doch der Kleine antwortete nicht auf ihre Fragen. Stattdessen schien sein Blick in fernen Weiten zu versinken, und er presste die Lippen fest zusammen. In Danzig machten bald Gerüchte die Runde, wie sie über solche Menschenkinder manchmal zu hören sind: Es hieß, der Junge sei vom Teufel besessen, er selbst habe seine Eltern so grausam zugerichtet. Der Einwand, dafür sei er zu klein gewesen, denn eine solche Tat erfordere große Kraft, wurde abgetan; schließlich könne der Teufel jede Gestalt annehmen, auch die eines Jungen.

Dennoch wuchs der Junge behütet auf. Seine Zieheltern waren angesehene Bürger, und Jacob Beneke war ein vermögender Kaufmann. Der Junge fand mit Bertram Bokelmanns Sohn Eler bald einen Spielkameraden und Weggefährten. Eler war schon damals ungewöhnlich groß und kräftig. Hatten andere Knaben früher Paul als Teufelsbalg beschimpft und ihn verprügelt, so rannten dieselben Burschen jetzt davon, wenn Paul und Eler gemeinsam auftraten.

Jacob Beneke bedauerte, dass sein Ziehsohn kein Interesse am Beruf des Kaufmanns zeigte. Er war klug und neugierig, verstand schnell und lernte rechnen, lesen und schreiben, aber Handelsgeschäfte langweilten ihn. In ihm brannte eine andere Leidenschaft, und die zog ihn aufs offene Meer, auf dem seine Eltern ums Leben gekommen waren. Als Paul etwa fünfzehn Jahre alt war, starben seine Zieheltern kurz nacheinander. Er trauerte um die beiden, aber nun hielt ihn nichts mehr an Land. In jener Zeit kam es auf der Ostsee zum Krieg zwischen dem Deutschen Orden und jenen preußischen Städten, die sich dem polnischen König angeschlossen hatten, wozu auch Danzig gehörte. Paul und Eler heuerten auf einem Orlogschiff an. Anno 1455 kam es bei der Insel Bornholm zu einer Seeschlacht gegen die Dänen, die mit dem Deutschen Orden verbündet waren. Paul tötete viele Dänen und rettete seinem Schiffsführer das Leben. Gestandene Ruter, die in vielen Schlachten gekämpft hatten, staunten über die Wut des Burschen. Paul schien im Kampf wie entfesselt zu sein, als wäre er in einen Blutrausch verfallen. Er ging keinem Kampf aus dem Weg und zeichnete sich durch Geschick, aber auch Brutalität aus. Bald nannte man ihn den *harten Seevogel*, machte ihn zum Schiffer und gab ihm das Kommando über dieses Schiff, den Holk *Mariendrake*, auf dem er seit einigen Jahre im Auftrag Danzigs fährt.»

Als Hoike mit seiner Erzählung endet, blickt er hinauf ins schwarze Himmelsgewölbe. Der Mond ist ein gutes Stück weitergewandert, und Hoike sagt: «Die vier Stundengläser meiner Nachtwache müssen längst durchgelaufen sein. Ich werd' versuchen, ein bisschen Schlaf zu finden. Das solltest du auch tun, Kaufmann.»

Doch Landers hat den Eindruck, dass Hoike ihm einiges verschwiegen hat. «Darf ich dir noch eine Frage stellen?»

Hoike gähnt. «Wenn's sein muss.»

«Woher weißt du so gut über Beneke Bescheid?»

«Weil ich in der Geschichte, die ich dir eben erzählt habe, keine unwesentliche Rolle spielte.»

«Und woher kanntest du seine Zieheltern? Warst du ein Kaufmann?»

«Ich war der Priester.»

«Du bist – ein *Priester?*», entfährt es Landers. «Der Priester, der den Jungen aus dem Wrack geholt hat?»

Ein Lächeln huscht über Hoikes zerfurchtes, hohlwangiges Gesicht. «Ja, und ich habe ihn aus dem Findlingsheim an Jacob Beneke vermittelt. Jacob war mein Freund, und ich habe ihm auf dem Sterbebett schwören müssen, auf Paul aufzupassen. Ich tat es, auch wenn ich dafür mein Priesteramt aufgeben musste. Ich lernte den Umgang mit den Waffen und heuerte auf den Schiffen an, auf denen er fuhr. Ich wurde Ruter und er mein Kommandant.»

«Dennoch habt ihr euch entzweit?»

«Das hängt damit zusammen, was ich dir beim letzten Mal erzählt habe.»

«Mit dem Mädchen, in das er sich verliebt hat, der Tochter des anderen Ratsherrn?»

«Du bist ein aufmerksamer Zuhörer, Kaufmann, und eigentlich habe ich dir schon viel zu viel erzählt. Lass uns schlafen gehen ...»

Doch Landers ist von der Geschichte so aufgewühlt, dass er jetzt nicht an Schlaf denken kann. «Wer war dieser Ratsherr? Und was ist mit seiner Tochter geschehen?»

Hoike erhebt sich von der Taurolle, geht aber noch nicht weg. Von der Landzunge kommen Möwen herangeflogen und kreisen über den Masten der Schiffe. Über dem Meer ist bereits ein erster dünner Streifen Tageslicht zu sehen. Dann setzt sich der Alte wieder. «Schwörst du mir, dass du zu niemandem ein Wort sagst?»

Landers nickt eifrig. «Ich werde schweigen wie ein Grab.»

«Das will ich dir raten, sonst befördere ich dich eigenhändig in eins. Der Name des Ratsherrn ist Bernt Pawest, und seine Tochter heißt Margreta. Du darfst diese Namen niemals in Benekes Gegenwart erwähnen, hörst du, sonst bist du ein toter Mann. Alle Einzelheiten kenne ich auch nicht, aber ich weiß, dass Pawest einen anderen Mann für seine Tochter ausgewählt hatte, einen Kaufmann. Durch die Hochzeit wäre Pawest noch reicher und mächtiger geworden, einen Seefahrer und Krieger wie Beneke hätte Margretas Vater daher niemals akzeptiert. Doch er hat irgendwie herausgefunden, dass sich Beneke und seine Tochter im Geheimen getroffen haben. Pawest wollte Beneke vor Gericht bringen, und da hab ich versucht, zwischen den beiden zu vermitteln, mit dem Ergebnis, dass ich mich mit beiden überworfen habe. Dann starb Margreta. Pawest gab Paul Beneke die Schuld für ihren Tod. Obwohl dieser immer wieder seine Unschuld beteuerte, wurde er angeklagt. Man steckte den

Burschen in den Kerker, doch dann brach der Krieg mit England aus. Da erinnerte sich der Stadtrat an Benekes treue Dienste und seine herausragenden Fähigkeiten als Seefahrer und Kriegsherr, und deswegen schickte man ihn in die Nordsee …»

Als in der Nähe Stimmen laut werden, dämpft Hoike die Stimme: «Mehr kann ich dir jetzt nicht erzählen.»

«Aber wie kam denn diese Margreta ums Leben?», fragt Landers.

Hoike schüttelt den Kopf. «Vielleicht später mehr, Junge, vielleicht.»

Nach der Nacht, in der Landers Benekes Geschichte gehört hat, harren die fünf Danziger Schiffe noch mehrere Tage in der Mündung des Humber aus. Ruter und Seemänner langweilen sich, und niemand weiß, worauf Beneke wartet. Bei Ebbe gehen die Männer an Land und holen aus dem Fischerdorf Penisthorpe Trinkwasser, Brot und Fisch. Die Köche bereiten die Mahlzeiten in der Kombüse auf dem Vorderdeck zu, und die Männer stehen mit ihren Schalen an der Essensausgabe an. Dann schrubben sie die Decks, flicken Segeltücher und nehmen unter der Anleitung der Schiffszimmerer kleinere Reparaturen an der Takelage vor. Das Warten zermürbt die Männer. Ihr Murren wird lauter. Der eine oder andere äußert hinter vorgehaltener Hand, dass Beneke jetzt womöglich völlig den Verstand verloren habe; man war ja dabei gewesen, als er die Bombarde abfeuerte.

Der Admiral lässt sich nur selten an Deck blicken. Landers sieht ihn und Bokelmann mit anderen Augen, seit er weiß, dass die beiden von klein auf Freunde und offenbar aufs Engste miteinander verbunden sind. Dennoch sind für Landers viele Fragen offengeblieben. Was ist mit Benekes Eltern geschehen und was mit ihm und diesem Mädchen, das ums Leben kam? Es muss etwas Schreckliches gewesen sein. Vielleicht liegt darin Benekes Niedergeschlagenheit begründet. Landers bekommt in den nächsten Tagen keine Gelegenheit, Hoike erneut zu befragen. So gehen die Tage dahin, einer gleicht dem anderen, und aus Tagen werden Wochen. Immer noch liegen sie bei den Überresten des alten Hafens am Ravenser Odd.

Doch als der Monat April bereits zur Hälfte herum ist, schlägt Bokelmann eines Morgens die Glocke und gibt den Befehl, die Anker zu lichten und die Segel zu setzen. Die Schiffe verlassen die Mündung des Humber und nehmen Kurs an der englischen Ostküste entlang nach Süden.

14. *Goodwin Sands – 1471*

Sie segeln in Sichtweite der englischen Ostküste und schlagen einen weiten Bogen um die Mündung der Themse. Niemand von ihnen weiß, was in der Zwischenzeit in London geschehen ist, welche Partei die Kämpfe gewonnen hat und ob es überhaupt einen Sieger gibt. Vielleicht hat Edward den Thron zurückerobert, vielleicht auch nicht und die Lancasters haben ihn verteidigt.

Am Nachmittag des dritten Tages auf See erreichen sie die Steilküsten der Grafschaft Norfolk, als Beneke sich auf dem Achterkastell zu Bokelmann gesellt, der während der Abwesenheit des Admirals die Kommandos gibt. Beneke sieht verändert aus. Es ist nicht mehr so blass im Gesicht, auch die dunklen Augenringe sind verschwunden. Sein Haar ist gewaschen und zu einem Zopf gebunden, sogar der Bart ist ordentlich gestutzt. Er bespricht sich mit Bokelmann, und dann geschieht etwas Seltsames. Bokelmann ruft laut zu den Männern in der Großmars, sie sollen die rote Flagge Danzigs mit den beiden weißen Kreuzen und der Krone einholen. Als dies geschehen ist, werden – wie auf ein Zeichen – auch auf den anderen Danziger Schiffen, die hinter dem *Mariendraken* herfahren, die Flaggen eingeholt, und nachdem sie die Landspitze passiert haben, hinter der die Küste nach Süden abfällt, ändern der *Fliegende Geist*, der *Georgsdrake*, der *Stolze Falke* sowie die *Große Marie* mit einem Mal ihren Kurs und schwenken zur Küste ab.

«Was hat das zu bedeuten?», fragt Landers, der über das merkwürdige Manöver ebenso irritiert ist wie die anderen Ruter.

Hoike zuckt mit den Schultern. «Das wissen nur Beneke, Bokelmann und ein paar Eingeweihte. Ich habe gesehen, wie Bokelmann an dem Tag, bevor wir in der Humbermündung aufgebrochen sind, mit dem Esping zu den anderen Schiffen übergesetzt hat, vermutlich um sich mit den anderen Schiffern zu besprechen.»

«Uns weiht Beneke ja nie in seine Pläne ein», klagt Possick. «Wisst ihr noch, wie wir damals in den letzten Tagen des Jahres 1469 im englischen Kanal nach Schiffen zum Kapern gesucht haben? Bei Gott, es war so verdammt kalt, dass mir beim Pinkeln das Wasser gefroren ist. Alle haben geklagt, sie wollten nach Sluis zurück. Und was macht unser Admiral? Er lässt uns nicht nach Sluis segeln, sondern gegen den Wind nach Norden kreuzen, und dann sind wir am Neujahrsmorgen irgendwo in dieser Gegend hier und treffen auf so 'n englisches Handelsschiff, den *John of Newcastle*, der ohne Geleitschutz nach Frankreich rüberwollte, und den haben wir dann gekapert. Beneke muss irgendwoher gewusst haben, dass die den Laderaum mit Tuchen, Wolle und Bierfässern vollgepackt hatten.»

«Das war 'ne gute Prise», sagt Hoike. «Dreihundert Last feinste Tuche. Haben wir alles eingesackt und gut dran verdient.»

«Was hat Beneke mit dem Schiff gemacht?», fragt Landers.

Possick strahlt über die Wangen, die im kalten Wind fast so rot geworden sind wie sein Haar. «Erst hat er die englische Mannschaft über Bord werfen lassen, damit die alle ersaufen, und dann hat er den *John of Newcastle* in seine Flotte aufgenommen. Aber 'n paar Wochen später, am Himmelfahrtstag 1470, ist das Schiff bei einem Gefecht in der Mündung der Maas von englischen Orlogschiffen versenkt worden.»

«Da hatte den harten Seevogel wohl Gottes Schutz und Segen verlassen», sagt Landers.

«Gottes Segen?», sagt Possick. «Wir kommst du darauf? Beneke steht nicht mit Gott im Bunde, sondern mit dem Teufel.»

«Halt dein vorlautes Maul, Possick», herrscht Hoike ihn an. «Was weißt du von Gott und dem Teufel?»

«Reg' dich nicht auf, Alter», sagt Possick. «Nur weil du früher mal 'n Priester warst ...»

In dem Moment ist Bokelmanns laute Stimme auf dem Achterkastell zu hören, er gibt den Seemännern das Kommando, die Segel zu streichen. Offenbar haben sie ihr Ziel erreicht. Landers nimmt an, dass sie sich in der Nähe der berüchtigten Goodwin Sands vor dem Seehafen der Stadt Deal befinden. Von den gewaltigen Sandbänken hat er schon in den Tavernen von Dover gehört, das nicht weit entfernt von hier sein kann. Die Goodwin Sands markieren die nördliche Zufahrt in den englischen Kanal. Laut einer Legende gab es an jener Stelle vor Hunderten von Jahren eine flache Insel, die man Lomea nannte und die einem Earl of Wessex namens Goodwin gehörte. Mit der Zeit wurde die Insel von den Gezeitenströmungen überspült. So entstanden die Sandbänke, die von den Seefahrern wegen der tückischen, sich ständig verändernden Untiefen und starken Strömungen gefürchtet werden. Dennoch werden die Goodwin Sands häufig angesteuert, weil die Schiffe hier auf günstigen Wind warten müssen, bevor sie in den englischen Kanal segeln können.

Als sich der *Mariendrake* an diesem Tag bei Niedrigwasser den Goodwin Sands nähert, liegen etwa ein Dutzend Schiffe bei den mit Pfählen, Weidenruten und Fässern markierten Sandbänken vor Anker. Es scheinen Handelsschiffe zu sein. An ihren Masten wehen die Flaggen der Normandie, Burgunds sowie englischer und spanischer Regionen. Einige Sandbänke ragen jetzt bei Ebbe mannshoch aus den Fluten.

Bokelmann schickt Seeleute auf die Rahen, um die Segel einzuholen, dann werden die Anker mit einigem Abstand zu den auf Reede liegenden Handelsschiffen gesetzt. Die anderen Danziger Schiffe sind schon seit einer Weile nicht mehr zu sehen; es heißt, sie hätten sich womöglich in die Bucht beim Hafenort Ramsgate zurückgezogen, um auf etwas zu warten. Aber worauf?

Mitten in der Nacht wird Landers geweckt, als jemand ihn an der Schulter rüttelt. Er öffnet die Augen und sieht Hoike neben seinem Schlafplatz knien. «Hab ich heute Nachtwache?», fragt Landers verschlafen.

Hoike schüttelt den Kopf. «Du sollst zu Beneke kommen.»

Mit einem Schlag ist Landers hellwach. «Was will er von mir?»

«Er hat mich nach einem Mann gefragt, der die französische Sprache beherrscht. Und überleg mal, wer mir da eingefallen ist, Kaufmann?»

Landers kriecht aus dem Schlafsack, und als er schnell in seine Stiefel steigt, wäre er vor Aufregung beinahe umgefallen. Der Gedanke, Beneke gegenüberzutreten, behagt ihm nicht.

Hoike greift nach Landers' Arm. «Kein Wort darüber, was ich dir über ihn erzählt habe.»

Sie gehen über das Großdeck und steigen die Leitertreppe aufs Zwischendeck des Achterkastells hinauf, wo ihnen vor der geöffneten Tür zur Admiralskammer plötzlich Bokelmanns riesenhafte Gestalt gegenübersteht. Unwillkürlich zieht Landers den Kopf ein, sein Herzschlag beschleunigt sich. Alles in ihm sträubt sich dagegen, diese Kammer zu betreten. Da spürt er Bokelmanns Hand auf seinem Rücken, und der Hüne schiebt ihn durch die Tür, aus der ein flackernder Schein fällt. Auf einem Tisch in der kleinen Kammer steht eine brennende Öllampe, vielleicht ist es die Lampe, mit der Beneke das Pulver der Bombarde entzündet hat. Für den Admiral scheint das Feuerverbot an Bord nicht zu gelten. Er sitzt hinter dem Tisch auf einem Stuhl. Als er sich vorbeugt, zaubert die Flamme einen gespenstischen Schein über sein Gesicht. Sein Blick ist völlig ausdruckslos, und als Landers zögernd an den Tisch tritt, versucht er sich vorzustellen, wie Beneke damals als kleiner Junge in dem Schiffswrack mit seinen grausam entstellten Eltern ausharren musste.

Hinter Landers knarren die Bodenplanken unter Bokelmanns Gewicht. Dann wird die Tür geschlossen und der Riegel von innen vor die Tür geschoben. Landers zwingt sich, ruhig zu atmen. In der Kammer riecht es nach Tranöl, Salzwasser, altem Holz und Leder. Die Einrichtung besteht aus einer jetzt hochgeklappten Schlafpritsche, unter der eine Holztruhe steht. An den Wänden hängen ein paar Waffen: Schwert, Streitaxt, Bogen, Köcher, Schild, und auf den Regalbrettern liegen Papiere, Bücher, Schalen und Navigationsgeräte. Im hinteren Bereich der Kammer sieht Landers im Boden das runde Loch des Aborts, durch das das Plätschern der Wellen am Schiffsrumpf zu hören ist. Er hat das Gefühl, dass in dieser Kammer etwas fehlt, etwas Wichtiges, aber ihm will nicht einfallen, was es ist. Doch als er hört, wie Hoike sich hinter ihm räuspert, fällt es ihm ein: Hier drinnen existiert keine Spur von Gott. Landers hat von Schiffern gehört, die Altäre in ihre Kammern stellen, groß wie Truhen, und daran beten sie um Gnade und Vergebung oder günstigen Wind oder was auch immer. Bei Beneke hängt nicht einmal ein Kruzifix an der Wand.

Bokelmann klappt die Pritsche runter und fordert Landers im Befehlston auf, sich zu setzen, was er sofort macht. Hoike ist im Hintergrund bei der Tür stehen geblieben. Dann hört Landers Benekes Stimme. Sie klingt jetzt anders, nicht weinschwer und von Hass erfüllt, sondern ruhig und nicht unangenehm, aber mit einem scharfen Unterton, der keinen Widerspruch duldet, als er fragt: «Du sprichst also die Sprache der Franzosen?»

«Ja», antwortet Landers. «Ähm, oui.»

«Dann lass mal was hören.»

Landers räuspert sich. «Je suis heureux de faire votre connaissance. J'ai entendu dire beaucoup de bonnes choses sur vos exploits.» – *Ich freue mich, Eure Bekanntschaft zu machen. Ich habe schon viel Erfreuliches über Eure Heldentaten gehört.*

Aus den Augenwinkeln sieht er, wie Hoike unruhig das Standbein wechselt. Wahrscheinlich befürchtet er, Landers könnte etwas Falsches ausplaudern.

«Dis-moi ton nom», fordert Beneke, und nachdem Landers ihm seinen vollen Namen genannt hat, zieht Bokelmann die Truhe unter der Pritsche hervor, klappt den Deckel hoch und nimmt ein Bündel zusammengelegter Kleidungsstücke heraus, die, wie er sagt, einst einem französischen Hauptmann gehört hätten und die Landers jetzt anziehen soll.

«Ich soll diese französischen Sachen anziehen?», erwidert Landers ungläubig.

Benekes Augen werden schmal, und sein Blick wird hart. Landers steht schnell auf und legt seinen Mantel ab, dann legt er Gugel und Hemd ab.

«Alles», sagt Bokelmann.

Landers gehorcht. Er fühlt sich schutzlos, als er nackt vor den anderen steht. Schnell schlüpft er in die französischen Kleidungsstücke. Das Hemd spannt an seinem Rücken, als Bokelmann ihm befiehlt, Haltung anzunehmen, doch die Nähte halten, und Landers sagt zu Beneke: «Darf ich Euch eine Frage stellen, Herr?»

Beneke lässt ihn nicht aus den Augen, während er mit zitternder Hand einen Becher hebt und daraus trinkt. Als er den Becher wieder abgestellt hat, nickt er.

«Ihr beherrscht die Sprache der Franzosen selbst sehr gut», sagt Landers. «Wofür braucht Ihr dann mich?»

«Weil es seltsam wäre, wenn an Bord eines französischen Schiffes nur ein Mann die französische Sprache spricht.»

Mit dieser rätselhaften Antwort wird Landers entlassen. Er legt die Kleider wieder ab, zieht seine eigenen Sachen an und beeilt sich, aus der Kammer zu kommen.

15.
Goodwin Sands – April 1471

Der *Mariendrake* liegt mehrere Tage an den Goodwin Sands vor Anker, bis sich an einem sonnigen Nachmittag zwei Schiffe aus Richtung Norden nähern. An ihren Masten wehen englische Flaggen. Nachdem am Vortag der Wind gedreht hat, sind alle Handelsschiffe, die an den Sandbänken auf Reede lagen, in den Kanal abgefahren. Nur der unbeflaggte *Mariendrake* harrt jetzt noch hier aus. Und wartet auf etwas. Als die beiden Engländer in Sicht kommen, lässt Bokelmann mit einem Mal eine Flagge am Hauptmast aufhängen, und was da jetzt unter der Mars im frischen Wind weht, ist weithin als eine französische Flagge zu erkennen.

Und dann erklärt Bokelmann der Mannschaft den Plan, der ebenso einfach wie riskant scheint: Sie wollen die englischen Befehlshaber an Bord des als französisches Schiff getarnten *Mariendraken* locken, die Engländer in ihre Gewalt bringen und deren Ladung kapern.

«Jetzt verstehe ich, warum Beneke in der Mündung des Humber so lange gewartet hat», sagt Hoike. «Er wollte genug Zeit verstreichen lassen, bis die Kämpfe um den Thron entschieden sein könnten. Und wenn diese beiden Schiffe aus London kommen, sind es wahrscheinlich Lancasters, die nach Frankreich zu ihren Verbündeten fliehen. Das würde wiederum bedeuten, dass die Yorks gewonnen haben und Edward wieder auf dem Thron sitzt.»

«Das kann der Admiral doch gar nicht wissen», wirft Landers ein.

«Na ja, Yorks würden vermutlich über Land nach Norden oder über das Meer nach Flandern fliehen, also nach Osten, und somit nicht an den Goodwin Sands vorbeisegeln.»

«Und wenn Beneke sich doch irrt?»

«Der irrt sich nie», sagt Possick überzeugt. «Gibt keinen besseren Kaperfahrer.» Und Huge pflichtet ihm gleich bei: «Beneke ist 'n Teufelskerl!»

Hoike kratzt sich unter dem grauen Bart. «Vielleicht hat Beneke ja doch einen Kundschafter nach London geschickt, ohne dass wir was mitbekommen haben ...»

Und wenn alles doch ganz anders ist?, denkt Landers. Er ist von dem Plan nicht überzeugt, zumal ihm dabei eine tragende Rolle zufallen soll. Doch ihr Gespräch wird abrupt beendet, als Bokelmann der Mannschaft weitere Anweisungen gibt.

Bald darauf haben alle Männer auf dem *Mariendraken* ihre Posten eingenommen. Die Ruter haben sich auf den Decks verteilt und den Befehl erhalten, kein Wort zu sagen. Das Reden mit den Engländern solle Landers übernehmen, hat Beneke überraschend erklärt. Denn er befürchtet, jemand von den Engländern könnte ihn wiedererkennen. Deshalb hält er sich jetzt in seiner Kammer versteckt, und Landers steht mit Bokelmann, Hoike und anderen Männern hinter dem Schanzkleid auf dem Achterkastell und schaut zu, wie die Engländer beim Näherkommen die Segel aus dem Wind nehmen. Doch sie trauen der Sache offenbar nicht so recht. Auf den Plattformen ihrer Kastelle halten sich Büchsenschützen bereit, um mit den schwenkbaren Geschützen, den Drehbrassen, jederzeit einen Schuss abfeuern zu können. Sicherlich sind auch die größeren Geschütze unter den Kastellen bemannt. Die Decks sind voll mit gerüsteten und bewaffneten Söldnern, und in den Mastkörben lauern Armbrust- und Bogenschützen. Sollte es also zu einem Gefecht kommen, wären die Engländer den Rutern des *Mariendraken* an Feuerkraft und Kriegsvolk deutlich überlegen.

Als die Engländer sich auf etwa drei Schiffslängen genähert haben, erklärt Bokelmann: «Beneke meinte, er habe die Schiffe schon mal gesehen. Das eine Schiff, das vorausfährt, ist die *Magdalena of Dieppe*, das andere die *Swan of Caen*. Beide segelten früher unter französischer Flagge.»

«Und wem gehören sie jetzt?», fragt Hoike.

«Einem dicken Fisch, den wir in unser Netz locken werden», sagt Bokelmann und dann zu Landers: «Du teilst den Engländern auf Französisch das mit, was ich dir sage, und übersetzt mir ihre Antworten. Aber sei vorsichtig, sie müssen uns unbedingt für Franzosen halten.»

Als das vorausfahrende Schiff, die *Magdalena of Dieppe*, auf eine Schiffslänge herangekommen ist, legt auf dem Vorderkastell ein Mann die Hände als Trichter an den Mund. Er ist im mittleren Alter, von hagerer Statur, hat eine hervorspringende, spitze Nase und ruft herüber: «Qui es-tu? Nous ne connaissons pas votre bateau.»

«Er will wissen, wer wir sind», übersetzt Landers leise. «Er sagt, er kenne unser Schiff nicht.»

«Ist er Franzose?», fragt Bokelmann.

«Glaub ich nicht, der hat einen englischen Akzent.»

«Antworte ihm, man hat uns geschickt, um ihnen Geleitschutz zu geben.»

Landers ruft: «On nous a envoyé pour vous escorter.»

Der hagere Kerl auf dem Vorderkastell berät sich mit einigen Männern. Da bemerkt Landers eine Bewegung im Mastkorb der *Magdalena of Dieppe*. Sein Blick springt hoch, und er sieht, wie die dort postierten Schützen ihre Bögen spannen.

«Qui est-ce que vous escortez?», ruft drüben der Engländer.

«Er will wissen, *wem* wir Geleitschutz geben sollen», gibt Landers wieder.

«Sag ihnen: dem Bürgermeister von London. Sein Name ist Sir Thomas Cook.»

Landers ruft: «Le maire de Londres, Sir Thomas Cook.»

Offenbar war dies die richtige Antwort. Auf der *Magdalena of Dieppe* nicken ein paar Männer zustimmend. Mittlerweile treibt das Schiff fast auf Höhe des *Mariendraken*; die *Swan of Caen* ist noch ein gutes Stück dahinter. Aber die Engländer machen keine Anstalten, die Anker zu setzen. Stattdessen fragt der Hagere nach dem Namen des Schiffskommandanten.

«Sag ihnen, es ist ein Mann namens Guillaume de Columb», erklärt Bokelmann, der offenbar mit dieser Frage gerechnet hat. «Und dass es Guillaume de Columb eine Ehre wäre, den Lord Mayor auf seinem Schiff zu begrüßen, um ihn mit Essen und Wein zu bewirten.»

Nachdem Landers die Worte übersetzt hat, bekommt er von dem anderen Schiff zur Antwort, sie sollten besser gleich weiterfahren, denn der Wind sei günstig, und je schneller man in Frankreich sei, umso besser.

«Erkläre ihnen, wir haben gestern ein paar Orlogschiffe der Hanse gesehen, nicht weit von den Goodwin Sands entfernt», sagt Bokelmann. «Deswegen ist es ratsam, erst morgen durch den Kanal fahren – auch weil wir befürchten, es könnten die Schiffe des berüchtigten Kaperfahrers Paul Beneke gewesen sein.»

Landers sucht in Bokelmanns Gesicht nach Anzeichen, dass der Hüne bewusst einen Scherz gemacht hat, doch er sieht so grimmig aus wie immer. Also gibt Landers die Warnung weiter, und dieses Mal scheinen die Worte ihre Wirkung nicht zu verfehlen.

Nach einer kurzen Diskussion, bei der mehrere Engländer aufgeregt auf die französische Flagge des *Mariendraken* zeigen, ist zu hören, wie auf der *Magdalena of Dieppe* das Kommando gegeben wird, die Anker zu Wasser zu lassen. Die Schützen in den Mastkörben lassen die Bögen sinken. Auf dem Großdeck wird eine Luke geöffnet, aus der mehrere Frauen und Kinder hervorsteigen, die sich im Laderaum versteckt hatten. Zuletzt klettert ein Mann aufs Deck, der einen purpurfarbenen Mantel über einem blauen Hemd trägt. Sein rotes Gesicht glänzt vom Schweiß. Er ruft anderen Männern ein paar Anweisungen zu, und nur kurze Zeit später liegen die beiden englischen Schiffe ganz in der Nähe im strömenden Tidewasser vor Anker. Der korpulente Mann – offenbar handelt es sich um den Lord Mayor of London – macht sich bereit, über eine Strickleiter hinunter in den Esping zu klettern.

«Ich glaube, die haben den Köder geschluckt», sagt Landers erleichtert.

Doch gänzlich ohne Zweifel scheinen die Engländer noch nicht zu sein. Als der Lord Mayor zum *Mariendraken* übersetzt, wird er nicht nur von dem hageren, spitznasigen Mann begleitet, mit dem Landers die Worte gewechselt hat, sondern auch von einem Dutzend bewaffneter Söldner. Das Ruderboot legt an, dann klettert der Lord Mayor über die Strickleiter am Rumpf hinauf, was ihm wegen seiner Körperfülle einige Mühen bereitet. Doch schließlich steht er schwer atmend auf dem Großdeck des *Mariendraken*, und hinter ihm nehmen die englischen Söldner Aufstellung.

Der Lord Mayor streicht sich das Hemd über dem gewaltigen Bauch glatt. Am Ringfinger seiner rechten Hand glitzert ein schwerer Goldring mit einem eingefassten roten Edelstein. Während er die vermeintlichen Franzosen mustert, kratzt er über die roten Bartstoppeln auf seinem fleischigen Kinn. Sein Blick bleibt an Bokelmanns beeindruckender Statur hängen. Dann sagt er etwas auf Englisch zu dem Hageren, der es ins Französische übersetzt und sich an Bokelmann wendet. Offenbar hält er ihn für den Kommandeur Guillaume de Columb. Er selbst heiße Roger Miller, sagt der Hagere, und er sei der Sekretär des verehrten Lord Mayor of London, der sich darauf freue, mit Guillaume de Columb zu speisen und französischen Wein zu trinken.

Bokelmann nickt in Landers' Richtung, und der ergreift schnell das Wort, um auf Französisch das zu sagen, was sie zuvor abgesprochen haben: Auch Guillaume de Columb freue sich über die Begegnung, und er bitte den Lord Mayor, ihn in seine Kammer zu begleiten. Während der Sekretär die Worte übersetzt, runzelt der Lord Mayor misstrauisch die Stirn. Dann will er wissen, warum Monsieur de Columb nicht selbst antwortet. Landers kommt ins Schwitzen. Was soll er darauf erwidern? Die Frage ist nur allzu berechtigt. Die Höflichkeit würde es natürlich gebieten, dass der Kommandeur selbst das Wort an den Lord Mayor richtet …

«Parce que la faim m'a laissé sans voix», ist plötzlich Bokelmanns Stimme zu hören, als er in einwandfreiem Französisch sagt: «J'ai hâte de dîner et de boire avec le Lord Mayor.» – *Weil der Hunger mir die Sprache verschlagen hat. Ich kann es kaum erwarten, mit dem Lord Mayor zu speisen und zu trinken.*

Der Lord Mayor bricht, nachdem ihm die Worte übersetzt worden sind, in Gelächter aus, klopft auf seinen Bauch und sagt auf Englisch: «Dann wollen wir mal ran an Fleisch und Wein.»

Bokelmann und Landers gehen voran zum Achterkastell, vorbei an den schweigenden Rutern. Am Fuß der Leitertreppe erklärt Landers auf Französisch, man bedaure, aber die Kammer des Kommandanten sei zu klein, weswegen die englischen Söldner auf dem Großdeck warten müssten. Die Ankündigung sorgt für Unmut unter den bewaffneten Begleitern, die ihren Herrn nicht ohne Aufsicht lassen wollen. Aber der Lord Mayor, gelockt von der Aussicht auf Wein und Speisen, hat keine Einwände. Zu viert steigen sie auf das Zwischendeck. Bokelmann öffnet die Tür, lässt den Lord Mayor und seinen Sekretär vortreten, dann folgen Landers und Bokelmann. In der Kammer ist es dunkel, die Fensterläden sind geschlossen, das Abortloch mit einem Brett zugedeckt. Bokelmann schließt hinter sich die Tür, legt den Riegel vor – und die Falle schnappt zu. Dann geht alles ganz schnell. Die Fensterläden werden geöffnet, Tageslicht fällt in die Kammer, und Beneke dreht sich an der Fensteröffnung stehend um. Mit der Andeutung eines Lächelns sagt er auf Englisch: «Ich freue mich, Euch zu sehen, My Lord Mayor.»

Der Bürgermeister von London blickt seinen Sekretär ratlos an: «Wer ist das?»

Doch der Sekretär kann nur angstvoll den Kopf schütteln. Als beide feststellen, dass man sie offenbar in eine Falle gelockt hat, wollen sie zur Tür, doch Bokelmann versperrt ihnen den Weg. Benekes Lächeln gefriert zu einer finsteren Grimasse. Er zeigt zum Tisch, auf dem ein Krug und ein paar Becher stehen, und fordert die beiden Engländer auf, auf der Bank zwischen Tisch und Wand Platz zu nehmen. Der Sekretär gehorcht sofort und setzt sich, aber der Lord Mayor bleibt demonstrativ stehen. «Ihr seid kein Franzose», sagt er zu Beneke und dann zu Bokelmann und Landers: «Und diese beiden Herren vermutlich auch nicht.»

«Das habt Ihr richtig erkannt», sagt Beneke auf Englisch. «Und jetzt setzt Euch!»

«Ich protestiere gegen eine solche Behandlung. Ich bin der Lord Mayor of London. Und wer seid Ihr?»

«Setzt Euch», wiederholt Beneke seine Aufforderung in scharfem Ton.

Der Bürgermeister verschränkt die Arme vor der Brust. Seine anfängliche Unsicherheit verwandelt sich in trotzigen Widerstand, und als er droht, seine Söldner zu Hilfe zu rufen, zieht Bokelmann sein Messer und drückt ihm die Klinge an den Hals.

«Ein lautes Wort aus Eurem Mund», sagt Beneke, «und er schneidet Euch die Kehle durch.»

Endlich schiebt sich der Lord Mayor mit seinem Wanst neben den verängstigten Sekretär auf die Bank. Er legt die Hände auf den Tisch und ballt sie zu Fäusten. Der rote Edelstein auf seinem Ring glitzert im Sonnenstrahl, der durch die Fensteröffnung fällt. Er wiederholt seine Frage in Benekes Richtung: «Wer seid Ihr?»

Der Admiral setzt sich übers Eck zum Lord Mayor an den Tisch und sagt: «Mein Name ist Paul Beneke.»

«The Devil», stöhnt der Sekretär. Er ist ganz bleich geworden, und der Lord Mayor schüttelt den Kopf, vielleicht verärgert über seine eigene Unvorsichtigkeit.

Beneke schenkt aus dem Krug Wein in zwei Becher. Einen Becher schiebt er zum Lord Mayor, den anderen zum Sekretär. «The Devil», sagt der Admiral. «Ich hörte, so nennt man mich in England, vielleicht zu Recht, vielleicht auch nicht, das hängt ganz von Euch ab.»

Der Lord Mayor rührt den Wein nicht an. «Und wie nennt Ihr das hier? Eine Entführung?»

«Wenn Ihr so wollt, My Lord Mayor. Ihr seid jetzt ein Gefangener der Hanse.»

«Und mit welchem Recht?»

«Mit dem Recht meines Kaperbriefs, ausgestellt durch die Hanse.»

Der Lord Mayor schnaubt verächtlich. «Zwischen England und der Hanse besteht eine Waffenruhe.»

«Das ist richtig, aber sie wurde von der Hanse mit König Edward vereinbart und nicht mit dem Lancaster-König Henry VI. Und Ihr, Sir Thomas Cook, steht auf der Seite der Lancasters. Ihr gehört zu jenen Männern, die Henry im letzten Jahr auf den Thron verholfen haben, um Euch selbst die Wahl ins Parlament und die Ernennung zum Lord Mayor zu sichern.»

«Woher wisst Ihr das?»

«Meine Ohren hören so einiges, und sie haben auch vernommen, dass Edward Euch einst wegen Hochverrats vor Gericht gestellt hat, lange bevor ihn die Lancasters vom Thron gestürzt haben.»

«Lügen», ruft der Lord Mayor.

Der Sekretär zuckt vor Schreck zusammen und flüstert: «Bitte, Sir, er hat doch gesagt, wir dürfen nicht so laut ...»

«Haltet Euer feiges Maul, Miller», herrscht der Bürgermeister ihn an, dann sagt er mit leiserer Stimme zu Beneke: «Das waren Lügen. Ich wurde damals gegen eine Geldzahlung freigelassen.»

«Auch davon hörte ich. Das heißt aber nicht, dass Ihr unschuldig gewesen seid. Aber nun erzählt mir, was sich in den letzten Tagen in London zugetragen hat.»

Der Lord Mayor trinkt einen Schluck Wein. Schweißtropfen rinnen ihm über die Stirn, dann sagt er: «Was soll's. Vermutlich wisst Ihr bereits, dass Edward nicht bei Dover gelandet ist, wo die Lancasters ihn mit ihrem Heer erwartet hatten. Stattdessen führten Edward und sein Bruder, der Herzog von Gloucester, ein Herr von neuntausend Mann von Norden her aus Yorkshire gegen London. Aber der Earl of Warwick, Richard Neville, stellte ihnen ein Herr von zwölftausend Mann entgegen. Man sollte meinen, das wäre eine eindeutige Angelegenheit gewesen. Und tatsächlich sprach auch zunächst alles dafür, dass, als es vor wenigen Tagen zur Schlacht kam, die Lancasters den Sieg davontragen würden. Die Yorks wurden von den Truppen des Earl of Oxford, John de Vere, überrannt und zurückgedrängt.»

Der Lord Mayor wischt sich mit dem Handrücken über die schweißnasse Stirn und nimmt einen weiteren Schluck Wein, dann sagt er: «Der yorksche Spuk wäre beinahe beendet worden, wenn sich nicht ein tragisches Unglück ereignet hätte. Hinterher sagten manche, Gott habe dabei seine Finger im Spiel gehabt, andere behaupteten, es sei der ... nun ja, der Teufel gewesen ...» Er wirft einen resignierten Seitenblick auf Beneke, der ihn mit einer Geste zum Weiterreden auffordert.

«Also, auf dem Schlachtfeld war inzwischen dichter Nebel aufgezogen», sagt der Lord Mayor, «und der Earl of Warwick beging einen großen Fehler, als er die durch die Dunstschwaden irrenden Männer für die Soldaten seiner Feinde, der Yorks, hielt – dabei waren es die Soldaten seines Verbündeten, des Earl of Oxford ...»

«Und dann haben sich die Lancasters gegenseitig abgeschlachtet?», wirft Beneke belustigt ein.

Der Lord Mayor nickt düster. «So ist es gewesen, und Neville hat für seinen Irrtum einen hohen Preis bezahlt. Denn in dem Durcheinander gelang es Edward, seine Truppen neu zu formieren, und dann griff er erneut an. Er zerschlug die feindlichen Reihen, und der Earl wurde getötet.»

Die Augen des Lord Mayor schimmern feucht, vielleicht vom Wein, den er inzwischen geleert hat, oder aus Trauer und Wut über die verlorene Schlacht der Lancasters und ihrer Verbündeten, zu denen er ja selbst gehörte. Beneke schenkt ihm großzügig Wein nach.

«Aber Edward hat noch nicht gesiegt», setzt der Lord Mayor hinzu. «Die englische Königin Margaret of Anjou saß wegen schlechten Wetters mit mehreren Tausend Kriegern wochenlang in Frankreich bei Harfleur an der Mündung der Seine fest. Aber jetzt hat sie den Kanal überqueren können. Sie soll mit ihren Truppen bei Weymouth gelandet sein, um ihrem Gemahl, König Henry VI., zu Hilfe zu eilen, und ich bin sicher, Henry wird den Thron gegen Edward verteidigen ...»

«Ach ja?», entgegnet Beneke spöttisch. «So wirklich überzeugt scheint Ihr davon aber nicht zu sein. Warum solltet Ihr Eure Schätze sonst in Sicherheit bringen und aus London fliehen?»

Für einen Moment herrscht angespannte Stille in der Kammer. Während der Lord Mayor um eine Antwort ringt, kratzt sich der Sekretär angestrengt am Hals und blickt immer wieder flehentlich zur Tür.

Dann hebt der Lord Mayor den Blick und sagt: «Hört zu, Admiral Beneke, Ihr könnt diesen feigen Sekretär haben. Und Ihr könnt mein Weib und meine Kinder haben. In Frankreich gibt's genug Weiber, mit denen ich weitere Kinder zeugen kann. Aber ich werde Euch niemals mein Geld geben. Ich habe es mir genommen, weil es mir zusteht – mir allein! Die verdammten Yorks haben mich damals mit der Geldbuße, die ich zahlen musste, an den Rand des Ruins gebracht ...»

Plötzlich hat Beneke ein Messer in einer Hand, mit der anderen packt er die rechte Hand des Lord Mayors, der von dem

Angriff überrascht wird. Ein Becher kippt um. Der Wein sammelt sich in einer dunklen Pfütze. Beneke drückt die Hand des Bürgermeisters fest auf die Tischplatte, dann schneidet er ihm den Finger mit dem Edelsteinring ab. Der Lord Mayor reißt stumm die Augen auf. Es dauert einen Moment, bis sein Verstand begreift, dass weder der Ring noch der Finger mehr an seiner Hand sind.

Beneke betrachtet den Finger, von dem das Blut tropft, dann zieht er den Ring ab und wirft den Finger mit einer so beiläufigen Geste durch die Fensteröffnung ins Meer, als entledigte er sich eines abgenagten Hühnerknochens.

Jetzt erst beginnt der Lord Mayor, laut und panisch zu schreien, und das Geschrei wird zum Wutgeheul, dann endet es in einem gurgelnden Röcheln. Er starrt ungläubig auf seine verstümmelte Hand und brüllt: «Söldner – zu mir! Es ist eine Falle, das sind Seeräuber! Tötet sie, tötet sie alle!»

Beneke schiebt den Ring auf seinen eigenen Finger und betrachtet den roten Edelstein, der im Sonnenlicht funkelt. «Eure Söldner können Euch nicht mehr hören», sagt er. «Man hat sie unter einem Vorwand in den Geschützstand gelockt, wo sie von Euren Schiffen aus nicht gesehen werden können, und dort hat man sie getötet. Und jetzt werdet Ihr, Sir Cook, Euren Leuten auf der *Magdalena of Dieppe* und der *Swan of Caen* befehlen, uns alle Gold- und Silbermünzen auszuhändigen, die Ihr aus den Schatullen der Londoner Schatzkammer entwendet habt, genau wie all die kostbaren Möbel, Stoffe und Tapisserien und was Ihr sonst noch aus Euren Häusern mitgenommen habt. Solltet Ihr Euch weigern, schneide ich Euch die anderen Finger ab, einen nach dem anderen, und dann mache ich so lange mit Euren anderen Körperteilen weiter, bis die Makrelen satt sind und von Euch nichts mehr übrig ist.»

Nachdem sie den Lord Mayor und seinen Sekretär runter aufs Großdeck gebracht haben, steht Landers allein in der Kammer und schaut durch die Fensteröffnung nach draußen aufs Meer. Im Geiste sieht er den blutigen Finger hinausfliegen, und als er an Benekes gleichgültigen Blick denkt, fragt er sich, ob die Schrecken, die der Admiral als kleiner Junge in dem Schiffswrack erlebte, der Grund sind für seine Grausamkeit. Sind die Dämonen damals in ihn gefahren, oder erst später, als etwas anderes geschehen ist, was Hoike nur angedeutet hat?

Inzwischen hat der Wind aufgefrischt. Die Bodenplanken schwanken leicht unter Landers' Füßen, und er spürt, wie seine Knie weich werden. Er setzt sich auf Benekes Stuhl und blickt auf den Tisch, auf dem sich der Wein mit dem Blut zu einer Pfütze vereint hat, und ihm ist, als hörte er erneut das leise knackende Geräusch, als die Klinge den Fingerknochen durchtrennt hat. Die Tat widert ihn an, zugleich muss er zugeben, dass er eine gewisse Faszination für Beneke empfindet, für die Kühnheit seines Plans und die Kompromisslosigkeit, mit der er ihn verfolgt. Und während er so dasitzt und seinen widersprüchlichen Empfindungen nachspürt, überkommt ihn plötzlich eine alte Erinnerung an ein Erlebnis, das er lieber vergessen würde.

Er war noch ein kleiner Junge, als sein Vater ihn einmal zum Marktplatz von Wismar mitnahm. Viele Menschen waren gekommen. Der Vater zog ihn durch die Menge bis ganz nach vorn, und er sah dort einen Mann am Boden knien, der seinen kahl geschorenen Kopf auf einen Holzblock gelegt hatte. Neben ihm stand der Henker und hob ein langes Schwert. Die Menschen jubelten und schrien vor Begeisterung, und da schaute der Mann auf dem Richtblock in die Richtung des kleinen Till Landers. Später erfuhr er, dass der Mann ein Mörder war. Er hatte mehrere Menschen getötet, auch Kinder, und man war überzeugt, dass der Mann von teuflischen Dämonen besessen war. Till wollte die Hinrichtung nicht mitansehen, aber er konnte seinen Blick nicht fortreißen von den klaren und hellen Augen des Mörders, hinter denen, so kam es ihm später vor, ein tiefer und dunkler Abgrund war. Till glaubte, dass er, wenn er zu lange in diese Augen schaute, mit hinabgezogen würde in die Hölle. Das Schwert fuhr nieder, die Klinge durchtrennte den Hals, und der Kopf fiel in einen Weidenkorb. Als der Henker ihn aus dem Korb nahm und den Menschen präsentierte, da waren die klaren und hellen Augen, hinter denen die Dämonen lauerten, noch immer auf Till gerichtet. Und gerade eben, als Beneke dem Lord Mayor den Finger abgeschnitten hat, da hat Landers diese Dämonen wieder erkannt, in Benekes Augen.

Als Landers aus der Kammer tritt, hat sich draußen die Lage völlig gewandelt. Auf dem *Mariendraken* gibt es jetzt keinen Grund mehr, die Täuschung aufrechtzuerhalten. Die französische Flagge wurde eingeholt und durch die Flagge der Danziger ersetzt. Die Ruter tragen Rüstungen und Waffen, die Bossemeister stehen an den Bombarden bereit. Währenddessen ist auf der *Magdalena of Dieppe* sowie der *Swan of Caen* ein großes Durcheinander ausgebrochen. Schützen und Lanzenknechte haben zwar ihre Posten bezogen, aber sie warten auf Anweisungen, die ihnen nur der Mann geben kann, der jetzt in der Hand Paul Benekes ist.

Landers findet den Admiral auf der Plattform des Achterkastells, umgeben von bewaffneten Rutern. Bokelmann hat den Lord Mayor im Nacken gepackt, drückt ihn gegen das Schanzkleid und bedrängt ihn, seiner Mannschaft zu befehlen, die

Ladung herauszugeben. Doch Sir Cook weigert sich beharrlich und ignoriert auch seinen Sekretär, der ihn, kreidebleich und bebend vor Angst, anfleht zu tun, was die Seeräuber verlangen. «Eher sterbe ich, als dass Ihr mein Eigentum in Eure dreckigen Finger kriegt», kreischt der Lord Mayor. «Nicht eine einzige Münze werdet Ihr sehen.»

«Wenn es zum Kampf kommt, werden auf Euren Schiffen viele Menschen sterben», sagt Beneke.

«Dann sollen sie sterben», schnaubt der Lord Mayor und ruft, so laut es ihm in Bokelmanns Griff möglich ist, zur *Magdalena of Dieppe*: «Zündet die Bombarden – und kämpft, kämpft ...»

In dem Moment werden in der Großmars Rufe laut, und Hoike, mit Helm und Lederharnisch gerüstet, tritt an Beneke heran und teilt ihm etwas mit, woraufhin der zum Lord Mayor sagt: «Ich denke, das einzige Blut, das heute vergossen wird, ist Eures.»

Dann sieht auch Landers die vier Schiffe auf sie zukommen, und an ihren Masten wehen die Flaggen Danzigs. Auf dem *Mariendraken* bricht Jubel aus. Auf der *Magdalena of Dieppe* und der *Swan of Caen* wird die Verunsicherung noch größer. Überall flammen Diskussionen auf. Viele Möglichkeiten haben sie jedoch nicht. Würden sie jetzt noch versuchen zu fliehen, müssten sie dies unter dem Beschuss des *Mariendraken* tun. Außerdem nähern sich die anderen Danziger Schiffe rasch. Und so ringen sich die Engländer ohne das Kommando ihres Befehlshabers dazu durch, sich zu ergeben.

Bis in den Abend dauert es, die Beute mit den Espings an Bord des *Mariendraken* zu schaffen, wo sie auf dem Großdeck ausgestellt wird. Da sind mehrere mit Münzen und Schmuck gefüllte Truhen sowie Seidenstoffe, Teppiche, kostbare Kleider,

Kisten und Fässer mit Lebensmitteln und Wein, außerdem alle Waffen und Rüstungen der englischen Söldner. «Der feine Herr hat offenbar die ganze Stadtkasse geplündert», sagt Bokelmann, während sie die Sachen begutachten, und fragt Beneke: «Was wirst du mit ihm machen? Ihn töten?»

«Nein, ich schicke ihn nach London zurück», sagt Beneke. «Er soll von mir erzählen. Edward muss erfahren, was einem Engländer droht, der sich mit mir anlegt.»

«Edward wird den Dieb zum Tode verurteilen.»

«Ja, aber vorher wird der Lord Mayor versuchen, alle Schuld auf mich oder andere zu schieben.»

Dann gehen sie zu ihm. Der Bürgermeister wartet mit gallenbitterer Miene am Schanzkleid. Sein Sekretär durfte vorhin aufs englische Schiff zurückkehren. Der Lord Mayor starrt auf seine Hand, als könnte er Ring und Finger allein durch seine Blicke zurückzaubern. Der Stumpf blutet nicht mehr, und Sir Cook sagt mit bebender Stimme: «Ihr seid ein Seeräuber und ein Mörder, Beneke, man wird Euch hängen.»

«Ich kann's kaum erwarten», erwidert der Admiral und gibt Bokelmann ein Zeichen, woraufhin der dem zeternden und sich windenden Lord Mayor den Mantel von der Schulter nimmt und ihm die Stiefel auszieht. Dann wuchtet er seinen prallen Leib aufs Schanzkleid, gibt ihm einen Stoß, und der Lord Mayor stürzt mit lautem Platschen hinunter ins Wasser. Gleich darauf kommt er prustend an die Oberfläche, und Beneke ruft den Engländern zu, sie sollen ihn aus dem Wasser fischen.

Der Esping der *Magdalena of Dieppe* wird bemannt. Seeleute kommen herübergerudert, und irgendwie gelingt es ihnen, den schweren, nassen Mann in den Esping zu ziehen, ohne dabei zu kentern. Nachdem sie den Lord Mayor an Bord gebracht haben, lichten die Engländer die Anker und setzen die Segel, um dann unter dem Gelächter der Danziger zurück nach London zu fahren.

Die Feier dauert bis tief in die Nacht. Dieses Mal langt auch Landers beim Wein kräftig zu, und Hoike, Possick, Huge und andere Ruter überbieten sich gegenseitig mit angeblichen Heldengeschichten. Irgendwann holt Huge seine Knochenflöte hervor und entlockt ihr schrille Töne, während Possick sich am Bauch eine Decke unters Hemd stopft und wieder und wieder nachspielt, wie der Lord Mayor ins Wasser geplumpst ist.

Als der Mond hoch oben am sternklaren Nachthimmel steht, schlafen die meisten Ruter und Seemänner. Auf dem *Mariendraken* und den anderen Schiffen ist Ruhe eingekehrt. Doch Landers steht am Schanzkleid des Großdecks. Unter ihm tanzen die Spiegelbilder von zwei Monden auf den schwarzen Wellen. Sein Kopf dreht sich vom vielen Wein. Er fragt sich, wo Beneke abgeblieben ist, den er seit Einbruch der Dämmerung nicht mehr gesehen hat, und schaut hinauf zu der Tür im Zwischendeck. Als Landers vorhin immer betrunkener und entsprechend mutiger wurde, hat er sich vorgenommen, Beneke gegenüber seine Bewunderung zum Ausdruck bringen für dessen riskanten, aber erfolgreichen Plan, mit dem er den Lord Mayor überlistet hat. Landers musste über sich selbst lachen, dass er den geizigen und gierigen Engländer bedauert hatte wegen des abgeschnittenen Fingers. Das hatte der doch verdient. Und als Landers noch betrunkener war, war er überzeugt, dieser Abend wäre die beste Gelegenheit, Beneke sogar auf jenen geheimnisvollen Bernt Pawest anzusprechen. Hoike hatte bestimmt nur übertrieben, als er ihn gewarnt hatte, Beneke würde auf den Namen so heftig reagieren. Nein, nein, Beneke würde Landers wie einen guten Freund zur Seite nehmen. Er würde ihm für den Einsatz beim Kapern der Engländer danken, und dann würde er seine ganze Lebensgeschichte mit ihm teilen. Und wäre Beneke noch einmal aufgetaucht, wäre Landers wohl wirklich so betrunken und närrisch gewesen, dies zu tun. Aber zu seinem Glück hat der Admiral sich nicht wieder blicken lassen.

Als Landers sich schließlich aufs Vorderkastell schleppt, wo die anderen Ruter schnarchend in ihren Schlafsäcken liegen, knufft er Hoike gegen die Schulter, bis der Alte aufwacht.

«Warum hat Beneke nicht mit uns gefeiert?», fragt Landers mit schwerer Zunge.

«Leg dich hin, du Narr», erwidert Hoike.

«Erst will ich wissen, was zwischen ihm und diesem Bernt Pawest vorgefallen ist ...»

Der Alte richtet sich ruckartig auf, und seine Hände legen sich um Landers' Hals. «Halt dein dummes Maul, Kaufmann», zischt er. «Du hast geschworen, den Namen niemals auszusprechen, und daran solltest du dich halten, wenn dir dein Leben lieb ist.»

Landers nickt erschrocken, dann lösen sich Hoikes Hände, und Landers reibt sich den Hals und fragt leise: «Aber wo ist Beneke denn hin?»

Der Rottmeister deutet über das Großdeck zum Achterkastell. «Er hat bekommen, was er wollte, und jetzt macht er das, was er dann immer tut: Er kehrt in seine Albträume zurück.»

16. Brügge, Bladelinhof – Mai 1471

Tommaso Portinari kann sich nicht sattsehen an seiner Gemahlin. Jetzt ist sie seine Maria, seine honigsüße, nach Pinienharz duftende Maria, und ihre Haut ist so glatt und jungfräulich rein wie Marmor. Zum festlichen Anlass ihrer Hochzeit sitzt sie neben ihm an der Hochzeitstafel im Saal des Bladelinhofs. Sie trägt das schwarze Kleid, das er vom Schneider für viel Geld hat anfertigen lassen, und nagt mit spitzen Mausezähnen Fleischreste von einem Geflügelknochen. Gerade ist sie fünfzehn Jahre alt geworden, und somit ist die Bedingung ihres Vaters erfüllt, damit sie Portinaris Braut werden konnte.

Nun besitzt er sie also, seine Maria, und dennoch kann er den Triumph nicht genießen, denn er wartet auf den Herzog, der Portinaris Hochzeitsfest schmücken soll. Ruhm und Ehre wird ihm die Anwesenheit des mächtigsten Mannes Burgunds einbringen. Wenn er denn kommt. Portinari hört die Leute im Saal lachen und reden, hört sie kichern und schmatzen. Er nickt diesem Mann und jener Frau zu und zwingt sich zu lächeln, während sein Blick immer wieder zur vorderen Tür des Saals schweift. Wo bleibt der Herzog nur?

Karel de Stoute wird bezaubert sein von Maria, denkt Portinari. Schließlich macht seine Gemahlin wirklich was her in ihrer jugendlichen Frische und Schönheit. Dabei hat sich ihr Vater, der Florentiner Kaufmann Filippo Baroncelli, zunächst vehement geweigert, seine Tochter dem viel älteren Portinari zur Frau zu geben. Wobei das Alter nur ein Vorwand war. Der eigentliche Grund war ein uralter Streit zwischen den Ahnen der Familien Portinari und Baroncelli. Doch Tommaso Portinari ließ sich nicht abweisen. Er musste Maria haben, seit er sie das erste Mal bei einem Besuch in der alten Heimat Florenz gesehen hatte, als sie in Begleitung ihrer Mutter über die Ponte Santa Trinità, eine Brücke über den Arno, spazierte.

Ja, natürlich könnte Portinari vom Alter her Marias *nonno*, ihr Großvater, sein. Aber es war um ihn geschehen. Er wollte vom Kelch ewiger Jugend trinken und bestürmte ihren Vater, um einen günstigen Brautpreis auszuhandeln. Signor Baroncelli wollte Portinari vom Hof jagen. Für kein Geld der Welt würde er seine Tochter einem solchen Lustmolch opfern. Portinari lachte darüber. Wer hier wohl der Lustmolch sei? Er hatte nämlich vorher Erkundigungen über Baroncellis fleischliche Gelüste eingeholt und herausgefunden, dass der sich in einer seiner Villen gelegentlich junge Knaben zuführen ließ. Als Portinari sein Wissen diesbezüglich andeutete, verstummte Baroncelli und gab Portinaris Wunsch, Maria zu heiraten, zähneknirschend nach. Doch er bestand darauf, Portinari müsse mit dem ehelichen Vollzug bis nach Marias fünfzehntem Geburtstag warten. Portinari war einverstanden, und sie unterzeichneten den Vertrag. Maria war von ihrem Onkel Luigi nach Brügge gebracht worden, wo sie zunächst in einem Haus zur Miete wohnten, gegenüber dem Bladelinhof in der Naaldenstraat. Und so saß Portinari nachts häufig in seiner Schlafkammer, spähte durch einen Spalt zwischen den Fensterläden über die Gasse hinweg in Marias Wohnung und zählte die Tage, bis sie in sein Schlafgemach ziehen würde, also bis zum heutigen Tag.

Der Saal des Bladelinhofs, benannt nach Cosimo de' Medici,

ist gefüllt mit Gästen. Sie laben sich an gebackenen Schwänen und Karpfen, an Räucherschinken und Kabeljau, trinken den Wein aus kostbaren Glaskelchen. Und sie beglückwünschen Portinari zu seiner Braut, seiner vierten übrigens. Die anderen Gemahlinnen segneten das Zeitliche, ohne dass sie ihm Nachwuchs geschenkt hätten. Aber Maria ist fruchtbar wie eine gedüngte Ackerfurche, das spürt er.

Für die Feier hat er ein Vermögen ausgegeben. Das erwartet man schließlich von einem erfolgreichen Kaufmann und Bankier. Aus Brügge hat er jeden von Rang und Namen eingeladen – und als Ehrengast Herzog Karel de Stoute. Seit die Nachricht kam, der Herzog wolle ihm tatsächlich die Ehre erweisen, kann Portinari an nichts anderes mehr denken, nicht einmal mehr an die erste Nacht mit seiner Braut. Doch wo bleibt der Herzog? Portinaris Blick schweift wieder über die kauenden, schwatzenden und trinkenden Gäste zur Tür des Cosimo-de'-Medici-Saals. Kein Herzog.

Maria schmatzt genüsslich, und es wundert Portinari, wie viel Essen das dürre Ding in sich hineinschaufelt: Hühnchen, fetten Räucheraal, Käse, Stücke vom Rehrücken, Pasteten. Er betrachtet sie von der Seite, ihre kauende, beißende, schluckende Gesichtsmuskulatur. Plötzlich nimmt er an ihr merkwürdige Details wahr, die er vorher gar nicht gesehen hat. Woran liegt das? Hat er zu viel Wein getrunken? Oder ist ihre Nase wirklich ein bisschen zu groß für seinen Geschmack? Sind die Zähne hinter ihren fettglänzenden Lippen nicht doch ziemlich schief gewachsen? Und waren da schon immer so viele Leberflecken auf ihrem schlanken, bronzefarbenen Hals …?

«Tommaso, was ist mit Euch?», fragt Marias Onkel Luigi, der ihnen am Tisch gegenübersitzt. «Ist Euch eine Laus über die Leber gelaufen?»

Nachdem Luigi Maria nach Brügge gebracht hatte, ist er hiergeblieben, um über ihre Jungfräulichkeit zu wachen. Außer dem einfältigen Luigi ist zum Glück niemand aus Marias Familie zur Hochzeit angereist, nicht einmal ihre Eltern. Was nicht überraschend ist. Denn Portinari hatte einen Brief an Marias Mutter, Signora Baroncelli, geschrieben, in dem er sie über das geheime Liebesleben ihres Gemahls mit den Knaben aufgeklärt hatte. Damit hat Portinari zwar sein Wort gegenüber Signor Baroncelli gebrochen, aber sein schlechtes Gewissen hält sich in Grenzen. Denn so kann er sich das Brautgeld an die Eltern sparen, die nun ganz andere Sorgen haben, weil ihr eigenes Eheglück im heimischen Florenz in Scherben liegt. Auch haben sie nicht gewagt, ihr Einverständnis für die Hochzeit zurückzunehmen, vermutlich aus Angst, Portinari könne Baroncellis Gelüste an die Öffentlichkeit bringen. Dem Schmarotzer Luigi sind solche Verwicklungen egal. Hauptsache, er kann essen und trinken, am besten umsonst.

«Warum schaut Ihr immer wieder zur Tür?», fragt Luigi den Bankier in der Sprache der Florentiner, die außer Portinari und Maria niemand am Tisch versteht. «Seid Ihr nervös wegen der Hochzeitsnacht …?»

Sofort lässt ihn ein scharfer Blick aus Marias dunklen Augen verstummen. Portinari hat sie noch nie so finster gesehen. Na, da kann er sich ja auf was gefasst machen.

«Ich erwarte noch einen Gast, und zwar den Herzog von Burgund», sagt Portinari.

«Kenn' ich nicht», gibt Luigi zurück und knabbert angestrengt an einem Stück geräucherten Aal.

«Seid Ihr dumm, Onkel?», sagt Maria streng. «Ihr müsst dem Aal erst die Haut abziehen.»

«Ach so?» Luigi rupft mit den Fingernägeln an der festen Haut.

«Der Herzog ist ein treuer Kunde meiner Bank in Brügge», erklärt Portinari großzügig, auch um Maria zu beeindrucken. «Vor einigen Jahren hat mich der Herzog zu seiner eigenen Hochzeitsfeier eingeladen, im Jahr 1468 war das, als er die Engländerin Margaret of York geheiratet hat. Denkt nur, bei der Hochzeitsfeier hat man einen riesigen Turm auf die Festtafel gestellt, und Trompeten wurden geblasen. Und der Herzog hatte einen Hut auf, der Tausende Goldgulden gekostet haben soll.»

«Kaum zu glauben», sagt Luigi entzückt und beißt in den freigelegten Aal.

«Doch, doch, dabei soll der Herzog eigentlich gar kein Interesse an Weibern haben, wie man sich so erzählt», erklärt Portinari. «Denn die einzige Frau, die er liebt, ist seine Mutter, die Infantin Isabel de Portugal. Der Herzog hat diese Margaret of York also nur seiner Mutter zuliebe geheiratet, die dadurch die Beziehung mit England festigen wollte. Margarets Bruder ist nämlich der englische König Edward, der seit kurzer Zeit wieder in London auf dem Thron sitzt.»

Luigi lauscht ihm ergriffen. An seiner Unterlippe klebt ein Fetzen Aalhaut.

«Es ist erst wenige Wochen her, dass König Edward seine Feinde, die Lancasters, in einer Schlacht bei Tewkesbury geschlagen hat», fährt Portinari fort. «Daraufhin haben die Yorks den Lancaster-König Henry in Haft genommen und ihn im Tower of London ermordet.»

«So was ...», raunt Luigi.

In dem Moment verstummen alle Gespräche im Cosimo-de'-Medici-Saal. Ein Diener erscheint in der Tür, um die Ankunft des Herzogs zu verkünden. Gleich darauf treten mehrere mit Hellebarden bewaffnete Söldner ein. Im Saal erheben sich sofort die Leute an den Festtafeln, und dann folgt, flankiert von grimmigen Leibgardisten, der Herzog in Kriegsrüstung. Er hat ein bartloses, schmales Gesicht und ist etwa Ende dreißig. Unter seinem mit goldenen Fibeln befestigten Mantel trägt er Kettenhemd und Schwert. Sein Blick gleitet durch den Saal, und auf den Lippen mit den leicht nach oben gezogenen Mundwinkeln liegt ein spöttischer Ausdruck. Im Saal ist es völlig still geworden, nur das lederne Knarzen der Söldnerstiefel ist zu hören. Der Herzog wird gefürchtet. Jeder weiß von seinem aufbrausenden Gemüt und seiner Neigung zum Jähzorn; der geringste Ungehorsam kann seine Untertanen den Kopf kosten.

Portinari tritt hinter der Tafel hervor, geht auf den Herzog zu und begrüßt ihn mit einer tiefen Verbeugung. «Ich danke Eurer Königlichen Hoheit für die Ehre, die Ihr mir mit Eurem Besuch auf meiner bescheidenen Hochzeitsfeier erweist.»

Der Herzog verzieht keine Miene.

«Darf ich Euch meine Braut vorstellen, Eure Königliche Hoheit?», fragt Portinari und gibt Maria das verabredete Zeichen. Doch das dumme Frauenzimmer rührt sich nicht vom Tisch weg. Erst als Onkel Luigi ihr etwas ins Ohr flüstert, kommt sie hervor und macht vor dem Herzog einen höfischen Knicks, wie sie es vorher geübt haben. Wenigstens etwas. Portinari ist erleichtert.

Der Herzog mustert Maria ohne Interesse. «Ich sehe, Ihr habt eine Vorliebe für junge Weiber, Signor Portinari», sagt Karel de Stoute in der Sprache der Florentiner, die er ebenso beherrscht wie das Niederländische, Französische, Englische und Spanische. Seine Mutter Isabel habe, so heißt es, sehr darauf geachtet, ihrem Sohn die beste Bildung zukommen zu lassen.

«Oh, sie ist gerade fünfzehn geworden», erwidert Portinari.

«Da ist ja meine Tochter noch jünger als Euer Weib», sagt der Herzog humorlos. «Ich habe mir überlegt, sie dem Sohn des Kaisers des Heiligen Römischen Reichs als Gemahlin anzubieten.»

«Ein Kaisersohn wäre eine gute Partie, Eure Königliche Hoheit.»

Der Herzog nickt. «Meine erste Braut, Catherine de Valois, war zwölf bei unserer Hochzeit.»

«Das ist auch jung», sagt Portinari anerkennend.

«Aber ich war damals erst sechs, und als sie starb, war ich zwölf.»

«Oh», macht Portinari hilflos. Er weiß nicht, was er dazu sagen soll, und bittet den Herzog an die Festtafel.

«Nein, ich bin in Eile, Signor Portinari. Aber es wird im Bladelinhof sicher einen Raum geben, in dem wir beide uns im Beisein meines Sekretärs Pierre de Lagodon ungestört unterhalten können, oder?»

Im Obergeschoss des Bladelinhofs zünden Bedienstete im Kamin eines Wohnraums, dessen Wände mit einer Darstellung des Ponte Vecchio in Florenz im rötlichen Abendlicht bemalt sind, ein paar Holzscheite an. Es ist zwar fast Sommer, dennoch zieht vom Meer kühler Wind durch die geöffneten Fensterläden herein. Nachdem die Diener den Raum verlassen haben, schließt der Sekretär hinter ihnen die Tür. Auf dem Gang davor halten die Leibgardisten Wache. Der Herzog setzt sich in einen der Sessel vor dem Kamin, Portinari nimmt neben ihm Platz.

Der Herzog kommt gleich zur Sache. «Ich muss Eure Bank um einen weiteren Kredit bitten.» Sein Tonfall klingt nicht nach einer Bitte.

Portinari ist enttäuscht. Offenbar war er wirklich so naiv anzunehmen, der Herzog wollte ihm ohne Hintergedanken die Ehre erweisen. Doch da hat Portinari eine Idee, wie er die Kreditanfrage zu seinem Vorteil nutzen kann. Ja, dies könnte die Gelegenheit sein, auf die er seit Langem wartet. Schon seit vielen Jahren unterstützt das Bankhaus der Medici in Brügge die Herrscher von Burgund mit Geld. Auch Karels Vater, der im Jahre 1467 verstorbene Filips de Goede, hat sich von den Medici immer wieder finanziell aushelfen lassen. Als Portinari die Brügger Faktorei der Medici-Bank von seinem Vorgänger übernahm, hat er die hoch verzinsten Kreditgeschäfte weitergeführt. Aber er korrigierte die Buchführung, man könnte sagen, zu seinen eigenen Gunsten. So taucht seither nicht mehr jeder Kredit, den er ans burgundische Herrscherhaus vergibt, in den Büchern auf, und die Zinsen verschwinden in Portinaris Taschen. Schließlich ist das Leben in Brügge kostspielig. Und die Kredite sichern ihm noch weitere Vorteile. Dafür, dass er dem Herzog Geld leiht, lässt der seine Kontrolleure nicht so genau hinschauen, wenn sich Portinari größere Mengen des Färbesalzes Alaun auf eigene Rechnung nach Brügge liefern lässt. Die Medici besitzen, zusammen mit der Kirche, seit vielen Generationen das europäische Monopol auf den Verkauf des Alauns, das sie in ihrem Werk in Tolfa bei Rom abbauen lassen und das überall zum Färben von Stoffen heiß begehrt ist. Und wenn man so will, besitzt Portinari also dank des Herzogs das Alaunmonopol für Brügge und somit für Flandern, denn eine Hand wäscht die andere.

Eine Zeit lang liefen diese Geschäfte prächtig, bis der Krieg zwischen England und der Hanse ausbrach. Der Krieg ist für Portinari eine Katastrophe. Seit der Danziger Seeräuber Paul Beneke und andere hansische Kaperschiffe aus Hamburg oder den wendischen Städten auf der Nordsee kreuzen, ist der Handel zwischen England und Flandern fast zum Erliegen gekommen. Portinari kann die vielen Fässer mit dem Alaun, die er in einem geheimen Schuppen bei Brügge lagert, nicht nach England verschiffen lassen, obwohl es dort fürs Färben der Tuche dringend benötigt und teuer bezahlt wird.

Doch jetzt ist ihm eine Idee gekommen, wie er den hansischen Kaperfahrern vielleicht einen Strich durch die Rechnung machen kann. Und dafür braucht er die Unterstützung des Herzogs. Denn der gestattet es den Hansen schließlich, die Häfen in Flandern, vor allem den Hafen in Sluis, als Liegeplätze für ihre Orlogflotten zu nutzen. Karel de Stoute hätte die Seeräuber längst aus seinen Häfen verbannen können, was er aber nicht macht, weil er es sich mit den Osterlingen nicht verderben will, die viel Geld nach Flandern bringen.

Doch der Druck auf Portinari wächst, das Alaun endlich loszuwerden. Je länger es in dem Schuppen lagert, desto größer wird die Gefahr, dass in der Medici-Bank jemand seinen geheimen Geschäften auf die Schliche kommt. Außerdem braucht er das Geld aus dem Verkauf. Die Hochzeitsfeier war teuer, und Maria wird kostbare Kleider haben wollen und teuren Schmuck und neue Möbel und so weiter. Und dann gibt es noch das Altarbild des Jüngsten Gerichts, an dem der Maler Hans Memling malt und das endlich nach Florenz verschifft werden soll – und zwar ohne Gefahr zu laufen, von den Hansen gekapert zu werden.

Der Waffenruhe, die seit einiger Zeit zwischen England und der Hanse besteht, traut Portinari nicht. Erst kürzlich soll Beneke englische Schiffe überfallen haben, auf denen der Lord Mayor of London vor König Edward nach Frankreich fliehen wollte. Man erzählt sich, Beneke habe dem Bürgermeister Hände und Füße abgeschnitten, dessen Hab und Gut gekapert und Frau und Töchter in die Sklaverei verkauft.

Deswegen muss Portinari diesem Beneke so schnell wie möglich das Handwerk legen, und dafür braucht er die Hilfe des Herzogs. Was nicht einfach werden wird.

«An einen Kredit in welcher Höhe denkt Ihr, Eure Königliche Hoheit?», fragt Portinari wie beiläufig.

«Es müssten schon mehrere Tausend Goldgulden sein, mindestens zehntausend, aber, wenn möglich, nehme ich lieber zwanzigtausend Gulden.» Der Herzog wechselt einen Blick mit seinem Sekretär, der schnell sagt: «Wir werden die Angelegenheit selbstverständlich wie immer diskret behandeln, und es soll nicht zu Eurem Schaden sein.»

«Ich nehme an, Ihr benötigt das Geld für eine kriegerische Auseinandersetzung?»

«Natürlich», antwortet der Herzog. «Ich werde bald in die Picardie und in die Normandie einfallen. Dafür habe ich meine Ordonnanzkompanien aufgebaut, ein Heer also, das in ständiger Bereitschaft steht und das die französischen Truppen überrennen wird. Für den Unterhalt der Kompanien will ich eine jährliche Steuer einführen, aber die Steuer wird nicht ausreichen, deswegen brauche ich Euren Kredit.»

«Halten die Franzosen nicht ebenfalls Ordonnanzkompanien vor?»

«Das tun sie. Aber meine Söldner sind besser ausgerüstet, besser trainiert und besser geführt. Während der französische König in Paris noch in seiner Nase bohrt, werde ich meine Truppen über die Grenzen führen und die Picardie und die Normandie unter meine Herrschaft zwingen.»

Portinari überschlägt schnell im Kopf, welche Summe er aus den Kassen der Medici abzweigen könnte, ohne dass in Florenz jemand Verdacht schöpft. «Die Frist für die Zurückzahlung eines so hohen Kredits dürfte aber nicht sehr lang sein», sagt er dann.

Der Herzog wedelt mit einer Hand, als wollte er eine lästige Fliege verscheuchen. «Wir schlagen die Franzosen, und dann werde ich Euch das Geld binnen eines Jahres zurückzahlen, Signor Portinari. Mit einer angemessenen Verzinsung, nicht wahr, de Lagodon?»

Der Sekretär nickt ergeben.

Im Kamin knistern die Scheite, die Fensterläden klappern im Wind. Dann ist das leise Trommeln der einsetzenden Regentropfen zu hören. Sogar im Mai ist das Wetter in Brügge noch so nass und kalt, dass man den Kamin einheizen muss. Portinari denkt mit Wehmut an Florenz, wo der Frühling längst Einzug gehalten hat. Wo die Sonne wärmt, die Blumen blühen, die Pinien duften. Ach, er muss endlich heim nach Florenz. Mit Maria. Und mit viel Geld. Mit den Zinsen aus dem Kredit für den Herzog und dem Gewinn aus dem Verkauf des Alauns wäre er ein gemachter Mann. Er wäre dann so reich, dass er dem stinkenden, kalten Brügge Lebewohl sagen und mit Maria im teuren Florenz ein Leben im Luxus führen könnte. In Gedanken sieht er sich schon auf einer Galeyde ins Mittelländische Meer fahren. Maria ist bei ihm, und im Laderaum liegt das *Jüngste Gericht* sicher verstaut. Man wird ihn in Florenz willkommen heißen, er wird ein Held sein. Solange jedoch die Hansekaperer die freie Schifffahrt bedrohen, wäre das Risiko für die Heimfahrt zu groß. Die Reise könnte bereits im englischen Kanal zu Ende sein und Portinari bei einem Überfall der Seeräuber alles verlieren, nicht nur sein Vermögen und seine Reichtümer, sondern auch Maria und sein eigenes Leben.

«Nun, wie lautet Eure Antwort?», fragt der Herzog ungeduldig.

«Ich könnte Euch vielleicht den Kredit beschaffen, Eure Königliche Hoheit», wählt Portinari seine Worte mit Bedacht, «aber zugleich möchte ich Euch um etwas bitten ...»

«Ihr wollt mich um etwas bitten?», entfährt es dem Herzog, ein Schatten legt sich über sein Gesicht. «Wir sagen Euch doch hohe Zinsen zu. Dennoch wollt Ihr mir Bedingungen stellen? Zweifelt Ihr die Aufrichtigkeit meiner Worte an?»

«Oh, nein, natürlich nicht, Eure Königliche Hoheit! Ich möchte nur etwas anregen ... und zwar möchte ich anregen, dass Ihr Eure Häfen für die hansischen Kaperschiffe sperrt.»

Der Herzog starrt ihn an. «Warum sollte ich das tun?»

«Weil die hansischen Seeräuber den freien Handel mit England verhindern. Trotz der angeblichen Waffenruhe traut sich kaum ein Schiffer, seine Waren von Sluis, Antwerpen oder anderswo nach England zu bringen. Zugleich kommt keine Wolle aus England nach Flandern, obwohl sie hier für die Tuchproduktion dringend benötigt wird. Die Wirtschaft, Eure Königliche Hoheit, liegt am Boden. Ich bin überzeugt, dass Ihr das alles wisst. Aber Ihr habt mich um einen Kredit gebeten, und daher muss ich Euch sagen, dass auch das Bankhaus der Medici in Brügge wegen des Seekriegs immer größere Schwierigkeiten bekommt. Die ausbleibenden Geschäfte sorgen für erhebliche Verluste, was wiederum dazu führen kann, dass wir weniger Kredite vergeben können ... oder überhaupt keine Kredite mehr ...»

Der Herzog steht abrupt auf, geht zum Fenster, öffnet die Läden und schaut nachdenklich in den Regen. Draußen heult der Wind über die Dächer der Naaldenstraat. Durch den Fußboden dringen die gedämpften Geräusche der Festgesellschaft, Stimmen, Gelächter, Flötenmusik. Nach einer Weile dreht sich der Herzog um, blickt erst de Lagodon an, dann, als der Sekretär nickt, schaut der Herzog zu Portinari und sagt: «Nun gut, ich werde Euch etwas erzählen, Signor Portinari, und das müsst Ihr unter allen Umständen für Euch behalten.»

«Jawohl, Eure Königliche Hoheit», erwidert Portinari.

«Unlängst erreichte mich ein Schreiben meines Schwagers König Edward», beginnt der Herzog. «Er teilte mir mit, dass die Kaufleute in London ihn unter Druck setzen und fordern, er solle zu den Waffen greifen und die hansischen Kaperflotten endgültig zerschlagen. Die Kaufleute wollen, dass die Hansen nie wieder Geschäfte in England machen können, denn sie fürchten deren Konkurrenz mehr als den Seekrieg. Daher lehnen sie auch eine Waffenruhe oder Friedensverhandlungen ab, weil sie um jeden Preis verhindern wollen, dass die Hansen ihre alten Privilegien zurückerhalten. Edward wird dem wohl nachgeben müssen, und daher will auch er, dass ich der Hanse die Zufahrt zu meinen Häfen verweigere. Ihr seid also nicht der Einzige, der dies von mir verlangt.»

Portinari nickt eifrig, und er ist bemüht, sich die Freude über diese Neuigkeit nicht zu sehr anmerken zu lassen. «Werdet Ihr Edwards Forderung nachkommen, Eure Königliche Hoheit?», fragt er.

Der Herzog wendet sich wieder dem Fenster zu und schaut hinaus in den trüben Abend über den Dächern Brügges. «Ich habe vor nicht allzu langer Zeit den Vertretern der hansischen Städte auf ihrem letzten Hansetag in Lübeck mein Wort gegeben, dass sie die Häfen meines Reichs während des Seekriegs vorerst für ein weiteres Jahr nutzen dürfen. Dafür habe ich die Bedingung gestellt, dass sie mit ihren Orlogschiffen meinen Schwager Edward und dessen Bruder Richard aus dem Exil in Alkmaar zurück nach England geleiten. Das haben die Hansen getan. Sie haben Edward unter dem Kommando des Danziger

Admirals Geleitschutz gegeben und somit ihren Teil der Abmachung erfüllt. Ich nehme an, Ihr habt den Namen Paul Beneke gehört?»

Portinari nickt finster.

«Und jetzt soll ich also meine Häfen für die Hanse sperren?», fährt der Herzog fort. «Obwohl von dem einen Jahr, das wir vereinbart haben, erst wenige Monate vergangen sind? Was denkt Ihr denn, Signor Portinari, mit welcher Reaktion Lübeck auf meinen Wortbruch antworten würde? Würde Lübeck mir dann nicht ebenfalls den Krieg erklären? Ich kann mir neben Frankreich keine zweite Front erlauben. Außerdem bringen die hansischen Kaufleute viel Geld in die Kassen Burgunds. Sie zahlen Steuern und andere Abgaben, sie kaufen, verkaufen und lagern hier ihre Waren. Sie essen und trinken in den Gasthäusern, sie mieten Zimmer, sie kaufen Häuser.»

Portinari erhebt sich aus dem Sessel. «Erlaubt Ihr mir noch ein Wort, Eure Königliche Hoheit?», fragt er vorsichtig.

Der Herzog schaut wieder aus dem Fenster in den Regen und zuckt mit den Schultern.

Portinari wertet dies als ein Ja und fragt: «Wenn Ihr Euer Reich bald aus der Knechtschaft Frankreichs befreit habt und über Euer eigenes Königreich herrscht, wozu braucht Ihr dann noch die Hanse?»

Der Herzog dreht sich wieder zu ihm um. Sein Gesicht ist feucht vom Regen. «Das ist gut gesprochen, Signor Portinari. Ich werde darüber nachdenken. Und Ihr bereitet meinen Kredit vor. Ich erwarte von Euch eine Zahlung von mindestens zwanzigtausend Goldgulden.»

17.
Sluis und Brügge – Juli 1471

Landers sitzt mit den Rutern auf dem Vorderkastell beim Würfelspiel, als sich auf dem Zwyn von Sluis her ein Ruderboot dem *Mariendraken* nähert. Es ist ungewöhnlich heiß an diesem Sommertag. Über dem Fluss hängt der Gestank von vergammeltem Fisch und menschlichen Exkrementen, die im brackigen Wasser treiben. Die Ruter haben ihre Hemden ausgezogen, die Hosenbeine hochgekrempelt und suchen im Schatten des Bretterdachs der offenen Hütte Schutz vor der Sonne. Ihre verbrannten Oberkörper haben die Farbe gekochter Krebse angenommen. Als sie das Ruderboot bemerken, unterbrechen sie ihr Würfelspiel und treten ans Schanzkleid des Vorderkastells. In dem Boot sitzen vier Männer, von denen zwei rudern. Seeleute lassen vom *Mariendraken* eine Strickleiter herab, und zwei der Männer, die farbige Hemden und Hosen tragen, klettern aus dem Boot aufs Großdeck.

«Ich glaub, ich hab die schon mal im Hansekontor in Brügge gesehen», sagt Hoike. «Die sehen mit ihren bunten Sachen aus wie Kaufleute.»

Die Männer besprechen sich unterdessen mit den Seeleuten. Dann steigt ein Seemann die Leitertreppe zum Achterkastell hinauf und geht zu Bokelmann, der unterm Sonnendach der Achterhütte sitzt. Gleich darauf kommen Bokelmann und der Seemann aufs Großdeck. Die beiden Kaufleute reden auf Bokelmann ein, der dabei immer wieder den Kopf schüttelt.

Landers versteht kein Wort, dafür ist er zu weit entfernt. Nur einmal ruft Bokelmann laut: «Der verdammte Hurensohn!»

Schließlich folgen ihm die Kaufleute hinauf in die Achterhütte. Bokelmann verscheucht die dort herumlungernden Männer, bevor er auf dem Zwischendeck an die Tür von Benekes Kammer klopft. Die Tür öffnet sich, und der Admiral erscheint. Sein Gesicht ist so bleich wie im Winter und wird von fettigen Haarsträhnen umrahmt. Auf Wangen und Kinn wuchert dunkles Barthaar, das er seit dem Überfall auf den Lord Mayor vor etwa zweieinhalb Monaten wachsen lässt. Beneke hört Bokelmann an, dann folgt er ihm in die Achterhütte zu den Kaufleuten.

«Was wollen die denn hier?», fragt Possick.

«Woher soll ich das wissen, du Esel?», knurrt Hoike. «Geh halt rüber und frag sie.»

«Reg dich nicht wieder auf, Alter», murmelt Possick. «Wir alle langweilen uns hier zu Tode.»

Seit der Rückkehr liegen die fünf Danziger Schiffe wegen der Waffenruhe vor Sluis fest. Für die Ruter und Seemänner ziehen die Tage eintönig vorüber. Ihre Anteile an der Prise haben die Männer in den Tavernen und bei den Huren von Sluis längst durchgebracht. Sie essen, schlafen, spielen, trainieren mit Holzschwertern, Schilden und stumpfen Lanzen. Tauwerk wird geflochten und im Teerkessel an der Kombüse geteert, Segeltücher werden ausgebessert und geflickt. Die Geschichten, wie Beneke den Lord Mayor überlistete, sind hundertfach wiedererzählt und ausgeschmückt worden. Auf Ebbe folgt Flut, und das Wasser stinkt immer heftiger, seit vor einigen Tagen die Hitze über Flandern kam. Inzwischen ist es so heiß geworden, dass nicht einmal mehr die Möwen schreien.

Um sich die Zeit zu vertreiben, hat sich Landers von einem der beiden Bossemeister des *Mariendraken*, einem dürren, blassen Kerl namens Jacob Huninghusen, die Bedienung und Funktionsweise der Bombarden erklären lassen. Huninghusen, der froh war über ein bisschen Abwechslung, hat ihm freimütig die Geschütze gezeigt, wobei er meist laut geschrien hat, denn sein Gehör hat über die Jahre von dem Geschützdonner arg gelitten. Die schwenkbaren kleineren Rohre, Drehbrassen genannt, stehen oben auf den Kastellen. Die größeren Bombarden, die Schlangen, sind in den Geschützständen unter den Kastellen untergebracht, wobei die schwersten Geschützrohre aus Stangeneisen hergestellt sind und Steinkugeln verschießen, die größer sind als zwei Männerfäuste.

Außerdem hat Landers sein Versprechen, das er sich selbst gegeben hat, eingelöst und einen Brief an Jutas Vater in Wismar geschrieben. Darin hat er Reckemann mitgeteilt, dass er wegen des Seekriegs vorerst in Flandern bleiben müsse. Aber er sei wohlauf und werde bald nach Wismar heimkehren. Den Brief hat er einem Kaufmann mitgegeben. Der wollte mit einem der wenigen hansischen Handelsschiffe, die sich derzeit noch in die Nordsee wagen, flandrische Tuche nach Wismar bringen. Eine Antwort hat Landers noch nicht erhalten. Dafür kann es natürlich viele Gründe geben. Vielleicht hat der Kaufmann den Brief über Bord geworfen. Oder er hat ihn verloren. Oder sich den Hintern damit abgewischt. Oder Reckemann hat den Brief vernichtet, weil er Juta inzwischen mit einem anderen Mann verheiratet hat; aber daran will Landers lieber nicht denken.

Natürlich hat er überlegt, auf dem Schiff mit nach Wismar zu fahren. In einer Woche, vielleicht auch zweien, könnte er daheim sein. Doch er würde mit leeren Händen kommen, und Reckemanns Geld, das der im Voraus für die englischen Tuche bezahlt hat, wäre verloren. So einem erfolglosen Kaufmannsgesellen würde Reckemann keine Anstellung geben, und Landers' Anteil an der Prise reicht bei Weitem nicht, um den Verlust auszugleichen. Beneke hatte sich bei der Zuteilung zwar durchaus großzügig gezeigt hat, dankbar für Landers' Hilfe, aber der muss ja auch noch seine Schulden für Hans Krögers Kleider, Rüstung und Bültsack abbezahlen. Nein, Landers hat nur eine Möglichkeit: Wenn der Krieg vorbei ist, muss er nach London zurückkehren, um die Herausgabe der beschlagnahmten Tuche zu verlangen.

Auf dem Achterkastell sind plötzlich laute Stimmen zu hören. Landers sieht die beiden Kaufleute die Leitertreppe runterhasten, als wären sie auf der Flucht vor einem Ungeheuer. Schon klettern sie die Strickleiter hinab, dann entfernt sich ihr Boot mit kräftigen Ruderschlägen.

Beneke steht an der Reling des Achterkastells und blickt ihnen hinterher. Sein Gesicht ist zur zornigen Maske gefroren. Dann steigt er zu seiner Kammer hinab und schlägt die Tür hinter sich zu.

«Die haben wohl keine guten Nachrichten gebracht», sagt Possick.

Die Ruter setzen sich wieder auf den Boden und fahren mit ihrem Spiel fort. Die Knochenwürfel rollen klackernd über die Planken vor Hoikes Füße, die mit Schmutzrändern überzogen sind.

«Ein bisschen Wasser könnt' denen nicht schaden», sagt Possick.

Hoike schüttelt den Kopf. «Das muss so sein, der Dreck schützt vor Ungeziefer. Überleg mal, du Dummkopf, warum hat Gott den Menschen ohne Schuhe in die Welt gesetzt?»

«Weil wir barfuß gehen sollen, damit die Füße dreckig werden?», fragt Huge unsicher.

«Amen», sagt der Alte.

Possick schlägt Huge auf den Hinterkopf und sagt: «Du Strohkopf glaubst auch alles. Aber eigentlich hat Hoike recht. Wenn ich 'ne Ratte wär, würde ich vor seinen Füßen auch die Flucht ergreifen.»

Die Ruter lachen, auch Huge, der sich den Hinterkopf reibt, und dann ruft jemand: «Deshalb stinkt's hier überall, das ist gar nicht unsere Scheiße im Zwyn, das sind Hoikes Füße ...»

Sie werden von Bokelmann unterbrochen, als er die Leitertreppe aufs Vorderkastell hochsteigt und erst auf Hoike zeigt, dann auf Landers, und sagt: «Ihr kommt morgen mit nach Brügge.»

«Aha», macht Hoike, «und wo geht's da hin?»

«Im Hansekontor treffen sich morgen die Oberhäupter des Kontors, die Oldermänner», erwidert Bokelmann. «Ihr habt doch die Kerle gesehen, die eben an Bord gekommen sind. Das waren Beisitzer der preußischen Oldermänner, und die haben uns mitgeteilt, dass wir Sluis in ein paar Wochen verlassen müssen. Und nicht nur wir. Der Burgunder-Herzog hat verfügt, dass dann kein hansisches Orlogschiff mehr in einem Hafen in Flandern Proviant an Bord nehmen oder Waren und Prisengut verkaufen darf.»

«Das bedeutet, dass Karel de Stoute seine Häfen für unsere Kriegsflotte komplett sperrt», sagt Hoike. «Und damit nicht nur für die Kriegsschiffe. Kein hansisches Handelsschiff wird sich ohne unseren Geleitschutz noch nach Flandern wagen.»

Bokelmann nickt finster. «Dabei hatte er der Hanse die freie Zufahrt für ein ganzes Jahr zugesagt.»

«Darf ich fragen, warum ich Euch begleiten soll, als einfacher Ruter?», will Landers wissen.

«Frag nicht mich, frag den Admiral», erwidert Bokelmann. «Er will dich und den alten Mann halt dabeihaben, vielleicht damit ihr was lernt oder damit ihr später bezeugen könnt, was gesagt wird. Offenbar hast du dich bei der Sache mit dem Lord Mayor bewährt, Kaufmann.»

Am nächsten Morgen brechen Beneke, Bokelmann, Hoike und Landers in aller Frühe in Sluis auf und werden in einem Prahm über einen langen Kanal gestakt. Der Kanal, an dem auf halber Strecke der Stapelort Damme liegt, verbindet Sluis mit der großen Stadt Brügge. Während der mehrstündigen Fahrt lässt sich Landers von Hoike die Geschichte des hansischen Kontors erzählen. «Im Hansekontor üben die hansischen Kaufleute ihre Gerichtsbarkeit aus», erklärt Hoike. «Und sie wählen dort ihre Oldermänner, wickeln Geschäfte ab und lagern Waren. Nachdem die hansischen Städte fast zweihundert Jahre lang ihre Versammlungen im Karmeliterkloster abhalten mussten, stellte man ihnen in Brügge erst vor etwa dreißig Jahren ein eigenes Haus zur Verfügung. Allerdings war das Gebäude schon damals in die Jahre gekommen, ein mehrstöckiger Bau mit bröckelndem Mauerwerk, morschen Balken und undichtem Dach. An dem Zustand hat sich nichts geändert. Im Kellergewölbe steht das Wasser, Schimmel frisst sich durch Holz und Wände. Dabei sollte das schmucklose Haus eigentlich nur vorübergehend als hansisches Kontor dienen. Aber von dem versprochenen Neubau hat man lange nichts mehr gehört, und dadurch wird das schwierige Verhältnis zwischen der Hanse und Brügge nicht gerade besser.»

«Worum geht es denn bei dem Streit?», fragt Landers.

«Meist ist man sich nicht einig bei den Privilegien oder Zöllen oder den richtigen Gewichten beim Wiegen. Und die Brügger werfen den Hansen vor, dass sie arrogant sind, und die Hansen meinen, die Brügger sind verstockt, und so weiter. Als die hansischen Kaufleute irgendwann die Nase voll hatten, haben sie ihre Niederlassungen sogar in andere Städte wie Deventer und Utrecht verlegt, um Druck zu machen. Brügge hatte dadurch große finanzielle Verluste. Also hat man im Rathaus die Pläne für den Neubau eines Hauses für die Osterlinge wieder auf den Tisch gelegt, aber geschehen ist seitdem trotzdem nichts.»

Nach einigen Stunden erreichen sie Brügge. Die Männer, die den Kahn gestakt haben, legen zunächst in einem langen, mit Spundwänden befestigten Hafenbecken an. Dann verschwinden sie im Zollhaus, um Abgaben für die mitgelieferten Waren zu entrichten, während Landers und die anderen im Boot bleiben. In der Gracht haben Dutzende Prahme festgemacht. Über dem Wasser, in dem eine tote Möwe dümpelt, liegt der Gestank von Fäulnis. Oben auf dem Kai schleppen ein paar Kerle schwer an Kisten und Säcken, und andere junge Männer arbeiten sich in einem großen Laufrad ab, durch das ein hölzerner Drehkran bewegt wird, um Waren aus oder in die Prahme zu hieven. Als die Bootsleute zurückkehren, fahren sie weiter über die Grachten und kommen in eine große, über dem Wasserlauf errichtete Halle, die Waterhalle, in der sich Kisten, Säcke und Ballen bis unter die hohen Decken stapeln. Hier steigen sie aus, schieben sich durch das dichte Gedränge der Kaufleute, Knechte und Arbeiter zum Ausgang und treten auf einen Marktplatz, der, so schätzt Landers, mindestens dreimal so groß ist wie der Marktplatz in Wismar. Auch hier herrscht überall geschäftiges Treiben. Beneke übernimmt die Führung und legt einen schnellen Gang durch die Menschenmenge vor. Um die Mittagszeit erreichen sie endlich das Hansekontor. Das kleine Haus platzt schier aus allen Nähten. Kaufleute und ihre Gehilfen drängen sich über die Außentreppe bis in die Gasse hinaus und sind in lebhafte Diskussionen vertieft.

Vor der Treppe bleibt Beneke stehen und wendet sich an Landers und Hoike: «Ihr beide seid hier, weil ihr nicht so dumm seid wie die meisten anderen Männer. Aber vor allem seid ihr hier, weil ihr schreiben könnt. Ihr werdet euch jedes Wort merken, das gleich gesprochen wird, und später werdet ihr das alles aufschreiben.»

Dann fährt Bokelmann die Ellenbogen aus, und die anderen folgen ihm die Treppe hinauf. Bokelmann stößt Männer, die im Wege stehen, barsch zur Seite. Das sorgt für laute Proteste, die aber gleich verstummen, als einige Leute den Kaperfahrer Paul Beneke erkennen. Der Admiral macht an diesem Tag einen durchaus gepflegten Eindruck. Sein Bart ist gestutzt, das Haar zum Zopf gebunden, aber seine Haut ist bleich wie die eines Kerkersträflings, und die Augäpfel sind mit roten Äderchen überzogen. Auch Bokelmann, Hoike und Landers haben frisch gewaschene Kleidung angezogen, und Hoike hat sogar seine Füße geschrubbt, bevor er in die Sandalen gestiegen ist.

Landers rinnt unter dem Hemd der Schweiß über die Haut. Sein Trinkschlauch ist längst leer, und seine Beine sind so schwer, als watete er durch Morast. Sie schieben sich durch die Eingangstür. Die Halle dahinter ist bis unter die Decke mit Kisten, Ballen, Fässern und Säcken vollgestopft. Zwischen den Waren, die hier auf den Abtransport warten, drängen sich schwatzende Männer. Landers schnappt Gesprächsfetzen auf. Immer wieder ist von Herzog Karel de Stoute die Rede und von dem Hafenbann, der für die hansischen Kaufleute eine Katastrophe ist.

Auf der anderen Seite der Halle blockieren ihnen zwei Söldner vor einer Tür den Weg. «Die Oldermänner tagen im Versammlungssaal», sagt einer der beiden schroff. «Die dürfen jetzt nicht gestört werden.»

«Öffnet die Tür», erwidert Beneke scharf.

«Habt Ihr nicht gehört, was ich gesagt habe?», beharrt der Söldner, der Beneke offenbar nicht erkannt hat.

«Doch, aber ich gehe da jetzt trotzdem rein», sagt Beneke.

Der Söldner schüttelt den Kopf. «Ich sagte, die Herren dürfen nicht gestört ...»

Da greift Beneke nach der Hand des Söldners und dreht ihm den Daumen um. Der Mann stößt vor Schmerz einen keuchenden Laut aus. Der andere Söldner greift nach seinem Kurzschwert, lässt es aber sofort wieder los, als Bokelmann sich zu ihm vorbeugt und mit tiefer, dröhnender Stimme sagt: «Ihr habt gehört, was Admiral Beneke gesagt hat: Öffnet die Tür!»

Der Söldner blickt verunsichert zu Beneke. «Ihr seid der Admiral, der die Schiffe des Lord Mayor of London gekapert hat? Aber man hat uns gesagt, wir dürften niemanden ...»

Bokelmann stößt ihn weg, zieht die Tür auf und tritt zur Seite, um Beneke den Vortritt zu lassen. Dann folgen ihm die anderen in den Saal. In dem Raum sitzen mehrere Männer an einem langen Tisch, darunter auch die beiden, die gestern an Bord des *Mariendraken* gekommen sind. An einer Wand sind die Fensterläden weit geöffnet, dennoch ist es hier drin heiß und stickig. Am Tisch verstummen sofort alle Gespräche. Die Männer starren Beneke an, als der sich vor dem Tisch aufbaut. Hinter ihm ragt Bokelmanns Gestalt in die Höhe wie ein gewaltiger Fels. Landers und Hoike bleiben bei der Tür stehen, die jetzt wieder geschlossen ist.

Hoike hat Landers auf der Herfahrt erklärt, dass sich der Rat, der die Geschäfte des Kontors in Brügge leitet, aus sechs Oldermännern zusammensetzt. Hinzu kommen jeweils zwei gewählte Männer aus den drei hansischen Regionen der in Brügge tätigen Kaufleute: also der wendisch-sächsischen, der westfälischpreußischen und der livländisch-gotischen Region, sowie jeweils zwei weitere Männer aus jeder Region als Beisitzer.

Am Tisch hebt ein älterer Mann, der eine prächtige goldene Kette um den Hals trägt, die Hand und zeigt zur Tür. Doch bevor er etwas sagen kann, schlägt Beneke mit der Faust so hart auf den Tisch, dass die Becher und gläsernen Trinkkelche klappern und klirren.

«Warum hockt Ihr Herrn hier auf Euren Ärschen und haltet Maulaffen feil?», ruft Beneke.

«Was fällt Euch ein, Admiral Beneke?», entgegnet der Mann mit der Goldkette. «Wir haben doch selbst erst vor wenigen Tagen von der Anweisung des Herzogs erfahren. Wir müssen uns beraten, bitte verlasst den Saal …»

«Was gibt's da noch zu beraten?», ruft Beneke aufgebracht. «Es ist doch alles klar. Der Herzog hat sein Wort gebrochen. Er hatte uns freie Zufahrt in die flandrischen Häfen zugesichert, wenn wir dem englischen König Geleitschutz geben. Doch der Herzog und Edward haben gelogen. Ihr Versprechen von einer Waffenruhe war nur der Köder, den Ihr, Oldermann Evert Schinkel, und Ihr anderen Oldermänner geschluckt habt. Weder der Herzog noch Edward haben je vorgehabt, ihr Wort zu halten.»

«Woher wollt Ihr das wissen?», gibt Oldermann Schinkel zurück und erhebt sich. Sein Gesicht ist rot angelaufen wie ein überreifer Apfel.

«Weil es auf der Hand liegt. Edward will keinen Frieden. Er hat Euch alle für dumm verkauft, und Ihr seid auf den hinterlistigen Bastard reingefallen. Edward hat die Lancasters geschlagen und den Thron zurückerobert. Jetzt will er die Hansen aus der Nordsee vertreiben, und dafür hat er seinen Schwager, den Burgunder-Herzog, vor seinen Karren gespannt, damit der die Häfen für unsere Schiffe sperrt.»

«Beneke – mäßigt Euren Ton», ermahnt ihn Schinkel. Auf seiner Brust bebt die glitzernde Goldkette. Hoike flüstert Landers ins Ohr, dass Evert Schinkel ebenfalls aus Danzig stammt, wo er über viele Jahre ein Handelshaus geleitet hat.

Beneke schüttelt den Kopf. Unter seinem Bart zucken die Kiefermuskeln. «Ihr Herren hättet schon im Frühjahr auf mich hören sollen. Wir hätten die hansischen Flotten zusammenziehen und Edward nicht nach England bringen, sondern ihn und seine Schlangenbrut vernichten und auf dem Grund der Nordsee versenken sollen, als wir die Gelegenheit dazu hatten. Stattdessen habt Ihr, Oldermann Schinkel, mir den Befehl gegeben, den Feind zu beschützen. Jetzt nutzt Edward die angebliche Waffenruhe, um seine Flotte aufzurüsten, weil Ihr zu feige gewesen seid, der Wahrheit ins Gesicht zu sehen, und dann wird er die Waffenruhe brechen!»

Einige Männer am Tisch nicken zustimmend.

«Ihr könnt gar nicht wissen, was Edward plant», ruft der Oldermann und brüllt jetzt fast. «Und selbst wenn er keinen Frieden will, was ich nicht glaube, so ist das nicht *Eure* Angelegenheit, Paul Beneke. Ihr habt Euch an die Befehle aus Danzig zu halten, auf Gedeih und Verderb und ohne Widerrede. Und solange keine neuen Befehle aus Danzig kommen, habt Ihr dem zu gehorchen, was *ich* Euch befehle.»

Im Saal ist es für den Moment still wie in einer Gruft. Auf Benekes Schläfe treten die Adern hervor wie blaue Würmer. Seine zu Fäusten geballten Hände beginnen zu zittern, während er und der Oldermann sich mit giftigen Blicken messen.

Dann sagt Schinkel scharf: «Ich gebe Euch, Paul Beneke, hiermit den Befehl, dass Ihr Euch den Anweisungen des Herzogs beugt. Ihr werdet die Frist, die der Herzog uns setzt, nutzen, um Eure Schiffe in Sluis zu proviantieren. Außerdem bereitet

Ihr Euch darauf vor, unserer Handelsflotte, die wir in Sluis zusammenziehen werden, mit Euren Schiffen Geleitschutz zu geben, zunächst bis nach Hamburg. Dort werdet Ihr warten, bis es neue Befehle aus Danzig gibt. Haben wir uns verstanden?»

Beneke sagt nichts, sondern starrt den Oldermann an wie etwas, das einem Schwein aus dem Hintern gefallen ist.

«Haben wir uns verstanden?», wiederholt Schinkel.

Benekes Lippen sind fest zusammengepresst, dann dreht er sich um und lässt den Oldermann ohne ein weiteres Wort stehen.

18.
Sluis – Juli 1471

Nach dem heftigen Streit im Hansekontor scheint es, als würde sich Beneke tatsächlich an die Befehle des Oldermanns Schinkel halten. Die Proviantmeister der Danziger Orlogschiffe schaffen Fleisch, Stockfisch, Kabeljau, Speck, Brot, Erbsen, Gerstengrütze, Buchweizengrütze, Salz, Essig und Fässer mit Bier und Trinkwasser an Bord. Die Vorräte an Schießpulver werden aufgefüllt sowie Steinkugeln für die Schlangen und Drehbrassen eingelagert. Die Ruter bessern Bögen, Armbrüste, Lanzen und Schilde aus, schleifen Schwertklingen und binden Pfeile. Unterdessen kommen immer mehr hansische Handelsschiffe den Zwyn hinauf nach Sluis. Voll beladen mit Waren aus Häfen in Flandern, der Bretagne und der Normandie, ankern sie im Zwyn, wo die freien Plätze bald knapp werden.

Beneke wirkt in jenen Tagen wie verwandelt. Er tritt gepflegt und in sauberer Kleidung auf, sein Haar ist gewaschen, und er scheint völlig nüchtern zu sein. Mit dem Esping lassen er und Bokelmann sich zu den neu angekommenen Handelsschiffen übersetzen, und Beneke befragt die Schiffer nach Sichtungen englischer Orlogschiffe. Tatsächlich wollen einige Männer englische Kriegsschiffe gesehen haben, aber nirgendwo sei es zu Überfällen gekommen; offenbar halten sich die Engländer an die Waffenruhe.

Am Abend vor der Abfahrt der Flotte empfängt der Admiral

auf dem *Mariendraken* eine Abordnung des Hansekontors. Evert Schinkel und andere Oldermänner wollen sich mit eigenen Augen überzeugen, dass die Flotte unter Benekes Kommando bereit ist für den Aufbruch. Unter dem Sonnendach des Achterkastells werden Bänke und Tische aufgestellt. Geladen sind auch die Hauptleute der anderen Danziger Schiffe. Hoike soll mit seiner Rotte aufpassen, dass bei der Zusammenkunft niemand über die Stränge schlägt, falls es erneut zum Streit kommt. Die Köche und ihre Knechte, die Putker, sollen für die Verköstigung sorgen. Doch sie murren, denn Sluis hat wegen der Hitze und Trockenheit auf allen Schiffen, die in der Nähe der Stadt ankern, ein striktes Feuerverbot verhängt. Daher müssen die Köche und Putker im Esping an Land rudern, auf den Feuerstellen am Kai des Hafenbeckens Fleisch und Fisch braten und kochen, bevor sie alle Speisen wieder an Bord des *Mariendraken* schaffen. Zu dem Mahl werden Brot und Gemüse aufgetischt, und natürlich Wein. Die Stimmung ist zunächst noch angespannt, wird aber bald gelöster, weil die meisten Männer angetrunken sind.

Als die Putker schließlich die Tische abräumen und die Speisereste über Bord werfen, holt Schinkel einen Brief hervor und gibt ihn Beneke. «Das Schreiben erreichte uns vor wenigen Tagen aus Danzig», sagt Schinkel grinsend. «Ich denke, der Inhalt dürfte Euch interessieren.»

Beneke hat den ganzen Abend über keinen Wein getrunken, doch als er beginnt, den Brief zu lesen, scheint er einen Becher dringend nötig zu haben. Die Hand, die den Brief hält und an der der Ring mit dem funkelnden Edelstein des Lord Mayors steckt, beginnt zu zittern.

«Ihr seht aus, als hätte Euch jemand ans Bein gepisst», sagt Schinkel, noch breiter grinsend. «Dabei sollte es Euch eigentlich freuen, dass der Rat in Danzig das *Große Kraweel* hat reparieren und zum mächtigsten Orlogschiff ausrüsten lassen. Das Schiff soll ja bald zur Fahrt in die Nordsee aufbrechen, und es wird unsere Danziger Flotte anführen, wenn die Engländer den Krieg nicht beenden wollen.»

Beneke starrt Schinkel entgeistert an, während der mit den vom Essen fettigen Fingern an seiner Goldkette spielt, und dann sagt der Oldermann in selbstgefälligem Tonfall, wobei er sich jedes Wort auf der Zunge zergehen lässt wie Honig: «Und sollte es Euch nicht ganz besonders freuen, dass der Rat ausgerechnet Eurem alten Freund das Kommando über das große Orlogschiff gegeben hat, dem verehrten Bernt Pawest …?»

Beneke greift blitzschnell zu. Er packt Schinkel am Hals und drückt ihm die Luft ab. Der Oldermann wollte offensichtlich Benekes Unmut provozieren, um sich für dessen Auftritt im Hansekontor zu rächen, aber er wird von der Heftigkeit des Angriffs völlig überrascht. Ihm quellen in dem harten Griff die Augen aus den Höhlen. Dann zieht Beneke ihn zu sich heran, und Schinkel kracht mit Kopf und Oberkörper hart auf den Tisch. Die Glieder seiner goldenen Kette klirren, Becher kippen um, Wein läuft aus. Beneke drückt Schinkels Gesicht auf einen Holzteller und in die matschigen Überreste eines gekochten Kabeljaus. Während der Oldermann um Luft ringt, erkennt Landers in Benekes Augen wieder den eiskalten, irren Blick, wie damals vor dem *Durstigen Schwan*.

Die anderen Oldermänner springen auf, rufen panisch durcheinander, Beneke solle Schinkel loslassen. Doch der Admiral zieht sein Messer, dreht Schinkels mit Fisch verschmiertes Gesicht auf die Seite und führt die Messerspitze vor dessen Augapfel. Auf dem Achterkastell werden immer mehr Stimmen laut. Die Oldermänner fürchten um Schinkels Leben. Als einige ihm beistehen wollen, baut sich Bokelmann vor ihnen auf. Sofort weichen die Kaufleute zurück. Jeder kann sehen, dass der Hüne entschlossen ist, den Admiral mit seinem Leben zu verteidigen, egal welche Dummheit Beneke begeht – und Schinkel zu töten, wäre eine sehr große Dummheit.

Hoike sagt leise zu Landers: «Verstehst du jetzt, was ich damit meinte, dass du diesen Namen in seiner Gegenwart nicht aussprechen darfst?»

Landers nickt betroffen. «Aber müssen wir denn nicht eingreifen?»

Hoike zuckt mit den Schultern. «Wir sollen nur aufpassen, dass keiner der Gäste über die Stränge schlägt.»

«Und wenn er Schinkel töten will?»

«Dann wird Beneke sich davon nicht abbringen lassen.»

«Nicht mal von Bokelmann?»

«Sieht der so aus, als wollte er Beneke aufhalten?»

Bokelmann steht mit geballten Fäusten vor den lamentierenden Oldermännern und schirmt den Admiral vor ihnen ab. Schinkel läuft mit dunklem Wein vermischter Speichel aus dem Mund auf den Teller. Die Messerspitze ist nur einen Fingerbreit von seinem blinzelnden Auge entfernt, als er Beneke flehend um Vergebung bittet. Da beugt sich Bokelmann zu Beneke herunter und flüstert ihm etwas ins Ohr. Beneke wirkt für einen kurzen Moment überrascht, fast ratlos, als erwachte er aus einem Albtraum. Er lässt Schinkel los, richtet sich langsam auf und steckt das Messer in die Scheide.

Schinkel macht sofort einen Satz vom Tisch weg. Gräten und Fetzen vom Fischfleisch kleben ihm im Bart und auf den glühend roten Wangen. «Das hat ein Nachspiel ...», stößt er röchelnd hervor. «Ihr seid ja nicht mehr Herr über Eure Sinne, Beneke ... Danzig muss Euch das Kommando entziehen, Ihr seid eine Gefahr ...»

Schinkel verstummt, als Beneke vor ihn tritt. Einen Moment lang blicken sich die Männer an, dann spuckt Beneke dem Oldermann vor die Füße. Er nimmt einen mit Wein gefüllten Becher vom Tisch, führt ihn an seine Lippen, hält aber inne und zögert einen Augenblick. Dann stellt er den Becher auf den Tisch zurück. «Die Oldermänner werden unser Schiff jetzt verlassen», sagt er. «Unsere Flotte bricht in der Morgendämmerung auf.»

19.
Englische Ostküste – Juli 1471

Im Morgengrauen werden auf den Orlog- und Handelsschiffen die Anker gelichtet. Seemänner klettern auf die Rahen hoch, um die Segeltücher zu lösen, und als die ersten Schiffe Fahrt aufnehmen, setzt sich überraschend nicht der *Mariendrake* an die Spitze der Flotte, sondern die *Große Marie* unter dem Kommando Merten Bardewigs. Die Flotte besteht mittlerweile nicht nur aus den fünf Danzigern, sondern wird verstärkt durch drei Lübecker sowie zwei Hamburger Orlogschiffe, die alle zusammen die fast drei Dutzend Handelsschiffe schützen sollen. Und erst als alle anderen Schiffe die Burg und den Wehrturm von Sluis passiert haben, gibt Beneke auf dem *Mariendraken* das Kommando zum Aufbruch.

Landers hat mit Hoike, Possick, Huge und dem Rest der Rotte die Stellung auf dem Vorderkastell eingenommen. «Ich brauche dich wohl nicht zu fragen, ob du weißt, warum wir nicht die Führung der Flotte übernehmen?», fragt Landers Hoike.

«Nein. Aber Beneke führt irgendetwas im Schilde. Er hat in der letzten Nacht noch lange mit Bardewig und den anderen Schiffsführern gesprochen.»

«Vielleicht sollen wir die Flotte gegen einen Angriff von achtern schützen?»

Hoike zuckt mit den Schultern. «Vielleicht», sagt er, «vielleicht auch nicht.» Dann blickt er dem langen Konvoi der Schiffe hinterher. Sie segeln über den Zwyn, der sich durch die flache

Landschaft windet, an den mit Tonnen und Weidenruten markierten Sandbänken vorbei zur Nordsee. Bald erreicht die *Große Marie* an der Spitze der Flotte die Zwynmündung. Auf dem offenen Meer blitzen die vom Wind gepeitschten Wellenkämme auf.

«Bei dem Wind können wir in wenigen Tagen an der Elbmündung sein», sagt Possick. «Aber was machen wir dann?»

Der Rottmeister antwortet ihm nicht, sondern blickt angestrengt aufs Meer, wo jetzt die *Große Marie* vor der Küste Kurs auf Nordost nimmt, Richtung Scheldemündung und Zeeland.

«Wir werden uns an der Elbe zu Tode langweilen, während wir auf Befehle aus Danzig und Lübeck warten», sagt Possick.

«Jetzt halt mal deinen Mund», sagt Hoike unruhig und schaut weiter zu den Schiffen, die eins nach dem anderen aus dem Zwyn ins Fahrwasser vor der Küste kommen. Als der *Mariendrake* am Ende des Konvois fast die Nordsee erreicht hat, ertönt plötzlich auf dem Achterkastell Bokelmanns laute Stimme, mit der er dem Steuermann durch die Luke ein Kommando herunterruft. Da sagt Hoike mit triumphierendem Ausdruck: «Jetzt weiß ich, was Beneke vorhat – dieser gottverdammte Höllenhund.»

Man hört das Geräusch des einschlagenden Ruders, und das Schiff neigt sich leicht zur Seite, als die Segel in den Wind gedreht werden. «Der *Mariendrake* fährt nicht an die Elbe», sagt Hoike. «Wir fahren an die englische Küste.»

«Und was machen wir da?», fragt Possick. «Es herrscht doch immer noch Waffenruhe.»

«Ja», sagt Hoike nachdenklich, «vielleicht.»

Der Wind fährt in die Rahsegel des *Mariendraken*, auf dem jetzt auch das Lateinersegel am Besanmast aufgezogen wird. Sie kommen schnell voran, und nach einer kurzen durchfahrenen Nacht taucht schon am nächsten Morgen die englische Ostküste vor dem Bugspriet auf. Hoike beschattet die Augen mit einer Hand gegen die tief über der Küste stehende Sonne. «Das müssten wieder die Goodwin Sands sein mit dem Hafen von Deal im Hintergrund», sagt er.

Etwa zwei Dutzend Schiffe liegen bei den Sandbänken auf Reede, offenbar nur Handelsschiffe, die mit wenigen Bombarden und Söldnern ausgerüstet sind. Die Flaggen weisen sie als Waliser, Engländer, Bretonen und Normannen aus, auch zwei Kölner sind darunter. Beneke lässt dieses Mal die Danziger Flagge unter der Großmars hängen, als sie die Anker setzen. Das Auftauchen des hansischen Orlogschiffs sorgt für Unruhe auf den englischen Schiffen. Sie scheinen der Waffenruhe nicht zu trauen. Männer kommen auf den Decks zusammen. Weil der *Mariendrake* aber keine kriegerischen Anstalten zu machen scheint, legt sich die Aufregung bald wieder. In der nächsten Nacht dreht der Wind, und alle anderen Schiffe verlassen im Morgengrauen die Goodwin Sands, um Kurs auf den englischen Kanal zu nehmen.

Gleich nach dem frühen Mahl befiehlt Bokelmann den Rutern, die Rüstungen anzulegen und die Waffen bereitzuhalten, und er schickt zwei Seeleute nach oben in die Großmars. Unter den Männern macht sich Anspannung breit, doch eine Erklärung, worauf sie wartet, bekommt die Mannschaft nicht.

Mehrere Tage vergehen, ohne dass etwas geschieht. Etliche Schiffe segeln am *Mariendraken* vorbei, einige ankern auch an den Goodwin Sands und fahren bei günstigem Wind weiter. Es sind englische, französische, spanische, portugiesische Handelsschiffe. Auch ein paar englische Orlogschiffe tauchen auf, mit

Bombarden und Söldnern gerüstet. Hin und wieder nähert sich ein englisches Orlogschiff dem *Mariendraken*, und dann beäugen sich Engländer und Danziger misstrauisch, bis die Engländer weiterziehen. Vielleicht scheuen sie eine Auseinandersetzung, oder sie halten sich einfach an die Waffenruhe.

Doch dann, um die Mittagszeit des achten Tages, nähert sich eine Flotte von etwa zwanzig Schiffen unter englischen Flaggen von Süden her den Goodwin Sands, wo sie die Segel streichen und die Anker setzen. Zwei Schiffe lösen sich jedoch aus dem Verband und halten unter vollen Segeln auf den *Mariendraken* zu. Sie sind etwa noch eine viertel Seemeile entfernt, als zu erkennen ist, dass es sich um zwei englische Orlogschiffe handelt, voll besetzt mit Söldnern.

«Wollen die uns angreifen?», fragt Landers besorgt.

«Wenn sie die Waffenruhe missachten», sagt Hoike.

«Dann sollten wir besser von hier verschwinden. Die Engländer sind uns mit Mannschaft und Bombarden deutlich überlegen. Die müssen sich durch unsere Anwesenheit vor ihrer Küste provoziert fühlen.»

«Vielleicht will Beneke sie ja provozieren. Damit hätte er dann den Beweis, dass sich die Engländer nicht an die Waffenruhe halten, wie er von Anfang an behauptet hat.»

«Hört sich nach keinem guten Plan an. Wenn die Engländer uns alle töten, hat Beneke auch nichts gewonnen.»

«Wer weiß, was er wirklich vorhat ...», sagt Hoike ratlos.

In dem Moment ruft Bokelmann die Ruter tatsächlich zu den Waffen und gibt das Kommando, die Anker zu lichten und die Segel zu setzen. «Wir werden jetzt eine Weile vor den Engländern herfahren», ruft er von der Plattform des Achterkastells.

Bis der Wind in die Segel des *Mariendraken* greift, haben sich die Engländer weiter genähert. Landers nimmt mit seinen Gefährten den Kampfplatz am Schanzkleid des Vorderkastells ein. Er trägt den ledernen Harnisch des verstorbenen Danziger Lanzenknechts Hans Kröger und spürt, wie seine Hände, die den Lanzenschaft umklammern, vor Aufregung feucht werden. Auf den Decks und in der Großmars nehmen jetzt auch die Bogen- und Armbrustschützen Aufstellung. Die Drehbrassen auf den Kastellen werden bemannt, ebenso die schussbereiten Schlangen in den Geschützständen.

Der *Mariendrake* fährt mit einem Abstand von etwa fünf Schiffslängen vor den Engländern her. Sie halten den Kurs nach Norden, bis Bokelmann plötzlich das Kommando gibt, die Fahrtrichtung zu ändern und gegen den Westwind zur Küste zu kreuzen. Die Segel krachen, Planken knirschen, dann ändert das Schiff langsam den Kurs. Wellen klatschen gegen den Bug, und Landers fühlt die kühle Gischt in seinem Gesicht.

«Beneke will den Engländern das Gefecht offenbar aufzwingen», sagt Hoike. «Indem wir vor den Engländern gegen den Wind kreuzen, können wir uns einen Vorteil verschaffen.»

«Dennoch sind sie uns überlegen», sagt Landers.

Hoikes Augen sind von Wind und Salzwasser gerötet. «Ja, Kaufmann, da hilft dann nur noch beten. Und hoffen.»

Da beginnt der alte Graubart tatsächlich, leise vor sich hinzumurmeln, und Landers stellt fest, dass auch Possick und Huge und viele andere Ruter in Gebete vertieft sind. So kreuzen sie eine Weile gegen den Wind, und die Engländer folgen ihnen. Die Küste ist schon ein gutes Stück näher gerückt, als Bokelmann mit einem Mal das Kommando zum Beidrehen gibt. Der *Mariendrake* wird langsamer und richtet sich so aus, dass er mit Backbord vor den kreuzenden Engländern steht.

Der Schweiß sickert Landers aus den Haaren auf die Stirn. Er hält den Schaft seiner Lanze fest in den Händen und spürt das

Gewicht des Schwerts am Gürtel. So häufig hat er das Kämpfen trainiert, mit Holzschwertern und Knüppeln, und hat dabei ungezählte blaue Flecken davongetragen. Doch jetzt muss die eiserne Klinge seiner Lanze zur tödlichen Waffe werden, denn jetzt wird aus Spiel und Übung blutiger Ernst.

Seit dem abrupten Wechsel der Fahrtrichtung ist einer der Engländer ein Stück weit zurückgefallen, das andere Schiff ist aber nur noch etwa drei Schiffslängen vom *Mariendraken* entfernt. Landers schätzt, dass sich an Bord des Engländers mindestens einhundert Söldner befinden, etwas weniger also, als sie auf dem *Mariendraken* haben. Nun nehmen die Engländer ebenfalls die Segel aus dem Wind und richten ihr Schiff mit der Breitseite zum Gefecht aus, als auf dem Großdeck des *Mariendraken* Rufe laut werden.

Landers sieht Bokelmann vom Achterkastell runterklettern und am Geschützstand mit dem aufgeregten Bossemeister Huninghusen reden. Dann schiebt sich Bokelmann durch die Menge der Ruter zur Leitertreppe des Vorderkastells, steigt hinauf und ruft nach Hoike: «Hast du hier einen Mann, der schon mal 'ne Bombarde bedient hat?»

«Ich brauch hier gleich jeden verdammten Ruter ...», entgegnet Hoike.

«Und ich brauch 'nen verdammten Bosseknecht», fährt Bokelmann ihn an. «Gerade ist im Gefechtsstand einer ausgefallen. Der Bettnässer hat sich beim Hantieren mit den Steinkugeln die Hand zerquetscht.»

«Huninghusen hat mir die Bedienung der Bombarden neulich erklärt», wirft Landers ein.

«Ach, der Kaufmann wieder», sagt Bokelmann kopfschüttelnd. «Gibt's eigentlich was, worüber du nicht Bescheid weißt?»

«Geschossen habe ich noch nicht mit einer Bombarde.»

«Trotzdem finden wir so schnell keinen, der geeigneter wäre. Ab mit dir, Bursche!»

Als Landers in den Geschützstand kommt, erteilt der schwerhörige Huninghusen den verbliebenen Bosseknechten laut schreiend Anweisungen. Huninghusen gilt als Meister seines Fachs. Landers hat viele Ruter mit großem Respekt vom ihm reden hören. Er könne mit einer Bombarde auf mehrere Hundert Fuß Entfernung eine Möwe von einer Mastspitze schießen, sagt man. Man will ihn sogar dabei beobachtet haben, wie er so zärtlich über seine Geschützrohre streichele, als wären es Frauenbrüste, und seine Liebe zu den Bombarden sei so groß wie seine Liebe zu Gott, vielleicht noch größer.

«Sollst du den Knecht ersetzen?», schreit Huninghusen.

Landers nickt, und der Bossemeister mustert ihn, dann scheint er sich an ihn zu erinnern und drückt ihm einen Hammer in die Hand. Landers muss sich mit dem Hammer an eine der sechs Bombarden stellen, deren Mündungen aus den Geschützpforten in der Bordwand ragen. Die Schlangenbüchsen liegen auf Gestellen, den Lafetten, die mit Seilen an den Innenseiten der Planken befestigt sind. Alle Bombarden an Bord wurden bereits im Hafen mit Schießpulver, das Kraut genannt wird, und Steinkugeln geladen, um im Ernstfall die Zeit für das aufwendige Laden zu sparen.

Als die Knechte an den Bombarden bereitstehen, späht Huninghusen durch eines der Gucklöcher in der Bordwand nach dem englischen Schiff und schreit seine Anweisungen an den Steuermann, damit der das Ruder des *Mariendraken* entsprechend ausrichtet, um die Geschütze in die beste Schussposition zu bringen. Dann befiehlt der Bossemeister den Knechten, mit den Hämmern Holzkeile unter die Lafetten zu schlagen. Auf die Weise, so hat er Landers damals erklärt, kann der Flug der Kugeln verändert werden. Als er mit der Ausrichtung der Rohre zufrieden ist, entzündet er eine Fackel an dem Feuer, das in einem eisernen Korb brennt. Nach einem letzten Kontrollblick durchs Guckloch stimmt er ein irres Schlachtgeheul an und schreit: «Schicken wir die englischen Bastarde in ihr nasses Grab!»

Er hält die Fackel an das Kraut, das am unteren Ende des ersten Geschützrohrs in eine kleine Rinne gestreut wurde, und als das Schießpulver zu zischen beginnt, brennt Huninghusen schon die nächste Bombarde an. Landers sucht mit den anderen Bosseknechten Schutz hinter dem unteren Mastbaum des Besanmasts, der durch den Geschützstand verläuft. Schnell pressen sie ihre Hände auf die Ohren. Huninghusen scheint keinen Schutz für nötig zu erachten. Er steht aufrecht am Guckloch, die Hände an den Planken abgestützt, und dann donnern die Geschütze los, eins nach dem anderen. Die Bodenplanken zittern und erbeben, und Landers kommt es vor, als würde ihm der Lärm die Ohren zerreißen. Beim Abfeuern ihrer Ladungen werden die Geschütze mit voller Wucht zurückgestoßen, doch die Halteseile fangen sie auf. Der Geschützstand ist mit Pulverdampf erfüllt, der Rauch beißt Landers in den Augen. Alles um ihn herum dreht sich, und in seinen Ohren schrillt es unerträglich laut. Als die Rauchschwaden dünner werden, sieht er Huninghusen am Guckloch hüpfen wie ein Kind. Die Knechte springen auf und laufen zu den anderen Gucklöchern. Auch Landers wird von der Neugier gepackt. Auf unsicheren Füßen wankt er zwischen rauchenden Rohren zum letzten noch freien Guckloch.

«Ich hab sie getroffen», schreit der Bossemeister. «Ich hab den Bastarden Grüße aus der Hölle geschickt!»

Draußen auf den Decks des *Mariendraken* kann Landers die Männer jubeln und schreien hören. Die Kugeln haben auf dem englischen Schiff erhebliche Schäden angerichtet. Die Rahe hängt schräg am Großmast, ein Teil des zerfetzten Segeltuchs hat sich gelöst und schlägt unkontrolliert im Wind. Die Großmars ist abgeknickt, zwei Männer klammern sich außen an den Korb und strampeln mit den Beinen, doch einer verliert den Halt und stürzt hinunter aufs Großdeck.

Offensichtlich ist Huninghusen genau das gelungen, wovon er Landers damals erzählt hat: Ein guter Bossemeister zerstört zuerst die Takelage des Gegners, um dessen Schiff manövrierunfähig zu machen. Und Huninghusen hat ihm die Kugel gezeigt, die er dafür verwendet: sogenannte *dobbelharken*, zwei durch eine Eisenkette verbundene Steinkugeln, die verheerende Schäden in der Takelage anrichten können.

«Seht nur», schreit Huninghusen. «Ich hab auch ’n schönes Loch in die Planken ihres Geschützstands achtern geschossen. Steuermann – gib nach oben an Bokelmann durch, unsere Bogenschützen sollen Brandpfeile in das verdammte Loch schießen, um das Kraut der Engländer in Brand zu setzen.»

Landers trocknet seine vom Rauch noch immer tränenden Augen am Hemdsärmel, dann sieht auch er das Loch, das in den geborstenen Planken des Achterkastells klafft. Von dem englischen Schiff werden jetzt vereinzelt Pfeile auf den *Mariendraken* geschossen, die jedoch keinen Schaden anrichten. Die Attacke wirkt unkontrolliert. Die Bombardentreffer scheinen da drüben ein großes Durcheinander verursacht zu haben.

Bokelmanns laute Stimme ist zu hören, dann geht vom *Mariendraken* ein Hagelschauer aus Armbrustbolzen und Pfeilen auf den Engländer nieder. Darunter sind auch Brandpfeile, die dünne Rauchfahnen hinter sich herziehen. Bolzen und Pfeile prallen von englischen Helmen ab, bohren sich in Schilde und Planken und in die Leiber der Feinde. Die Schreie verletzter und sterbender Männer hallen übers Wasser. Kurz hintereinander fliegen mehrere Brandpfeile durch das Loch im englischen Geschützstand. Warum sie ihre Bombarden nicht längst abgefeuert haben, bleibt ein Rätsel, denn dafür ist es jetzt zu spät. Zwar donnern in dem Moment zwei oder drei ihrer Geschütze los, aber die Schüsse sind überhastet. Die Kugeln fallen ein gutes Stück vom *Mariendraken* entfernt ins Wasser.

«Ist das alles, was ihr Bastarde könnt?», schreit Huninghusen. Sein sonst so blasses Gesicht ist krebsrot. Und dann schlagen die ersten Flammen aus dem englischen Geschützstand. Offenbar haben die Brandpfeile Teile des Pulvers entzündet, und das Feuer scheint sich schnell auszubreiten. Kurz drauf sind im Achterkastell mehrere Explosionen zu hören.

Der andere Engländer treibt unterdessen hinter dem brennenden Schiff in den Wellen. Die Segel wurden aus dem Wind genommen. Wahrscheinlich ist die Besatzung unschlüssig, ob sie ihren eigenen Leuten helfen, die Flucht ergreifen oder den *Mariendraken* angreifen soll. Landers ist zwar kein erfahrener Seemann, aber auch er sieht, dass der Angriff der Engländer auf klägliche Weise zu scheitern droht. Plötzlich bricht unter lautem Getöse eine Feuersäule aus dem Achterkastell der Engländer, und dann brennt das ganze Schiff. Die Flammen schießen hoch hinauf, springen auf Segel und Taue über. Über dem Schiff steigt eine dunkle Rauchwolke in den blauen Himmel auf. Auf den Decks reißen sich Söldner die Rüstungen von den Leibern, werfen Helme und Waffen weg und springen ins Wasser hinunter – und somit in den fast sicheren Tod. Das Meer ist hier auch im Sommer kalt und wird beherrscht von gefährlichen Strömungen. Schreie sind zu hören. Die Männer rufen auf Englisch um

Hilfe und Gnade, doch auf dem *Mariendraken* will niemand den Ertrinkenden beistehen. Schon saugen sich ihre Kleider mit Wasser voll. Die Kälte lähmt ihre Glieder, und die ersten sinken in die Fluten und werden hinabgezogen ins Totenreich der Meeresgeister.

Da sieht Landers, wie sich ein Mann an ein abgerissenes Plankenstück klammert. Die Strömung treibt ihn von dem brennenden Schiff fort und auf den *Mariendraken* zu. Er ruft: «Help me, help me!» Landers' Kehle wird trocken. Eben noch waren Ruter und Seeleute auf dem englischen Schiff gesichtslose Feinde, doch jetzt kann er dem in den Wellen treibenden Mann in das von Todesangst verzerrte Gesicht sehen, und in dem Moment weiß Landers, dass er den Mann retten muss. Der Engländer, der etwa so alt ist wie Landers, hat sein Schiff und seine Kameraden verloren. Er hat nur noch sein nacktes Leben. Von ihm geht keine Gefahr mehr aus. Aber er wird ertrinken, und wenn ihn niemand aus dem Wasser holt, muss Landers es selbst tun.

Er läuft aufs Großdeck, wo sich die Ruter ans Schanzkleid drängen und lachend und jubelnd auf den an den Rumpf des *Mariendraken* getriebenen Engländer spucken. Der Mann fleht um Hilfe. Verzweifelt greift er nach der Schiffshaut, doch seine Hände finden an den nassen, glitschigen Planken keinen Halt. Schon wirkt er entkräftet. Wellen überspülen ihn. Lange wird er sich nicht mehr an dem Holzstück festhalten können. Da klettert ein Ruter auf das Schanzkleid, und während andere ihm die Beine festhalten, zieht er seine Hose herunter, lässt sein Wasser strömen und versucht unter dem Gejohle seiner Kameraden, den Engländer zu treffen.

«Werft ihm die Strickleiter runter», ruft Landers.

Die Ruter blicken ihn irritiert an. «Das ist 'n Engländer», sagt der Kerl auf dem Schanzkleid und zieht die Hose wieder hoch.

«Was würde der wohl mit dir machen, wenn du am Ertrinken wärst …?»

In dem Moment ist auf dem Achterkastell Bokelmanns Stimme zu hören, als er das Kommando gibt, die Verfolgung des anderen englischen Schiffs aufzunehmen. Die Ruter laufen auseinander. Die Seeleute setzen die Segel in den Wind. Landers schiebt sich durch die Menge ans Schanzkleid, wo er die dort abgelegte Strickleiter findet, doch als er sie außenbords hinunterlassen will, nimmt der *Mariendrake* schon Fahrt auf. Landers schaut ins Wasser, aber der Engländer ist schon zu weit abgetrieben. Noch einmal hört Landers ihn um Hilfe rufen, dann bricht über ihm eine Welle, und er wird vom Wasser überspült. Kurz darauf taucht das Plankenstück ohne den Engländer wieder auf.

Während das eine englische Schiff mittlerweile lichterloh brennt, hat man sich auf dem anderen Schiff zu der Entscheidung durchgerungen, die Flucht zu ergreifen. Jetzt segelt es schon etwa eine halbe Seemeile vom *Mariendraken* entfernt nach Norden und nicht, wie anzunehmen war, zu den Goodwin Sands zurück, wo die achtzehn englischen Handelsschiffe ankern. Daher korrigiert Bokelmann seinen Befehl, lässt das englische Orlogschiff ziehen und den *Mariendraken* Kurs auf die Goodwin Sands nehmen.

Landers schaut immer noch auf das in den Wellen treibende Plankenstück, in der irrigen Hoffnung, der Mann werde doch wieder auftauchen. Da kommt der Bossemeister zu ihm und schreit, Landers solle beim Nachladen der Geschütze helfen. Also folgt er Huninghusen zum Geschützstand, als auf allen Decks plötzlich laute Jubelrufe ausbrechen. Landers blickt in die Richtung, in die jetzt alle anderen Männer schauen. Dann sieht auch er die vier Holke auf dem offenen Meer auf sie zukommen, an deren Masten die Flaggen Danzigs wehen.

Jetzt versteht Landers, worauf Beneke in den vergangenen Tagen gewartet hat.

20.

Englische Ostküste bei Deal – Juli 1471

Als die Danziger Kaperflotte Kurs auf die englischen Handelsschiffe an den Goodwin Sands nimmt, schreit Huninghusen im Geschützstand seine Anweisungen. Landers muss eines der mit Pulver gefüllten Tongefäße aus einer Nische beim Ruderstand holen. Obwohl der Wind durch den offenen Zugang zieht, ist es im Geschützstand heiß wie in einem Lehmbackofen. Landers tropft der Schweiß von der Stirn, während Huninghusen ihm erklärt, was er zu tun hat. Landers schöpft mit einer kleinen Handschaufel, der Lodtschaufel, das Kraut aus dem Tongefäß. Vorsichtig gibt er es von vorn in die Mündung des Rohrs einer der Schlangen, die von der Bordwand zurückgezogen worden sind. Huninghusen ist bester Laune. Der erste Sieg sei vor allem ihm anzurechnen, wie er immer wieder betont, und dann ergeht er sich freudestrahlend in weiteren Ausführungen: «Früher hat man für die Herstellung des Pulvers Salpeter, Schwefel und Holzkohle zermahlen und von Hand in einem bestimmten Verhältnis gemischt. Das Dumme an dem Pulver war aber, dass sich Salpeter und Schwefel durch die Erschütterungen des Schiffs beim Wellengang am Boden der Tongefäße absetzten, und dann, wenn man's neu gemischt hat …» Huninghusen bläst die Backen auf und ahmt das Geräusch einer Explosion nach, bevor er fortfährt: «Ja, da ist's vorgekommen, dass es sich beim Neumischen leicht entzündete. Und dann kam irgendein schlauer Kerl – ich war's leider nicht – auf den Einfall, die Mischung aus Salpeter, Schwefel und Holzkohle erst anzufeuchten, in dünnen Fladen zu trocknen und dann zu zerbröseln. In den Krümeln zerfällt das Kraut nicht in seine Bestandteile, außerdem ist es weniger empfindlich bei Nässe und backt beim Laden nicht zusammen und ... he, pass doch auf, du Grützkopf!»

Landers, der nur mit halbem Ohr zugehört hat, war in Gedanken bei dem ertrunkenen Engländer. Hätte er den Mann retten können, wenn er nicht zu lange gezögert hätte? Und dann ist er beim Einfüllen des Krauts mit der Handschaufel gegen die Geschützmündung gestoßen und hat etwas von dem kostbaren Pulver verschüttet. Schnell fegt er das Pulver mit der Hand wieder auf die Schaufel, gibt es in das Rohr und drückt es fest. Dann führt er unter Huninghusens wachsamen Blicken eine Steinkugel, etwa so groß wie zwei Männerfäuste, ins Geschützrohr ein und stopft Werg zwischen Kugel und Rohr, um die Hohlräume abzudichten. So kann das explodierende Pulver seine ganze Wirkung entwickeln und die Kugel mit voller Wucht hinausschleudern. Schließlich schieben er und ein anderer Bosseknecht die Schlange auf der Lafette zurück an die Bordwand, bis die Mündung aus der Pforte ragt, bevor sie das geladene Geschütz wieder an dem Seil befestigen.

Die Schiffe haben inzwischen die Goodwin Sands erreicht, wo sie sich rings um die englischen Handelsschiffe verteilen, um ihnen die Fluchtwege abzuschneiden. Warum die Engländer nicht längst geflohen sind, solange sie dazu Gelegenheit hatten, ist unklar. Vielleicht haben sie die Gefahr unterschätzt und bis zum Schluss gehofft, ihr Geleitschutz werde den *Mariendraken* ganz sicher zerstören.

Nachdem Landers seine Arbeit im Geschützstand erledigt hat und vorerst von Huninghusen entlassen wurde, schaut er auf dem Großdeck mit den anderen Rutern zu, wie an der *Großen Marie* und den anderen Danziger Holken die Espings bemannt werden. Merten Bardewig und die anderen Schiffsführer werden zum *Mariendraken* gerudert, wo Bokelmann sie empfängt und in Benekes Kammer bringt.

Landers lässt den Blick über die Handelsschiffe schweifen. Sie scheinen schwer beladen und liegen tief im Wasser. An Bord sind nicht viele Männer, jeweils kaum ein Dutzend, also gerade einmal die Besatzung, die für eine Fernhandelsfahrt nötig ist. Auch sind nur wenige bewaffnete Söldner zu sehen, die mit den Seeleuten ratlos und verängstigt zu den Danzigern hinüberschauen.

Während Landers am Schanzkleid stehend die Handelsschiffe beobachtet, schlägt ihm plötzlich jemand schmerzhaft auf den Rücken. Als Landers sich umdreht, sieht er sich dem Ruter gegenüber, der vorhin auf den Engländer gepinkelt hat. Der Kerl, der von mehreren Kameraden begleitet wird, grinst herausfordernd. Über seine linke Wange verläuft eine blassrote Narbe. Landers hat ihn schon häufiger an Bord gesehen, kennt aber weder seinen Namen, noch hat er mit ihm ein Wort gewechselt.

«Was sollte das denn vorhin?», fährt der Ruter ihn an. Einer seiner Kameraden flüstert ihm etwas ins Ohr, woraufhin der Ruter zu Landers sagt: «Du bist der, der mit dem Lord Mayor Französisch geredet hat? Dann biste wohl 'n ganz Schlauer, einer, der rechnen und schreiben kann und der spricht wie 'n Franzose, wahrscheinlich auch wie 'n Scheißengländer. Weißt du, was ich glaube? Ich glaube, du bist 'n englischer Spion …»

«Lass die Finger von dem Jungen», sagt jemand hinter ihm, und dann tauchen Hoike, Possick und Huge auf.

«Du hast mir nichts zu sagen, Alter», knurrt der Ruter. «Du bist nicht mein Rottmeister …» Da packt Possick ihn am Hemd.

«Ich bin auch nicht dein Rottmeister. Aber ich schneid dir gleich noch 'ne zweite Narbe in dein hässliches Krötengesicht.»

«Ihr seid Scheißkerle», knurrt der Ruter. Er reißt sich aus Possicks Griff los und verzieht sich mit seinen Kameraden.

«Der Sauhund hat mich beim Würfeln mal übers Ohr gehauen», sagt Possick und spuckt auf die Planken. «Irgendwann stech ich den ab.»

«Das wirst du nicht tun», weist ihn Hoike zurecht. «Die Kerle sind halt unruhig, weil niemand weiß, was Beneke plant ...»

In dem Moment öffnet sich auf dem Zwischendeck die Tür, und ein Schiffsführer nach dem anderen kommt wieder aus der Admiralskammer. Sie steigen hinunter aufs Großdeck und klettern über die Strickleiter in die am *Mariendraken* wartenden Espings, die sogleich zu den anderen Schiffen zurückrudern.

«Was die wohl wieder zu bereden hatten?», fragt Possick.

Da zeigt Huge aufgeregt zu einem der englischen Handelsschiffe, das nicht weit entfernt liegt, und sagt: «Das fragen sich die Engländer bestimmt auch.»

An dem Handelsschiff klettern drei Männer in einen Esping und rudern auf den *Mariendraken* zu, bis sie etwa auf halber Strecke halten. Ein Mann steht im Boot auf, legt die Hände an den Mund und ruft in gebrochenem Deutsch: «Werte Herren, hört uns bitte an!»

Eine Weile geschieht nichts, dann wird die Tür auf dem Zwischendeck erneut geöffnet, und Bokelmann und Beneke treten heraus an die Reling.

«Werte Herren!», ruft der Engländer. «Mein Name ist James Henry. Wir bitten Euch, uns freie Fahrt zu gewähren. Wir sind Kaufleute und fahren nach London. Unsere Laderäume sind fast leer ...»

Beneke nickt Bokelmann zu, der daraufhin in der Kammer

verschwindet, aus der er gleich darauf mit einer Armbrust zurückkehrt.

Der Engländer redet unterdessen weiter: «Wir haben wirklich nichts an Bord, was sich zu kapern lohnt, werte Herren, außerdem besteht doch eine Waffenruhe ...»

Bokelmann spannt die Armbrust, legt einen Bolzen ein, zielt und drückt ab. Der Bolzen trifft die Stirn des Engländers. Kurz steht der Mann still da, dann fällt er rücklings zwischen die Sitzbänke ins schwankende Boot. Auf dem *Mariendraken* wird Jubel laut. Die Männer rufen Bokelmanns Namen, auch Possick und Huge stimmen begeistert ein.

Landers hingegen ist wie erstarrt. Warum erschießt Bokelmann den wehrlosen Mann? Ihn zu töten, ergibt doch keinen Sinn.

Die anderen beiden Engländer werden von Panik ergriffen und wollen fliehen. Doch ihre Ruderbewegungen sind hektisch und unkoordiniert. Der Esping dreht sich auf der Stelle und wird in den Wellen hin und her geworfen. Bokelmann spannt erneut die Armbrust, dann schießt er den Bolzen einem der Ruderer in den Nacken. Der Mann kippt nach vorn über seinen Riemen. Das Boot neigt sich. Wellen schwappen über das Dollbord. Schnell läuft das Boot voll Wasser und beginnt zu sinken. Als der dritte Mann über Bord springt, um schwimmend zu dem Schiff zu entkommen, wird er von der Strömung erfasst, die ihn zum *Mariendraken* treibt.

Landers muss an den ertrinkenden Engländer denken, den er vorhin nicht hat retten können, und ihm wird auf grausame Weise bewusst, wie machtlos er ist, das sinnlose Töten zu beenden.

Neben ihm drängen sich die johlenden Ruter ans Schanzkleid. Alle wollen sehen, wie die Wellen den Mann gegen den glitschigen, mit Muscheln bewachsenen Rumpf treiben; sie wollen sehen, wie er sich an den scharfkantigen Muscheln das Fleisch aufreißt. Sie wollen ihn verrecken sehen. Jemand rempelt Landers von der Seite hart an, und dann ist der Ruter mit dem Narbengesicht bei ihm. Er wirft Landers einen verächtlichen Blick zu und führt mit eindeutiger Geste den Daumen über seinen Hals. Gleich drauf ist der Ruter wieder verschwunden, und Landers wird in der Menge gegen das Schanzkleid gedrückt. Er schaut hinunter ins Wasser, sieht, wie der Engländer nach der Strickleiter greift und das untere Ende zu fassen bekommt. Der Mann klammert sich daran fest und wendet den verzweifelten Blick nach oben auf die lachenden und ihn verhöhnenden Gesichter.

Mit einem Mal taucht Bokelmann am Schanzkleid auf. In den Händen hält er die gespannte und geladene Armbrust. Landers erkennt sofort, was der Hüne vorhat, und denkt, dass er den Engländer nicht töten darf. Das ist Irrsinn, das kann nicht im Sinne Gottes sein. Er weiß selbst nicht, wie ihm geschieht, als er mehrere Ruter zur Seite drängt und sich am Schanzkleid entlang in Bokelmanns Richtung vorarbeitet, der gerade die Armbrust senkt und auf den Engländer zielt. In dem Augenblick, als Bokelmann abdrückt, schlägt Landers von unten gegen die Armbrust. Der Bolzen löst sich und fliegt hoch in die Luft.

Sogleich verstummen alle Stimmen auf dem *Mariendraken*. Landers hört den Wind und sein Blut in den Ohren rauschen, und er spürt die Blicke vieler Männer auf sich.

Bokelmann lässt die Armbrust sinken. Langsam dreht er sich um, dieser Bär von einem Mann, auf dessen kantigem Gesicht sich Überraschung und Wut spiegeln. Als er Landers anblickt, blitzt in seinen dunklen Augen etwas auf. «Warum hast du das getan, Kaufmann?»

Landers schluckt heftig. Sein Hals ist wie zugeschnürt. «Warum tut *Ihr* das?», erwidert er heiser. «Die Männer waren unbewaffnet. Sie wollten nur ... verhandeln ...»

«Du hast in meine Waffe gegriffen», sagt Bokelmann ungläubig.

Landers spürt eine Hand auf seiner Schulter. Hinter ihm hört er Hoikes mahnende Worte: «Lass gut sein, Junge. Geh da weg. Geh da ganz schnell weg!»

Landers kann sich nicht bewegen. Seine Füße sind wie festgewachsen, und er hört sich selbst wie mit fremder Stimme zu Bokelmann sagen: «Ihr habt kein Recht, diese wehrlosen Männer zu töten. Ihr seid nichts anderes als ein Mörder ...»

Bokelmann beugt sich vor. Alles an ihm ist so riesig, denkt Landers und starrt auf die bebenden Nasenflügel und die Adern auf Hals und Schläfen, in denen das Blut pulsiert, und die zuckenden Oberarmmuskeln. Landers muss den Kopf weit in den Nacken legen, um Bokelmanns Blick standzuhalten, und dann hört Landers ihn sagen: «Niemand greift mir in die Waffe!» Seine Stimme klingt wie aus einem Eisblock geschlagen.

Von unten im Wasser ist das flehende Rufen des Engländers zu hören, doch Landers versteht die Worte nicht. Er hat nur Augen für Bokelmann, der die Armbrust jetzt an irgendjemanden in der sie umringenden Menge reicht. Dann ballen sich Bokelmanns Hände zu Fäusten, die groß und schwer sind wie Bärentatzen und Schädelknochen aufbrechen können wie Nussschalen.

«Till Landers – geh da weg, du verdammter Schwachkopf», sagt Hoike. Doch Landers' Glieder sind wie eingefroren, als wäre er in einem bösen Traum gefangen, aus dem es kein Erwachen gibt. Bokelmann hebt eine Faust und holt aus, doch dann hält er plötzlich inne, und die Faust sinkt wieder herab.

Neben ihm ist Beneke aufgetaucht, und er hat eine Hand beruhigend auf Bokelmanns Arm gelegt. Der Hüne weicht von Landers weg, richtet sich zur vollen Größe auf, und dann dreht er sich um, als plötzlich der Ruter mit dem Narbengesicht aus der Menge hervorspringt und ruft: «Der Kerl ist ’n englischer Spion …!»

Beneke macht einen energischen Schritt auf den Ruter zu und verpasst ihm einen Stoß vor die Brust, sodass er gegen seine Kameraden geschleudert wird. Schnell bilden die Männer eine Gasse, und Beneke und Bokelmann gehen hindurch, als aus dem Wasser wieder die flehende Stimme des Engländers zu hören ist. Da strafft Landers die Schultern und sagt laut: «Admiral Beneke, bitte erlaubt mir, den Mann an Bord zu holen.»

Beneke bleibt stehen und dreht sich um. «Warum sollte ich das tun?»

«Weil … weil er sonst ertrinkt.»

«Was kümmert dich das? Bist du ein Ruter oder ein Priester?»

«Er hat niemandem etwas zuleide getan.»

«Kennst du ihn denn?»

«Nein, natürlich nicht.»

«Also gut, holt den Engländer rauf», sagt Beneke, und Landers will ihm schon seinen Dank aussprechen, als er Beneke sagen hört: «Und wenn ihr ihn an Bord habt, bindet ihr ihm einen Strick um den Hals und hängt ihn am Bugspriet auf.»

«Das könnt Ihr nicht tun», schreit Landers. Er zittert am ganzen Körper. Sein Blut kocht, und sein Kopf ist wie in Nebel getaucht. Er kann keinen klaren Gedanken fassen. Angst ergreift ihn, und zugleich spürt er, wie die Wut in ihm aufkocht. Mit einem Mal sieht er Droste vor sich, kalt und blutleer im Londoner Kerker liegend, die Adern an den Handgelenken aufgebissen. Ihm konnte Landers nicht helfen, aber vielleicht kann er etwas von der Schuld, die er an Drostes Tod mitzutragen glaubt, tilgen, indem er den Engländer rettet.

«Halt endlich dein verdammtes Maul», sagt Hoike und greift nach Landers' Arm, um ihn zum Schweigen zu bringen. Landers weiß, dass er Hoikes Rat befolgen muss, und er weiß auch, dass er bereits zu weit gegangen ist. Und trotzdem muss er noch weitergehen.

Auf den Decks des *Mariendraken* ist es totenstill geworden. Landers hat nur noch Augen für Beneke, in dessen Blick der unergründliche schwarze Abgrund lauert, und dann hört Landers sich selbst sagen: «Ihr seid ein mörderischer Dämon, Paul Beneke, so grausam wie Ihr kann nicht einmal dieser ... dieser Bernt Pawest sein ...»

Beneke blickt ihn an, als Bokelmann einen grollenden Laut ausstößt und sich in Bewegung setzt. Kurz scheint es, als wollte Beneke den Hünen aufhalten, doch seine Hand sinkt herab.

«Oh, du Narr», murmelt Hoike und wendet sich enttäuscht von Landers ab. «Du gottverdammter Narr bettelst um den Tod!»

Und dann kommt Bokelmann über Landers wie eine Lawine. Planken knarren unter den Stiefeln des Hünen. Drei, vier Schritte, dann ist er bei Landers, der die Faust nicht kommen sieht. Der erste Schlag trifft seine Augenbraue, die sofort aufplatzt. Der zweite Schlag trifft sein Kinn. Seine Kiefer knacken. Ein Zahn löst sich. Dann bricht seine Nase. Blut rinnt ihm übers Gesicht. Die Lippen platzen unter weiteren Schlägen auf, schwellen an. Überall ist Blut, er schmeckt es, es füllt seinen Mund, seinen Hals. Ein Faustschlag reißt ihn von den Füßen. Er krümmt sich, zieht die Knie an, hebt die Hände, will seinen Kopf schützen, er hat brennende Schmerzen überall. Er hört sich stöhnen, hört Bokelmann unter der Anstrengung der

Schläge und Tritte keuchen. Dann kniet Bokelmann mit seinem ganzen Gewicht auf Landers' Brust. Durch einen Schleier aus Blut und Tränen sieht er verschwommen das maskenhafte Gesicht, die großen, glotzenden Augen, und dann sieht er Bokelmanns erhobene Faust, bereit für den tödlichen Schlag. Landers schließt die Augen. Gleich wird es vorbei sein. Er tastet nach dem Ledersäckchen auf seiner Brust, doch er findet es nicht. Juta, denkt er, dann schwinden ihm die Sinne, und das Leben fließt aus ihm heraus. Er stürzt über den Rand der Klippen in einen Abgrund. Tiefe Finsternis empfängt ihn.

Gedämpfte Stimmen sind zu hören, Donnerschläge, dumpfes Grollen. Gelächter. Blitze zerreißen die Schwärze, die Landers umgibt, die Hölle, das Fegefeuer, die Dämonen. Wieder hört er Stimmen und Donnerschläge. Blitze zucken auf. Es riecht nach Rauch und Schwefel, dann ergibt sich Landers wieder der Finsternis. Bis ein Licht aufscheint. Juta tritt in die gleißende Helligkeit, das Gesicht unter einem Schleier verborgen. Sie fasst nach seiner Hand, und sie knien am Altar einer Kirche nieder. Der Priester, der hinter dem Altar steht, kehrt ihnen den Rücken zu, während er unverständliche Worte murmelt. Ein Gefühl von Erleichterung und Geborgenheit durchströmt Till Landers, den Kaufmannsgesellen, wie eine warme Welle. Dann dreht sich der Priester um. Der Blick ist eiskalt, der Mund hart. Das fettige Haar hängt ihm in Strähnen in die Stirn, der Bart ist lang und ungepflegt. Er beugt sich herunter, um nach etwas hinter dem Altar zu greifen, und als er sich wieder aufrichtet, hält er ein Schwert in den Händen; es ist das Richtschwert des Henkers, und der Henker ist Paul Beneke. Schon gleitet die Klinge durch die Luft, und sie schneidet durch Jutas weißen Hals wie ein Messer durch einen Klumpen Butter. Ihr Kopf fällt auf den Boden, rollt vor Landers' Knie. Er will schreien, doch die Stimme versagt ihm, und dann bricht die Decke der Kirche ein. Holz und Steine regnen auf ihn und Jutas Leiche herab. Endlich findet er die Stimme wieder, und er schreit ihren Namen. Juta. Juta. Juta.

Und er hört wieder die Stimmen, Gelächter, grollenden Donner. Blitze zerreißen die Dunkelheit. Er taucht aus der Ohnmacht hervor wie aus tiefem Morast. Sofort dringen Schmerzen auf ihn ein; die Schmerzen sind brutal, sie sind überall, im Gesicht, in der Brust, im Bauch. Er blinzelt, seine Augenlider sind geschwollen. Die Welt um ihn herum scheint zu brennen. Flammen und das rote Licht der tief stehenden Sonne verwandeln das Meer in einen Glutsee.

Landers stellt fest, dass er sich auf dem Vorderkastell des *Mariendraken* befindet. Man hat ihn am Mastbaum festgebunden, sodass er mit aufrechtem Oberkörper auf einer Kiste sitzt. Er kann schemenhaft die Ruter in seiner Nähe erkennen wie gespenstische Schatten. Bogenschützen schießen Brandpfeile auf die englischen Handelsschiffe. Auch vom *Fliegenden Geist*, der dem *Mariendraken* zunächst liegt, sowie den anderen Danziger Schiffen fliegen Pfeile. Dunkler Feuerrauch steht über den Goodwin Sands wie ein Gebirge. Mehrere englische Schiffe sind bereits gesunken. Ihre verkohlten Masten ragen aus den Wellen, und auf anderen Schiffen wüten die Flammen. Segel, Masten und Kastelle brennen. Da schießt plötzlich eine Stichflamme in die Höhe. Donner grollt über das Meer. Teile von Planken und abgerissene menschliche Gliedmaßen werden hinaufgeschleudert, fallen ins Wasser.

Und Landers stürzt zurück in die Finsternis.

Als er wieder zu sich kommt, liegt die Dunkelheit der Nacht über dem Meer, der Küste und den Goodwin Sands. Einige

Schiffe brennen noch. Vereinzelt spiegeln sich Flammen auf dem schwarzen Wasser wider. Landers scheint jetzt auf dem Vorderkastell allein zu sein. Vom Großdeck dringen Stimmen herauf. Männer lachen, singen, feiern. Plötzlich knarren Planken ganz in seiner Nähe. In seinem Blickfeld, das durch die geschwollenen Augen verengt ist, erscheint ein Schatten. Landers blickt auf, und als er sieht, dass es Beneke ist, der vor ihm steht, verspürt er seltsamerweise keine Angst, sondern nur Müdigkeit, Wut und Schmerzen.

«Er verdankt dir sein Leben», sagt Beneke, und weil Landers nicht versteht, was er meint, zeigt Beneke zum Bugspriet. Landers dreht unter Schmerzen den Kopf. Vorn am Schanzkleid sitzt jemand, die Gestalt eines Mannes; das Kinn ist ihm auf die Brust gesunken.

Als Landers etwas sagen will, spürt er schmerzhaft seine aufgeplatzten Lippen, seine Zunge ist geschwollen, die Nase gebrochen und ein Schneidezahn locker. Der Versuch, Worte zu formen, bringt aus seinem Mund nur undeutliches Nuscheln hervor.

«Was sagst du?», fragt Beneke und beugt sich zu ihm herab.

«Ist ... ist das der Engländer ... der in dem Ruderboot war?»

Beneke nickt.

«Und was macht Ihr ... mit ... den anderen Engländern?»

«Sie sterben.»

Landers schüttelt den Kopf. Sofort zucken heftige Schmerzen auf. «Das kann ... kann nicht Gottes Wille sein ... wehrlose Menschen zu töten ...»

In dem Moment fragt er sich, ob dieses Gespräch gerade wirklich stattfindet. Oder bildet er sich das alles nur ein? Beneke wirkt so ruhig, fast entspannt, obwohl er Landers hassen müsste, nachdem er den Namen Pawest laut ausgesprochen hat.

Hinter Beneke leuchtet ein heller Schein auf, dann folgt ein lautes, donnerndes Krachen. Wieder fliegen brennende Trümmer durch die schwarze Luft.

«Wehrlose Männer?», entgegnet Beneke. «Glaubst du, du bist ein guter Mensch, Kaufmann, einer, der nach Gottes Geboten lebt? Klebt denn nicht auch an deinen Händen Blut? Du bist jetzt ein Ruter, und wenn du noch nicht getötet hast, so wirst du es bald tun müssen.»

Beneke zeigt in die Dunkelheit, wo die Flammen aus dem Rumpf des soeben explodierten Schiffs schlagen. «Die Laderäume dieser Schiffe waren voll mit Pulvergefäßen und Bombarden. Es waren keine normalen Handelsschiffe, sondern sie sollten die Waffen nach London bringen, die Edward in dem Krieg gegen uns einsetzen wollte. In Danzig und anderen Städten der Hanse sitzen die Ratsherren und reden und reden, weil sie den englischen König nicht verärgern wollen. Doch das Gerede der Hanse, der Wunsch nach Frieden, das ist ihre Schwäche, und die nutzt Edward aus, um seine Orlogflotte während der angeblichen Waffenruhe aufzurüsten.»

«Woher ... wollt Ihr das wissen?»

«Schon vor einiger Zeit hat mir ein Schiffer diese Nachricht überbracht. Ich bezahle viele Männer, damit sie Augen und Ohren offen halten, und ich bezahle sie gut dafür.»

«Dann habt Ihr doch recht gehabt ... mit dem, was Ihr im Hansekontor sagtet», überlegt Landers, und er schaut erneut zu dem Mann am Bugspriet. «Was geschieht mit ... ihm?»

«Ich sagte doch, dass er dir sein Leben verdankt. Wir setzen ihn morgen früh auf einer der Sandbänke aus, und wenn die Engländer bald zurückkommen, soll er ihnen von mir berichten.»

«Wird Edward dann nicht behaupten, *Ihr* hättet die Waffenruhe gebrochen?»

«Wahrscheinlich wird Edward das tun. Aber es waren seine

Söldner, die uns zuerst angegriffen haben, und dann wird sein Wort gegen meines stehen.»

Die schwere Müdigkeit kehrt in Landers' Kopf zurück, und er spürt, wie ihm das Bewusstsein entgleitet. Aber er muss Beneke noch eine Frage stellen, muss eines wissen, bevor er wieder in der Finsternis versinkt. Er sagt: «Warum erzählt Ihr mir das alles? Ich bin nur ein Ruter, der seinen Mund nicht halten kann ... Ihr wolltet mich töten ...»

«Wollte ich das wirklich? Du hast mich herausgefordert, und du hast Eler Bokelmann provoziert. Ja, er wollte dich töten, und er hätte es getan.»

«Ihr habt ihn davon abgehalten?»

«Ja.»

«Warum?»

Beneke wirkt nachdenklich. Sein Blick gleitet in die Dunkelheit des Meeres, hin zu den sich auf dem Wasser widerspiegelnden Flammen, und als er sich wieder umdreht, hat er ein Messer in der Hand. Landers muss daran denken, wie Beneke dem Lord Mayor den Finger abgeschnitten hat. Angst überkommt ihn, doch dann schneidet Beneke das Seil durch, mit dem Landers am Mast festgebunden ist. Es löst sich, und der Druck der Fessel lässt nach. Landers hält sich im Sitzen mühsam aufrecht. Die Schmerzen treiben ihm Tränen in die Augen.

«Du hast seinen Namen genannt ...», beginnt Beneke, verstummt jedoch, und eine Weile ist nur sein schnell gehender Atem zu hören, bis er sagt: «Bernt Pawest wird herkommen, und dann werde ich deine Unterstützung brauchen, Kaufmann. Dann wirst du etwas für mich tun müssen. Das ist der Preis dafür, dass du noch am Leben bist.»

II. Teil

Pawest

Und der fünfte Engel posaunte;
und ich sah einen Stern,
gefallen vom Himmel auf die Erde;
und ihm ward der Schlüssel zum Brunnen des
Abgrunds gegeben.

Offenbarung des Johannes, 9.1

1.

Danzig – Sommer 1462 bis August 1471

Der *Peter van Rosseel* war ein außergewöhnliches Schiff. Mit einer Länge von etwa einhundertfünfzig Fuß, den drei hohen Masten und den großen Kastellen war es eines der gewaltigsten Schiffe, die in jenen Jahren über die Meere Nordeuropas segelten. Außergewöhnlich war auch der mehr als vierzig Fuß breite Rumpf, der auf neuartige Weise gefertigt worden war. Die Planken hatte man nicht, wie bei den Koggen oder Holken üblich, in der Klinkerbauweise angebracht, sodass sie einander überlappten, sondern der Rumpf war kraweelbeplankt, wie man sagte. Die Planken stießen also an den Kanten glatt aneinander, und dieser glatte Rumpf ließ den *Peter van Rosseel* schneller als andere Schiffe durchs Wasser gleiten.

Doch nicht lange nach seiner Fertigstellung segelte das Schiff im Frühjahr anno 1462 in sein Unglück. Die Laderäume waren voll mit Fässern, die mit Salz aus der Baie von Bourgneuf gefüllt waren. Das Schiff fuhr an den Küsten des englischen Kanals entlang, dann weiter nach Osten und Norden, an Jütland vorbei, durch Skagerrak und Kattegat und die Ostsee bis zu der preußischen Stadt Danzig. Man sagte später, das Schiff sei so schnell gesegelt, als wäre der Teufel hinter ihm her. Doch der Teufel war längst an Bord.

Der Schiffer, ein Franzose namens Marot Boeff, fragte auf der Fahrt einmal seinen Steuermann: «Hört Ihr auch den Flügelschlag des Teufels, nachts in der Dunkelheit? Ich glaube, ein großes Unglück naht.» Und der Steuermann erwiderte ängstlich: «Ja, Herr, das glaube ich auch.»

Wenige Tage nach Pfingsten erreichte das Schiff die Mündung der Weichsel, und weil in der Mündung schon viele Schiffe lagen, musste der *Peter van Rosseel* vor der Küste ankern. An dem Abend zogen über der Ostsee dunkle Wolken in einer breiten Front auf. Den bangen Blick auf den Himmel gerichtet, sagte der Steuermann zu Boeff: «Manchmal kommt's mir vor, als würde das Schiff zu mir sprechen und mir sagen, dass wir diese Fahrt nicht hätten machen dürfen.»

«Auch mir scheint, dass uns böse Mächte gefolgt sind», erwiderte Boeff. «Aber wir haben keine andere Wahl. Wir müssen hier draußen vor der Küste das Ende des Unwetters abwarten.»

Sie ließen weitere Anker zu Wasser, um dem Schiff mehr Halt am Grund zu geben, und bald darauf tobte über ihnen ein Gewitter mit unbändiger Kraft. Man sah in der Dunkelheit die eigenen Hände nicht mehr vor Augen. Aus schwarzen Wolken ergossen sich sintflutartige Regenmassen, während der Sturmwind das Schiff peitschte. Es schwankte hin und her, zerrte an den Ankerseilen. Planken und Masten knirschten und krachten. Der Wind schrie durch die Takelage. Die Mannschaft versteckte sich unter Segeltüchern, bibbernd vor Kälte und betend um Gottes Gnade. Doch was auch immer Seinen Zorn erregt hatte, Gott kannte kein Erbarmen. Donner grollte über die aufgepeitschten Schaumwellen, dann schlug ein Blitz im Hauptmast ein. Die Männer schrien wie Kinder, sie flehten und bettelten. Der Hauptmast brach mit lautem Lärm entzwei. Unter den Trümmern fanden zwei Männer den Tod.

Als der Sturm abflaute, kamen ihnen aus der Mündung andere Schiffe zu Hilfe. Man begutachtete die Schäden, schleppte den *Peter van Rosseel* in die Weichsel und flussaufwärts nach Danzig, wo man das Schiff am Nebenfluss Mottlau beim Hafen an Land zog. Die Menschen pilgerten herbei und bestaunten *Dat grote krafel – Das große Kraweel* –, wie man das Schiff wegen seiner ungewöhnlichen Art der Beplankung nannte.

Nachdem die beiden im Sturm ums Leben gekommenen Seemänner bestattet worden waren, reisten Schiffer Boeff und der Rest der Mannschaft mit einem anderen Schiff zurück nach Westen. Es heißt, keiner von ihnen kehrte je wieder nach Danzig zurück, und für den einst so stolzen *Peter van Rosseel* begann eine lange Zeit des Leidens. Weil man die Eigentumsverhältnisse nicht klären konnte, lag das Schiff jahrelang am Ufer der Mottlau fest. Die Gläubiger hatten bald alles, was nicht niet- und nagelfest war, ausgeräumt: Takelage, Taue, Anker, Beiboot, Feuer- und Handwaffen sowie mehrere Bombarden.

Das *Große Kraweel* zerfiel zusehends. Das Holz faulte, Planken fielen ab, Unkraut wucherte im Rumpf. Immer lauter wurden die Klagen, das Wrack sei ein Hindernis für die Schifffahrt im Hafen. Man wollte das Schiff schon zum Abwracken freigeben, als im Herbst anno 1469 das Verhältnis zwischen der Hanse und England immer schwieriger wurde. Als bald darauf der Krieg ausbrach, beschloss der Rat der Stadt, man werde das *Große Kraweel* reparieren und zum Orlogschiff aufrüsten. Und so erhob sich das Schiff ab Frühjahr anno 1470 nach langer Zeit des Dahinsiechens aus dem Schlick der Mottlau wie ein Phönix aus der Asche. Es wurde auf einer hölzernen Plattform auf Kiel gelegt und unter der Anleitung des erfahrenen Schiffbaumeisters Hans Pale aufgezimmert, abgenietet und kalfatert. In den Rumpf zog man ein Zwischendeck ein, das Hunderten Rutern als Unterkunft dienen sollte.

Neun Jahre waren seit dem Unwetter vergangenen, als man das Schiff im Sommer anno 1471 mit einem neuen Hauptmast aus dem Stamm einer riesigen Lärche krönte. Den Stamm hatte man zuvor für die Dauer von etwa einem Jahr zunächst im Wasser, dann an Land gelagert, um zu verhindern, dass sich im Holz Risse bildeten. Hunderte Menschen strömten zu dem feierlichen Anlass in den Hafen ans Krantor, als Schiffbaumeister Hans Pale der Tradition gemäß einige Münzen in die Mastspur legte, die mit heißem Rindertalg gefüllt wurde. Der Talg sollte verhindern, dass der mehr als hundertzwanzig Fuß hohe Mast an seiner Unterseite Wasser zog.

Die Zuschauer jubelten, als an dem Kran der Mast hochgehoben, durch eine ringförmige Öffnung im Hauptdeck, dem Mastfisch, geführt und in der Mastspur ausgerichtet und eingepasst wurde. Dann wurden in den nächsten Wochen das zur Konservierung mit Wurzelteer eingeriebene Hanftauwerk und die Segel angebracht, die Wanten des Vor- und Hauptmasts betakelt und die Mastkörbe aufgesetzt. Schließlich nahm man das Inventar an Bord, das das Schiff zu einem gewaltigen Orlogschiff machte: In den Geschützständen wurden zahlreiche Schlangen aufgestellt sowie Drehbrassen auf Vorder- und Achterkastell. Man warb Söldner an, schaffte Munition herbei, außerdem Proviant und Trinkwasser.

Und nun, Mitte August anno 1471, ist es so weit. Der Rat Danzigs wird den Menschen das Schiff präsentieren, und man wird ihnen den Mann vorstellen, unter dessen Kommando das Schiff in die Nordsee fahren soll, um die Engländer vernichtend zu schlagen und somit das Ende des Krieges herbeizuführen. Der Name dieses Mannes ist Bernt Pawest.

2.

Danzig – August 1471

Bernt Pawest ist als erfolgreicher Kaufmann und Ratsherr einer der reichsten Bürger Danzigs, und zugleich ist er einer der traurigsten Männer der Stadt. Am Morgen dieses Tages Mitte August anno 1471 sitzt er wie so häufig am Bett seiner kranken Gemahlin Anna. In der Schlafkammer sind die Fensterläden geschlossen. Die Luft ist stickig, und es riecht nach kaltem Schweiß und Fäkalien. Annas Gesicht schimmert wachsbleich im Licht der brennenden Kerze, die Pawest auf den kleinen Tisch neben dem Bett gestellt hat. Seine Frau ist abgemagert bis auf die Rippen. Über Wangenknochen und Kinn spannt sich die Haut wie eine Totenmaske. Die Augenlider sind halb geöffnet, und ihr Blick ist auf etwas unter der Decke der Kammer gerichtet, das offenbar nur sie sieht. Pawest fragt sich, was in ihrem Kopf vor sich geht. Woran denkt sie? Denkt sie überhaupt an irgendetwas? Oder ist in ihr schon alles, was einen Menschen zum Menschen macht, gestorben? Ist es vertrocknet wie eine Blume, deren welke Blätter zerfallen, wenn man sie berührt? Doch in Pawests größten Glücksmomenten erwacht etwas in ihr. Dann werden ihre Augen klarer und lebendiger, dann spricht sie sogar ein paar Worte, bittet um Wasser oder eine Decke gegen die Kälte, bevor sie wieder in sich versinkt.

«Hörst du mich, Anna?», fragt Pawest sie jetzt, und das, was er ihr sagen muss, bedrückt sein Gewissen schwer.

Anna blickt weiterhin stumm ins Nichts unter der Decke.

Doch Pawest kann es nicht länger aufschieben, und er muss daran denken, dass mittlerweile fast vier Jahre vergangen sind, seit sie in diesen Zustand verfiel. Pawest sieht alles, was damals geschehen ist, so deutlich vor Augen, als wäre es gestern geschehen. Als er Anna die Nachricht vom Tod ihrer Tochter Margreta überbrachte, geriet sie in eine fast irrsinnige Wut. Sie wollte nichts davon hören, es nicht wahrhaben. Sie schrie und tobte, zerschmetterte Becher, Schüsseln und Glaskelche an der Wand. Sie beschimpfte Pawest und verfluchte sogar Gott, den Herrn. Später kam Pawest der Gedanke, dass ihre Krankheit womöglich die Strafe Gottes für ihre Raserei war, denn sie hatte Gott gelästert und seine Existenz infrage gestellt, und bald darauf verließ sie ihr Bett nicht mehr. Die Bediensteten mussten sie waschen und füttern. Nur widerwillig, so schien es, öffnete sie den Mund, um Essen und Getränke zu sich zu nehmen. Es dauerte nicht lange, bis ihr Körper dürr und knochig war, bis man die wund gelegenen Stellen auf ihrer Haut versorgen und ihren Unterleib in Tücher wickeln musste, in denen sie ihre Notdurft verrichtete.

«Anna, bitte höre mich an», sagt Pawest, dann spricht er es aus: «Ich muss dich vorübergehend allein lassen, denn ich werde in den Krieg ziehen.»

Sie rührt sich nicht. Ach, Anna, denkt Pawest traurig. Der Verlust Margretas war zu viel für sie; es war der Tropfen, der das Fass zum Überlaufen brachte. Sie hatten damals bereits drei Söhne verloren, von denen keiner älter als ein Jahr geworden war. Dann war Margreta zur Welt gekommen, als Anna schon älter als dreißig Jahre war. Danach noch ein Kind auszutragen, hätte ihr den Tod bringen können. Pawest hatte durchaus Freude über das Mädchen empfunden, obwohl er eigentlich einen männlichen Erben für sein Handelshaus gebraucht hatte, denn jemand würde seine Geschäfte dereinst fortführen müssen. Daher hatte er lange nach einem geeigneten Nachfolger gesucht, um Margreta mit ihm zu verheiraten. Und er hatte einen Mann gefunden, dem er sein Erbe würde anvertrauen können.

Ja, sein Handelshaus wäre in gute Hände gekommen, wenn der Teufel seine Finger nicht nach Margreta ausgestreckt und sie verführt hätte. Es war der Teufel in Gestalt des berüchtigten Herumtreibers und Totschlägers Paul Beneke, das Findelkind, das einst auf geheimnisvolle und nie geklärte Weise an die Ostseeküste gespült worden war. Man hatte den Knaben im Wrack eines Bootes gefunden, zusammen mit zwei grausam entstellten Leichen, von denen man annahm, es seien seine Eltern.

Der Fund des Waisenkinds hatte die Stadt gerührt, und dann war der Knabe von dem Priester Mychel Hoike in die Obhut des Kaufmanns Jacob Beneke, der mit Pawest gut bekannt war, vermittelt worden. Der Junge, den man Paul nannte, und dessen Freund Eler Bokelmann waren sogar häufig in Pawests Haus gewesen. Anna liebte es, die Stimmen der Kinder zu hören, wenn sie mit Margreta, die nur wenig jünger als die Jungen war, spielten, und auch als sie älter wurden, trieben sie sich häufig in Pawests Haus herum. Zu der Zeit hatte er ja nicht ahnen können, dass die Dämonen bereits in den Burschen gefahren waren, denn das Böse hatte sich erst gezeigt, als Paul Beneke ein gewisses Alter erreichte. Da erwachte der Teufel in ihm, und er machte sich Margreta zu Willen, denn der Teufel wollte Pawest zerstören; er wollte seine wirtschaftliche Existenz, sein Handelshaus und sein Vermögen vernichten. Und das war ihm beinahe gelungen.

Doch jetzt dreht sich der Wind, jetzt bekommt Pawest die Gelegenheit zur Rache. Jetzt wird *er* Beneke vernichten.

Pawest stößt einen tiefen Seufzer aus. Die Erinnerungen trägt er wie eine schwere Last. Er legt den Kopf auf Annas Decke, legt ihn auf die Stelle, wo er ihren Schoß vermutet, der einst Margreta und die Knaben gebar. Seine Augen werden feucht, während er leise sagt: «Ich werde in den Krieg ziehen, Anna. Und ich werde den Teufel vernichten, der dir deine Tochter genommen hat. Hörst du, Anna: Ich räche Margreta.»

Eine Weile liegt er so da und spürt den Druck ihrer harten Knochen durch die Bettdecke auf seinem Gesicht. Dann erhebt er sich, wischt sich über die feuchten Augen und sagt: «Ich habe für alles gesorgt, während ich fort bin, Anna. Auch wenn ich nicht heimkehren sollte, wird man sich gut um dich kümmern. Aber ich komme zurück, das schwöre ich dir.»

Er beugt sich vor, streicht sanft über ihr strähniges Haar, das ihn an Spinnweben erinnert, und küsst ihre Stirn.

Pawest verlässt Annas Schlafkammer, die im hinteren Anbau seines Kaufmannshauses am Danziger Marktplatz eingerichtet ist, und geht durch seine Lagerräume, in denen sich die Waren bis unter die Decken türmen. Es gibt Ballen mit Tuchen aus England und Flandern, Säcke voller Getreide, Fässer mit französischem Wein und Baiensalz, mit Salzheringen und Stockfischen, und von den Decken hängen Bündel von Pelzen und Fellen.

Als die Engländer vor etwa drei Jahren den Stalhof der Hanse in London überfielen, wusste Pawest, dass ein Krieg nun unvermeidlich war. Deshalb begann er damals sofort, Vorsorge zu treffen. Er hat die Warenbestände seiner Handelspartner an den Küsten der Nordsee aufgekauft, denn er hat vorausgesehen, dass ein Krieg mit England diese wichtigen Handelsverbindungen nicht nur empfindlich stören, sondern womöglich zum Erliegen bringen würde. Sein Instinkt für erfolgreiche Geschäfte ist legendär, und er verdient gut an diesem Krieg. Während sich die Lager der Kaufleute, die zu zögerlich handelten, schnell leerten, sind seine Lager auch jetzt noch gut gefüllt. So kann er nach Belieben die Preise diktieren und ein Vielfaches dessen verlangen, was er dafür bezahlt hat.

Die Arbeiter in den Lagerräumen verbeugen sich demütig, als er an ihnen vorübergeht. In der Dornse, der Schreibstube, springen die Angestellten und Lehrburschen von den Tischen mit den Rechenschiebern und Rechnungsbüchern auf. Pawest beachtet die Leute nicht. Er nimmt aus dem Schrank seinen scharlachroten Mantel und befestigt ihn mit Fibel und goldener Kordel um die Schultern, aber nicht weil er draußen frieren wird, nein, die letzten Tage waren warm. Aber er hat für den mit Seide durchwirkten Mantel ein Vermögen ausgegeben, und man soll Pawest ansehen, dass er Kleidung trägt, für deren Gegenwert die meisten Menschen ein Jahr oder noch länger ihre Nahrung bezahlen könnten.

Dann schlüpft er in die Lederstiefel, doch als er gehen will, spricht ihn in der Dornse ein Kaufmann an, der in seinen Diensten steht: «Wir brauchen Euren Rat, Herr, zu den Geschäften mit dem Pelzhändler Noyte aus Stralsund.»

«Noyte?» Pawest bleibt missmutig an der Tür stehen. «Was soll mit dem sein?»

«Ihr habt uns aufgetragen, dass wir Euch sofort Bescheid geben sollen, wenn er bereit ist, seine Lagerbestände an Euch zu verkaufen. Nun ist er bereit.»

«Ja, dann kauft ihm halt alles ab.»

«Er sagt, er wäre bankrott, wenn Ihr Euer Angebot nicht erhöht.»

«Ist er an mein Handelshaus gebunden? Ich meine, gibt es irgendwelche Verträge mit ihm?»

«Ja, Herr, er muss an uns verkaufen.»

«Gut, kauft ihm alles ab, und zahlt ihm nur die Hälfte dessen, was vereinbart war.»

«Dann ist er bankrott.»

«Gut. Und wir haben einen Konkurrenten weniger.»

«Sehr wohl, Herr, sehr wohl», sagt der Kaufmann und verbeugt sich.

Vor der Tür seines Hauses atmet Pawest die frische Luft ein, dann steigt er die Stufen hinunter. Auf der roten Klinkerfassade mit den schwarzen Zierglasstücken fängt sich das Morgenlicht. Pawest tritt auf die Langgasse, eine breite, gepflasterte Straße, die von den Danzigern als Marktplatz genutzt wird. Auf dem von mehrstöckigen, mit Glassteinen, Statuen und Stuck verzierten Häusern gesäumten Platz herrscht das übliche Gedränge und Geschiebe zwischen den Buden und Marktständen. Pawest schnappt Satzfetzen auf. Kunden beschweren sich wie immer über die viel zu hohen Preise, und die Händler verweisen auf die schwierige Wirtschaftslage. Pawest schert sich nicht um die Klagen der Leute. Wer nicht hungern will, muss das bezahlen, was dafür verlangt wird, so einfach ist das.

Er geht vorbei am Rathaus und dem Artushof, einem Versammlungsort für die Kaufleute, Ratsherren und Adligen, dann weiter durch das Tor. Dahinter kommt er an den Nebenfluss der Weichsel, die Mottlau, deren Ufer mit hölzernen Spundwänden befestigt sind.

Von überallher strömen an diesem Morgen die Menschen auf den Kai zwischen der Langgasse und dem großen Krantor. Pawest fährt die Ellenbogen aus, setzt seine Körperfülle ein und schiebt sich durch die Menge Richtung Krantor, dem aus zwei wuchtigen Steintürmen und dem gewaltigen Kran bestehenden Stadttor. Für das bevorstehende Ereignis hat man hier einen Bereich mit Zäunen abgesperrt. Vor der Absperrung drängt sich das Volk – Handwerker, Lehrlinge, Tagelöhner, Knechte, Dirnen, Latrinenarbeiter –, und jenseits der Zäune hat man beim Krantor für die geladenen Herrschaften eine Tribüne aufgezimmert.

Pawest bleibt vor den Zäunen stehen und schaut zum Kai. Gleich gegenüber der Tribüne liegt es: das *Große Kraweel*. Bei dem Anblick überläuft Pawest ein wohliger Schauder. Es ist *sein* *Großes Kraweel*. Wie eine uneinnehmbare Festung ragt das Schiff am Kai empor. Es hat drei gewaltige Masten und zwei mit massiven Hütten ausgestattete Kastelle. Der mit dunkelbrauner Farbe gestrichene Rumpf wurde außen zusätzlich mit dicken, grau gestrichenen Planken verstärkt, den Berghölzern.

Pawest winkt einem der Stadtknechte, die hinter der Absperrung Wache halten. Als der Mann ihn erkennt, rückt er schnell zwei Zäune beiseite, um einen Durchlass zu schaffen. Pawest ringt sich ein Lächeln ab, schließlich ist er heute nicht nur der Ehrengast, sondern der wichtigste Mann der ganzen Stadt, vielleicht der wichtigste Mann in Nordeuropa. Er streicht sich durch das goldblonde Haar und reckt das Kinn, dann schreitet er zum Krantor. Die Tribüne ist bereits voll besetzt: Bürgermeister, Ratsherren, herzogliche Beamte, Kaufleute, jeder, der in Danzig Rang und Namen hat, ist hier. Die Herrschaften machen Pawest Platz. Man nickt ihm zu, grüßt ihn freudig. Er grüßt den einen oder anderen zurück. Einige Herren ignoriert er bewusst. Die Welt ist voller Schmarotzer, Klugschwätzer und Neider.

Das Stimmengemurmel verebbt, als der Ratsherr Conrad Hecht zu dem Pult geht, das man auf dem Kai zwischen Tribüne und Schiff aufgestellt hat. Hecht blickt zu Pawest und hebt zu einer Rede an, bei der er weit ausholt. Darüber, wie Danzig vor mehr als zwanzig Jahren zusammen mit Polen und dem Preußischen Bund gegen den Deutschen Orden Krieg geführt hat. Es sei ein schlimmer Verwüstungskrieg gewesen, in dem Danzig die Hauptlast getragen und das meiste Geld aufgebracht habe, mit dem die mehr als zehntausend Söldner, die in Diensten des Preußischen Bundes standen, bezahlt worden seien. Hecht erzählt weiter, wie Danzig den Kaperkrieg gegen Lübeck und andere wendische Städte geführt hat, als diese weiterhin mit dem Deutschen Orden Handel treiben wollten.

Der Ratsherr breitet die Arme aus wie ein Priester und ruft: «Unserer stolzen Stadt ist es zu verdanken, dass wir mit unseren polnischen Verbündeten den Sieg über den Deutschen Orden errungen haben. Erst im Jahre 1466 endete dieser Krieg, von dem wir uns schneller erholten als andere. Deswegen ist es uns gelungen, die Vormachtstellung beim Handel sowohl an Land als auch zur See zu erringen. Seither laufen jedes Jahr viele Schiffe aus aller Welt die Weichselmünde und unsere schöne Stadt an. Dennoch dürfen wir uns auf unseren Erfolgen nicht ausruhen.» Hecht hebt einen Zeigefinger mahnend in die Höhe. «Wir müssen wachsam bleiben, denn unsere Feinde schlafen nicht. Gestern waren unsere Feinde der Deutsche Orden oder Lübeck oder Wismar, heute heißt unser Feind: England! Ja, es sind beunruhigende Nachrichten, die uns von den Küsten der Nordsee erreichen. In Flandern und der Grafschaft Holland hat der Herzog von Burgund, Karel de Stoute, angeordnet, dass in seinen Häfen niemand mehr Söldnerdienste auf hansischen Schiffen annehmen, die Schiffe proviantieren oder deren Prisengut aufkaufen darf. Und das bedeutet nichts anderes, als dass er einen Bann über alle hansischen Schiffe verhängt hat.»

Ein Raunen geht durch die Reihen auf der Tribüne. Hinter

der Absperrung werden aus der Menge wütende Rufe laut. Pawest wusste von dem Hafenbann bereits aus der letzten Versammlung der Ratsherren im Artushof. Die meisten Menschen hören davon jedoch zum ersten Mal.

«Aber wir haben uns gegen den Bann zur Wehr gesetzt», fährt Hecht fort. «Zusammen mit Lübeck, Hamburg und anderen hansischen Städten haben wir dem burgundischen Herzog mit schweren Konsequenzen gedroht, wenn er die Sperrungen nicht wieder aufhebt. Und wir waren erfolgreich. Vor wenigen Tagen hat uns die Nachricht erreicht, dass der Herzog den Bann aufgehoben hat und unsere Schiffe die flandrischen Häfen wieder anlaufen dürfen.»

Hecht dreht sich zum *Großen Kraweel* um und ruft: «Deshalb werden wir dieses Orlogschiff in die Nordsee schicken ...»

Überall im Hafen gibt es lauten Beifall. Fäuste werden gereckt.

«Und dieses Schiff wird unsere mächtigste Waffe im Kampf gegen England. Es wird die Wende im Krieg herbeiführen. Jeder Mann, jede Frau, jedes Kind in Danzig kennt das Wrack, das jahrelang dort drüben, am anderen Ufer der Mottlau, zerfiel. Doch unter der Anleitung des Schiffbaumeisters Hans Pale ...»

Hecht winkt einem älteren Mann mit schütterem Haar, der sich zögernd auf der Tribüne erhebt. Dann schleicht er, begleitet von lautem Applaus, mit schüchtern zu Boden gesenktem Blick zum Pult.

Hecht ruft: «Dieser Mann, Hans Pale, hat das alte Wrack zu neuem Leben erweckt. Vor vielen Jahren kam das Schiff mit dem Namen *Peter van Rosseel* an unsere Küste, wo der Herrgott mit einem Blitz den Großmast zerschmetterte. Es dauerte lange, bis wir *Sein* Zeichen erkannten. Denn es war der Herr, der uns durch das Unwetter das Schiff zuführte. Ja, dieses stolze Schiff ist ein Geschenk Gottes, und als solches wird es unter der Flagge

Danzigs die Meere beherrschen. Und jetzt taufen wir es auf seinen neuen Namen – *Peter von Danzig*!»

Im Hafen brandet Jubel auf. Immer wieder rufen die Menschen den Namen des Schiffs.

Hecht reckt die Fäuste. Er gefällt sich sichtlich in seiner Rolle. «Der *Peter von Danzig* wird in wenigen Tagen in See stechen und unsere Kaperflotte verstärken, die im Krieg gegen England großartige Erfolge errungen hat – unter dem Kommando des Admirals, dessen Namen in Danzig ebenfalls jeder kennt: unser Seeheld, der harte Seevogel Paul Beneke!»

Ein düsterer Schatten legt sich über Pawests bulliges Gesicht, das vor Zorn rot anläuft. Er muss mit anhören, wie die Menschen jetzt den Namen des Mannes skandieren, der das Unglück über seine eigene Familie gebracht hat. Pawest musste ja damit rechnen, dass man den Bastard erwähnt. Aber es ist eine Unverfrorenheit, eine Provokation, dass Hecht Beneke feiert, bevor Pawests Name überhaupt erwähnt wurde.

Er versinkt in tiefem Groll, während Hecht ein Loblied auf Beneke anstimmt, der mehrere Schiffe gekapert und sogar den Lord Mayor of London überlistet habe. Zuletzt sei es ihm gelungen, eine gewaltige englische Kriegsflotte zu zerstören. Dies sei wohl auch ein Grund gewesen, dass der burgundische Herzog eingelenkt und den Hafenbann gegen die Hanse aufgehoben habe, mutmaßt Hecht.

Pawests Kiefer mahlen, als kaute er auf hartem Leder. Es schmerzt ihn, wie die Menschen Beneke feiern, und er muss daran denken, wie diese teuflische Ratte ihnen Margreta genommen hat. Und dann denkt er an die Nacht, die er niemals vergessen wird, diese mondhelle, grauenvolle Nacht, in der er Margreta im Hafen gefunden hat, gleich hier, nur wenige Schritte von der Stelle entfernt, wo er jetzt auf der Tribüne sitzt. Sie lag auf dem harten, mit Steinen gepflasterten Boden, und das Blut floss aus ihr heraus …

In dem Moment bemerkt Pawest, dass alle Männer um ihn herum ihn anstarren. Wie aus weiter Ferne dringt Hechts schnarrende Stimme an seine Ohren: «Bernt Pawest? Mögt Ihr denn nicht zu mir nach vorne kommen?»

Pawest hört einige Männer in seiner Nähe tuscheln, und dann steht er so überhastet auf, dass er beinahe von der Tribüne gefallen wäre. Er fängt sich rasch wieder und geht mit gestrafften Schultern und gewölbter Brust zum Rednerpult, wo Hecht ihn mit den Worten empfängt: «Da ist er ja! Für alle, die ihn noch nicht kennen sollten, dies ist Bernt Pawest, der angesehene Kaufmann und Ratsherr. Er wird unseren *Peter von Danzig* in die Nordsee bringen.»

Pawest stellt sich bei dem Pult auf. Hans Pale verschwindet fast hinter Pawests breitem Rücken, dann zwingt sich der Kaufmann zu einem Lächeln, obwohl er Hecht lieber erwürgt hätte. Doch er verzieht den Mund zu einer missmutigen Fratze, als er feststellt, dass der Applaus, der ihm gilt, nicht halb so laut ausfällt wie eben noch bei Beneke.

Hecht erwähnt in seiner Rede kurz Pawests geschäftliche Erfolge, lässt auch dessen Spenden an Armenhäuser, Klöster und Kirchen anklingen, und schon ist die Rede zu Ende. Auf der Tribüne stehen alle Männer auf und folgen Hecht, Pale und Pawest zu der Rampe, die aufs Schiff hinaufführt.

Als Schiffer gebührt Pawest immerhin die Ehre, den nun getauften *Peter von Danzig* als Erster zu betreten. Unter seinem Gewicht biegt sich die Rampe durch. Die Bretter knirschen unter seinen Füßen. Kurz bevor er das Schanzkleid erreicht, muss er plötzlich stehen bleiben. Eine Böe, die den Geruch des nach Fäulnis stinkenden Wassers der Mottlau mit sich trägt, umweht ihn und bauscht seinen purpurfarbenen Mantel. Er spürt einen unangenehmen Druck auf seiner Brust, als würde sich etwas Schweres und Dunkles über ihn legen. Er späht über das Schanzkleid hinweg auf das Großdeck. Wie die Kastelle sind auch die Decksplanken mit dunkelroter Farbe gestrichen worden. Man hatte ihm erzählt, auf der roten Farbe falle das viele Blut, das in den Seeschlachten vergossen werden wird, nicht so auf. Mit einem Mal tauchen schreckliche Bilder vor Pawests Augen auf, und ihm ist, als könnte er die zerhackten Leiber, die sich auf dem Großdeck zu Haufen türmen, sehen und die Schreie der Verstümmelten hören. Seine Füße sind wie gelähmt. Ihn überkommt das irritierende Gefühl, das Schiff selbst wolle ihn daran hindern, an Bord zu kommen, und ihn mit aller Macht fortdrängen …

«Würdet Ihr bitte weitergehen, Pawest», sagt Hecht hinter ihm. «Sonst bricht unter unserem Gewicht die Rampe noch entzwei.»

Pawest dreht sich um. Hecht grinst dümmlich zu ihm herauf, und überall im Hafen starren die Menschen in Pawests Richtung. Schnell wendet er den Blick wieder ab und geht an Bord des *Peter von Danzig*.

3.

Auf See – August bis September 1471

Wenige Tage nach der Taufe legt der *Peter von Danzig* ab. Die Menschen strömen wieder in Scharen in den Hafen, um mit eigenen Augen zu sehen, wie sich das mächtige Schiff in Bewegung setzt. Es wird von Espings in Schlepp genommen, weil es zu schwerfällig ist, um in dem engen Hafenbecken zu manövrieren. Dann wird es über Mottlau und Weichsel flussabwärts zur Mündung in die Ostsee gebracht. Die Flussufer sind gesäumt von Schaulustigen, und die Menschen kommen aus dem Staunen nicht heraus. Das Schiff ist mit vielen Bombarden – Schlangen verschiedener Größe und Drehbrassen – ausgerüstet, mit Pulver, Handwaffen, Proviant und Kaufmannsgütern beladen, und es ist bemannt mit einer kaum vorstellbaren Anzahl von mehr als dreihundert Rutern. Begleitet wird der *Peter von Danzig* von einem etwas kleineren Orlogschiff, dem Danziger Holk *Gottesgabe*, das immerhin mit hundertfünfzig Rutern bemannt ist und kommandiert wird von dem erfahrenen Schiffer Michel Ertmann. Als die beiden Schiffe die Weichselmünde verlassen, werden sie von Hunderten winkenden Menschen mit lauten Rufen verabschiedet.

Pawest nimmt seinen Platz an der Reling des Achterkastells über dem Großdeck ein. Der Wind streicht über sein von Sonne und Anspannung gerötetes Gesicht. Noch immer hallt in ihm das bedrückende Gefühl nach, das ihn überkam, als er zum ersten Mal das Schiff betreten hat. Er blickt hinab auf das blutrote Großdeck, auf dem die vielen Ruter herumlungern, die in Pawests Augen nichts anderes sind als fürs Töten bezahlter Abschaum. Er schaut den Seeleuten zu, wie sie die Segel in den Wind ziehen und dabei mit Seilen hantieren, deren Namen wie Großbrasse oder Geitau sich Pawest nie wird merken können. Und das will er auch gar nicht.

Als man damals einen Ratsherrn gesucht hat, der das Kommando über das Schiff, das der Stadt gehört, übernehmen würde, hat er nicht gezögert, sich dafür zu melden. Nicht, weil er gerne zur See fahren wollte, denn das tut er beileibe nicht, sondern er wollte den Ruhm, den ihm ein solches Kommando einbringen würde. Und vor allem erkannte er die einmalige Gelegenheit, in die Nähe Paul Benekes zu gelangen. Was geschehen wird, wenn er der Ratte erst gegenübersteht, ist völlig ungewiss. Dafür hat Pawest noch keinen Plan. Er hat nur ein Ziel, und das muss er erreichen, um jeden Preis. Und mit Gottes Hilfe wird Pawest seine Rache bekommen. Er wird Beneke vernichten. Das ist Pawest Anna und sich selbst schuldig.

«Erlaubt mir ein Wort, Herr», sagt jemand, und Arnd Jagehorn tritt zu ihm an die Reling.

«Mhm», knurrt Pawest, der keine Lust auf ein Gespräch hat, schon gar nicht mit Jagehorn, diesem Nörgler und Schwarzmaler.

«Die Geräusche, die das Steuerruder in den Wellen macht, gefallen mir nicht», sagt Jagehorn. Man sagt von ihm, er sei ein erfahrener Schiffer und habe die Meere bis nach Spanien und Portugal bereist. Er hat ein Gesicht wie ein Frosch, und im dunklen Bart sind um den breiten Mund herum graue Haare zu sehen. Er ist dünn und groß gewachsen, aber dennoch einen halben Kopf kleiner als der bullige Pawest.

Die Ratsherren haben darauf bestanden, dass Jagehorn ihn

als Hauptbootsmann bei der Fahrt unterstützt, denn Pawest ist jahrelang nicht mehr zur See gefahren. Er musste zähneknirschend zustimmen, hat aber darauf bestanden, dass er in allen seemännischen, nautischen und vor allem kriegerischen Belangen das letzte Wort behält. Der Rat sicherte ihm dies schließlich zu. Dennoch kann Pawest den Klugscheißer Jagehorn schon jetzt nicht mehr ausstehen.

«Was soll mit dem Ruder sein?», fragt Pawest ungehalten. «Das ist ein neues Ruder.»

«Ja, aber es wurde auf der Mottlau getestet, und daher weiß niemand, wie es sich auf dem offenen Meer verhält, vor allem nicht, wenn wir in einen Sturm geraten. All das habe ich dem Rat bereits mehrmals mitgeteilt, aber man wollte einfach nicht auf mich hören.»

«Wahrscheinlich aus gutem Grund. Oder wollt Ihr andeuten, dass Ihr dem Schiffbaumeister Hans Pale nicht vertraut?»

«Doch, das tue ich. Aber wenn's darauf ankommt, vertraue ich nur einem Mann: mir selbst. Und ich habe kein gutes Gefühl bei diesem Ruder.»

Natürlich hat auch Pawest von Jagehorns hervorragendem Ruf gehört. Der Mann soll ein fast unheimliches Gespür für Schiff, Meer und Wetter haben. Er könne Regen riechen, bevor eine dunkle Wolke am Himmel zu sehen sei, und den Wind lesen wie ein Priester die Heilige Schrift. Pawest hält das für übertrieben. Es sind nur Geschichten, wie die Seefahrt viele kennt. In seinen Augen ist Jagehorn ein Querulant und Bedenkenträger, den die Sorge um Takelage und Rumpf ständig umtreibt. In den letzten Wochen hat er dem Rat und den Schiffbauern mit seinen Vorwürfen in den Ohren gelegen, die Reparaturen an dem Wrack seien zu schnell abgeschlossen worden. Man brauche mehr Zeit, müsse den Rumpf erneut kalfatern und das

Ruder verstärken. Außerdem sei das Schiff mit den vielen Bombarden zu schwer beladen, denn das könne sich ungünstig auf die Fahreigenschaften auswirken. Zum Glück hat der Rat das Gerede abgetan, denn man konnte sich keine Verzögerung erlauben: Das Schiff musste so schnell wie möglich in die Nordsee.

An diesem Tag segeln der *Peter von Danzig* und die *Gottesgabe* endlich durch die Danziger Bucht nach Norden, bevor sie an einer Inselkette nach Westen abschwenken, als Jagehorn Pawest schon wieder anspricht: «Da war es wieder, dieses merkwürdige Geräusch des Ruders beim Richtungswechsel. Habt Ihr das nicht gehört?»

«Natürlich, das Knarren ist ja nicht zu überhören, aber das hat nichts zu bedeuten», wimmelt ihn Pawest ab.

Jagehorn blickt ihn herausfordernd an, als wollte er noch etwas sagen. Dann wendet er sich ab und schaut zu den kleinen Inseln mit den hellen Sanddünen, die an Backbord vorüberziehen, und Pawest hört deutlich, wie der unverschämte Hauptbootsmann sagt: «Es war auch nicht zu erwarten, dass Ihr etwas anderes hört, als Ihr hören wollt.»

Jagehorns Sorgen scheinen unbegründet zu sein. Die beiden Schiffe kommen schnell voran. Sie segeln ohne Zwischenfälle an der Insel Bornholm vorbei, fahren durch den dänischen Sund und erreichen an der Nordspitze Jütlands die Nordsee. Dann geht die Fahrt an der jütländischen Küste entlang nach Süden. Sie passieren die Elbmündung und die friesischen Inseln. Mittlerweile ist der Monat September angebrochen, als einer der Lotsen verkündet, sie müssten sich nun bald auf Höhe von Zeeland befinden. Ihr Ziel, der Hafen von Sluis, könne also nicht mehr weit entfernt sein.

Während Pawest dem Ort näher kommt, an dem er Beneke

vermutet, wächst seine Unruhe. Er wird dünnhäutig und seine Laune noch schlechter. Er schnauzt die Ruter an, wenn sie ihm auf dem Großdeck im Wege stehen. Er scheucht die Seeleute fort, wenn sie in der Hütte auf dem Achterkastell herumlungern und er dort seinen Frieden haben will. Und als Jagehorn ihm wieder einmal mit dem knarrenden Ruder auf die Nerven geht, knurrt Pawest, der Hauptbootsmann solle ihn mit dem Unsinn nicht mehr belästigen. Auch von den Klagen des Steuermanns Hans Hoen, das Ruder lasse sich seit geraumer Zeit immer schwerer bedienen, will Pawest kein Wort hören.

Und dann geschieht es. An einem sonnigen Tag mit ruhigem Wetter, ohne viel Wind und Wellen, bricht das Ruder.

Der *Peter von Danzig* schlingert durchs Fahrwasser vor der Küste, vorbei an gefährlichen Sandbänken. Man signalisiert der *Gottesgabe*, dass man Hilfe braucht, und der Holk nimmt das schwere Kraweel ins Schlepptau.

«Wir müssen den nächsten möglichen Hafen anlaufen, um das Ruder reparieren zu lassen», sagt der Steuermann.

«Das werden wir nur machen, wenn der nächste Hafen Sluis heißt», entgegnet Pawest.

Der Steuermann wirft einen ratlosen Blick auf Jagehorn, der sagt: «Wir sind immer noch auf der Höhe von Zeeland.»

Pawest verbeißt sich einen wütenden Kommentar, lässt einen Lotsen kommen und will von ihm wissen, wie weit es noch bis zur Mündung des Zwyn ist.

«Nur noch wenige Seemeilen, Herr.» Der Lotse zeigt zu der von Wasserwegen durchzogenen Küste, die von breiten Sandstränden und hohen Sanddünen gesäumt ist. «Das müsste die Insel Schouwen sein», erklärt er, «dann kommt Walcheren, dann die Mündung der Schelde und dann erst die Mündung des Zwyn ...»

In dem Moment ist ein lautes Knirschen zu hören. Ein Ruck geht durch den Rumpf, als der Kiel über den Meeresgrund schleift, dann aber zum Glück gleich wieder freikommt.

«Wir sollten wirklich den nächsten Hafen anlaufen, Herr», sagt der Lotse. Jagehorn und der Steuermann pflichten ihm bei, und Pawest, der innerlich vor Wut kocht, fragt mit gepresster Stimme: «Und wie heißt der nächste Hafen?»

«Das müsste der Ort Veere auf der Insel Walcheren sein», sagt der Lotse.

Pawest blickt grimmig zur Küste, und als er nickt, atmen die anderen hörbar auf. «Wir fahren nach Veere», knurrt er. «Das kann ja nicht so lange dauern, bis man so ein verdammtes Ruder repariert hat.»

4.
Brügge – Dezember 1471

In paradisum deducant te angeli …

Der mit roter Farbe getränkte Pinsel zittert, als Memling ihn an das Heilige Jerusalem führt. Die Darstellung, die dereinst den linken Flügel des Triptychons bilden wird, ist noch nicht fertig, aber schon deutlich herausgearbeitet. Plötzlich hält Memling inne. Was hört er da für einen Gesang? Die Worte sind ihm bekannt: *Ins Paradies mögen dich Engel geleiten …* Das ist aus der Sterbeliturgie, denkt er. Es wird am Übergang vom Leben zum Tod gesungen.

Dann hört er die Stimmen wieder: *In tuo adventu suscipiant te marytres … Bei deiner Ankunft die Märtyrer dich empfangen …*

Memling hat sich den Gesang nicht eingebildet. Er blickt zu der Treppe, die von seinem Atelier in den oberen Wohnbereich des Hauses führt. Nein, da ist niemand. Seine Gemahlin kann es nicht gewesen sein. Warum sollte sie auch so etwas singen? Außerdem ist sie nicht daheim. Sie ist mit den Kindern zum Markt gegangen, um Essen für das Weihnachtsfest einzukaufen.

Et perducant te in civitatem sanctam Ierusalem … Und dich führen in die heilige Stadt Jerusalem …

Memling betrachtet verwirrt das Gemälde mit dem Himmlischen Jerusalem, der neuen Stadt, errichtet aus glasartigem Gold, die in gleißendem Licht erstrahlt. Da drängt sich ihm ein beunruhigender Gedanke auf: Ist er verrückt geworden? Jetzt hört er offenbar schon die Stimmen Gottes und seiner Engel, und sie singen ihm das Sterbelied. Er hätte den Auftrag der Medici für das Altarbild nicht annehmen dürfen. Er sollte es schnell in die Kammer zurückbringen, die Tür abschließen und sie nie wieder öffnen.

Chorus angelorum te suscipiat ... Der Chor der Engel möge dich empfangen ...

Etwas Weiches streicht an Memlings Wade entlang. Beinahe hätte er vor Schreck geschrien. Von der Pinselspitze löst sich Farbe, tropft auf das Gemälde und landet an der Stelle, wo Petrus am Fuß der kristallenen Treppe, die hinaufführt zum Himmelsportal, einen Erlösten empfängt. Memling hat dem Erlösten noch kein Gesicht gemalt, und nun ist da, wo es sein sollte, ein roter Klecks. Memling blickt auf den Boden vor dem Gemälde. Dort sitzt die schwarze Katze und starrt ihn mit dem einen gelben Auge an.

In dem Moment spürt er einen kalten Luftstrom. Jemand räuspert sich. Memling dreht sich um. In der geöffneten Eingangstür steht der Florentiner Portinari, und hinter ihm ist auf der von Schneeflocken durchwirbelten Sint-Jorisstraat eine Gruppe Menschen zu sehen, die einen Sarg tragen und das Sterbelied singen. Memling ist erleichtert. Er hat nicht Gott singen gehört, sondern die Menschen da draußen, deren Stimmen durch die mit Tierhäuten zugehängten Fensteröffnungen ins Atelier gedrungen sind. Jetzt kann er deutlich ihre Worte hören: *Et cum Lazaro, quondam paupere, aeternam habeas requiem ... Und mit Lazarus, dem einst armen, mögest du ewige Ruhe finden ...*

Der Florentiner schließt die Tür hinter sich und tritt ein paar Mal fest auf dem Boden auf. Von seinen Stiefeln fällt schmutziger Schnee ab, der in der vom Kaminfeuer erwärmten Luft sogleich zu tauen beginnt. Um die Stiefel herum sammelt sich das Wasser in kleinen, dreckigen Pfützen.

«Meister Memling, das freut mich», ruft Portinari, aber seine Stimme klingt nicht erfreut, sondern angespannt. «Wie ich sehe, habt Ihr beschlossen, den Auftrag doch noch zu erfüllen.»

Er löst die Fibel seines mit dunklem Pelz besetzten Mantels, kommt näher und stellt sich zu Memling vor die Tafel. Die anderen beiden Tafeln des Altarbildes lehnen an der Wand. Memling befürchtet, Portinari wird schnell feststellen, dass er an dem Triptychon kaum weitergearbeitet hat. Doch Portinari äußert überraschend: «Man muss ja leider sagen, dass es ein großes Glück ist, dass Ihr so faul seid, Meister Memling. Oder ist es göttliche Vorsehung?»

Ich bin nicht faul, denkt Memling erbost, schweigt aber. Es hat keinen Zweck, mit dem hochnäsigen Florentiner zu streiten. «Warum ist das ein Glück?», fragt er stattdessen.

«Weil ...», sagt Portinari und tritt nach der schwarzen Katze, die fauchend hinter einem Weidenkorb verschwindet, «weil hansische Seeräuber vor einiger Zeit im Kanal zwei Handelsschiffe gekapert haben, die auf dem Weg von Oostende nach London waren. Auf einem der Schiffe sind auch meine Waren gewesen – mehr als ein Dutzend mit Alaun gefüllte Fässer. Dabei hatte ich das Alaun eigens nach Oostende bringen lassen, um dieser Seeräuberbande zu entgehen. Denn die Mistkerle lungern ja jetzt wieder in Sluis herum, nachdem der Herzog die Sperrung der Häfen für die Hanse aufgehoben hat. Der Krieg gegen die Franzosen kommt nicht recht voran, deswegen braucht der Herzog das Geld der Hansen für seine Feldzüge, dieser verlogene ... ach, lassen wir das. Und stellt Euch nur einmal vor, Meister Memling, das Altarbild wäre schon fertig gewesen, und ich hätte es ebenfalls auf das Schiff verladen lassen, das dann von den Seeräubern gekapert wurde.»

«Ja», murmelt Memling, und weil er nicht weiß, was er dazu sagen soll, meint er nur: «Das wäre gar nicht gut gewesen.»

«Nicht gut?», ereifert sich Portinari. «Dieser Kaperkrieg ist eine Katastrophe für einen rechtschaffenen Kaufmann, wie ich es bin, und natürlich auch fürs Bankhaus der Medici. Wo soll das alles noch hinführen?»

«Das weiß ich nicht.»

«Nein, natürlich nicht. Woher sollt Ihr das auch wissen? Ich beneide Euch, Meister Memling. Da steht Ihr hier gemütlich in Eurer lauwarmen Stube, pinselt so vor Euch hin, wie Gott es Euch eingibt, mal hier, mal da ein kühner Pinselstrich, und ich muss mich mit diesem Teufel Beneke herumplagen. Denkt nur, was er mit meinem ... also, mit dem Alaun der Medici gemacht hat. Er hat es in Hamburg meistbietend verkauft. Mein Alaun! Oh, wie ich ihn hasse, diesen Paul Beneke!»

Portinari zeigt auf eine der beiden Tafeln an der Wand, auf der die Verdammten ins Fegefeuer geworfen werden. «In der Hölle soll Beneke schmoren», sagt Portinari. «Sie sollen ihn in die Flammen werfen, diese Dämonen, die Ihr da so lebensecht gemalt habt.»

Und die mir in meinen Träumen erscheinen, denkt Memling. Aber er nickt nur und hofft, dass Portinari bald wieder verschwindet. Nicht nur aus dem Atelier, sondern für immer aus seinem Leben. Allein dies sollte ein Grund für Memling sein, das Triptychon zu vollenden. Wenn er sich nur endlich dazu überwinden könnte.

«Und es wird alles noch viel schlimmer werden», fährt Portinari fort. «Habt Ihr von dem großen Schiff aus Danzig gehört?»

«Es soll schon seit dem Herbst auf der Insel Walcheren in Veere festliegen, oder?»

Portinari nickt. «Denen ist das Ruder gebrochen, nur wenige Seemeilen vor Sluis, wo sie offenbar hinwollten. Ich habe das Schiff noch nicht mit eigenen Augen gesehen. Aber was man sich in der Stadt darüber erzählt, lässt Böses befürchten. Es soll mehr Bombarden und blutrünstige Söldner an Bord haben und schneller sein als jedes andere Orlogschiff. Wie werden wir jemals Euer Altarbild nach Florenz verschiffen können, Meister Memling, solange dieser Krieg dauert und die Seeräuber mit einem solchen Schiff das Meer beherrschen? Ich meine, falls Ihr überhaupt irgendwann einmal damit fertig werdet. Deswegen bin ich ja eigentlich zu Euch gekommen ...»

Portinari nimmt die brennende Öllampe vom Tisch und geht zu den beiden Tafeln an der Wand. Vor dem größeren Gemälde, das die mittlere Tafel des Altarbildes sein wird, bleibt er stehen. Darauf hält Jesus, auf einem Regenbogen thronend, Gericht über die Menschen. Portinari kniet vor dem Gemälde nieder, als wollte er beten. Aber Memling weiß genau, was der Florentiner sucht: sich selbst. Er beleuchtet mit der Öllampe den unteren Bereich des Gemäldes, während er in dem für Memling unverständlichen Singsang seiner florentinischen Heimatsprache etwas vor sich hinmurmelt.

Memling tritt neben ihn. Portinari, der unter ihm kniet, schluckt angestrengt, und seine Augen schimmern feucht. Er betrachtet die Darstellung des Mannes, der in einer der beiden Waagschalen sitzt, und die Schale neigt sich unter seinem Gewicht einer reinen Seele. Dem Mann hat Memling Portinaris Gesichtszüge verliehen.

Der Bankier seufzt vor Rührung, dann zitiert er in Memlings Sprache aus der Offenbarung des heiligen Johannes: «Und dein Zorn ist gekommen, und die Zeit der Toten, dass sie gerichtet werden und dass du den Lohn gibst deinen Knechten, den Propheten, und den Heiligen und denen, die deinen Namen fürchten.»

Portinari erhebt sich mit knackenden Kniegelenken und blinzelt eine Träne weg. «Ach, mein lieber Meister Memling, Ihr habt mich so gut getroffen, ja, das habt Ihr wirklich. Nur mein Gemächt hätte ruhig noch ein bisschen größer sein dürfen. Ich meine, ich bin ja nicht irgendwer, sondern ein Florentiner.»

5.
Sluis – Dezember 1471

Als Mychel Hoike im Hafen von Sluis auf eine alte Fischkiste steigt, wandert über ihm am Himmelsgewölbe wieder der Stern mit dem hellen Schweif, der wie der aufgefächerte Schwanz eines Vogels aussieht. Der Rottmeister hebt die Fäuste und ruft zu dem Stern hinauf in die bitterkalte Nachtluft: «Ein Engel blies die Posaune. Da fiel 'n großer Stern vom Himmel, und er loderte wie 'ne Fackel ... und wie 'n brennender Berg fiel er ins Meer!»

Landers steht bei Huge und Possick inmitten der Ruter und Seemänner, die sich auf dem Kai von Sluis vor Hoikes Fischkiste drängen, und sie lauschen der Predigt, der man anhört, dass der alte Graubart schon ein paar Becher Bier getrunken hat. «Das Meer wurde zu Blut», ruft Hoike, «und die Geschöpfe, die darin lebten, kamen ums Leben, und die Schiffe wurden vernichtet ... ! Ja, ihr Mistkerle, so steht's geschrieben in der Offenbarung des Johannes ...»

Vor Hoikes Mund schweben helle Atemwölkchen in der Nachtluft, die so kalt ist, dass die Feuer, die auf dem Kai in Eisenkörben lodern, nicht dagegen ankommen. Die Stadtoberen von Sluis haben den Kaperfahrern das Herumlungern im Hafen eigentlich verboten, denn man befürchtet, die betrunkene Bande könnte die Lagerhäuser aufbrechen und alles stehlen, was nicht niet- und nagelfest ist. Und das kommt durchaus vor. Aber für die heutige Nacht, in der einst der Heiland geboren wurde, machen die Herrschaften eine Ausnahme. Es gibt Gerüchte, Beneke habe irgendeinen Handel mit den Oberen abgeschlossen, und vermutlich ist es so. Allerdings sind an den Gassen, die auf das Hafengelände führen, mehrere Stadtknechte postiert, die eingreifen sollen, wenn das trunkene Treiben aus dem Ruder läuft. Angesichts einer so großen feiernden und rauflustigen Meute, immerhin mehrere Hundert Männer, wäre dies für die Stadtknechte jedoch ein hoffnungsloses Unterfangen.

Hoike gerät auf der Fischkiste ins Wanken, als er mit einer dramatischen Geste auf den Stern zeigt. Dieser Komet oder auch die Zornesfackel Gottes, wie der wandernde Stern genannt wird, taucht seit Tagen am wolkenlosen Nachthimmel auf. Manch einer hält die Erscheinung gar für den Stern von Bethlehem. «Und 'n anderer Engel blies die Posaune», ruft der Alte in die Menge. «Da sah ich 'nen Stern vom Himmel auf die Erde fallen, und der Engel bekam den Schlüssel zu dem Schacht, der in den Abgrund führte ...»

Landers muss beim Blick aufs Himmelsgewölbe ein Auge zusammenkneifen, denn vorhin hat er schon zwei wandernde Sterne gesehen. Seither hat er noch mehr von dem Bier getrunken, von dem Beneke den Mannschaften der Danziger Kaperschiffe an diesem heiligen Abend etliche Fässer spendiert hat. Dazu gibt es gebratene Schweine, geräucherten Kabeljau, gegrillte Hühner und gutes Brot.

«Geht die Welt jetzt wirklich unter?», fragt Huge.

«Kann sein», erwidert Possick.

«Komm' ich dann in den Himmel?»

«Woher soll ich das wissen, du Esel?», sagt Possick ungehalten. Aber ihm ist anzuhören, dass auch er beeindruckt ist von dem seltsamen Stern. «Da musste Hoike fragen, der war mal 'n Priester und kennt sich mit so was aus.»

Hoike breitet jetzt auf der Fischkiste die Arme aus. «Und der Tempel Gottes im Himmel wurde geöffnet, und darin war die Lade seines Bundes, und dann begann's zu blitzen und zu dröhnen und zu donnern, und die Erde bebte, und es gab schweren Hagel ...»

In dem Moment glaubt Landers, dass unter *seinen* Füßen der Boden erbebt, denn ihm ist, als könnte er die Nähe des Mannes spüren, der ihn beinahe zu Tode geprügelt hat. Landers' Finger krümmen sich in den Handschuhen zu Fäusten. Er dreht sich langsam um und blickt in eine Wand aus Gesichtern; es sind die blassen, bärtigen, hohlwangigen, mit Ruß verschmierten Gesichter der Ruter und Seemänner, erleuchtet vom zuckenden Feuerschein. Die Männer starren ins Himmelsgewölbe, hoch zu dem Stern. Niemand beachtet Landers. Doch sein Gefühl hat ihn nicht getäuscht. Einige Reihen hinter ihm ragt der große Kopf mit den auseinanderstehenden Augen aus der Menge, wie alle anderen den Blick starr nach oben gerichtet.

Landers' Herzschlag beschleunigt sich. Nachdem Bokelmann ihn fast umgebracht hatte, hat der Hüne kein Wort mehr darüber verloren. Als wäre überhaupt nichts geschehen. Als wäre es so normal, jemandem die Knochen zu brechen, wie morgens den Hintern übers Schanzkleid zu hängen. Seit dem Vorfall geht Landers ihm aus dem Weg, soweit dies auf einem Schiff möglich ist. Er hat lange mit sich gerungen, ob er überhaupt auf dem *Mariendraken* bleiben sollte. Aber was hätte er sonst tun sollen? Er wartete immer noch auf einen Brief aus Wismar und machte seine Entscheidung, ob er heimkehren sollte, schließlich von Reckemanns Antwort abhängig. Doch es kam keine. Die Wunden verheilten, zumindest äußerlich. Das Leben ging weiter, und niemand verlor mehr ein Wort über Bokelmanns Prügel. Auch Beneke hat nie wieder darüber gesprochen, genauso wenig über ihr Gespräch in der Nacht, als die englischen Schiffe explodierten. Landers war von den Schlägen zu benommen, um sich an alle Einzelheiten zu erinnern. Vor allem ist ihm im Gedächtnis geblieben, dass es Beneke selbst war, der den Namen Bernt Pawest ausgesprochen hat. Und dass Beneke sagte, Landers müsse etwas für ihn tun. Was dies sein könnte, ist bis heute ungeklärt geblieben.

Unterdessen kommt Hoike zum Ende seiner Predigt. «Drum lobet den Herrn. Preiset den Herrn, damit er uns verschont und sein Urteil beim Jüngsten Gericht gnädig sein möge ...» Als er laut «Amen» ruft, zerbricht unter seinen Füßen die Fischkiste. Hoike stürzt auf den Kai, und aus der Menge sind Angstschreie zu hören. Doch als der Alte sich wieder aufrappelt und der Stern noch immer über den Nachthimmel wandert, legt sich die Aufregung wieder. Offenbar sind sie alle noch einmal davongekommen, vor dem Jüngsten Gericht.

Später wärmen Hoike und seine Rotte die Hände und die mit Bier gefüllten Becher an einem Feuerkorb. Die Hose des Rottmeisters ist mit dem Möwenkot beschmiert, in den er gefallen ist, und er berichtet mit lallender Stimme von ein paar Weibern, die er während seiner Predigt in einer Gasse gesehen haben will.

«Deshalb biste von der Kiste gefallen, Alter», sagt Possick und lacht laut. Dann fingert er aus der Tasche an seinem Gürtel eine Münze, die er demonstrativ in die Höhe hält. «Ist meine letzte, die will gut angelegt sein. Wo sind die Weiber?»

«Hast du schon alles ausgegeben, was Beneke uns von der Prise mit dem Alaun ausgezahlt hat, die wir bei Oostende gekapert haben?», fragt Huge überrascht.

«Du bist doch selbst dabei gewesen, als wir das Geld in den Tavernen und Hurenhäusern von Hamburg durchgebracht haben, du Schafschiss.»

«Ja, aber ich hab noch 'n paar Münzen.»

«Gut zu wissen», sagt Possick, jetzt zugewandter. «Der Abend geht auf dich, mein Freund.»

Huge protestiert, doch Possick schiebt ihn zu der Gasse, wo die Huren laut Hoike warten. Als Landers ihnen folgt, hat er Mühe, sich aufrecht zu halten. Sein Kopf ist wie in dichten Nebel getaucht, in seinen Ohren summt der Alkohol.

«He, ihr da – ihr schönen Weiber», lallt Hoike.

An der Mündung der Gasse zum Hafengelände halten vier Frauen ihre Hände über einen Feuerkorb. Die Stadtknechte, die in der Nähe stehen, beobachten die Huren, die den Rutern die Hände hinhalten. «Münzen, wir wollen Münzen», sagt eine der Frauen auf Deutsch mit deutlichem Akzent und richtet den Oberkörper auf, um ihre gewaltigen Brüste zu betonen, die sich unter ihrem Umhang abzeichnen.

«Das ist meine», sagt Possick leidenschaftlich und drückt ihr die Münze in die Hand, bevor er mit ihr in der dunklen Nische zwischen zwei Lagerschuppen verschwindet. Hoike und Huge bezahlen zwei weitere Huren, und als auch sie abgezogen sind, steht Landers bei der noch verbliebenen Frau am Feuerkorb. Sie streckt ihm ihre Hand auffordernd entgegen. Sie ist jung und reicht Landers kaum bis an die Brust. Das helle Haar hängt in verfilzten Strähnen unter der Fellkappe in ihr blasses Gesicht.

«Gib mir 'ne Münze, Jongen», sagt sie und greift sich aufreizend in den Schritt.

Landers zögert. Geld hat er noch, er spart fast jede Münze für seine Heimkehr. Aber er muss an Juta denken, denn er hatte ihr Treue geschworen, bevor er nach London aufbrach. Was mittlerweile bald vier Jahre her ist.

Das Mädchen kommt auf ihn zu und schaut aus dunklen Augen zu ihm auf. Dann schmiegt sie sich an ihn, und er spürt durch die Kleider ihre festen Brüste. Ein warmes Kribbeln überläuft ihn. Er will sie fortschicken, aber sein Hals ist vor Aufregung wie zugeschnürt. Sie sieht ein bisschen so aus wie Juta, denkt er, als ihm bewusst wird, dass er gar nicht mehr weiß, wie Juta genau aussieht. Hat er etwa ihr Gesicht vergessen nach all den Jahren? Aber er denkt doch jeden Tag an sie. Oder liegt es an dem vielen Bier, das er getrunken hat? Nein, denkt er, wie Juta kann die Hure nicht aussehen. Juta ist viel schöner, sie ist doch die schönste Frau der Welt, oder?

«Eine Münze, bitte, Jongen», sagt das Mädchen drängend, fast verzweifelt.

Er betrachtet das kleine, schmale Wesen und ihr Mausgesicht mit der spitzen Nase, aus der der Rotz über die Oberlippe tropft. Sie lächelt ungeduldig, zieht die Lippen auseinander und zeigt ihre vorstehenden, gelb verfärbten Zähne. Ein Schneidezahn ist zur Hälfte abgebrochen.

«Du schaust mich an wie ein spook ... wie sagt man? ... wie ein Gespenst?» Ein Schatten huscht über ihr Gesicht. «Findest du, ich sehe aus wie ein Gespenst?»

Landers schüttelt den Kopf. «Es ist nur, weil ...», beginnt er umständlich. Sie nimmt seine Hand und legt sie auf ihren Umhang. Er spürt unter dem dicken Stoff ihre Brust. «Bitte», sagt sie flehend, «eine kleine Münze doch nur, ich habe Hunger ...»

Sie verstummt, als sich ein stämmiger Kerl hinter ihren Rücken schiebt und sie gierig anstarrt. «Willst du das Weib nicht?», fragt er. Sein Bart ist mit Essensresten verklebt.

«Doch, doch, ich nehm sie», sagt Landers schnell. Die Vorstellung, wie sich der grobe Kerl über das Mädchen hermacht, behagt ihm nicht. Er gibt ihr eine Münze, die sie schnell einsteckt, dann zieht sie ihn zu einem Lagerschuppen, dessen Tür halb geöffnet ist. Darin sind, wenn er es richtig gesehen hat, Hoike und Huge mit ihren Weibern verschwunden.

«Das hässliche Ding ist eh keine Münze wert», ruft ihnen der Ruter wütend hinterher, und Landers hört aus dem Schuppen stöhnende Geräusche und spitze Schreie. Er bleibt stehen und sagt: «Nein, nicht dadrin. Da sind die anderen.»

«Na und?», entgegnet die junge Frau, dann zieht sie ihn durch die feiernde und trinkende Menge bis ans Ende des Kais, der dort ans befestigte Ufer des Zwyn grenzt. Stapel mit Fischkisten, die jetzt im Winter kaum gebraucht werden, zeichnen sich im Mondschein vor dem Nachthimmel ab, auf dem die Zornesfackel noch immer ihre Bahn zieht. Die Frau steigt voran über einen Haufen alter Fischernetze, nimmt ihren Umhang ab und breitet ihn zwischen den Kisten auf einer freien Stelle am Boden aus. Sie legt sich rücklings auf den Mantel, zieht ihre Tunika über ihren Bauch hoch und spreizt die nackten Beine.

Landers gelingt es nicht, seine Gürtelschnalle zu öffnen. Sein Herz hämmert in seinem Brustkorb vor Trunkenheit und Aufregung. Die junge Frau fordert ihn auf, sich vor sie zu knien, und als er es getan hat, öffnet sie geschickt seinen Gürtel, obwohl ihre Finger vor Kälte zittern. Dann zieht sie ihm die Hose herunter und fragt: «Du machst es zum ersten Mal?»

«Ich ... nein, natürlich nicht zum ersten Mal», sagt er, schüttelt aber etwas zu heftig den Kopf. Er spürt, wie die Erregung ihn packt. Zwischen ihren nackten Schenkeln kniend, kommt ihm der keuchende Atem stoßweise aus dem Mund.

«Komm, komm», sagt sie, und als er sich über sie beugt, dreht sie das Gesicht auf die Seite, um ihn nicht ansehen zu müssen. Sein Kopf ist dicht über ihrem, und er riecht den kalten Schweiß, den ihr Körper verströmt und der sich mit dem Geruch von altem Fisch und Seegras aus den Fischkisten vermischt. Als er sieht, dass ihre Augen feucht vor Tränen sind, weicht die Erregung aus ihm. Er kann es nicht tun. Sonst wird er später, wenn er bei Juta liegt, immer an das traurige Mädchen denken müssen, das sich ihm für eine lausige Münze hat hingeben wollen.

Da hört er plötzlich hinter den Kisten Schritte näher kommen. Er hebt den Kopf und sieht den Schatten eines Mannes vorübergehen. Landers erstarrt. Er glaubt, Beneke erkannt zu haben.

Die junge Frau schaut ihn an. In ihren Augen spiegelt sich nackte Angst. «Du musst weitermachen», sagt sie. «Ich habe Hunger ...»

«Psst», macht Landers. Er legt einen Finger an seine Lippen und flüstert: «Du kannst die Münze behalten und diese auch.» Er gibt ihr eine weitere Münze, die sie fest in ihrer Faust verschließt. Sie kleidet sich rasch an und will sich abwenden, zögert jedoch, und dann nickt sie ihm mit einem schüchternen Lächeln zu, bevor sie in den Hafen zurückläuft.

Landers zieht die Hose hoch, schließt den Gürtel, erhebt sich vorsichtig und überlegt, ob die schattenhafte Gestalt, die jetzt hinter den Kisten auf einem Poller am Ufer des Zwyn sitzt, wirklich Beneke ist. Doch je länger er zu dem Mann hinüberschaut, desto überzeugter ist er, und er fragt sich, ob Benekes Auftauchen ein Zufall ist. Oder ist er Landers hierher gefolgt? Nein, denkt er, warum sollte der Admiral das tun? Der sucht hier bestimmt nur Ruhe von dem Trubel im Hafen, und genau dorthin will Landers nun auch wieder gehen. Hoike und den anderen wird er irgendeine Geschichte auftischen, wenn sie fragen, wie es mit dem Mädchen gelaufen ist, und sie werden ihn ganz sicher aushorchen. Doch als Landers sich in Bewegung setzt und über die alten Fischernetze steigt, bleibt er mit einem Fuß in den Maschen hängen. Bei dem Versuch, sich daraus zu befreien, stößt er gegen eine Kiste, die polternd zu Boden fällt.

«Du hättest dir das Mädchen nehmen sollen, Kaufmann», hört er Beneke laut sagen, ohne dass er den Blick von der schwarzen Oberfläche des Zwyn nimmt. «Ich kann warten.»

6.

Sluis – Dezember 1471

Seit der Zerstörung der englischen Handelsschiffe an den Goodwin Sands hat Landers nicht mehr viele Worte mit Beneke gewechselt. Dennoch scheint sich in jener Nacht zwischen ihnen etwas verändert zu haben. Als der Ruter mit dem Narbengesicht einmal vor allen anderen seine Behauptung wiederholt hat, Landers sei ein englischer Spion, hat Beneke dem Ruter das Hemd vom Leib gerissen. Der Bursche wurde an den Großmast gefesselt, und Bokelmann peitschte ihn vor versammelter Mannschaft mit einem Lederriemen aus, bis dessen Rücken eine blutige Masse war. Danach hat das Narbengesicht nie wieder ein schlechtes Wort über Landers verloren. Und jetzt will Beneke offenbar mit ihm reden. «Erzähl mir, warum du es dem Weib nicht besorgt hast», sagt er, als Landers zu ihm an den Kai kommt.

Aber das habe ich doch getan, und es war großartig, will Landers im ersten Moment sagen. Dann denkt er, dass Beneke ihn durchschauen wird. «Weil das Mädchen …», druckst er herum und entscheidet sich schließlich doch für die Wahrheit: «Also, das Mädchen tat mir leid, und dann konnte ich es nicht mehr mit ihm tun.»

Benekes Gesicht ist dem Hafenbecken zugewandt; es ist nicht zu erkennen, ob die Antwort ihn belustigt. Aber als er spricht, klingt seine Stimme ernst: «Oder konntest du es nicht tun, weil dort, wo du zu Hause bist, ein anderes Mädchen auf dich wartet?»

«Ja, das wahrscheinlich auch», sagt Landers leise.

«Erzähl mir von deinem Weib.»

Landers verschlägt es die Sprache. Er hätte nie damit gerechnet, dass ein Mann wie Beneke sich für einen einfachen Ruter wie ihn interessieren könnte oder auch noch für sein Mädchen. «Sie ... ist die Tochter eines Kaufmanns in Wismar», sagt Landers stockend, und er spürt die Wirkung des Biers in seinem Kopf, doch dann beginnt er zu erzählen.

Beneke wendet sich ihm zu, und je länger Landers spricht, desto mehr hat er den Eindruck, dass ihm noch nie jemand so aufmerksam zugehört hat, wie Beneke es in diesem Augenblick tut, abgesehen von Juta vielleicht. Landers holt weit aus, erzählt von seiner eigenen Geschichte, von seinem Vater, der betrunken in die Warnow gefallen ist, und seiner Mutter, die ihn an Reckemann vermittelt hat, bevor sie verschwand, und wie der kleine Till dann im Kontor Reckemanns Juta begegnete und sich später in sie verliebte. Während Landers erzählt, unterbricht Beneke ihn kein einziges Mal; er schaut ihn an, hört ihm zu und nickt hier und da. Und Landers fragt sich, ob er sich in Beneke getäuscht hat. Ist er etwa doch nicht der gefühllose und brutale Mann, für den Landers ihn gehalten hat? Als Landers von der Vereinbarung berichtet, die er mit Reckemann getroffen hat, wonach er Jutas Hand nur bekommt, wenn er mit der Ladung Tuche nach Wismar heimkehrt, nickt Beneke verständig. Er blickt Landers mitleidig an, als könnte er dessen Trauer um Juta nachempfinden, und es gibt Landers ein gutes Gefühl, sich seinen Kummer von der Seele zu reden, wie er es seit ewigen Zeiten nicht getan hat.

«Was würdest du dafür tun, um dein Mädchen doch noch zu kriegen?», fragt Beneke, als Landers geendet hat.

«Ich glaube, ich würde alles dafür tun, Herr.»

«Glaubst du das, oder weißt du das?»

«Nun, es ist seither so viel Zeit vergangen. Ich weiß ja nicht einmal, ob ihr Vater sie nicht längst mit einem anderen Mann verheiratet hat …»

Plötzlich wendet Beneke schnell den Blick ab, als hätten Landers' Worte ihn auf unangenehme Weise berührt, und Landers überlegt, ob der Admiral vielleicht an Pawests Tochter denken muss. «Ja», sagt Beneke dann leise in die Dunkelheit. «Ja, so etwas kommt vor.»

Für einen Moment herrscht zwischen ihnen angespanntes Schweigen, bis Beneke wieder den Blick auf Landers richtet und fragt: «Was denkt du über den wandernden Stern?»

Landers muss sich nach dem unerwarteten Themenwechsel erst einmal fangen. Er bedauert, dass die Gelegenheit vorüber ist, in der er Beneke vielleicht nach dessen Geschichte und seinem Mädchen, dieser Margreta, hätte fragen können. «Hoike behauptet, der wandernde Stern sei der Vorbote des Jüngsten Gerichts», antwortet Landers dann.

«Was soll der alte Mychel auch sonst dazu sagen? Er ist ein Priester, zumindest war er mal einer. Ich will wissen, was *du* darüber denkst.»

«Wenn ich ehrlich sein soll, Herr, ich habe Hoikes Meinung zu dem Stern nicht hinterfragt.»

«Du sollst ehrlich sein. Und was denkst du, welches Urteil der allmächtige Gott über uns Kaperfahrer beim Jüngsten Gericht fällen wird? Werden wir auf der Seite der Erlösten oder auf der Seite der Verdammten stehen?»

Landers weiß nicht, worauf Beneke hinauswill. Solche Fragen müsste er mit Hoike besprechen oder mit irgendeinem Priester. Aber Beneke erwartet von ihm eine Antwort, und während er darüber nachdenkt, überläuft ihn plötzlich ein unangenehmes

Kribbeln. Er schaut sich um, und tatsächlich steht da die Gestalt eines sehr großen Mannes nur wenige Schritte entfernt bei den Fischkisten. Es ist Bokelmann.

Benekes Stimme reißt ihn aus den Gedanken. «Hast du dazu keine eigene Meinung?», fragt er.

Landers wendet den Blick von Bokelmanns unheimlichem Schatten ab. «Ich bin mir nicht sicher, was ich dazu sagen soll. Warum stellt Ihr mir diese Frage?»

Beneke schaut ihn an, und seine hellen Augen schimmern im Mondlicht, als würden sie von innen heraus leuchten. Die tiefen Abgründe, die Landers darin gesehen hat, scheinen für den Moment verschwunden. Der Admiral scheint völlig nüchtern zu sein, im Gegensatz zu Landers, der die Wirkung des Biers immer noch spürt, wenn auch nicht mehr so stark.

«Habe ich dich überschätzt, Kaufmann?», fragt Beneke, der jetzt nicht mehr so verständig wirkt wie eben noch. «Ich habe dich für so klug gehalten, dass du in der Lage bist, eine eigene Meinung zu haben. Oder bist du doch so dumm wie all die Männer, die geboren werden, um die Befehle anderer auszuführen? Als du mir die Stirn geboten hast, um den Engländer zu retten, dessen Namen du nicht einmal kanntest, da hatte ich Respekt vor dir. Es gibt nicht viele Männer, die diesen Mut aufbringen.»

«Mut lässt nur selten auf Klugheit schließen, wenn ich das so sagen darf, Herr. Ich wusste damals selbst nicht, wie mir geschah.»

«Dann würdest du behaupten, dass du dumm bist?»

«Nun, von sich selbst zu behaupten, man sei dumm, zeugt wiederum von einer gewissen Klugheit», sagt Landers und fragt sich zugleich, was er da für wirres Zeug von sich gibt. Das Bier scheint ihm doch mehr zu Kopfe gestiegen zu sein, als er dachte.

In dem Moment sind auf dem Hafengelände Lärm und Geschrei zu hören. Offenbar ist ein handfester Streit ausgebrochen. Beneke gibt Bokelmann einen Wink, woraufhin der sich in den Hafen zurückzieht.

«Um auf Eure Frage zum Jüngsten Gericht zurückzukommen», sagt Landers dann. «Ich denke, dass jeder Ruter an Bord unserer Schiffe darauf hofft, er werde am Tag, an dem Gott Gericht hält, auf die Seite der Erlösten gestellt. Egal welche Verbrechen und Grausamkeiten ein Mann begangen hat, er wähnt sich aufseiten der Gerechten.»

«Gut gesprochen, Kaufmann, du solltest Priester werden. Dann denkst du vermutlich, dass auch ich überzeugt bin, auf der Seite der Gerechten zu stehen?»

Landers muss an die Geschichten denken, die über Beneke kursieren. Das Findelkind, das zum berüchtigten Kaperfahrer wurde, der schon als junger Mann seine Gegner im Kampf wie im Blutrausch getötet habe. Der seinen Opfern kochenden Heringssud in den Mund geschüttet haben soll und sie bei lebendigem Leib hat zerreißen lassen, um mit ihnen die Möwen zu füttern. Und, ja, Landers hat selbst erlebt, mit welcher Kaltblütigkeit Beneke dem Lord Mayor den Finger abgeschnitten hat und wie er Bokelmann den Befehl gab, die Engländer mit der Armbrust zu töten. Und dann hat Beneke an jenem Tag an den Goodwin Sands Dutzenden Engländern das Leben genommen.

Vom Hafengelände sind wieder Schreie zu hören, dann kurz Bokelmanns laute Stimme, und gleich darauf ist es ruhig.

«Ihr verlangt, dass ich ehrlich zu Euch bin», beginnt Landers, und als Beneke auffordernd nickt, sagt er: «Ich denke, Herr, Ihr gebt Euch große Mühe, dass Gott Euch auf die Seite der Verdammten schicken wird.»

Beneke blickt schweigend zu den aus dem Zwyn aufragenden

Schatten der Orlogschiffe, und er schweigt so lange, dass Landers sich besorgt fragt, ob er mit seiner Ehrlichkeit nicht vielleicht doch zu weit gegangen ist.

«Du weißt, wie man mich nennt?», fragt Beneke schließlich.

«Ja, Herr, das ist mir bekannt.»

«Dann sprich es aus!» Benekes Stimme hat einen scharfen Ton angenommen.

Landers fragt sich erneut, warum Beneke ihm diese seltsamen Fragen stellt. Was bezweckt er damit? Landers räuspert sich, dann sagt er: «Die Engländer nennen Euch *The Devil* – den Teufel, und ich nehme an, auch an den Küsten Flanderns nennen Euch viele Männer so.»

«Und weißt du auch, wie man mich in Danzig nennt?»

«Ich hörte, man gab Euch den Namen *Der harte Seevogel*, aber man nennt Euch auch den *Seeheld*.»

«Für die einen bin ich der Teufel, für die anderen ein Held? Muss die Frage daher nicht lauten: Steht Gott in diesem Krieg aufseiten der Engländer oder auf unserer Seite?»

Landers fröstelt. Die Kälte zieht ihm durch die Kleider auf die Haut, und er fragt sich wieder, was er darauf antworten soll. Doch dann kommt ihm ein anderer Gedanke: Unterzieht Beneke ihn womöglich einer Prüfung? Aber wofür will er ihn prüfen? Landers entscheidet sich für eine vage Antwort, wie sie vermutlich jeder Priester geben könnte: «Ich denke, dass Gott weder auf der einen noch auf der anderen Seite steht, sondern Gott steht über allem. Deswegen richtet er den Menschen nicht nach seiner Herkunft, sondern er richtet ihn nach seinen Taten.»

«Amen!» Beneke verzieht das Gesicht. «Bist wohl doch bei Hoike in die Lehre gegangen, Kaufmann.» Dann steht er von dem Poller auf, dreht sich um und schaut in das Hafenbecken. Auf dem Kai ist es ruhiger geworden. Die ersten Boote legen jetzt ab, um die betrunkenen Männer zu den Schiffen auf dem Zwyn zu bringen. Die Spiegelbilder der Sterne tanzen auf kleinen, von den Ruderschlägen verursachten Wellen; der Komet ist verschwunden.

Beneke schaut den Booten hinterher, dann sagt er in die Stille hinein: «Gott hat sein Urteil über mich gefällt, als ich ein kleines Kind war. Aber ich fürchte mich nicht vor Seinem Gericht, und ich fürchte die Flammen der Höllenfeuer nicht. Meine Seele brennt schon lange, aber bevor mein Körper brennt, habe ich etwas zu erledigen, und ich muss einen Schwur erfüllen ...»

Die ersten Ruderboote treffen bei den Orlogschiffen ein. Das trunkene Lachen der Männer hallt über das Wasser, als die ersten versuchen, über die Strickleitern an Bord zu klettern. Irgendwo platscht es laut.

«Einen Schwur, Herr?», fragt Landers.

«Erinnerst du dich, was ich dir in jener Nacht an den Goodwin Sands sagte und dass du etwas für mich tun sollst?», fragt Beneke.

«Ihr sagtet, Ihr braucht meine Unterstützung, wenn dieser ...»

«Sprich seinen Namen ruhig aus.»

«Ja, Herr, wenn also dieser Bernt Pawest in die Nordsee kommt, dann braucht Ihr mich, das habt Ihr gesagt, denn das sei der Preis dafür, dass ich am Leben bin.»

«Du hast sicher gehört, dass Pawest längst hier ist. An dem Schiff, dem *Peter von Danzig*, über das man ihm das Kommando gab, brach im Herbst das Ruder. Seither liegt das Schiff im Hafen von Veere fest, nicht weit von hier. Inzwischen hat das Schiff ein neues Ruder und ist wieder fahrbereit.»

«Auch davon hörte ich. Aber erlaubt mir die Frage, was das mit mir zu tun hat?»

«Du wirst in Veere auf dem *Peter von Danzig* als Ruter anheuern», erwidert Beneke, und der Klang seiner Stimme lässt keinen Widerspruch zu.

«Ich soll ...», sagt Landers irritiert, sein Hals ist ganz trocken geworden. «Ich soll unter Pawests Kommando fahren?»

«Ja. Ich werde dich für deine Dienste gut entlohnen, wenn du tust, was ich sage. Und wenn dieser Krieg eines Tages vorbei ist, wirst du genug Geld haben, um entweder diesen Kaufmann zu beeindrucken, damit er dir seine Tochter doch noch zur Frau gibt. Oder du eröffnest mit dem Geld dein eigenes Handelshaus. Ich erkläre dir jetzt, was du machen sollst, und daran wirst du dich halten. Und zu niemandem ein Wort darüber, hast du mich verstanden?»

Landers zögert mit einer Antwort. In den letzten Monaten hat er sich immer wieder gefragt, was Beneke damals mit seiner nebulösen Ankündigung gemeint haben könnte. Er soll also an Bord des *Peter von Danzig* gehen. Und dann? Der Gedanke an Pawest behagt Landers nicht, auch wenn er dem Mann noch nie begegnet ist. Andererseits klingt das Angebot sehr verlockend, Landers könnte auf die Weise zu einem reichen Mann werden. Seine Frage, was nach dem Krieg mit ihm werden soll, wäre damit beantwortet, und er bräuchte sich keine Sorgen mehr zu machen. Also trifft er seine Entscheidung. «Ja», sagt er, «kein Wort zu niemandem. Aber wollt Ihr mir nicht sagen, warum Ihr mich dafür ausgewählt habt?»

«Du hast einen klugen Kopf, du hast Mut, und du bist ein Mann, der nicht jedem nach dem Maul redet, nicht einmal mir. Solche Männer gibt es nicht viele. Genügt dir das als Antwort?»

Landers nickt. Er hat das Gefühl, dass er gerade um einige Fingerbreit in die Höhe gewachsen ist.

«Gut, dann wirst du dich also für deinen Einsatz als Ruter auf dem *Peter von Danzig* mustern lassen», fährt Beneke fort. «Und du wirst jedem erzählen, dass du zuvor auf dem *Mariendraken* gefahren bist, aber mit allem unzufrieden warst, mit der Verpflegung, den Kameraden – und vor allem mit meinem Kommando. Daher willst du der Hanse auf dem *Peter von Danzig* dienen. Deine Musterung wird kein Problem sein. Pawest sind während der langen Liegezeit viele Männer weggelaufen. Er lässt überall die Nachricht verbreiten, dass er neue Ruter sucht. Wenn du an Bord bist, musst du jedem erzählen, dass ich bald in See steche. Verrate ihnen, dass ich englische Schiffe im Kanal kapern will und dass ich vor den englischen und normannischen Küsten kreuzen und bis an die bretonische Westküste fahren werde. Hast du dir das gemerkt? Diese Nachricht muss Pawest unbedingt erreichen.»

«Und warum soll Pawest von Euren Plänen erfahren?»

«Damit er mir folgt und Jagd auf mich macht.»

7.

Veere – 6. Januar 1472

In einer eisigen Nacht Anfang Januar anno 1472 schauen Hunderte Männer auf den Decks des *Peter von Danzig* mit bangen Blicken in den sternklaren Himmel über der Nordsee. Es ist fast windstill, und die Männer beten im Stillen, dass der Herrgott gnädig mit ihnen sei. Noch ist nichts zu sehen von dem unheimlichen Stern, nur der halbe Mond spendet etwas Licht. Auch auf der *Gottesgabe*, die zusammen mit zwei weiteren Danziger Schiffen, der *Fortuna* und dem *Ochsenkopf* – sie wurden auf Befehl des Admirals Bernt Pawest aus dem Winterlager in Antwerpen nach Veere abgezogen –, vor Veere liegt, fürchten sich die Männer davor, dass ihre Seereise vom Unglück verfolgt werden wird. Denn sobald der Wind aus günstiger Richtung weht, sollen die Schiffe auslaufen, um in den Seekrieg zu ziehen, obwohl tiefster Winter ist.

Während die Männer in den Himmel starren, hält sich Bernt Pawest auf dem Achterkastell des *Peter von Danzig* abseits von Seeleuten und Rutern. Er verachtet sie, und er verachtet ihre Ängste vor der Zornesfackel. Er kann die Klagen nicht mehr hören. Ständig jammern sie, er müsse die Ausfahrt verschieben und bis zum Frühjahr warten, oder zumindest so lange, bis der unheimliche Stern nicht mehr über den Nachthimmel wandert. Aber er kann nicht mehr warten, seit ihm zu Ohren gekommen ist, dass Paul Beneke noch in diesen Tagen zur Kaperfahrt aufbrechen will, ungeachtet der Eiseskälte und der

Winterstürme. Woher diese Nachricht kam, weiß Pawest nicht mehr. Mehrere Männer haben dies unabhängig voneinander aufgeschnappt. Es muss also wahr sein. Pawest hat daher schon vor Tagen alle Vorkehrungen für den Aufbruch seiner Flotte treffen lassen. Er ist überzeugt, dass Beneke die Gefahren der Winterfahrt auf sich nimmt, um Pawest eins auszuwischen. Er will ihn bloßstellen, will Pawest aussehen lassen wie einen unfähigen Idioten. Doch da hat sich diese Teufelsbrut verrechnet. Pawest wird mehr Schiffe kapern, wird mehr Beute machen, und er wird Danzig mit Prisen von großem Wert Ruhm und Ehre einbringen. Dann wird man ihn, Admiral Bernt Pawest, einen Seehelden nennen. Und vielleicht wird sich auf der offenen See sogar eine günstige Gelegenheit ergeben, Beneke zu töten.

Der *Peter von Danzig* ist mittlerweile repariert, auch wenn es viel länger gedauert hat als erwartet: Ein neues Ruder wurde eingebaut, und mehrere leckgeschlagene Stellen im Rumpf mussten abgedichtet werden. Pawest hätte seinen Hauptbootsmann nicht nur einmal fast eigenhändig über Bord geworfen. Immer wieder musste Jagehorn darauf herumreiten, dass sie die Abfahrt in Danzig hätten aufschieben sollen.

Pawests Finger sind steif gefroren. Er hat seine Handschuhe in der Kammer unter dem Achterkastell vergessen und haucht in seine Hände, während er zu den Schatten der *Gottesgabe* und der anderen beiden Schiffe schaut. Nachdem im Herbst und Winter viele Männer von Bord gegangen waren, hat Pawest neue Seeleute und Ruter anwerben müssen. Dieses undankbare Pack! Je länger die Reparaturarbeiten dauerten, umso unverschämter wurden die Männer. Sie verlangten besseres Essen, mehr Wein, mehr Sold. Ja, diese Lumpen fressen ihm noch die Haare vom Kopf, bevor er einen einzigen Engländer gekapert und dessen

Ladung zu Geld gemacht hat. Jeder Tag, den sie hier in Veere festsitzen, kostet Danzig ein Vermögen. Als Geld und Lebensmittelvorräte aufgebraucht waren, musste Pawest Handwerker und Essen sogar von seinem eigenen Geld bezahlen, das er in einer Truhe in seiner Kammer aufbewahrt.

Und dann ist auch noch der Stern aufgetaucht. Zum ersten Mal wanderte er vor dem Fest zur Geburt des Heilands mit seinem Schweif von Osten nach Westen über das Himmelsgewölbe. Der Priester, den Pawest auf dem *Peter von Danzig* mitgenommen hatte – und den er ebenfalls verköstigen muss –, fiel auf die Knie und plärrte wie ein Kleinkind: «Es werden geschehen große Erdbeben, teure Zeit und Pestilenz! Schrecknisse und große Zeichen am Himmel werden geschehen! Es werden kommen Frost und Kälte und Sturmwind und böse Wetter! Es wird kommen der Menschen Untergang!» Dieser Narr! Kein Wunder, dass die Männer verunsichert sind.

Pawest hört Schritte näher kommen, als Jagehorn auf dem Achterkastell erscheint. «Wenn Gott uns ein solches Zeichen schickt, werden die Kosten für Mannschaft, Schiffe und Reparaturen unser kleinstes Problem sein», sagt der Hauptbootsmann mit säuerlichem Gesicht.

Pawest kann es nicht mehr hören. Er hätte den Kerl wirklich längst über Bord werfen sollen. «Ja – und?», entgegnet Pawest. «Wie lange wollt Ihr noch warten? Wir müssen in See stechen und Schiffe kapern. Und außerdem ...» Er zeigt hinauf in den Nachthimmel. «Außerdem ist der Stern heute Nacht gar nicht aufgetaucht, und das ist ein gutes Zeichen.»

Er wendet sich an den Steuermann Hans Hoen, der bei anderen Männern am Besanmast steht und in den schwarzen Himmel blickt. «Steuermann», sagt Pawest, «wie oft ist das Stundenglas seit Einbruch der Dunkelheit durchgelaufen?»

Hoen wirft einen Blick auf das Glas, durch das der Sand rieselt. «Schon fast drei Mal, Herr.»

«Na also», sagt Pawest zu Jagehorn. «In den letzten Nächten hat Gott den Stern zu dieser Zeit längst ausgeschickt. Aber heute Nacht wird er nicht erscheinen. *Das* solltet Ihr als Zeichen deuten!» Da hört Pawest im auffrischenden Wind ein Seil am Besanmast schlagen. «Stattdessen schickt uns der Herr günstigen Fahrtwind. Und jetzt will ich von Euch kein Wort mehr über diesen Aberglauben hören …!»

Jagehorn schüttelt den Kopf, den Blick nach oben gerichtet. «Vielleicht lässt Euer Augenlicht im Alter etwas nach, Herr. Das kommt vor. Ihr solltet einmal genauer hinschauen. Denn da ist er wieder, der Stern mit seinem leuchtenden Schweif.»

Überall auf dem Schiff starren die Männer jetzt auf den Stern. Ängstliche Rufe werden laut, und vom Großdeck sind die Klagen des Priesters zu hören: «Es werden geschehen große Erdbeben …»

Und tatsächlich – jetzt sieht auch Pawest den Stern am Himmel, den Schweif hinter sich herziehend.

«Wir müssen die Fahrt verschieben …», sagt Jagehorn, doch Pawest fällt ihm sofort ins Wort: «Einen Dreck werde ich tun. Wenn der Morgen graut, werden die Anker eingeholt und die Segel gesetzt. Wir stechen in See und kapern Engländer.»

Dann schiebt er sich am Hauptbootsmann vorbei, wobei er ihn mit Absicht hart gegen die Schulter stößt, sodass Jagehorn fast gestürzt wäre. Die anderen Männer auf dem Achterkastell weichen vor Pawest zurück, als er plötzlich gegen einen jungen Kerl prallt und ihn ein paar Schritte mit dem Bauch vor sich herschiebt, bis der Bursche wegspringt, um sich vor Pawest in Sicherheit zu bringen.

«Geh mir aus dem Weg, oder du kriegst die Peitsche», fährt

Pawest ihn an, offenbar einer der neuen Söldner. «Was hat so ein lausiger Ruter überhaupt auf meinem Achterkastell zu suchen? Verschwinde! Jeder Mann, der morgen früh zur Abfahrt nicht auf seinem Posten steht, bekommt die Peitsche zu spüren.»

8.

Auf See – Mitte Januar 1472

Pawests Worte klingen in Landers' Ohren nach, während er dem Admiral, der ihn soeben fast über den Haufen gerannt hat, hinterherschaut. Pawest stampft über das Achterkastell, den Kopf mit dem hellen Haar und die breiten Schultern gesenkt wie ein Stier beim Angriff. Kurz darauf verschwindet er nach unten aufs Zwischendeck, dann fällt die Tür seiner Kammer zu. Auf dem Achterkastell und den anderen Decks wird es still. Sogar der Priester sagt kein Wort mehr. Nach letzten bangen Blicken auf den Nachthimmel ziehen sich Ruter und Seeleute in ihre Schlafsäcke zurück, die in den gezelteten Hütten, den Geschützständen und im großen Zwischendeck, unten im Rumpf des *Peter von Danzig*, liegen.

Als sich auch Landers zum Gehen wendet, steht ihm plötzlich der hagere Mann gegenüber, der, wie Landers herausgefunden hat, der Hauptbootsmann Arnd Jagehorn ist.

«Du hast Glück gehabt, dass du nicht unter seine Füße geraten bist», sagt Jagehorn. «Er hätte dich platt getreten wie 'ne Laus.»

Im Hintergrund ist das Lachen anderer Männer zu hören.

«Aber mit einer Sache hat er recht», fährt er fort, wobei er nicht unfreundlich wirkt. «Die einfachen Ruter haben auf dem Achterkastell nichts zu suchen. Hier dürfen nur Bootsleute, Steuermänner, Rottmeister, Schiffszimmerer, Segelmacher und Lotsen rauf, und der Priester natürlich. Hast du verstanden?»

«Ich werd's mir merken», erwidert Landers und will schnell verschwinden.

Doch Jagehorn hält ihn am Arm fest. «Ich hab dich schon mal gesehen. Dich haben sie erst vor ein paar Tagen in Veere gemustert, oder? Du bist doch der Ruter, der erzählt hat, er sei zuvor auf dem *Mariendraken* gefahren.»

Landers nickt zurückhaltend. Ihm ist unwohl unter Jagehorns durchdringendem Blick.

«Du hast überall rumerzählt, dass Beneke mitten im Winter Jagd auf Engländer macht», sagt der Hauptbootsmann. «Dann haben wir es dir zu verdanken, dass wir bei der Saukälte im Kanal kreuzen werden. Bist du schon mal im Winter auf Kaperfahrt gewesen? Nein? Du machst dir keine Vorstellung davon, wie gefährlich das ist!»

«Wir haben diese Jahreszeit sonst immer im Winterlager verbracht», gibt Landers zu. Eine Lüge hätte Jagehorn vielleicht durchschaut. Er ist kein Dummkopf. Landers muss sich vor ihm in Acht nehmen.

Es war für ihn kein Problem, als Ruter auf dem *Peter von Danzig* angenommen zu werden. Wie Beneke gesagt hatte, suchten sie dringend Krieger. Daher war die Musterung im Hafen von Veere auch kein Vergleich zu dem Verhör, dem Hoike ihn damals unterzogen hatte. Die Rottmeister fläzten sich halb betrunken hinter einem mit Bierpfützen verklebten Tisch und hätten vermutlich jeden Nonnenschänder genommen, um das Kontingent der Schiffe aufzufüllen. Unter den Gemusterten waren auch halbwüchsige Jungen. Niemand scherte sich um die Altersvorgaben, die die Hanse für solche Fälle eigentlich macht. Die Rottmeister notierten sich zwar Namen und Herkunft, aber vor allem waren sie an den Waffen der Bewerber interessiert. Landers war gut ausgerüstet. Er zeigte Lanze, Kurzschwert, Lederharnisch und Helm vor und behauptete, sein Vater sei Tagelöhner und die Eltern mit elf Kindern überfordert gewesen. Deswegen hätte er zunächst als Landsknecht gedient, bevor er auf dem *Mariendraken* angeheuert habe. Die Rottmeister fragten nicht weiter nach, und nachdem sie Landers' Waffen begutachtet hatten, schickten sie ihn mit einem Esping auf den *Peter von Danzig*. Der Anblick überwältigte ihn. Er hatte viele Geschichten über das Schiff gehört, von Hoike und anderen Männern, die es noch als Wrack aus Danzig kannten. Und die Geschichten waren wahr. Der Rumpf und die Kastelle des *Peter von Danzig* sind größer und die Masten höher als bei allen anderen Schiffen, die Landers gesehen hat. Und das Schiff hat zwei Mastkörbe, einen auf dem Hauptmast und einen auf dem Fockmast. Das erhöht seine Schlagkraft in der Schlacht, so wie die mehr als zwanzig Bombarden auf und unter den Kastellen und die Ruter, von denen so viele an Bord sind wie sonst auf zwei oder drei Orlogschiffen. Das Schiff wirkt machtvoll und uneinnehmbar. Es ist eine schwimmende Festung, deren Decks und Kastelle blutrot in der Wintersonne leuchten, und Landers war gleich beim ersten Anblick klar, warum man die auffällige rote Farbe verwendet hatte.

«Beneke war im Winterlager?», erwidert Jagehorn jetzt skeptisch. «Nun gut, möge Gott gnädig mit uns sein, sollten wir morgen tatsächlich in See stechen.»

Landers will gehen. Er hat das Gefühl, schon viel zu viel gesagt zu haben. Aber Jagehorn entlässt ihn nicht, sondern sagt: «Ich bin Beneke früher begegnet, und ich kenne viele Geschichten über ihn. Daher weiß ich, was für ein Teufel er sein kann. Aber ich weiß auch, dass er eines gewiss nicht ist: ein Seemann, der so dumm ist, sein Leben und das seiner Mannschaft aufs Spiel zu setzen für eine aussichtslose Kaperfahrt, bei der man wahrscheinlich weder Handelsschiffe noch feindliche Orlogschiffe sichten wird. Jeder englische Seefahrer, der ein bisschen Verstand zwischen den Ohren hat, sitzt jetzt in seiner Hütte unter einer Schaffelldecke am wärmenden Kaminfeuer, schlürft sein Ale und lässt sich von seinem Weib die Füße oder was auch immer massieren. Warum also sollte ein Mann wie Paul Beneke im Winter auf den Kanal fahren, wenn das Wetter in dieser Jahreszeit blitzschnell umschlagen kann? Will er Pawest herausfordern?»

Landers senkt den Blick. «Ich weiß es nicht, Herr.»

«Aus dir ist nicht viel herauszubekommen, Bursche, aber vielleicht weißt du ja wirklich nichts», sagt Jagehorn. Dann beugt er sich vor und setzt leise hinzu: «Oder hältst du mich zum Narren?»

Ohne eine Antwort abzuwarten, tritt der Hauptbootsmann zur Seite, und als Landers schnell zur Leitertreppe geht, spürt er Jagehorns bohrenden Blick im Nacken.

Landers steigt durch eine der beiden Luken auf dem Großdeck hinunter in den Rumpf, wo ihn auf dem dunklen Zwischendeck ein vielstimmiger Chor aus Schnarchgeräuschen empfängt. Und ihm steigt der Gestank in die Nase, den mehr als zweihundert auf engstem Raum zusammengepferchte Männer ausdünsten: Es ist eine üble Mischung aus Zwiebeln, vergorenem Kohl, Schweiß und Fäkalien. Die Männer schlafen hier dicht an dicht auf mit Stroh gepolsterten Kissen, die auf den Bodenplanken ausgebreitet werden. Ihre Gerüche vermischen sich mit dem Schwefelgestank des fauligen Wassers, das unter dem Zwischendeck in der Bilge zwischen den Steinen herumschwappt, die das Schiff beschweren sollen. Landers ist erst seit wenigen Tagen auf dem *Peter von Danzig* und würde seinen Schlafplatz hier sofort wieder gegen den alten Platz in der gezelteten Hütte auf dem Vorderkastell des *Mariendraken* tauschen. Schon jetzt sehnt er den Tag herbei, an dem er auf das andere Schiff zurückkehrt. Gemäß der Abmachung, die er mit Beneke getroffen hat, muss er jedoch bis zum Ende der Winterfahrt an Bord des *Peter von Danzig* bleiben, und es ist völlig ungewiss, wie lange diese Reise dauern wird.

Er tastet sich durch die Dunkelheit an den schlafenden Männern vorbei zu dem Schlafplatz, den man ihm zugeteilt hat, ein fleckiges Strohkissen, auf dem die Flöhe tanzen und auf dem er jetzt seinen Bültsack ausbreitet. Die Lanze, das Schwert und die Rüstung hat er abgeben müssen, die Waffen werden im Geschützstand verwahrt. Die wenigen anderen Sachen, die er besitzt, hebt er in einer Schiffskiste auf, die bei seiner Schlafstätte steht. In der Kiste sind seine Kleider, eine Holzschüssel, ein Becher und der kleine Lederbeutel mit Jutas Haarsträhne, die er, wie er zugeben muss, schon länger nicht mehr hervorgeholt hat.

Er schlüpft aus Hans Krögers alten Holzschuhen, in denen er gegen die Kälte drei Paar löchrige Strümpfe übereinander trägt. Dann kriecht er in seinen Schlafsack. Die Müdigkeit kommt sofort, denn die Anspannung der ersten Tage auf dem *Peter von Danzig* fordert ihren Tribut. Er hat sich erst einmal einfinden müssen in die Mannschaft, in das Schiff, und er hat die Nachricht von Benekes Winterfahrt gestreut. Nun will er die Ohren offen halten, um mehr über diesen Pawest in Erfahrung zu bringen, ohne dabei Verdacht zu erregen. Wer ist der Mann, den Beneke so abgrundtief hasst? Bislang hat Landers immerhin herausgefunden, dass Pawest daheim in Danzig zwar ein erfolgreicher und vermögender Kaufmann und Ratsherr, aber hier bei seiner Mannschaft offenbar so unbeliebt ist wie die Beulenpest. Er soll ein unfähiger Admiral und Schiffer, Seemann und Befehlshaber sein, der vor allem an sich selbst denkt und nicht ans Wohl seiner Mannschaft. Seine Unfähigkeit überspielt er mit harten Strafen, die er bei kleinsten Vergehen verhängt, um seinen Machtanspruch zu behaupten.

Mit diesen Gedanken an Pawest wäre Landers beinahe eingeschlafen, als sich eine Hand auf seine Schulter legt und eine Stimme in sein Ohr flüstert: «Darf ich dich was fragen?»

Landers stöhnt leise. Der Bursche, der den Schlafplatz neben ihm hat, heißt Godschalk. Als Landers an Bord kam, hat Godschalk sich gleich an seine Fersen gehängt, warum auch immer. Irgendetwas muss Landers an sich haben, was den Jungen anzieht. Der Bursche erzählte ihm, dass er schon im letzten August in Danzig an Bord des Schiffs gegangen und es seine erste Fahrt als Ruter sei. Godschalk ist nicht groß, aber drahtig, und bei Tageslicht ist sein Gesicht weiß wie eine Eierschale. Auch ist er ein paar Jahre jünger als Landers, höchstens sechzehn oder siebzehn, so genau weiß er das selbst nicht. Einen Familiennamen hat er nicht, oder er hat ihn vergessen, nachdem ihn irgendwer als Kind mit einem Strick um den Hals an einem Baum gebunden in einem Wald zurückgelassen hatte; wahrscheinlich waren das seine Eltern gewesen.

«Schläfst du schon?», fragt Godschalk.

«Ja», murmelt Landers, «ich schlafe.»

«Aber man kann im Schlaf gar nicht sprechen.»

«Manche können das.»

«Glaub' ich nicht.»

«Dann bist du ja doch nicht so 'ne Hohlnuss, wie ich dachte.»

«Wie meinst 'n das?»

Ganz in der Nähe fordern mehrere Männer Ruhe ein.

Godschalk nimmt die Hand von Landers' Schulter, und er hofft, dass der Junge ihn jetzt schlafen lässt, aber dann flüstert

Godschalk ihm ins Ohr: «Ich wollt dich doch was fragen. Gibt's da draußen auf der Nordsee Seeungeheuer?»

«Kann sein», murmelt Landers.

Daraufhin schweigt Godschalk eine Weile. Nur das allgegenwärtige Schnarchen um sie herum ist zu hören, bis Godschalks Atem erneut Landers' Ohr kitzelt. «Ich hab Angst vor dem Stern», flüstert Godschalk. «Der Priester hat gesagt, wenn das Jüngste Gericht kommt, steigt ein riesiges Tier mit sieben Köpfen und spitzen Hörnern aus dem Meer. Und ich hab auch Angst vor der Nordsee. Das Meer ist ganz anders als die Ostsee, viel grimmiger ...»

Landers gähnt. «Brauchst keine Angst zu haben, Godschalk.»

«Ja, vielleicht nicht. Ich bin froh, dass du hier bist. Jetzt hab ich weniger Angst.»

Landers öffnet die Augen und starrt in die Dunkelheit. Seine Müdigkeit ist mit einem Mal wie fortgeblasen. Er kann sich nicht erinnern, dass schon einmal jemand so etwas zu ihm gesagt hat, und er weiß nicht, was er davon halten soll.

Im Morgengrauen hallen die Glockenschläge durch die Luken ins Zwischendeck und reißen Landers aus dem Schlaf. Godschalk sitzt schon aufrecht auf dem Strohkissen und blickt ihn mit großen Augen an. «Fahren wir jetzt zum Kapern auf die Nordsee?»

Er ist sofort hellwach. Pawest macht also doch Ernst mit seiner Ankündigung, und bei Landers stellt sich gleich ein ungutes Gefühl ein. Jagehorn hatte recht, als er behauptete, Landers habe Pawest ja überhaupt erst den Grund für die gefährliche Winterfahrt geliefert. Bislang hat Landers nur Benekes Anweisungen ausgeführt, doch jetzt wird ihm die ganze Tragweite bewusst – und auch, was das für ihn selbst bedeutet. Er wird also mitten im Winter auf dem *Peter von Danzig* in See stechen, unter dem Kommando eines offenbar unfähigen Schiffers. Wenn Landers doch nur an Bord des *Mariendraken* wäre. Beneke mag vielleicht ein Teufel sein, aber wenigstens ist er ein guter Seemann.

Kurz darauf drängen sich auf Großdeck und Vorderkastell Hunderte Ruter. Der Wind bläst nordische Eiskälte übers Meer und wird die Schiffe schnell an die englische Ostküste bringen. Die Männer frieren. Es ist sogar zu kalt zum Waschen, nicht nur weil das Wasser in den Tonnen gefroren ist, sondern allein die Vorstellung lässt Landers zittern. Er trägt unter dem Mantel zwei Gugeln übereinander und zieht die Kapuzen gegen den schneidenden Wind tief ins Gesicht.

Dann erscheint Pawest in Begleitung von Jagehorn auf dem Achterkastell. Der Admiral trägt einen dicken roten Mantel, der mit Pelz gefüttert ist. Darin sieht er aus wie ein König, und ebenso entschlossen wie ein König blickt er von der Reling auf die Ruter herab. Er zieht die Mundwinkel herunter, stützt eine Hand auf die Reling und ballt die andere zur Faust: «Der Moment ist gekommen, auf den wir lange gewartet haben! Wir haben das beste Schiff, das je im Kanal gekreuzt ist, und mit unserer Flotte werden wir die Engländer jagen. Wir werden sie angreifen und vernichten – und reiche Beute machen. Die Feinde sollen vor uns zittern, denn Gott, der Herr, wird über uns wachen. Er wird die Kugeln unserer Bombarden und die Pfeile unserer Bögen und Armbrüste lenken, denn wir sind die Schwerter Gottes, und wir sind ...»

In seine Rede mischt sich plötzlich das laute, knarrende Geräusch der Bratspill, mit der die Seeleute im Bug unter dem Vorderkastell den schweren Anker einholen.

«... wir sind die Herren der See», ruft Pawest und fordert die

Männer auf, seine Worte zu wiederholen. «Wir sind die Herren der See», ruft er, doch das Echo ist verhalten.

Pawest zieht die hellen Augenbrauen zusammen. Seine Augen funkeln böse, und jetzt brüllt er aus voller Kehle: «Wir sind die Herren der See!»

Landers bewegt nur die Lippen, ebenso wie Godschalk. Nur ein kleiner Teil der Mannschaft erwidert hörbar, aber ohne Begeisterung: «Wir sind die Herren der See!»

«Wahrscheinlich meint er damit vor allem sich selbst», bemerkt Godschalk leise.

Landers nickt zustimmend, sagt aber nichts, sondern beobachtet Jagehorn. Der Hauptbootsmann hält auf dem Achterkastell deutlich Abstand zu Pawest, und der mürrische Ausdruck auf Jagehorns Gesicht zeigt, dass er ähnlich denkt wie Godschalk. Landers hat gehört, dass es zwischen Jagehorn und Pawest immer wieder Streit gibt. Die beiden sind selten einer Meinung, doch Pawest hat nun mal das Kommando, weswegen sein Wort gilt.

Ein paar junge Seemänner klettern geschickt die Wanten hinauf auf Haupt- und Vormast und hangeln sich hoch oben über den Decks bäuchlings über die mit gefrorener Feuchtigkeit überzogenen, rutschigen Rahen. Landers hat diese Manöver auf dem *Mariendraken* häufig beobachtet. Jedes Mal fragt er sich, wie die Kerle das machen. Eine unbedachte Bewegung, ein falscher Griff, und sie werden abstürzen. Gerade heute früh, als der eiskalte Wind über die Seeleute hinwegweht und Holz und Seile glatt sind, scheint es an ein Wunder zu grenzen, dass keiner von ihnen herunterfällt, während sie die Halterungen der Segeltücher lösen. Nachdem die Anker eingeholt sind, fallen die Segel herab. Sogleich fährt der Wind hinein, und die Leinen werden straff gezogen. Landers spürt unter den Füßen das vertraute Schwanken des Schiffs in Wind und Wellen. Gleich darauf nimmt der *Peter von Danzig* Fahrt auf und segelt der Flotte voran. Den ganzen Tag über bleiben die vier Schiffe in Sichtweite der Küste, denn im Winter bricht die Abenddämmerung zu früh herein, um die englische Küste in einem Zug zu erreichen.

Nach einer kalten Nacht in einer Bucht nehmen sie im Morgengrauen ihren Kurs wieder auf, und dann taucht am Nachmittag die englische Ostküste über dem Meer auf. Landers steht mit Godschalk und anderen Burschen der Rotte, der sie zugeteilt wurden, auf dem Vorderkastell. Die Ruter tragen jetzt Rüstungen und Waffen. Godschalk hat allerdings nur eine Lederkappe auf dem Kopf, die ihm im Kampf kaum Schutz bietet. Er hat kein Geld für Lederharnisch oder Helm, und Landers braucht seine Sachen selbst.

«Das müssten die Goodwin Sands sein», erklärt Landers den Umstehenden und zeigt auf die trockengefallenen Sandbänke, die im rötlichen Licht der untergehenden Sonne verlassen daliegen. «Hier, an der Zufahrt zum englischen Kanal, warten oft die Schiffe auf Fahrtwind.»

«Aber jetzt sind hier keine Schiffe», sagt Godschalk.

«Das wäre auch zu einfach gewesen», entgegnet Landers.

Pawest gibt das Kommando, die Anker zu setzen, und nach einer weiteren kalten Nacht sind auch am nächsten Tag nirgendwo Schiffe zu sehen, weder Engländer noch der *Mariendrake* oder sonst wer.

Landers wäre nicht überrascht gewesen, Beneke hier anzutreffen. Stattdessen sieht er auf einigen Sandbänken, die bei Ebbe trockenfallen, ein paar Reste schwarz verkohlter Wracks. Hier und da liegen teilweise von Sand und Schlick überspülte Planken, abgeknickte Masten und andere Trümmerteile, die von den Strömungen noch nicht fortgeschwemmt wurden. Bei dem Anblick muss Landers an jene Nacht im letzten Sommer denken. Sofort glaubt er, die Schmerzen in seiner Brust wieder zu spüren, obwohl die Wunden lange verheilt sind. Dennoch kommt es ihm vor, als erlebte er Bokelmanns brutale Schläge aufs Neue. Er fühlt, wie seine Lippen aufplatzen und die Knochen brechen. Er schmeckt das Blut in seinem Mund und hört das Donnern der Bombarden und der explodierenden Pulverladungen. Er kann nicht verhindern, dass ihm Tränen in die Augen schießen. Schnell blickt er zu Boden.

Doch Godschalk scheint etwas bemerkt zu haben und schaut ihn von der Seite an, offenbar irritiert von Landers' Gefühlsausbruch. Aber der Junge schweigt, und Landers ist dankbar, dass er sich keine Ausrede einfallen lassen muss.

Sie bleiben zwei Tage und zwei Nächte an den Goodwin Sands. Am Morgen des dritten Tages lässt Pawest die Flotte Kurs auf den Kanal nehmen, und sie segeln am Hafen von Dover vorbei, von wo aus Landers vor gut einem Jahr nach Flandern aufgebrochen ist. Seinem Ziel, der Heimkehr nach Wismar, ist Landers noch keine Seemeile näher gekommen, im Gegenteil wird die Entfernung zur Heimat jetzt immer größer.

Mehrere Tage kreuzen sie erfolglos vor der englischen Südküste und dringen dabei immer weiter nach Westen vor. An Land spricht sich das Auftauchen der Danziger Flotte schnell herum. Immer wieder steigen über dem Ufer die dunklen Rauchsäulen der Signalfeuer in der kalten Winterluft auf. Einige Male sichten die Wachposten in den Mastkörben andere Schiffe, die jedoch durch die Feuer gewarnt sind und rechtzeitig die Flucht ergreifen.

Auf dem *Peter von Danzig* wird die Stimmung frostiger. Auch der Stern, der in den wolkenlosen Nächten noch immer übers Himmelsgewölbe wandert, lässt Unmut und Unbehagen wachsen. Der Wind fährt den Männern eisig in die feuchten Kleider, und am achten Tag ihrer Reise wird es so kalt, dass sogar die salzige Gischt gefriert. Decksplanken, Masten, Rahen, Taue, Kleider, Schuhe, Bärte – alles ist vom Eis überzogen. Als sie den Ankerplatz vor einer langen Bucht ansteuern, die die Engländer Plymouth Sound nennen, stürzt auf dem *Peter von Danzig* einer der Seemänner beim Einholen des Segels von der Rahe des Hauptmasts. Landers hört das schreckliche Geräusch, mit dem der junge Kerl auf dem Großdeck aufschlägt und sich das Genick bricht. Der Priester schlittert auf rutschigen Planken heran und spricht schnell die Totenmesse, bevor man die Leiche in einen Sack legt, der mit Steinen aus der Bilge beschwert und über Bord geworfen wird.

Auf den anderen Schiffen ist der Zwischenfall offenbar nicht unbemerkt geblieben. In der Abenddämmerung ist zu sehen, wie an der *Fortuna* und dem *Ochsenkopf* die Espings bemannt und zur *Gottesgabe* gerudert werden. Dort hat man offenbar einiges zu besprechen, und zwar ohne Pawest, der vom Achterkastell des *Peter von Danzig* mit versteinerter Miene zu den anderen Schiffen hinüberblickt.

Am nächsten Morgen nach einer weiteren eisigen Nacht, in der Landers in seinem Schlafsack vor Kälte kaum Schlaf gefunden hat, flattert auf der *Gottesgabe* eine helle Fahne im schneidenden Wind. Damit wird signalisiert, dass die anderen Schiffer eine Unterredung mit Pawest einfordern. Er scheint sich jedoch zu weigern, denn zwischen ihm und Jagehorn entbrennt auf dem Achterkastell ein heftiger Streit, bis der Admiral schließlich zum Treffen mit den anderen Schiffern bereit ist. Daraufhin lässt man auf dem *Peter von Danzig* ebenfalls eine Fahne an die Großmars hängen, und an den anderen Schiffen werden sogleich die Espings bemannt.

«Ich würde was drum geben, bei dem Gespräch dabei zu sein», überlegt Landers laut.

Godschalk blickt ihn fragend an, dann läuft er zur Kombüse am Vorderkastell, und als er zurückkehrt, strahlt sein blasses, flaumbärtiges Gesicht. «Ich bin mit einem Gehilfen des Kochs befreundet», erklärt er. «Die werden gleich die Schiffer in der Achterhütte mit Essen und Trinken versorgen. Ich hab dem Gehilfen eine Belohnung versprochen, wenn er dafür sorgt, dass wir beide für die Bewirtung mit eingeteilt werden.»

Landers hätte Godschalk vor Freude fast umarmt, denn er hofft, bei der Unterredung der Schiffsführer wichtige Dinge zu erfahren, die er später Beneke mitteilen kann. Es ist seltsam, dass von dessen Schiffen noch immer nichts zu sehen ist. Landers hat erwartet, dass Beneke ebenfalls vor der englischen Küste kreuzt. Vielleicht segeln sie aber auch vor den Küsten der Normandie oder der Bretagne, was erklären würde, warum sie noch nicht auf den *Peter von Danzig* getroffen sind.

Die Schiffer und ihre Hauptbootsleute kommen an Bord und versammeln sich an einem Tisch in der gezelteten Achterhütte. Landers und Godschalk bringen zusammen mit den Gehilfen, den Putkern, die an Bord den niedrigsten Rang bekleiden, große Holzteller aufs Achterkastell, gefüllt mit Brot, Käse, Ziegenfleisch und geräucherten Makrelen.

In der Hütte thront Pawest am hinteren Ende des Tischs. Die Wangen in seinem bulligen Gesicht sind dunkelrot angelaufen, vielleicht von der Kälte, vielleicht auch vor Wut. Seine Kiefer mahlen, und die prankenartigen Hände sind auf dem Tisch zu Fäusten geballt.

Landers muss aufpassen, dass Jagehorn ihn nicht wiedererkennt. Daher tritt er mit leicht gesenktem Kopf hinter dem Hauptbootsmann an den Tisch, um einen Holzteller mit dem Essen abzustellen. Doch Landers' Sorge ist unbegründet. Jagehorn blickt wie alle anderen Männer starr zum Admiral. Anschließend ziehen sich Landers und Godschalk an die Zeltwand zurück, um auf weitere Anweisungen des Kochs warten, der am Eingang der Hütte über die Bewirtung wacht.

«Nun, meine Herren», beginnt Pawest, wobei er die Worte zwischen den Zähnen verbittert hervorpresst. «Langt nur kräftig zu, und dann raus mit der Sprache – auch wenn ich mir denken kann, was Ihr mir sagen wollt.»

Ein Mann haucht in seine klammen Hände, bevor er mit spitzen Fingern etwas von einer fettigen Räuchermakrele nimmt. Er betrachtet das Fischstück, aus dem ein paar Gräten ragen, dann legt er es zurück und fragt Pawest: «Was denkt Ihr denn, was wir Euch sagen wollen?»

Pawest hebt die buschigen Augenbrauen und setzt einen verächtlichen Ausdruck auf. «Eure Frage ist eine Frechheit, Jacob Heymann. Aber gut, ich werde Euch sagen, warum Ihr dieses Treffen gefordert habt. Ihr wollt mir sagen, dass Ihr Euch wegen dieses verdammten Sterns vor Angst in die Hosen pisst. Deswegen wollt Ihr mich überzeugen, den Befehl zu geben, die Kaperfahrt zu beenden und sofort umzukehren. Liege ich damit richtig?»

Die Männer am Tisch nicken, und Heymann, der Schiffer des *Ochsenkopfs*, sucht die Blicke der anderen Männer, bis endlich einer den Mut hat, den Mund aufzumachen: «In den acht Tagen, die wir nun schon auf dem Meer sind, haben wir kein einziges Schiff aufgebracht, und die wenigen Schiffe, die wir sichten, werden durch die Signalfeuer gewarnt», sagt der Schiffer der *Gottesgabe*, dessen Name Michel Ertmann ist. «Wir können nicht erwarten, dass sich daran bald etwas ändert. Außerdem nimmt der Wind zu, und es wird immer kälter. An Bord der *Gottesgabe* und der anderen beiden Schiffe haben bereits mehrere Männer Erfrierungen an Händen und Füßen, und wie wir gesehen haben, ist auf dem *Peter von Danzig* gestern ein Seemann beim Sturz von der Großrahe ums Leben gekommen. Ja, Herr, wir müssen dies so deutlich sagen, dass wir in großer Sorge und uns einig sind: Lasst uns umkehren. Lasst uns nach Sluis oder Veere fahren und mit der Kaperfahrt bis zum Frühjahr warten.»

Pawest grinst höhnisch. «Ertmann», fragt er laut, «haben unsere Ratsherren Euch aufgetragen, mir Ratschläge zu erteilen?»

Ertmann schüttelt den Kopf, und Landers sieht, wie Jagehorn unter dem Tisch die Hände ringt und die Zähne so fest zusammenbeißt, dass seine Wangenknochen hervortreten.

Pawest beugt sich vor, steckt sich ein Stück Makrele in den Mund, spuckt eine Gräte auf den Tisch und wischt sich mit den Handrücken das Fett von den Lippen. «Haben die Herren mir sonst noch etwas zu sagen oder Ratschläge zu erteilen?»

Da hebt Jagehorn ruckartig den Kopf. «Ich denke, was Heymann und Ertmann gesagt haben, war eindeutig. Hört auf sie, Pawest! Wir sollten sofort umkehren, sonst geschieht ein noch viel größeres Unglück ...»

Pawests Faust kracht auf den Tisch. «Nein! Wenn an den englischen Küsten nichts zu holen ist, segeln wir morgen rüber an die Küste der Bretagne. Ich bin sicher, dass sich dort englische oder bretonische Handelsschiffe herumtreiben.»

«Wir führen Krieg gegen England, nicht gegen Frankreich», sagt Heymann. «Wir müssen uns ans Prisenrecht halten.»

«Ach was! Die Franzosen überfallen doch auch hansische Schiffe», sagt Pawest grimmig. «Ich habe selbst vor einiger Zeit eine ganze Ladung an französische Kaperer verloren. Die Saukerle bringen nämlich unsere Schiffe mit dem Segen des französischen Königs auf. Ludwig XI. hasst den burgundischen Herzog Karel de Stoute, der aber nun mal mit der Hanse verbündet ist. Wie heißt es doch? Die Freunde meines Feindes sind auch meine Feinde. Deswegen fahren wir morgen an die bretonische Küste, nehmen uns alle Schiffe, die wir kriegen können, und damit ist diese Versammlung beendet. Aber nun, meine Herren, greift zu und esst und trinkt.»

Auf ein Zeichen des Kochs hin bringen die Putker Krüge mit aufgewärmtem Wein, der mit Kräutern und Gewürzen versetzt ist, und schenken reihum ein. Als Pawest seinen Becher hebt, prostet ihm niemand zu, daher zuckt er mit den Schultern und trinkt allein.

Am Tisch herrscht eisiges Schweigen, bis Jagehorn, der seine Wut sichtlich nur mühsam unterdrücken kann, sagt: «Bei diesem Wetter setzt Ihr das Leben vieler Männer aufs Spiel, Pawest – und das aus einem einzigen Grund: Ihr wollt Eure eigene Rache befriedigen.»

Alle Männer starren erst Jagehorn, dann Pawest an, dem die Gesichtszüge entgleiten und der leise, aber drohend sagt: «Haltet Euer verdammtes Maul, Jagehorn!»

Doch Evert Mulich, der Schiffer der *Fortuna*, wendet sich an Jagehorn. «Was habt Ihr damit gemeint? An wem will er sich rächen …?»

«Der Mann sieht Gespenster», fährt Pawest dazwischen. «Jetzt kehrt auf Eure Schiffe zurück, werte Herren, und trefft die Vorbereitungen für die Abfahrt morgen früh.»

Niemand erhebt sich. Alle schauen Jagehorn an, dem trotz der Kälte Schweißtropfen über die Schläfen rinnen. Dann strafft er den Rücken und sagt laut: «Er will sich an Paul Beneke rächen.»

«Beneke?», fragt jemand. «Was hat denn Beneke damit zu tun?» Und ein anderer ruft: «Beneke sitzt doch im Winterlager in Sluis.»

«Nein», erwidert Jagehorn. «Beneke ist mit seinen Schiffen ebenfalls in den Kanal aufgebrochen, und als Pawest diese Nachricht erhielt, hat er den Befehl zur Kaperfahrt gegeben. Warum er das tut, liegt auf der Hand. Dass die beiden keine Freunde sind, ist in Danzig ein offenes Geheimnis, und offenbar kann Pawest den Gedanken nicht ertragen, dass Beneke ihm eine Prise vor der Nase wegschappt ...»

«Das ist Unsinn», unterbricht Pawest ihn. «Wir müssen kapern, weil wir das Geld brauchen. Die Reparatur des *Peter von Danzig* hat hohe Kosten verursacht. Außerdem müssen die Ruter und Seemänner verpflegt und entlohnt werden, und Danzig erwartet Ergebnisse von uns. Das, meine Herren, sind die Gründe, und jetzt ist diese Unterredung beendet!»

9.

Bretonische Küste – Januar 1472

In der Nacht liegt Pawest mit offenen Augen auf der Pritsche in seiner Kammer im Achterkastell. Er spürt das Schwanken des Schiffs, hört die Wellen gegen den Rumpf schlagen und denkt über Jagehorn nach. Der Kerl hat ihn durchschaut, denn sein Vorwurf, es gehe Pawest vor allem um Beneke, entspricht ja der Wahrheit. Aber dass der Hauptbootsmann ihm dies vor den versammelten Schiffern vorgeworfen hat, grenzt an Aufruhr. So etwas darf sich Pawest nicht bieten lassen. Diese Schlangenbrut stellt Pawests Kommando infrage, und in seinen Grübeleien sieht er schließlich keinen anderen Ausweg, als sich Jagehorn vom Hals zu schaffen. Wenn die Gelegenheit dafür günstig ist.

Im Morgengrauen lässt Pawest die Schiffsglocke schlagen. Anker werden gelichtet, Segel gesetzt, dann nimmt die Flotte im auffrischenden Wind, der über Nacht auf westliche Richtungen gedreht hat, Kurs auf die Bretagne. Mit den Segeln hart am Wind, der etwas wärmere Luft herantreibt, kommen die Schiffe schnell voran. Sie fahren den ganzen Tag und die Nacht hindurch. Der klare Nachthimmel, an dem auch der wandernde Stern wieder zu sehen ist, ermöglicht den Lotsen das Navigieren in der Dunkelheit. Am folgenden Nachmittag erreichen sie die nordwestlichen Ausläufer der bretonischen Küste und ankern in einer kleinen, von grauem Geröllstrand gesäumten Bucht.

Pawest tritt am nächsten Morgen an die Reling des Achterkastells und schaut auf die Männer herab, die an der Kombüse in langen Schlangen für ihren Getreidebrei anstehen. Als Jagehorn aus der Achterhütte kommt, versucht Pawest, ihn zu ignorieren, was ihm nicht gelingt, und die Wut kocht in ihm hoch, während Jagehorn mit gallenbitterer Miene unruhig übers Achterkastell wandert. Dabei blickt er immer wieder nach Westen, wo sich über dem aufgewühlten Meer dunkle Wolken zusammenballen.

«Ein schweres Unwetter kommt auf uns zu», sagt Jagehorn schließlich.

«Das sind nur ein paar Wolken», entgegnet Pawest. «Ich sehe überhaupt keinen Grund, wieder in Panik zu geraten. Die Wolken werden uns nicht aufhalten.»

«Doch, das werden sie. Wir sollten hier in der Bucht bleiben, bis das Unwetter vorübergezogen ist.»

«Ich lasse mich nicht von einem lächerlichen Wolkenhaufen aufhalten. Die Mannschaft soll sich mit dem Essen beeilen, dann nehmen wir Kurs auf die Westküste und die Île d'Ouessant. Bei der Insel sollen häufig Handelsschiffe im Schutz der Klippen vor Anker liegen, hörte ich.»

Jagehorn schaut ihn schweigend an.

«Was ist noch?», fragt Pawest ungehalten. Er muss seine Wut zügeln.

Jagehorn öffnet den Mund. Offenbar will er etwas sagen, doch dann wendet er sich ab.

Was Pawest eben noch als lächerlichen Wolkenhaufen abgetan hat, wächst sich bald zu einem gewaltigen schwarzen Ungetüm aus. Der *Peter von Danzig* und die anderen drei Schiffe kreuzen in einiger Entfernung zur Küste im Westwind, der rasch stärker wird und die breite Wolkenfront in ihre Richtung treibt. Pawest kommen beim Anblick der auf sie zuwalzenden Berge nun doch ernsthafte Zweifel. Die Wolken ziehen riesige graue Regenfelder hinter sich her und verdunkeln rasch den Himmel. Jagehorn ruft ihm irgendetwas zu, doch Pawest kann ihn in dem Windgeheul nicht verstehen. Die Böen fauchen und zischen durch die Takelage. Der Bugspriet hebt sich bedrohlich in die Höhe, bevor er tief herabsinkt, und der Rumpf kracht schwer in die sich hoch auftürmenden Wellen. Das Wasser spritzt in Fontänen über die Decks, auf denen sich die Männer unter die Schanzkleider kauern.

Pawest klammert sich an die Reling des Achterkastells, als Jagehorn über die bebenden Planken zu ihm gelaufen kommt. Sein Gesicht ist eine feucht glänzende, wutverzerrte Grimasse. «Wir müssen sofort die Segel bergen, sonst werden sie vom Sturm zerfetzt», schreit Jagehorn. «Zurück an die Küste schaffen wir es nicht mehr.»

Obwohl ihm klar ist, dass der Hauptbootsmann recht hat, zögert Pawest, der Mannschaft einen entsprechenden Befehl zu geben. Er überlegt, wie er den Abbruch der Fahrt so darstellen kann, als wäre es seine eigene kluge Entscheidung. Da zerreißt in unmittelbarer Nähe ein Blitz die Schwärze über dem schäumenden Meer, gefolgt von einem ohrenbetäubenden Donnerschlag. Und dann geht über ihnen ein Wolkenbruch nieder. Es poltert und blitzt und kracht und dröhnt. Aus dem tief hängenden schwarzen Himmel prasseln dicke Tropfen, gemischt mit Hagelkörnern, auf die Decks des *Peter von Danzig* und der anderen Schiffe, deren Umrisse in dem dunklen Schleier aus Regen, Hagel und Gischt im Licht der Blitze aufscheinen wie Geisterschiffe.

Als eine Böe Pawest fast von den Füßen wirft, schreit er

Jagehorn an, endlich die verdammten Segel bergen zu lassen. Sofort schickt der Hauptbootsmann ein paar Seeleute auf die wankenden Masten.

Pawest kriecht auf allen vieren zur Achterhütte und sucht Schutz unter dem Dach wie ein nasser Hund. Die Zeltwände hat man zuvor abgenommen, damit sie vom Sturmwind nicht zerfetzt werden. Pawest schiebt sich durch die überall am Boden kauernden Männer und lehnt sich erschöpft gegen einen Balken. Seine Kleider sind durchweicht, und er ist nass bis auf die Knochen. Der Wind hat ihm die Pelzkappe vom Kopf gerissen und ins Meer geweht. Sein Herz trommelt heftig, und er spürt, wie sich der Klammergriff der Todesangst um seine Brust legt. Da kommt ihm der schreckliche Gedanke, dass er Anna niemals wiedersehen wird. Sie wird in ihrem Bett sterben, allein, ohne dass er ihre Hand hält, und sie wird nie erfahren, was aus ihm geworden ist. Es schüttelt ihn. Zitternd vor Kummer und Kälte, sinkt ihm der Kopf herab, und seine Tränen vermischen sich mit Regen und Gischt.

So hockt er eine Weile da, bis er in dem Sturmgebraus hört, wie jemand seinen Namen ruft. Er schaut auf und sieht Jagehorn unter das Dach der Achterhütte taumeln. Er kommt auf Pawest zu, klammert sich an einen Balken und schreit, dass beim Bergen der Segel zwei Seeleute über Bord gegangen seien.

Pawest hört nicht auf Jagehorns Gejammer, stattdessen wird ihm klar, dass der Hauptbootsmann der wahre Schuldige an ihrem Unglück ist, und die Trauer um das eigene Schicksal verwandelt sich in heißen Zorn. Wenn Jagehorn heute Morgen nicht darauf bestanden hätte, dass sie in der Bucht bleiben müssten, um das Unwetter vorüberziehen zu lassen, dann hätte Pawest selbst diese zweifellos richtige Entscheidung treffen können. So aber war Pawest durch Jagehorn ja regelrecht dazu genötigt worden, in dieses schreckliche Unwetter hineinzufahren. Wie hätte Pawest denn dagestanden, wenn sich herumsprechen würde, er würde vor dem Mann den Schwanz einziehen, der ihn kurz zuvor im Beisein der anderen Schiffer zum Narren gehalten hatte? Da hätte Pawest ihm ja gleich das Kommando überlassen können!

Während der Sturm in seinen Ohren braust, hört er Jagehorns Stimme, zwar nur einzelne Wortfetzen, aber genug, um zu verstehen, wie Jagehorn ihm vorwirft, schuld zu sein an dem Unglück und dem Tod der Seeleute ...

Der Zorn kommt über Pawest wie eine Gerölllawine. Mit einer Hand greift an nach Jagehorns Mantel, mit der anderen nach dessen Kehle, und dann drückt er fest zu. In dem Moment zuckt ein Blitz auf, und gleißende Helligkeit fällt auf Jagehorns Augen, in denen die Panik steht. Er scheint zu wissen, dass er jetzt sterben wird. Zugleich hat Pawest aus den Augenwinkeln im Licht des Blitzes noch etwas anderes gesehen. Jetzt hört er die lauten Rufe der Männer in der Achterhütte, und sein Griff um Jagehorns Hals lockert sich. Pawest lässt vom Hauptbootsmann ab und richtet sich auf. Nicht weit hinterm Heck des *Peter von Danzig* sind die Umrisse eines Schiffs zu sehen, aber es ist nicht zu erkennen, um welches es sich handelt. Da fährt ein Blitz herab, und man kann sehen, dass auf dem Schiff die Großrahe gebrochen ist. Das zerfetzte Segel schlägt wild umher wie Geisterflügel. Pawest drängt sich durch die schreiende Menge zum hinteren Schanzkleid, und als der nächste Blitz die Dunkelheit zerreißt, ist zu sehen, wie das Schiff manövrierunfähig in den aufgepeitschten Wellen abgetrieben wird.

10.

Bretonische Küste – Januar bis Februar 1472

Im Zwischendeck im Rumpf des *Peter von Danzig* rutscht Landers auf schmierigen Planken aus und kracht mit dem Kopf gegen den unteren Baum des Großmasts. Kurz ist er von dem Schlag benommen. Er kann in der Dunkelheit kaum etwas erkennen, aber es gelingt ihm, sich am Mastbaum festzuhalten. Wie alle Männer unter Deck wurde er von dem Unwetter überrascht, weil niemand sie gewarnt hat. Jetzt fliegen Bültsäcke, Truhen, Strohkissen, aufgesprungene Seekisten und ihr Inhalt in einem undurchschaubaren Durcheinander über die Planken. Männer und Jungen schreien vor Angst und Schmerzen. Der Rumpf ächzt und knirscht unter den harten Wellenschlägen.

Hin und wieder zuckt helles Licht auf, wenn der Schein eines Blitzes durch die offenen Luken des Großdecks fällt. In dem Licht sieht Landers ganz in seiner Nähe Godschalk über die Planken schlittern. Schnell streckt Landers eine Hand aus, bekommt ihn am Arm zu fassen und zieht ihn zu sich heran. Godschalks Augen sind aufgerissen. Blut rinnt aus einer Platzwunde über seine Stirn. Durch die Luken des Großdecks schwappt eiskaltes Wasser herunter. Landers ist längst nass bis auf die Knochen. Der Wind heult, die Wellen schlagen, und er hält in seinen Armen Godschalk fest, bis der Sturm abflaut.

Als die schwarzen Wolkenberge nach Osten weiterziehen, hievt Landers den blutenden Gefährten die Leitertreppe hinauf durch die Luke aufs Großdeck. Gerade klettern ein paar Burschen über die Wanten in die Mastkörbe. Kurz darauf vermelden sie, dass sie zwei Schiffe gesichtet haben, die *Gottesgabe* und den *Ochsenkopf*. Von der *Fortuna* fehlt jede Spur.

Männer kommen Godschalk zu Hilfe und verbinden die Wunde an seinem Kopf. Auch andere Männer haben Verletzungen davongetragen, Prellungen, Knochenbrüche an Armen und Beinen, gequetschte Finger und Zehen. Beim Einholen der Segel sind zwei Seeleute von der Großrahe gestürzt und in der stürmischen See verschwunden. Landers hat eine schmerzhafte Beule am Hinterkopf, sein Schädel dröhnt wie eine Trommel. Die Aufbauten des *Peter von Danzig* scheinen weitgehend unbeschädigt zu sein. Wie es unter Deck aussieht, ist noch unklar.

Es heißt, Pawest habe sich in seine Kammer verzogen. Auf dem *Peter von Danzig* und den anderen beiden Schiffen werden die Segel wieder gesetzt, dann lässt Jagehorn Kurs auf die Küste nehmen. Mit Einbruch der Dämmerung laufen sie in eine geschützte Bucht ein. Sie ist von zerklüfteten Felsen umgeben, auf denen der Schnee taut. Die Espings pendeln zwischen Schiffen und Steinstränden hin und her, um Seeleute und Ruter an Land zu bringen. Sogleich beginnen die Männer mit der Suche nach Treibholz, das halbwegs trocken ist, und bald lodern die Flammen in der klaren Winterluft. Die Seemänner ziehen ihre nassen Kleider aus und hängen sie an den Feuern zum Trocknen auf Gestelle, die sie aus Ästen gebaut haben.

Godschalk zittert am ganzen Leib. Seine Lippen sind blau vor Kälte. Landers reibt mit den Händen kräftig über dessen Arme, Brust und Beine, um ihn aufzuwärmen, doch die Kälte will nicht aus ihm weichen. Schließlich wickelt er Godschalk in eine Decke und verbringt die Nacht am Feuer hockend mit

Godschalks Kopf auf seinem Schoß. Die Nacht ist klar, doch der wandernde Stern nirgendwo am Himmelsgewölbe zu sehen. Am nächsten Morgen geht es seinem Gefährten etwas besser, dafür ist Landers jetzt todmüde. An Schlaf ist jedoch nicht zu denken, denn jeder Mann, der noch stehen kann, wird auf den Schiffen in der Bucht gebraucht. Während Godschalk beim wärmenden Feuer bleibt, setzt Landers gleich mit den ersten Männern im Esping zum *Peter von Danzig* über.

Auf dem Großdeck teilen Jagehorn und andere Bootsleute ihnen die Arbeiten zu. Landers wird in den Rumpf runtergeschickt. Auf dem Zwischendeck und in der Bilge darunter sind Zimmerleute damit beschäftigt, Lecks abzudichten und geborstene Plankenstücke zu ersetzen. Man hat Lenzpumpen aufgebaut, mit denen das Wasser, das in der Bilge hüfthoch über den Steinen steht, aufs Zwischendeck gepumpt wird. Von dort schleppen Männer das Wasser in Eimern über die Leitertreppen aufs Großdeck und schütten es über Bord. Von der schweißtreibenden und erschöpfenden Arbeit und dem salzigen Wasser sind Landers' Hände bald aufgeweicht und mit aufgeplatzten Blasen überzogen.

Die Sachen der Ruter, die im Zwischendeck verstreut herumlagen, hat man bei den Kastellen zusammengetragen, und als Landers gegen Mittag eine Pause machen darf, findet er in einem der Haufen seine Seekiste. Das Schloss ist unversehrt. Er öffnet die Kiste und nimmt nach langer Zeit den kleinen Lederbeutel mit Jutas Haarsträhne wieder heraus. Er umschließt den Beutel fest mit der Hand, und dann, als seine Anspannung ein wenig nachlässt, spürt er, wie ihm die Tränen kommen. Doch er schluckt den Kummer herunter, trocknet seine Augen und macht weiter.

Drei Tage lang arbeiten die Mannschaften ununterbrochen in Schichten, bis der *Peter von Danzig*, die *Gottesgabe* und der *Ochsenkopf* wieder seetüchtig sind, und dann wird Landers am Abend des dritten Tages Zeuge eines Streits zwischen Pawest und Jagehorn. Landers sitzt mit anderen Rutern am Rande des Großdecks beim Achterkastell. Sie löffeln die dünne Suppe, die der Koch gekocht hat aus Muscheln, Seetang, Krebsen und was noch in der Bucht zu finden oder mit Angelleinen zu fangen war. Mit ihren eigenen Vorräten müssen sie sparsam haushalten, denn die gehen allmählich zur Neige. Die Männer tunken Zwieback in die Suppe und hängen ihren Gedanken nach. Landers' Hände zittern vom Eimerschleppen. Godschalk ist noch immer an Land, und man hat berichtet, dass er im Fieber liege und vom Schüttelfrost geplagt werde.

Mit einem Mal hört Landers über sich Schritte, dann klopft jemand an die Tür von Pawests Kammer, die gleich darauf geöffnet wird. «Was wollt Ihr noch?», ist die Stimme des Admirals zu vernehmen. «Ich dachte, wir hätten das geklärt. Ich war nicht Herr meiner Sinne, als ich Euch während des Sturms ... sagen wir: angegangen bin. Soll ich vor Euch zu Kreuze kriechen?»

«Es geht um etwas anderes», erwidert jemand, offenbar ist es Jagehorn. «Unsere Schiffe werden morgen fahrbereit sein. Dann müssen wir so schnell wie möglich die Küste nach der *Fortuna* absuchen, bestimmt ist sie irgendwo östlich von hier an Land getrieben worden.»

«Das werden wir nicht tun», entgegnet Pawest barsch. «Wir fahren nach Westen und suchen an der bretonischen Küste nach Schiffen, die wir kapern können.»

«Aber das können wir auch später noch machen. Die Mannschaft der *Fortuna* braucht unsere Hilfe ... wenn das Schiff nicht gekentert und gesunken ist.»

«Das ist Zeitverschwendung! Wenn von der Mannschaft noch wer lebt, werden sich die Männer selbst zu helfen wissen. Evert Mulich ist ein erfahrener Schiffer, das habt Ihr mir doch immer wieder gesagt – und Ihr habt mir geraten, auf Mulich und die anderen Schiffer zu hören. Und jetzt Schluss mit dem Unsinn. Ich brauche meinen Schlaf. Schließlich bin ich es, der die schwere Last der Verantwortung trägt, auch wenn Ihr glaubt, Ihr seid der wichtigste Mann an Bord ...»

«Bernt Pawest!» Jagehorns Stimme wird jetzt sehr laut. «Ich muss darauf bestehen, dass wir alles in unserer Macht Stehende tun, um nach der *Fortuna* und den Überlebenden zu suchen.»

«Ihr wollt mir wieder Ratschläge erteilen? Gebt acht, was Ihr sagt!»

Es folgt eine Pause, in der Jagehorn offenbar nach den richtigen Worten sucht.

«Jagehorn darf den Bogen nicht überspannen, sonst geschieht noch ein Unglück», sagt der Mann, der neben Landers sitzt. Er heißt Christof Stolle und ist ein erfahrener Ruter von Ende zwanzig, der, wie er behauptet, früher schon einmal an der bretonischen Küste gefahren ist.

«Aber Jagehorn hat doch recht», sagt Landers leise.

«Natürlich hat er recht», gibt Stolle zurück. «Aber das zählt hier nicht. An Bord des *Peter von Danzig* zählt nur Pawests Wort ...»

Er verstummt, als Jagehorn laut sagt: «Nein, Herr, das darf ich nicht zulassen. Wir haben die verdammte Pflicht, nach der *Fortuna* zu suchen ...»

«Wollt Ihr, dass ich Euch wegen Befehlsverweigerung anklage?», schnaubt Pawest aufgebracht. «Ich denke, Ihr wisst, welche Strafe ich dafür verhängen kann. Wir werden nicht warten, bis die Bretonen uns bemerken und ihre Schiffe vor uns warnen, wie es die Engländer gemacht haben. Danzig erwartet von uns, dass wir Beute machen, und das werden wir tun. Jetzt will ich kein Wort mehr von Euch hören!»

Die Tür fällt zu, und als Landers später zum Schlafen ins wieder aufgeräumte Zwischendeck runtersteigen will, sieht er Jagehorns Gestalt oben auf der Plattform des Achterkastells an der Reling stehen. Der Blick des Hauptbootsmanns ist aufs offene Meer jenseits der Bucht gerichtet, wo sich der Mond friedlich auf den seichten Wellen spiegelt.

Nachdem man Godschalk und die anderen Verletzten und Kranken vom Strand geholt und an Bord gebracht hat, stechen der *Peter von Danzig*, die *Gottesgabe* und der *Ochsenkopf* im Morgengrauen in See. Die Ruter tragen ihre Rüstungen und halten ihre Waffen bereit, um jederzeit zum Angriff übergehen zu können. Die Schiffe segeln westlich der Côte des Abers, bevor sie nach Süden schwenken und zu einem Kap fahren, dem Pointe Saint-Mathieu, hinter dem sich die Zufahrt zur Meerenge Goulet de Brest öffnet.

Die schmale Zufahrt, hinter der die Stadt Brest und viele Schiffe auf Reede liegen, wird jedoch von befestigten Stellungen mit Geschützen überwacht. Als die drei Kaperschiffe näher kommen, werden große Signalfeuer entfacht. Der dunkle Rauch steigt weithin sichtbar auf.

Pawest gibt zerknirscht den Befehl zum Abdrehen, und sie nehmen Kurs auf die südlich der Zufahrt liegende Rade de Camaret beim Fischerdorf Camaret-sur-Mer. Mit Einbruch der Dämmerung erreichen sie die Rade und setzen die Anker. In der Nacht lodern die Signalfeuer auch an der von Klippen und Steilküsten gesäumten Bucht.

Am Morgen gibt es eine karge Mahlzeit, bestehend aus steinhartem Zwieback und dünner Hafergrütze. Nach dem Essen schlägt Landers, dem vor Hunger schwindelig ist, mit dem Griff seines Kurzschwerts ein Stück Eis aus dem gefrorenen Trinkwasser im Fass auf dem Großdeck. Er bringt den Eisbrocken runter ins Zwischendeck, wo man Godschalk und die anderen Kranken in einem Bereich untergebracht hat, der durch Tücher von den übrigen Schlafplätzen abgetrennt ist.

Godschalk liegt zitternd in seinem Schlafsack. Sein bleiches Gesicht ist in der Dunkelheit kaum zu erkennen. Er ist zu schwach, um den Kopf zu heben, als Landers nach seiner erhitzten Stirn fühlt. Dann hält er ihm das Eisstück an die Lippen, und Godschalk saugt daran wie ein Neugeborenes an der Mutterbrust, bis der Eisbrocken weggeschmolzen ist.

«Wo sind wir?», flüstert sein Kamerad. Seine Stimme ist nur ein zarter Hauch. Landers beugt sich vor und erklärt ihm, sie seien an der bretonischen Küste inzwischen weit vorgedrungen, ohne ein einziges Handelsschiff zu sichten.

«Pawest wird uns alle umbringen», flüstert Godschalk, und Landers weiß nicht, was er darauf erwidern soll. Dann kippt Godschalks Kopf auf die Seite. Er atmet so leise, dass es kaum zu hören ist.

Im nächsten Morgengrauen rudern bewaffnete Männer mit den Espings an Land, um in Camaret-sur-Mer Essen und Trinken zu besorgen. Auf den Klippen versammeln sich unterdessen immer mehr Schaulustige, um die Danziger Orlogschiffe aus sicherer Entfernung zu beobachten. Bald darauf kehren die Ruter mit ein paar Kisten und kleinen Fässern zurück. Mehr sei in dem Fischerdorf nicht zu holen gewesen, erzählen sie, und diese Sachen – Wasser, Brot, Räucherfisch und etwas Getreide –

habe man ihnen auch nur ausgehändigt, weil sie zur Abschreckung einem alten Mann den Kopf abgeschlagen hätten.

Den Tag über kreuzen ihre Schiffe erfolglos vor den Küsten, bis sie sich am Abend beim Kap bei Pointe St. Mathieu auf die Lauer legen, um als Auslieger auf Schiffe zu warten, die nach Brest fahren wollen.

Godschalks Gesundheitszustand verschlechtert sich zusehends. Von dem kalten Tauwasser hat er Durchfall bekommen. Landers hilft ihm aus der besudelten Hose, wickelt Tücher als Windel um seinen Unterleib wie bei einem neugeborenen Kind, dann zieht er ihm eine seiner eigenen Hosen über die Windel. Die dreckigen Hosen reinigt er, so gut es geht, in einem Eimer mit Meerwasser und hängt die Hosen im Zwischendeck auf eine Leine, wo sie in der Kälte allerdings kaum trocknen. Der Gestank in dem abgetrennten Krankenbereich wird immer unerträglicher, weil bald auch andere Männer an Durchfall leiden und die Helfer mit dem Waschen der dreckigen Kleider kaum nachkommen.

Die in Camaret-sur-Mer erbeuteten Vorräte sind schnell aufgezehrt. Doch dann, am vierten Tag am Kap, sichten die Wachposten in der Großmars die Segel anderer Schiffe. An Bord des *Peter von Danzig*, der *Gottesgabe* und des *Ochsenkopf* werden sofort alle Vorbereitungen für einen Überfall getroffen. Die Ruter legen ihre Rüstungen an und greifen nach den Waffen. Bossemeister kontrollieren die bereits geladenen Schlangen, und nachdem die Anker eingeholt und die Segel gesetzt wurden, nehmen sie Fahrt auf. Die anderen Schiffe befinden sich jenseits der Landspitze. Offenbar haben sie die Kaperfahrer noch nicht bemerkt. Über der Küstenlinie sind jetzt die Segel von drei Schiffen zu erkennen, an deren Masten die Flaggen der Bretagne wehen. Die Kaperfahrer halten schnell auf die Spitze des

Kaps zu. Da steigen an Land die Rauchsäulen mehrerer Signalfeuer auf. Auf den anderen Schiffen werden sogleich die Segel aus dem Wind genommen, und sie leiten die Wende ein.

Pawest brüllt vom Achterkastell Kommandos, als glaubte er, er könne die Schiffe allein durch sein Geschrei schneller machen. Bei ihm steht der Priester und schickt lamentierend Stoßgebete zum Himmel. Jagehorn hält sich etwas abseits von den beiden. Er wirkt angespannt, und es ist unklar, ob er hofft, dass sie die Schiffe einholen oder dass diese entkommen, weil er Pawest den Erfolg nicht gönnt.

Als der *Peter von Danzig* endlich um das Kap herum ist, haben die anderen Schiffe bereits gewendet. Zwei von ihnen segeln die Küste hinauf nach Norden und sind kaum noch einzuholen. Auf dem dritten Schiff scheint es jedoch Probleme mit dem Segel zu geben. Es ist ein Schiff von der alten Bauart einer Kogge mit nur einem Mast, wie man es nur noch selten auf den Meeren sieht. Auf dem Schiff ringen mehrere Männer mit der Takelage. Doch das große Rahsegel will sich nicht in den Wind drehen lassen, weswegen das Schiff nur sehr langsam vorankommt. Und dann ist es plötzlich nicht mehr zu sehen.

Als der *Peter von Danzig*, gefolgt von der *Gottesgabe* und dem *Ochsenkopf*, kurz darauf an einigen großen, ins Meer ragenden Felsen vorbeigleitet, öffnet sich dahinter der Blick auf eine Bucht. Sie ist gesäumt von einem breiten Strand aus hellem Sand. Dicht vor dem Strand steckt die Kogge in dem kaum knietiefen Wasser fest. Die Mannschaft hat das Schiff offenbar auf Grund laufen lassen und versucht nun, so viel von der Ladung zu retten wie möglich. Etliche Kisten und Fässer wurden bereits auf den Strand gebracht.

Während die Kaperfahrer die Wende einleiten, um zu dem Strand zurückzukehren, an dem sie bereits vorbeigefahren sind, sieht Landers plötzlich eine große Gruppe Männer, Frauen und Kinder die mit Gras bewachsene Böschung zum Strand hinunterlaufen. Die Leute nehmen sich Kisten und Fässer, schleppen sie die Böschung rauf und laden die Sachen auf Karren, die dort oben bereitstehen.

«Wo kommen die denn alle so schnell her?», fragt Landers, der mit seiner Rotte auf dem Vorkastell steht, während der *Peter von Danzig* wendet und dann auf den Strand zuhält.

«Vielleicht sind sie aus einem Dorf in der Nähe», sagt Christof Stolle. «Wir lagen ja ein paar Tage am Kap, da hatten sie genug Zeit, sich darauf vorzubereiten, und als dann die Signalfeuer brannten, sind sie los, um sich die Ladung zu holen.»

«Und warum lassen die Seeleute die Sachen nicht an Bord und ergreifen die Flucht? Es kann denen doch egal sein, ob wir sie kapern oder die Leute sie ausplündern.»

«Glaub' ich nicht. Die hassen uns Kaperfahrer mehr als jeden anderen ... sieh doch ...» Stolle zeigt zu der Kogge, auf deren Rumpf jetzt mehrere Männer im Wasser stehend mit Beilen einschlagen. «Die wollen auch verhindern, dass uns der alte Kahn in die Hände fällt.»

Der *Peter von Danzig* hält mit unverminderter Geschwindigkeit auf den Strand zu. Offenbar sind die Lotsen der Ansicht, das Wasser sei ablaufend. Sie können es also riskieren, auf Grund zu laufen, um bei Flut wieder aufzuschwimmen. Ein solches Manöver ist wegen versteckter Steine im Meeresgrund nicht ohne Risiko. Aber Pawest scheint entschlossen, das Schiff zu kapern, bevor die Ladung von Bord geschafft und der Rumpf zerschlagen ist. Dann kommt endlich das Kommando, die Segel aus dem Wind zu nehmen. Sie gleiten immer langsamer auf den Strand zu, bis ein Ruck durch den Rumpf geht und der *Peter von Danzig* hinter der Kogge zum Stehen kommt.

Während die Bretonen mit ihren Karren und der Beute hinter der Böschung verschwinden, werden auf den Kaperschiffen die Espings bemannt. Landers und Stolle erreichen mit einem der ersten Trupps den verwaisten Strand, der, wie jemand zu wissen glaubt, wegen seines feinen weißen Sands Plage de Blancs Sablons genannt wird. Der an einigen Stellen gefrorene Sand ist von den Spuren vieler Füße aufgewühlt. Überall liegen die Trümmer der Kisten und Fässer herum, die die Leute zurücklassen mussten und vor ihrer Flucht zerschlagen haben. Der Sand ist mit rotem Wein getränkt. Kein einziges Gefäß scheint mehr heil zu sein.

Immer mehr Ruter kommen auf den Strand. Einige Männer stürmen mit Schilden und Schwertern die Böschung hinauf, kehren jedoch gleich wieder zurück. Von den Bretonen und der Mannschaft der Kogge ist nichts mehr zu sehen. Inzwischen sind auch Pawest und Jagehorn sowie Heymann vom *Ochsenkopf* und Ertmann von der *Gottesgabe* an Land gekommen. Der Wind bauscht Pawests goldblondes Haar. Sein Gesicht ist vor Zorn rot angelaufen, während er das bretonische Handelsschiff in Augenschein nimmt. Einige Planken sind unter den Beilhieben geborsten. Im Rumpf klaffen faustgroße Löcher, durch die Wasser ins Schiffsinnere strömt.

Jagehorn lässt sich im Esping zu der Kogge rudern, klettert über eine Strickleiter an Bord und steigt durch eine Luke in den Laderaum hinunter. Als er nach einer Weile wieder hochkommt, ruft er in Pawests Richtung: «In dem Schiff ist nichts mehr, was irgendeinen Wert hat!»

Landers ist sich nicht sicher, ob da nicht auch Schadenfreude in Jagehorns Tonfall mitschwingt.

«Die können doch nicht alles weggeschleppt haben», ruft Pawest. «Schaut noch mal gründlicher nach!»

«Ich habe bereits überall nachgeschaut. So groß ist der Kahn ja nicht. Im Laderaum sind nur ein paar Säcke mit Getreide, Erbsen, Zwieback, aber alles ist vom Meerwasser aufgeweicht.»

Pawest spuckt wütend in den Sand. «Aber wir haben immer noch ihr verdammtes Schiff. Das hat auch einen Wert.»

Jagehorn klettert in den Esping und kommt auf den Strand zurück. «Das Schiff ist ein Wrack», sagt er zum Admiral. «In der Bilge steht das Wasser jetzt schon kniehoch, und durch die Lecks dringt immer mehr Wasser ein.»

«Unsere Zimmerer werden den Kahn reparieren», entgegnet Pawest.

«Das würde viele Tage dauern, wenn nicht Wochen, und unsere Vorräte sind jetzt schon fast aufgebraucht.»

«Nicht weit von hier soll ein Fischerdorf sein, Le Conquet», sagt Pawest. «Ob die Strandräuber von dort sind, werden die Bewohner uns vermutlich nicht verraten. Trotzdem holen wir uns aus dem Dorf Essen und Trinken, und wenn sich einer weigert, hängen wir ihn mit dem Kopf nach unten in die Bäume.»

«Aber die Bretonen könnten Hilfe holen, aus Brest oder einer anderen Stadt. Dann wimmelt es hier bald von Soldaten.» Jagehorn blickt zu Heymann und Ertmann, den anderen beiden Schiffern, und fragt: «Was sagt Ihr dazu?»

Die beiden Männer zucken nur mit den Schultern. Offenbar haben sie seit der letzten Zusammenkunft den Mut verloren, gegen Pawest aufzubegehren. Beide weichen schnell zurück, als der Admiral an ihnen vorbei ein paar Schritte in Jagehorns Richtung macht und den Zeigefinger drohend auf ihn richtet. «Ihr habt nicht Heymann oder Ertmann zu fragen, Jagehorn», sagt Pawest laut. «Sondern Ihr habt *mich* zu fragen, Euren Admiral! Seit einem halben Jahr muss ich Eure Nörgeleien ertragen. Immer höre ich von Euch Widerspruch. Dabei habt Ihr es einzig und allein meiner Gutmütigkeit zu verdanken, dass ich Euch nicht längst in Ketten gelegt habe.»

Auf dem Strand interessiert sich jetzt niemand mehr für die leckgeschlagene Kogge. Alle Männer verfolgen den Streit zwischen dem Schiffer und seinem Hauptbootsmann. Landers denkt besorgt an Stolles Worte, dass Jagehorn den Bogen nicht überspannen dürfe. Und für den Moment sieht es tatsächlich so aus, als wollte Jagehorn klein beigeben. Er weicht mit leicht gesenktem Kopf einen Schritt zurück, sodass es fast demütig wirkt. Doch dann, nach kurzem Zögern, macht er den Rücken gerade und sagt laut: «Dann legt mich in Ketten! Und falls wir jemals nach Danzig zurückkehren sollten, werde ich dem Rat über jede Eurer Fehlentscheidungen Bericht erstatten. Ich werde ihnen alles erzählen, denn wenn Ihr damals bei Plymouth Sound auf mich, Heymann und die anderen Männer gehört hättet, dann hätten wir ...»

«Haltet Euer verdammtes Maul», schreit Pawest.

Doch Jagehorn fährt fort: «... dann hätten wir die *Fortuna* nicht verloren, und viele Männer wären noch am Leben ...»

«Schluss damit», brüllt Pawest. «Ich höre mir Euer Geschwätz nicht mehr an. Ihr glaubt doch nicht wirklich, dass die Ratsherren Euch mehr Glauben schenken als mir?» Dann zeigt er plötzlich auf einige Männer in der Menge, die Schwerter an den Gürteln tragen; unter ihnen ist auch Christof Stolle. «Ihr Ruter», sagt Pawest, sichtlich um Beherrschung bemüht, «ihr nehmt den Hauptbootsmann Jagehorn in Gewahrsam. Bringt ihn auf den *Peter von Danzig* und legt ihn im Zwischendeck in Eisen. Dort bleibt er, bis er zur Vernunft gekommen ist.»

Stolle und die anderen Ruter treten zögernd vor, die Hände an den Griffen ihrer Schwerter. Doch als sie sich Jagehorn nähern, ruft der: «Ja, legt mich in Eisen, Pawest! Aber die Wahrheit könnt Ihr nicht unterdrücken. Ich werde Euch in Danzig vors Gericht bringen, und alle werden erfahren, dass Ihr überfordert und unfähig seid, Schiffe und Mannschaften zu führen. Man hätte Euch das Kommando über den *Peter von Danzig* nie anvertrauen dürfen, stattdessen hätte man es Paul Beneke geben sollen, der ist ein besserer Schiffer ...»

Pawest zuckt zusammen wie unter einem Fausthieb. «Was habt Ihr gesagt?», fragt er. «Sagtet Ihr, Beneke sei ein besserer Schiffer als ich?»

«Das sagte ich», erwidert Jagehorn. «Paul Beneke versteht sein Handwerk, im Gegensatz zu Euch.»

Am Strand ist es still geworden, nur das Rauschen der Wellen ist für den Moment zu hören, und der Wind streicht seufzend über die Böschung hinweg. Landers beißt vor Aufregung die Zähne zusammen.

Pawests helle Augen funkeln wütend. «Ihr habt es nicht anders gewollt, Jagehorn. Gott ist mein Zeuge. Alle Männer hier haben Eure Worte gehört. Ihr lehnt Euch gegen mich auf, stellt meine Führung infrage und weigert Euch, mir Gehorsam zu leisten.» Pawest hebt die Stimme, und dann sagt er so laut, dass es jeder Mann bis in die letzten Reihen hören kann: «Als oberster Befehlshaber unserer Flotte verurteile ich Euch, Arnd Jagehorn, wegen Hochverrats und Anstiftung zum Aufruhr zum Tod durch den Strang!»

Er befiehlt den Rutern, den Verurteilten aufs Schiff zu bringen, und sagt: «Der Priester soll mit ihm beten, dann hängt ihr ihn an den Bugspriet.»

11.
Bretonische Westküste – Februar 1472

Schon nach wenigen Tagen hat Jagehorn kein Gesicht mehr. Landers überläuft bei dem Anblick ein Schauder, als er auf dem Vorderkastell die Leiche betrachtet, die unter dem Bugspriet in Wind und Wellen schwingt. Der Strick wurde so bemessen, dass Jagehorns Füße ein gutes Stück über den Wellen hängen. Die Stiefel hat man ihm vor der Hinrichtung ausgezogen, weil Pawest meinte, in der Hölle brauche der Verurteilte sie nicht. In den letzten Nächten war es so kalt, dass dem Toten das Fleisch gefror. Doch wenn am Tage die Sonne schien und Gischt die Leiche überzog, stürzten sich Krähen und Möwen auf ihn. Die Vögel pickten ihm die Augen aus, fraßen seine Lippen und Ohren und rissen das Fleisch von den Wangenknochen. Ein paar Mal hat Landers versucht, die Vögel mit der Lanze zu vertreiben, und sie haben geschrien, dass es klang, als würden sie lachen, und kurz darauf ihr grausiges Mahl fortgesetzt.

Ende Februar 1472 kreuzt der *Peter von Danzig* mit der *Gottesgabe*, dem *Ochsenkopf* und dem erbeuteten Bretonen-Schiff vor der Küste der Normandie. Dem Schiff haben sie den Namen des Strandes, *Plage de Blancs Sablons*, gegeben und es mit ein paar Dutzend Seeleuten und Rutern bemannt. Während der Reparatur, die gut eine Woche dauerte, wurden in der Umgebung des Strandes Wachen postiert. Doch es wurden keine bretonischen Söldner gesichtet. Vielleicht trauten sich die Bretonen nicht, eine Meute von mehreren Hundert Rutern anzugreifen, wofür ein großes und gut gerüstetes Heer nötig gewesen wäre.

Damit haben die Bretonen allerdings auch das Fischerdorf Le Conquet seinem Schicksal überlassen. Pawest, der in jenen Tagen sehr verbittert wirkte, unternahm gar nicht erst den Versuch, die Bewohner des Dorfs freundlich um Lebensmittel zu bitten. Er behauptete einfach, es seien die Leute aus Le Conquet gewesen, die die Kogge geplündert hätten. Daher nahm er für sich das Recht in Anspruch, sie zu bestrafen, und schickte einen großen Trupp Ruter an die nicht weit entfernte Flussmündung, an der das Dorf lag.

Landers war bei dem Überfall nicht dabei, aber Stolle hat ihm hinterher davon erzählt. Die Ruter, die ausgehungert und von der bisherigen Erfolglosigkeit ihrer Fahrt frustriert waren, erschlugen etliche Männer, schändeten Frauen und nahmen sich dann alle Vorräte, derer sie habhaft wurden, bevor sie die Fischerhütten niederbrannten. Der schwarze Rauch stieg einen Nachmittag lang über dem Kap auf und war sogar vom Plage de Blancs Sablons aus zu sehen. Und Stolle lachte laut und meinte, Landers habe sich einen großen Spaß entgehen lassen.

Nach dem Überfall schleppten die Ruter Fässer und Kisten, gefüllt mit Speisen und Getränken, sowie frisch geschlachtete Schweine und Rinder an den Strand, wo die Beute verteilt und auf die Schiffe gebracht wurde. Die Köche fachten die Feuerstellen an und brutzelten und buken und kochten, und die Mannschaften aßen sich nach längerer Zeit wieder satt. Sogar Wein und Bier gab es. Es war ein rauschendes Fest, die Stimmung gelöst, und vielleicht dachte an jenem Abend kaum noch jemand an Jagehorn, dessen Leiche am Bugspriet gefror.

Auch Landers vergaß ihn für den Moment, als er eine Schüssel mit Kochfleisch und frischem Brot nach unten ins Zwischendeck zu Godschalk brachte. Dessen Zustand besserte sich allmählich, was an ein Wunder grenzte. Landers wusch ihn und die Windeln jeden Tag mit Meerwasser und fütterte ihn. Bald ließ der Durchfall nach, auch das Fieber schwand, sodass Godschalk auf wackligen Beinen erste Steh- und Gehversuche machte. Und als an dem bretonischen Schiff die Lecks abgedichtet und die kaputten Planken erneuert waren und der Aufbruch der Flotte bevorstand, half Landers ihm, über die Leiter aufs Großdeck hinaufzusteigen. Zum ersten Mal seit vielen Tagen sah Godschalk die Sonne wieder, und er schaute auf das Meer, als hätte er es nie zuvor gesehen. Dann sank er vor Landers auf die Knie, küsste ihm die Hände und sagte unter heftigem Schluchzen, er werde ihm das nie vergessen. Landers war von dem Gefühlsausbruch vor den Augen der anderen Männer peinlich berührt; aber die Dankbarkeit des Kameraden rührte ihn auch.

«Warum lässt Pawest ihn so lange am Bugspriet hängen?», fragt Godschalk, als er an jenem Abend mit Landers auf dem Vorderkastell die entstellte Leiche betrachtet. Die Flotte ankert an der Küste der Normandie, unweit der Stadt Dieppe, deren Name Landers an eines der beiden Schiffe erinnert, mit denen der Lord Mayor of London nach Frankreich fliehen wollte. Die Bucht ist gesäumt von schroffen Felsen, deren Schatten sich in der Dämmerung auf dem Wasser strecken.

Von der Leiche hängen die Kleider in Fetzen herab, der Schädel sieht aus, als würden seine freigelegten Kiefer und Zähne grinsen. Auf der Fahrt heute muss der linke Unterschenkel unterhalb des Knies abgerissen sein, zumindest fehlt er jetzt. Jagehorn ist ein Gespenst, denkt Landers, eine Hülle ohne Seele und ohne Grab. Pawest scheint nicht mal ein Erbarmen mit der gefledderten Leiche zu haben, aber wahrscheinlich denkt der im Moment eh an etwas anderes. Seit einigen Tagen schon verfolgen sie ein paar englische Schiffe, die sie aber immer wieder aus den Augen verlieren. Die drei Engländer sind das erste Mal auf Höhe der Inseln Guernsey, Alderney und Bourhou im Kanal gesichtet worden. Landers hat noch überlegt, ob es vielleicht der *Mariendrake* und zwei andere Schiffe von Benekes Flotte sind. Aber bald darauf konnte man die englischen Flaggen erkennen, und die Engländer schienen mit Pawests Schiffen Katz und Maus zu spielen. Meist tauchten sie frühmorgens auf wie aus dem Nichts und hielten großen Abstand zu den Danzigern, bevor sie irgendwann verschwunden und am nächsten Tag plötzlich wieder da waren. Heute sind sie erst um die Mittagszeit gesichtet worden. Pawest hat sofort die Verfolgung aufnehmen lassen, bis die Engländer hinter eine Halbinsel gesegelt sind und sich dann in Luft aufgelöst zu haben schienen. Entsprechend übel gelaunt war Pawest, und er gab mit zornrotem Gesicht den Befehl, diese Bucht anzusteuern.

«Wahrscheinlich lässt Pawest die Leiche da hängen, um jeden Mann abzuschrecken, der mit seinen Entscheidungen nicht einverstanden ist», antwortet Landers.

«Also eigentlich alle auf dem Schiff.»

«Glaub ich nicht. Seit die Leute wieder genug zu essen und zu trinken haben, höre ich kaum noch ein schlechtes Wort über Pawest. Ich glaube, Jagehorns Hinrichtung hat Pawests Ansehen nicht geschadet, wie es zuerst schien, sondern die Männer sind im Gegenteil von seiner Grausamkeit beeindruckt. Gib ihnen zu fressen, zu saufen und ein bisschen Macht, und sie beten den schrecklichsten Götzen an.»

«Steht das in der Heiligen Schrift?», fragt Godschalk.

«Weiß ich nicht, vielleicht.»

«Sonst sollte man's reinschreiben», sagt Landers und lacht leise. «Für den neuen Hauptbootsmann gilt das auf jeden Fall.»

Pawest ernannte nach Jagehorns Tod den Rottmeister Hinrik Kalthof zum neuen Hauptbootsmann. Kalthof tut sich allerdings weniger durch seemännische Kenntnisse hervor, sondern durch Grausamkeit. Nach dem Überfall auf Le Conquet rühmte er sich damit, einem Fischer das Herz aus der Brust geschnitten und ein Stück davon verspeist zu haben. Das mag den einen oder anderen Krieger beeindruckt haben, vielleicht auch Pawest. Aber der wahre Grund für die Beförderung Kalthofs liegt wohl darin, dass er jedem Wort, das Pawest sagt, vorbehaltlos zustimmt.

«Ein solches Ende hat Jagehorn nicht verdient», sagt Godschalk leise. «Ich würde ihn am liebsten von dem Seil abschneiden und erlösen ...»

Er verstummt, als der Ruter Stolle auf das Vorderkastell kommt und verkündet, alle Männer, die keine Nachtwache hätten, müssten jetzt schlafen. Pawest wolle die Jagd auf die Engländer am nächsten Morgen wieder aufnehmen. Er sei überzeugt, dass er sie morgen stellen werde.

«Was macht Pawest da so sicher?», fragt Landers.

«Vielleicht hat der Herrgott es ihm im Schlaf geflüstert», erwidert Stolle.

Als sich Landers und Godschalk wenig später ins Zwischendeck begeben und die Dunkelheit sich über die Bucht legt, zieht am Himmelsgewölbe der gefürchtete Stern seinen Schweif durch die schwarze Nacht.

12.

Bretonische Westküste – Februar 1472

Pawest verriegelt die Tür zu seiner Kammer von innen. Er schließt die Läden an der Fensteröffnung und legt den Deckel aufs Abortloch. Abgeschottet von der Welt da draußen, entzündet er eine Kerze, denn dieses Recht nimmt er für sich in Anspruch. Er stellt die brennende Kerze auf die Truhe, die er als Altar eingerichtet hat, mit einem silbernen Kruzifix, das im flackernden Licht schimmert. Bei dem Kruzifix liegt die Gebetskette, ein Erbstück seines Vaters, sowie in einem Holzrahmen das kleine Gemälde mit den Porträts von ihm, Anna und Margreta. Pawest hatte das Gemälde von einem Maler in Danzig anfertigen lassen, lange bevor Beneke das Unglück über seine Familie brachte und Anna krank wurde.

Pawest kniet vor dem Altar nieder und blickt auf das Gemälde. Er selbst wirkt darauf würdevoll und erhaben, so wie er sich gerne sehen mochte. Mit Annas Porträt ist er hingegen nie zufrieden gewesen, denn es trifft, wie er meint, nicht ihr gütiges Wesen und den Glanz, der sie früher umstrahlte. Und Margreta sieht darauf so ernst aus, fast traurig. Erst später hat Pawest verstanden, was sie zu jener Zeit, als das Bild gemalt worden war, bekümmert haben musste, denn damals hatte der Teufel Beneke sich ihrer bereits bemächtigt. Aber ein anderes Bild hat er nicht von seiner Familie. Deshalb hat er es auf diese Fahrt mitgenommen, auf diese verdammte Fahrt, die ihn immer mehr Kraft kostet. Und an der er zunehmend verzweifelt. Es ist die Kälte, die ihm zu schaffen macht; die Kälte ist allgegenwärtig, niemand kann ihr auf dem Schiff entkommen. Und es ist die Erinnerung an das Unwetter, das ihm die *Fortuna* und viele Männer genommen hat. Und ihn quält die schwindende Hoffnung, er könne doch noch Beute machen und als Seeheld heimkehren. Und die Sehnsucht nach Anna; es ist eine Sehnsucht, die mit jedem Tag wächst, den er von ihr getrennt ist. Zugleich spürt er, wie er sein Ziel aus den Augen verliert, wie sein Verlangen nach Rache nachlässt, weil ihn alles zur Heimkehr drängt …

Seine Lippen bewegen sich kaum, als er, die Hände zum Gebet gefaltet, leise sagt: «Ich zweifele, o Herr, ich zweifele an der Aufgabe, die du mir aufgebürdet hast. Ich zweifele daran, den Mann zu vernichten, der des Teufels Brut ist. Ich zweifele an so vielem. Hätte ich das Kommando über dieses Schiff überhaupt übernehmen sollen? Hätte ich doch auf Jagehorns Rat hören sollen? Hätte ich Gnade mit ihm haben sollen? Aber ich hatte doch keine andere Wahl, o Herr. Er hat mich vor der Mannschaft lächerlich gemacht. Hat mich infrage gestellt. Das durfte ich ihm nicht durchgehen lassen. Ich hätte mein Gesicht verloren, und deshalb musste er am Bugspriet hängen. Ist es nicht so, o Herr?»

Pawests Beine schmerzen schon vom Knien auf den harten Planken, und während er den Worten seines Zwiegesprächs mit Gott nachspürt, wartet er auf ein Zeichen. Aber keine Stimme ist zu hören, kein Hauch zu spüren, kein Flackern der Kerzenflamme zu erkennen.

Pawest richtet den Oberkörper auf und sagt: «Aber ich sehe auch, o gütiger Gott, dass Du mich aus meiner Aufgabe noch nicht entlässt. Warum sonst schickst Du mir die englischen Schiffe? Ja, Du willst mich prüfen, ob ich den Reichtum wert bin, den Du mir beschert hast, all das Silber, all das Gold, die Macht, das Haus an der Langgasse. Ja, o Herr, wenn es denn so ist, muss ich Deine Prüfung annehmen. Ich muss mir die Engländer holen, und wir werden sie töten und ihre Schiffe kapern, und so werde ich vielleicht doch noch als Held der Hanse heimkehren, und Du wirst zufrieden mit mir sein. Dann lässt Du mich Rache nehmen an des Teufels Brut.»

Im Morgengrauen des nächsten Tages sind die englischen Schiffe wieder da. Die Engländer kreuzen im ersten Tageslicht vor der Bucht. Sofort lässt Pawest die Glocke läuten. Schnell werden die Anker gelichtet, die Segel gesetzt, und dann steuert die Flotte auf das offene Meer.

«Wo wollen sie nur hin?», fragt Pawest, als er mit Kalthof auf dem Achterkastell steht und über seine Ansprache an Gott nachdenkt. Will Gott ihn mit den englischen Schiffen wirklich prüfen? Seit Tagen narren sie Pawest mit ihren provokanten Manövern. Sie fahren voraus, verschwinden, tauchen wieder auf. Fast scheint es, als wollten sie ihn immer weiter nach Osten locken, heraus aus dem Kanal.

«Weiß ich auch nicht, Herr», sagt Kalthof und kratzt sich unter dem dunklen Bart. «Vielleicht segeln sie rüber an die englische Küste.»

Pawest ignoriert Kalthofs Geschwätz. Der Mann ist ein Schafskopf, aber wenigstens ein treuer Schafskopf.

Auf dem offenen Meer frischt der Wind auf. Die Wellen klatschen gegen den Rumpf, als sie hart am Westwind segeln und der *Peter von Danzig* sich nach Steuerbord neigt. Jagehorns Leiche pendelt immer wieder in Pawests Blickfeld. Von einem Bein fehlt jetzt die untere Hälfte, und Pawest denkt, dass es Zeit wird, dass auch der Rest der widerlichen Leiche verschwindet. Aber er kann sie nicht einfach abschneiden lassen. Jagehorns Tod soll der Mannschaft eine Mahnung sein, auch wenn er in Momenten wie diesen Jagehorns seemännische Fähigkeiten durchaus vermisst, wie er sich im Stillen eingesteht.

Sie verfolgen die Engländer auf dem Kanal bis in den Nachmittag, ohne dass sich der Abstand zwischen den Schiffen verringert. Pawests Finger, mit denen er die Reling umklammert, sind in den Handschuhen längst steif vor Kälte. «Was würde der verfluchte Jagehorn jetzt tun?», fragt sich der Admiral und merkt nicht, dass er laut gesprochen hat.

«Wie meint Ihr, Herr?», erwidert Kalthof überrascht. «Sagtet Ihr denn nicht, Jagehorn sei ein Narr?»

«Was? Ja, natürlich war er ein Narr, ein gefährlicher Narr. Ihr müsst mich falsch verstanden haben. Wie lange ist es her, seit wir am Morgen aufgebrochen sind?»

Sein Hauptbootsmann blickt auf das Stundenglas. «Der Sand ist gleich zum siebten Mal durchgelaufen.»

«Sieben Stunden, und wir sind nicht eine einzige Handbreit näher an sie herangekommen. Erklärt mir, Kalthof, mit welchem Manöver können wir die Engländer einholen?»

«Vielleicht sollten wir hinter ihnen herfahren, bis ...»

«Bis – was?», fragt Pawest.

«Bis die Engländer in das Unwetter segeln», sagt Kalthof und blickt nach Westen, und als Pawest ebenfalls in die Richtung schaut, erstarrt er, denn dort schiebt sich eine riesige dunkle Wolkenfront über dem Kanal genau auf sie zu. Die Wolkenberge türmen sich hoch auf und sehen noch bedrohlicher aus als damals vor der bretonischen Küste.

Das Herz hämmert Pawest in der Brust. Sofort sind die Erinnerungen an das Unwetter wieder da. Schnell ruft er die beiden Lotsen zu sich und schreit sie an: «Wie weit ist es noch bis zur englischen Küste?»

Die Lotsen schauen verunsichert auf den Sand, der durchs Stundenglas rieselt, das gerade erst wieder umgedreht wurde, dann werfen sie einen Blick zur kaum noch sichtbaren französischen Küste, die an Steuerbord vorbeizieht. Sie halten die Finger prüfend in den Wind und versuchen, die Entfernung zu dem schwarzen Wolkenungetüm abzuschätzen.

«Auf jeden Fall ist es zu weit, Herr», sagt einer der Lotsen schließlich. «Das Unwetter wird uns schneller erreichen als wir die englische Küste. Wir sollten uns an der französischen Küste eine geschützte Bucht suchen.»

«Und warum, in Gottes Namen, segeln die verdammten Engländer dann einfach weiter nach Norden?», fährt Pawest die Lotsen an. «Haben die vielleicht fähigere Lotsen an Bord, die ihnen vorhersagen, dass man die englische Küste doch noch vor dem Unwetter erreichen kann?»

Die Lotsen blicken sich ratlos an. Sie wirken eingeschüchtert, und vielleicht müssen sie gerade an Jagehorns Schicksal denken, denn keiner der beiden sagt ein Wort. Da schreit Kalthof: «Ihr sollt antworten, wenn der Admiral Euch was fragt!»

«Wir wissen leider nicht, Herr, welche Vorhersage die Lotsen der Engländer getroffen haben», sagt einer der Lotsen.

Pawest macht mit einer Hand eine Bewegung, als wollte er eine Fliege verscheuchen, um die Lotsen zum Gehen aufzufordern. Er muss jetzt in Ruhe nachdenken, was zu tun ist, als er plötzlich einen unangenehmen Druck hinter seiner Stirn verspürt. Nachdem er ein paar Mal tief ein- und ausgeatmet hat, sieht er wieder klarer. Achtern folgen ihnen die *Gottesgabe* und der *Ochsenkopf*. Die nur mit einem Segel ausgestattete *Plage de Blancs Sablons* ist ein gutes Stück zurückgefallen. Pawest dreht sich wieder um, schaut zu den Engländern, dann trifft er eine Entscheidung und sagt zu Kalthof: «Teil der Mannschaft mit, dass wir weiter nach Norden segeln. Wir dürfen die Engländer nicht entfliehen lassen.»

Bald darauf kommt die englische Küste in Sicht. Nach Ansicht der Lotsen müssten sie sich jetzt etwa auf Höhe der Hafenstadt Dover befinden, an der sie vor mehr als eineinhalb Monaten zu Beginn ihrer Kaperfahrt vorbeigesegelt sind. Unterdessen ist der Wind stärker geworden, und das Gewittergrollen, das immer wieder über das Meer rollt, klingt bedrohlich nahe. Über den Mastkörben jagen dunkle Wolkenfetzen hinweg. Die anderen drei Schiffe ihrer Flotte sind inzwischen weit zurückgefallen. Der Westwind drückt den *Peter von Danzig* an Steuerbord so tief ins Wasser, dass Jagehorns herumschwingende Leiche von den aufbrandenden Wellen immer wieder überspült wird. Pawest kann den Blick nicht abwenden von dem bleichen Totenschädel. Unter dem sich jetzt sehr schnell verdunkelnden Himmel scheint es, als würde das löchrige Gebiss ihn auslachen. Da stellt er plötzlich fest, dass es noch ein weiteres Problem gibt. Die englischen Schiffe, deren Segel eben noch über den schäumenden Wellen zu sehen waren, sind verschwunden.

Und dann holt das Unwetter den *Peter von Danzig* ein. Ein fürchterlicher Schauer aus Regen und Hagel prasselt auf die Decks nieder. Das Schiff wird in den Wellen hin- und hergeworfen, und die Wellen sind mit einem Mal hoch wie mehrstöckige Häuser. Es wird immer finsterer.

Pawest erinnert sich daran, was Jagehorn vor der bretonischen Küste gesagt hat, und er schreit gegen das Sturmgebraus in die Richtung, in der er Kalthof vermutet: «Schickt Seeleute in die Rahen. Sie müssen die Segel sofort einholen!»

Doch Kalthof antwortet nicht, und Pawest geht hinter der Reling in Deckung. Er klammert sich verzweifelt an den Streben fest, überall am Rumpf knarren und ächzen die Planken. «Das Segel», brüllt er aufs Großdeck hinunter, in der Hoffnung, irgendwer werde ihn schon hören. «Holt sofort die verdammten Segel ein!»

Auch vom Großdeck erhält er keine Antwort. Oder er hört sie in dem Lärm des Unwetters einfach nicht. Blitze zucken auf, zerreißen die Dunkelheit, und in dem Chaos aus Regen, Hagel und Gischt kann er ein paar schattenhafte Gestalten erkennen, die sich in Todesangst unter den Schanzkleidern zusammenkauern. Andere Männer klammern sich an den Mastbaum und die Takelage. Das Einzige, was Pawest jetzt noch einfällt, ist zu beten, und er fleht den Allmächtigen an, Er möge gnädig sein und wenigstens ihn verschonen. Plötzlich dringt ein lautes Krachen durch das Sturmgeheul an seine Ohren, und in dem Moment, als er aufblickt, zerbricht die Rahe am Vormast wie ein morscher Ast. Seile reißen, das Segel wird zerfetzt und vom Wind fortgerissen, und im gleißenden Licht eines Blitzes, der wie ein gezacktes Schwert ins tosende Meer stürzt, glaubt Pawest, unter dem Bugspriet Jagehorns wild hin und her pendelnden grinsenden Totenschädel zu sehen.

Und da versteht er, da versteht er alles. Die Zornesfackel! Das Unwetter! Jagehorns Leiche! Gott schickt Sturm und Hagel, und der Herr schickt Feuer und Blut. Und sie alle werden untergehen mit dem *Großen Kraweel*, es sei denn, Pawest tut, was er tun muss. Er richtet sich auf, stemmt sich gegen die Sturmgewalten und setzt sich in Bewegung.

13.

Englische Ostküste – Februar 1472

Das Gewitter wütet über dem *Peter von Danzig* wie ein entfesseltes Ungeheuer. Landers stolpert über das mit Hagelkörnern bedeckte Großdeck. In der Dunkelheit kann er kaum etwas erkennen, und in seinen Augen brennt salziges Meerwasser. Godschalk ist dicht hinter ihm, als sie auf eine Gruppe Seeleute treffen, die versuchen, das im Wind schlagende Großsegel zu bergen. Doch das ist in dem Sturm unmöglich. Die Mannschaft hat zu lange damit warten müssen, weil Pawest die Engländer nicht verlieren wollte. Und das haben sie nun davon. Die Engländer sind verschwunden. Vielleicht sind sie gesunken, vielleicht irgendwo an der Küste in Sicherheit. Auch von der *Gottesgabe*, dem *Ochsenkopf* und der *Plage de Blancs Sablons* ist nichts mehr zu sehen, und über dem *Peter von Danzig* jagen schwere Wolken mit Regen, Hagel, Blitz und Donner hinweg.

Im grellen Licht eines Blitzes, der den Vorhang aus grauschwarzer Luft zerreißt, sieht Landers, wie einige Seeleute versuchen, Taue mit Messern zu zerschneiden, um das Großsegel zu lösen und das Schiff vor dem Kentern zu bewahren. Landers und Godschalk wollen ihnen dabei helfen, doch die Taue sind kaum zu greifen, zu hart zerrt das Segel daran, und dann verliert Godschalk den Halt. Er stürzt zu Boden und fällt einem Mann vor die Füße, der gerade in ihre Richtung gelaufen kommt. Es ist der Hauptbootsmann Kalthof. Er zieht Godschalk an der Kapuze seiner triefnassen Gugel hoch auf die Füße, zeigt auf einen der Seemänner und ruft: «Ihr beiden folgt mir!» Dann drängt er Godschalk und den Seemann Richtung Vorderkastell, wo Pawest am Fuß der Leitertreppe auf sie wartet.

Landers, der bei dem Tau zurückgeblieben ist, fragt sich, was Kalthof und Pawest mit den Männern wollen, als das Schiff von einer schweren Welle getroffen wird. Landers kann sich gerade noch irgendwo festhalten, doch im Licht eines aufzuckenden Blitzes sieht er, wie der Seemann übers Deck wegrutscht. Kalthof kümmert sich nicht darum. Er schiebt Godschalk die Leitertreppe hinauf aufs Vorderkastell. Dann gehen sie bis ganz nach vorn zum Bugspriet, unter dem Jagehorns Leiche hin und her geworfen wird.

In dem Moment versteht Landers, was sie mit Godschalk vorhaben, und er spürt, wie die Wut in ihm aufsteigt. Pawest selbst war es doch, der sie alle in diese lebensbedrohliche Lage gebracht hat. Er hat nicht auf die anderen Schiffer gehört, als sie ihn zur Umkehr drängten. Er hat Jagehorn hinrichten und sich von den Engländern in dieses Unwetter locken lassen. Er ist schuld, er allein!

Landers bewegt sich vorsichtig über das bebende, von Wasser und Hagelkörnern rutschige Großdeck zum Vorderkastell. Der Wind heult und pfeift in seinen Ohren. Er hört Männer panisch rufen, das Wasser stehe in der Bilge mannshoch, und es seien Planken geborsten, man müsse sofort lenzen! Irgendwie schafft es Landers zu der Leitertreppe, und als er oben auf dem Vorderkastell ist, sieht er, wie Pawest beim Bugspriet auf Godschalk einredet und auf Jagehorns Leiche zeigt. Dann wird sein Kamerad von Kalthof auf das Schanzkleid gezerrt.

Das ist doch Irrsinn, denkt Landers. Godschalk kann es nicht schaffen, die Leiche vom Bugspriet abzuschneiden! Aus irgendwelchen Gründen scheint Pawest zu der Überzeugung gelangt zu sein, dass Jagehorn die Ursache des Unwetters ist, und nun soll Gottes Zorn besänftigt werden. Fassungslos schaut Landers zu, wie Godschalk mit Armen und Beinen den Bugspriet umklammert und sich auf den schräg nach oben ragenden Baum zu dem Strick schiebt, an dem die Leiche hängt.

Landers tastet sich unter dem Bretterdach, in dem schon mehrere Löcher klaffen, nach vorn, als sich Godschalk auf dem Bugspriet plötzlich umdreht, den Messergriff zwischen die Zähne geklemmt. Der Sturm zerrt an seinen Kleidern, unter ihm brüllt das Meer, die schaumgekrönten Wellen schlagen nach ihm. In Godschalks Gesicht spiegeln sich Angst und Entsetzen. Die Stelle, an der der Strick hängt, ist noch immer zwei Armeslängen von ihm entfernt, und es sieht nicht so aus, als würde er an sie herankommen. Da nimmt Kalthof unterm Schanzkleid eine Lanze hervor und drückt das stumpfe Ende des Schafts gegen Godschalks Hintern, um ihn voranzutreiben.

Er wird abstürzen, denkt Landers. Hat er dafür um Godschalks Leben gekämpft? Er ist ihm nicht von der Seite gewichen, hat ihn gefüttert, gewaschen, seine Hand gehalten und für ihn gebetet. Soll das alles umsonst gewesen sein?

Landers ist nur noch wenige Schritte von Pawest und Kalthof entfernt. Sie blicken zu Godschalk und kehren Landers die Rücken zu. Doch Landers hat keine Waffe, um die beiden abzulenken, damit Godschalk an Bord zurückkehren könnte. Landers hängt die Kapuze tief ins Gesicht. Hagelkörner prasseln auf seinen Kopf wie kleine Geschosse. Er hat die beiden fast erreicht, als sich Godschalk auf dem Bugspriet umdreht. Die eine Hand am Baum, greift er mit der freien Hand nach dem Lanzenschaft und stößt ihn kräftig nach hinten. Kalthof, der sich über das Schanzkleid beugt, wird von der Bewegung überrascht. Die Lanze rutscht ihm aus den Händen, und die Spitze des Lanzenblatts bohrt sich in seinen Kopf. Der Rumpf ächzt, die Mastbäume knirschen, dann fällt das Schiff in ein tiefes Wellental. Für die Dauer eines Wimpernschlags scheint das Unwetter den Atem anzuhalten, dann brechen gewaltige Wände aus schwarzem Wasser über dem *Peter von Danzig* zusammen. Das Schiff wird hochgehoben, dann neigt es sich nach Steuerbord, als Godschalk auf dem rutschigen Bugspriet den Halt verliert, und er stürzt, die Lanze noch immer festhaltend und den aufgespießten Kalthof mit sich ziehend, ins tosende Meer.

Landers ist wie gelähmt. Er ist nass bis auf die Knochen und friert entsetzlich. Seine Zähne klappern, seine Gliedmaßen sind steif vor Kälte, und der schneidende Wind zieht durch seine Kleider. Doch er hört nur Pawests Wutgeheul und sieht Jagehorns bleichen Totenschädel vor den peitschenden Wogen hin und her schwingen, und er sieht aus, als würde er lachen.

Da zieht Pawest sein Kurzschwert, steigt selbst über das Schanzkleid auf den Bugspriet und schiebt sich zu dem Strick. Landers steht jetzt dicht hinter Pawest. Er bräuchte nur den Arm auszustrecken, um dem Admiral einen Stoß zu geben und ihn Godschalk und Kalthof hinterher in das nasse Grab zu schicken. Doch er zögert.

Pawest liegt ausgestreckt auf dem Bugspriet. Mit einer Hand hält er sich am Baum fest, mit der anderen schlägt er mit dem Schwert nach dem Seil. Hagelkörner und Regen prasseln auf ihn herab. Der Wind fährt ihm durchs helle Haar. Er ist größer als Godschalk, weswegen er mit dem Schwert fast an das Seil herankommt. Doch der erste Schwerthieb verfehlt den Strick um eine Handbreit. Landers berührt mit den Händen jetzt fast Pawests Beine. Doch irgendetwas in ihm hält ihn davon ab, Pawest ins Meer zu stoßen, und er zögert zu lange. Mit einem Mal hört er hinter sich durch den brausenden Wind die Schritte mehrerer Männer auf den Bodenplanken, dann taucht Stolle mit einigen Rutern auf. Stolle steht vor Entsetzen der Mund offen. Es braucht einen Augenblick, bis er zu begreifen scheint.

Pawest, der offenbar nichts davon mitbekommt, was hinter ihm vor sich geht, schlägt auf dem Bugspriet liegend nach dem Seil, erreicht es jedoch noch immer nicht. Da schubst Stolle Landers zur Seite. Mit der Hilfe der anderen Männer halten sie Pawest an den Beinen fest, und endlich gelingt es ihm, höher auf den Bugspriet hinaufzurutschen. Er durchtrennt das Seil mit einem Schwerthieb, und Jagehorns Leiche stürzt hinab, das Seil hinter sich herziehend wie einen Schweif, und versinkt in den brüllenden Fluten.

Bald darauf flaut das Unwetter ab. Die Wolkendecke reißt auf, und das rötliche Abendlicht verwandelt die noch wogende See in ein Blutmeer. Nicht weit von dem in den Wellen treibenden *Peter von Danzig* schimmern im Westen die Umrisse einer Steilküste durch den Dunst. Andere Schiffe sind nirgendwo zu sehen.

Nachdem die Lotsen die Tiefe festgestellt haben, werden die Anker herabgelassen. Noch in der Nacht nach dem Unwetter beginnen die Reparaturarbeiten. Die Geräusche der Hämmer und Sägen sind überall zu hören. Planken werden ausgebessert, Lecks abgedichtet, Teile der Takelage ersetzt, Segeltücher geflickt. Die Männer arbeiten Tag und Nacht an den Lenzpumpen. Weil im Rumpf mehrere Löcher klaffen, ziehen sie außenbords ein großes Segeltuch über den am schwersten beschädigten Bereich, um das hereinströmende Wasser aufzuhalten. Innen im Rumpf werden Tücher, Decken, Haarfilz und sogar mit

Grütze gefüllte Säcke in die Löcher gestopft und zwischen die Bodenwrangen Holzbretter gekeilt und mit Moos und Teer abgedichtet.

Während die Mannschaft bis zur Erschöpfung arbeitet und die Gefahr, dass der *Peter von Danzig* sinken könnte, noch lange nicht gebannt ist, verlässt Pawest seine Kammer nicht. Hatte zunächst noch der eine oder andere Mann an Bord mit Hochachtung über Pawests kühne Tat auf dem Bugspriet gesprochen, werden stattdessen bald die Klagen lauter, dass es ohne dessen irrsinnige Jagd auf die Engländer gar nicht so weit gekommen wäre, und der Groll auf den Schiffer wächst mit jedem Tag. Man zählt seine Fehlentscheidungen und Irrtümer auf. Auch gibt es Gerüchte, er betrinke sich in seiner Kammer mit bestem Wein und speise gut und reichlich, während seine Mannschaft Hunger leidet.

Die Arbeiten an Rumpf und Takelage dauern fast eine Woche, bis die Lecks notdürftig abgedichtet, Segeltücher geflickt und Taue ausgewechselt sind. Als man der Ansicht ist, das Schiff sei wieder fahrbereit, beraten sich die Zimmerleute, die die Aufsicht über die Arbeiten führen, mit dem Priester, der daraufhin bei Pawests Kammer an die Tür klopft. Tatsächlich öffnet er nach einer Weile. Er sieht blass aus, seine Wangen sind eingefallen, die Augen blutunterlaufen. Mit gesenktem Kopf steigt er aufs Achterdeck und tritt vor die Mannschaft. Seine Stimme klingt brüchig, als er den Befehl gibt, die Segel zu setzen und Kurs nach Osten zu nehmen. Als Landers ihn reden hört und ihn dabei ansieht, ahnt er, dass Pawests Tage als Schiffer gezählt sind.

Der schwer beschädigte *Peter von Danzig* erreicht am 12. März anno 1472 nach mehr als zwei Monaten auf See die Mündung des Zwyn. Mit letzter Kraft schafft es das Schiff nach Sluis. Es wird am Schiffbauplatz an Land gezogen und auf Kiel gelegt. Die Schäden sind erheblich, ebenso die Kosten für die Reparatur. Tag für Tag arbeiten Hunderte Handwerker auf dem Schiff, und es soll mehr als drei weitere Monate dauern, bis das Kraweel wieder seetüchtig ist.

14.
Sluis – Juni 1472

Die Schlinge um Landers' Hals zieht sich fest zu, als man ihn mit auf dem Rücken gefesselten Händen an den Bugspriet des *Peter von Danzig* hängt. Das Seil drückt ihm die Luft ab, während unter ihm die dunklen Wellen aus dem Meer emporsteigen wie Dämonen und an seinen Füßen ziehen. Da erscheint auf dem Vorderkastell eine seltsame Gestalt, ein Zwitterwesen, halb Tier, halb Mensch, dessen Gesicht sowohl Godschalks als auch Benekes Züge hat. Das Wesen ruft anklagend: «Du hast versagt, Kaufmann, weil du ein Feigling bist! Warum bist du nicht zu deinem Weib heimgekehrt? Nun musst du sterben, und alle werden zusehen, wie die Vögel dir die Augen auspicken und dein Fleisch von den Knochen fault.» Landers will etwas erwidern. Er will um Gnade flehen, sich verteidigen, er habe doch Briefe an Juta geschrieben, immer wieder habe er ihr geschrieben; aber aus seinem Mund dringt nur gurgelndes Röcheln. Und dann verwandelt sich das Wesen. Fleisch und Sehnen fließen von den Knochen wie zähflüssiger Brei. Die Haare fallen ihm aus, auf dem Totenschädel wuchern grüne Algen, und ein schleimiger Aal schlüpft aus der schwarzen Mundhöhle …

Landers erwacht aus dem Albtraum. Das Hemd klebt ihm schweißnass am Oberkörper. Er liegt unter einer Decke auf einem mit Stroh gefüllten Laken. Licht fällt in dünnen Streifen durch die Ritzen zwischen den Bretterwänden auf seine Schlafstätte in dem Schuppen, in dem er mit anderen Männern aus der Besatzung des *Peter von Danzig* schläft, seit das Schiff auf die Werft bei Sluis verholt wurde.

Da fällt ihm der Brief wieder ein, den er an Reckemann geschrieben hat. In einem Anflug von Panik tastet er nach seiner Schiffskiste, klappt den Deckel auf und stellt erleichtert fest, dass der Brief noch in der Kiste liegt. Heute ist der Tag, an dem der Kaufmann, dem Landers den Brief mitgeben muss, in See stechen will. Er steckt den Brief in die Tasche an seinem Gürtel, zieht den Gürtel fest und steigt über die schlafenden Ruter und Seeleute hinweg zur Tür. Er tritt aus dem Schuppen und blinzelt in die erwachende Helligkeit des frischen Morgens. Der Schuppen steht in der Nähe des Hafenbeckens von Sluis. Landers schöpft mit den Händen Wasser aus einer Tonne in sein Gesicht. Dann macht er sich auf den Weg zu dem Kai, an dem mehrere Prahme festgemacht sind, mit denen die Mannschaften und Waren von den im Zwyn ankernden Schiffen zum Kai gebracht werden und zurück.

Inzwischen sind gut zwei Monate vergangen, seit der *Peter von Danzig* mit schweren Sturmschäden in den Zwyn eingelaufen ist und auf einen Schiffbauplatz unterhalb der Stadtmauern gezogen wurde. Bernt Pawest ist seither nicht mehr in Sluis gesehen worden. Gerüchten zufolge wartet er in einer komfortablen Mietwohnung in Brügge, bis die Reparatur seines Schiffs abgeschlossen ist. Von den anderen Schiffen der Flotte sind nur die *Gottesgabe* und der *Ochsenkopf* aus dem Unwetter zurückgekehrt. Sie liegen im Zwyn, wo man auf Anweisungen aus Danzig wartet. Pawests einzige Beute, die *Plage de Blancs Sablons*, verschwand im Sturm, wahrscheinlich ist sie untergegangen. Die Fahrt war ein Desaster. Pawest hat mit der *Fortuna* und der *Plage de Blancs Sablons* zwei Schiffe verloren, viele Männer kamen ums Leben, und sein Ruf als Kaperfahrer, der ohnehin nie der beste war, ist ruiniert.

Als Landers zum Kai kommt, trifft er dort wie verabredet den Kaufmann und gibt ihm den Brief sowie eine Münze als Bezahlung, damit dieser den Brief auch wirklich in Wismar Reckemann überreicht. Mittlerweile ist es der dritte Brief, den Landers mit demselben Inhalt geschrieben hat, aber seine Hoffnung, eines Tages eine Antwort aus Wismar zu erhalten, schwindet zusehends.

Als der Kaufmann Brief und Münze einsteckt, denkt Landers kurz daran, einfach mit ihm an Bord des Handelsschiffs nach Wismar zu fahren. Dann denkt er an Reckemanns Bedingungen, und wenn Landers jetzt als mittelloser Ruter in zerschlissenen Kleidern, mit nichts anderem außer einer Seekiste und ein paar Waffen, heimkehrt, wird er weder Jutas Hand noch eine Anstellung im Handelshaus bekommen. Es hilft nichts, Landers muss warten, bis der Krieg beendet ist, und dann die beschlagnahmten Tuche aus London holen – falls sich die Engländer die Tuche nicht längst unter den Nagel gerissen haben.

Aber so weit darf Landers nicht denken; seine Lage ist, so scheint es ihm, hoffnungslos genug. Sein ganzes Geld ist aufgebraucht. Die letzte Münze hat er dem Kaufmann gegeben, der jetzt in einem Prahm zu seinem Schiff auf dem Zwyn übersetzt. Zum Abschied hebt er lächelnd eine Hand. Landers erwidert die Geste, kann sich aber kein Lächeln abringen, dazu ist ihm nicht zumute. Er hat in den vergangenen Wochen hin und wieder im Hafen Arbeit als Tagelöhner gefunden, hat Prahme gerudert und Waren auf Schiffe verladen oder in Lagerschuppen verstaut. Aber es gab Ärger mit einheimischen Hafenarbeitern, die die fremdländischen Männer, die mit ihnen um die Arbeit konkurrierten, aus dem Geschäft drängten. Auch eine

Anstellung als Ruter ist im Moment nicht zu bekommen. Als sie nach Sluis zurückkehrten, lagen dort keine hansischen Kaperfahrer mehr vor Anker, weder Benekes *Mariendrake* noch Hamburger oder Lübecker Orlogschiffe.

In dem Zusammenhang gibt es eine Sache, die Landers nicht nur irritiert, sondern verunsichert. Nach der Rückkehr erfuhr er in Sluis, dass Benekes Flotte erst wenige Tage zuvor, also Anfang März, in See gestochen sei. Und das ist sonderbar: Beneke hatte Landers doch aufgetragen, er müsse Pawest unbedingt wissen lassen, dass Beneke mitten im tiefsten Winter auf Kaperfahrt gehen werde. Und das war dann ja auch der Grund gewesen, warum Pawest trotz aller Mahnungen sofort für die gefährliche winterliche Ausfahrt gerüstet hatte. Aber wenn Landers ehrlich ist, muss er sich eingestehen, dass ihm der Verdacht schon während der Fahrt mit dem *Peter von Danzig* gekommen ist: Hatte Beneke womöglich gar nicht vorgehabt, im Winter in See zu stechen? Wollte er Pawest nur fortlocken? Aber warum hätte Beneke das tun sollen?

Eine mögliche Antwort auf diese Frage gefällt Landers überhaupt nicht, und es soll auch nicht mehr lange dauern, bis er diese Antwort bekommen wird. Denn nur wenige Tage nachdem das Handelsschiff mit Landers' Brief abgelegt hat, kehrt der *Mariendrake*, gefolgt von den anderen Schiffen – *Große Marie*, *Fliegender Geist*, *Georgsdrake* und *Stolzer Falke* – nach Sluis zurück.

An einem warmen Nachmittag sitzt Landers mit anderen Rutern hinter dem Schlafschuppen im Schatten, schlägt nach surrenden Mücken und wirft die Knochenwürfel, als ihnen jemand die Nachricht von der Ankunft der Danziger Schiffe überbringt. Sofort laufen die Männer in den Hafen. Landers' Vorfreude auf ein Wiedersehen mit Hoike, Possick, Huge und anderen Weggefährten ist groß, auch wenn sie getrübt wird durch seinen schrecklichen Verdacht. Aber als er den *Mariendraken* im Zwyn sieht, drängt er den Gedanken zur Seite. Alles zu seiner Zeit.

Landers sitzt bis in den Abend am Kai auf einer Fischkiste und schaut zu, wie auf dem *Mariendraken* die Seeleute in die Wanten klettern, die Segel einholen und an den Rahen festmachen. Einige Male glaubt er trotz der Entfernung zu den Schiffen auf dem Zwyn die eine oder andere vertraute Gestalt an Bord auszumachen, und ein Schauder läuft ihm über den Rücken, als er einmal Bokelmanns unverkennbare Gestalt auf der Plattform des Achterkastells sieht. Und dennoch, als irgendwann die Mannschaft bei der Kombüse am Vorderkastell zur Essensausgabe ansteht, empfindet Landers etwas, das er nicht für möglich gehalten hätte: Er sehnt sich auf den *Mariendraken* zurück.

Am nächsten Morgen trifft Landers seine Gefährten wieder. Nach einer Nacht, in der er vor Aufregung kaum Schlaf gefunden hat, ist er früh auf den Beinen. Im Hafen sind schon viele Leute unterwegs. Prahme pendeln zwischen dem Kai und den Danziger Schiffen, um Lebensmittel an Bord und Männer an Land zu bringen. Landers hält nach bekannten Gesichtern Ausschau, als er jemanden seinen Namen rufen hört und Possick und Huge herankommen sieht.

«Wir dachten schon, dich sehen wir nie wieder, Kaufmann», sagt Possick.

«Genau das dachten wir», bestätigt Huge.

«Irgendwer meinte, du hast dich einfach so aus dem Staub gemacht und bist zurück nach Wismar», sagt Possick, und Huge wiederholt: «Aus ’m Staub hat er sich gemacht.»

Dann lachen alle drei vor Wiedersehensfreude. Doch als Possick fragt, wohin Landers im Winter entschwunden sei, muss er daran denken, was er Beneke in jener Winternacht geschworen hatte: niemandem zu verraten, dass er auf dem *Peter von Danzig* anheuern werde. Aber gilt das noch immer? Landers beschließt, die Wahrheit vorerst für sich zu behalten und nichts von seiner Fahrt mit Pawest zu erzählen. Zum Glück ist Hoike nicht in der Nähe, denn der hätte eine Lüge vermutlich sofort durchschaut.

«Ich wollte ja heim», beginnt Landers umständlich. «Also, nach Wismar wollte ich, aber ich habe kein Schiff gefunden, das dorthin fahren wollte. Deswegen bin ich zu Fuß nach Antwerpen gelaufen, aber da war auch kein Schiff nach Wismar unterwegs, und na ja, dann hab ich halt 'ne Weile gewartet und so, und dann bin ich irgendwann zurück nach Sluis, aber da seid ihr schon fort gewesen.»

«Das ist alles?», sagt Possick enttäuscht. «So 'ne langweilige Geschichte, nichts mit Weibern oder so?»

«Das ist ja 'ne langweilige Geschichte», sagt Huge.

Und dann erzählt Possick, was sie auf ihren jüngsten Kaperfahrten im Kanal und an der englischen Ostküste erlebt haben. Mehrere englische Orlog- und Handelsschiffe hätten sie aufgebracht, von denen sich die meisten vor Angst sofort ergaben. Mit den Erlösen aus der Beute würden die Mannschaften eine Weile auskommen, weswegen sie am Abend in den Tavernen von Sluis feiern wollten, mit Wein und Weibern, und Landers müsse natürlich mitkommen.

Doch Landers entschuldigt sich. Er habe zunächst mit Beneke noch etwas zu besprechen, was die Wahrheit ist. Er muss ihm ja von der Fahrt mit dem *Peter von Danzig* und von Pawests Scheitern berichten. Außerdem will Landers Antworten auf seine eigenen Fragen haben, vor allem auf eine Frage.

«Beneke ist gestern Nacht schon an Land gegangen», erklärt Possick.

«Und wo ist er jetzt?», fragt Landers.

«Du kennst ihn doch», sagt Possick. «Der sagt nie was. Hoike meinte, dass Beneke wahrscheinlich Kaufleute sucht, die unsere Prise aufkaufen. Sind 'n paar schöne Sachen dabei, nicht nur Silber, auch Pelze, Tuche und Kleider, und das muss alles verkauft werden. Nun haste keine Ausrede mehr, Kaufmann: Heute Abend werden wir trinken und huren, und wenn in dem dünnen Geldbeutel an deinem Gürtel keine Münze ist, wird Huge für dich zahlen.»

«Warum soll ich für den zahlen?», fragt Huge überrascht.

«Weil du 'n Idiot bist!» Possick schlägt Huge lachend so fest auf den Rücken, dass der einen Satz nach vorn macht, und Landers fällt keine Ausrede mehr ein.

Als sie spät in der Nacht auf den *Mariendraken* übersetzen, ist Landers betrunken. In den Tavernen von Sluis hat er mit seinen Gefährten so viel gelacht wie lange nicht mehr. Hoike, der später zu ihnen gestoßen ist, glaubte zwar augenscheinlich kein Wort von Landers' angeblicher Reise nach Antwerpen, aber fragte nicht weiter nach. Vielleicht ahnte er, dass Landers' Verschwinden etwas mit Beneke zu tun hatte.

In dieser Nacht schläft Landers tief und fest in der offenen Hütte auf dem Vorderkastell des *Mariendraken*. Egal ob er betrunken ist oder nicht, es fühlt sich für ihn an, wie daheim zu sein, und er wird sogar von dem Albtraum, in dem er mit einer Schlinge um den Hals am Bugspriet des *Peter von Danzig* hängt, verschont.

Als der Monat Juni in den Juli übergeht, hat Landers Beneke noch immer nicht zu Gesicht bekommen. Da macht in Sluis eine schreckliche Nachricht die Runde. Eine Flotte von fast zwanzig französischen Kaperfahrern unter dem Kommando des Franzosen Wilhelm de Columb soll in der Scheldemündung sechs Lübecker Handelsschiffe angegriffen haben. Die Franzosen führen zwar keinen Krieg gegen die Hanse, aber Kaperer scheren sich manchmal einen Dreck darum, aus welchem Land diejenigen stammen, die sie ausrauben, was auf französische Seeräuber ebenso zutrifft wie auf hansische.

Als Landers von der Geschichte hört, überlegt er, ob es vielleicht bretonische Seeräuber sein könnten, die sich für Pawests Raubzug an ihrer Küste rächen, und das wäre eine wirklich sonderbare Wendung des Schicksals. Denn Landers muss befürchten, dass auf einem der überfallenen Lübecker Schiffe auch jener Kaufmann sein könnte, dem er seinen letzten Brief an Reckemann mitgegeben hatte.

Die Gerüchte besagen, dass sich die Lübecker tüchtig gewehrt hätten, doch gegen die dreifach überlegene Übermacht nichts hätten ausrichten können. Daher haben sich die Lübecker in die Wielinge zurückgezogen, wie man den Schifffahrtsweg in der Westerschelde nennt. Dort haben sie sich hinter den kleinen Inseln in der Nähe des Ortes Vlissingen verschanzt und wurden von den Franzosen belagert. Bekannt wurde dies alles, als einige Seeleute schwimmend über die Schelde fliehen konnten, ohne dass die französischen Belagerer sie bemerkten. Die Seeleute liefen nach Brügge, wo sie im Hansekontor Alarm schlugen. Allerdings hatte der englische König Edward inzwischen von dem Überfall der Franzosen erfahren und sogleich eine gewaltige Kriegsflotte mit mehr als zwanzig Orlogschiffen ausrüsten lassen, die er in die Scheldemündung schickte. Als die Engländer dort aufkreuzten, scheuten die Franzosen den Kampf mit ihnen und flohen nach Westen. Nun griffen also die Engländer unter ihrem Befehlshaber Lord Howard die Lübecker an, und es gelang ihnen, die von der Blockade geschwächten Lübecker aufzubringen. Durch diesen Sieg ermutigt, zogen die Engländer ihre Schiffe jedoch nicht wieder ab, sondern postierten sie als Auslieger an den Mündungen von Schelde und Zwyn. Für alle hansischen Kaufleute in Flandern ist dies nichts anderes als eine Katastrophe, denn nun kann keines ihrer Schiffe mehr von oder nach Sluis sowie zu den Häfen an der Schelde fahren.

An einem jener Sommertage sind Landers und seine Gefährten auf dem Vorderkastell in abenteuerliche Erzählungen über angebliche Gräueltaten vertieft, die die Engländer den Lübeckern angetan hätten, als Bokelmann zu ihnen kommt. Landers zieht instinktiv den Kopf ein, wie jedes Mal, wenn Bokelmann in seiner Nähe ist. Der Tag, an dem der Hauptbootsmann ihn halb totgeschlagen hat, ist mittlerweile fast ein Jahr her, und obwohl der ihn kaum beachtet, seit Landers wieder auf dem *Mariendraken* ist, ist seine Furcht vor dem Hünen allgegenwärtig.

An diesem Abend richtet sich Bokelmanns Blick jedoch gleich auf Landers, als er ihm mitteilt, Admiral Beneke wolle mit ihm sprechen.

«Ist er wieder an Bord des *Mariendraken?*», fragt Landers.

«Nein. Du musst zu dem Schiffbauplatz gehen, auf dem das *Große Kraweel* repariert wird.»

Landers wechselt einen Blick mit Hoike, doch der scheint auch nicht mehr darüber zu wissen.

Kurz darauf lässt sich Landers im Esping an den Kai von Sluis rudern und läuft an der Stadtmauer entlang zum Schiffbauplatz. Schon aus der Ferne hört er das Hämmern der Zimmerer. In dem Durcheinander aus halb fertigen Schiffsrümpfen, mannshohen Holzstapeln und herumwuselnden Arbeitern muss Landers eine Weile suchen, bis er Beneke ganz in der Nähe des hier auf Kiel gelegten *Peter von Danzig* findet, wo er auf einer Holzkiste mit Blick auf das Schiff sitzt. Im Sturm vor der englischen Küste haben sich zahllose Nieten gelockert, Nähte sind undicht geworden. Viele Planken und andere Holzteile müssen erneuert und nachgenietet und der Rumpf neu kalfatert werden. Mehr als hundert Handwerker sollen mit den Reparaturen beschäftigt sein, die Arbeiten aber bald abgeschlossen werden.

Das Schiff sieht an Land noch gewaltiger aus als im Wasser. Den hoch aufragenden Rumpf hat man mit dicken Holzpfählen abgestützt. Die Berghölzer sind mit grauer Farbe neu gestrichen worden. Lange Leitern führen auf die Decks, auf denen noch in der jetzt allmählich hereinbrechenden Abenddämmerung Zimmerleute, Kalfaterer und andere Handwerker beschäftigt sind. So viele Nächte hat Landers auf dem Zwischendeck in dem Rumpf zugebracht, dass es ihm in diesem Moment vorkommt, als könnte er wieder die stickige Luft riechen, die nach Fäulnis und den Ausdünstungen Hunderter eingepferchter Männer stinkt, und als könnte er die Männer schnarchen und die Planken ächzen hören.

Beim Näherkommen geht sein Blick hoch zum Bugspriet am Vorderkastell, an dem Jagehorns entstellte Leiche hing. Landers spürt, wie sich seine Nackenhaare aufstellen und seine Schritte langsamer werden. Einige Schritte hinter Beneke bleibt er stehen. Der Admiral kehrt ihm den Rücken zu, und plötzlich drängt es Landers zur Umkehr. Er spürt, wie die Angst in ihm aufsteigt und sein Herz heftig zu pochen beginnt. Ungezählte Male ist er in Gedanken das Gespräch, das er mit Beneke führen muss, durchgegangen. Nun fragt er sich plötzlich, ob er die Wahrheit überhaupt wissen will – die Antwort auf die Frage, warum Beneke im Januar *nicht* in See gestochen ist.

Bevor Landers eine Entscheidung trifft, dreht sich Beneke um, als hätte er seine Anwesenheit gespürt. Beneke sieht nicht mehr so bleich und verhärmt aus. Das Gesicht ist von der Sonne gebräunt, der Blick klar, der Bart gestutzt und das dunkle Haar zum Zopf gebunden. Er fordert Landers mit einer Handbewegung auf, sich zu ihm auf eine andere Kiste zu setzen. Als Landers Platz genommen hat, bittet Beneke ihn ohne Umschweife, von der Fahrt mit dem *Peter von Danzig* zu erzählen. «Und du darfst nichts auslassen, Kaufmann. Ich muss alles wissen!»

Landers berichtet von der Musterung in Veere, der Fahrt an die englische Küste und der erfolglosen Suche nach Schiffen, die sie hätten kapern können. Beneke hört ihm schweigend zu, und als Landers schildert, wie die anderen Schiffer in der Bucht von Plymouth Sound versuchten, Pawest zur Rückkehr zu überreden, nickt Beneke düster, als stünde ihm Pawests trotzige Reaktion deutlich vor Augen. Landers erzählt von dem Sturm im englischen Kanal, bei dem sie die *Fortuna* und mehr als hundert Männer verloren, von der Fahrt an die bretonische Westküste, von der grausigen Kälte und dem Hunger, von Godschalks Krankheit und wie er sie überlebte, und von dem Schiff, das die Bretonen geplündert und als Wrack zurückgelassen haben. Landers bemerkt, wie auf Benekes geballten Fäusten die Knöchel weiß hervortreten, während er mit anhört, wie Pawest den Hauptbootsmann Jagehorn zum Tode verurteilte, weil der behauptet hatte, Beneke sei ein besserer Schiffer als Pawest. Doch der Admiral gibt keinen Laut von sich, sondern blickt starr auf den dunklen Rumpf des *Großen Kraweels*. In allen Einzelheiten berichtet Landers von der Verfolgung der fünf englischen Schiffe, die sie in das schreckliche Unwetter lockten, doch dann stockt er. Seine Kehle ist rau und trocken vom vielen Reden. Er blickt hinauf zum Vorderkastell des *Peter von Danzig*, und seine

Stimme droht zu brechen, während er erzählt, wie Godschalk gezwungen wurde, Jagehorns Leiche vom Bugspriet zu schneiden, und wie Godschalk und der neue Hauptbootsmann Kalthof ins schwarze Meer stürzten, woraufhin Pawest schließlich selbst die Leiche abschnitt.

Als Landers zum Ende kommt, sind die Arbeiter längst vom Deck des *Großen Kraweels* verschwunden. Auf dem Schiffbauplatz ist es still geworden. Die untergehende Sonne badet Rumpf, Masten und Kastelle in blutrotem Licht, und dann bricht Beneke sein Schweigen. «Du hättest ihn töten müssen», sagt er, und seiner Stimme ist die Enttäuschung über die verpasste Gelegenheit anzuhören.

Wut steigt in Landers auf. Ist das alles, was Beneke dazu einfällt? Kein Wort zu den Gefahren und Entbehrungen, die Landers auf sich genommen hat, weil Beneke dies von ihm verlangt hat? Kein Wort des Dankes oder der Anteilnahme an Godschalks Tod oder dem all der anderen Männer, die diese Fahrt nicht überlebt haben? Nein, natürlich nicht. Denn jetzt wird Landers klar, dass er die Antwort auf seine Frage längst kennt: Beneke hat gar nichts anderes erwartet, nein, er hat den Tod so vieler Männer natürlich in Kauf genommen.

Landers beißt die Zähne so fest zusammen, dass seine Kiefer knacken. Er muss jetzt aufpassen, was er sagt und wie er es sagt, denn Beneke ist gefährlich, und daher formuliert Landers es nicht als Frage, sondern als Feststellung: «Ihr hattet überhaupt nicht vor, im Winter auf Kaperfahrt zu gehen.»

«Nein», erwidert Beneke ungerührt, sonst sagt er nichts.

Nach einem Moment des Schweigens fährt Landers mit seiner Schlussfolgerung fort: «Weil Ihr wisst, was für ein schlechter Seemann Pawest ist, sollte ich ihn dazu bringen, mit seinen Schiffen direkt in die Winterstürme zu segeln. Denn Ihr habt vorausgesehen, dass er alles tun würde, um Euch zu jagen und zu vernichten.»

«Ja», sagt Beneke.

«Ihr habt also den Tod vieler Hundert Männer in Kauf genommen – um Euch an einem einzigen Mann, an Bernt Pawest, zu rächen?»

«Ja.»

«Und somit hättet Ihr auch mich in den Tod geschickt», sagt Landers und spannt die Schultern an.

«Aber du lebst noch, und ich werde dich entlohnen, wie ich es versprochen habe.» Beneke legt eine Hand an die gut gefüllte Tasche an seinem Gürtel.

Landers schüttelt entsetzt den Kopf, dann erhebt er sich. Er kann Benekes Nähe nicht mehr ertragen. Alles, was Landers in den letzten Wochen durch den Kopf gegangen ist, entspricht der Wahrheit. Dabei hat er immer wieder versucht, sich einzureden, kein Mann könne so gewissenlos sein, einen solch teuflischen Plan zu schmieden, und doch ist Beneke genau das, ein Mann ohne jeden Skrupel, ein rachsüchtiger Teufel.

Beneke blickt zu ihm auf, seine Augen wirken mit einem Mal müde. «Du willst schon gehen?»

«Ich ...», beginnt Landers und stockt. Er ist nicht fähig, einen klaren Gedanken zu fassen. «Ich verachte Euch», platzt es dann aus ihm heraus. «Alle Geschichten, die man sich über Euch erzählt, sind wahr. Ihr seid ein Mörder – ein Teufel!»

Beneke wendet den Blick ab. Die Schmähungen scheinen an ihm abzuperlen. «Wenn du meinst, Kaufmann. Dann geh, ich halte dich nicht auf. Weder hast du mir einen Eid geschworen, noch bist du unfreiwillig auf den *Mariendraken* gekommen. Und du bist geblieben, obwohl du die Geschichten über mich gehört hast, obwohl du weißt, wer ich bin, und obwohl du mich schon einmal einen Mörder genannt hast, wenn du dich daran erinnerst.»

Landers will sich in dem Moment an gar nichts erinnern. Er will nur fort von diesem Teufel, fort aus Sluis und fort von all den dreckigen Lügen und Intrigen, fort von all den Leichen und Mördern und menschlichen Ungeheuern. Doch wo soll er hingehen? Wegen der Blockade durch die englischen Auslieger in den Mündungen kommen keine Schiffe mehr auf die Nordsee. Soll er etwa Hunderte Meilen zu Fuß nach Osten wandern? Um heimzukehren, ohne zu wissen, was ihn in Wismar erwartet? Dort wäre er ein Nichts, wahrscheinlich nur ein rechtloser Tagelöhner, wie damals auf der englischen Schaffarm.

Um ihn herum strecken sich die Schatten im Licht der untergehenden Sonne über den Schiffbauplatz. Der mächtige Rumpf des *Peter von Danzig* erhebt sich dunkel und drohend wie eine steile Gebirgswand. Und Landers, eben noch zu allem entschlossen, zögert noch immer.

«Nein, ich glaube nicht, dass du gehen willst», hört er Beneke sagen. «Du hast eine Aufgabe zu erfüllen, die dir gestellt wurde, von Gott oder vom Schicksal. Auch mir hat das Schicksal eine Aufgabe gestellt, der ich nicht entkommen kann, und auch du wirst nicht fliehen können vor deiner Aufgabe. Jetzt setz dich wieder!»

Landers bringt keinen Ton heraus und schüttelt nur heftig den Kopf.

Beneke seufzt. «Dann bleib stehen und hör mir zu, was ich dir zu sagen habe. Ich vermute, der alte Hoike hat dir bereits alles erzählt, was er über mich weiß, seit man mich damals am Ostseestrand bei Danzig gefunden hat.»

«Ja», erwidert Landers unsicher und fragt sich, worauf Beneke hinauswill.

Beneke richtet den Blick zum *Peter von Danzig*, dessen Umrisse sich vor der Dunkelheit des Nachthimmels allmählich auflösen. «Das Schiff lag viele Jahre lang im Hafen von Danzig und verrottete im Schlick der Mottlau. Ich saß damals häufig am Kai und versuchte, mir vorzustellen, wie das Wrack, das das Schicksal einst in unsere Stadt geführt hatte, wohl aussehen würde, wenn es ein seetüchtiges Schiff wäre. Heute muss ich sagen, dass meine kühnsten Vorstellungen nicht ausreichten, um mir in Gedanken das Bild eines solchen Schiffs auszumalen. Es ist – einzigartig, ein Stolz der Meere, und es wäre ein großer Verlust gewesen, wenn das Unwetter das Schiff zerstört hätte.»

Natürlich das Schiff, denkt Landers voller Verachtung. Beneke sorgt sich nur um das Schiff und verschwendet keinen Gedanken an die Menschen, die damit beinahe untergegangen wären, so wie Landers selbst. Und doch steht er noch immer hier bei dem Teufel und hört ihn von dem Schiff schwärmen, als wäre es seine Geliebte.

Da sagt Beneke plötzlich etwas, das Landers aufhorchen lässt. Er hört ihn sagen: «Ihr Name war Margreta, und als die Mottlau sie freigab, trieb die Strömung sie zu dem Wrack, wo sich ihre Leiche am Heck verfing. Hat Hoike dir auch davon erzählt?»

«Nein», sagt Landers heiser. Er ist, ohne dass er es bemerkt hat, wieder näher an Beneke herangetreten. Noch einmal zögert er kurz, dann setzt er sich wieder auf die Holzkiste. «Hoike erzählte mir nur, Ihr hättet einst ein Mädchen mit diesem Namen geliebt, und deutete an, es sei damals ein Unglück geschehen.»

«Ja, ich liebte Margreta. Ich liebte sie mehr als mein eigenes Leben. Margreta und ich kannten uns schon, als wir noch Kinder waren, doch sie war Bernt Pawests Tochter, und der wollte sie einem anderen Mann zur Frau geben, einem ordentlichen

Kaufmannssohn, und nicht mir, dem Kaperfahrer und elternlosen Findling, den die Wellen an den Strand der Ostsee gespült hatten. Pawest und ich gerieten in einen verbissenen Streit. Daher beschlossen Margreta und ich, dass wir uns dem Willen ihres Vaters nicht beugen würden, auch wenn dies bedeutete, dass wir Danzig verlassen mussten. Wir wollten lieber mittellos sein, als uns zu verlieren. Wir waren jung und unbekümmert und überzeugt, dass wir das alles schon irgendwie schaffen würden. Und dann trafen wir uns in einer Nacht unten im Hafen, um die Einzelheiten unserer Flucht zu besprechen, als ...»

Benekes Stimme bricht ab, und sein Blick klebt starr an den schwarzen Umrissen des *Großen Kraweels*. Landers wagt kaum zu atmen. Er befürchtet, Beneke wolle nicht mehr weitersprechen. So häufig hat sich Landers gefragt, was geschehen sein mag, bevor sich die dunklen Dämonen Benekes Seele bemächtigt haben und er der Teufel wurde, der er heute ist. Und in diesem Augenblick scheint er bereit zu sein, darüber zu sprechen und ausgerechnet ihm, Till Landers, dieses Geheimnis anzuvertrauen.

Aus den Augenwinkeln sieht er, dass Beneke das Gesicht verzieht wie unter einem heftigen Schmerz, und sein Blick wird hart, als er fortfährt: «Es waren drei Männer. Sie waren uns vermutlich vom Marktplatz auf der Langgasse, wo Pawests Haus steht, gefolgt und überfielen uns unten am Kai, etwa auf Höhe des Krantors. Einer ergriff mich von hinten, hielt mir die Hände auf dem Rücken fest, der zweite schlug mir einen Knüppel über den Kopf, und der dritte Mann zog Margreta weg. An das, was dann geschah, erinnere ich mich nur undeutlich. Der Knüppel hatte mich hart getroffen. Ich war benommen, aber es war eine klare Vollmondnacht, und ich sehe es noch vor mir, wie

Margreta sich wehrte, wie sie um sich schlug und trat und mit den Zähnen nach dem Mann, der sie festhielt, schnappte. Ich bekam einen weiteren Schlag gegen den Kopf, und das Nächste, was ich sah, war Margreta, die leblos auf dem Pflaster lag. Neben ihrem Kopf spiegelte sich das Mondlicht in der Pfütze aus ihrem Blut. Dann, ich weiß nicht mehr, wie, hatte ich plötzlich mein Messer in der Hand und stach es einem Angreifer in die Brust oder den Bauch. Sein Blut floss über meine Hand, das weiß ich noch, dann verlor ich das Bewusstsein.»

Beneke wischt mit der Hand über seine Augen, dann sagt er: «Am nächsten Morgen fanden mich die Stadtknechte beim Krantor. Ich war schwer am Kopf verletzt. Später sagte man mir, es sei ein Wunder gewesen, dass ich überhaupt überlebt hatte. Von Margreta fehlte jede Spur», Beneke zeigt auf die Stelle, wo das große Ruderblatt am Heck des *Peter von Danzig* schemenhaft zu erkennen ist, «bis ihre Leiche an dem Wrack angetrieben wurde. Zu dem Zeitpunkt lag ich auf dem Krankenlager und verlor immer wieder das Bewusstsein, sonst wäre ich sofort in den Hafen gelaufen, um sie ein letztes Mal zu sehen. Später erzählte man mir, sie sei völlig entstellt gewesen, aufgebläht, und Fische und Vögel hätten an ihr gefressen.»

«Hat man die Männer gefasst, die Euch überfallen haben?», fragt Landers.

Beneke macht ein verächtliches Geräusch. «Pawest hat damals behauptet, er habe Söldnern und Stadtknechten viel Geld gezahlt, damit sie die Mörder seiner Tochter jagen und fangen. Tatsächlich suchten Dutzende Männer tagelang nach ihnen in Danzig und Umgebung – ohne Erfolg, und das hat mich nicht überrascht. Ich war schon damals überzeugt, dass Pawest selbst hinter diesem Überfall steckte und die Angreifer dafür bezahlt hatte.»

«Warum hätte er seine eigene Tochter umbringen lassen sollen?»

«Vielleicht war es ein Unfall, vielleicht hat er ihren Tod auch einfach in Kauf genommen, als er diesen Männern den Auftrag für den Überfall gab. Hinterher hat er mich als Margretas Mörder beschuldigt und überall in der Stadt erzählt, ich hätte sie getötet, weil ich sie nicht haben konnte. Durch Margretas Tod hätte ich verhindern wollen, dass ein anderer Mann sie bekam. Damit ging er vor Gericht und klagte mich wegen Mordes an seiner Tochter an. Ich wurde in den Kerker gesperrt, und Pawest verlangte, dass man mich zum Tode verurteilte.»

«Hatte er denn Beweise für seine Anschuldigung?»

«Beweise?» Beneke lacht bitter. «Bernt Pawest ist einer der reichsten Männer Danzigs. Er kennt und bezahlt die Ankläger, die Richter, die Zeugen, die Büttel und den Henker. Als es zu der Anklage kam, hätte niemand eine einzige Münze auf mein Leben verwettet, nicht einmal ich selbst. Doch dann zeichnete sich der Krieg gegen England ab, und man erinnerte sich an den großen Dienst, den ich der Stadt gegen die Dänen als Kaperfahrer geleistet hatte. Auf einmal plädierte die Mehrheit der Ratsherren dafür, man müsse mich von den Vorwürfen freisprechen und aus dem Kerker holen. Pawest war außer sich vor Wut. Doch er wurde überstimmt, denn ich musste mich im Gegenzug verpflichten, die Danziger Orlogschiffe gegen die Engländer zu führen. Und das habe ich getan, und das tue ich noch immer.»

Eine Weile sitzen sie schweigend mit Blick auf den gewaltigen Schatten des *Peter von Danzig*, und Landers spürt, dass sein Verlangen, sofort von hier zu verschwinden, nachgelassen hat. Er sagt: «Darf ich Euch noch eine Frage stellen, Herr?»

«Ja.»

«Warum habt Ihr ausgerechnet mir davon erzählt?»

«Was denkst *du*, warum ich dir meine Geschichte erzählt habe?»

«Damit ich Euren Hass auf Pawest verstehe?»

«Du sollst wissen, was für ein Mann er ist. Er will meinen Tod, um seine Tochter zu rächen, und für diese Rache schickt er – nicht ich! – Hunderte Männer in den Tod. Nicht ich habe im Winter den Befehl zum Auslaufen des *Peter von Danzig* gegeben, das war er, Bernt Pawest. Und du hast selbst erlebt, wie er die Schiffe ins Unglück geführt hat. Verstehst du, was ich dir sagen will?»

Landers nickt.

«Du gibst *mir* die Schuld dafür, dass ich dich benutzt habe, um Pawest durch die falsche Nachricht von meiner Winterfahrt auf die See zu locken», sagt Beneke. «Doch die Verantwortung dafür trägt Pawest.»

«Trotzdem verstehe ich nicht, warum Ihr *mich* in die Geheimnisse Eurer Vergangenheit einweiht. Warum nicht Hoike?»

«Weil ich noch einmal deine Hilfe brauche.»

«Ich soll wieder zu Pawest auf den *Peter von Danzig*?»

«Nein, ich will, dass du mir hilfst, Pawest eine Niederlage zu bereiten, die seinem Ansehen großen Schaden zufügt. Das ist etwas, das für ihn fast so schwer wiegt wie das eigene Todesurteil. Wirst du das tun?»

Landers denkt an den Mann, der Jagehorn hat hinrichten lassen und der Godschalk in den Tod getrieben hat, und ihm fällt nichts ein, was er lieber tun würde, als Pawest zu vernichten. «Ja, das werde ich tun.»

«Gut», sagt Beneke. «Man hat mich ins Hansekontor vorgeladen und wird über die Winterfahrt des *Peter von Danzig* sprechen wollen. Natürlich wird Pawest auch dabei sein. Deswegen sollst du mich ins Kontor begleiten, und du wirst alles, was du mir gerade berichtet hast, noch einmal erzählen – und du wirst dies alles vor den Kaufleuten und Oldermännern beschwören, auch unter dem heiligen Eid in Gottes Namen.»

«Pawest wird mich dafür hassen.»

«Nicht nur das, er wird deinen Tod verlangen.»

15.

Brügge – Juli 1472

Wenige Tage nach dem Gespräch am Schiffbauplatz treffen Beneke, Bokelmann und Landers im Haus der Osterlinge in Brügge ein. Der Versammlungsraum ist bis auf den letzten Platz besetzt mit Kaufleuten und Schiffern aus Danzig, Lübeck, Hamburg und anderen hansischen Städten. Die Oldermänner, unter dem Vorsitz von Evert Schinkel, sitzen mit ihren Beisitzern bereits am langen Tisch, als Beneke und seine Gefährten eintreten. Die Luft in dem kleinen Saal ist stickig, überall sind hitzige Diskussionen im Gange, bevor die Versammlung überhaupt eröffnet wurde.

Landers überkommt ein beklemmendes Gefühl, als er Pawest wiedersieht. Er steht auf der gegenüberliegenden Seite des Saals bei einer der Fensteröffnungen, deren Läden wegen der Hitze weit geöffnet sind. Pawests Blick richtet sich sofort auf die Ankömmlinge, und sein bulliges, bartloses Gesicht läuft dunkelrot an. Er sagt etwas zu den Männern, die bei ihm stehen. Es sind die Schiffer der *Gottesgabe* und des *Ochsenkopfs*, Michel Ertmann und Jacob Heymann. Beide wirken verunsichert, während Pawest auf sie einredet, ohne Beneke dabei aus den Augen zu lassen. Wie es scheint, hat er Landers noch nicht bemerkt. Daher taucht Landers schnell in der Menge unter, als die Saaltür geschlossen wird. Pawest soll ihn nicht zu früh erkennen.

Oldermann Schinkel erhebt sich am Tisch, fordert Ruhe und Aufmerksamkeit ein und zählt ein paar Formalitäten auf, die von den Beisitzern protokolliert werden. Dann kommt er zum ersten Tagesordnungspunkt, dem Fortgang des Kriegs gegen England. «Vor einigen Wochen bekamen wir in Brügge unerwartet Besuch von englischen Gesandten», beginnt Schinkel. «Die Gesandten sollten ausloten, ob die Hanse bereit sei, die ins Stocken geratenen Friedensverhandlungen wieder aufzunehmen. Angeblich treten sowohl König Edward als auch viele englische Kaufleute und Adlige für neue Verhandlungen ein ...»

«Dann müssen sie uns unsere Privilegien zurückgeben», ruft jemand aus dem Saal.

«Lasst mich ausreden», erwidert Schinkel ungehalten. «Von Bedingungen war noch keine Rede, die Engländer haben vorerst nur ihre Absicht für Friedensverhandlungen erklärt. Ihre Wirtschaft leidet unter den Folgen des Seekriegs, und ja, auch unsere Städte leiden darunter. Alles ist teurer geworden: Kleidung, Nahrungsmittel, Baumaterial. Es gibt kaum einen Bereich, der nicht davon betroffen ist ...»

«Und wessen Schuld ist das?», ruft ein anderer dazwischen. «Das ist doch die Schuld der Engländer. Sie waren es, die damals unseren Stalhof geplündert und damit die Lage eskaliert haben!»

Zustimmende Rufe sind zu hören, und Landers hätte beinahe mit eingestimmt. Er erinnert sich gut an jenen Morgen vor etwa vier Jahren, im Sommer 1468, als er in die Ausschreitungen auf der Thames Street geriet und in den Kerker gesperrt wurde. Wie anders wäre sein Leben verlaufen, wenn sich die Londoner damals nicht zu den Gewalttaten hätten hinreißen lassen? Er kommt nicht dazu, den Gedanken weiterzuspinnen, denn nun ergreift Beneke das Wort, ungeachtet der Mahnungen Schinkels, ihn ausreden zu lassen.

Gerade sagt der Vorsitzende: «Nach dem Treffen mit den englischen Gesandten haben wir Briefe an die Räte jener Hansestädte geschickt, die die Hauptlast des Krieges tragen, also Lübeck, Hamburg und vor allem Danzig. Wir haben ihnen die Absichten der Engländer mitgeteilt, doch bislang keine Antwort erhalten, ob die Städte zu neuen Friedensverhandlungen bereit wären …»

Da ruft Beneke: «Warum sollte die Hanse Frieden schließen mit den englischen Kriegstreibern? Erst vor wenigen Wochen haben sie die Lübecker Schiffe in der Wielinge überfallen. Jetzt blockieren sie mit ihren Ausliegern die Mündungen des Zwyn und der Schelde. Wir sitzen seit Wochen in Sluis fest, ohne Anweisungen zu erhalten, was wir tun sollen. Ihr seid doch selbst aus Danzig, Schinkel, gebt uns hier und jetzt Eure Zustimmung, und ich werde mit meiner Flotte die englischen Auslieger verjagen.»

«Ihr habt fünf Schiffe, Beneke», entgegnet Schinkel. «Uns wurde berichtet, dass vor der Mündung des Zwyn aber mindestens zehn englische Orlogschiffe lauern.»

Da wendet sich Beneke demonstrativ in Pawests Richtung und sagt laut: «Nein, Oldermann Schinkel, wir haben nicht nur fünf Danziger Schiffe, sondern wir haben acht Schiffe – und darunter ist mit dem *Peter von Danzig* das mächtigste Orlogschiff der Nordsee …»

«Das Schiff steht aber nicht unter Eurem Kommando, Beneke», ruft Pawest dazwischen.

«Sondern unter wessen Kommando?», gibt Beneke zurück.

«Unter meinem. Das weiß jeder Mann hier.»

«Aha, es steht also unter dem Kommando von Bernt Pawest», ruft Beneke. «Unter dem Kommando jenes Mannes, der mitten im Winter zur Kaperfahrt aufbricht, obwohl jeder Schiffer weiß, wie groß die Gefahren sind, die bei einer solchen Fahrt drohen. Heftige Winterstürme, eisige Kälte, und das Wetter wechselt schneller als Dirnen ihre Freier. Dieser Mann kehrt nach zwei Monaten Kaperfahrt zurück, ohne Prise und ohne die *Fortuna*, die im Unwetter sank, mit hundert Männern an Bord. Und das Flaggschiff, der *Peter von Danzig*, wurde unter seinem Kommando zu einem Wrack und muss nun für viel Geld repariert werden – zulasten der Danziger Stadtschatulle.»

«Lügen», ruft Pawest. «Aus Benekes Mund kommen nur Lügen und falsche Anschuldigungen!»

Überall im Saal wird getuschelt. Viele Männer haben zumindest gerüchteweise von der alten Feindschaft zwischen Beneke und Pawest gehört, ohne jedoch die Gründe zu kennen. Unterdessen sinkt Schinkel mit versteinertem Gesicht auf seinen Stuhl. Er hat es offenbar aufgegeben, Beneke und Pawest zur Ruhe zu rufen. Den beiden gehört nun die volle Aufmerksamkeit der versammelten Menge – so, wie Beneke es geplant hat, und ihm ist anzusehen, wie er es genießt, Pawest in die Enge zu treiben.

«Ihr behauptet, ich würde lügen?», sagt Beneke. Dann wendet er sich zu Landers um, der sich in seiner Nähe bereithält. Landers zieht sich der Magen zusammen. Nun gibt es kein Zurück mehr. Er wird vor all diesen Männern im Saal reden müssen.

Da drängt Pawest plötzlich nach vorn an den Tisch der Oldermänner. Mit seinem dicken Bauch schiebt er Ertmann und Heymann vor sich her, die gar nicht glücklich aussehen. Pawest rinnt der Schweiß aus dem goldblonden Haar auf die rote Stirn. «Werte Herren Oldermänner, Benekes Vorwürfe sind haltlos», sagt er. «Diese beiden Herren hier – viele von Euch werden sie kennen – sind die Danziger Schiffer Michel Ertmann und

Jacob Heymann. Auf meiner Winterfahrt haben sie die Kommandos auf der *Gottesgabe* und dem *Ochsenkopf* gehabt. Sie werden Euch jetzt bestätigen, dass diese Fahrt, die uns bis an die Westküste der Bretagne führte, ein großartiger Erfolg gewesen ist.»

Ertmann und Heymann nicken mit gesenkten Köpfen, und Landers fragt sich, womit Pawest sie unter Druck gesetzt hat. Vor allem Heymann hatte bei der Zusammenkunft am Plymouth Sound noch mutig die Stimme gegen Pawest erhoben.

«Ja, meine Herren», fährt Pawest fort und wirft sich in die Brust, «durch unser kriegerisches Auftreten im Kanal haben wir selbstbewusst und furchtlos an Frankreichs und Englands Küsten Angst und Schrecken verbreitet. Bis weit ins feindliche Hinterland drang der Ruf unseres *Großen Kraweels*, weswegen sich kein englisches oder französisches Orlogschiff aus einem Hafen wagte. Ich möchte sagen, es ist allein unserer Fahrt zu verdanken, dass der Kanal in jenen Tagen und Wochen wie leer gefegt war, meine Herren.»

Pawest holt Luft, und die goldenen Glieder der schweren Kette auf seiner Brust glitzern im Schein der durch die Fensteröffnungen einfallenden Sonnenstrahlen. Dann sinken Pawests Mundwinkel herab, als er mit von Trauer erfüllter Stimme sagt: «Und ja, meine Herren, leider haben wir die gute *Fortuna* verloren, die mit vielen treuen und tapferen Seelen an Bord in einem gewaltigen Unwetter von der See verschlungen wurde ...»

Jetzt blickt er wieder Beneke an, und seine Augen funkeln böse, als er sagt: «Aber dass *er* mir dies anlastet, ist eine Unverfrorenheit. Es ist ein Angriff auf meine Ehre, und dafür werde ich zur gegebenen Zeit Gerechtigkeit einfordern. Denn die Ursache für das Unglück ist doch eine ganz andere. Wir alle haben sie gesehen, die Zornesfackel Gottes, die in jenen Nächten über das Himmelsgewölbe wanderte und von der Prüfung des Herrn kündete. Denn nichts anderes als eine solche Prüfung war das Unwetter und somit der Untergang der *Fortuna*, und dafür kann keinen Mann, der aufrichtigen Glaubens ist, die Schuld treffen. Meine lieben Herren Oldermänner und Ihr lieben Herren in diesem Saal, seid versichert, es vergeht kein einziger Tag, den der Herr werden lässt, an dem ich nicht zum Gebet niederknie, um Gottes Gnade zu erflehen für die verlorenen Seelen meiner guten Schiffskinder.»

Pawests kleine Augen schimmern feucht, so ergriffen ist er offensichtlich von seiner eigenen Rede. Nach einem schweren Seufzer sagt er: «Dies können Euch die Herren Ertmann und Heymann bestätigen!» Die beiden Schiffer nicken vage, wobei sie wieder sehr unglücklich aussehen, dann folgen sie Pawest zurück zum geöffneten Fenster. Pawest sieht nun sehr zufrieden aus, wie ein dicker Kater, der eine Maus gefressen hat.

Am Tisch bespricht sich Schinkel kurz mit Oldermännern und Beisitzern, dann sagt er zu Beneke: «Ihr habt gehört, was der Ratsherr und Admiral über seine Winterfahrt mit dem *Peter von Danzig* gesagt hat. Habt Ihr dazu etwas beizutragen?»

«Ja, das habe ich», erwidert Beneke. «Hier ist ein Mann, der ebenfalls an Bord des *Peter von Danzig* war – und der diese Fahrt ganz anders erlebt hat.»

Landers wird von Beneke zum Tisch der Oldermänner vorgeschoben, und sein Herz trommelt heftig, als sich die skeptischen, aber auch erwartungsvollen Blicke der Männer auf ihn richten.

«Wer ist der Bursche?», ruft Pawest aus dem Hintergrund. Die Selbstgefälligkeit ist von ihm gewichen.

Landers schaut in Pawests Gesicht. Der Anblick dieses Mannes, wegen dem Godschalk und so viele andere Männer gestorben sind, nimmt Landers die Furcht, und er sagt mit fester Stimme: «Mein Name ist Till Landers. Ich habe im Januar als Ruter auf dem *Peter von Danzig* angeheuert. Als Beweis dafür sind hier meine Schiffspapiere!»

Als er die Papiere für alle sichtbar in die Höhe hält, ruft Pawest dazwischen: «Was erlaubt Ihr Euch, Beneke, einen einfachen Ruter ins Hansekontor zu bringen? Sollen wir noch ein paar lumpige Bettler aus den Gassen Brügges hereintragen? Ja ... jetzt erinnere ich mich an dich, Bursche, du warst in jener Sturmnacht am Bugspriet, als ich ...»

In dem Moment, als er merkt, dass er dabei ist, einen Fehler zu begehen, verstummt er. Im Saal herrscht Schweigen. Man wartet auf eine Fortsetzung, doch Pawests Lippen bleiben geschlossen.

«Als Ihr – was?», fragt Schinkel.

«Nicht wichtig», knurrt Pawest. «Ich verlange, dass man den Burschen sofort aus dem Hansekontor entfernt. Der hat hier nichts zu suchen.»

«Doch, das hat er», entgegnet Beneke. «Ihr wolltet gerade sagen: als Ihr die Leiche Jagehorns, den Ihr habt hinrichten lassen, vom Bugspriet abschneiden wolltet, weil Ihr Gottes Zorn auf Euch gezogen und gehofft habt, Ihr könntet auf diese Weise Seine Gnade erflehen.»

«Unsinn», ruft Pawest. «Schafft den Burschen raus hier ...»

«Er soll reden», ruft jemand aus dem Saal. Andere Männer pflichten ihm bei, bis Schinkel um Ruhe bittet und dann zu Landers sagt: «Der Ruter soll sprechen.»

Landers wiederholt alles, was er Beneke schon am Schiffbauplatz erzählt hat, und er lässt kein Detail aus. Zunächst kommen ihm die Worte stockend über die Lippen. Doch nach den ersten Sätzen wird seine Rede flüssiger, und als er schließlich mit seinem Bericht endet, herrscht für einen Augenblick atemlose Stille im Saal.

Dann stecken Oldermänner und Beisitzer tuschelnd ihre Köpfe zusammen, bis sich Schinkel erhebt und verkündet: «Wir werden ein Schreiben aufsetzen, um den Rat über die Vorfälle auf der Winterfahrt des *Peter von Danzig* in Kenntnis zu setzen, und das Schreiben so bald wie möglich nach Danzig schicken – mit Euren Aussagen, Bernt Pawest, aber auch mit dem, was der junge Ruter berichtet hat.»

In Pawests Richtung sagt Schinkel ernst: «Ich kannte Arnd Jagehorn gut. Ich bin früher mit ihm zur See gefahren, und mir ist nie wieder ein Navigator und Schiffer mit seinen Kenntnissen und Fähigkeiten begegnet. Ich bedauere sehr, dass er nicht mehr unter uns weilt.»

«Der Bursche verbreitet Unwahrheiten», ruft Pawest zornig und rauft sein goldblondes Haar, bis es wirr von seinem Kopf absteht. «Ich werde ihn vor Gericht bringen. Man wird ihn für seine Lügen mit dem Tode bestrafen. Beneke hat den Burschen gezwungen, sich diese abscheulichen Geschichten auszudenken, denn Beneke veranstaltet eine Hexenjagd auf mich. Meine lieben Herren Oldermänner, jeden Tag und jede Nacht bin ich in tiefer Sorge um Schiffe und Mannschaften. Ihr könnt Euch nicht vorstellen, welche Kosten ich für die Reparaturen aufbringen musste, erst im letzten Herbst in Veere, jetzt hier in Sluis. Hunderte Handwerker müssen bezahlt werden, Kalfaterer, Zimmerleute, Schmiede, Reepschläger. Außerdem muss ich Seemänner, Ruter, Brauer, Köche und Bäcker entlohnen und verköstigen. Das Schiffsvolk frisst mir die Haare vom Kopf. Denkt nur, allein der Preis für Butter ist hier jetzt auf 17 Stüver gestiegen. Ich habe Briefe nach Danzig geschrieben und um Unterstützung gebeten, damit man mir die hohen Kosten erstattet, doch die Ratsherren halten es ja nicht einmal für nötig, mir zu antworten.»

«Wenn man Euch so reden hört», wirft Beneke ein, «könnte man auf den Gedanken kommen, Ihr seid Eurer Aufgabe als Schiffer des *Peter von Danzig* überdrüssig.»

«Natürlich nicht», entgegnet Pawest finster.

Beneke macht einige Schritte in Pawests Richtung, dann sagt er: «Meint Ihr nicht, Ihr solltet das Kommando abgeben, sobald das Schiff repariert ist?»

Pawest schubst Ertmann und Heymann, die vor ihm stehen, beiseite und tritt Beneke entgegen. Hinter dem Tisch ziehen die Oldermänner die Köpfe ein. Pawest und Beneke sind jetzt nur noch eine Armeslänge voreinander entfernt.

«Ich durchschaue Euch, Beneke», sagt Pawest mit drohendem Unterton. «Ihr wollt mich mit Euren Lügen und falschen Anschuldigungen vor aller Welt lächerlich machen, damit man Euch das Kommando über den *Peter von Danzig* gibt. Aber ich werde niemals – hört Ihr! – niemals vor Euch zurückweichen, und Ihr wisst genau, warum.»

Die beiden werfen sich hasserfüllte Blicke zu, als sich Bokelmann in Bewegung setzt und auf die beiden zugeht. Wenige Schritte von ihnen entfernt bleibt er stehen, um eingreifen zu können, sollte jemand Beneke etwas zuleide tun wollen. Die aufgeheizte Luft im Saal scheint vor Anspannung zu knistern. Pawests kleine Augen blitzen, als schösse er Brandpfeile auf Beneke ab. Pawest überragt ihn um eine halbe Kopflänge und ist doppelt so breit wie er, aber er ist wesentlich älter. Landers muss an den großen Kerl denken, den Beneke im *Durstigen Schwan* zu Boden gestreckt hat. Aber der Mann war betrunken, und Pawest scheint nüchtern zu sein und wirkt wie eine geladene Bombarde, in der das Pulver schon brennt.

Schinkel räuspert sich am Tisch. «Meine Herren», sagt er vorsichtig. «Ich schlage vor, wir beruhigen uns jetzt alle wieder und warten auf weitere Anweisungen aus Danzig.»

16. Brügge – August 1472

Über den Dächern steht der Mond am sternklaren Nachthimmel, als Bernt Pawest beim Heimweg in das Haus, das er in der Nähe des großen Marktplatzes von Brügge gemietet hat, die ganze Breite der Gasse ausmisst. Den gesamten Abend über hat er in der Taverne hinter der Wasserhalle den Wein in sich hineingeschüttet, ein saures Gesöff, das aber seinen Zweck erfüllt hat und ihn seine missliche Lage vorübergehend vergessen ließ. Obwohl, vergessen kann er die Begegnung mit Beneke auch im Weinrausch nicht. Nur die Last der Erinnerung wird etwas erträglicher, zumindest bis zum nächsten Morgen, wenn er mit Kopfschmerzen aufwachen wird und das Gift von Benekes Anschuldigungen wieder zu wirken beginnt.

Aber was soll Pawest denn tun? Das Schlimme ist, dass Beneke in einer Sache ja recht hat: Pawest hasst das verfluchte Kraweel. Und er hasst die Nordsee, die Engländer, die Ruter, die Seeleute, ja er hasst sie alle. Und er trauert um das viele Geld, das die Reparaturen des Schiffs verschlingen. Die Planken, die ausgewechselt oder ausgebessert werden müssen, die Nieten, die zu ersetzen sind, das gerissene Tauwerk, die löchrigen Segeltücher und und und. Dennoch kann er das Kommando über den *Peter von Danzig* unmöglich an Beneke übergeben, schon gar nicht, nachdem der genau dies vor der versammelten Kaufmannschaft von ihm verlangt hat. Pawests Ruf wäre ruiniert, seine Handelspartner würden ihm den Rücken kehren, die Leute mit dem Finger auf ihn zeigen. Er wäre Hohn und Spott ausgesetzt. Und genau das will Beneke erreichen! Er will Pawest am Boden sehen, will ihn zerschlagen, seine Familie vernichten, und dann hätte der Teufel Beneke gewonnen.

Als Pawest in eine Gasse biegt, in der die Häuser so dicht stehen, dass kaum Mondlicht aufs Pflaster fällt, tritt er mit einem Stiefel in einen Haufen Hundekot. Er stößt einen bitteren Fluch aus, und beinahe hätte er die dunkle Gestalt nicht bemerkt, die sich plötzlich aus dem Schatten löst und sich ihm in den Weg stellt. Schnell zieht Pawest sein Messer, richtet sich zur vollen Größe auf und sagt laut: «Von mir kriegst du keine Münze!»

Die Gestalt breitet mit entschuldigender Geste die Hände aus. Es ist ein Mann, und im fahlen Mondlicht ist zu erkennen, dass er freundlich lächelt. Er kommt ihm von irgendwoher bekannt vor und wirkt auch nicht wie ein lumpiger Straßenräuber. Er trägt in der warmen Sommernacht einen dünnen Mantel, der auf Schulterhöhe von einer goldenen Fibel zusammengehalten wird.

Der Mann öffnet den Mund und sagt, noch immer lächelnd: «Ich will Eure Münzen nicht.» Er spricht in Pawests Sprache, hat aber einen deutlichen Akzent, vermutlich ist er Südländer.

«Was wollt Ihr sonst von mir?», fragt Pawest mürrisch.

«Ich möchte Euch ein Geschäft vorschlagen.»

«Ich bin jetzt nicht fürs Geschäftliche aufgelegt. Gebt mir den Weg frei!»

«Mögt Ihr mich denn nicht erst einmal anhören, bevor Ihr mich abweist, Bernt Pawest?»

«Woher kennt Ihr meinen Namen?», fragt Pawest erschrocken. «Wer seid Ihr überhaupt?»

«Ihr könnt das Messer wegstecken», erwidert der Südländer.

«Lasst uns in Euer Haus gehen, ich weiß, dass es ganz in der Nähe ist. Dort werden wir reden.»

«Und warum nicht hier, in dieser stinkenden Gasse?»

«Weil niemand von unserem Gespräch erfahren darf.»

Pawest zögert, das Messer noch immer in der Hand. Wer ist dieser Mann? Er muss ihm schon einmal begegnet sein. Er scheint in Pawests Alter zu sein, ist aber schmaler, hat eine hohe Stirn und dunkle Augen. Es will ihm beim besten Willen nicht einfallen, wo er den Mann schon einmal gesehen hat. Aber es ist ihm gelungen, Pawests Neugier zu wecken. Vielleicht würde sich ein Geschäft mit ihm ja tatsächlich lohnen.

Pawest steckt das Messer weg, dann schreitet er voran zu seinem Haus, wobei er sich um einen halbwegs geraden Gang bemüht.

Kurz darauf sitzt Tommaso Portinari dem mürrischen Danziger Kaufmann an einem Tisch gegenüber. Die zuckende Flamme einer Tranlampe verströmt in dem Raum einen muffig-öligen Geruch, der sich mit dem Gestank des Hundekots unter dem Stiefel des Kaufmanns mischt. Portinari rümpft die Nase, während er Pawests aufgedunsenes Gesicht betrachtet. Der Mann sieht aus wie ein zorniger Köter. Auf Wangen und Stirn treten dunkelrote Flecken im Kontrast mit dem hellen Haar deutlich hervor. Pawest schenkt Wein aus einem Krug in zwei Becher, verschüttet dabei aber die Hälfte. Er scheint schon erheblich betrunken zu sein, auch wenn er sichtlich bemüht ist, sich dies nicht anmerken zu lassen.

Hoffentlich ist der Kaufmann nicht zu sehr angeschlagen, denkt Portinari. Es wird ohnehin nicht einfach sein, ihn zu überreden. Aber die Trunkenheit ist offenbar ein Zustand, dem er sich häufiger hingibt. Die Wohnung wirkt verwahrlost. In den Ecken hängt Spinngewebe, ebenso unter den Deckenbalken, gegen die der groß gewachsene Kaufmann beim Eintreten beinahe mit dem Kopf gestoßen wäre. Die wenigen Möbel sind mit Staub bedeckt. Es gibt einen Tisch. An den Wänden hängen ein paar fast leere Regalbretter, und in einer Ecke steht eine Truhe, vielleicht eine alte Seekiste. Neben einem Bett mit zerwühlten Decken steht auf einem mit Wachsflecken übersäten Beistelltisch ein kleines gerahmtes Gemälde, auf dem drei Leute zu sehen sind: der Kaufmann selbst sowie zwei Frauen, eine junge und eine ältere. Pawest mit seinem Doppelkinn und verkniffenen Mund sieht aus wie ein fetter, selbstgefälliger Gockel. Die ältere Frau wirkt streng und angespannt, die jüngere Frau ist schön, sieht aber irgendwie traurig aus.

Einer der angeblich reichsten Männer Danzigs lebt also in so einer heruntergekommenen Bude, denkt Portinari. Er hat zuvor in Erfahrung gebracht, dass Pawest mit einigen Mietzahlungen im Rückstand ist. Dies herauszufinden, war nicht schwer, denn der Hausbesitzer ist Kunde der Medici-Bank in Brügge. Portinari wurde auf Pawest aufmerksam, als er von dessen Streit mit dem Seeräuber Beneke im Hansekontor erfuhr. Mehrere hansische Kaufleute sind nämlich ebenfalls Kunden bei Portinaris Bank.

Pawest hebt seinen Becher. Portinari erwidert die Geste, nippt aber nur am Wein, dann zeigt er auf das Gemälde und sagt: «Ich nehme an, die Frauen sind Eure Gemahlin und Eure Tochter?»

Der Kaufmann nickt misstrauisch. «Ja, aber Ihr seid wohl nicht hier, um mit mir über meine Familie zu reden.»

«Nein, aber ich möchte nicht unhöflich sein. Sowohl Eure Gemahlin als auch Eure Tochter scheinen schöne Frauen zu sein. Beide erscheinen mir jedoch, wie soll ich sagen, ein wenig bekümmert.»

«Der Maler hat sie nicht gut getroffen. Ich wollte eigentlich in Brügge einen Künstler damit beauftragen, ein neues Gemälde anzufertigen, auf dem sie fröhlicher wirken.»

«Was hält Euch davon ab?»

«Das Geld. Aber jetzt verratet mir, woher ich Euch kenne!»

«Es freut mich, dass Ihr Euch an mich erinnert», sagt Portinari. «Ihr habt vor nicht allzu langer Zeit mein Bankhaus aufgesucht.»

Der Kaufmann starrt ihn an wie die nackte Jungfrau Gottes, dann nickt er nachdenklich. «Ihr seid der Florentiner aus der Medici-Bank, der mir den Kredit verweigert hat, um den ich gebeten hatte. Wie ist noch Euer Name?»

«Tommaso Portinari, und im Nachhinein tut mir das mit dem Kredit leid.»

Der Kaufmann lacht dröhnend. «Deswegen lauert Ihr mir nachts in einer dunklen Gasse auf, um mir mitzuteilen, dass Ihr mir den Kredit doch noch gewähren wollt?»

«Ja und nein. Ganz so einfach ist es leider nicht, werter Herr Pawest. Bei der Kreditvergabe sind mir zunehmend die Hände gebunden. Wer, wenn nicht Ihr, weiß besser, was dieser Kaperkrieg für die Geschäfte bedeutet? Viele Jahre hat unser Bankhaus erfolgreich Geldgeschäfte mit Kaufleuten und Adligen in Flandern gemacht, die wiederum Geschäfte mit englischen Händlern trieben. Alaun, Tuche, Gewürze, Felle, Geld – Ihr wisst schon. Dann haben Eure Landsleute aus Danzig und anderen hansischen Städten England den Krieg erklärt. Seitdem gehen unsere Geschäfte – wie sagt man so treffend in Eurer Sprache? – ja, seitdem gehen sie den Bach runter.»

«Aber Signore», wirft Pawest ein. «Wir wollen mal nicht vergessen, wer den Krieg angezettelt hat. Das waren doch die Engländer!»

«Als Kaufmann ist es mir egal, welche Ursachen zum Krieg führen und wer damit angefangen hat. Ich will Geschäfte machen, will Waren preiswert einkaufen und mit Gewinn weiterverkaufen, Kredite vermitteln, Zinsen erheben, und an all dem will ich gut verdienen. Deshalb habe ich ein großes Interesse, dass dieser Krieg schnell beendet wird.» Dass Portinari auch am Krieg viel Geld verdient hat, etwa durch die Kredite an den burgundischen Herzog für dessen Kriegszüge gegen die Franzosen, erwähnt er natürlich nicht.

Pawest rülpst, lehnt sich im Stuhl zurück und faltet die Hände über dem Bauch. Seine Augäpfel sind von roten Äderchen überzogen. «Und was habe ich damit zu tun? Ich habe nicht darüber zu entscheiden, ob wer Krieg führt oder Frieden schließt. Was ich von Euch wollte, war ein Kredit, damit ich die letzten Reparaturen meines Schiffs bezahlen kann. Die Münzvorräte sind aufgebraucht, mein Geld liegt in Danzig, und die Ratsherren haben mir noch nichts geschickt.»

«Das ist bedauerlich. Ich wollte nur erklären, warum ich Euch den gewünschten Kredit nicht so einfach gewähren konnte.» Portinari macht mit den Händen eine einladende Geste. «Doch nun, werter Herr Pawest, bin ich nach reiflicher Überlegung zu dem Schluss gekommen, Euch das Geld doch noch zu geben, unter gewissen Voraussetzungen natürlich, und zu außergewöhnlich niedrigen Zinsen. Was haltet Ihr von dem Angebot?»

Den eigentlichen Grund für seinen Sinneswandel verschweigt Portinari dem rotgesichtigen Danziger. Denn es ist so, dass den Medici in Florenz mittlerweile Zweifel gekommen sind, ob in Brügge bei den Alaungeschäften und Kreditvergaben alles noch mit rechten Dingen zugeht. Portinari weiß nicht, ob man ihn selbst bereits in Verdacht hat, dass er Kredite auf eigene Rechnung vermittelt sowie erhebliche Mengen Alaun abgezweigt hat. Auf jeden Fall ist Eile geboten, denn vor Kurzem hat man aus Florenz einen neuen Buchhalter nach Brügge geschickt, und der ist ausgerechnet ein Neffe von Portinaris Vorgänger Angelo di Jacopo Tani, der erst neulich wieder in einem Brief gedrängt hat, Memlings Altarbild müsse endlich fertig werden. Tanis Neffe also, dieser arrogante Schnösel, hat gleich damit begonnen, die Bücher zu prüfen und die Brügger Faktorei auf den Kopf zu stellen. Wenn dieser Kerl nicht völlig blöde ist – und offenbar ist er das nicht –, ist es nur eine Frage der Zeit, bis er die Unregelmäßigkeiten in den Büchern aufdeckt.

«Was ich von Eurem Angebot halte, wollt Ihr wissen?», fragt Pawest und zieht die hellen Augenbrauen zusammen. «Nun, ich frage mich, wo der Haken an der Sache ist. Ihr seid kein närrischer Lehrjunge, sondern ein erfahrener Bankier und Kaufmann, der der Faktorei einer bedeutenden und einflussreichen Bank vorsteht. Diese Stellung hättet Ihr nicht bekommen, wenn Ihr das Geld der Medici verschenkt.»

Portinari lacht laut auf. Offenbar hat er die Trunkenheit seines Gegenübers überschätzt. «Da habt Ihr recht! Aber ich sprach auch nicht davon, das Geld zu verschenken, sondern von Voraussetzungen, die Ihr dafür erfüllen müsst.»

Pawest nimmt einen Schluck Wein und wischt sich mit dem Hemdsärmel über die Lippen. «Dann raus mit der Sprache, Portinari, und redet nicht um den heißen Brei herum: Was soll ich für das Geld tun? Jemanden töten?» Er lacht glucksend in der Überzeugung, einen launigen Scherz gemacht zu haben.

Doch Portinari wird ernst. «Genau das sollt Ihr tun, werter Herr Pawest.»

«Ich soll jemanden für Euch töten?» Pawest lacht jetzt nicht mehr.

«Ja, und damit würdet Ihr nicht nur mir und Euch selbst

einen großen Gefallen tun, sondern allen Kaufleuten, denen etwas an Frieden und freiem Seehandel liegt.»

Die Augen des Kaufmanns verengen sich zu schmalen Schlitzen. Er beugt sich vor und legt seine Pranken auf den Tisch. Sein Atem riecht nach halb verdautem Wein. «*Wen* soll ich umbringen?», fragt er mit derart eindringlicher Stimme, dass es Portinari einen Schauder über den Rücken jagt, und er antwortet leise: «Ich glaube, Ihr wisst, *wen* ich meine.»

Pawests Hände ballen sich zu Fäusten, und er schlägt krachend auf den Tisch, dass die Becher scheppern. «Was seid Ihr für ein Idiot?», fährt er Portinari an. «Wäre es möglich, ihn umzubringen, hätte ich das längst getan. Gott ist mein Zeuge, oh ja, das hätte ich getan! Ihr könnt mir glauben, dass ich mir das unzählige Male habe durch den Kopf gehen lassen. Aber ich komme nicht an ihn heran. Der Kerl kämpft wie drei Krieger, und das Monster Eler Bokelmann ist fast immer in seiner Nähe. Habt Ihr das Ungeheuer schon einmal gesehen? Nein? Der reißt Euch in zwei Hälften – mit bloßen Händen.» Pawest greift nach dem Becher und trinkt gierig. Wein rinnt ihm übers Kinn und tropft auf sein Hemd. «Natürlich habt Ihr recht, Signore», sagt er dann etwas ruhiger. «Benekes Tod wäre für uns alle ein Segen. Aber schlagt Euch das aus dem Kopf, an den Teufel kommen wir nicht heran.»

Portinari hat mit dieser Antwort gerechnet. Nach allem, was er über Pawest weiß, ist der zu engstirnig, um auf das Naheliegende zu kommen.

«Warum grinst Ihr so?», fragt sein Gegenüber.

«Weil es eigentlich ganz einfach wäre, an ihn heranzukommen. Jeder Mann hat eine Schwachstelle, und bei Beneke ist es Euer Schiff, der *Peter von Danzig*. Wie ich hörte, verbringt Beneke viel Zeit auf dem Schiffbauplatz, wo er den Handwerkern bei der Arbeit zuschaut. Das würde er nicht tun, wenn ihm das Schiff nicht sehr viel bedeutet. Auch habe ich gehört, dass er Euch aufgefordert haben soll, ihm das Kommando über den *Peter von Danzig* zu übergeben ...»

«Was ich niemals tun werde.»

«Und warum nicht? Wenn Ihr ihm das Kommando übergebt, bekommt Ihr Eure Gelegenheit, ihn zu töten. Von hansischen Kaufleuten habe ich gehört, dass man in Danzig ohnehin über kurz oder lang entscheiden wird, ihn als Schiffer des *Peter von Danzig* einzusetzen. Was würde Eurem Ruf wohl mehr schaden? Wenn die Ratsherren Euch absetzen? Oder wenn Ihr selbst klug und eigenmächtig handelt? Könnte es nicht sein, dass Euch die Menschen in Danzig sogar Respekt dafür zollen würden, wenn Ihr Euch einsichtig zeigt, dass Eure Stärken mehr im Kaufmännischen und weniger im Seemännischen liegen?»

Pawest blickt eine Weile nachdenklich in seinen Becher. «Woher wollt Ihr das alles überhaupt so genau wissen, das mit Beneke und dem Rat in Danzig ... aber was frage ich? Ich kann's mir ja denken. Wahrscheinlich stehen die hansischen Oldermänner auch bei Euch in der Kreide.»

Portinari schweigt lächelnd, bis Pawest langsam nickt und sagt: «Aber eins muss ich von Euch wissen, Signore: Welchen Vorteil hättet Ihr von Benekes Tod?»

«Das sagte ich bereits.»

«Ich will es noch einmal hören.»

«Es liegt doch auf der Hand. Benekes Überfälle und die Schrecken, die er verbreitet, behindern die Geschäfte meiner Bank. Er ist nun mal der erfolgreichste und gefährlichste Kaperfahrer, den die Hanse hat, und deswegen muss er aus dem Weg geräumt werden. England muss den Krieg gewinnen und die Hanse in Verhandlungen zwingen, damit endlich wieder Frieden herrscht.»

«Ihr wollt mir also den Kredit geben, damit ich die Handwerker bezahlen kann, und wenn das Schiff repariert ist, soll ich vor Beneke zu Kreuze kriechen – und ihn dann umbringen? Das ist Euer Plan?»

«Ja.»

«Wer weiß noch darüber Bescheid?»

«Niemand.»

«Und habt Ihr in Eurem Plan auch bedacht, auf welche Weise ich Beneke töten soll?»

«Selbstverständlich», erwidert Portinari. Dann lässt er sich von Pawest Wein nachschenken und erklärt ihm, was zu tun ist, um Beneke in die Hölle zu schicken. Als sich Portinari bald darauf erhebt, bleibt Pawest ins Grübeln versunken am Tisch sitzen. An der Tür dreht sich Portinari noch einmal um und sagt mit Blick auf das Gemälde mit Pawests Familie: «Ich kenne in Brügge einen außergewöhnlich begabten Maler. Hans Memling heißt er. Ihr solltet zu ihm gehen. Ich werde ihm Euren Besuch ankündigen. Die Höhe des Kredits, den ich Euch auszahlen werde, sollte auch die Kosten für ein neues Gemälde mit Eurer schönen Gemahlin und Eurer Tochter decken.»

Dann lässt er Pawest mit seinen Gedanken allein.

17.

Sluis – September 1472

Liebe Herren in Danzig, ich habe den Oldermännern im Hansekontor zu Brügge zu erkennen gegeben, dass unser gutes Schiff, der «Peter von Danzig», jetzt bereit und, so Gott will, in Kürze fertig und wohlgerüstet ist, wiewohl es viel Geld gekostet hat und noch alle Tage kostet. Zu den Oldermännern habe ich gesagt: «Sehet, liebe Herren, es ist nun höchste Zeit. Lasst uns jetzt das tun, wofür wir so lange Zeit Krieg und Orlog treiben. Schaffet mir einen guten Schiffsführer und Schiffsvolk, Proviant habe ich.» So habe ich viele Worte gemacht, die zu lang wären, sie alle aufzuschreiben. Daraufhin habe ich den Oldermännern angeboten, dem Admiral Paul Beneke die Führung über den «Peter von Danzig» zu übergeben. Ich hoffe, dass Ihr darüber nicht unwillig seid, denn Paul Beneke ist geeignet wie kein anderer Mann. Auch die Oldermänner meinten, dass dieses zum besten Nutzen Danzigs und der ganzen Hanse sein werde. Denn Gott möge alles zum Besten fügen. Gegeben in Sluis, im Sommer 1472. Bernt Pawest.

Nachdem Beneke den Brief laut vorgelesen hat, legt er das Schreiben auf den Tisch. Bei ihm sitzen unter dem Sonnendach des Achterkastells Landers, Bokelmann und Hoike sowie einige Oldermänner mit dem Vorsitzenden Schinkel, der die Abschrift des Briefs vorhin auf den *Mariendraken* gebracht hat. Pawest habe, so heißt es, den Brief schon vor mehreren Wochen nach Danzig geschickt, nachdem die Engländer die erfolglose Belagerung beendet und ihre Auslieger aus den Mündungen des Zwyn und der Schelde abgezogen hatten.

«Seine Worte sind eine einzige Lüge», sagt Beneke. «Jeder, der im Hansekontor dabei gewesen ist, erinnert sich an seine Worte, als er mir ins Gesicht sagte, er werde mir niemals das Kommando über den *Peter von Danzig* übergeben. War es denn nicht so, Schinkel?»

«Er hat seine Meinung offenbar geändert», antwortet der Oldermann. «Und er hat ja auch recht damit, wenn er einsieht, dass er kein guter Schiffer ist. Als er neulich bei uns im Hansekontor auftauchte, um uns die Abschrift seines Briefs zu geben, war er richtiggehend kleinlaut.»

«Kleinlaut?», fährt Beneke auf. «Ich kenne den Mann seit vielen Jahren, aber kleinlaut habe ich ihn nie erlebt.»

Beneke greift wütend nach dem Brief, als wollte er ihn zerreißen, doch dann zieht er die Hand zurück. Stattdessen blickt er zum *Peter von Danzig*, der nicht weit vom *Mariendraken* entfernt im Zwyn vor Anker liegt. Dorthin hat man das *Große Kraweel* geschleppt, als die Reparaturen nach etwa einem halben Jahr fertiggestellt und alle Handwerker, so hieß es, auch bezahlt worden sind. Seitdem ist das Schiff fahrbereit, muss aber, so wie Benekes Schiffe, auf Anweisungen aus Danzig warten. Und diese Anweisungen sind nun offenbar eingetroffen.

Schinkel holt ein weiteres Schreiben hervor und reicht es über den Tisch an Beneke weiter. «Das hier ist die Antwort auf Pawests Brief», sagt Schinkel. «Sie ist vor wenigen Tagen im Hansekontor eingetroffen.»

Beneke liest den Brief. Kurz heben sich seine Mundwinkel, bevor er die anderen über den Inhalt in Kenntnis setzt. Demnach unterstützen die Ratsherren Pawests Anliegen und bekunden ihm ihren Respekt für den Vorschlag, das Kommando über den *Peter von Danzig* an den Admiral und Seehelden Paul Beneke zu übergeben. Zudem habe der Rat die Entscheidung getroffen, sich von dem *Großen Kraweel* zu trennen und es an drei Danziger Kaufleute zu veräußern. Für die Stadtkasse seien Unterhalt und Reparaturen mittlerweile zu kostspielig geworden. Nach dem Abschluss der bevorstehenden Verhandlungen zum Verkauf an die Herren Johann Sidinghusen, Tidemann Valandt sowie Henrich Niederhof wolle man ihnen einen Kaperbrief ausstellen und ihnen erlauben, auf eigene Gewinne und Verluste gegen die Engländer zu kreuzen. Die Prisenanteile für Beneke und dessen Mannschaft wolle man später festlegen.

«Welchen Vorteil hat es, wenn die Kaufleute das Schiff übernehmen?», fragt Landers.

«Kannst du dir das nicht denken, du bist doch selbst ein Kaufmann?», entgegnet Hoike. «Die Ratsherren, die die Stadtkasse verwalten, sind oft knauserig und uneinig, weil ihre Entscheidungen von vielen Voraussetzungen und Meinungen abhängen. Kaufleute aber haben vor allem ein Anliegen.»

«Sie wollen Geld verdienen», sagt Landers.

Hoike nickt. «Deshalb können wir womöglich mit höheren Anteilen rechnen. Die neuen Eigner haben ja ein großes Interesse daran, dass wir möglichst viel Beute machen, wenn wir daran mitverdienen ...»

«Warten wir erst mal ab», wirft Beneke ein.

«Was sollen wir den Ratsherren über Eure Entscheidung mitteilen, Beneke?», fragt Schinkel.

Der Admiral antwortet nicht, sondern blickt nachdenklich zum *Peter von Danzig*, als Bokelmann das Wort ergreift: «Wir können Pawest nicht trauen, Paul. Der führt was im Schilde.

Wir kennen ihn lange genug, um zu wissen, dass der sein Versagen niemals freiwillig eingestehen würde, dieses verlogene Stück Scheiße …»

«Lass gut sein, Eler», sagt Beneke, und dann zu Schinkel: «Wann könnte ich das Schiff übernehmen?»

«Jederzeit», antwortet Schinkel. «Danzig hat die Zustimmung gegeben, und die Übergabe wäre nicht an die Verkaufsverhandlungen gebunden. Wenn wir den Ratsherren schreiben, dass Ihr das Kommando übernehmt, würde dies die Verhandlungen vermutlich sogar befördern. Mit Euch als Schiffer könnte die Stadt für den *Peter von Danzig* noch mehr Geld verlangen, als wenn Pawest sich weiter daran klammert.»

«Jederzeit also?»

«So ist es, und je schneller, desto besser. Mindestens ein Dutzend unserer Handelsschiffe warten seit einiger Zeit im Zwyn darauf, mit Geleitschutz nach Osten segeln zu können. Die Engländer haben ihre Auslieger zwar abgezogen, aber es können immer noch einige ihrer Schiffe irgendwo lauern. Wenn Ihr und Pawest Euch einigt, würden wir sofort alles veranlassen, damit Eure Orlogschiffe die Kaufleute bis an die Elbmündung geleiten.»

Und dann sagt Beneke etwas, was vor Kurzem noch niemand für denkbar gehalten hätte: «Gut, ich werde mit Pawest reden – und ich werde mich mit ihm einigen.»

Bokelmann schüttelt energisch den Kopf. Doch Beneke, in dessen Gegenwart man früher nicht einmal Pawests Namen aussprechen durfte, beachtet ihn nicht. «Teilt Danzig mit, dass ich darauf bestehe, dass man mich beim Verkauf des *Peter von Danzig* zum Miteigentümer des Schiffs macht», sagt er. «Und dass mir von jeder Prise der Anteil eines Sechstels zustehen soll.»

Während man Schinkel und die anderen Oldermänner im Esping an den Kai von Sluis rudert, rätselt Landers in der Achterhütte über den Grund für Benekes plötzlichen Sinneswandel. Ist er der Geldgier erlegen? Ist es die Aussicht auf den Ruhm, den er als Schiffer des *Peter von Danzig* erlangen kann? Oder wurde Benekes Verlangen nach Rache an dem Mann, der ihm die Hand seiner Tochter verweigerte, womöglich schon gestillt, indem Pawest seine Niederlage eingestanden hat? Bei ihrem Gespräch am Schiffbauplatz hat Beneke ja davon gesprochen, er wolle Pawest eine Niederlage zufügen, die für ihn gleichbedeutend sei mit einem Todesurteil.

Benekes Stimme reißt ihn aus seinen Gedanken. «Seht ihn euch an da drüben, den Sauhund!»

Die Männer in der Hütte schauen zum *Großen Kraweel*. Auf dessen Achterkastell steht ein großer rotgesichtiger Mann mit auffallend hellem Haar, der seine Hände auf dem Schanzkleid abgelegt hat und seinerseits in ihre Richtung blickt.

«Such ein paar Ruter zusammen», sagt Beneke zu Hoike. «Sobald der Esping aus Sluis zurück ist, setzen wir zum *Großen Kraweel* über. Und die Männer sollen ihre Waffen mitnehmen.»

Die tief stehende Abendsonne taucht den Zwyn in blutrotes Licht, als der Esping mit Beneke, Bokelmann, Landers, Hoike und einem halben Dutzend Rutern, die mit Kurzschwertern und Beilen bewaffnet sind, zum *Peter von Danzig* gerudert wird. Vom Großdeck wird eine Strickleiter herabgelassen. Als Beneke nach der Leiter greift, hält Bokelmann ihn zurück und sagt: «Wenn du schon darauf bestehst, dich mit dem Dreckskerl zu treffen, lass mich wenigstens zuerst raufsteigen. Vielleicht stellt er uns da oben eine Falle.»

«Dann ist es auch egal, ob ich zuerst oder zuletzt an Bord

gehe», sagt Beneke und zeigt hinauf zu den Bogen- und Armbrustschützen, die sich auf den Kastellen postieren.

Bokelmann lässt dem Admiral widerstrebend den Vortritt, folgt ihm aber gleich dahinter die Strickleiter hinauf. Dann erst kommen die anderen nach. Als Landers das Großdeck des *Peter von Danzig* erreicht, kehren die Erinnerungen zurück. Etwa ein halbes Jahr ist es her, seit er das letzte Mal seine Füße auf die mit dunkelroter Farbe gestrichenen Planken gesetzt hat. Sogleich beschleicht ihn ein bedrückendes Gefühl, ebenso aber fühlt er auch die Faszination, die das mächtige Schiff auf ihn ausübt. Er muss an die Kälte denken und an den Gestank im überladenen Zwischendeck, und er denkt an Godschalk, an Jagehorn ...

Hoike stößt ihn an und schiebt ihn weiter zum Großmast, wo Beneke und Bokelmann stehen geblieben sind. Die Ruter folgen ihnen, die Hände an Schwertgriffe und Beilschäfte gelegt. Die Waffen wären ihnen angesichts der Übermacht von Pawests Mannschaft bei einem Kampf zwar keine große Hilfe, aber immerhin demonstrieren sie, dass sie bereit sind, um ihr Leben zu kämpfen – und für das Leben ihres Admirals.

Alle Blicke richten sich jetzt auf die Leitertreppe des Achterkastells, auf der Pawest, bekleidet mit einem blauen, mit Mustern bestickten Hemd und einer roten Hose, hinabsteigt. An der Reling stehen Schützen, und Lanzenknechte stellen sich auf dem Großdeck um Beneke und seine Leute im Kreis auf. In der Menge erkennt Landers einige Gesichter wieder, darunter auch Stolle. Aber niemand beachtet Landers, alle blicken auf Beneke und Bokelmann. Viele der Ruter sind den beiden vermutlich nie zuvor begegnet, doch die schaurigen Geschichten über den Teufel und sein Ungeheuer wird jeder schon mal gehört haben. Vielleicht hat Pawest den Lanzenknechten und Schützen befohlen, Beneke und seine Begleiter zu töten, falls es nötig sein sollte. Doch die Ruter wirken halbherzig, ohne Feindseligkeit, eher neugierig. Beneke selbst scheint überraschend entspannt. Seine Hände hängen locker herab, und er macht nicht den Eindruck, als wäre er verunsichert.

Pawest bleibt einige Schritte entfernt auf dem Großdeck stehen, stemmt die Fäuste in die ausladenden Hüften und richtet den Rücken auf. Auf Stirn und Wangen bilden sich dunkelrote Flecken. Landers kann sich denken, wie heiß die Wut in Pawest brodelt, auch wenn er versucht, sich nichts anmerken zu lassen. Er wirkt müde und fahrig. Auf dem Kinn wuchert helles Barthaar, unter den Augen hängen Tränensäcke, und sein blaues Hemd ist mit dunklen Flecken gesprenkelt. So ungepflegt hat Landers ihn während der Winterfahrt kein einziges Mal erlebt.

Einen Moment lang messen sich Pawest und Beneke mit giftigen Blicken, dann sagt Pawest: «Darf ich Euer Erscheinen auf dem *Peter von Danzig* als Einverständnis mit meinem Angebot deuten, Euch das Kommando zu übergeben?»

«Habt Ihr was anderes erwartet?», entgegnet Beneke.

«Nein. Wir sollten die Sache schnell hinter uns bringen.»

«Und wann?»

«Jetzt gleich. Es ist alles vorbereitet. Ich habe mir gedacht, dass Ihr rüberkommen würdet, gleich nachdem die Oldermänner von Bord gegangen sind. Die Urkunde liegt zur Unterzeichnung in meiner Kammer. Wenn Ihr mich dorthin begleiten wollt – aber ich muss darauf bestehen, dass Ihr allein ...»

Beneke rührt sich nicht von der Stelle. Er wechselt leise ein paar Worte mit Bokelmann, dann sagt er laut: «Nein, Pawest, so nicht. Ich werde zunächst die Bestätigung aus Danzig abwarten, dass man beim Verkauf des Schiffs allen meinen Forderungen nachkommt.»

«Das kann Wochen dauern», sagt Pawest zerknirscht.

«Dann dauert es Wochen.»

Pawests Blick verdüstert sich, und es scheint, als wollte er noch etwas sagen, doch er schließt den Mund wieder.

«Eine weitere Bedingung lautet, dass Eure und meine Schiffe zusammen in etwa einer Woche in See stechen werden», sagt Beneke. «Wir werden die im Zwyn wartenden Handelsschiffe bis zur Elbmündung geleiten und dort auf die Nachricht aus Danzig warten.»

«Warum muss das alles so lange dauern?», ruft Pawest ungehalten. «Man wird Euren Forderungen ganz gewiss nachkommen. Ich werde mich dafür verwenden. Mein Wort hat großes Gewicht im Rat ...»

«Warum habt Ihr es mit der Übergabe denn so eilig?», fragt Beneke aufmerksam.

«Ich will diese Sache endlich abschließen!»

«Der scheißt sich ja vor Angst in die Hose», sagt Bokelmann zu Beneke, und er spricht gerade so laut, dass Pawest es hören kann, so wie viele der Ruter, die sich sichtlich bemühen, nicht breit zu grinsen.

Pawests Kiefer mahlen unter den geröteten Wangen, aber er verbeißt sich eine Erwiderung auf die Beleidigung. Dann spannt er die Schultern an und lenkt ein: «Nun gut, Beneke. Und Ihr gebt mir Euer Wort, dass Ihr die Urkunde unterzeichnet, wenn die Nachricht vom Verkauf des Schiffes eintrifft?»

Beneke nickt und wendet sich zum Gehen, doch Bokelmann ruft in Pawests Richtung: «Und ich gebe Euch mein Wort, dass ich Euch irgendwann die Eier abschneiden und in Euer verlogenes Maul stopfen werde.»

Bokelmann spuckt auf die Planken, dann treten sie den Rückweg an, und Pawest scheint trotz der wüsten Beleidigung mit einem Mal von einer sonderbaren Ruhe und Befriedigung erfüllt. Als sich Landers im Gehen noch einmal umdreht, sieht er Pawest vage lächeln.

18.
Elbmündung – Oktober 1472

Mitte des Monats September erreichen die Schiffe die Mündung der Elbe, ein breiter Strom aus braunem Wasser, der hier in die Nordsee fließt und seinen Ursprung Hunderte Meilen im Landesinnern hat. Die Flotte wird angeführt vom *Peter von Danzig* unter Pawests Kommando sowie der *Gottesgabe* und dem *Ochsenkopf*; achtern folgen den Handelsschiffen der *Mariendrake* sowie *Große Marie*, *Fliegender Geist*, *Georgsdrake* und *Stolzer Falke*. Der Geleitschutz hat sich schon bald nach der Abfahrt in Sluis bewährt. Bereits auf Höhe der Grafschaft Zeeland lauerten mehrere englische Auslieger zwischen kleinen Inseln. Beim Anblick der Danziger Flotte mit dem Flaggschiff *Peter von Danzig* an der Spitze flohen die Engländer jedoch aufs offene Meer.

Bei der Ankunft in der Elbmündung gehen die Orlogschiffe in der Nähe des Altenburger Hafens am westlichen Flussufer vor Anker. Der Hafen liegt in der Nähe der Siedlung Ritzebüttel und ist nur bei Flut durch einen flachen Priel, der sich durchs Marschland windet, mit kleineren Booten zu erreichen. Daher werden an den Orlogschiffen die Espings bemannt, um Proviant und Trinkwasser aus dem Hafen zu holen. Einige Handelsschiffe fahren unterdessen die Elbe stromaufwärts weiter nach Hamburg, andere nehmen Kurs auf die jütländische Westküste und das Skagerrak, um zu hansischen Städten an den Ostseeküsten zu segeln.

Am ersten Abend in der Elbmündung steht Landers auf dem Vorderkastell des *Mariendraken* und schaut den übers Meer davonfahrenden Handelsschiffen nach. Einem Kaufmann, der eine Ladung flandrische Tuche nach Wismar bringen will, hat Landers einen Brief mitgegeben. Es ist der fünfte Brief, den er an Reckemann und Juta geschrieben hat, und während er zuschaut, wie die Masten der Segelschiffe kleiner werden, beschließt er, dass dies der letzte Brief war. Er hat kaum noch Hoffnung auf eine Antwort. Wenn Gott dies gewollt hätte, wäre die Antwort doch längst eingetroffen. Ein Brief kann immer verloren gehen oder vergessen werden. Aber vier Briefe? Und während sein Blick über das Meer jenseits der Mündung schweift, wird ihm klar, dass er seit vielen Jahren seiner Heimat nicht mehr so nah war wie jetzt und sich zugleich noch nie so weit von ihr entfernt gefühlt hat …

Er hört Hoikes Gelächter unter dem Sonnendach, als der sich darüber lustig macht, dass Possick vorhin von Möwenkot am Hemdsärmel getroffen wurde. Dann ist Huges Flöte zu hören, diese schiefen, schrillen Töne, die einem den letzten Nerv rauben können, wenn man nicht völlig betrunken ist. Landers drängt den Gedanken an Wismar beiseite, dreht sich um und geht zu seinen Leuten.

Als sie etwa zwei Wochen in der Elbmündung liegen, bringt ein Handelsschiff einen Brief der Ratsherren aus Danzig mit. Darin teilt man Beneke mit, dass man ihm, wie er gefordert hatte, die Miteigentümerschaft am *Großen Kraweel* sowie ein Sechstel von jeder Prise zusichert. Boten bringen diese Nachricht auch auf den *Peter von Danzig*, und man verständigt sich, dass Beneke und Pawest die Kommandoübergabe am 3. Oktober anno 1472 vollziehen werden. Als der Tag gekommen ist, setzt Beneke in

Begleitung von Bokelmann, Landers, Hoike und einigen Rutern im Esping zum *Großen Kraweel* über. Pawest erwartet sie auf dem Großdeck, und dieses Mal sind seine Männer nicht in Kampfbereitschaft. Stattdessen verfolgen Seeleute und unbewaffnete Ruter neugierig Benekes Ankunft und hören, wie er gleich zu Pawest sagt: «Legt mir die Urkunde vor. Ich unterzeichne, dann bringen wir die Sache hinter uns.»

Pawest lächelt gezwungen. «Ja, bringen wir es also hinter uns. Folgt mir in die Kammer, die gleich Eure Kammer sein wird. Ich habe dort alles vorbereitet.»

«Ich begleite den Admiral», sagt Bokelmann.

Pawest schüttelt den Kopf. «Euer Admiral wird wohl in der Lage sein, ohne Euch seine Unterschrift unter die Urkunde zu setzen und die Übergabe durch einen Schluck Wein zu besiegeln, oder, Beneke?»

«Warum sollte Eler mich nicht begleiten?», fragt Beneke misstrauisch.

«Weil ich mir von ihm nicht die Eier abschneiden lassen will», sagt Pawest und fügt mit gedämpfter Stimme hinzu: «Außerdem will ich noch etwas anderes mit Euch besprechen, und zwar unter vier Augen.»

«Worum handelt es sich?»

«Könnt Ihr Euch das nicht denken?»

«Nein.»

«Ihr wisst ebenso gut wie ich, was seit vielen Jahren zwischen uns steht.»

Benekes Gesicht strafft sich. «Geht es um ... *sie?*»

«So ist es.»

Beneke nickt. «Ich gehe mit ihm allein. Aber du, Eler, und ihr anderen kommt mit hoch und wartet vor der Tür auf dem Zwischendeck.»

Pawests Herz hämmert vor Aufregung, als er die Leitertreppe hinaufsteigt und auf dem Zwischendeck die Tür öffnet. Er lässt Beneke den Vortritt, dann folgt er ihm in die Kammer und zieht die Tür hinter sich zu. Kurz denkt er darüber nach, den Riegel vorzuschieben, verwirft den Gedanken aber wieder, um Benekes Misstrauen nicht aufs Neue zu erregen. Pawest kann durch die Tür die Schritte und gedämpften Stimmen von Benekes Begleitern hören. Er darf sich jetzt keinen Fehler erlauben und bietet seinem Gast den einzigen Stuhl am Tisch an. Dann zwängt er sich ihm gegenüber auf die Bank zwischen Tisch und Wand. Auf dem Tisch liegt die Urkunde bereit, außerdem eine Schreibfeder, ein Tintenfässchen, eine noch nicht angezündete Wachskerze sowie zwei Becher und ein Krug mit Wein.

Pawest wartet ab, während sich Beneke in der Kammer umschaut, von der er glaubt, er würde nun hier einziehen. An der hinteren Fensteröffnung sind die Läden geöffnet, sodass etwas Licht in den Raum fällt; draußen dämmert bereits der Abend. Beneke betrachtet die Einrichtung: die Regalbretter mit den Büchern, Papieren, Navigationsgeräten, die hochgeklappte Schlafpritsche, an einer Wand hängen Schwerter, Beile und ein Schild. Unter der Fensteröffnung ist in dem frei über dem Wasser hängenden Teil des Kastells das Abortloch in den Bodenplanken, das jetzt mit einem runden Deckel verschlossen ist. Pawest hat das Loch vom Schiffszimmerer erst vor Kurzem verbreitern lassen. In der hinteren Ecke steht die Truhe, Pawests Schiffskiste, deren Deckel ihm mehr als ein Jahr lang als Altar gedient hat und auf dem jetzt ein kleines Weinfass steht.

Das Kruzifix, die Gebetskette und andere wichtige Sachen hat er in einem Erdloch bei Ritzebüttel versteckt, wo er die Sachen später abholen wird, darunter auch das Gemälde mit ihm, Anna und Margreta. Er hatte in Brügge doch kein neues Gemälde anfertigen lassen. Hans Memling, der Maler, den der Florentiner ihm empfohlen hatte, war so unverschämt gewesen, Pawest auf einen späteren Zeitpunkt zu vertrösten. Angeblich habe er zu viele Aufträge. Darauf hatte sich Pawest nicht einlassen wollen. Immerhin hat der Maler sie alle drei dann auf einem gewaltigen Altarbild, an dem er gerade herumpinselte, verewigt. Pawest, Anna und Margreta sind darauf nun als von Gott Erlöste, die auf den Zutritt zum ewigen Paradies warten, dargestellt. Es ist zwar nur ein Gemälde, aber man kann nie wissen, was dereinst geschieht, wenn Gott Gericht halten wird.

Er bemerkt, dass Beneke ihn jetzt anblickt. Die Lippen inmitten seines dunklen Barts sind geschlossen, über den ausgeprägten Wangenknochen strafft sich die Haut. Pawest überläuft ein Schauder, obwohl er eigentlich überzeugt ist, dass sein Plan nicht scheitern kann. Er hat alles bis ins kleinste Detail durchdacht, und dennoch hat er jetzt den Eindruck, Beneke könne ihn durchschauen. Pawests Kehle wird trocken. Er schluckt angestrengt, dann nimmt er den Krug und füllt beide Becher mit Wein. Einen davon schiebt er über den Tisch zu Beneke.

Beneke rührt den Wein nicht an, sondern fragt: «Was habt Ihr mit mir zu besprechen?»

«Alles zu seiner Zeit. Lasst uns erst von dem Wein trinken. Ich habe in Brügge ein ganzes Fass davon gekauft und für einen besonderen Anlass aufgehoben. Ich will meinen, dies ist ein solcher Anlass.»

«Dann gebt mir Euren Becher!»

«Ich verstehe, dass Ihr misstrauisch seid. Das wäre ich auch, wenn Ihr mich zum Wein einladen würdet. Ihr könnt beruhigt sein, dieser Wein ist weder sauer – noch ist er vergiftet.»

Um Beneke von seiner Aufrichtigkeit zu überzeugen, tauscht Pawest ihre Becher. Beneke wartet, bis Pawest einen Schluck genommen hat, dann erst trinkt er selbst, leert den Becher in einem Zug und sagt: «Und jetzt erzählt mir, was Ihr zu sagen habt.»

Auf dem Gang des Zwischendecks legt Landers ein Ohr an die Tür und lauscht den Geräuschen aus der Kammer. Hin und wieder hört er Stimmen, kann aber kein Wort verstehen, auch weil es unten auf dem Großdeck laut geworden ist. Seeleute und Ruter stehen bei der Kochstelle am Vorderkastell zur Essensausgabe an. Der glatzköpfige Koch, der immer noch in Pawests Diensten steht, schöpft mit seinen Gehilfen aus dem großen Topf Holzkellen voll Grütze in die Schüsseln der wartenden Männer. Bei dem Anblick erinnert sich Landers, wie er selbst oft hungrig und frierend in der Schlange vor der Kombüse anstand, meist mit Godschalk, und wie der übel gelaunte Koch sie anschnauzte, wenn sie ihn um eine halbe Kelle Nachschlag baten.

Plötzlich ist aus der Kammer eine laute Stimme zu hören. Landers legt das Ohr wieder an die Tür. Bokelmann und Hoike, die die Stimme ebenfalls gehört haben, kommen näher.

«Was geht dadrin vor sich?», fragt Bokelmann.

«Ich glaube, Beneke hat einen Namen gerufen», antwortet Landers.

«Welchen Namen?»

«Ich bin mir nicht sicher, aber es könnte ... der Name Margreta gewesen sein.»

«Ja, Ihr habt richtig gehört, Beneke – sie ist noch am Leben! Meine Tochter Margreta lebt», sagt Pawest.

«Das ist unmöglich», ruft Beneke. «Ihr Gesicht war voller Blut. Ich sah sie am Boden liegen ... auf dem Kai ... und man hat ihre Leiche in der Mottlau gefunden ...»

«Aber Ihr habt die Leiche nicht gesehen. Ihr habt im Kerker gesessen, und das war mein Glück, denn Ihr wärt vermutlich der einzige Mann gewesen, der bemerkt hätte, dass es sich bei der entstellten Leiche nicht um Margreta handelte. Auch ihre Mutter hat die Leiche nicht zu Gesicht bekommen, dafür habe ich gesorgt.»

Beneke greift zu seinem nachgefüllten Becher, leert ihn erneut und stellt ihn krachend auf dem Tisch ab. «Wo ist sie?», fragt er atemlos. «Wo ist Margreta?»

«Ihr müsst noch etwas Geduld haben», sagt Pawest und will ihm aus dem Krug wieder Wein einschenken, als er mit gespieltem Erstaunen feststellt: «Der Krug ist ja schon leer. Aber ich verstehe Euer Verlangen nach Wein. Holt Euch doch selbst noch welchen. Ich komme mit meinem dicken Bauch nur schwer hinter dem Tisch hervor. Das Fass steht dort auf der Truhe.»

Beneke erhebt sich mit dem Becher, bleibt aber am Tisch stehen, den Blick auf Pawest gerichtet, der unter der Tischplatte seine schweißfeuchten Finger knetet. Er muss Beneke dazu bringen, von dem Wein aus dem Fass zu trinken, denn der ist mit dem Gift vermischt, das der Florentiner besorgt hat.

Von der Wirksamkeit des Gifts hat Pawest sich schon in Brügge überzeugen können. Eines Nachts lockte er einen zerlumpten Bettler mit dem Versprechen auf einen guten Schluck Wein in eine dunkle Gasse. Der Bettler leerte den kleinen Trinkschlauch fast in einem Zug, und das Gift darin wirkte schnell. Pawest schaute zu, wie sich der Bettler vor Schmerzen krümmte und auf dem Boden wälzte, wie er röchelte und sich erbrach und sich mit dem Inhalt seines Darms besudelte. Die Schmerzen müssen grauenvoll gewesen sein. Pawest verspürte angesichts des schrecklichen Todeskampfs sogar etwas Mitleid mit dem Bettler, auch wenn der ein übles Geschmeiß war, das sich sicher längst von Gott abgewendet hatte. Freude am qualvollen Sterben des Bettlers empfand Pawest erst, als er sich vorstellte, der Mann, der da gerade vor seinen Füßen verreckte, wäre Beneke. Denn genau so will Pawest ihn jetzt sterben sehen – wenn er hoffentlich gleich von dem vergifteten Wein trinkt.

Aber Beneke steht noch immer am Tisch. Dann stellt er den Becher ab. Seine Augen flammen plötzlich in heftiger Wut auf. Er stößt einen lauten Schrei aus und greift über den Tisch mit beiden Händen nach Pawests Hals.

Auch vor der Tür ist der Schrei deutlich zu hören. «Wir müssen da sofort rein», sagt Landers.

Bokelmann schüttelt den Kopf. «Warte damit noch!»

Aus der Kammer ist jetzt Benekes laute Stimme zu verstehen, als er droht, Pawest umzubringen, wenn der ihm nicht sofort verrate, wo Margreta sei.

Bokelmann nickt. «Soll er den Bastard doch töten.»

«Dann wird man ihm das Kommando über das *Große Kraweel* wieder entziehen und ihn wegen Mordes anklagen», entgegnet Landers, und Hoike pflichtet ihm bei: «Der Kaufmann hat recht. Wir sollten Beneke vor einer Dummheit bewahren.»

Aus der Kammer ist Gepolter zu hören. Bokelmann seufzt, dann zieht er die unverriegelte Tür auf. Als sie nacheinander in die Kammer treten, sehen sie im Dämmerlicht, das durch Tür und Fensteröffnung hereinfällt, dass Beneke seine Hände um Pawests Hals gelegt hat und kräftig zudrückt. Pawest quellen schon die Augen aus dem dunkelroten Gesicht hervor.

«Raus mit euch», ruft Beneke, ohne Pawest loszulassen. «Lasst mich mit ihm allein!»

«Das ist nicht klug, Paul», sagt Hoike besorgt. «Du wirst Ärger kriegen.»

Beneke starrt über seine Schulter die drei Männer entgeistert an, während Pawest in seinem Würgegriff winselt wie ein Hund. Mit einem Mal verändert sich Benekes irrer Blick. Die Augen, die eben noch wie glühende Kohlen waren, klaren auf, als hätte man einen Vorhang weggezogen. Seine Hände lösen sich, und Pawest sinkt röchelnd und keuchend auf die Bank zurück.

«Verschwindet jetzt wieder», sagt Beneke.

Beim Rausgehen aus der Kammer fragt Hoike: «Wir haben von draußen zugehört. Ist Margreta wirklich am Leben?»

Beneke antwortet nicht. Er folgt ihnen zur Tür, schließt sie, dann legt er von innen den Riegel vor.

Pawest ringt um Luft. Das war knapp. Noch so einen dummen Fehler darf er sich nicht erlauben. Er hat Benekes Jähzorn unterschätzt und muss ihn jetzt schnell dazu bringen, den vergifteten Wein zu trinken. Doch als Beneke sich wieder auf den Stuhl setzt, macht er nicht den Eindruck, als wollte er überhaupt noch einen Schluck Wein trinken.

Pawest, der allmählich wieder zu Atem kommt, hat also keine andere Wahl, als sich in Geduld zu üben und auf Gottes Hilfe zu vertrauen. «Ich werde Euch noch ein Geheimnis verraten», beginnt er. «Ihr habt damals recht gehabt, denn ich selbst habe die Männer angeheuert, die Euch und Margreta überfallen haben. Die Männer waren ehemalige Landsknechte. Sie sollten es so aussehen lassen wie einen Raubüberfall. Ja, Beneke, sie sollten Euch töten, aber Margreta durfte kein Leid geschehen. Doch die Sache lief aus dem Ruder. Ihr habt Euch zu heftig gewehrt, und dann ...» Pawest trinkt einen Schluck aus seinem noch zur Hälfte gefüllten Becher und hofft, dass Beneke ebenfalls wieder Durst bekommt.

«Und dann?», fragt Beneke, der gebannt an Pawests Lippen hängt.

«Dann stürzte Margreta und schlug mit dem Kopf am Boden auf.» Pawest lässt seine Worte einen Moment in der Luft hängen, bevor er fortfährt. «Ich weiß, wie sehr Ihr mich hasst, Beneke, und wie sehr Ihr Euch meinen Tod wünscht. Aber habt Ihr in all den Jahren ein einziges Mal versucht, Euch in meine Lage zu versetzen? Ein Vater muss für seine Tochter den Mann auswählen, den er für geeignet hält. Das ist das Gesetz. So war es schon immer, und so wird es immer sein. Hättet Ihr Euch an meiner Stelle nicht genauso verhalten?»

Beneke antwortet ihm nicht, und es ist unklar, ob er überhaupt einen Gedanken an die Frage verschwendet. Pawest will gerade fortfahren, als Beneke plötzlich mit dem Becher aufsteht, zum Fass geht und Wein in den Becher laufen lässt, bevor er an den Tisch zurückkehrt. Dann stellt er den Becher ab, trinkt jedoch nicht daraus.

«Nun gut, Ihr braucht ja nicht auf meine Frage zu antworten», sagt Pawest und bemüht sich, nicht die ganze Zeit auf Benekes Becher zu starren. «Ich hatte also nach langer Suche einen Mann für Margreta gefunden. Er kam aus gutem Hause. Sein Vater war so wie ich ein Kaufmann in Danzig, auch der Sohn würde Kaufmann werden. Er war fleißig und lernwillig und hätte mein Handelshaus übernehmen und mein Lebenswerk fortführen können ...»

Benekes Hand schiebt sich langsam an den Becher.

«Und das hätte ich einfach alles aufgeben sollen?», fährt Pawest fort. «Denn nun wolltet Ihr die Hand meiner Tochter, und auch sie wollte Euch um jeden Preis als Gemahl. Ich frage Euch noch einmal: Wie hättet Ihr Euch an meiner Stelle verhalten? Hätte ich meine Tochter einem Seefahrer zur Frau geben sollen? Einem Waisenknaben, der nicht weiß, wer seine Eltern sind und woher sie stammen? Sagt mir, hättet Ihr Eure Tochter einem Mann ohne Vergangenheit und ohne Herkunft zur Frau gegeben?»

Benekes Finger berühren den Becher, als er sagt: «Mich interessiert nicht, wofür Ihr mich haltet. Was geschah mit den Männern, die Margreta und mich angriffen haben? Ich erinnere mich, dass ich einen mit meinem Messer verletzt haben muss.»

«Ihr habt ihm die Klinge in den Bauch gestoßen. Er verlor sehr viel Blut, während die anderen beiden Kerle ihn zum verabredeten Treffpunkt schleppten. Als wir ihn schließlich in mein Haus gebracht hatten, war er bereits tot. Da erst erzählten sie mir, dass sich Margreta heftig gewehrt habe und mit dem Kopf auf die Steine gestürzt sei ...»

Pawest bricht die Stimme. Die Erinnerungen an jene Nacht lasten nach all den Jahren noch immer schwer auf ihm, und plötzlich kommt ihm ein irrwitziger Gedanke. Vielleicht braucht er Beneke ja gar nicht zu vergiften. Vielleicht kann er ihm – verzeihen. Nein, nicht verzeihen, das ist undenkbar, aber womöglich lässt sich eine andere Lösung finden. Eine andere Lösung als Benekes Tod?

«Ich hätte diese Spatzenköpfe umbringen können, so zornig war ich», fährt Pawest fort. «Aber ich brauchte sie und lief mit ihnen runter zum Hafen. Der Mond schien, und wir hatten Glück, dass wir auf keine Nachtwachen trafen. Die Kerle behaupteten, Ihr wärt nicht mehr am Leben, und als wir ans Krantor kamen, sah ich Euch leblos am Boden liegen. Meine Sorge galt allein Margreta. Wir nahmen sie mit und brachten sie zu einem Arzt, der in meiner Schuld stand und der schwor, er werde sich um Margreta kümmern. Am nächsten Tag wurde dann bekannt, dass die Angreifer Euch nur schwer verletzt hatten. Deshalb musste ich einen neuen Plan fassen, um Euch von meiner Tochter fernzuhalten ...»

Beneke hat den Becher inzwischen in die Hand genommen, aber er trinkt immer noch nicht, sondern starrt Pawest lauernd an, und als Pawest den abgrundtiefen Hass in Benekes Augen erkennt, wird ihm klar, dass er keine andere Wahl hat. Er muss ihn töten, sonst wird der ihn vernichten, vielleicht nicht heute, aber Beneke wird seine Gelegenheit suchen und finden.

Trink endlich, denkt Pawest. Doch Beneke hält den Becher nur fest.

«Ich zahlte den Kerlen also ein paar Münzen», sagt Pawest, «und sie verscharrten ihren Gefährten irgendwo. Dann trieben sie ein Mädchen auf, das in Margretas Alter war und ihr ähnlich sah, schlank, rotblondes Haar, hübsches Gesicht, keine auffälligen Gebrechen. Sie töteten das Mädchen mit einem Schlag auf den Kopf, beschwerten seine Kleider mit Steinen und warfen es in die Mottlau. Meine Hoffnung, dass die Leiche erst nach längerer Zeit wieder auftaucht, erfüllte sich, und meine Gebete wurden erhört, denn als ich öffentlich bestätigte, bei der Leiche könne es sich nur um meine Tochter handeln, stellte niemand dies infrage. Um mich der Männer zu entledigen, lockte ich sie unter einem Vorwand aus der Stadt und erschlug sie in einem Waldstück. Schließlich tötete ich den Arzt, der Margretas Wunden zwar versorgt, aber dabei Fehler gemacht hatte. Sie überlebte, verlor unter seiner Behandlung jedoch ihr linkes Auge. Auch war ihr Gesicht mit Narben überzogen und ihre frühere Schönheit vergangen. Mir war gleich klar, dass der Kaufmann, den ich für sie ausgewählt hatte, sie so entstellt nicht mehr nehmen würde ...» Pawest seufzt schwer, dann sagt er: «Nun wisst Ihr also, dass auch an meinen Händen viel Blut klebt, und Ihr wisst, dass ich nun außer Margreta selbst der einzige Mensch war, der wusste, dass sie noch lebte.»

Vom vielen Reden hat Pawest eine trockene Kehle, und als er nach seinem Becher greift, passiert es: Auch Beneke hebt seinen Becher und trinkt. Pawest sieht den Adamsapfel bei jedem Schlucken zucken, während der mit dem tödlichen Gift versetzte Wein durch Benekes Kehle fließt. Doch als er den Becher wieder abstellt, ist er noch zur Hälfte gefüllt. Hat die Menge, die er getrunken hat, ausgereicht?, fragt sich Pawest besorgt. Für einen Moment ist in der Kammer nur der Wind zu hören, der am Fenster vorbeistreicht, und vor der Tür knarren die Planken unter den Füßen seiner Gefährten.

Benekes Hand verschwindet unter dem Tisch, und als er sie wieder hervorholt, hat er sein Messer in der Hand, dessen Spitze auf Pawests Hals zielt. Beneke wirkt ruhig und abgeklärt. «Ich nehme an», sagt er, «dass Ihr auch weiterhin der einzige Mann bleiben wollt, der Euer Geheimnis kennt. Deshalb geht Ihr offenbar ... davon aus, dass ...» Plötzlich zuckt er zusammen, die Stimme versagt ihm, und er muss heftig husten. Doch er fängt sich rasch wieder und sagt: «Deshalb geht Ihr offenbar davon aus, dass ich diese Kammer nicht mehr lebend verlassen werde. Aber den Gefallen werde ich Euch nicht tun, was ... was habt Ihr vor ...?»

Pawest rinnt unter dem Hemd der Schweiß aus den Achselhöhlen. Er hat sich hinreißen lassen. Es war ein dummer Fehler, Beneke die ganze Wahrheit zu offenbaren. Natürlich musste er ja jetzt zu diesem Schluss kommen. Pawest bleibt also nichts anderes, als zu hoffen, dass Beneke bereits eine tödliche Menge von dem Gift getrunken hat. Und Pawest muss Zeit gewinnen, damit das Gift seine Wirkung entfalten kann, und noch hält er einen wichtigen Trumpf in der Hand: Solange Beneke nicht weiß, wo Margreta versteckt gehalten wird, wird er Pawest nicht töten.

«Vielleicht wollte ich einfach nur mein Gewissen erleichtern», versucht Pawest es mit einer plumpen Ausrede.

«Glaubt Ihr wirklich, ich sei so dumm …?», entgegnet Beneke und muss wieder husten. Das Messer zittert in seiner Hand. Er wirkt irritiert, vielleicht ahnt er jetzt, dass er Pawest bereits in die Falle gegangen ist.

Beneke wischt sich mit dem Handrücken Speichel von den Lippen. «Wo ist Margreta?», fragt er dann.

«Sie ist an einem sicheren Ort», antwortet Pawest und hebt seinen Becher, um Beneke zum Mittrinken aufzufordern, doch der zielt weiter mit dem Messer auf Pawests Kehle.

«Wo ist … Margreta?», wiederholt Beneke seine Frage, dann überkommt ihn ein weiterer Hustenanfall, und noch einmal setzt er zu der Frage an: «Wo … ist …» Dieses Mal bricht seine Stimme mitten im Satz ab. Er greift mit der freien Hand nach seinem Bauch. Sein Gesicht verzerrt sich wie unter einem schmerzhaften Krampf. Er reißt die Augen auf, und nun ist zu sehen, dass Beneke verstanden haben muss, was gerade mit ihm geschieht. Das Messer entgleitet seinen Fingern, dann fällt er mit Kopf und Oberkörper nach vorn über den Tisch, und als er sich übergibt, spritzt etwas von dem Erbrochenen auf Pawests Hemd.

Pawest zwängt seinen Bauch hinter dem Tisch hervor, während Beneke vom Stuhl rutscht und sich mit auf den Bauch gepressten Händen auf den Bodenplanken wälzt. Hoffentlich hören die Männer draußen die Geräusche nicht, denkt Pawest. Er blickt auf den sich in Krämpfen windenden Beneke, kann dessen Sterben aber leider nicht so genießen, wie er gehofft hat. Er muss den Plan vollenden und seine Flucht vorbereiten.

Mittlerweile ist es draußen und in der Kammer fast dunkel. Pawest nimmt das Fass von der Truhe, klappt ihren Deckel auf und holt den Lederschlauch mit der brennbaren Flüssigkeit heraus, die er schnell in der Kammer und über dem stöhnenden Beneke verteilt. Er versucht mit Zunder, Feuerstein und Schlageisen ein kleines Feuer zu entfachen. Doch seine Hände zittern vor Aufregung beim Schlagen des Eisens. Er braucht mehrere Versuche, bis ein Funke auf den Zunder überspringt. An der kleinen Flamme entzündet er den Docht der Wachskerze, und dann setzt er die Kammer in Brand.

Als über der Elbmündung die Nacht hereinbricht, warten Bokelmann, Landers und Hoike auf dem Zwischendeck noch immer, dass Beneke aus der Kammer kommt. Eben hatte Landers mit dem Ohr an der Tür noch gedämpfte Stimmen gehört, nun sind dadrin nur noch polternde Geräusche zu vernehmen, was alles und nichts bedeuten kann. Dann platscht es irgendwo, als wäre etwas ins Wasser gefallen. Ein ungutes Gefühl beschleicht Landers. Aber nachdem Beneke vorhin so wütend reagiert hat, als sie in der Kammer auftauchten, hält sich Landers jetzt lieber zurück, erneut Alarm zu schlagen. Hinter ihm gehen Bokelmann und Hoike unruhig an der Reling auf und ab, und dann nimmt Landers plötzlich den Geruch von Feuer wahr. Aus dem Spalt unter der Tür kommt Rauch.

«In der Kammer brennt es», schreit er.

Bokelmann stößt ihn weg, hämmert mit der Faust gegen die Tür und ruft immer wieder Benekes Namen, bekommt aber keine Antwort. Hoike greift nach der Glocke, die neben der Tür hängt, und schlägt sie hart an. Sofort werden auf dem *Peter von Danzig* panische Rufe laut. Kaum etwas wird auf einem Schiff mehr gefürchtet als Feuer.

Die Tür kracht in den Angeln, als Bokelmann sich dagegenwirft. Doch sie hält, und erst beim dritten Versuch zerbrechen einige Bretter. Aus der Kammer quillt dichter Rauch. Auf dem Großdeck lassen die Männer Eimer an Seilen in den Fluss herab, füllen sie mit Wasser und rennen damit zur Leitertreppe. Flammen schlagen aus der geborstenen Tür. Die ganze Kammer scheint in Brand zu stehen. Landers reißt einem Mann, der die Leitertreppe hinaufkommt, den Eimer aus den Händen, schüttet sich das Wasser über den Kopf, und dann läuft er, ohne darüber nachzudenken, was er tut, in die Kammer.

Die Hitze schlägt ihm brutal entgegen. Überall lodern Flammen. Der Rauch beißt ihm in den Augen. Landers kann kaum etwas sehen. Er presst sich den nassen Hemdsärmel vor Mund und Nase. Ihm ist klar, dass er nur wenige Augenblicke hier drin bleiben kann, sonst verliert er das Bewusstsein. Er tastet sich blind vor. Unter seinen Füßen knirschen Tonscherben, vielleicht von den Bechern oder dem Krug, die vorhin auf dem Tisch standen, gegen den Landers jetzt stößt. Dann tritt er auf etwas Weiches am Boden, geht in die Knie und spürt Stoff, dann einen Arm. Er zieht an dem Arm, doch er hat die Orientierung verloren, weiß nicht mehr, wo die Tür ist. Panik überkommt ihn. Rauch und Hitze rauben ihm die Sinne, und er verliert das Bewusstsein.

19.

Elbmündung – Oktober 1472

Der Junge klammert sich an den zerbrochenen Mast. Um das kleine Boot tost das Meer, ein schreckliches Durcheinander aus Dunkelheit, Wasser und Sturmwind. Die Wellen türmen sich hoch auf wie Gebirge, werfen das Boot herum, und der Junge schreit nach seinen Eltern.

Alles hat damit angefangen, dass sie ihn aus dem Bett geholt haben. Wann das gewesen ist, weiß er nicht mehr. Die Eltern packten ein paar Sachen in einen Beutel, Lebensmittel, Kleidung, auch die Figur mit den vier Gesichtern, die der Vater einst aus einem Stück Holz für den Jungen geschnitzt hatte. Dann verließen sie ihre Hütte und liefen davon. Irgendwann begann es zu regnen. Der Boden weichte auf, ihre Füße versanken im Schlamm, und als der Junge, der ja noch klein war, nicht mehr weiterkonnte, nahm ihn der Vater auf seine kräftigen Schultern. Sie liefen ohne Pause, bis sie an einen Strand kamen und dort das Boot fanden. Der Wind heulte, dunkle Wolken jagten über das Meer. Da kamen plötzlich Männer über den Strand in ihre Richtung gelaufen, dunkle Gestalten, mit Knüppeln und Spießen in den Händen. Der Vater setzte den Jungen in das Boot. Die Mutter zitterte am ganzen Leib, als sie ihm folgte, und der Vater schob das Boot durch den nassen Sand ins Wasser. Die Gestalten kamen näher. Wellen klatschten gegen den löchrigen Rumpf, schon sammelte sich Wasser zu ihren Füßen, dann flohen sie auf das brüllende Meer.

Und jetzt ist der Junge allein. Er hält sich in dem bebenden Boot fest und schreit nach seinen Eltern. Es ist nicht das Unwetter, vor dem er

Angst hat, es ist das Gefühl, allein gelassen zu werden; er fürchtet sich vor dem Verlust, vor der Einsamkeit. Wo sind seine Eltern? Er hat schon vergessen, wie sie aussehen. In seiner Erinnerung sind ihre Gesichter bleiche, konturlose Masken.

Da rollt eine riesige Welle heran. Eine Wand aus schwarzem Wasser saugt das Boot auf, hebt es in die Höhe, lässt es zur brüllenden Musik tanzen, bevor sie es fortwirft, es ausspuckt wie einen Kirschkern. Das Boot stürzt in die Tiefe und taucht unter. Der Junge wird mit dem Boot hinabgezogen. Immer tiefer sinkt er in die Finsternis. Still ist es hier unten, still und friedlich. Plötzlich scheint ein Licht auf. Zunächst sieht der Junge nur einen fahlen Schimmer, doch er wird schnell heller, als der Meeresboden näher kommt. Und da unten findet er seine Eltern wieder, sie liegen am Grund des Meeres, umgeben von hellem Licht und wehendem Tang. Der Junge schwebt über ihnen in dem Boot. Sie blicken ihn aus toten, versunkenen Augen an. Der Junge krabbelt zum Ruder und schlägt es ein, sodass das Boot zum Licht zurücktreibt. Doch die Eltern sind verschwunden.

An der Stelle liegt jetzt eine junge Frau, die zu dem Jungen hinaufblickt. Auch ihre Augen sind tot. Aber die Frau ist nicht tot. Der Junge weiß es, jetzt weiß er es. Das Boot gleitet über die Frau hinweg. Der Junge will das Ruder herumziehen, doch eine starke Strömung erfasst das Boot und treibt es fort. Er sieht die Frau im Licht am Meeresboden liegen, sieht, wie sie kleiner wird und zerfällt, und er schreit: Sie ist nicht tot, sie lebt, sie lebt …!

Landers schreckt aus dem Schlaf hoch. Er glaubt, Benekes Stimme gehört zu haben, und er sieht, dass Hoike an Benekes Schlaflager sitzt, mehrere mit Stroh gefüllte Kissen, die man in der Hütte auf dem Vorderkastell des *Peter von Danzig* auf die Bodenplanken gelegt hat. Landers setzt sich auf. Die Decke, unter der er liegt, rutscht ihm in den Schoß, und die zu hastige Bewegung lässt ihn husten. Hoike dreht sich zu ihm um und reicht ihm einen Becher. Landers nimmt einen kleinen Schluck von dem bittersüßen Trank, dann hebt er eine Hand an die pochende Stirn und sagt: «Ich habe geträumt, ich hätte seine Stimme gehört.»

«Du hast ihn gehört», sagt Hoike. «Er war wach, hat aber gleich wieder das Bewusstsein verloren. Der Mönch versorgt jetzt seine Wunden.»

Landers sieht einen anderen Mann, der Benekes nackten Oberkörper mit einer Salbe bestreicht. Er erinnert sich an den heilkundigen Mönch, der vor einiger Zeit auf dem *Mariendraken* angeheuert hat. Der Mönch hat sich in den letzten Tagen auch um Landers gekümmert. Bei dem Versuch, Beneke aus der Kammer zu retten, hatte sich Landers Hände und Gesicht verbrannt und giftigen Rauch eingeatmet. Die Wunden schmerzen, und er leidet unter Fieber, aber er erholt sich. Der Mönch ist überzeugt, dass Landers gesund wird.

Um Beneke steht es schlechter. Er schien lange dem Tode näher zu sein als dem Leben, nachdem Bokelmann ihn und Landers aus der brennenden Kammer gezogen hatte. Benekes Körper war mit Brandwunden übersät, sein Schädel teilweise kahl, wo die Flammen ihm das Haar versengt hatten. Als man ihn ins Freie geholt hatte, war er nicht bei Bewusstsein, aber sein Herz schlug noch. Dennoch gab es kaum Hoffnung, dass er seine Verletzungen überlebte. Doch als sich Hoike darauf vorbereitete, für Beneke die Totenmesse zu lesen, war er kurz zu sich gekommen. Seine Augenlider flatterten, und aus seiner Kehle drang ein tiefes Stöhnen. Das waren immerhin kleine Zeichen, dass Gott ihn noch nicht abberufen hatte.

«Was hat Beneke gesagt?», fragt Landers.

«Hab nichts davon verstanden», sagt Hoike und wendet sich

an den Mönch: «Habt Ihr gehört, was Beneke gesagt hat, Bruder?»

«Er sagte wieder so etwas wie: *Sie lebt, sie lebt*. Was kann er damit gemeint haben?»

Hoike zuckt mit den Schultern, dann sagt er zu Landers: «Ich hörte ihn das auch schon ein paar Mal sagen, wenn er kurz bei Bewusstsein war, und frage mich, was Pawest ihm über Margreta erzählt hat. Vielleicht glaubt Beneke, sie wäre noch am Leben.»

«Könnte das denn nicht sein?»

«Nein, man hat damals ihre Leiche in der Mottlau gefunden, und alle waren überzeugt, dass es Margretas Leiche war.»

Landers nickt nachdenklich. «Weiß man inzwischen etwas über Pawests Verschwinden? Du sagtest doch neulich – war es vorgestern? –, man habe in der Kammer keine verbrannte Leiche gefunden.»

«Das hab ich dir vor drei Tagen erzählt, Kaufmann. Durch die Fensteröffnung ist er nicht entkommen, da hätte er nicht durchgepasst. Aber der Schiffszimmerer hat berichtet, er sollte vor 'ner Weile das Loch des Aborts vergrößern. Gut möglich also, dass Pawest den Weg seiner eigenen Scheiße genommen hat.»

«Ich erinnere mich, dass ich es laut platschen hörte, kurz bevor ich das Feuer bemerkte.»

«Man hat alle Ufer hier abgerudert, war im Altenburger Hafen und in Ritzebüttel, aber keine Spur von Pawest. Auch heute sind wieder ein paar Dutzend Männer auf der Suche nach ihm. Die Gerüchte werden immer verrückter. Manche behaupten, er wäre ein Wiedergänger, andere glauben, dass er sich nach der Tat in Luft aufgelöst hätte. Was denkst du, Landers? Du bist doch 'ne Weile mit ihm zur See gefahren.»

«Ich denke, dass er die Sache von langer Hand vorbereitet hat. Er hat für seine Flucht das Abortloch vergrößern lassen und alles so gedreht, dass er mit Beneke allein in der Kammer ist. Vielleicht wollte er nicht nur Beneke töten, sondern auch das Schiff zerstören. Im Geschützstand unter seiner Kammer lagern die Pulvervorräte. Wenn wir das Feuer nicht rechtzeitig bemerkt hätten, wäre alles in die Luft geflogen. Der *Peter von Danzig* hat ihm ja kein Glück gebracht. Das fing schon im letzten Herbst an, und die Winterfahrt war eine einzige Katastrophe.»

Vom Achterkastell sind die Geräusche von Hämmern und Beilen zu hören. Nach den monatelangen Reparaturarbeiten in Sluis ist das *Große Kraweel* wieder eine Baustelle. Die Handwerker arbeiten vom Morgen bis in die Abenddämmerung am Achterkastell, dessen Plattform man fast komplett abtragen und erneuern musste.

«Wenn er es tatsächlich bis nach Danzig schafft, wird er dafür kaum zur Rechenschaft zu ziehen sein», sagt Hoike. «Er hat Geld, Einfluss und Macht. Vielleicht reden die Leute hinter seinem Rücken, aber niemand wird ihn dafür verurteilen, nein, dann wird der Hundesohn wohl ungeschoren davonkommen ...»

In dem Moment sind schwere Schritte zu hören, als Bokelmann aufs Vorderkastell kommt, die Plane am Eingang zur Seite zieht und in die Hütte tritt. Er blickt besorgt auf Beneke, der wie tot auf dem Schlaflager liegt, und wechselt ein paar Worte mit dem Mönch, bevor er zu Hoike und Landers weitergeht.

«Noch immer keine Spur von dem Bastard», sagt Bokelmann. «Wir haben die Fischer im Altenburger Hafen und die Bewohner der umliegenden Siedlungen befragt. Niemand hat Pawest gesehen oder von ihm gehört.»

Dann kniet er neben Landers' Schlaflager nieder, und selbst

im Knien ist er riesig. Er räuspert sich. Das, was er sagen will, scheint ihm nur schwer über die Lippen zu kommen. «Ich hatte noch keine Gelegenheit dafür, aber ich ...», beginnt er umständlich, «also, ich muss dir meinen Dank aussprechen, weil du ... du weißt schon. Die Mannschaft feiert dich als Helden, und ich stehe in deiner Schuld. Als ich noch gezögert habe, bist du ins Feuer gegangen ...»

Landers wendet den Blick ab. Es fällt ihm schwer, von Bokelmann den Dank anzunehmen. Noch immer überkommt ihn ein unangenehmes Gefühl, wenn der Hüne in seiner Nähe ist. Unbewusst legt sich Landers eine Hand auf die Brust, wo seine Rippen gebrochen waren. Bokelmann scheint zu verstehen, und er blickt Hilfe suchend zu Hoike, der jedoch nur mit den Schultern zuckt. Bokelmann wendet sich wieder an Landers: «Also das, was ich dir damals angetan hab, tut mir leid. Kannst du mir verzeihen?»

Im Hintergrund nickt Hoike eifrig, und Bokelmann kratzt verlegen an seiner großen Nase. Bevor Landers ihm antworten kann, ist plötzlich lautes Stöhnen zu hören. Alle blicken zu dem Schlaflager, auf dem Beneke jetzt heftig zittert. Schweißtropfen laufen über sein Gesicht, unter flatternden Augenlidern zucken die Augäpfel. Der Mönch sitzt ratlos bei ihm, doch kurz darauf kommt Beneke wieder zur Ruhe.

«Ich bin kein Held», sagt Landers dann, ohne auf Bokelmanns Frage einzugehen. «Nur Gott weiß, ob er seine Verletzungen überlebt.»

Bokelmann nickt verlegen und senkt den Kopf. Landers ist sich nicht sicher, aber es sah so aus, als hätte der riesige Kerl Tränen in den Augen.

III. Teil

Das Jüngste Gericht

Und wenn die tausend Jahre vollendet sind,
wird der Satan losgelassen werden aus seinem
Gefängnis.

Offenbarung des Johannes, 20.7

1.

Elbmündung – März 1473

Der Brief aus Wismar erreicht Landers an einem kühlen Märztag anno 1473, an dem die grauen Wolken tief über der Elbmündung hängen. Vorhin hat ein Handelsschiff auf dem Weg von Danzig nach Hamburg in der Nähe des *Peter von Danzig* die Anker gesetzt. Kaufleute haben den Kaperfahrern Kisten und Fässer mit eingelegten Heringen, geräucherten Dorschen und Getreide verkauft, und ein Kaufmann, der auch in Wismar Ware geladen hatte, brachte einen Packen Briefe mit, von denen einer tatsächlich für Landers bestimmt war. Der nahm das Kuvert mit zitternden Händen entgegen, und seine Hände zittern noch, als er sich in die Hütte auf dem mittlerweile reparierten Achterkastell zurückzieht.

Er setzt sich unter dem Bretterdach auf die Bank am langen Tisch. Den ungeöffneten Brief in der Hand, blickt er auf den Fluss, dessen braune Wassermassen träge dahinfließen. Erst jetzt merkt Landers, dass ihm kalt ist, obwohl er über Hemd und Gugel einen dicken Mantel trägt. Es ist nicht der kühle Wind, der ihn frieren lässt. In all der Zeit hat er fünf Briefe an Reckemann und Juta geschrieben. Den letzten Brief hatte er vor mehr als einem halben Jahr einem Kaufmann mitgegeben, bevor sie damals an die Elbe gefahren waren. Seither liegt der *Peter von Danzig* mit dem *Mariendraken* in der Mündung. Zunächst musste man das *Große Kraweel* wegen des Feuers reparieren. Außerdem warteten sie auf Anweisungen aus Danzig, dass die Verkaufsverhandlungen zu dem Schiff abgeschlossen wären. Alle anderen Orlogschiffe, die mit ihnen hergefahren waren, sind inzwischen nach Danzig zurückgekehrt.

Landers wirft einen Blick auf den Brief. Kurz ist er versucht, ihn ungelesen in die Elbe zu werfen. Er fürchtet sich vor dem, was darin stehen könnte, denn alles, worauf er so lange hofft, könnte in wenigen Zeilen zerstört werden. Noch größer als seine Angst ist jedoch seine Neugier. Daher bricht er Reckemanns Siegel und erkennt sofort die akkurate Handschrift des Kaufmanns wieder, mit der die Rechnungsbücher im Kontor ausgefüllt waren.

Landers beginnt zu lesen.

Verehrter Till Landers!
Ich möchte Eure Entschuldigung erbitten, weil ich Eure Briefe bisher unbeantwortet ließ. Die Gründe dafür möchte ich Euch hiermit darlegen. Zunächst glaubten ich und meine Tochter Juta, deren Hand ich Euch unter gewissen Bedingungen versprochen hatte, dass Ihr nicht mehr am Leben wäret. Die bestürzenden Nachrichten aus London ereilten uns bald nach dem Überfall auf den Stalhof und der Inhaftierung der hansischen Kaufleute.
Natürlich versuchte ich damals, Hinweise zu bekommen, was mit meiner Ware geschehen war, die Ihr in meinem Auftrage kaufen solltet, und was darüber hinaus Euch zugestoßen war. Ein Schiffer aus Wismar, der aus London geflohen war, berichtete mir, dass meine Ware beschlagnahmt worden sei und Ihr in einem Kerker gefangen gehalten würdet. Erlaubt mir zu erwähnen, dass Juta über diese Nachricht schwer erschüttert war.
Und doch musste es mit meinem Handelshaus vorangehen. Daher sah ich mich nach einiger Zeit gezwungen, einen anderen Mann für Juta zu suchen, und ich fand einen. Er hatte vielleicht nicht

Euer kaufmännisches Geschick, war aber klug und strebsam, und das ist in Anbetracht der unter der heutigen Jugend vorherrschenden Faulheit und Gleichgültigkeit schon sehr viel.
Ich hoffte, dass Juta inzwischen über den Kummer, den Euer Verlust ihr bescherte, hinweggekommen sei. Doch sie weigerte sich, meiner Anordnung Folge zu leisten und den anderen Mann zu heiraten. Stattdessen wartete sie jeden Tag im Hafen auf ankommende Schiffe und betete, Gott möge Euch auf einem der Schiffe zu ihr zurückbringen. So ging es eine Weile zwischen mir, meiner Gemahlin und Juta her, bis meine Tochter schließlich ihren Widerstand aufgeben und sich meinem Willen fügen musste.
Die Hochzeit fand im Frühjahr 1471 statt, also fast drei Jahre nach Eurer Inhaftierung und somit der letzten Nachricht über Euer weiteres Schicksal. Ich möchte dies betonen, damit Ihr versteht, dass ich mir diese Entscheidung nicht leicht gemacht habe. Jutas Gemahl bekam in meinem Handelshaus eine Anstellung, so wie ich Euch in meine Dienste genommen hätte, wenn Ihr mit den englischen Tuchen nach Wismar zurückgekehrt wärt. Und dann traf im Sommer 1471 überraschend Euer erster Brief bei mir ein. Aber es war zu spät. Deshalb habe ich den Brief vor Juta versteckt, ebenso wie all Eure anderen Briefe. Juta war nun verheiratet, und ich habe für mein Handelshaus und meine Familie Sorge zu tragen …

Die Schrift verschwimmt vor Landers' Augen, die Worte zerfließen zu Wasser. Er schluckt gegen einen harten Widerstand in seinem Hals an. Tränen rinnen ihm über die Wangen, es sind Tränen der Trauer, der Verzweiflung, aber auch Tränen der Wut. Er hasst in diesem Moment Reckemann für die Bedingung, die er Landers bei seinem Aufbruch gestellt hat. Und er ist wütend auf sich selbst, weil er damals nicht nach Wismar heimgekehrt ist. Bestimmt wäre Reckemann nachsichtig gewesen und hätte Landers trotz allem die Anstellung und Jutas Hand gegeben.

Doch da beschleicht ihn noch ein anderer Gedanke. Tut er Reckemann womöglich unrecht? Wollte Landers selbst vielleicht gar nicht nach Wismar heimkehren? Hat er nach der Flucht aus dem Kerker und der Zeit auf der Schaffarm vielleicht sogar Gefallen gefunden an den Abenteuern, die ihm ein Leben bot, das nicht das Leben eines Kaufmanns war?

Aber nein, denkt er, er wollte doch schon immer ein Kaufmann werden. Er wischt mit dem Hemdsärmel über seine feuchten Augen und schaut sich um. Auf dem Achterkastell ist zum Glück niemand in der Nähe, der seine Tränen hätte bemerken können. Er senkt den Blick wieder und liest weiter.

Juta hat inzwischen zwei Kinder zur Welt gebracht, beides Mädchen, obwohl ich immer wieder um einen Enkel gebetet habe. Doch zu Beginn des Jahres 1472, als der Komet am Nachthimmel wanderte – vielleicht habt Ihr ihn über der Nordsee ebenfalls gesehen –, brach Gottes Zorn über meine Familie herein. Jutas Gemahl wurde mit einem Mal schwer krank und starb bald darauf. Zu jener Zeit trug Juta das zweite Mädchen bereits im Leib. Mein Unglück ist groß. Ich habe nun nicht nur eine verwitwete Tochter im Hause, sondern auch zwei vaterlose Enkelinnen. Deshalb habe ich seither mehrere Versuche unternommen, Juta wieder zu verheiraten. Aber unter den gegebenen Umständen ist mir dies leider nicht gelungen.

Ich werde ganz offen zu Euch sein, lieber Landers, denn in meiner Verzweiflung wende ich mich an Euch und bitte Euch, nach Wismar zurückzukehren. Ich werde Juta nicht verraten, dass ich Euch geschrieben habe, und ich bitte Euch, ihr zu verschweigen, dass ich Eure Briefe vor ihr versteckt habe. Und ich verspreche Euch, ja, ich schwöre vor Gott, dass ich Euch in meinem Handelshaus eine gute Anstellung als Kaufmann geben werde. Außerdem gebe ich Euch Juta zur Frau und die Vormundschaft für ihre Kinder – unter der Voraussetzung allerdings, dass Ihr bis zum Ende dieses Frühjahrs heimkehrt. So lange will ich warten, bevor ich die Suche nach einem Gemahl für Juta wieder aufnehme; andernfalls muss ich davon ausgehen, dass Ihr entweder das Interesse an meinem Handelshaus und Juta verloren habt oder nicht mehr am Leben seid.

Hochachtungsvoll H. R.

Landers blickt in die diesige Weite über der strömenden Elbe und weiß nicht, was er tun soll. Selten war er so ratlos wie in diesem Moment. Er denkt an den wandernden Schweifstern und an Gottes Zorn, der Juta zur Witwe und Reckemann zum Kaufmann ohne Nachfolger machte. Und nun bittet er also Landers, er solle als Lückenbüßer für Jutas verstorbenen Gemahl einspringen. Seine Finger tasten nach dem kleinen Lederbeutel, den er seit einiger Zeit wieder um den Hals trägt. Er öffnet ihn, nimmt Jutas Strähne heraus und riecht daran, wie er es früher häufig tat, um sich an sie zu erinnern. Doch er muss feststellen, dass nicht nur ihre Haare nach nichts riechen, sondern auch die meisten Erinnerungen an Juta verblasst sind, und er fragt sich, was für ein Mann er geworden ist.

Als er auf dem *Mariendraken* anheuerte – was schon mehr als ein halbes Leben her zu sein scheint –, da lag sein Plan so klar vor ihm wie ein heller Sommertag. Er wollte seinen Beitrag leisten, diesen Krieg zu gewinnen, um genau das zu bekommen, was Reckemann ihm in dem Brief anbietet: die Arbeit als Kaufmann und die Hand seiner Tochter.

Und nun sitzt Landers auf dem mächtigen Orlogschiff und fragt sich, ob er überhaupt zurückwill in sein altes Leben an Land. Die Erinnerungen daran sind unendlich weit weg. Sie sind wie in Nebel getaucht und verwelkt wie eine alte Blume. Wie haben seine Eltern ausgesehen? Er kann sich nicht mehr daran erinnern, ebenso wenig an Wismar und Reckemanns Handelshaus. Nicht einmal an den Kaufmann selbst oder an Juta, seine Liebe, kann er sich erinnern. Ist das Meer nicht seine Heimat geworden? Und sind die Ruter denn nicht seine Familie? Und das Schiff sein Zuhause? Früher, da hat er das Meer gehasst. Er hasste die Wellen, den ewig wehenden Wind, die Seekrankheit, an der er immer litt. Jetzt liebt er es, auf dem Wasser zu sein, den salzigen Geruch zu atmen, den Wind auf der Haut zu spüren.

Er muss an die vielen gefahrvollen Erlebnisse denken, an das Donnern der Bombarden, die Schreie sterbender Männer, die eisige Kälte, die Enge, den Gestank und den Hunger. Und er muss an Beneke denken, der ihn in den Tod geschickt hätte, ohne mit der Wimper zu zucken, und dennoch hat Landers sein eigenes Leben für diesen Mann riskiert …

In dem Moment sind Stimmen zu hören. Beneke steigt über die Leitertreppe hoch auf die Plattform. Oben bleibt er kurz stehen, um zu Atem zu kommen. Er hat noch wochenlang auf dem Krankenlager gelegen, und es sah schon so aus, als ob er die Verletzungen nicht überleben würde. Hoike und der Mönch beteten Tag für Tag an seinem Lager und behandelten die Brandwunden, während Bokelmann über das Schiff irrlichterte wie ein verstörtes Kind. Mit der Zeit heilten Benekes Wunden, sein Körper überstand die Folgen der Vergiftung, und als der Winter kam, hatte er sich fast wieder erholt. Er ließ seine Schiffskiste, Bücher, Navigationsgeräte, Waffen und andere Sachen vom

Mariendraken auf den *Peter von Danzig* bringen. Denn nun war er der Schiffer des *Großen Kraweels*, und das würde ihm niemand streitig machen, auch wenn die Urkunde in der Kammer verbrannt war.

Beneke entdeckt Landers in der Hütte und ruft runter aufs Großdeck: «Ihr braucht den Kaufmann nicht zu suchen, der sitzt schon hier oben!»

Bokelmann, Hoike und mehrere Schiffer und Bootsmänner kommen aufs Achterkastell, darunter auch Merten Bardewig und Michel Ertmann. Beneke hat darauf bestanden, dass die beiden Männer, von denen er viel hält, weiterhin Dienst in seiner Flotte leisten. Nachdem ihre Schiffe, die *Große Marie* und die *Gottesgabe*, nach Danzig abkommandiert wurden, führen sie nun den *Mariendraken*.

Landers steckt Jutas Haarsträhne schnell zurück in den Lederbeutel und den Brief unter seinen Mantel, doch beim Näherkommen fragt Beneke: «Du siehst nicht glücklich aus. Ich hörte, du hast einen Brief aus Wismar bekommen. Gibt es schlechte Nachrichten?»

«Darauf habe ich noch keine Antwort, Herr», sagt Landers ausweichend.

Benekes Gesicht ist bleich wie das eines Toten. Auf Wangen und Stirn sind frische fleischfarbene Narben zu sehen. Auch auf Kopf und Kinn werden die vernarbten, kahlen Stellen von den nachgewachsenen Haaren kaum bedeckt. Viele Männer wären wohl verzweifelt über eine solche Entstellung, Beneke jedoch scheint die Narben klaglos hinzunehmen. Auch scheint er körperlich fast wiederhergestellt. Allerdings klaffen in seiner Erinnerung an die Geschehnisse in der Kammer noch immer erhebliche Lücken. Wie er den anderen versichert hat, weiß er weder, wie es zu dem Feuer gekommen ist, noch, was er zuvor mit

Pawest besprochen hat. Nur an eins erinnert er sich ganz deutlich: Pawest hat behauptet, seine Tochter Margreta sei am Leben.

«Wenn ich in der Sache irgendetwas für dich tun kann, lass es mich wissen», sagt Beneke und setzt sich zu Landers auf die Bank. Die anderen Männer nehmen ebenfalls am Tisch Platz. Nach der Rettungstat ist es zur Selbstverständlichkeit geworden, dass Landers und Hoike an allen Zusammenkünften der Schiffer und Hauptbootsmänner teilnehmen. Niemand murrt darüber, dass ein Mann wie Landers, der eigentlich noch im unteren Rang eines einfachen Ruters steht, nun so etwas wie Benekes Vertrauter ist. Was vermutlich auch daran liegt, dass Bokelmann Landers als den Retter seines Herrn ins Herz geschlossen hat, und ja, offenbar hat der Hüne ein Herz.

«Auch mir wurde vorhin ein Brief zugestellt», sagt Beneke jetzt zu den Männern am Tisch. «Der Brief ist aus Danzig, mit guten Nachrichten, aber leider auch mit weniger erfreulichen, denn Pawest lebt, und er ist wieder in Danzig. Ihm muss zu Ohren gekommen sein, dass ich noch am Leben bin. Nun verbreitet er Lügen über mich und behauptet, ich hätte ihn umbringen wollen und das Feuer selbst gelegt.»

Die Männer schütteln die Köpfe, und Bokelmann ruft wütend aus: «Dem Sauhund reiß ich den Kopf ab!»

«Alles zu seiner Zeit, Eler», entgegnet Beneke. «Pawest hat versucht, den Verkauf des *Peter von Danzig* scheitern zu lassen. Doch die anderen Ratsherren konnten sich durchsetzen und den Handel endlich abschließen. Das Schiff ist also nicht mehr im Besitz der Stadt, sondern gehört drei Kaufleuten. Die Herren sind jedoch in großer Sorge, dass sich ihr Kauf als Irrtum erweist, weil die Engländer nun erneut mit der Hanse über einen Frieden verhandeln wollen, und wenn der Krieg beendet wird, werden die Kaufleute mit dem Schiff nichts verdienen. Sie haben viel Geld dafür bezahlt und mir einen Kaperbrief ausgestellt, der es mir erlaubt, auf eigenen Gewinn und Verlust gegen die Engländer zu kreuzen. Weil ich Miteigentümer des Schiffs bin, steht auch mir ein erheblicher Anteil an jeder Prise zu. Aber wir können nur Beute machen, wenn wir auf Kaperfahrt gehen.»

«Noch gibt es keinen Frieden», wirft Bardewig ein. «Daher sollten wir sofort zur Kaperfahrt aufbrechen.»

Beneke schüttelt den Kopf. «Das ist zu gefährlich. Mir wurde zugetragen, dass die Engländer derzeit mit vielen Orlogschiffen im Kanal kreuzen. Danzig hat zwar auf dem Hansetag gerade erst die anderen Städte aufgefordert, mehr Schiffe in die Nordsee zu schicken, aber die wendischen Städte Lübeck, Wismar, Rostock und Stralsund weigern sich, weil sie die Friedensverhandlungen nicht gefährden wollen. Nur Hamburg will zumindest vier Schiffe schicken.»

«Nur vier Schiffe?», sagt Ertmann. «Das könnte zu wenig sein.»

«Ja, das könnte es ...» Benekes Stimme bricht ab, als er heftig husten muss. Als der Husten nachlässt, wischt er sich mit dem Handrücken über den Mund und fährt fort: «Aber wir werden trotzdem zu einem letzten großen Schlag ausholen, der uns und die Kaufleute zu reichen Männern machen wird. Und wir werden nicht auf die Schiffe der Hamburger warten, damit wir mit denen nicht teilen müssen.»

«Willst du den englischen König überfallen?», fragt Hoike grinsend.

Die Männer blicken Beneke erwartungsvoll an, und der beugt sich am Tisch vor und dämpft die Stimme, als fürchtete er, seine Worte könnten von den falschen Ohren gehört werden: «Vor einigen Tagen habe ich von einem Schiffer, der auf seiner Fahrt von

Sluis nach Hamburg hier ankerte, eine interessante Geschichte erfahren. Für eine Hand voll Münzen ließ sich der Mann entlocken, dass in Brügge ein reicher Bankier plant, eine sehr wertvolle Ladung ins Mittelländische Meer zu verschiffen, und dass sein Schiff zuvor einen Abstecher nach London machen soll.»

«Wer ist der Mann?», fragt Bardewig.

«Seinen Namen wusste der Schiffer nicht», entgegnet Beneke. «Aber er soll Florentiner sein.»

«Stand nicht der Name eines Florentiners in den Papieren eines der beiden Handelsschiffe, die wir im Herbst 1471 vorOostende gekapert haben?»

Beneke nickt. «Du hast recht, Merten. Wie hieß der Mann? Portinari? Ich glaube, der soll sogar der Faktorist der Medici-Bank in Brügge sein.»

«Wenn die Ladung des Florentiners so wertvoll ist, wird er bestimmt starken Geleitschutz haben», wirft Hoike ein. «Sollten wir nicht doch zusammen mit den Hamburgern fahren?»

«Das Merkwürdige ist, dass dieser Portinari offenbar nur zwei Schiffe gechartert hat, und zwar zwei englische Schiffe», entgegnet Beneke. «Es kann also gut sein, dass das, was der Florentiner plant, nicht mit rechten Dingen zugeht, weswegen er größeres Aufsehen vermeiden will.»

«Eins verstehe ich nicht», meldet sich Landers zum ersten Mal zu Wort. «Warum wusste der Schiffer, mit dem Ihr gesprochen habt, über diese Pläne so gut Bescheid, wenn das alles so geheim ist?»

«Diese Frage habe ich dem Schiffer auch gestellt, und er meinte, in Brügge seien diese Pläne gar nicht so geheim. Man erzählt sich, der Florentiner habe sich mit einem seiner Buchhalter überworfen, und nun erzählt der beleidigte Buchhalter diese Geschichte überall herum, die er angeblich aufgedeckt hat.»

«Dann könnte der Florentiner doch längst selbst erfahren haben, dass seine Pläne nicht mehr geheim sind, und die Schiffe gar nicht erst auslaufen lassen.»

«Denkbar. Aber es heißt auch, der Florentiner stehe unter einem so großen Druck, dass er die Ladung unbedingt ausschiffen muss.»

Für einen Moment schweigen die Männer am Tisch und hängen ihren Gedanken über die seltsame Geschichte nach. Dann sagt Bardewig: «Ich weiß nicht, was ich davon halten soll. Das hört sich zu einfach an. Da muss doch irgendein Haken an der Sache sein.»

Beneke blickt Bardewig an, dann nickt er und setzt hinzu: «So ist es. Eines der gecharterten Schiffe soll ein sehr großes florentinisches Schiff sein, das in England für den Krieg ausgerüstet wurde, offenbar eine Karacke. Sie soll größer und stärker sein als unser *Peter von Danzig*, mit Dutzenden Bombarden und Hunderten Männern an Bord.»

«Ein großes Risiko», meint Bardewig und massiert seine Schläfen, als litte er unter Kopfschmerzen. «Wenn wir diese Karacke ohne die Hamburger angreifen, wäre sie uns mit Waffen und Söldnern überlegen, und wir haben keine Ahnung, woraus diese geheimnisvolle Ladung besteht.»

«Ja», sagt Beneke und erhebt sich schwerfällig vom Tisch. Er sieht müde aus, unter seinen Augen hängen dunkle Tränensäcke. «Ihr solltet jetzt eine Nacht über die Sache schlafen. Wir treffen uns hier morgen wieder.»

Die Männer blicken ihm nach, während er zur Leitertreppe geht, und als sie kurz nach ihm das Achterdeck verlassen, ist jedem klar, dass Beneke seine Entscheidung bereits getroffen hat.

2.

Brügge – April 1473

Portinari lässt ein zufriedenes Brummen hören. Der Tag des Jüngsten Gerichts ist gekommen, denkt er und betrachtet die Tafeln des Altarbildes in Memlings Atelier. «Ganz wundervoll, lieber Meister Memling», sagt er dann. «Aber was ist denn mit Euch? Ihr seht ja gar nicht glücklich aus.»

Memling senkt den Blick auf seine mit Farbe bekleckstem Schuhe. «Doch, doch, Signore, natürlich bin ich froh und erleichtert, dass es endlich fertig ist.»

«Also, irgendwie nehme ich Eurem sauertöpfischen Gesicht die Freude nicht ab. Hadert Ihr mit Eurem Kunstwerk? Dafür gibt es keinen Grund. Glaubt mir, es ist einzigartig und überwältigend – ja, geradezu göttlich, auch wenn ein solcher Vergleich Blasphemie wäre. Dennoch beschleicht mich der Eindruck, dieses Gemälde wurde nicht von Menschenhand gemalt, sondern der Herrgott selbst hatte seine Finger im Spiel. Versteht Ihr, was ich meine?»

«Ja ... leider», sagt Memling und sieht noch unglücklicher aus.

Portinari tritt einige Schritte zurück, um das große Altarbild in seiner Gesamtheit zu erfassen. All diese herrlichen und schrecklichen Details: geflügelte Dämonen, eine Feuerhölle am Abgrund schwarzer Klippen, vor Entsetzen verzerrte Fratzen ...

«Huh», macht Portinari ergriffen. «Man hört ja die Schreie der Verdammten. Ach, da muss ich an den großen Dante Alighieri denken, der Dichter der *Göttlichen Komödie*: *Ich stand auf jenem Felsen rau und schroff und spähte scharf hinab zum offnen Schlunde*… Wusstet Ihr eigentlich, dass ich mit Dante so gut wie verwandt bin? Nein? Vor fast zweihundert Jahren war einer meiner florentinischen Vorfahren, ein gewisser Folco Portinari, der Vater von keiner Geringeren als Beatrice, und zwar: Dantes Beatrice. Da kann ich ja wohl ein bisschen stolz drauf sein, also auf Dante. Und auf mich natürlich.»

Es ist nicht ersichtlich, ob Memling von Portinaris Verwandtschaft mit Dantes Beatrice in irgendeiner Weise beeindruckt ist. Portinari seufzt und wechselt das Thema: «Was ich mich schon immer gefragt habe, Memling: Wie erschafft ihr Maler diese lebensechten Darstellungen? Ich meine, Euer Gemälde leuchtet geradezu von innen heraus, als wäre es etwas Göttliches.»

Memling blickt ihn irritiert an. «Das interessiert Euch?»

«Natürlich. Warum denn nicht? Wir Florentiner können uns für die Kunst sehr begeistern.»

Memling zuckt die Schultern, dann erklärt er, dass die Gemälde wie das *Jüngste Gericht* in Schichten aufgebaut würden. «Zunächst fertigt ein Holztafelmacher die Rahmen und Tafeln aus Eichenholz und präpariert den Malgrund, indem er eine dünne Versiegelungsschicht Leim auf die Tafel aufträgt. Darauf kommt eine weiße Grundierung aus Leim und Gips oder Kreide, dann die Konturen der Vorzeichnungen sowie die Imprimatur, eine dünne Schicht Öl- oder Temperafarbe, durch die die Vorzeichnungen hindurchscheinen. Dann kommen weitere Schichten hinzu, die Hautfarbe wird aufgetragen, Dunkelheiten werden verstärkt und …»

«Ah, ja – interessant», unterbricht Portinari den Maler; so genau wollte er es dann doch nicht wissen. Sein Blick schweift von der Hölle zu Gottes Gericht auf der mittleren Tafel, wo der

Heiland im Kreise seiner Apostel auf dem Regenbogen thront. Darunter wägt der Erzengel im goldenen Harnisch die Seelen, und – Portinari hält vor Entzücken kurz die Luft an – in einer der beiden Waagschalen sitzt er selbst, Tommaso Portinari, demütig, Gott ergeben, ins fromme Gebet versunken. Und nackt, wie Gott ihn einst erschuf. Doch etwas irritiert Portinari an seinem Abbild. Er tritt näher an die Tafel, beugt sich vor und sagt: «Ich hatte Euch doch gebeten, mein Geschlechtsteil etwas prominenter darzustellen. Als Florentiner bin ich schließlich nicht nur auf meine prächtige Nase stolz.»

«Daran habe ich leider nicht gedacht», sagt Memling.

«Nun, sei's drum. Ich verzeihe Euch. Die Dinger der anderen Männer sind ja auch nicht größer.»

«Danke, Signore», murmelt Memling und zuckt plötzlich zusammen, als die unglaublich hässliche einäugige Katze um seine Beine streicht.

Portinari ist jetzt bei der linken Tafel mit dem vom Himmel herabschwebenden Jerusalem angekommen. Er stellt sich vor, wie das Altarbild bald in der Badia Fiesolana stehen wird. Endlich hat er den sicheren Abtransport des Gemäldes in die Wege leiten können – und somit die Voraussetzung für seine und Marias Heimkehr nach Florenz geschaffen. Dumm nur, dass ihm der Buchhalter, den Tani ihm auf den Hals geschickt hat, wegen der abgezweigten Alaunvorräte auf die Schliche gekommen ist. Portinari hat den Hundsfott sofort aus der Bank geworfen. Doch der Kerl hat überall herumerzählt, dass Portinari eine wertvolle Ladung nach London verschiffen will. Dieses Problem hat Portinari jedoch inzwischen mithilfe des burgundischen Herzogs lösen können. Karel de Stoute hat den Buchhalter in den Kerker sperren lassen. Eine Anklage wird man sich noch ausdenken, denn das Urteil für den Buchhalter – Tod durchs Richtbeil – steht bereits fest. Doch die Sache mit dem geheimen Transport durch die englischen Schiffe ist nun in der Welt, und es steht zu befürchten, dass auch die Seeräuber davon hören könnten.

Daher ist Portinari ein genialer Einfall gekommen, und wieder zahlt sich seine durch die großzügige Kreditvergabe gefestigte Verbindung zum Herzog aus. Karel de Stoute hat ihm nämlich die Erlaubnis erteilt, an den gecharterten Schiffen die burgundische Flagge zu hissen. Somit sind sie nicht nur als Schiffe eines neutralen Landes getarnt, sondern auch vor Überfällen durch hansische Kaperfahrer geschützt. Das Alaun, das Altarbild des Jüngsten Gerichts sowie Portinaris gesamter Hausstand – Möbel, Kleider, Seidenstoffe, Pelze, Gemälde, Schmuck, Edelsteine, Teppiche und all das – sind in den Schiffspapieren als burgundische Ladung deklariert worden.

Portinari ist sich seiner Sache so sicher, dass er sich sogar einen Scherz erlaubt hat und das große Schiff unter dem Namen *Sankt Thomas* in die Papiere eintragen ließ. Das Schiff heißt nun also wie er: der heilige Tommaso. Um noch mehr Gewinn mit der Fahrt zu machen, immerhin war die Charter der Schiffe kostspielig, hat er mehrere in Brügge ansässige Kaufleute aus England, Frankreich und Burgund überzeugt, gegen eine schöne Gebühr ihre Waren – Tuche, Alaun, Pelze, Seide, Edelsteine – mit der *Sankt Thomas* nach London zu verschiffen, denn dorthin soll die Fahrt zunächst gehen.

Portinari bedauert, dass er nicht selbst auf dem Schiff mitfahren kann. Maria hasst die Seefahrt, und sich dann wochenlang auf dem Meer ihr Gejammer anzuhören, würde ihn überfordern. Daher will er mit ihr später auf dem Landweg nach Florenz reisen. Ach, wie sehr er sich danach sehnt, endlich heimzukehren. Im Geiste sieht er sich schon mit Maria an der Seite über den Ponte Vecchio flanieren. Sie werden in den Arno spucken, und die Stadt wird ihnen zu Füßen liegen. Der Lavendel wird blühen und die Luft erfüllt sein vom Duft der Pinien. Keinen einzigen Gedanken wird er noch an das graue, kalte, stinkende Brügge verschwenden, wo einem der Wind den Regen ins Gesicht klatscht wie den Feudel einer Putzmagd. Die Sonne über den Dächern von Florenz und der Kathedrale von Fiesole wird für ihn auf ewig scheinen ...

Während er sich diesem schönen Gedanken hingibt, bleibt sein Blick plötzlich an einem Mann auf dem Gemälde hängen, der auf der gläsernen Treppe vom heiligen Petrus in Empfang genommen wird. «Aber wer ist denn das?», fragt er irritiert. Er glaubt, den Mann zu kennen.

«Der Herr hat mich im Atelier aufgesucht und verlangt, ich solle ein Gemälde mit ihm, seiner Gemahlin und seiner Tochter malen», erklärt Memling. «Er hat ein altes Gemälde mitgebracht, auf dem er und seine Familie porträtiert waren. Aber ich hatte keine Zeit für seinen Auftrag. Da wurde er wütend und forderte mich auf, dann müsse ich wenigstens ein Porträt von ihm selbst sowie den beiden Frauen an diese Stelle des Altarbilds malen. Natürlich weigerte ich mich, aber er behauptete, Ihr, Portinari, hättet ihn zu mir geschickt und Ihr würdet mich dafür bezahlen.»

Der verdammte Danziger Kaufmann also, denkt Portinari wütend und erinnert sich an die Nacht im letzten Sommer, als er den Mann überredete, Beneke zu vergiften. Doch Pawest hat versagt und Beneke, der noch immer mit seinen Schiffen in der Elbmündung liegen soll, hat überlebt. Das ist sehr ärgerlich, und das Geld, das Portinari dem Kaufmann als Kredit für die Reparatur des Schiffes gegeben hat, ist vermutlich verloren. Nun gut, davon lässt sich Portinari nicht entmutigen. Auch wenn von Beneke noch immer eine Gefahr für den Seetransport ausgeht, fühlt sich Portinari mit dem unter burgundischer Flagge fahrenden *Sankt Thomas* bestens gewappnet. Nicht einmal der Teufel Beneke würde es wagen, ein so mächtiges, mit vielen Bombarden und Hunderten Söldnern ausgerüstetes Schiff anzugreifen, zumal es ja unter neutraler Flagge fahren wird.

«Dieser Mann da kann auf keinen Fall vom heiligen Petrus empfangen werden», sagt Portinari entschieden.

«Aber das Altarbild ist vollendet», protestiert Memling. «Ich habe nicht nur den Kaufmann darauf gemalt, sondern auch die junge, traurige Frau von dem Gemälde, das er mitgebracht hatte, denn bei einer der Erlösten auf der Treppe fehlte mir noch ein Porträt …»

«Das Weibsstück ist mir egal, aber das Altarbild ist erst vollendet, wenn ich das entscheide. Vorher zahle ich Euch den Rest der Auftragssumme nicht aus, Memling. Dieser Mann muss entfernt werden – er ist kein Erlöster, er ist …»

Da kommt Portinari eine Idee. Er tritt vor die rechte Tafel mit der Hölle und zeigt auf einen Verdammten, der von Dämonen ins Höllenfeuer gestoßen wird. Er tippt mit dem Finger auf das zur Fratze verzerrte Gesicht des Verdammten und sagt: «Diesem Mann malt Ihr das Gesicht des Kaufmanns. Wie lange wird das dauern?»

Memling stöhnt. «Die Farbe müsste bis morgen Mittag getrocknet sein.»

«Gut. Die Schiffe werden warten. Das ist es mir wert.»

«Und der andere Mann? Wen soll Petrus stattdessen in Empfang nehmen?»

«Interessiert mich nicht. Malt Euch doch selbst dort hin.»

«Na ja, ich bin schon einer der Apostel.»

«Ach so. Ja, schlau von Euch, so kommt Ihr am Tag des Jüngsten Gerichts vielleicht auch noch davon. Für den anderen findet Ihr schon irgendwen. Also beeilt Euch, ich lasse die Tafeln morgen zur Mittagszeit abholen.» Beim Hinausgehen nickt er Memling noch einmal aufmunternd zu und meint versöhnlich: «Und damit endet nun unsere Zusammenarbeit.»

«Ja», sagt Memling und sieht nun nicht mehr ganz so unglücklich aus.

3.

Nordsee – April 1473

Im Morgengrauen reißt das Läuten der Schiffsglocke Landers aus dem Schlaf im Zwischendeck. Beim Umzug mit Hoikes Rotte vom *Mariendraken* auf den *Peter von Danzig* hat Landers um den Schlafplatz gebeten, den er schon auf der Fahrt unter Pawests Kommando gehabt hatte. Niemand hatte etwas dagegen. Allerdings fragte man sich, warum Landers, der Vertraute und Lebensretter des Admirals, hier unten im Rumpf und nicht in der gezelteten Hütte auf dem Achterkastell schlafen wollte. Hier unten stank es noch immer nach dem modrigen Wasser, das in der Bilge schwappt, und den Ausdünstungen vieler Männer. Aber Landers wollte bei seinen Gefährten sein. Außerdem erinnert ihn der Platz an Godschalk, um den er noch immer trauert, was ihn überrascht, denn so lange hat er noch nie um jemanden getrauert.

Landers blinzelt ins dünne Licht, das durch die Luken in den Rumpf fällt, und er spürt die Müdigkeit in allen Gliedern, denn er hat in der Nacht für die Dauer von fünf Stundengläsern auf dem Deck Wache geschoben. Während jetzt die Glocke läutet, kriechen im Zwischendeck die Männer aus den Schlafsäcken. Es werden nicht viele Worte gemacht. Jeder weiß, was die Glockenschläge bedeuten. Landers zieht den ledernen Harnisch übers Hemd, gürtet das Schwert und setzt den Helm auf. Auch Hoike und die anderen Ruter rüsten sich. An den Leitern unterhalb der Luken herrscht Gedränge, und die Männer müssen warten, um hoch aufs Großdeck zu steigen. Dann werden ihnen an den Geschützständen die dort aufbewahrten Lanzen ausgehändigt, und gleich als die Rotte ihren Platz auf dem Vorderkastell einnimmt, macht sich Unruhe breit.

Jetzt sehen die Danziger zum ersten Mal das riesige Schiff, auf das sie seit mehreren Tagen östlich der Zwynmündung lauern. Ihre Sorge, der *Peter von Danzig* und der *Mariendrake* könnten entdeckt und nach Sluis gemeldet werden, war also unbegründet. Denn an diesem Morgen gleitet die Karacke unter Segeln aus der Zwynmündung. Trotz der Entfernung kann man erkennen, wie gewaltig das Schiff ist: Der dunkle Rumpf wurde verstärkt durch massive Berghölzer, über den Decks thronen drei Masten und mächtige Kastelle mit hohen Schanzwänden, die das Schiff uneinnehmbar zu machen scheinen. Die Karacke wird von einem kleineren Orlogschiff begleitet, das etwa so lang wie der *Mariendrake* ist.

Auf dem *Peter von Danzig* und dem *Mariendraken*, der unter dem Kommando von Merten Bardewig fährt, werden sofort die Vorbereitungen für die Fahrt getroffen. Seeleute klettern die Wanten rauf, rutschen bäuchlings über die Rahen und lösen die Segel. Taue werden gestrafft und die Anker gelichtet.

«Bei allen heiligen Jungfrauen», raunt Possick. «Das Schiff ist größer als alles, was ich bisher auf den Meeren habe schwimmen sehen.»

«Und sie haben offenbar ’ne Menge Bombarden an Bord», sagt Hoike. «Das wird kein Spaß, die sind uns überlegen.»

«Mit den Flaggen stimmt was nicht», wirft Landers ein. «Wenn ich das von hier richtig erkenne, haben sie die Flaggen der Burgunder gehisst.»

«Aber die Rede war von einem sehr großen Schiff, und das da ist *sehr* groß», sagt Hoike. «Also muss es das Schiff sein.»

Landers dreht sich um und sieht Beneke auf dem Achterkastell. Sein Blick ist auf die Karacke gerichtet. Er trägt Helm und Kettenhemd, hat Beil und Schwert gegürtet und die Hände auf die Reling gelegt, und es scheint, als hätte Beneke nie auf einem anderen Schiff als dem *Peter von Danzig* gestanden – als wäre dieses Schiff für ihn gebaut worden. Landers fällt es schwer, sich vorzustellen, wie Pawest mit seinem roten Gesicht und dem hellen Haar von dort oben seine Befehle brüllte.

«Ob Beneke die Flaggen der Burgunder auch erkannt hat?», fragt Huge.

«Natürlich, du Hohlkopf», entgegnet Possick. «Der ist doch nicht blind.»

«An seinem Plan scheint das aber nichts zu ändern», sagt Hoike. «Er will den verdammten Koloss angreifen, egal unter welcher Flagge.»

Die Glockenschläge enden abrupt, dann ertönt ein schrilles Pfeifsignal. Die Segel sind gesetzt, die Anker gelichtet, und der *Peter von Danzig* und der *Mariendraken* nehmen die Verfolgung der Burgunder-Schiffe auf.

Als die Danziger in See stechen, sind sie ein gutes Stück von den anderen Schiffen entfernt. Doch sie holen auf. Die Karacke hat zwar große Segel, aber sie ist langsamer als die Verfolger, und der Abstand ist bis zum Nachmittag deutlich geringer geworden. Bei Sonnenuntergang liegen kaum noch zehn Schiffslängen zwischen ihnen. Da lässt Beneke die Segel etwas aus dem Wind nehmen, um den Abstand in der vom Mond erhellten Nacht beizubehalten. Während der *Peter von Danzig* und der *Mariendrake* den anderen Schiffen folgen, kann Landers unter dem Bretterdach schlafen. Als er im Morgengrauen geweckt wird, taucht die englische Küste über dem Meer auf.

Er schöpft sich eine Handvoll Wasser ins Gesicht, trinkt ein paar Schlucke und gesellt sich zu den anderen, die am Schanzkleid Getreidebrei aus ihren Schüsseln löffeln. «Ich denke, nun geht's bald los», sagt Hoike mit Blick auf die vorausfahrenden Schiffe.

«Warum haben wir sie nicht schon gestern Abend aufgebracht?», fragt Landers. «Wir hätten sie doch vor Einbruch der Dämmerung einholen können.»

«Beneke will wahrscheinlich sicherstellen, dass für die neuen Eigentümer beim Kapern dieses Mal alles mit rechten Dingen zugeht, sonst nimmt er das manchmal nicht so genau damit. In der Kaperordnung heißt es ja: Feindlicher Boden macht feindliches Schiff. Wenn Beneke die Schiffe also erst an der englischen Küste angreift, ist es egal, ob's Burgunder oder Engländer oder Florentiner sind. Die Kaperordnung gibt ihm dann das Recht, sie zu kapern.»

«Vorausgesetzt, wir schaffen es überhaupt, ihre Schiffe einzunehmen.»

«Du sagst es, Kaufmann. Ich will nicht schwarzmalen, aber um gegen so 'ne Übermacht zu gewinnen, muss der Herrgott sehr gnädig mit uns sein.»

Jetzt holen die Danziger schnell auf. Bald sind sie nur noch wenige Schiffslängen von den anderen entfernt. Als die Lotsen melden, sie befänden sich nicht mehr weit von der Mündung der Themse entfernt, sollen die Ruter ihre Waffen bereithalten.

Landers steht bei Hoike, Possick, Huge und dem Rest der Rotte auf dem Vorderkastell und hält die Lanze fest in den Händen. Hinter den Lanzenknechten und in den Mastkörben greifen die Schützen nach ihren Bögen und Armbrüsten. Die Anspannung unter den Männern ist jetzt deutlich spürbar. Landers hält den Lanzenschaft so fest umklammert, dass ihm die Finger schmerzen, und als er sie kurz ausschüttelt, um den Krampf zu lösen, sagt Hoike: «Immer mit der Ruhe, Kaufmann. Wenn's gleich zum Entern kommt, wird's noch schmerzhaft genug werden.»

Landers blickt zu der Karacke, die, ebenso wie ihr Begleitschiff, die Segel aus dem Wind nimmt. Offenbar hat man eingesehen, dass man den Verfolgern nicht mehr entkommen kann. Beneke lässt nun ebenfalls die Fahrt verlangsamen, und während der *Peter von Danzig* auf die Karacke zuhält, wendet sich der *Mariendrake* dem Begleitschiff zu. Auf dem Großdeck und den Kastellen der Karacke nehmen die Söldner ihre Kampfplätze ein. Aus der Nähe ist zu erkennen, dass die Gegner zwar in der Überzahl sind, aber nur wenige tragen Rüstungen. Auch mit Waffen scheinen sie schlechter ausgestattet zu sein. Darunter sind viele junge Burschen, einige sehen aus wie Kinder, denen nicht mal Bärte wachsen. Dennoch werden sie gleich so erbittert um ihr Leben kämpfen müssen wie ihre Gegner.

Der *Peter von Danzig* gleitet auf Rufweite heran, als Beneke auf dem Achterkastell ans Schanzkleid tritt, flankiert von Bokelmann und einem Ruter. Beide halten ihre Schilde schützend vor Beneke, um feindliche Pfeile abzuwehren. Beneke ruft in der Sprache der Engländer: «Mein Name ist Paul Beneke, ich bin der Admiral der Danziger Kriegsflotte. Im Auftrag der Stadt Danzig und der Hanse und gemäß dem mir ausgestellten Kaperbrief fordere ich Euch auf, mir Eure Schiffspapiere auszuhändigen. Wir werden Euer Schiff durchsuchen und Eure Ladung kontrollieren, und sollte es ...»

Auf der Karacke wird höhnisches Gelächter laut. Ein Mann mit dunklem Bart und dem verwitterten Gesicht eines erfahrenen Seemanns taucht auf dem Achterkastell auf und ruft auf Englisch, aber mit einem deutlichen Akzent: «Und mein

Name ist François S. Matthey. Ich bin Franzose und habe das Kommando über dieses Schiff, das man *Sankt Thomas* genannt hat. Es fährt unter der Flagge Burgunds, wie Ihr sehen könntet, wenn Ihr Eure Augen aufmachen würdet. Es ist mir eine große Ehre, dem berühmten Kaperfahrer Paul Beneke zu begegnen, aber erlaubt mir eine Frage, Beneke: Wo ist denn Eure Kriegsflotte?»

Wieder ist auf der Karacke Gelächter zu hören, doch Beneke erwidert ungerührt: «Wir haben erfahren, dass Eure Schiffe im Auftrag der Engländer fahren, und Ihr, François S. Matthey, solltet wissen, dass unsere Kaperfahrt laut dem Kriegs- und Kaperrecht jedem Schiedsspruch standhalten wird.»

«Das ist Euch doch sonst auch egal, Beneke. Nach allem, was man so hört, gebt Ihr einen Dreck auf Recht und Gesetz», ruft Matthey. «Wir sollten diese Unterhaltung beenden. Vielleicht setzen wir sie eines Tages in einer Taverne bei einem Krug Wein fort. Aber jetzt zieht Eurer Wege, und wir ziehen unserer Wege. Unsere Bombarden sind geladen, unsere Söldner in der Überzahl, und wenn Ihr vernünftig seid, wird an diesem Tage auf keinem der Schiffe ein Tropfen Blut vergossen.»

Der *Mariendrake* und das Begleitschiff belauern sich ebenfalls, sind aber inzwischen ein Stück abgetrieben. Auch dort hält man sich mit den Kampfhandlungen zurück und wartet, was die Verhandlungen zwischen Matthey und Beneke ergeben.

«Noch einmal, Beneke: Wir fahren unter der neutralen Flagge Burgunds», ruft Matthey.

Beneke antwortet nicht. Er scheint auf etwas zu warten, dann wechselt er ein paar Worte mit Bokelmann, der daraufhin Anordnungen durch die Luke an den Steuermann weitergibt, und gleich darauf spürt Landers, wie sich der *Peter von Danzig* langsam zu drehen beginnt.

«Beneke will die Karacke provozieren», sagt Hoike. «Matthey soll offenbar den ersten Schuss abgeben. Dann wäre Beneke bei einer Verhandlung auf jeden Fall auf der sicheren Seite. Haltet Euch bereit, Männer, hier wird's gleich ungemütlich. Auf mein Wort geht ihr hinter dem Schanzkleid in Deckung. Und passt gut auf Eure Waffen auf.»

Landers bricht unter Hemd und Lederharnisch der Schweiß aus, während er beobachtet, wie Matthey sich mit einigen Männern berät, sich dann wieder dem *Peter von Danzig* zuwendet und ruft: «Ihr wollt es nicht anders, Beneke – fahrt zur Hölle!»

Doch Matthey hat zu lange gewartet, denn der *Peter von Danzig* hat sich schon so weit gedreht, dass er der Karacke nicht mehr die Breitseite zeigt und somit weniger Angriffsfläche bietet. Und dann donnern die Bombarden los. Zugleich gibt Hoike den Befehl, die Köpfe einzuziehen. Sofort taucht Landers mit den anderen hinter dem Schanzkleid ab. Mit einer Hand hält er den Helm fest, mit der anderen den Lanzenschaft. Steinkugeln schlagen in rascher Folge auf dem *Großen Kraweel* ein. Segeltuche werden zerfetzt. Direkt über Landers kracht eine Kugel ins Dach der Hütte. Holz splittert, und die Stücke geborstener Planken und Bretter fliegen durch die Luft wie Geschosse. Überall schreien Männer, und Landers merkt erst gar nicht, dass auch er laut schreit. Beim oberen Ende der Leitertreppe, die aufs Vorderkastell führt, liegen Männer auf den Planken. Ihre Gliedmaßen sind seltsam verdreht, überall ist Blut. Landers sieht einen Ruter, aus dessen aufgeplatztem Schädel eine graue Masse hervorquillt.

Und dann hört er Hoike brüllen: «Hoch mit euch, Männer! Mehr haben die Scheißkerle nicht zu bieten. Jetzt geht der Spaß erst richtig los – wir entern sie!»

Als sich Landers aufrichtet, zittert er am ganzen Körper. Aus den Geschützpforten der Karacke steigt der Rauch der abgefeuerten Bombarden auf. Kommandos werden gerufen, und auf dem *Peter von Danzig* werden die noch intakten Segel in den Wind gedreht. Der Bugspriet, an dem Jagehorns Leiche hing, zeigt jetzt auf die Karacke, die nun ebenfalls wieder Fahrt aufnimmt. Hoikes Augen sind aufgerissen, sein grauer Bart ist mit Rotz und Speichel verklebt. Kaum vorstellbar, wie dieser Mann als Priester von Gottes Liebe und Gnade predigte. Jetzt wird er zum Krieger, den der Irrsinn packt, während das *Große Kraweel* vom Wind hinter der Karacke hergeschoben wird, wo hinter den Schanzkleidern die Söldner ihre Lanzen ausrichten, um den befürchteten Enterangriff abzuwehren.

«Das sind Kinder und blutige Anfänger, ein Haufen von Maden zerfressener Arschgesichter», brüllt Hoike. «Wir werden sie vernichten!»

«Warum schießen wir ihnen nicht auch ein paar Kugeln ins Schiff?», fragt Possick.

«Bist du blöd?», schnauzt Hoike ihn an. «Das könnte ihre wertvolle Ladung beschädigen!»

«Ist ja gut, Alter, hab ich verstanden», knurrt Possick. «Was regste dich so auf …?»

«Weil mir eure dummen Fragen auf die Nerven gehen! Nach jedem Hühnerschiss fragt ihr mich, immer nur: Fragen, Fragen, Fragen. Bin ich denn allwissend? Oder bin ich – Gott?»

So aufgebracht hat Landers ihn noch nie erlebt. «Warum schreist du so?», fragt Landers. «Hast du Angst?»

Hoike starrt ihn aus blutunterlaufenen Augen an. «Natürlich hab ich Angst», sagt er, jetzt etwas beherrschter. «Als dieser Krieg ausbrach, dachte ich, das hier dauert nur 'n paar Monate. Es sollte meine letzte Fahrt als Rottmeister sein, das hatte ich mir geschworen. Ich war schon damals älter als jeder andere Mann auf Benekes Schiffen. Jetzt kreuzen wir fast vier Jahre in der Nordsee gegen die Engländer, und an meinen dreckigen Händen klebt mehr Blut, als in ein Fass reingeht. Ich hab an Land gegen Preußen gekämpft, auf der See gegen Dänen und dann gegen Engländer, und an meinem verbrauchten Körper ist kaum eine Stelle, an der ich nicht von einem Knüppel, Beil oder Schwert getroffen wurde. Trotzdem bin ich noch hier. Trotzdem lebe ich noch mein erbärmliches Scheißleben und plage mich mit Ärschen wie euch ab, statt in 'ner Kirche das Evangelium zu predigen oder mein letztes Geld ins Hurenhaus zu tragen. Ja, ich hab Angst, weil wir jetzt in 'ne Schlacht laufen, und es wird ein Massaker, ein Gemetzel, und ich weiß, wenn so ein alter Narr, wie ich es bin, an sich zweifelt, wird er den Abend nicht erleben. Deswegen hab ich 'ne Scheißangst, denn nur hirnlose Bastarde kennen keine Angst ...»

«Beneke hat bestimmt keine Angst», wirft Huge ein.

«Willste damit sagen, dass Beneke ein hirnloser Bastard ist?», sagt Hoike laut.

Huge zieht den Kopf ein. «Nein, nur dass er keine Angst hat ...»

«Vielleicht hat er doch Angst», entgegnet Landers. «Er hat wieder was zu verlieren, weil er glaubt, dass die Frau, die er liebt, noch am Leben ist ...»

In dem Moment verstummen alle Stimmen um sie herum. Beneke und Bokelmann kommen in voller Rüstung aufs Vorderkastell, um unter den Ersten zu sein, die die Karacke entern. Benekes Blick ist auf Landers gerichtet, der sich besorgt fragt, ob Beneke mit angehört hat, was er gerade gesagt hat. Doch Beneke wendet den Blick von ihm ab zu der Karacke, die zwei Schiffslängen vor ihnen segelt. Gleich werden sie sie eingeholt haben.

Dann ruft Beneke laut: «Ihr habt also Angst?» Und die Blicke der Ruter richten sich auf ihn, als er fortfährt: «Der Feind mag uns überlegen sein, und deswegen fürchtet ihr, diesen Abend nicht zu erleben. Ihr habt Angst, mit Schmerzen zu sterben, Angst vor Gottes Gericht. Was soll ich euch sagen? Eure Ängste sind berechtigt – aber ihr dürft nicht zulassen, dass sie Macht über euch bekommen. Hörst du, Hoike, und hört ihr, alle anderen! Nur wenn ihr eure Furcht besiegt, werden wir die Feinde besiegen. Und wir müssen siegen. Wir sind dazu verdammt, diese Schlacht zu gewinnen. Wir müssen uns die Schätze holen, die auf diesem Schiff sind – und dann werden wir reich sein! Vielleicht gibt es schon bald Frieden. Doch was bedeutet der Frieden für euch Ruter? Ihr seid Krieger, ihr lebt vom Krieg, er ist euer Handwerk. Der Frieden gibt euch keine Arbeit, kein Brot. Im Frieden werdet ihr vor den Kirchen um Almosen betteln. Ihr werdet im Abfall nach Essen wühlen. Ihr werdet verrecken, so oder so. Wollt ihr das? Wollt ihr verrecken wie zahnlose Köter? Oder wollt ihr mit scharfen Zähnen zubeißen? Mit Zähnen, die den Feind zerreißen?»

«Mit Zähnen zubeißen», ruft irgendwer, und sofort stimmen andere mit ein.

«Ich will ehrlich zu euch sein, Männer, denn das habt ihr verdient.» Beneke breitet die Hände aus wie ein Prediger. «Die Ehre der Hanse, die Ehre der Städte, die Ehre der Kaufleute, ihre Geschäfte, ihre Privilegien – das ist mir alles egal. Ich gebe einen Dreck auf ihre Ehre. Ich will dieses verdammte Schiff kapern. Ich will ihre Schätze, ich will sie alle. Ich will mir die Taschen füllen mit ihrem Gold und ihren Münzen und Edelsteinen, und wenn ich dabei sterbe, dann sterbe ich mit erhobenem Haupt. Aber ich werde nicht sterben, und ich werde mit euch an meiner Seite kämpfen, mit der Kraft von drei Männern. Denn ihr alle müsst jetzt hart kämpfen, nicht doppelt so hart, sondern dreimal so hart!»

Für einen Moment herrscht atemlose Stille, dann bricht ein Sturm los. Auf den Decks recken die Ruter ihre Waffen, sie rufen, schreien, brüllen Benekes Namen, und da erinnert sich Landers, wie Pawest im Winter auf dem *Peter von Danzig* erfolglos versucht hat, die Männer mitzureißen.

Landers holt Luft und ruft: «Wir sind die Herren der See!»

Und alle Männer stimmen mit ein: «Wir sind die Herren der See!»

Beneke nickt Landers zu, und er spürt, wie die Angst wieder Besitz von ihm ergreift.

4.

Englische Ostküste – April 1473

Und dann beginnt die Schlacht.

Hoike befiehlt seine Rotte direkt an den Bugspriet, und als auf dem *Peter von Danzig* die Schützen ihre Bögen und Armbrüste spannen, werden von der Karacke schon die ersten Pfeile abgeschossen wie ein tödlicher Hagelschauer. Landers duckt sich hinter das Schanzkleid. Die Pfeilspitzen der Gegner bohren sich in Planken, Masten, Segeltücher, Schilde und Körper, durchschlagen Harnische, prallen von Helmen ab. Blut spritzt, Männer wälzen sich mit qualvollen Schmerzen. Dann antworten die Schützen des *Großen Kraweels*.

Landers hebt vorsichtig den Kopf über das Schanzkleid. Auch auf der Karacke treffen viele Pfeile ihre Ziele. Männer stolpern schreiend über die Decks, sie sind gespickt mit Pfeilschäften. Ein Armbrustbolzen durchbohrt den Hals eines Söldners in der Großmars, er fällt aus dem Korb und schlägt mit dumpfem Krachen auf dem Großdeck auf.

Als die Schiffe fast aneinanderstoßen, gibt Hoike den Befehl zum Entern. Ruter werfen an Seilen die vierarmigen eisernen Enterhaken auf die Karacke. Die Seile werden straff gezogen, und viele der Haken verkeilen sich hinter den Schanzkleidern des gegnerischen Schiffs. Söldner schlagen mit Schwertern und Beilen danach, um die Seile zu durchtrennen. Plötzlich stößt Huge einen Jubelschrei aus, weil er es noch vor Possick geschafft hat, dass sein Enterhaken an der Karacke festhängt.

Huge schlingt sich das Seil um die Brust, um mehr Kraft in den Zug legen zu können, und er zieht daran, als er von einem Pfeil getroffen wird, dessen Spitze sich tief in sein linkes Auge bohrt. Der Anblick ist grotesk. Der Pfeilschaft ragt unter Huges Helm hervor, als ob ihm ein Geweih aus dem Kopf wachsen würde. Sofort lässt Possick sein Seil los und greift nach Huge, der von dem um seine Brust geschlungenen Seil nach vorn über das Schanzkleid gezogen wird. Bevor Possick ihn zu fassen kriegt, stürzt Huge zwischen den Schiffsrümpfen in die Tiefe. Und dann kracht der *Peter von Danzig* mit dem Bug gegen den Rumpf der Karacke. Ein harter Ruck geht durch die Schiffe, Holz splittert, knirscht und bricht.

Landers hält die Lanze aufs gegnerische Schiff gerichtet, und obwohl er es nicht tun will, muss er nach unten schauen und mitansehen, wie Huge am Seil baumelnd zwischen den Rümpfen zerdrückt wird wie eine Muschelschale. Landers erstarrt vor Entsetzen. Auch Hoike steht die Bestürzung ins Gesicht geschrieben. Possick brüllt wie von Sinnen, er greift nach seiner Lanze und stößt die Spitze über die Schanzkleider hinweg einem feindlichen Söldner in die Brust.

Von allen Decks des *Peter von Danzig* werden jetzt die Enterhaken auf die Karacke geworfen. Seile werden gestrafft, und die Schiffe legen sich längsseits aneinander. Die Krieger hacken und stoßen mit Lanzen, Schwertern und Beilen aufeinander ein. Gliedmaßen werden abgetrennt, Körper aufgeschlitzt und durchbohrt. Männer werden verstümmelt und getötet. Schreie, überall Schreie, zornige und schmerzerfüllte Schreie.

Und dann ruft Hoike: «Entern! Entern! Entern!»

Bevor Landers die Lanze gegen sein Schwert austauschen kann, fegt ein großer Schatten an ihm vorbei, setzt über die Schanzkleider hinweg und springt aufs Großdeck der Karacke, mitten hinein in eine Gruppe Söldner. Es ist Bokelmann, dessen Helm über den Köpfen der anderen aufragt wie ein Monolith. Bokelmann hält den Schild in der einen Hand, eine Streitaxt in der anderen und hackt damit auf die Söldner ein. Andere Ruter folgen ihm auf die Karacke. Auf dem Großdeck und den Kastellen entbrennt im Nahkampf ein gnadenloses Hauen und Stechen. Schwertklingen schlagen aufeinander, Schilde bersten. Schützen zielen mit Bögen und Armbrüsten, doch in der wogenden Menge sind Freund und Feind kaum zu unterscheiden.

Landers steht noch immer wie angewurzelt auf dem Vorderkastell des *Peter von Danzig*. Die Lanze in den Händen, starrt er auf die vom blutigen Kampf aufgepeitschte Menge. Auch Beneke sowie Hoike, Possick und viele andere Ruter sind an Bord der Karacke geklettert.

Jetzt stößt ein Söldner hinter dem Schanzkleid seine Lanze in Landers' Richtung. Der reagiert geistesgegenwärtig und kann der Klinge gerade noch ausweichen, bevor er mit seiner Lanze nach dem Gegner sticht. Die Klinge trifft den Söldner, und die Spitze dringt – wie Landers es immer wieder geübt hat – oberhalb des ledernen Harnischs auf Höhe des Schlüsselbeins ein, durchtrennt Sehnen, Muskeln und Knochen. Als er die Lanze zurückzieht, gleitet ihre Spitze in einem Blutstrom aus dem Oberkörper des Gegners. Der Söldner flucht und schreit und versucht erneut, Landers zu treffen, als Hoike hinter ihm auftaucht und ihm das Kurzschwert in den Nacken sticht. Der Söldner sinkt sterbend zu Boden, und Hoike fordert Landers auf, endlich auf die Karacke zu kommen. Landers lässt seine Lanze fallen, die ihn im Nahkampf behindern würde, klettert rüber auf das andere Schiff und zieht sein Kurzschwert.

«Halt dich ganz dicht hinter mir», befiehlt Hoike. «Ich will nicht noch einen meiner Männer verlieren. Hast du mich verstanden?»

Landers nickt und folgt ihm über die Plattform des Achterkastells, die inzwischen weitgehend geräumt ist. Auf den Planken liegen verletzte und tote Männer und abgeschlagene Gliedmaßen. Hoike und Landers steigen darüber hinweg zur Leitertreppe, die runter aufs Großdeck der Karacke führt. Da unten toben überall heftige Kämpfe. Bokelmann arbeitet sich mit Streitaxt und Schild durch die Reihen der Gegner. Beneke kämpft an seiner Seite, und bei ihnen sind Dutzende Ruter, die nach jedem Mann, der ihnen vor die Waffen kommt, hacken und stechen. Doch es sind zu viele Gegner. Die Danziger werden von allen Seiten bedrängt, und die Decksplanken sind rutschig von Blut und Kot und Pisse. Unterdessen schießen feindliche Schützen Pfeile auf sie ab. Aus Bokelmanns linkem Oberarm ragt der Schaft eines Armbrustbolzens, was er in seiner Raserei nicht zu bemerken scheint.

Landers folgt Hoike die Leitertreppe hinab aufs Großdeck, wo Landers mit seiner Klinge gleich die Schwerthiebe eines Angreifers parieren muss. Er kommt sich dabei ungelenk vor, und seine Hand schmerzt nach den ersten Schlägen, während sich der alte Graubart Hoike flink wie ein Wiesel im Kampf bewegt. Geradezu leichtfüßig tanzt er seine Gegner aus; er duckt sich, schlägt zu, weicht aus, springt vor und versenkt seine Klinge im Bauch eines Feindes.

Landers schlägt nach seinem Gegner, einem bulligen Kerl mit aufgedunsenem Gesicht. Obwohl der Mann nicht der Schnellste ist, verfehlt Landers ihn, bevor dessen Schwert ihn selbst am linken Unterarm trifft und den Hemdsärmel aufschlitzt. Blut quillt aus der Wunde, und als Landers sein eigenes Blut fließen sieht, wird er von rasender Wut ergriffen. Dieses Mal trifft seine Klinge und ritzt den Hals des Gegners auf, der beim Zurückweichen über die Beine eines am Boden liegenden Mannes stolpert und hinfällt. Landers blickt auf den Mann, der nach seinem Hals greift, in dem verzweifelten Versuch, das aus der Schnittwunde strömende Blut aufzuhalten.

Da hört Landers Hoike rufen und sieht ihn aufgeregt in seine Richtung zeigen, und als Landers begreift, dreht er sich schnell um, denn schon bestürmt ihn ein anderer Söldner. Landers hebt sein Schwert, und als der Angreifer stehen bleibt, blickt Landers ihm ins Gesicht. Es ist ein sehr junges Gesicht, auf dessen Kinn und geröteten Wangen dünner Bartflaum wächst und dessen Augen vor Zorn funkeln.

Landers ist plötzlich wie gelähmt. Diese Augen! Dieser Hass! Eine Erinnerung steigt in ihm auf. Es ist der Blick, dieser zornige Ausdruck in den hellen Augen, der eine zunächst vage Erinnerung weckt. Er hat den Burschen schon einmal gesehen. Aber wo war das? Der Junge kommt näher heran, hebt sein Schwert und zielt mit der Klinge auf Landers' Hals, und da blitzt eine Erinnerung auf. An das Gesicht kann er sich kaum erinnern, aber an die kalten Augen, den hasserfüllten Blick. Es war der Blick, der ihm an dem Sommermorgen anno 1468 beim Überfall auf den Stalhof an der Thames Street begegnet war, bevor der Knabe den Stein nach Landers warf – jenen Stein, mit dem alles begann, wenn man es zu Ende denken will. Hätte der Stein Landers nicht am Kopf getroffen, wäre er vielleicht nicht im Kerker gelandet, hätte nicht auf die Schaffarm fliehen müssen, wäre nicht nach Sluis gefahren und, und, und.

Inzwischen ist der Knabe zu einem kräftigen jungen Mann herangewachsen, mit breiten Schultern, derbem Gesicht und schiefer Nase, und vielleicht irrt sich Landers ja doch. Vielleicht spielt ihm in diesem Augenblick sein Gedächtnis einen Streich.

Hat er denn nicht auch in Benekes Augen diesen wahnsinnigen, todesverachtenden Blick zu sehen geglaubt? Ja, das hat er, und dennoch überkommt ihn jetzt der Gedanke, dass Gott sein Schicksal mit dem Schicksal des Jungen verknüpft hat und dass ihr Aufeinandertreffen auf der Karacke kein Zufall ist …

Während ihm diese Gedanken im Kopf herumgehen, zögert er zu lange. Schon holt der Junge mit seinem Schwert aus. Landers kann den Schlag gerade noch parieren, verliert aber beinahe sein Schwert. Er muss zurückweichen und wehrt den nächsten Schlag besser ab, dann geht er selbst zum Angriff über. Er schlägt hart zu, so wie Hoike, Possick, Huge und die anderen es ihm beigebracht haben. Jetzt muss der Junge ausweichen. Landers setzt ihm nach, als er im Kampfgetümmel plötzlich über etwas am Boden stolpert. Landers stürzt über die Leiche eines Söldners und verliert im Fallen sein Schwert. Er tastet auf den von Blut und Gedärm schleimigen Planken danach, kann es jedoch nicht finden, als der Junge über ihm auftaucht, das Schwert für den tödlichen Hieb erhoben. Landers hat nur seine bloßen Hände, um sich zu schützen, und er hält sie hoch, reckt sie dem Jungen entgegen, und auf dessen Gesicht spiegelt sich der Triumph des Siegers.

Eine seltsame Ruhe überkommt Landers. Er begreift, dass er verloren hat. Dass der Junge ihn töten und der Kreis sich schließen wird. Der Junge wird nun vollenden, was an dem Morgen am Stalhof seinen Anfang nahm. Landers sieht das Sonnenlicht, das sich auf der Klinge fängt, dann schließt er die Augen. Um ihn herum ist der Lärm der Schlacht, sind Stimmen, Schreie, Flüche, Stöhnen und Würgen, trampelnde Schritte, dumpfe Schläge auf Holzschilde, sich klirrend kreuzende Klingen … Landers denkt an Juta und versucht, sich ihr Gesicht ins Gedächtnis zu rufen. Ihr Bild, so verschwommen es in seiner

Erinnerung auch ist, soll das Letzte sein, was er sieht, und dann erwartet er den Tod.

Doch der Tod kommt nicht. Landers spürt nicht den Stahl, der ihm in den Hals fährt oder sein Herz durchbohrt. Er spürt keine Schmerzen, er spürt gar nichts. Als er die Augen wieder öffnet, sieht er über sich den alten Hoike stehen, und aus seinem mit Blut verschmierten Lederharnisch ragt die Spitze einer Schwertklinge. Hoikes Hände hängen schlaff herunter, die gekrümmten Finger zucken. Er hat sein Schwert verloren und wankt und taumelt. Seine Beine geben nach, dann sinkt er auf die Knie herab. Hinter ihm steht der Junge. Sein Schwert steckt tief in Hoikes Oberkörper, der jetzt geräuschlos zur Seite wegkippt und regungslos liegen bleibt. Der Junge blickt mit verwundertem Ausdruck auf Hoike herab; in seinem Gesicht ist kein Triumph mehr zu sehen, nur dumpfe Ratlosigkeit.

Die Wut steigt in Landers auf wie bitterer Gallensaft. Das Blut strömt ihm heiß durch die Adern. Er springt hoch und geht den Jungen so heftig an, dass der ohne Widerstand zu Boden stürzt. Sofort ist Landers über ihm, drückt mit den Knien dessen Schultern auf die Planken und schreit ihm ins Gesicht: «Du hast meinen Freund getötet! Du hast ihn getötet – getötet!»

Landers schlägt zu, wieder und wieder schlägt er zu. Unter seinen Fäusten brechen Knochen, Blut spritzt ihm in die Augen, als die Haut des Jungen aufplatzt. Das junge Gesicht verschwindet in einer roten, breiigen Masse. Landers ist im Blutrausch. Überall ist Blut. Es ist Drostes Blut, das ihm an aufgebissenen Handgelenken herabläuft. Es sind von Schafschermessern aufgeschnittene Finger. Es sind die auf explodierenden Schiffen zerfetzten Männer. Und es ist Hoikes Blut, es läuft ihm in pumpenden Stößen über die Lippen in den grauen, sich rot verfärbenden Bart.

Landers schlägt und schlägt. Er sieht Männer ertrinken. Er sieht Jagehorn am Strick unter dem Bugspriet baumeln. Er sieht Godschalk in brüllenden Wellen versinken. Und er sieht Gottes Zornesfackel über das nachtschwarze Himmelsgewölbe wandern und vom Jüngsten Gericht künden ...

Eine Hand legt sich auf Landers' unter den Schlägen zuckende Schulter, und er erwacht wie aus einem bösen Traum. Das Gesicht des Jungen ist zerschlagen. Unter aufgeplatzten und halb geöffneten, geschwollenen Lidern blickt er Landers an. Beneke steht jetzt bei ihm. Auf dem Großdeck wird nicht mehr gekämpft. Eine seltsam drückende Stille liegt über dem Schiff, durchbrochen nur von stöhnenden und würgenden Geräuschen.

Beneke nimmt die Hand von Landers' Schulter, kniet bei Hoike nieder, schließt ihm die Augen und betrachtet das Schwert, das in der Brust des Alten steckt. «Gehört das Schwert dem Burschen?», fragt er.

Landers' Kehle ist wie zugeschnürt. Er nickt.

«Lebt der Kerl noch?», fragt Beneke.

«Ich ... glaube, ja», sagt Landers heiser.

Beneke erhebt sich wieder. Er sieht müde aus. In seinem Gesicht, an den Händen, auf dem Kettenhemd und den Kleidern klebt Blut. Er reicht Landers ein Messer und sagt: «Schneid ihm die Kehle durch.»

Landers fühlt die raue Oberfläche des aus Hirschhorn gefertigten Griffs in seiner Hand. Er hält dem Jungen die Klinge an den Hals. Dessen geschwollene Lider zucken, und Tränen rinnen ihm aus den Augenwinkeln. Landers sucht nach dem Hass im Blick des Jungen, aber er findet ihn nicht mehr.

«Töte ihn», sagt Beneke scharf.

Doch Landers kann sich nicht überwinden. Die Wut, die ihn eben noch beherrschte, ist abgeklungen. Er will Beneke das Messer zurückgeben, aber der weigert sich, es anzunehmen, und als Beneke etwas sagen will, ruft jemand auf dem Großdeck laut nach ihm. Jetzt werden überall auf dem Schiff Stimmen laut, sogar Gelächter ist zu hören. Kisten, Truhen und Körbe werden durch eine Luke von unten aus dem Laderaum aufs Großdeck gehievt.

Beneke beachtet weder die Sachen noch den Jubel, der jetzt überall zu hören ist. Er drängt Landers von dem Jungen herunter, packt diesen am Hemdkragen und schleift ihn an toten und verstümmelten Männern vorbei übers Großdeck zum Schanzkleid.

Landers' Knie zittern, als er sich mühsam aufrichtet, und er folgt Beneke, um ihn davon abzuhalten, den Jungen über Bord zu werfen. Landers weiß nicht, warum ihm plötzlich etwas an dessen Leben liegt. Er hat Hoike umgebracht und dafür den Tod verdient. Glaubt Landers vielleicht, er könne seinem eigenen Schicksal eine andere Wendung geben, indem er den Jungen rettet?

Als er zu Beneke kommt, hievt der den Burschen gerade auf das Schanzkleid. Der Junge zittert vor Angst, aber er wehrt sich nicht.

«Bitte, lasst ihn leben, Herr», sagt Landers.

Beneke dreht sich zu ihm um.

«Die Schlacht ist vorbei», setzt Landers hinzu. «Wir haben gesiegt – Ihr habt gesiegt!»

«Mychel Hoike war mein Freund», erwidert Beneke und gibt dem Jungen einen kräftigen Stoß. Er stürzt über Bord, ohne einen Laut von sich zu geben, dann ist von unten ein Platschen zu hören.

Beneke lässt Landers am Schanzkleid stehen und geht zu der Luke, bei der sich die Sachen, die aus dem Laderaum hochgeholt werden, zu Stapeln und Haufen türmen.

Landers bringt es nicht über sich, ins Meer hinunterzuschauen. Das Wasser ist zu kalt, als dass darin jemand auch nur wenige Augenblicke überleben könnte.

5.

Englische Ostküste – April 1473

Die Sonne steht tief und badet den klaren Himmel in blutrotes Licht, als der *Peter von Danzig* mit der Karacke und dem *Mariendraken* vor der Küste ankert. Bardewig ist mit dem *Mariendraken* zurückgekehrt, weil das kleinere Begleitschiff in die Themsemündung fliehen konnte. Es ist also zu befürchten, dass schon bald englische Orlogschiffe hier aufkreuzen. Der *Peter von Danzig* ist von den Kugeln der Bombarden nur leicht beschädigt worden, und jetzt arbeiten die Zimmerer und Segelmacher an der Reparatur der Schäden.

Die Gefangenen, darunter auch der nun sehr kleinlaute französische Schiffer François S. Matthey, sitzen gefesselt auf dem Großdeck der Karacke und flehen um Gnade, dass der Teufel Beneke sie verschone. Die Verletzten und Sterbenden wurden ins Zwischendeck des *Großen Kraweels* gebracht, wo man sich um ihre Wunden kümmert und ein Priester für ihre Seelen betet. Auch hat er die Toten gesegnet, bevor man die Leichen in Tücher gewickelt hat, sowohl die Leichen der eigenen Leute als auch die der Gegner. Die Toten wurden mit Ballaststeinen aus der Bilge beschwert und noch vor Einbruch der Dämmerung dem Meer übergeben, bevor sie in der Nacht als Wiedergänger auferstehen können.

Beneke zog Hoike die Schwertklinge aus der Brust, dann saßen die Männer lange bei seiner Leiche und hingen ihren Erinnerungen an den Graubart nach. Landers hat mit den Tränen gekämpft, der Rottmeister war ihm ein guter Freund gewesen. Im Tod sah Hoike noch älter aus, als er war. Sie zogen ihm die Kleider aus, denn die brauchte er nicht mehr, aber ein anderer Mann würde dafür Verwendung haben. Und dann lag er da; eingefallen, verschrumpelt, schmutzig und ausgezehrt lag sein magerer Körper schlaff auf den Planken. Seine Haut war blutleer, und die Lippen zogen sich über dem fast zahnlosen Mund zusammen. Irgendwann schluchzte jemand auf. Als Landers feststellte, dass es Possick war, der in seiner Trauer um Hoike, aber ebenso um Huge die Tränen nicht zurückhalten konnte, da brach auch Landers' Widerstand, und er weinte hemmungslos. Beneke stand auf und verschwand rasch. Erst nachdem der Priester für Hoikes Seele gebetet hatte und seine Leiche der See übergeben worden war, kehrte Beneke zurück, und seine Augen waren stark gerötet.

Im letzten Licht des Tages beginnen sie jetzt, die Prise in Augenschein zu nehmen. Seeleute und Ruter rücken näher an Kisten, Fässer, Ballen und Säcke heran, die man auf dem Großdeck der Karacke, deren Name in den Schiffspapieren als *Sankt Thomas* eingetragen ist, zusammengestellt hat. Ein Dutzend bewaffneter Ruter bewacht die Beute. Niemand soll auf den Gedanken kommen, etwas in die eigene Tasche zu stecken, bevor die Prise ordnungsgemäß aufgeteilt wird. Bokelmann zerschlägt mit seiner Streitaxt das Schloss einer massiven Truhe, weil es dafür keinen Schlüssel zu geben scheint. Die Männer recken neugierig ihre Hälse. Bokelmann genießt offensichtlich den Auftritt. Er stellt die Axt am Großmast ab, dann klappt er langsam den Deckel der Truhe hoch.

«Was ist dadrin?», rufen die Männer ungeduldig. «Wir wollen es sehen!»

Bokelmann beugt sich über die Truhe, und seine Augen werden größer und gieriger. Er greift mit beiden Händen hinein, und als er sie wieder aus der Truhe nimmt, sind sie gefüllt mit Münzen, glitzernden Edelsteinen und funkelndem Schmuck. Die Männer schreien und hüpfen vor Freude wie ausgelassene Kinder, während Bokelmann die Schätze nach und nach auf einem Tisch ausbreitet, den man rasch herbeigetragen hat: Da liegen goldene Halsketten und mit Edelsteinen besetzte Ringe und Armreifen, da liegen goldene und silberne Münzen und Broschen, Medaillons und Spangen.

Beneke verzieht beim Anblick der Schätze keine Miene. Er lässt den Schiffer Matthey zu sich bringen und will von ihm wissen, wem dies alles gehört.

«Das sollte in den Schiffspapieren stehen, die ich Euch ausgehändigt habe», sagt Matthey.

Beneke holt die Papiere unter seinem Mantel hervor und reicht sie Matthey, der darin blättert und dann sagt: «Die Truhe sollte nach Florenz geliefert werden. Als Besitzer ist ein florentinischer Kaufmann und Bankier mit dem Namen Tommaso Portinari verzeichnet.»

Irgendwer ruft: «Wenn das Geschmeide seinem Weib gehörte, muss es sich jetzt mit Holz und Eisen schmücken!»

Gelächter hallt über das Schiff, und die Männer preisen Beneke, der sie reich gemacht hat.

Weitere Truhen und Kisten werden geöffnet. Zum Vorschein kommen Tapisserien, Seide, mit Gold durchwirkte Stoffe, Juwelen, Pelzwerk, kostbare Tuche und Fässer voll Alaun und Wein; außerdem mit Schnitzereien und Malereien versehene Truhen sowie Stühle und Tische, die womöglich aus den Häusern der reichsten Männer Brügges stammen. Der Jubel kennt keine Grenzen, und dann essen sich die Seeleute und Ruter satt an den Vorräten – Räucherschinken, Braten, Käse, Brot. Dazu wird französischer Wein ausgeschenkt. Aber Beneke spricht ein Verbot aus: Niemand dürfe sich übermäßig betrinken, denn sie werden morgen früh aufbrechen und nach Osten segeln, bevor englische Orlogschiffe aufkreuzen.

Die Gold- und Silberschätze, Möbel, Waffen und Lebensmittel werden wieder verstaut und mehrere Männer als Wachen abgestellt. Später wird man den Gesamtwert der Prise, wozu auch die Karacke *Sankt Thomas* gehört, ermitteln, die Sachen verkaufen und den Erlös aufteilen. Den neuen Eigentümern des *Peter von Danzig*, den Danziger Kaufleuten Sidinghusen, Valandt und Niederhof, steht laut dem Vertrag die Hälfte zu. Auch Beneke wird seinen Anteil erhalten, und der Rest wird an die Mannschaft gehen, wobei für jeden Mann, seinem Rang entsprechend, noch immer eine ordentliche Summe abfallen wird.

An der englischen Küste wird es allmählich dunkel, als ein Mann aus der Luke geklettert kommt und verkündet, er habe im Laderaum, versteckt unter alten Säcken, drei große, flache Kisten gefunden. Daraufhin holt man die Kisten aufs Deck. Eine der Kisten ist so breit, dass sie gerade so durch die Luke passt. Ruter und Seeleute, die sich nach dem guten Essen und Wein zurückziehen wollten, kehren noch einmal zurück und schauen zu, wie Bokelmann mit einem Eisenstück die zugenagelten Deckel aufhebelt. In den Kisten befinden sich mehrere Lagen Tücher, in denen Gemälde eingeschlagen sind. Man hebt sie vorsichtig heraus und lehnt sie nebeneinander an ein Beiboot, das kieloben am Großmast liegt. Den Schiffspapieren zufolge sollten die drei Gemälde im Auftrag Portinaris ebenfalls nach Florenz verschifft werden.

Beneke lässt sich eine brennende Fackel bringen, die er dem Priester reicht, und dessen Augen werden immer größer, während er die Gemälde im Feuerschein betrachtet. «Die drei Tafeln gehören zusammen», erklärt der Priester. «Sie ergeben ein Altarbild, und zwar das größte und prächtigste Altarbild, das ich je gesehen habe – diese lebensechten, detaillierten Darstellungen, diese kräftige, leuchtende Farbgebung, das ist wirklich beeindruckend.»

«Und was sollen die Darstellungen bedeuten?», fragt Beneke ungeduldig. Offenbar weckt das Altarbild kaum sein Interesse, und er muss noch Vorbereitungen für die morgige Fahrt treffen.

«Es ist ohne Zweifel eine Darstellung von Gottes Jüngstem Gericht», antwortet der Priester aufgeregt. «Aber man hat die Tafeln falsch zusammengestellt. Die große Tafel, auf der Jesus über die Toten Gericht hält und der Erzengel ihre Seelen wägt, gehört in die Mitte, und die Tafel mit dem heiligen Petrus, der die Erlösten vor der Aufnahme ins Himmlische Jerusalem empfängt, muss dort stehen, und auf jener Tafel ...»

Landers und andere Männer treten näher an das Altarbild heran. Auf dem Großdeck herrscht jetzt eine geradezu andächtige Stille. Niemand kann den Blick von den Gemälden abwenden. Im Fackelschein leuchten die Figuren gespenstisch, als würde das Licht sie zum Leben erwecken.

«Und auf jener Tafel», fährt der Priester ergriffen fort, «sind die Verdammten der Hölle zu sehen, die ihre Seelen mit Sünden beladen haben. Seht doch nur, Admiral Beneke, wie die Sünder von den Dämonen mit den Spießen ins Höllenfeuer getrieben werden. Wer diese Gemälde geschaffen hat, ist ohne Zweifel ein großer Meister – ein Mann mit einer geradezu göttlichen Begabung ... Admiral Beneke? Ist Euch nicht wohl?»

Beneke hat den letzten Erklärungen des Priesters offenbar gar nicht zugehört, denn er starrt auf die Tafel mit dem Himmlischen Jerusalem. Irgendetwas darauf scheint seinen Blick zu fesseln. Seine Augen sind riesig, sein Mund steht offen. Als Landers an ihn herantritt, hört er ihn immer wieder leise dieselben Worte sagen: «Das ist nicht möglich ... das ist nicht möglich!»

«Was ist denn nicht möglich, Herr?», fragt Landers vorsichtig.

«Sie», sagt Beneke und hebt seine Hand. Die Hand zittert, als er auf eine junge Frau mit langem rotblondem Haar und fromm gefalteten Händen zeigt, die mit anderen Leuten vor dem heiligen Petrus wartet.

«Kennt Ihr diese Frau?», fragt Landers, glaubt aber, die Antwort auf seine Frage bereits zu kennen. Nach allem, was er über Beneke weiß, und das ist mittlerweile nicht wenig, gibt es auf der ganzen Welt nur eine einzige Frau, auf die er so heftig reagieren würde.

«Das ist nicht möglich», stammelt Beneke kopfschüttelnd.

«Sieht sie aus wie ... Margreta?», fragt Landers.

«Aber das ist doch nicht möglich ...»

«Paul, du musst sofort zu mir kommen», ruft in dem Moment Bokelmann. Der Hüne ist vor einer anderen Tafel auf die Knie gesunken und hält die Fackel, die er dem Priester aus der Hand gerissen hat, vor das Gemälde. Als Beneke sich vom Anblick der jungen Frau losreißt, folgt Landers ihm zu dem knienden Bokelmann. Auf der Tafel sind die Schrecken der Hölle zu sehen, und Bokelmann deutet auf das Gesicht eines der ins Höllenfeuer stürzenden Verdammten.

Beneke schiebt den Priester beiseite, dann beugt er sich zu der Darstellung herunter und murmelt, während er entgeistert den Kopf schüttelt: «Das kann nicht wahr sein.»

«Aber er ist es, er muss es sein», sagt Bokelmann.

Benekes Stimme klingt heiser, als er Landers noch näher ans

Gemälde zieht und ihn auffordert: «Sag du mir, wer das ist, Kaufmann.»

Landers betrachtet das Gesicht des Verdammten, und ja, es kommt ihm bekannt vor.

«Kann er das sein?», fragt Beneke drängend.

«Ihr meint – Bernt Pawest?»

«Jaja, den meine ich. Sag mir, dass ich mich irre, Kaufmann. Du kennst ihn, bist mit ihm zur See gefahren.»

«Also, die Ähnlichkeit ist schon ungewöhnlich ...»

«Bist du dir sicher, vollkommen sicher?»

Landers schaut noch einmal ganz genau hin, dann nickt er zustimmend. «Ja, der Mann sieht so aus wie Pawest.»

Beneke richtet sich langsam auf und wendet den Blick zurück zu der Tafel, auf der die jungen Frau unter den Erlösten an der gläsernen Treppe wartet, und er sagt leise, aber mit eindringlichem Ton: «Dann weiß ich jetzt, was zu tun ist. Und du musst mir dabei helfen, Kaufmann.»

6.

Danzig – Spätsommer 1473

Nach zwei Jahren auf See kehrt der *Peter von Danzig* im Spätsommer anno 1473 in die Weichselmündung zurück. Landers lässt seinen Blick im Licht der Abendsonne über die mit Treibholz bedeckten Ufer des breiten Flusses schweifen. Jetzt wird alles davon abhängen, schneller nach Danzig zu kommen als die Nachricht von der Heimkehr des *Großen Kraweels*. Landers blickt besorgt zu den Schiffen, die flussaufwärts vor Anker liegen. Etwa ein Dutzend Holke und Schniggen warten vor einer über den Fluss gezogenen Sperre, um am nächsten Morgen mit ihren Waren nach Danzig weiterzufahren.

Das *Große Kraweel* wird langsamer, und während die Segel eingeholt und die Anker gesetzt werden, laufen auf den anderen Schiffen die Seeleute zusammen. Sie können die Blicke nicht abwenden von dem Orlogschiff, von dem sie so viele Geschichten gehört haben. Geschichten von Unwettern und Seeschlachten, die es überstanden hat, und von Schätzen, die erbeutet wurden. Und es gibt die Geschichte, dass ein schrecklicher Fluch auf dem Schiff liegt, wonach jedem, der nur ein einziges Mal seine Füße auf die Decksplanken setzt, ewiges Unglück beschieden ist. Dann gibt es die Geschichte des Schiffes, das dem Untergang geweiht war und sich als Wrack aus dem Schlick der Mottlau erhob wie Phönix aus der Asche und das hinausfuhr auf die Meere, wo es Stürmen, Wellen und Hagel trotzte und schließlich über seine Feinde siegte. Die Geschichte von dem Phönix mag Landers am liebsten. Vielleicht weil das Schicksal des Schiffes ihn an seine eigene Geschichte erinnert. Auch er ist tief gefallen und hat sich aus dem Elend hervorgekämpft. Er ist geflohen, hat sich versteckt wie ein lichtscheues Tier und sich dann einem Haufen grober, stinkender Ruter angeschlossen. Doch er hat unter ihnen Freunde gefunden. Und verloren. Er wurde fast totgeschlagen, aber seine Wunden heilten, und sein Ansehen wuchs – auch bei dem Mann, den er gehasst hatte, der ihn aber zugleich mehr faszinierte als jeder andere Mensch, vielleicht weil er ihm immer fremd geblieben ist, wie ein großes Rätsel. Wie ein dunkles Geheimnis.

Als der *Peter von Danzig* vor Anker liegt, werden drei große, flache Kisten an Seilen vorsichtig in den Esping herabgelassen. Dann steigen Beneke, Landers und Bokelmann die Strickleiter hinunter und werden in dem Boot ans Weichselufer gerudert. Mit den Kisten gehen sie über einen auf Holzpfählen in den Fluss gesetzten Anleger an Land und folgen einem Knüppelpfad den Hang hinauf. Beneke geht voran, Bokelmann und Landers schleppen die sperrigen Kisten hinterher. Der Weg bringt sie oben auf dem Hang zu einem Häuschen mit Ziegelsteinwänden, und als sich die drei Männer dem kleinen Haus nähern, wird die Tür geöffnet.

In dem Haus lebt der Mündemeister, dessen Aufgabe es ist, die Schifffahrt zu überwachen, die Papiere der Schiffe zu kontrollieren und Buch zu führen, welche Schiffe auf dem Weg von und nach Danzig die Mündung passieren. Auch muss er jeden Abend ein großes Leuchtfeuer entzünden, das den Schiffen auf der Ostsee in der Dunkelheit die Fahrt zur Weichselmündung weist. Diderik Tegeler, so heißt der Mündemeister, wollte vorhin gerade zu dem Leuchtfeuer gehen, als er unten auf der

Weichsel das große Kriegsschiff erblickt und es gleich als den *Peter von Danzig* wiedererkannt hat. Er war so überrascht, dass er das Feuer vergaß. Jetzt tritt er den Männern entgegen und ruft: «Paul Beneke, was für eine Freude! Die Heimkehr des *Großen Kraweels* ist mir gar nicht angekündigt worden. Man hört ja bemerkenswerte Geschichten über Euch und ...»

Beneke schiebt Tegeler ins Haus zurück. Landers folgt ihnen, während Bokelmann draußen bleibt, um die Kisten zu bewachen, die sie an die Hauswand gelehnt haben. Tegeler ist ganz aufgeregt und brennt darauf, die Neuigkeiten aus erster Hand zu erfahren. Er bittet Beneke und Landers, sich an einen Tisch zu setzen. Dann füllt er drei Becher mit Wein, stellt sie auf den Tisch, setzt sich ebenfalls und sagt: «Man erzählt sich, Ihr wärt bei einem Feuer auf dem Schiff fast ums Leben gekommen, Beneke. Gott sei's gedankt, Ihr seid wohlauf, wie ich sehe. Und es heißt, Ihr hättet ein florentinisches Schiff gekapert und dass der burgundische Herzog dagegen protestiert haben soll. Und weil die Hamburger Angst vor der Rache des Herzogs hatten, haben sie Euch verboten, die Prise an Land zu bringen. Stattdessen seid Ihr nach Stade gefahren, wo Ihr die Prise für sehr, sehr viel Geld verkauft habt ...»

Beneke unterbricht den Mündemeister, als er ihm eine Hand auf die Schulter legt und sagt: «Ihr wisst ja schon alles, Tegeler. Genauso ist es gewesen. Nachdem wir in Stade fast alles verkaufen konnten, sind wir Richtung Ostsee aufgebrochen. Hier sind wir also – und nun brauche ich Eure Unterstützung, nämlich einen Karren und ein Pferd.»

Der Mündemeister sieht irritiert und enttäuscht zugleich aus. Vermutlich hat er gehofft, von Beneke mehr Einzelheiten über dessen Abenteuer zu erfahren, und sicher hat er nicht damit gerechnet, dass er einen solchen Wunsch äußert. «Einen Karren kann ich Euch geben, Beneke, hinterm Haus steht einer. Aber mein Pferd ist lahm und alt, das taugt zu nichts mehr.»

«Gut, dann gebt mir den Karren.»

«Braucht Ihr den für die großen Kisten, die Eler Bokelmann draußen bewacht?»

«Ja.»

«Was ist denn dadrin?»

«Ihr werdet es erfahren, Tegeler, ganz sicher, aber nun gebt uns schnell den Karren.»

Der Mündemeister kratzt sich nachdenklich unter der Mütze. Ihm ist anzusehen, wie schwer es ihm fällt, seine Neugier zu zügeln. Dann sagt er mit einem tiefen Seufzer: «Ihr werdet Eure Gründe haben, dass Ihr nicht bis morgen warten könnt, um die Kisten mit dem schönen Schiff nach Danzig zu bringen, oder?»

«Den Karren, Tegeler», sagt Beneke scharf und wirft eine Münze auf den Tisch, die klimpernd zu den nicht angerührten Bechern rollt.

«Eine Münze für das Ausleihen des Karrens?», fragt Tegeler wachsam. «Oder ist sie dafür, dass ich Eure Ankunft meinem Knecht gegenüber verschweige, damit er, wenn er gleich eintrifft, nicht nach Danzig läuft und die freudige Nachricht von der Heimkehr des großen Seehelden Paul Beneke überall herumerzählt?»

«Für das eine wie für das andere», erwidert Beneke und legt eine zweite Münze auf den Tisch. «Und ich möchte Euch bitten, mir ein Schreiben auszustellen, das mir und meinen Gefährten ungehinderten Zugang durch alle Stadttore gewährleistet.»

Tegeler nimmt die beiden Münzen und sagt: «Weil Ihr es seid, Beneke – nur weil Ihr es seid.»

Er steckt die Münzen ein und holt sein Schreibzeug.

Sie verschnüren die Kisten auf dem Karren. Dann nimmt Bokelmann die Deichsel in die Hände und läuft los. Die anderen beiden kommen kaum hinterher, und Landers ist wieder beeindruckt über die scheinbar unerschöpflichen Kräfte Bokelmanns. Ein Pferd hätte den Karren nicht schneller über die holprigen Wege ziehen können. Die Wunde des Armbrustbolzens, der Bokelmann bei der Schlacht auf der Karacke im Oberarm getroffen hatte, ist längst verheilt. Die Dunkelheit der Nacht ist bereits hereingebrochen, als sie an eine Brücke kommen, die über die Weichsel führt. Beneke gibt den Männern, die die Brücke bewachen, Tegelers Schreiben. Offenbar hat der Mündemeister die richtigen Worte gewählt. Die Stadtknechte lesen sein Schreiben im Schein einer Fackel, dann lassen sie die drei Männer mit ihrem Karren passieren. Auch an dem Stadttor, das sie bald darauf erreichen, stellt ihnen niemand unbequeme Fragen, und dann sind sie innerhalb der Stadtmauern.

Bokelmann zieht den Karren durch die schmalen, gepflasterten Straßen. Das Rumpeln und Klappern der Räder hallt unangenehm laut in den dicht bebauten Gassen wider. Aber kein Stadtknecht stellt sich ihnen in den Weg, bis sich nach einer Weile vor ihnen ein großer Platz öffnet. Im Mondschein sind die leeren Stände und Marktbuden mit ihren heruntergeklappten Läden zu erkennen. Um den Platz herum stehen mehrstöckige Häuser mit prunkvollen Klinkerfassaden, die in den sternklaren Nachthimmel ragen, und das Mondlicht spiegelt sich auf den gläsernen Verzierungen.

Vor einem der Häuser halten sie an. Bokelmann stellt den Karren ab. «Hier sind wir ja lange nicht mehr gewesen», sagt er leise, und seiner Stimme ist nicht die geringste Erschöpfung anzuhören, während Landers' Herz von dem langen Marsch im Brustkorb hämmert.

Nachdem sich Beneke versichert hat, dass niemand in der Nähe ist, steigt er eine Steintreppe hinunter zu einem Kellereingang, dessen Tür im Schatten liegt.

«Wohnt Pawest in dem Haus?», fragt Landers.

Bokelmann nickt.

«Und Beneke will bei ihm einbrechen?»

«Wir haben nicht mehr viel Zeit, bis der Tag anbricht und die Angestellten eintreffen. Bis dahin muss Beneke die Antworten haben, die er braucht.»

Kurz darauf ist aus dem Schatten unterhalb der Treppe das leise klackende Geräusch eines sich öffnenden Schlosses zu hören. Beneke taucht an der Treppe auf und gibt den anderen ein Zeichen. Schnell lösen sie die Hanfseile, hieven die Kisten vom Karren und tragen sie vorsichtig die Treppe hinunter durch eine geöffnete Tür in ein dunkles Kellergewölbe, in das von außen wenig Licht einfällt. Als Beneke hinter ihnen die Tür schließt, wird es finster, und er verkündet, nach etwas zu suchen, womit er Licht machen kann. Die anderen sollen hier unten auf ihn warten. Dann entfernen sich seine Schritte.

Die kühle Feuchtigkeit des Kellers steigt Landers' Beine hinauf. Er hört Bokelmanns Atemzüge und spürt dessen beunruhigende Nähe, an die Landers sich nie hat gewöhnen können. Angst hat er vor ihm zwar nicht mehr, aber ihm ist klar, dass der Hüne ihm, ohne mit der Wimper zu zucken, den Hals umdrehen würde, wenn Beneke es von ihm verlangen sollte.

Landers hat am Tag des großen Sieges über die Karacke *Sankt Thomas* lange gezögert, als Beneke ihn fragte, ob er ihn nach Danzig begleiten würde. Dennoch hat Landers schließlich zugestimmt. Warum, das wusste er selbst nicht genau. Immerhin gab es die Möglichkeit, nach Wismar heimzukehren, vielleicht zu Juta und Reckemann, vielleicht würde er auch in einem anderen Handelshaus nach Arbeit fragen. Zu lange war er überzeugt, sein Glück hänge von Reckemanns Gunsten ab, aber so ist es nicht. Denn die Jahre als Ruter haben ihn gelehrt, dass er viel mehr erreichen kann, als er sich je vorgestellt hat.

Wie sich bald herausstellte, war die Kaperung der Karacke der letzte kriegerische Akt in der jahrelangen Fehde zwischen der Hanse und England. Bald danach nahm man die Friedensverhandlungen wieder auf, und dieses Mal schienen die Vorzeichen gut, dass sie tatsächlich zu einem Friedensvertrag führen würden. Die Parteien waren kriegsmüde, Verluste und Schäden auf beiden Seiten enorm. Vermutlich hatten Benekes Überfall auf die Karacke und die Geschichten, die sich anschließend um seinen Sieg gegen den übermächtigen Gegner rankten, den Engländern einmal mehr vor Augen geführt, dass der berüchtigtste und gefährlichste Hansekaperer immer bereit war, bis zum Äußersten zu gehen. In Brügge war der burgundische Herzog außer sich vor Zorn und bestellte – wohl auch auf den Druck aus Florenz hin – die hansischen Oldermänner ein. Doch auch sie konnten Beneke nicht dazu bewegen, die Prise wieder herauszugeben. Daher stellte Karel de Stoute alle Hansekaufleute in Brügge unter Hausarrest und drohte der Hanse mit schlimmsten Konsequenzen. Das war auch der Grund, warum Hamburg dem *Peter von Danzig*, dem *Mariendraken* sowie der erbeuteten Karacke die Zufahrt zum Hafen untersagte. Doch Beneke weigerte sich beharrlich, dem Drängen des Herzogs und des Hansekontors in Brügge nachzukommen, zumal seine Mannschaft allmählich ungeduldig wurde. Die Ruter verlangten ihre Anteile an der Beute, und dafür musste Beneke Schmuck, Möbel, Teppiche, Alaun und alles andere zu Geld machen. Schließlich gestattete ihnen der Erzbischof von Bremen, die Hafenstadt Stade westlich von Hamburg anzulaufen. Dort durften sie ihre Beute verkaufen – wobei ein gewisser Anteil natürlich an den Erzbischof gehen musste. Im Frühjahr und Sommer 1473 reisten viele Kaufleute nach Stade, um trotz eines durch die Hanse verhängten Verkaufsverbots die erbeuteten Waren gegen klingende Münze einzutauschen. In jener Zeit war Landers ganz in seinem Element. Beneke ließ ihm, dem Kaufmannsgesellen, beim Verkauf der Beute freie Hand, und Landers enttäuschte das Vertrauen nicht. Die Ruter stopften sich die Taschen voll und waren zufrieden. Bis zu hundert Mark betrug ihr Anteil pro Kopf, zudem erhielt jeder etwa zwanzig Mark Prisengeld. Auch für die neuen Eigentümer des *Peter von Danzig* sprang viel Geld heraus, sodass sich der Kauf des Schiffes für sie schnell rentiert hatte, und sie waren ungeduldig und forderten Beneke in ihren Briefen mehrfach auf, mit dem Geld nach Danzig zurückzukehren. Das hat er nun getan, aber sein erster Weg in der alten Heimat führt ihn nicht zu den Schiffseignern.

Um das geheimnisvolle Altarbild ist zuvor ein heftiger Streit mit weitreichenden Verwicklungen entbrannt. Die Medici in Florenz forderten die Herausgabe der Gemälde, auch der burgundische Herzog schickte erfolglos Gesandte nach Stade. Sogar der Papst mischte sich ein und verlangte, die Kaperfahrer müssten *Das Jüngste Gericht* den rechtmäßigen Eigentümern zurückgeben. Doch Beneke weigerte sich beharrlich – und nun liegen die Tafeln in zugenagelten Kisten in einem finsteren Gewölbekeller, während Beneke die Vorbereitungen für seinen letzten Schlag gegen Bernt Pawest trifft.

«Beneke scheint sich in dem Haus gut auszukennen», flüstert Landers angespannt.

«Als wir Kinder waren, haben wir hier unten oft gespielt, zusammen mit Pawests Tochter Margreta», sagt Bokelmann ruhig. «Benekes Ziehvater und mein Vater waren mit Pawest gut bekannt, aber ich bin mir nicht sicher, ob Pawest wusste, dass wir mit Margreta im Keller waren.»

«Und dann hat sich Beneke in Margreta verliebt?»

«Sie war etwas jünger als wir, und beim Spielen ging sie uns auf die Nerven. Irgendwie schaffte sie es immer wieder, sich von Pawest und ihrer Mutter unbemerkt zu uns ins Kellergewölbe zu schleichen. Wir wurden älter, wurden junge Männer, und Margreta wurde eine junge Frau, eine sehr schöne junge Frau. Ich denke, du weißt, wie das läuft, Kaufmann. Und ich verrate dir was: Ich habe mich zuerst in sie verliebt. Paul hatte ja immer nur das Meer und die Seefahrt im Kopf, aber sie wollte Paul, und ich hab's akzeptiert. Glaub mir, niemand konnte seine Trauer nach dem Vorfall im Hafen besser verstehen als ich ...»

Bokelmann verstummt, als in der Dunkelheit das Geräusch von Eisen, das auf einen Flintstein schlägt, zu hören ist. Kurz darauf zuckt ein Lichtschein auf. Als Beneke mit einer brennenden Öllampe zu ihnen kommt, zeichnen sich in dem flackernden Licht um sie herum die vielen Fässer, Ballen und Kistenstapel in dem Gewölbe ab. Beneke geht mit der Lampe voran zu einer Wand des Kellers. Hinter einem Durchlass führt eine Spindeltreppe in die oberen Stockwerke des Hauses. Bokelmann und Landers bugsieren die Kisten unter einigen Mühen die schmale Treppe hinauf und kommen in eine hohe Diele, die ebenfalls mit Kisten, Fässern, Ballen und Säcken vollgestellt ist. Obwohl viele Kaufleute in den Kriegszeiten über einen Mangel an Waren klagen, scheint Pawest ungeheure Mengen gehortet zu haben.

Landers und Bokelmann stellen die Kisten ab, dann beginnen sie damit, die Kisten möglichst geräuschlos aufzuhebeln, nehmen die Tafeln heraus und lehnen sie nebeneinander an die Kistenstapel. Beneke arrangiert ein paar Kerzen, die er irgendwo gefunden hat, auf dem Boden vor den Gemälden und auf einigen Fässern. Er entzündet die Kerzen mit der Öllampe, und im Licht der Flammen entfaltet das Altarbild sogleich seine geheimnisvolle Ausstrahlung.

Beneke und Bokelmann lassen Landers in der Diele zurück und verschwinden mit der Öllampe auf der Spindeltreppe. Kurz darauf sind von oben polternde Geräusche und gedämpfte Schreie zu hören. Als Beneke und Bokelmann in die Diele zurückkehren, schleppen sie Pawest vor das Altarbild. Sein Mund ist mit Stofffetzen geknebelt, seine Hände mit einem Hanfseil gefesselt. Er pumpt heftig Luft, sodass die geweiteten Nasenflügel beben. Aus einer Platzwunde auf seiner Stirn rinnt Blut. Das helle Haar steht ihm wirr vom Kopf ab, und seine aufgerissenen Augen starren in einer Mischung aus Zorn und Irritation auf das Altarbild, vor dem sie ihn jetzt auf einen herbeigeholten Stuhl setzen.

«Wenn Ihr ruhig bleibt, nimmt Eler Euch den Knebel ab», sagt Beneke beschwörend.

Auf Pawests Schläfen treten pulsierende Adern hervor, dann, nach einem Moment, nickt er und blickt Beneke hasserfüllt an. Bokelmann zieht ihm die Stofffetzen aus dem Mund. Sofort fletscht Pawest die großen gelben Zähne, und kurz scheint es, als wollte er losbrüllen. Doch er schließt den Mund wieder.

«Ihr erinnert Euch sicher an unser Gespräch auf dem *Peter von Danzig*», beginnt Beneke.

«Haltet Ihr mich für dumm, Beneke?», entgegnet Pawest.

«Für dumm nicht, aber vielleicht seid Ihr vergesslich. Was hattet Ihr mir in den Wein getan? Gift?»

«Weiß ich nicht mehr.» Pawest verzieht den Mund zu einem schiefen Grinsen.

«Dann habt Ihr in der Kammer Feuer gelegt und seid durchs Abortloch geflohen?»

Pawest zuckt nur mit den Schultern, ohne auf Benekes Frage zu antworten.

«Ihr wolltet nicht nur mich töten, sondern das ganze Schiff in Flammen aufgehen lassen», fährt Beneke fort, «und dabei habt Ihr den Tod Hunderter Männer in Kauf genommen.»

Pawest seufzt. «Unser Gespräch war beendet, dem gibt's nichts hinzuzufügen. Jetzt verlasst mein Haus, in das Ihr eingebrochen seid, Beneke, und nehmt Eure Spießgesellen mit. Vielleicht lasse ich Gnade vor Recht ergehen und Euch nicht in den Kerker werfen.»

«In den Kerker? So wie damals, als Ihr mir die Schuld für Margretas angeblichen Tod in die Schuhe geschoben habt?»

Pawests Blick flackert kurz, dann lacht er höhnisch. «Angeblich? Ihr seid schuld am Tod meiner Tochter!»

«Ihr habt behauptet, Margreta sei noch am Leben.»

«Ich habe gelogen. Sie ist gestorben, weil Ihr sie verführt und nicht beschützt habt, als die Räuber Euch überfallen haben ...»

«Die Räuber, die Ihr mir auf den Hals gehetzt habt.»

«Unsinn», sagt Pawest verächtlich.

«Das ist kein Unsinn. Das habt Ihr mir erzählt, während Ihr auf einen günstigen Zeitpunkt gewartet habt, um mich zu vergiften. Ihr sagtet, die Leiche der toten Frau aus der Mottlau sei nicht Margreta gewesen, denn sie habe den Überfall der Räuber überlebt, die Ihr dafür bezahlt habt. Warum hättet Ihr mich anlügen sollen? Ihr wart überzeugt, die Wahrheit würde mit mir sterben.»

Pawests Gesicht läuft dunkelrot an. Es fällt ihm augenscheinlich schwer, sich zu beherrschen. Die Wunde auf seiner Stirn blutet nicht mehr, dafür rinnt ihm jetzt der Schweiß übers Gesicht. «Ich … habe gelogen», wiederholt er. «Alles war gelogen. Ich wollte Euch wehtun, Euch quälen. Euch bestrafen für das, was Ihr mir und meiner Familie angetan habt. Ihr tragt die Schuld am Tod meiner Tochter und an Annas Krankheit. Gott, der Herr, ist mein Zeuge!»

Beneke macht drohend einen Schritt auf Pawest zu. «Ihr lügt in Gottes Namen?», fragt Beneke.

Pawest schluckt angestrengt, als ihm die Bedeutung seiner Worte bewusst wird.

«Ihr lügt in Gottes Namen?», wiederholt Beneke seine Frage. «Gott hat entschieden, dass Margreta den Überfall überlebt, den Ihr in Auftrag gegeben habt, und Gott hat entschieden, dass ich Euren Mordanschlag überlebe. Doch Ihr lügt und betrügt weiter. Deshalb hat Gott entschieden, dass Ihr, Bernt Pawest, für Eure Lügen und Sünden im Höllenfeuer brennt.»

Pawest scheint mit jedem Wort ein Stück zu schrumpfen. Da tritt Beneke zur Seite, und Bokelmann packt Pawest im Nacken, zerrt ihn vom Stuhl vor das Altarbild und zwingt ihn runter auf die Knie.

«Erkennt Ihr diesen Mann?» Beneke zeigt auf den unteren Rand der rechten Tafel, auf der ein Mann kopfüber in die Flammen der Hölle stürzt. «Erkennt Ihr diesen Mann, den Gott als Verdammten der Hölle verurteilt hat? Erkennt Ihr Euch selbst – Bernt Pawest?»

«Das … ist nicht möglich», stammelt Pawest. Im Licht der Kerzen glänzt sein Gesicht vor Schweiß. Aus seinen Mundwinkeln rinnt Speichel. «Der Maler, dieser Memling, hat mich doch als Erlösten gemalt, da drüben, auf der linken Tafel, zusammen mit meiner Tochter Margreta und meiner Gemahlin Anna. Und ich sollte der Mann sein, der sich vor dem heiligen Petrus verbeugt. Der Florentiner hatte den Maler dafür bezahlt …»

«Offensichtlich hat Gott anders entschieden», sagt Beneke. «Ich bin gewiss kein Priester, aber auch ich weiß, dass Gott einem Sünder verzeihen kann, wenn er Buße tut und seine Sünden beichtet. Also erleichtert Euer Gewissen, Pawest, erleichtert Euer Gewissen im Angesicht des Jüngsten Gerichts – und sagt mir, wo Ihr Margreta versteckt haltet.»

Pawest dreht den Kopf zur Seite, und Landers kann es kaum glauben, als er die Tränen in dessen Augen sieht. Doch dann hört er Pawest mit gepresster Stimme sagen: «Ihr werdet niemals erfahren, wo meine Tochter ist, Beneke. Ich werde das Geheimnis mit in mein Grab nehmen.»

Beneke ballt die Hände zu Fäusten. Offensichtlich bringt nicht einmal die Hölle des Jüngsten Gerichts Pawest dazu, ein Geständnis abzulegen, sodass Beneke als letztes Druckmittel auf rohe Gewalt setzt. Er zieht sein Messer, beugt sich zu Pawest vor und drückt ihm die Klinge so fest auf die rote Wange, dass die Messerspitze die Haut ritzt und kleine Blutstropfen aus der Wunde quellen. «Ihr werdet gleich blind vor Euren Schöpfer treten», sagt Beneke, und er schreit jetzt fast: «Ich nehme Euch erst dieses Auge und dann das andere, und danach schneide ich Euch das Herz aus dem Leib ...»

In dem Moment zerspringt ganz in der Nähe etwas scheppernd auf dem Boden. Alle blicken gleichzeitig in die Richtung, aus der das Geräusch kam und aus der jetzt ein Gespenst auf sie zuschwebt. Die spindeldürre Gestalt trägt ein helles Nachtgewand, ihr Gesicht ist totenbleich und ihr Haar fast weiß. Die Gestalt nähert sich mit unsicheren Schritten auf nackten Füßen, unter denen die Scherben eines zerborstenen Tonkrugs knirschen. Sie stützt sich an Fässern und Kisten ab wie jemand, der das Gehen verlernt hat. Als sie ins Licht der Kerzen tritt, erkennt Landers eine Frau, deren Alter unmöglich einzuschätzen ist. Ihre Haut ist durchscheinend wie helles Glas, aber ihr Blick scharf wie eine Schwertklinge, und er ist auf Pawest gerichtet. In dem maskenhaften Gesicht bewegen sich die blutleeren Lippen, als die Frau sagt: «Ich hörte Eure Worte … mein Kind … es lebt?»

«Anna, o Jesus», ruft Pawest. «Bitte geh wieder ins Bett, du darfst dich nicht aufregen. Sieh doch! Deine Füße bluten ja!»

«*Mein* Kind lebt?»

«Das habe ich nur so dahergesagt, Anna. Und Beneke lügt. Er war schon immer ein Lügner. Das weißt du doch. Ich habe dir so oft erzählt, was er uns und Margreta angetan hat …»

«Schweigt!» Die Frau richtet ihren knochigen Zeigefinger auf den noch immer vor dem Altarbild knienden Pawest. «All die Jahre habt Ihr mich in dem Glauben gelassen, das einzige Kind, das mir geblieben war, wäre tot. Man hätte ihre Leiche im Hafen gefunden, habt Ihr behauptet und geschworen, dass es Margreta war. Ihr habt mir verboten, mein Kind noch einmal zu sehen und mich zu verabschieden – weil Ihr wusstet, ich würde es merken, wenn es nicht meine Tochter ist …»

Die Frau schwankt, doch als Beneke sie auffangen will, fängt sie sich und weist ihn energisch zurück. Dann richtet sie sich wieder an Pawest: «Wo ist sie? Wo ist mein Kind?»

Pawests massiger Körper erbebt. Das mit hellen Bartstoppeln überwucherte Kinn sinkt ihm fast auf die Brust, und dann nickt er kaum merklich unter heftigem Schluchzen und nennt leise einen Namen. Den Namen eines Ortes.

7.

Polnisches Hinterland – Spätsommer 1473

Es ist der Name eines Klosters.

Das Kloster, in dem die Kanonissen in strenger Klausur leben, liegt in einem großen und dichten Wald, einige Tagesritte südöstlich von Danzig. Beneke und Landers brechen im ersten Morgengrauen in die von Sümpfen und kaum durchdringbarem Dickicht umschlossene Einöde auf, wohin sich nur selten Menschen verirren. Bokelmann hat zwei Pferde besorgt. Er selbst ist nicht mitgekommen, weil Beneke befürchtet, dass ein Pferd zu langsam wäre, wenn es Bokelmann tragen müsste. Stattdessen hat er Bokelmann zum *Peter von Danzig* zurückgeschickt. Er soll das Schiff die Weichsel stromaufwärts in den Hafen an der Mottlau bringen, wo man ihm einen triumphalen Empfang bereiten wird, wenn die Nachricht von der Rückkehr in der Stadt erst die Runde gemacht hat.

Anna Pawest war nach dem Geständnis ihres Gemahls unter der Last der Ereignisse zusammengebrochen. Sie hatten das dürre Wesen zurück ins Bett gebracht. In Bokelmanns Armen wirkte die Frau zart und zerbrechlich wie ein Vogeljunges. Nachdem Anna den Widerstand des starrköpfigen Pawest gebrochen hatte, hatte es den Anschein gehabt, als wäre er auf einen Schlag um viele Jahre gealtert. Sie hatten ihm die Fesseln abgenommen und ihn vor dem Altarbild auf den Stuhl gesetzt. Allein konnte er nicht mehr stehen. Als die Bediensteten, die von dem Lärm in der Diele geweckt worden waren, herbeieilten und dann die Angestellten des Handelshauses zur Arbeit erschienen, redeten sie auf Pawest ein, und manch einer berührte ihn auch an der Schulter. Doch Pawest reagierte nicht darauf, sondern starrte auf das Altarbild – in die Hölle des Jüngsten Gerichts.

Seit ihrem Aufbruch in Danzig hat Beneke kaum noch ein Wort gesprochen. Landers übernimmt es, in den Dörfern oder bei den Leuten, denen sie unterwegs auf holprigen Straßen begegnen, nach dem Weg zum Kloster zu fragen. Während des Ritts gönnen sie sich und den Pferden kaum Pausen. Die Wege werden immer schlechter und schmaler, und sie sind von sumpfigen Furchen überzogen, in denen das Wasser gurgelt. Bald wuchert das Dornengestrüpp im Zwielicht unter dem Blätterdach dunkler Wälder dichter und dichter.

Am Nachmittag des dritten Tages erreichen sie eine von hohen Buchen, Birken und Eichen gesäumte Lichtung. Der Boden der Senke ist mit niedrigen Büschen und braunem Gras bedeckt. Etwa in der Mitte der Lichtung stehen ein paar Holzgebäude, die von einer hölzernen Palisade umgeben sind. In dem Kloster leben die Nonnen in gottseliger Zurückgezogenheit, hat man Landers erklärt, und der Ort scheint so still und einsam zu sein, als hätte selbst der Herrgott ihn vor ewigen Zeiten vergessen.

Unterhalb der Bäume sitzen sie von den Pferden ab und schauen schweigend auf die Lichtung. Weiße Schmetterlinge flattern über vertrocknetes braunes Gras, irgendwo im dunklen Wald schreit eine Krähe. Die Abenddämmerung setzt schon ein, als ein gutes Stück links von ihnen eine Gruppe Frauen aus dem Wald hervorkommt. Es sind etwa ein Dutzend Frauen, die in graue Kleider gewandet sind. Sie haben geflochtene Weidenkörbe dabei, in denen sie vielleicht Nüsse, Kräuter und Beeren gesammelt haben. Landers fragt sich, ob Margreta unter ihnen ist, und Benekes ungeduldigem Blick ist anzusehen, dass er sich diese Frage ebenfalls stellt. Die beiden schauen zu, wie die Nonnen einem Trampelpfad bis vor das Tor in der Palisade folgen. Das Tor wird bei ihrem Eintreffen geöffnet und, nachdem alle Frauen darin verschwunden sind, wieder geschlossen.

Beneke und Landers binden die Pferde mit den Zügeln an zwei Bäumen fest, dann schlagen sie im Dickicht des Waldes ihr Lager auf. Schweigend essen sie Brot und harten Käse, trinken Wasser, und als die Dunkelheit zwischen die Bäume kriecht, schläft Landers unter seiner Decke vor Erschöpfung rasch ein.

Als Landers aufwacht, ist es tiefe Nacht. In dünnen Streifen fällt Mondlicht durch das Blätterdach. Die Pferde stehen bei den Bäumen, aber Beneke ist verschwunden. Landers kriecht unter der Decke hervor und geht an den Waldrand. Die Nacht ist ruhig und still, kein Wind geht. Über der Lichtung steht der Himmel klar und dunkel, unzählige Sterne funkeln am Himmelsgewölbe. Beneke sitzt mit dem Rücken zu Landers auf einem umgestürzten Baumstamm. Auch als unter Landers' Füßen ein Ast knackt, rührt er sich nicht. Er sitzt regungslos da, als ob er zu Stein geworden wäre. Sein Oberkörper ist vorgebeugt, die Arme sind auf den Oberschenkeln abgestützt und die Hände zwischen den Knien gefaltet wie zum Gebet. Landers lässt sich neben ihm auf dem Baumstamm nieder. Im Kloster ist kein Licht zu sehen. Die Gebäude stehen still und dunkel da.

Landers spürt einen Widerstand im Hals. Er räuspert sich, dann fragt er flüsternd: «Was werdet Ihr tun, wenn Ihr Margreta wirklich begegnet?»

Es dauert lange, bis Beneke sich ihm zuwendet. Seine Augen

schimmern im Mondlicht. «Das weiß ich nicht, ich weiß nur, dass ich sie sehen muss», sagt er, und nach einer Pause fährt er fort: «Nach dem Überfall war ich überzeugt, Margreta wäre dabei ums Leben gekommen, und damit begannen meine Albträume. Ich wandere in den Träumen mit ihr über den Ostseestrand. Immer, wenn ich mich ihr nähere, um ihre Hand zu ergreifen, weicht sie zurück, und so gehen wir weiter, die Füße im hellen Sand und mit einem unüberbrückbaren Abstand zwischen uns, bis wir zu dem Wrack eines kleinen Schiffs kommen, mit zerschlagenen Planken und abgebrochenem Mast. Plötzlich springen dunkle Gestalten aus dem Wrack und greifen uns an – und ich glaube jetzt, dass es diese Dämonen auf dem Altarbild sind ...»

Beim Gedanken an die geflügelten Wesen mit ihren Hacken und Spießen überläuft Landers ein Schauder.

«Diese Kreaturen fallen über Margreta her», sagt Beneke weiter, «und als ich ihr beistehen will, stecken meine Füße im Sand fest. Ich versinke immer tiefer und muss mitansehen, wie die Dämonen ihre spitzen Zähne in Margretas Körper schlagen. Ich höre ihre Schreie, und die Dämonen kreischen wie wilde Tiere, während sie Margreta zerfleischen. Fast jede Nacht haben sie mich in den Träumen heimgesucht. Erst habe ich gehofft, die Dämonen würden verschwinden, wenn ich Danzig verlasse. Doch als der Krieg begann und man mir das Kommando über die Danziger Orlogflotte gab, folgten mir die Dämonen in die Nordsee. Sie folgten mir nach Sluis, nach Brügge, an die englische Küste. Überallhin folgten sie mir, und sie überkamen mich heftiger und schlimmer als je zuvor. Ich fürchtete die Nächte und fand keinen Schlaf. Nur wenn ich Wein trank, wenn ich mich damit bis zur Besinnungslosigkeit betrank, schwiegen die Dämonen. Dann waren meine Nächte schwarz wie das

Meer an seiner tiefsten Stelle – bis zu jenem Tag, an dem Pawest mir sagte, Margreta sei noch am Leben. Sie habe zwar ein Auge verloren, und ihr Gesicht sei durch Narben entstellt, aber sie lebe ...»

Benekes Stimme bricht ab. Seine Hände zucken. Offensichtlich fällt es ihm schwer weiterzusprechen, doch dann sagt er: «Als ich Pawests Mordanschlag überlebt hatte, meine Verletzungen geheilt waren und ich wieder zur Besinnung kam, blieben die Träume aus. Es scheint, als ob allein das Wissen, dass Margreta noch am Leben ist, die Dämonen vertrieben hätte ...» Wieder stockt er, dann versinkt er in tiefes Schweigen.

Nach einer Weile ringt sich Landers zu einer weiteren Frage durch. «Habt Ihr Angst, die Albträume könnten zurückkommen, wenn Margreta nicht mit Euch geht, sondern bei den Nonnen bleibt?»

«Sie ist schon so lange hier, all die Jahre, und da ist es egal, ob sie aus freien Stücken herkam oder ob Pawest sie gezwungen hat. Ihr Leben gehört Gott, und Er wird sie nicht hergeben, denn Gott weiß, wie viel Schuld ich auf meine Seele geladen habe ... die vielen Männer, die ich getötet habe, die Schätze, die ich geraubt habe ...»

«Aber es war doch Krieg. Wenn Ihr Eure Feinde nicht getötet hättet, hätten sie Euch getötet.»

Beneke schüttelt den Kopf. «Mir scheint, du redest wie ich damals, Kaufmann. Du redest wie der Mann, der ich glaubte, sein zu müssen. Erinnerst du dich an die Nacht, als du am Vormast gefesselt warst, nachdem Bokelmann dich fast umgebracht hatte?»

«Wie könnte ich das je vergessen.»

«In jener Nacht habe ich den Befehl gegeben, die englischen Schiffe in Brand zu schießen und die Besatzungen zu töten, kein einziger Mann sollte überleben. Es waren achtzehn Schiffe, und es waren mehr als hundert Männer. Ich hatte recht gehabt, es waren keine Handelsschiffe, sondern sie waren mit Pulver und Bombardenkugeln beladen, mit denen die Engländer irgendwann uns beschossen hätten. Dennoch frage ich mich immer wieder, ob es nötig war, all diese Männer umzubringen, sie auf den Schiffen verbrennen oder im Wasser ertrinken zu lassen. Du hast dich an jenem Tag gegen mich gestellt, um einen einzigen Mann vor dem Ertrinken zu retten. Darüber habe ich häufig nachgedacht, und jetzt glaube ich, du hast nach Gottes Willen gehandelt, doch ich bin ein Verdammter der Hölle, und deshalb weiß ich nicht, was ich tun werde, wenn ich Margreta begegnen werde.»

Eine Eule bricht aus dem Geäst über ihnen. Der Schatten fliegt über die Lichtung und die Dächer des Klosters. Beneke erhebt sich und verschwindet mit gebeugtem Rücken in der Finsternis zwischen den Bäumen. Als Landers nachkommt, liegt Beneke unter seiner Decke und blickt mit schimmernden Augen hinauf ins Blätterdach.

Landers erwacht mit dem ersten Licht des Tages. Benekes Decke liegt auf dem Waldboden wie achtlos weggeworfen. Landers kriecht aus seinem Lager und trinkt etwas Wasser. Dann steigt er durchs Unterholz zum Waldrand. Als er über die Lichtung blickt, sieht er Beneke etwa auf halber Strecke zu dem Kloster hinter einem Gebüsch sitzen.

Landers lässt sich auf einem Baumstamm nieder. Die Zeit verstreicht. Sein Magen knurrt, und als die Sonne über den Baumkronen aufsteigt, wird plötzlich das Tor in der Palisade geöffnet. Eine Gruppe Nonnen tritt heraus, wieder sind es etwa ein Dutzend Frauen in grauen Gewändern und mit Weidenkörben.

Sofort erhebt sich Beneke, kommt hinter dem Gebüsch hervor und geht mit schnellen Schritten auf die Nonnen zu.

Landers bricht vor Anspannung Stücke von dem morschen Baumstamm unter ihm ab, zerbröselt Moos und trockene Rinde zwischen den Fingern, während Beneke den Nonnen gegenübertritt. Die Frauen bleiben stehen, als sie ihn bemerken. Sie wirken verunsichert. Eine ältere Nonne löst sich von der Gruppe. Sie kommt Beneke entgegen und wechselt ein paar Worte mit ihm, bis sie sich umdreht, zu den anderen zurückläuft und mit großer Erregung auf eine Nonne einredet, die – wie Landers jetzt bemerkt – nur noch ein Auge hat. Ihr Blick aus dem Auge ist starr auf Beneke gerichtet. Die Nonnen versuchen, die Frau zum Tor zu drängen. Doch sie lässt ihren Korb fallen, befreit sich und geht langsam unter den Warnrufen der anderen Nonnen auf Beneke zu.

Die einäugige Frau bleibt wenige Schritte vor Beneke stehen und schaut ihn an. Für einen Moment scheinen sogar die Vögel und Insekten zu verstummen. Dann beginnt die Nonne zu wanken wie eine Betrunkene, bis ihre Beine nachgeben und sie zu Boden stürzt. Beneke will zu ihr, doch die Nonnen sind schneller. Sie drängen ihn ab, stellen sich vor die im Gras Liegende und bilden um sie herum einen Kreis wie eine Mauer.

Die ältere Frau, die zuerst mit Beneke gesprochen hat, baut sich vor ihm auf. Obwohl sie ihm kaum bis ans Kinn reicht, wirkt sie sehr entschlossen. Sie redet gestenreich auf ihn ein, während hinter ihr die einäugige Frau von den Nonnen gestützt wieder auf die Füße kommt und zum Tor gebracht wird. Gleich darauf sind die Nonnen hinter der Palisade verschwunden, und das Tor ist wieder verschlossen.

Landers' Herz trommelt hart gegen seinen Brustkorb, während er zu Beneke sieht, der wie erstarrt vor dem Tor steht.

Dann bückt er sich nach dem Weidenkorb, den die Frau verloren hat. Er stellt den Korb vor dem Tor ab, zieht sich ein Stück von der Palisade zurück und lässt sich auf einem großen Stein nieder.

Nach einer ganzen Weile – die Sonne steht schon hoch über den Bäumen – erhebt sich Landers von dem Baumstamm. Sein Magen knurrt immer lauter, doch er kann nicht ans Essen denken und geht über die Lichtung zu dem Stein, auf dem Beneke sitzt. Er scheint Landers nicht zu bemerken. Die hellen Augen sind auf das Tor gerichtet. Seine Wangenknochen zucken unter den Bewegungen seiner mahlenden Kiefer. Die Lippen sind fest zusammengepresst, und es scheint, als hätten sich die Falten noch tiefer in das traurige, von Sonne und Seewasser gegerbte, mit den Narben von Brandwunden überzogene Gesicht gegraben. Landers bemerkt die grauen Stellen in Benekes dunklem Bart und Haar, und er kann sich nicht erinnern, ob die Haare gestern auch schon grau waren.

«Die Nonne eben, die einäugige, war es Margreta?», fragt Landers dann, und als er keine Antwort erhält, versucht er es mit einer anderen Frage: «Werdet Ihr hier auf sie warten?»

Er hat die Worte kaum ausgesprochen, da wird ihm klar, dass er von Beneke keine Antwort mehr bekommen wird. Natürlich wird Beneke hier sitzen bleiben und auf sie warten. Er wird so lange warten, bis sich der Himmel verdunkelt und die Welt von ewiger Finsternis überschattet wird. Bis sich die Gräber öffnen und die Toten aus der Erde steigen. Bis der Erzengel ihre Seelen wägt und Gott Gericht hält. Ja, so lange wird Paul Beneke hier warten, bis er von seinen dunklen Dämonen ins Höllenfeuer geworfen wird.

Und er wird sein Urteil klaglos annehmen.

Landers wendet sich von ihm ab und geht über die Lichtung

den Hang hinauf, erst langsam, mit Schritten, die so schwer sind, als wären seine Stiefel mit Steinen gefüllt. Doch je weiter er sich von Beneke entfernt, desto leichter werden ihm die Füße. Seine Schritte werden schneller, und als er den Waldrand erreicht hat, da läuft er fast. Er taucht hinein ins Dickicht, und das dornige Gestrüpp teilt sich vor ihm.

Schnell löst er den Zügel seines Pferdes und reitet davon.

8.

Wismar – Spätsommer 1473

Mit einem Handelsschiff, das mit Bauholz, Pottasche und Pelzen beladen von Danzig nach Wismar segelt, kehrt Till Landers in den Hafen zurück, von dem er einst nach London aufgebrochen ist. Aus einer Fahrt, die ein paar Wochen hätte dauern sollen, sind mehr als fünf Jahre geworden. Damals schien sein Lebensweg vorgezeichnet, doch Gott – oder wer auch immer Landers' Schicksal lenkt – hatte anderes mit ihm vor. Und jetzt kehrt Landers nicht mit der Schiffsladung englischer Tuche zurück, die ihm die Tür ins Handelshaus Hinrich Reckemanns weit öffnen und ihm Jutas Hand sichern sollten. Er ist als Kaufmannsgeselle aufgebrochen. Er war jung, tatendurstig, erfüllt von hochtrabenden Plänen, aber auch Sorgen und Ängsten. Doch er kommt als Mann heim, reich an Erfahrungen und Erinnerungen, gewachsen an Körper und Seele und mit einem Beutel voll Münzen, die ihm von der Prise geblieben sind. Sein Kreuz ist breit, die Arme sind muskulös, und das Vertrauen, das er in sich selbst hat, ist fest. Er weiß jetzt, dass er sein Schicksal akzeptieren muss, so oder so, und diese Gewissheit gibt ihm ein beruhigendes Gefühl.

Nachdem das Schiff im Hafen von Wismar vor Anker gegangen ist, lässt sich Landers im Esping an Land rudern. Es ist früh am Abend. Über der großen Bucht, an der Wismar liegt, neigt sich die Sonne dem Wasser zu. Als er die Füße auf den mit Kopfsteinen gepflasterten Kai setzt, überkommen ihn alte Erinnerungen, und kurz beschleicht ihn Wehmut. Er sieht die Lastadie, die Lagerhäuser und das Wassertor, durch das man vom Hafen in die Stadt gelangt. Bekannte Geräusche empfangen ihn. Die Möwen schreien, und er hört die Stimmen der Männer, die im Hafen die letzten Arbeiten des Tages verrichten. Ein bekanntes Gesicht kann er nicht sehen. Vielleicht hat er sie auch einfach vergessen. So wie er Jutas Gesicht vergessen hat? Nein. Sie wird er erkennen. Hofft er. Damals war sie etwa fünfzehn Jahre alt, ein schönes Mädchen, jetzt ist sie eine Frau – eine Frau, die die Kinder eines anderen Mannes geboren hat. Aber wird Juta *ihn* erkennen?

Auf dem Weg zum Wassertor bleibt er an einem gefüllten Steintrog stehen, der als Pferdetränke dient, und beugt sich darüber. Wie hat er selbst ausgesehen, bevor er nach London gefahren ist? Einen Bart, so dunkel und lang, wie er ihn jetzt trägt, hatte er noch nicht, allenfalls Flaum auf Kinn und Wangen. Während er sein Spiegelbild betrachtet, fällt ihm auf, wie schief seine Nase zusammengewachsen ist, nachdem Bokelmann sie ihm gebrochen hatte. Aber die schiefe Nase missfällt Landers nicht, nein, sie lässt ihn irgendwie interessant aussehen, verwegen. Und während er sich selbst mit prüfenden Blicken betrachtet, wie er es vielleicht noch nie getan hat, versucht er sich an einem Lächeln. Er hebt die Mundwinkel, doch das Lächeln will ihm nicht gelingen, es wirkt seltsam unecht, als müsste er sich dazu zwingen. Er wendet sich von dem Trog ab und geht durch das Wassertor in die Stadt.

Er folgt dem Verlauf der Straße, die man Spegelberch nennt, bis vor Reckemanns Handelshaus und steigt die Stufen zum Eingang hinauf. Die Tür ist nur angelehnt, und als er eintritt, trifft er in der Diele auf einen Mann, der Kisten übereinanderstapelt, offenbar um sie für den Abtransport bereitzustellen. Landers atmet die bekannten Gerüche von Getreide, Trockenfisch, Pelzen, Staub und kaltem Rauch ein. Der Mann unterbricht seine Arbeit, wischt die Hände an der abgewetzten Lederschürze ab und fragt Landers, was er hier zu suchen habe. Landers erinnert sich an ihn, einen mürrischen, dicken, ergrauten Kerl, der über die Jahre noch dicker und grauer geworden ist. Sein Alter wusste schon damals niemand, aber er scheint noch immer kräftig zu sein wie ein Pferd. Er betrachtet Landers mit skeptischem Blick. An den Namen kann Landers sich nicht erinnern, aber der Alte scheint zu überlegen, woher er Landers kennt.

«Ich will mit Hinrich Reckemann sprechen», sagt Landers.

«Und wen soll ich melden, der zu so später Stunde hier hereinschneit ohne Anmeldung?», entgegnet der Alte. «Ich glaube nicht, dass er um die Zeit noch wen empfängt.»

Landers hält es für klüger, seinen Namen vorerst nicht zu verraten. Die Frist bis zum Ende des Frühjahrs, die Reckemann ihm in dem Brief gesetzt hat, ist längst abgelaufen. Auch hat Reckemann vermutlich Juta noch immer nichts von Landers' Briefen erzählt. Sie muss also glauben, er sei schon lange nicht mehr am Leben. Womöglich ist sie inzwischen sogar wieder verheiratet. «Ich möchte Reckemann ein Geschäft vorschlagen, ein paar Ballen flandrische Tuche, beste Ware», sagt er ausweichend.

Das Gesicht des Alten hellt sich auf. Flandrische Tuche sind in den Ostseehäfen während des Kriegs zur Mangelware geworden. Auch wenn es schon länger zu keinen kriegerischen Handlungen auf der Nordsee gekommen ist, kann die Nachfrage nur langsam wieder gedeckt werden. «Wartet hier, Herr ... wie war doch gleich der Name?», versucht der Alte es noch einmal.

«Er wird ihn erfahren, wenn er mich empfängt», sagt Landers.

Der Alte seufzt, dann verschwindet er durch eine Tür, die in den hinteren Anbau mit dem Wohnbereich führt. Landers schaut sich in der Diele um. Sofort fühlt er sich versetzt in die Jahre seiner Lehrzeit, als er selbst hier Waren angenommen, für den Transport vorbereitet, mit dem Seilzug nach oben in die Lagerböden im Dachstuhl gehievt oder nach unten ins Kellergewölbe geschleppt hat.

In der Diele sind plötzlich helle Kinderstimmen zu hören, und als Landers sich umdreht, kommen zwei Mädchen auf ihn zugelaufen. Eines der Mädchen ist etwa drei, das andere vielleicht eineinhalb Jahre alt. Sie sind ganz in ihr Spiel vertieft, kichern vergnügt und schauen sich suchend um, als hielten sie Ausschau nach einem Versteck. Als sie hinter die Kisten stürmen, laufen sie in Landers hinein. Erschrocken blicken sie zu dem fremden Mann auf.

In dem Moment kommt noch jemand in die Diele gelaufen, eine junge Frau – und Landers erkennt sie trotz seiner Zweifel sofort wieder. Sein Herz schlägt schneller. Juta hat ihn noch nicht gesehen. Sie beugt sich über ein paar Getreidesäcke, die an der Wand aufgeschichtet sind, und ruft: «Wo seid ihr nur?»

Landers geht vor den Mädchen in die Knie. Sie haben offensichtlich Angst vor ihm, der Kleinen stehen schon die Tränen in den Augen. Landers lächelt sie sanft und freundlich an. Schien ihm sein Lächeln vorhin am Wassertrog noch falsch zu sein, so fühlt es sich jetzt genau richtig an. Sein Lächeln verfängt bei den Kindern, und sie lächeln zurück. Er legt mit verschwörerischer Geste einen Zeigefinger an seine Lippen und deutet in eine Nische zwischen den Kisten. Die Mädchen verstehen und kriechen schnell in das Versteck.

Landers erhebt sich, und sobald sein Kopf über den Kisten

hervorkommt, hört er Juta überrascht ausrufen: «Wer seid Ihr, und was macht Ihr hier?»

«Ich bin ... ein Kaufmann und möchte Hinrich Reckemann ein Geschäft anbieten.»

Juta nähert sich ihm, den wachsamen Blick fest auf Landers gerichtet. «Seid Ihr aus Wismar? Ich habe Euch hier noch nie gesehen ... oder täusche ich mich?»

«Ich ... nein, nein, nicht aus Wismar», stammelt Landers. «Oder doch, ja, ich hab hier mal gearbeitet, vor einigen Jahren, aber jetzt war ich lange in Brügge.»

«Brügge?» Jutas Blick gleitet forschend über Landers' Bart, seine schiefe Nase, die Augen. «Ihr kommt mir doch bekannt vor.»

«Vielleicht sind wir uns damals begegnet, als ich in Wismar war, vielleicht irgendwo über den Weg gelaufen ...»

«Ihr wirkt ein bisschen durcheinander.»

«Ja, ich, nein ... die lange Reise ...» Bei Gott, denkt Landers verzweifelt, da hat er sich das alles so schön ausgemalt, wie er Juta selbstbewusst und souverän gegenübertreten würde, und nun bringt er keinen klaren Satz heraus.

«Habt Ihr in der Diele zwei Mädchen gesehen?», fragt Juta, wobei sie Landers noch immer anstarrt wie einen Geist. «Ich suche meine Töchter. Sie lieben es, sich vor mir zu verstecken.»

«Ja ... ja, ich habe zwei Mädchen gesehen ... in die Richtung da sind sie gelaufen.» Landers deutet umständlich auf die Tür, die in den Keller hinabführt.

Juta schüttelt den Kopf. «Ich habe ihnen so oft gesagt, dass sie nicht alleine in den Keller gehen dürfen.»

Sie will sich abwenden, um zu der Kellertür zu gehen, doch sie zögert und blickt Landers durchdringend an. «Ihr erinnert mich an jemanden», sagt sie vorsichtig. «Ihr erinnert mich an einen Mann, der vor einigen Jahren gestorben ist ...»

Sie tritt langsam näher an ihn heran. Ihre Augen sind groß vor Erstaunen, ihre Unterlippe zittert. «Kann das sein? Kann das sein, dass Ihr noch am Leben seid?»

Landers schluckt schwer. Dann nickt er. «Ich lebe noch, Juta. Mein Name ist … Till Landers!»

9.

Danzig – Winter 1473

An einem trüben Wintertag treiben die Wolken dick und schwer über den Dächern Danzigs dahin. Der Wind weht von der Ostsee her kühl durch die Straßen, als ein junger Mann an die Tür des Wohnhauses an der Ecke Heiligengeist- und Kohlengasse klopft. Der Bote soll hier einen Brief zustellen, aber wie er befürchtet hat, öffnet ihm niemand. Er klopft erneut, dann hämmert er mit der Faust gegen die Tür. Noch immer reagiert niemand.

Jetzt fängt es auch noch an zu regnen. Der Mann seufzt und schiebt den Brief unter seinen Mantel, damit er nicht nass wird. Er zieht die Mütze fester auf den Kopf und hämmert mit beiden Fäusten gegen die Tür, dass es laut durch die Gassen dröhnt. Einige der Vorübereilenden bleiben auf der Straße stehen.

«Der macht nicht auf», ruft ein älterer Mann ihm zu. «Da wohnt ’n Geist.»

Der Bote beachtet den Mann nicht, sondern hämmert weiter und nimmt einen Fuß zu Hilfe, um gegen die Tür zu treten. Die Frau, von der er den Brief sowie die Adresse bekam, hat ihm eingebläut, er dürfe sich auf keinen Fall abwimmeln lassen, denn der Brief müsse unbedingt zugestellt werden. Die Frau war spindeldürr und konnte sich kaum auf den Füßen halten, aber ihre Worte waren unmissverständlich. Sie drückte ihm eine Münze in die Hand. Zwei weitere Münzen soll er bekommen, wenn er den Brief abgeliefert hat. Der Auftrag scheint sich jedoch schwieriger zu gestalten, als der junge Mann gedacht hat, und er bereut schon, ihn überhaupt angenommen zu haben. Womöglich muss er sogar die erste Münze zurückgeben, wenn es ihm nicht gelingt, den verdammten Brief zuzustellen.

«Macht die Tür auf, Herr», ruft er, und auf der Straße schütteln die Leute die regennassen Köpfe. «Ich habe einen Brief für Euch – von einer Frau. Ich soll Euch sagen, ihr Name sei Anna Pawest!»

Dann hämmert er wieder mit den Fäusten gegen die Tür. Als sie plötzlich mit einem Ruck geöffnet wird, wäre der Bote beinahe in den dunklen Spalt zwischen Tür und Rahmen gestürzt. Darin taucht jetzt ein leichenblasses Gesicht auf, das von verfilztem Haar und einem struppigen Bart eingerahmt ist. Der Mann, der da steht, sieht erschöpft und traurig aus. Seine Augen sind mit einem Netz von roten Äderchen überzogen.

Der Bote weicht erschrocken zurück, greift schnell unter den Mantel, nimmt den Brief hervor und hält ihn demonstrativ in die Höhe. «Bitte öffnet den Brief gleich hier, Herr», sagt er aufgebracht. «Die Frau, die ihn mir gab, sagte, ich müsse bezeugen, dass Ihr den Brief wirklich lest.»

Der Mann nimmt ihm den Brief aus der Hand und verschwindet damit in der Finsternis hinter dem Türspalt. Der Bote zögert. Er hat Angst, dem unheimlichen Mann in das dunkle Haus zu folgen, aber er hat keine andere Wahl, er braucht die Münzen. Also tritt er über die Türschwelle, hinter der ihm ein übler Geruch entgegenschlägt, eine Mischung aus Schweiß, kaltem Feuerrauch, saurem Wein und Latrinengestank. Er geht den klappernden Geräuschen nach und kommt in einen Raum, in dem es kalt und düster ist wie in einem Rattenloch. Aus einer Ecke ist das Schaben eines eisernen Schürhakens zu hören. Kurz darauf lodern in einem Kamin Flammen auf. Der Bote bleibt bei der Türöffnung stehen und schaut dem Mann zu, wie er frische Scheite in den Kamin legt und an dem Feuer eine Tranlampe entzündet. Er stellt die Lampe auf einen Tisch, der mit dreckigen Bechern, Schüsseln und Krügen vollgestellt ist, fegt die Sachen mit dem Arm herunter, sodass sie auf dem Boden scheppernd zerbrechen.

Der Bote schüttelt den Kopf, entsetzt über die Verschwendung. Von dem Geld, das das Geschirr wert war, hätte er sich eine gute Weile ernähren können.

Der Mann lässt sich am Tisch auf einen Stuhl sinken, bricht das Siegel, faltet das Schreiben auseinander und liest es im Schein der Tranlampe. Er scheint den Boten vergessen zu haben, oder dessen Anwesenheit kümmert ihn nicht.

Der Bote fragt sich, wer dieser Mann sein könnte, der offenbar sehr reich ist und in einem großen Haus lebt, aber dem Tod näher als dem Leben zu sein scheint. Er hat mal gehört, dass der berühmte Kaperfahrer Paul Beneke irgendwo in der Gegend ein Haus gekauft haben soll. Der Seeheld – oder auch: der harte Seevogel, wie man ihn in Danzig mit ehrfürchtiger Bewunderung nennt – hat, so erzählt man sich, die Engländer fast im Alleingang besiegt. Vor einigen Monaten ist er mit wertvollen Schätzen heimgekehrt, darunter ein großes Gemälde von unschätzbarem Wert. Dieses Altarbild sei vorerst an einem geheimen Ort in der Stadt untergebracht worden. Trotz der Aufforderung des Papstes, das Gemälde mit dem Titel *Das Jüngste Gericht* den Medici zurückzugeben, denkt in Danzig niemand daran. Lieber feiert man Paul Beneke für den gelungenen Streich, der Danzig zu Reichtum, Ruhm und Ansehen verhilft. Wie gerne wäre der Bote diesem Seehelden begegnet, wenn er schon einmal in dieser noblen Gegend ist. Stattdessen muss er einer zerlumpten Gestalt in der verwahrlosten, nach Unrat stinkenden Behausung einen Brief zustellen.

Hoffentlich hat der Kerl das Schreiben bald durchgelesen, damit der Bote wieder verschwinden und von der Frau die Münzen einfordern kann.

Ungeduldig schaut er zu, wie die Augen des Mannes den Worten in dem Brief folgen, und kaum ist er am Ende des Schreibens angekommen, zucken die Augen wieder hoch an den Anfang. Dreimal, viermal, fünfmal liest er den Brief. Jedes Mal, wenn er an eine bestimmte Stelle gelangt, hält er kurz inne, und man kann ihn leise ein Wort sagen hören; es ist ein Name, er klingt wie ... Margreta? Ja, das könnte sein, und ein Funke erhellt die Augen, bevor sie weitergleiten.

Der Bote tritt von einem Fuß auf den anderen, bis der Mann den Brief endlich sinken lässt. Der Bote räuspert sich und fragt: «Gute Nachrichten?»

Der Mann wendet sich langsam in seine Richtung. Seine Augen sind jetzt heller, klarer, lebendiger.

«Ja», sagt der Mann. Seine Stimme ist so leise und heiser, als hätte er schon lange nicht mehr gesprochen. Und nach einer endlosen Weile, in der sich in dem muffigen Raum die Wärme des Feuers ausbreitet, sagt er: «Jetzt werden die Dämonen schweigen.»

Nachwort

Es gehört viel Fantasie dazu, sich vorzustellen, wie es im 15. Jahrhundert im Hafen der burgundischen Stadt Sluis ausgesehen haben könnte. Wo heute Kühe und Schafe in einer ausgedehnten Senke grasen, wurde damals der Hafen durch eine mächtige Burg und einen hohen Wehrturm gesichert; von Burg und Turm zeugen heute nur noch zwei unspektakuläre, mit Gras überwachsene Hügel. Wo sich heute das Wasser in kleinen Pfützen auf den Wiesen sammelt, lagen einst die größten Schiffe jener Zeit im Meeresarm Zwyn vor Anker: Koggen, Holke und sogar Galeeren aus dem Mittelmeer. Wo heute die Leute in den Cafés und Restaurants des Touristenstädtchens sitzen, wurde damals mit Waren aus aller Welt gehandelt. «Es gibt hier so viele Fremde und Güter, dass die Häuser nicht ausreichen. Es gibt Orangen und Zitronen aus Kastilien, Früchte und Wein aus Griechenland, Stoffe und Gewürze aus Alexandria und allen Ecken der Levante und des Schwarzen Meeres», notierte der venezianische Seefahrer Michael von Rhodos Mitte des 15. Jahrhunderts über seine Fahrten nach Sluis und Brügge.

Im Hinterland der heute belgischen Nordseeküste also, wo Hunde ausgeführt werden, Fahrradfahrer durch die flache Landschaft radeln und Traktoren über Feldwege knattern, befand sich mit den Städten Sluis, Damme und Brügge eine der bedeutendsten Handelsregionen Nordeuropas – ein Zentrum des Welthandels. Und hier lag auch die Kriegsflotte des Kaperfahrers Paul Beneke vor Anker.

Doch wer war dieser Paul Beneke?

Nur wenig ist über ihn bekannt. In der *Danziger Chronik* des Caspar Weinreich wird Benekes Name im Zusammenhang mit dem Seekrieg zwischen der Hanse und England (1469–1474) erwähnt. Weinreichs Chronik entstand Ende des 15. Jahrhunderts und beschreibt viele der damals für Danzig wichtigen Ereignisse aus den Jahren zwischen 1461 und 1496. Im Zusammenhang mit Beneke werden unter anderem die Eroberung des Schiffes *John von Newcastle* (Neujahr 1470) oder die Gefangennahme des Lord Mayor of London (Frühjahr 1471) genannt.

Vor allem wird Beneke als Schiffer des berühmten Kraweels *Peter von Danzig* vorgestellt, das er von seinem Vorgänger Bernt Pawest übernahm. Mit dem auch als das *Große Kraweel* bezeichneten Schiff gelang Beneke schließlich der spektakuläre Überfall auf das Schiff *Sankt Thomas*. Vielleicht handelte es sich dabei um eine Galeere (Weinreich schreibt von einer Galeyde). Im Roman habe ich ein Schiff nach der Bauart einer Karacke eingesetzt.

Bei dieser lukrativen Kaperfahrt raubte Beneke neben vielen Schätzen auch das von den Medici in Brügge beim Maler Hans Memling in Auftrag gegebene Triptychon *Das Jüngste Gericht*. Das Gemälde war eigentlich für eine Kirche bei Florenz bestimmt, wurde aber schließlich einer Kirche in Danzig gestiftet. Obwohl die Medici – vertreten durch den Bankier und Kaufmann Tommaso Portinari – vehement die Rückgabe forderten und dabei vom burgundischen Herzog Karel de Stoute (deutsch: Karl der Kühne) sowie Papst Sixtus IV. unterstützt wurden, rückten die Danziger es nicht mehr raus. Daher befindet sich das Original des großen Altarbilds auch heute noch in

Danzig. Die Entwendung des Gemäldes *Das Jüngste Gericht* gilt heute als der bedeutendste Kunstraub in der hansischen Welt (Dollinger).

Doch zurück zu Paul Beneke. Einige Quellen verweisen auf sein Geburtsdatum um das Jahr 1440. Über ihn als Menschen weiß man kaum etwas, nur ein paar unsichere Eckdaten. Nach 1475 soll sich sein Name nur noch in den Danziger Grundzinsbüchern finden, wo er als Besitzer eines Hauses in der Heiligengeistgasse an der Kohlengassen-Ecke aufgeführt wird. Seit 1481 steht in den Büchern statt seines Namens der seiner Tochter Elisabeth, daher ist anzunehmen, dass er wohl 1480 gestorben ist, heißt es in den Anmerkungen zu Weinreichs Chronik.

Und der Name Paul Beneke wird in den sogenannten Pawest-Briefen erwähnt. Von dem Danziger Ratsherrn und Kaufmann Bernt Pawest – von ihm sind offenbar nicht einmal die Lebensdaten bekannt – sind der Nachwelt vor allem seine Briefe erhalten geblieben. Jener Pawest führte im Herbst 1471 das *Große Kraweel* von Danzig aus in die Nordsee. In seinen Briefen an den Danziger Rat gibt Pawest einen für die historische Forschung wertvollen Einblick in den Alltag an Bord mit den Schwierigkeiten bei der Führung und Ausrüstung eines so großen Schiffs oder der Beschaffung von Lebensmitteln. In Pawests Briefen klingt zwar ein gewisser Neid auf Beneke durch, weil Pawest als Schiffer glücklos und – vermutlich – auch unfähig war. Eine tiefe Feindschaft zwischen den beiden, wie sie einen grundlegenden Konflikt des Romans darstellt, ist jedoch nicht überliefert.

Das Leben und die Abenteuer Paul Benekes inspirierten schon früh die Chronisten. Einer der ersten war der Lübecker Reimar Kock (um 1500–1569). Den eigenen Anspruch an seine Chronik über Beneke beschreibt Kock mit den Worten: «Ich will einem deutschen Helden die Ehre tun und seine Historie getreulich beschreiben.» In Kocks romantisierender Darstellung hält Beneke denn auch unmittelbar vor der Enterschlacht gegen das große Schiff *Sankt Thomas* eine flammende Rede und appelliert ans Nationalbewusstsein seines Schiffsvolks («Sollte nicht ein ehrlicher Deutscher eher sterben, als so etwas zu hören.»). Daraufhin «beginnen sich die Preußen als Deutsche zu beweisen, unverzagt wie die Löwen zu den Welschen hinzudrängen und sie zu schlagen …», heißt es in einer von dem Schriftsteller Gustav Freytag (1816 – 1895) in ein neueres Deutsch übertragenen Version des kockschen Texts. Auch in meinem Roman hält Beneke in dem entscheidenden Moment eine Rede, seine Motive sind jedoch konträr zu jenen von Kock und Freytag.

Mit Kocks frühem Kniefall vor dem angeblichen Helden Beneke war der Ton gesetzt, und die meisten nachfolgenden Chronisten folgten diesem Duktus. Bis in die Zeiten des Deutschen Kaiserreichs und des Nationalsozialismus glorifizierten Autoren Paul Beneke als harten Seevogel («een hart Seevogel») oder hansischen Seehelden («düdeschen Helden»), als selbstlosen Patrioten und gerechten Krieger. Seine Biografie wurde ausgeschmückt, die Legende des geheimnisvollen Findelkinds geboren, ebenso eine fiktive Liebesgeschichte mit der Tochter seines Widersachers Bernt Pawest.

An diesen romanhaften Zutaten habe ich mich ebenfalls bedient.

Was mich umtrieb, war die Frage: Konnte dieser Beneke wirklich so ein glühender, selbstloser Held gewesen sein, wie ihn einige Chronisten aus vielleicht patriotischen, ja nationalistischen Motiven gestalteten? Ich denke, nein. Auch wenn das heute natürlich niemand wissen kann. Als ich zu Paul Beneke recherchierte, war mir jedoch bald klar, dass *mein* Beneke kein glühender, selbstloser Held sein kann. Wie soll das auch zusammengehen? Ein Kaperfahrer als grundgütiger Heros? Ein großherziger Admiral, der Dutzende Schiffe zerstört? Ein barmherziger Seefahrer, der seine besiegten Gegner über Bord werfen lässt – und somit in den sicheren Tod?

Unwahrscheinlich. Deswegen habe ich in meinem Roman einen anderen Ton gesetzt. Mein Beneke sollte ein zerrissener Charakter sein, ein gewalttätiger Seeräuber, der auch aus Geldgier und egoistischen Motiven raubt und mordet und für den ein Menschenleben kaum Wert hat. Er sollte aber dennoch zu großen Gefühlen in der Lage sein, um der Liebe seines Lebens nachzutrauern. Vielleicht kann man diesen Beneke mögen. Oder ihn hassen.

Der Hansisch-Englische Krieg, wie er später genannt wurde, war vor allem ein Kaperkrieg. Die Hansen griffen englische, aber auch französische Schiffe an, und alle bekämpften sich auf See gegenseitig. Die Friedensverhandlungen endeten schließlich mit dem Frieden von Utrecht im Februar 1474, und der Frieden wurde als großartiger Erfolg für die Hanse gewertet. Der englische König und das Parlament bestätigten den Hansen alle Privilegien, zahlten ihnen eine hohe Summe als Entschädigung und überließen ihnen mehrere Gebäude als Eigentum. Auf der anderen Seite erkannten die Hansen den Engländern ihre alten Freiheiten zu, wenn auch teils unter Protesten. Ein weiteres Ergebnis des Utrechter Friedens war die Kapitulation der Kölner, die am 1. April 1471 aus dem hansischen Bund ausgeschlossen worden waren, unter anderem weil Köln in den Beziehungen zu England seinen eigenen Weg verfolgt hatte. Erst nach hohen Entschädigungszahlungen wurde Köln einige Jahre später wieder in den Bund aufgenommen.

Der Friede von Utrecht gilt als «eines der großen Ereignisse in der Geschichte der Hanse» (Dollinger). Zu jener Zeit war die Hanse in Gefahr, sich aufzulösen als Folge des Zerfalls ihres wirtschaftlichen Systems, des Aufstiegs ihrer Konkurrenten, der Eingriffe in ihre Privilegien und der eigenmächtigen Bestrebungen innerhalb der Hanse. Durch den Sieg konnte die Hanse ihr internationales Ansehen jedoch wiederherstellen. Auch sicherte sie sich ihre wirtschaftliche Stellung in England und drängte zugleich die englische Expansion in der Ostsee zurück. Doch auch dieser Erfolg war nur vorübergehend, denn selbst das für die Hanse günstige Ende des Krieges konnte die weitere Schwächung des Verbunds nicht aufhalten.

Während des Seekriegs versetzte eine geheimnisvolle Himmelserscheinung die Menschen auf aller Welt in Angst und Schrecken. Überlieferungen zufolge war der Komet von Weihnachten 1471 bis Ende Februar 1472 zu sehen: ein großer Stern mit einem sehr langen und breiten Strahl, der ausgebreitet war wie der Schwanz eines Vogels, heißt es. Der Komet, der später die Bezeichnung C/1471 Y1 erhielt, wurde damals mit mehreren Katastrophen in Verbindung gebracht. So soll er im folgenden Sommer für Seuchen und Dürre gesorgt und Kriege ausgelöst haben; sogar mit einer Brandstiftung in Erfurt, bei der große Teile der Stadt zerstört wurden, wurde der Komet in Verbindung gebracht. Und wer weiß, vielleicht stand ja auch deswegen Pawests Winterfahrt unter keinem günstigen Stern.

Noch ein paar Worte zu den im Roman verwendeten Schiffsnamen und deren Geschlecht. Es mag heutzutage befremdlich klingen, wenn Schiffe keinen weiblichen Artikel haben. Wir kennen die *Alexander von Humboldt*, die *Graf Spee* oder die *Friedrich der Große*. Für die Schreibweise in diesem Roman habe ich jedoch entschieden, mich an die Gepflogenheiten des 15. Jahrhunderts zu halten. Und damals gab es in der niederdeutschen Sprache noch nicht die Tradition, wonach Schiffsnamen meist weiblich zu sein hatten. So heißt es in Weinreichs Chronik auch: der *Peter von Danzig*. Dass heute die meisten Schiffsnamen weiblich sind, wurde erst später aus dem Englischen ins Deutsche übernommen, nachdem die Engländer die Hanse als vorherrschende Handelsmacht abgelöst hatten.

Zur Geschichte der Hanse und der damaligen Schifffahrt gibt es viel Literatur. Hier möchte ich ein paar ausgewählte Werke nennen, die mir bei meinen Recherchen hilfreich waren: «Die Hanse» von Philippe Dollinger (1989), «Die Deutsche Hanse – Eine heimliche Supermacht» von Gisela Graichen und Rolf Hammel-Kiesow (2011), «Die Hanse – Lebenswirklichkeit und Mythos» von Jörgen Bracker, Volker Henn und Rainer Postel (Herausgeber, 1999), «Die Hanse und England» von Walther Stein (1905), «Das Hanseschiff im ausgehenden 15. Jahrhundert» von Heinrich Winter (1975), «Schiffe der Hanse» von Thomas Förster (2009), «Geschichte und Aussehen des Großen Kraweels ‹Der Peter von Danzig›» von Otto Lienau (1942) und «Lisa von Lübeck – Das Hanseschiff des 15. Jahrhunderts» von Burkhard Bange (2005).

Wertvolle Informationen fand ich darüber hinaus in der Dissertation mit dem Titel «Schifffahrt und Schiffbau im Übergang zur Frühen Neuzeit im Ostseeraum» von Maik-Jens Springmann (2014) sowie in dem Magazin aus der Reihe Geo-Epoche «Die Hanse – Europas heimliche Supermacht» (2016).

Abschließend möchte ich meinen bewährten Testleserinnen Birgit Stöckel und Dörte Rahming sowie meinem Testleser Thomas Reinecke ganz herzlich danken, die das Manuskript kritisch und aufmerksam gelesen und durch ihre Anmerkungen bereichert haben. Mein großer Dank geht auch an Dr. Bart Holterman, wissenschaftlicher Mitarbeiter der Forschungsstelle für die Geschichte der Hanse und des Ostseeraums (FHGO) beim Europäischen Hansemuseum in Lübeck, für wertvolle Hinweise zu Detailfragen. Und ich möchte dem Mitarbeiter des Bladelinhofs in Brügge danken für die Führung durch das Anwesen, in dem Tommaso Portinari einst gelebt und gearbeitet hat. Sollten in meinem Roman dennoch historische Unstimmigkeiten zu finden sein, so gehen diese auf meine Kappe. Für die professionellen Anmerkungen und Korrekturen bedanke ich mich herzlich bei der Lektorin des Rowohlt Verlags, Friederike Ney, und der Redakteurin Ilona Jaeger für den Feinschliff. Meinem Agenten Peter Molden danke ich für die wie immer hervorragende Betreuung und das offene Ohr zu allen Fragen.